COLLECTION FOLIO

groupe CHRISTUS
C.D.N.
MARIE-MARTHE.

# Pierre Assouline

# L'homme de l'art

## D.-H. KAHNWEILER

### 1884-1979

Balland

Ce fut le plus grand marchand de tableaux de son temps. De tous ceux qui s'étaient lancés dans cette aventure, au début du siècle à Paris, Daniel-Henry Kahnweiler demeure certainement un des rares, au soir de sa vie, à pouvoir feuilleter une histoire de la peinture moderne en se disant que, sans lui, tout ne se serait pas passé ainsi.

Rien ne destinait cet apprenti banquier issu de la bourgeoisie allemande, à devenir le prestigieux manager des cubistes. Son métier, il l'a appris en ouvrant une minuscule galerie à Paris en 1907. Quelques mois après, il est bouleversé par la vue des Demoiselles d'Avignon dans l'atelier de Picasso. Ainsi, le mouvement dont il se fait l'ardent défenseur naît en même temps que sa galerie. Dès lors, ils deviennent indissociables, tant Kahnweiler s'identifie à « ses » peintres qui ne seront jamais plus de treize : Vlaminck, Derain et surtout les quatre mousquetaires du cubisme : Picasso, Braque, Gris et Léger, puis dans un second temps Masson, Klee et d'autres.

Sa qualité d'Allemand le pousse à s'exiler en Suisse pendant la Première Guerre mondiale, sa qualité de juif le force à s'exiler « quelque part » en France pendant la Seconde.

Entre les deux, il s'efforcera de maintenir le cap et de rester fidèle à une certaine idée de la peinture, malgré sa spoliation par l'Etat, la crise économique de 1929, la concurrence acharnée que lui livrent ses confrères. Dans la tempête, Kahnweiler tâche de conserver ses principes intacts : l'exclusivité, la longue durée et une méfiance bien établie vis-à-vis de tout ce qui vit de l'art (experts, spéculateurs...).

Après la Libération, Kahnweiler, « le marchand de Picasso », est un homme riche et consacré, qui multiplie les conférences, les voyages, les articles et les livres; il est aussi historien de son art.

Il avait songé à maintes reprises à écrire ses Mémoires, mais y renonçait à chaque fois. De crainte d'en dire trop ou pas assez. A travers cette biographie, la première qui lui soit consacrée, soixante-dix ans de vie artistique et intellectuelle sont retracés, à partir d'une enquête auprès des principaux témoins et l'exploitation d'archives en grande partie inédites.

Journaliste à Lire, collaborateur de L'Histoire, Pierre Assouline est l'auteur de plusieurs livres, notamment des biographies de Marcel Dassault, Gaston Gallimard et Jean Jardin.

*à Cécile et à Marie,*
*chères grand-mères...*

« *Que serions-nous devenus si Kahnwei-ler n'avait pas eu le sens des affaires ?* »

PABLO PICASSO

« *Ce sont les grands artistes qui font les grands marchands.* »

D.-H. KAHNWEILER

## Avant-propos

Pourquoi Kahnweiler? Parce qu'il fut unique et exceptionnel. Certes, de grands marchands de tableaux, ce siècle en vit d'autres. Plus séduisants peut-être, mieux avisés souvent, moins dogmatiques parfois. Mais de tous ceux de sa génération qui s'étaient lancés dans cette aventure sans trop mesurer les conséquences de leur acte, il est le seul qui ait réussi à associer de manière irréversible son nom à un moment décisif de l'art moderne, l'épopée du cubisme. Les peintres les plus importants doivent beaucoup à cet homme qui fut le plus grand marchand de son temps.

Quand il a débuté en 1907, il avait vingt-trois ans. Lorsque Kahnweiler a décroché, il en avait quatre-vingt-quinze. En traversant le XXᵉ siècle à sa manière, avec discrétion mais ténacité, il en a épousé les tragiques soubresauts. Il a survécu à deux guerres mondiales qui, par deux fois, l'ont mis au ban de la société française : la première comme allemand, la seconde comme juif. Il a surmonté une crise économique qui, entre les deux guerres, provoqua quelque hécatombe chez les hommes d'argent. Il a dès le début fait connaître une peinture dont presque personne ne voulait, et a continué comme si de rien n'était jusqu'à ce qu'elle s'impose et triomphe, bien des décennies après. Enfin, pendant ses quelque

soixante-dix années d'activité, Daniel-Henry Kahnweiler est toujours resté fidèle à ses principes. Sa
réussite, c'est d'avoir vécu et travaillé pendant ces
années en totale harmonie avec les valeurs qu'il avait
faites siennes.

La pusillanimité de certains confrères, l'infidélité de
quelques peintres, l'incohérence du marché de l'art,
la grande couardise des gouvernements, la folle marche de l'Histoire quand le sang lui monte à la tête,
l'ont souvent anéanti. Mais son optimisme fut rarement battu en brèche. Kahnweiler n'a jamais désespéré des hommes.

Quand il se fait une idée de quelque sujet que ce
soit, il est convaincu d'être dans le vrai. S'il est
contredit ou démenti par un homme, un mouvement,
une école de pensée, voire par le suffrage d'un
peuple, il fait le dos rond et attend. Daniel-Henry
Kahnweiler a vécu pendant près d'un siècle en se
plaçant et en replaçant sans cesse les événements
dans une large perspective historique. La clef de tous
ses actes, c'est la durée. Et le sens du devoir.

En ouvrant sa première galerie à Paris en 1907, il
savait déjà ce qu'il voulait, quelle sorte de peinture il
aimait, quel type de marchand il voulait être. Il a
accroché des tableaux sur les murs, des visiteurs ont
regardé, des collectionneurs ont acheté, les peintres
ont continué à peindre et Kahnweiler à vendre.
Parfois, il y eut des problèmes mais finalement tout
s'est arrangé puisque cinquante ans après, on accroche encore les tableaux sur les murs, etc.

Voilà, c'est tout. C'est simple. Trop, peut-être.

En général, c'est toujours ainsi que Kahnweiler a
raconté sa vie, dans les interviews, les articles, les
conférences. Plus en détail bien sûr, mais toujours
aussi superficiellement. En restant à la surface de
l'événement, en en gommant les aspérités, en se
gardant bien de toute introspection par trop biogra-

phique, il réagissait en émule du philosophe Martin Heidegger quand celui-ci commençait en ces termes un cours sur Aristote : « Il est né, il a travaillé, il est mort », avant de passer à la suite, l'essentiel, c'est-à-dire son œuvre.

A plusieurs reprises au cours de son existence, Kahnweiler a reculé l'heure fatidique à laquelle l'homme-qui-a-vécu prend la plume et se fait mémorialiste. Il ne se sentait pas prêt. Il n'était jamais parvenu à résoudre son vieux dilemme : les peintres qu'il aimait étant ceux de sa galerie, son récit aurait immédiatement été dénoncé par ses détracteurs comme une démarche commerciale et publicitaire. Quant aux peintres qu'il n'aimait pas, aux marchands qu'il estimait peu et à l'état de l'art contemporain qu'il abhorrait à de rares exceptions près, un volume n'y aurait pas suffi. Kahnweiler y aurait de toute façon renoncé, préférant construire plutôt que détruire. Cela dit, quel dommage.

Ce dilemme, il n'y avait qu'un moyen de le résoudre : écrire ses Mémoires à sa place par le biais de la biographie. Je n'ai pas connu Kahnweiler et je ne suis, ni de près ni de loin, un acteur ou un témoin du marché de l'art. Raison de plus. Cette double marque d'incompétence m'a paru la meilleure garantie pour me lancer dans une entreprise rendue délicate par la nature même de ses deux pôles : la peinture et l'argent. Le terrain est miné. La vie d'un homme, quel qu'il soit, ne justifiant pas tout un livre à lui consacré, son itinéraire ne s'expliquant et ne se comprenant que par rapport à son milieu professionnel, la biographie de Kahnweiler est aussi celle des peintres, des marchands, des critiques, des collectionneurs, des écrivains qui ont balisé son parcours. N'eût été la guerre, avec le recul on eût dit leur époque exaltante tant elle fut riche, dense et créatrice.

Pour en restituer l'atmosphère et le ton, les choses

dites et les choses vues, pour écrire la chronique des
événements courants depuis la galerie d'un marchand
de tableaux installée au centre de Paris du début du
siècle à nos jours, j'ai cherché. Dans toutes les
directions. Les livres tout d'abord. Ceux des peintres
sont généralement plus significatifs et riches d'enseignements que ceux des marchands, trop superficiels,
satisfaits et anecdotiques pour avoir valeur d'exemple. La lecture de la presse de l'époque, notamment
les revues d'art et les journaux culturels, est un bon
baromètre. Les témoignages oraux en ce qui
concerne la période héroïque du cubisme sont quasi
inexistants pour des raisons évidentes, ceux relatifs
aux années 20 sont rares et exigent des recoupements. En fait, une recherche biographique comme
celle-ci se juge surtout à l'importance, la nouveauté et
l'intérêt des archives sur lesquelles elle s'appuie.

Au cours de mon enquête, j'ai eu notamment accès
à un considérable fonds d'archives, en grande majorité inédites, conservées depuis des décennies dans les
caves de la Galerie Louise Leiris et jamais communi-
quées. Outre les papiers d'une maison de commerce
traditionnelle (factures, contrats, fournisseurs...), j'ai
pu y trouver le courrier (le double de ses lettres et les
réponses) que Daniel-Henry Kahnweiler, cet homme
très secret, échangea avec des milliers de correspondants dans le monde entier, qu'il s'agisse de relations
d'affaires ou de rapports d'amitié, de 1908 à sa mort.
Quand on sait qu'il consacrait ses matinées à écrire
des lettres, qu'il était issu d'une génération qui ne
téléphonait guère, qu'il entretenait des relations privi-
légiées avec l'écrit et l'imprimé et qu'il tenait volontiers sa correspondance comme d'autres leur Journal,
on mesure l'importance de ces caisses poussiéreu-
ses.

Si d'aventure, le lecteur devait avoir la conviction,
au détour d'un chapitre de toucher la vérité profonde

de cet homme, c'est à ces lettres qu'il le devrait. Kahnweiler y est tout entier.

Cela ne signifie pas qu'il ne conserve pas sa part de mystère, loin de là. Mais on y retrouve ses contours, ses contradictions, ses qualités humaines et son sens commercial, sa culture sans limites et sa conscience esthétique. Bref, tout ce qui fait que Kahnweiler était un personnage hors du commun et, sans guère de doute, « le » marchand de son siècle.

Sa biographie, c'est l'histoire d'un homme qui n'a eu qu'une seule idée dans sa vie mais qui s'y est tenu.

# I

# L'AVENTURE

*1884-1914*

# 1.

## L'itinéraire de Mannheim à Stuttgart

### 1884-1902

C'était un 25 juin. Ce jour-là à Mannheim, il ne s'est rien passé. Rien de notable. La vie quotidienne dans le Palatinat, tout simplement. L'empereur vit les dernières années de son règne. Son pays s'apprête à devenir la quatrième puissance commerciale du monde.

Il y a huit ans, à Bayreuth, Richard Wagner a inauguré avec *L'anneau des Niebelungen* le théâtre modèle qu'il y a fait construire avec l'aide de Louis II de Bavière. Ce fut un événement national. Et quand on est « mannheimer », c'est d'abord à la musique que l'on pense. La cour du prince-électeur Karl-Théodor fut au XVIIIᵉ siècle une pépinière de grands musiciens. Un orchestre prestigieux, le meilleur d'Europe disait-on, et une fameuse dynastie de compositeurs, les Stamitz. Mais c'est déjà loin.

Chez les Kahnweiler, on est moins attaché à la ville – un important port fluvial au confluent du Rhin et du Neckar – qu'à la région – les anciens domaines des comtes palatins. La famille y a ses racines depuis le XVIᵉ siècle. Cette ancienneté dans le terroir est importante, surtout pour des juifs. Il leur faut toujours prouver. A l'origine, ils s'appelaient Mosse (dérivé de Moïse) puis Manassé (comme le roi de Juda). Il a fallu l'effondrement de 1806, le démantèlement lors de l'Occupation française, le décret d'émancipation des

juifs six ans plus tard et leur passage de l'état de
minorité tolérée à celui de citoyens aux droits égaux à
ceux des autres, pour que tout change. Quand Napoléon s'est mis en tête de diriger l'Europe et que le
vieux Palatinat a épousé le destin de la Bavière,
Daniel Manassé a décidé de s'appeler Daniel Kahnweiler. Il s'est marié deux fois. Les enfants du premier lit ont émigré en Amérique. Les autres sont
restés au pays, Heinrich notamment[1].

Il était donc tout naturel que le 25 juin 1884 à
Mannheim, dans la maison de Julius Kahnweiler et
Betty Neumann, la naissance du premier enfant soit
saluée par un prénom double : Daniel-Heinrich. Cinq
ans plus tard, ils s'installent à Stuttgart.

Une famille, deux clans, deux tempéraments. Les
Kahnweiler étaient traditionnellement des importa-
teurs de denrées coloniales, de café surtout. Des
bourgeois aisés. Les Neumann, spécialisés depuis plus
d'un siècle dans la vente de métaux précieux, jouissent, eux, d'une fortune considérable qu'ils font fructifier avec talent. Très jeunes, les deux frères de Betty
ont quitté leur pays pour s'installer à Londres. Comment les qualifier : banquiers, financiers, brasseurs
d'affaires? L'appellation est *ad libitum*. On sait en
ville qu'ils ont vite acquis une position en bourse et
qu'ils possèdent des mines d'or et de diamant en
Afrique du Sud. Julius Kahnweiler est leur représentant à Stuttgart. Leur employé d'une certaine
manière. Une situation qui ne pardonne pas. Il se
présente tour à tour comme remisier, coulissier,
homme d'affaires. En fait, il vit des commissions sur
les opérations qu'il réalise en Allemagne pour le
compte de ses beaux-frères.

A Stuttgart, les Kahnweiler vivent confortablement.
Ils ont une grande maison avec douze chambres qui
leur a coûté cent cinquante mille marks. Ils entretiennent également une nombreuse domesticité, question

de standing : un chauffeur pour conduire une Adler, des femmes de chambre, une gouvernante française, une cuisinière[2]... La mère surveille l'éducation des enfants, Daniel-Heinrich, sa sœur Auguste dite Gustie (1890) et le dernier, Gustave (1895). Le père, Julius, passe le plus clair de son temps à spéculer en bourse ou à bavarder avec des amis. Quand on lui donne ses journaux – la *Frankfurter Zeitung* et le *General Anzeiger* – il en commence toujours la lecture par les pages financières.

Ils vivent bien. Le seul problème, c'est l'origine de l'argent : il vient toujours de Londres. Julius Kahn-weiler en conçoit une irrépressible amertume. Cet état de fait, qui s'accentue au fil des ans, le rend aigri et tyrannique d'autant que son épouse ne perd pas une occasion de louer la réussite des Neumann. La branche anglaise surtout...

Très jeune, Daniel-Heinrich ne s'entend pas avec son père. La discorde ne fera que s'aggraver, passant du désaccord profond à l'indifférence. Il ne se sent pas d'affinités avec lui, cherche en vain les points communs avant de renoncer définitivement. Parvenu précocement à l'âge du jugement, il tient son père pour un personnage épais, violent, étranger à toute finesse d'analyse, inapte à la psychologie et aux relations humaines établies sur un autre modèle que civique ou purement marchand.

Kahnweiler dans l'âme, très Neumann par l'admiration secrète qu'il leur porte, le jeune Daniel-Heinrich est un garçon discret, réservé, marqué par la présence d'un grand oncle, le frère de sa grand-mère maternelle, Joseph Goldscheider. On l'appelle « Amico ». C'est un original, plutôt libertaire, ami des arts et des lettres, qui aime autant le théâtre que les comédiennes. Un homme à l'esprit disponible et ouvert. Juste assez marginal mais pas trop, pour que la famille le considère comme un doux excentrique.

L'oncle idéal pour faire les quatre cents coups. En l'occurrence, cela se traduit pour l'adolescent par des lectures de poèmes, de longues heures « perdues » à écouter de la musique et des marches qui n'en finissent plus dans les forêts alentour[3]. « Amico » est l'exact contraire du père Kahnweiler, craintif et coléreux, qui insulte le personnel en présence de la famille comme si on était encore au début du XIXe siècle.

Par-dessus tout, ce que Daniel-Heinrich reproche à son père, c'est son manque de goût. Sa bibliothèque, peu fournie, ne révèle rien, ni une passion, ni une ligne directrice ni une évolution. Le pire, ce sont les tableaux qu'il a accrochés dans la salle à manger : des toiles de Franz von Defregger, un peintre alors célèbre à Munich, surtout pour ses scènes historiques et ses représentations de la vie quotidienne au Tyrol. Vraiment, dans cette maison il n'y a guère que les meubles et les tapis à sauver.

Deux souvenirs d'enfance l'ont marqué au point de rester gravés dans sa mémoire. Il les juge sans intérêt et ne leur accorde aucune signification particulière. Néanmoins, il s'en souvient parfaitement. Il se voit dans une grande cour, assis à califourchon sur le dos d'un saint-bernard. Et à quatre ans, il montre un jouet en bois à un enfant de son âge et lui dit : « Mais je n'ai pas le droit de jouer avec toi parce que nous avons cassé l'autre train que j'avais auparavant...[4] » Ces deux réminiscences, nous les livrons telles quelles à la perspicacité des psychanalystes...

En 1890, alors que le pays est sous le choc du renvoi du vieux chancelier Bismark par le jeune empereur Guillaume II, Daniel-Heinrich a six ans. Il se plaît à Stuttgart, plus qu'à Mannheim. D'ailleurs, toute sa vie il se dira stuttgartien. Il tient l'ancienne patrie des rois du Wurtemberg pour un grand village où tout le monde se connaît. Du moins est-ce ainsi qu'il l'a fixée dans sa mémoire[5]. Mieux qu'une ville natale, c'est une ville d'adoption. Stuttgart pour lui, c'est le feu d'artifice que l'on tire sur les vignobles de collines alentour, à l'automne, pour saluer les vendanges[6].

Son premier vrai contact avec le monde se produit à l'école communale. Il découvre là qu'un peuple peut se scinder en deux catégories de citoyens : les majoritaires (protestants) et les minoritaires (catholiques et juifs). Il n'oubliera jamais cette bande de voyous qui l'a suivi dans la rue en lui criant :

« Judenbub! Judenbub[7] ! »

Juif, il l'est. Petit également. Mais en quoi l'expression « petit juif » doit-elle prendre ce tour insultant et moqueur ? A la maison, on pratique peu. On mange du jambon et le père se rend deux fois par an à la synagogue, pour le nouvel an et le grand pardon. C'est tout.

L'antisémitisme est à peu près absent de ses véritables années de formation, celles passées au Realgymnasium, le lycée de Stuttgart. Avec le recul, il trace de lui-même un autoportrait assez surprenant : celui d'un petit chef admiré, d'un caïd respecté, bon élève mais pas très travailleur sinon à Pâques et à l'été, à la veille des examens. Somme toute, un garçon qui a des facilités et des aptitudes[8].

Son attirance pour l'art se manifeste pour la première fois à douze ans au musée de Karlsruhe, à l'origine duquel on trouve les collections des princes de Zähringen, margraves puis grands-ducs de Bade. Ces tableaux l'intriguent plus qu'ils ne l'impressionnent : Boucher et Chardin, Ruysdael et Rembrandt, et surtout Cranach[9]...

Quelques années après, il se mettra à fréquenter plus assidûment les musées, en Allemagne bien sûr, mais aussi à l'étranger, en Hollande par exemple, au gré des séjours touristiques de ses parents. C'est de cette période charnière qui sépare imperceptiblement l'adolescence de la jeunesse, que datent ses premières acquisitions, jugées plutôt excentriques par son entourage : des livres sur la peinture. Mais ce nouveau centre d'intérêt ne s'impose pas au détriment de ses anciennes passions : la poésie (Hölderlin, Novalis), la littérature (Gerhardt Hauptmann, Max Halbe, Emile Zola, Hermann Sudermann). Un réalisme social et un naturalisme qui l'entraînent bien loin de son milieu.

Ce qui l'incline très tôt vers la grande échappée hors des frontières de sa région et de son pays, c'est sa précoce maîtrise des langues. Outre l'allemand, il s'exprime couramment en français, grâce à l'action conjuguée des professeurs et de la gouvernante (une Belge ou une Suissesse quand ce ne sera pas une Française), et avec un peu plus de difficulté en anglais. Dès l'âge de dix-huit ans, l'usage du français lui sera naturel, à l'égal d'une seconde langue maternelle : à telle enseigne que quand il soliloque, c'est toujours à haute voix et toujours en français. Mais longtemps, il ne pourra s'empêcher de rêver autrement qu'en allemand[10]...

Kahnweiler se dira toujours stuttgartien. Il faut traduire et prolonger : dans son esprit, c'est un hommage rendu à ses maîtres du lycée et aux principes qu'ils lui ont inculqués. C'est ainsi qu'un jeune intellectuel juif allemand de la fin du XIXᵉ siècle se sent luthérien. Sans rien trahir de ses origines, sans renier la foi de ses ancêtres ni changer d'Eglise. Et sans se convertir, bien entendu. Mais en acceptant et en revendiquant fièrement une culture, une forme d'esprit, des valeurs absentes sinon inconnues de la maison paternelle. De ces années au Realgymnasium, il conservera toute sa vie une incoercible tendance à la rigueur dans le travail et la réflexion, le goût d'une certaine discipline de pensée, l'inflexibilité des principes acquis. Toutes choses qui, maîtrisées, donnent sa cohérence à une attitude morale, sa logique à une ligne de conduite, son sens à la vie, mais qui portées à leur paroxysme, échappant au contrôle, mènent inéluctablement au dogmatisme, à l'intransigeance, au sectarisme enfin.

C'est à l'aune de cette donnée qu'il faudra prendre la mesure de la vie et de l'œuvre de Daniel-Henry Kahnweiler.

A quinze ans, il rencontre la philosophie pour la première fois dans un livre de Nietzsche, *Ainsi parlait Zarathoustra*, justement sous-titré : « un livre pour tous et pour personne ». C'est donc pour lui. Il est enthousiasmé par ce magnifique poème philosophique. Nietzsche conservera longtemps une place de choix dans son jardin secret, jusqu'à un âge très avancé, mais toujours comme poète. Cela n'a rien de péjoratif dans sa bouche, au contraire, et tant que sa mémoire lui sera fidèle, il en récitera certains passages par cœur[11].

Ce qui lui plaît dans Zarathoustra, outre les références à Goethe et Luther, aux thèmes bibliques et aux moralistes du grand siècle français, c'est sa dimension prophétique, sa puissance de conviction, le caractère inébranlable de sa foi et de son combat contre ce qui représente l'Etat, l'académisme, la vulgarisation de la pensée.

Zarathoustra porte la révolte en lui. En en faisant le héros de sa propre révolte intérieure contre la force d'inertie de son milieu, le jeune Kahnweiler s'insurge par procuration en attendant de concrétiser sa volonté de rupture.

A seize ans, ses études secondaires achevées, il sait qu'il n'ira pas à l'Université. Chez les siens, cela ne se fait pas. Julius Kahnweiler, malade, rentier par la force des choses, a cessé de travailler. Pour ses fils, il n'envisage pas d'autre avenir que la banque. Il ne s'agit pas de « gagner sa vie » au plus tôt, comme on dit vulgairement. Ils ne sont pas à court. Il s'agit de gagner beaucoup d'argent. Le spectre des Neumann, de leur réussite et de leur position dans les affaires, évite même toute discussion. Il faudra donc devenir aussi riche[12]. Même s'il n'a pas vraiment voix au chapitre, Daniel-Heinrich ne cache pas qu'il nourrit une autre ambition : faire carrière dans la musique, sa passion secrète avec les livres. Dans ses rêves les plus fous, il se voit chef d'orchestre. Il se veut intermédiaire des compositeurs et du grand public, homme de médiation entre les créateurs et les spectateurs. Un projet tellement insensé qu'il se réalisera finalement dans un autre domaine...

L'attitude plutôt répulsive de son professeur de piano l'a définitivement éloigné d'un clavier qu'il avait tendance à martyriser. Mais cela ne l'a pas empêché de ne rater aucun grand concert à Stuttgart, d'y assister partition en main, applaudissant le cas échéant contre vents et marées, sifflets et quolibets, en fonction de ce que lui dictait uniquement son goût, l'idée qu'il se faisait de la bonne musique, de la grande musique, celle de Wagner. La cause est entendue : il ne sera pas un créateur mais l'ambassadeur des créateurs. Il défendra ce qu'il aime[13].

Le sentiment est louable et l'idéal respectable. Mais cela ne fait pas un métier. Pour Daniel-Heinrich, les dés sont jetés avant même qu'il ait pu les saisir. Il sera donc un homme d'argent.


Francfort, 1901. Les Kahnweiler n'ont pu trouver mieux que la vieille métropole financière sur le Main pour lui assurer un apprentissage dans les meilleures conditions. Placé dans une grande banque grâce à des relations familiales, il s'y ennuie ferme. Il serait même prêt à s'en désintéresser totalement s'il ne s'était pas lié avec un garçon qui travaille également au « Bureau de la correspondance » et qui semble aussi peu enthousiaste que lui face au cours des changes et aux taux d'intérêt. De quatre ans son aîné, Hermann Rupf est Suisse. Ses parents possèdent un important commerce de mercerie, le plus important de la région. A Berne, tout le monde connaît la maison Hossmann & Rupf.

Bientôt, les deux jeunes gens ne s'appellent plus que par leur diminutif : Heini pour Kahnweiler et Mané pour Rupf. A la banque, leurs collègues affirment que le bureau qu'ils partagent est le plus étrange car c'est le seul de l'établissement où l'on entend parler exclusivement de... musique ! Souvent, à l'heure du déjeuner, il y a un petit attroupement et des discussions enflammées car, du chef de bureau au plus petit employé, ils sont tous mélomanes. Chacun défend qui son compositeur favori, qui le meilleur interprète. Rupf a un avantage sur eux que Kahnweiler lui envie : il n'est pas seulement un mélomane averti mais un musicien : il joue du piano, du violon et de la flûte.

Même si les deux garçons partagent des goûts pour la littérature, les beaux-arts et les randonnées en montagne, c'est avant tout au concert qu'ils se retrouvent le mieux. Quand ils entament une discussion argumentée, le samedi soir dans les travées de l'Opéra de Francfort, ils la poursuivent souvent le lendemain en parcourant à pied les massifs boisés du Taunus, de l'Odenwald ou du Spessart. Une véritable amitié est née, très forte et riche, qui durera sans interruption jusqu'à leur mort [14].

A dix-sept ans, le caractère de Daniel-Heinrich semble forgé pour l'éternité. Les quelques hommes qui le fréquenteront sans discontinuer pendant toute sa vie attesteront de la pérennité de ses qualités et de la permanence de ses défauts. A quelques décennies d'intervalle, son portrait moral restera immuable.

Assez XIXᵉ siècle dans son style, sobre dans sa mise et son discours, il a un esprit de chef de famille volontiers impérieux avec les siens. Très organisé, dur quand les rapports professionnels doivent prendre le pas sur les relations amicales, puritain, un peu vieux jeu, sensible à la moindre flagornerie, ses réflexes sont souvent l'expression d'un immense orgueil. Quand il a bien réfléchi à une question et qu'il s'est fait une opinion, il est convaincu d'avoir raison, fût-ce contre le monde entier. Gardons-nous d'en conclure qu'il est têtu ou borné. Il n'a pas d'œillères mais veut avant tout rester cohérent avec lui-même. C'est un doctrinaire dans l'âme, un trait de caractère qui a les défauts de ses qualités. C'est également ce qu'on appelle plus prosaïquement avoir de la suite dans les idées. On ne lui connaît pas de marotte. Quand il n'écoute pas de la musique, il lit. Sa culture est exceptionnelle par sa diversité, son étendue et les rapprochements fulgurants qu'elle suscite. Cette étonnante capacité d'absorption, la rapidité de sa faculté de synthèse, sa boulimie de lecture peuvent aussi s'expliquer par l'abandon prématuré de ses études. Comme s'il s'agissait à tout prix de rattraper le temps perdu.

Ce grand bourgeois utilise l'argent sans ostentation. Mais avec des principes très fermes. Quand il se dit protestant ou luthérien, c'est selon, ce n'est pas pour lancer une formule. Il l'est profondément, jusque dans sa conception du juste prix des choses. Mais souvent l'israélite Allemand qu'il est resté, par toutes ses fibres, resurgit derrière le Prussien vigoureux. Autrement dit, un prix est un prix, mais il faut savoir aussi s'adapter aux situations et négocier si besoin est.

Serein, il est capable de colères et d'éclats. Pour

des peccadilles selon son entourage, pour une question de principe selon lui. Le point faible de son intelligence, le côté le plus vulnérable du système intellectuel qu'il s'est construit, c'est probablement l'absence d'humour. Le sens de l'humour lui reste étranger. Bien sûr il sait plaisanter et apprécie la plaisanterie. Mais il reste hermétique au comique, à l'usage intempestif du second degré et surtout à ce goût de l'absurde avec le plus grand sérieux, en pleine conscience de l'absurdité. Il met toute sa subtilité dans les jeux de l'esprit, jamais dans les mots d'esprit, ne cherchant pas à être spirituel ou brillant au sens mondain du terme. Il aime sourire mais déteste « rigoler ». Trop pincé pour se laisser aller à des débordements. La frontière entre la familiarité et la vulgarité lui paraît trop ténue[15]. Intellectualisée, pour ne pas dire cérébrale, la forme d'humour qu'il pratique a toujours une finalité. De son propre aveu[16], ses rêves sont très terre à terre. Généralement, les personnages qui s'y présentent s'expriment dans les trois langues qui sont les siennes. Parfois même en italien ou, comble de l'absurde, dans une langue qu'il ne connaît pas.

Tout cela ne fait pas un programme mais un homme animé du sens du devoir. Un peu à part, très attachant, séduisant en dépit de son absence de charme, exigeant en toutes choses. Qui croirait en rencontrant Daniel-Heinrich Kahnweiler, dix-huit ans, à Francfort en 1902, qu'il va avoir, l'un des premiers, l'intuition d'un bouleversement historique dans l'art moderne ? Qui croirait alors qu'il va consacrer son existence à la défense et illustration de cette révolution ?

## 2.

## *Paris-Londres et retour*

### 1902-1906

La France enfin. Il n'y croyait plus. On lui en avait tellement parlé qu'il avait fini par la reconstruire en imagination. Mais ces derniers mois, le départ d'Allemagne paraissait inéluctable. Kahnweiler, se sentant décidément de moins en moins de points communs avec son père, avait sauté sur l'occasion quand les oncles Neumann, de Londres, avaient suggéré d'envoyer « l'intellectuel » parfaire son métier de financier à Paris. Afin de précipiter la décision, ils avaient même envoyé une recommandation auprès d'un de leurs amis, M. Tardieu, un important agent de change de la capitale.

Impuissant à réprimer son léger accent germanique, il réclame son vélocipède dès l'arrivée à la gare de l'Est. Pour plus de sûreté, il hèle un fiacre qui le mènera à l'Hôtel Moderne. Les premières formalités réglées, il court les rues, émerveillé par l'agitation qui s'y manifeste encore la nuit. Ce soir, il dînera tard. A Paris, c'est l'art qu'il est venu chercher et rien d'autre[1]. Totalement insouciant et enfin libre. Pourquoi ne le serait-il pas : la charge Tardieu, qui doit l'engager comme stagiaire, n'a pas prévu de le rémunérer. Mais sa famille réglera les mensualités du logement où il doit bientôt s'installer et lui enverra régulièrement l'argent nécessaire pour mener une vie décente, c'est-à-dire dégagée des contingences matérielles.

Il ne connaissait la France que par sa langue et sa littérature. Dorénavant, il va l'aimer de l'intérieur. Dès sa première semaine au bureau, 28, boulevard Haussmann, il comprend vite que sa présence n'est pas indispensable. Il doit néanmoins fournir un minimum de travail, se montrer dans la matinée, déjeuner avec ses collègues sur place, se rendre à la Bourse à midi, saluer son patron à la corbeille au moment du rituel coup de cloche ouvrant la séance et réapparaître à 15 heures, bien en vue, pour le coup de cloche sanctifiant la fermeture dans un brouhaha qu'il renonce vite à déchiffrer.

La charge Tardieu présente au moins cet avantage, semblable en cela à la banque de Francfort, qu'on y rencontre parfois des gens intéressants parmi les employés. Des hommes aussi déplacés que lui, qu'un regard, une poignée de main, quelques paroles suffisent à rapprocher en toute complicité. Parfois, il n'en faut guère plus pour sceller une forte amitié et engager un destin.

Kahnweiler est heureux d'avoir retrouvé son ami suisse dont il avait fait connaissance à Francfort. Hermann Rupf partage en effet le même logement. Ils deviennent inséparables. Mais chez Tardieu, il a rencontré un homme plus âgé qui l'a vivement impressionné. Dire qu'il est sous son empire est un euphémisme. Il est subjugué par Eugène Reignier, le caissier des titres, qui s'intéresse en fait à bien d'autres choses, le théâtre surtout, celui de Lugné-Poë en particulier. Il lui fait découvrir et aimer cet homme qui est prêt à tout pour assurer le renouvellement de son art, dût-il aller jusqu'au scandale, comme ce fut le cas quelques années auparavant quand son théâtre de l'Œuvre accueillit l'*Ubu roi* de Jarry.

Imperceptiblement, Eugène Reignier a pris le relais

de Joseph Goldscheider (l'oncle Amico) auprès du
jeune homme. Il assure avec une égale influence le
rôle de mentor. Ouvert à toutes les formes de l'art,
disponible en permanence, il ne lui fait pas seulement
connaître le théâtre mais aussi toute une littérature
qui l'éloigne un peu des valeurs consacrées (Goethe et
Zola) pour le rapprocher d'un autre état d'esprit
(Gide, Claudel...). Reignier lui donne également le
goût des voyages brefs, lui montrant qu'on peut partir
pour deux jours seulement en train à l'autre bout de
la France ou ailleurs en Europe. Il est de ces hommes
aux moyens modestes qui n'hésitent pas à abolir
frontières et distances dans le seul but de voir une
pièce ou d'assister à un concert.

Dans un premier temps pour le jeune Kahnweiler,
ce sera Reims, Chartres et leurs cathédrales puis les
châteaux de la Loire avant qu'il ne s'enhardisse.

Très attaché à Reignier, il fait son miel de toutes ses
paroles, de ses avis et de ses conseils. Mais auprès de
lui, il tire une autre leçon, purement humaine celle-là
et à usage personnel. En l'observant jour après jour, il
réalise que cet homme tout à fait remarquable a, en
fait, raté sa vie pour n'avoir pas su se jeter à l'eau.
Depuis longtemps déjà, il aurait dû engager différemment son destin, sauter le pas, quitter la Bourse et
rejoindre par exemple son ami Lugné-Poë, ne fût-ce
que comme administrateur de théâtre. Il n'a jamais
osé[2]. Admiratif pour l'homme, Kahnweiler ne peut
refouler en lui le terrible sentiment d'échec qu'il lui
inspire. Cela ne fera qu'accentuer l'attitude qu'il s'est
imposée pour l'avenir depuis son départ de Francfort : l'important, c'est de vivre en harmonie avec ses
propres valeurs, en parfaite identité avec soi-même.

Déterminé, il commence par rompre avec un
milieu auquel il se sent étranger mais qu'il avait
entrepris de fréquenter à son arrivée à Paris : les
relations de Neumann. Des gens riches, pleins d'assu-

rance et de relations, presque fascinants par l'apparente facilité avec laquelle ils obtiennent partout ce qu'il y a de mieux.

Kahnweiler comprend définitivement que leur monde n'est pas le sien, un soir à l'Opéra quand un banquier, le baron Jacques de Gunzburg, l'invite dans sa loge. Sur scène, *Roméo et Juliette*. Mais il lui est impossible de suivre la représentation tant les amis du baron sont bruyants. Ils ne cessent de parler, disent n'importe quoi sur la musique, lui imposent avec componction des lieux communs salonnards et passent même les limites du supportable en s'en prenant directement à Wagner. C'en est trop. Il décide de ne plus les revoir et, pour marquer sa rupture, leur fait déposer une carte de visite cornée[3]...

On peut tout dire de la littérature et même de la peinture mais on ne touche pas à la musique. Elle est sacrée. Pour la défendre selon son goût, Kahnweiler est capable de se départir de sa maîtrise, d'abandonner ce calme qui le fait souvent rester dans les hauteurs. Et là, on ne le reconnaît plus. Bien plus tard, assistant à un concert au théâtre des Champs-Elysées et entendant les deux amis qui l'accompagnaient critiquer la lourdeur quasi militaire avec laquelle le chef allemand exécutait la *Petite musique de nuit* de Mozart, Kahnweiler se tournera vers eux et leur décochera un violent et bruyant : « Espèce de cons[4] ! »

Que joue-t-on à Paris en 1902 ? Beaucoup de Beethoven, de Franck et de Saint-Saens, un peu moins de Schubert, Mozart, et Brahms et puis du Liszt et du Schumann. La grande nouveauté c'est *Till l'espiègle* de Richard Strauss et autres poèmes symphoniques propres à déchaîner les passions. Plus on les siffle, plus il applaudit. Frénétiquement parfois. Aux concerts Colonne, il n'hésite pas à dire tout haut que Colonne est un fort mauvais chef, trop fêté à son goût. Aux concerts Lamoureux, il loue les qualités de Chevillard, le gendre de Lamoureux, en qui il voit un des grands maîtres de la baguette. Il est vrai également que le nom de Colonne est alors associé dans le public aux œuvres de Bizet et de Berlioz et celui de Lamoureux au répertoire wagnérien.

Et l'Opéra? Décevant pour ne pas dire pire. Kahnweiler n'y va presque pas, estimant avoir fait le tour de ce qu'il appelle le mauvais côté du XIXᵉ siècle : Halévy, Meyerbeer, Auber... Par contre, l'Opéra-Comique lui paraît cent fois supérieur, surtout pour les interprétations de Gluck, qu'il juge au-dessus de tout éloge.

Et puis il y a *Pelléas et Mélisande*. Très vite, il s'est pris d'une véritable passion pour le drame musical de Debussy. Son grand regret, c'est de n'avoir pas été parisien en février pour assister à la première et au tumulte de la foule, au scepticisme des critiques, à l'enthousiasme de la jeunesse. A huit mois près, il participait à cet événement « historique ». Pour se rattraper, peu après son arrivée, en France, il assiste à dix-sept représentations de *Pelléas*[5] ! Pour ce jeune puritain qui n'a jamais mis les pieds au cabaret ou au music-hall et qui de toute façon les juge a priori d'une singulière tristesse, l'œuvre de Debussy représente ce que la capitale peut offrir de plus beau, dans l'ordre du plaisir et de la fête.

Mais *Pelléas*, c'est aussi le poème de Maurice Maeterlinck. Cela compte dans son engouement. Kahnweiler ne se sent jamais aussi bien que quand il parvient à mêler ses différentes passions, dès lors qu'elles procèdent toutes de l'esprit, de la réflexion ou du goût. Avec Eugène Reignier, il se rend de plus en plus souvent au théâtre, applaudir Réjane, Sarah Bernhardt, Mounet-Sully, Lucien Guitry... Ils vont aux générales. Aux répétitions même, mais uniquement quand il s'agit de Lugné-Poe. Si bons qu'ils soient, Antoine et Gémier sont, à côté, des acteurs et des directeurs de théâtre d'une moindre dimension, il en est intimement convaincu. En fait, Kahnweiler a épousé les exclusives de son mentor : à ses yeux, Lugné-Poe joue tout ce que l'époque offre de valable : *La brebis égarée* de Francis Jammes, Henry Bataille à ses débuts, le théâtre symboliste, *La dame à la faulx* de Saint-Pol Roux sans oublier le fameux *Ubu roi.*

C'est probablement sous la même influence qu'il est touché, en poésie, par le débordement de violence païenne d'un Verhaeren ou l'humilité chrétienne d'un Jammes. Indifférent au triomphe de Bergson au Collège de France qu'il juge, de toute manière, hostile au néo-kantisme, il préfère se plonger dans les œuvres d'Anatole France et de Maurice Barrès qu'il trouve si « français », ou dans les recueils de Verlaine, Mallarmé, Rimbaud. Cela ne l'empêche pas, dans le même temps, de porter aux nues une littérature populiste telle que l'illustre Charles-Louis Philippe et de considérer la récente parution de son *Bubu de Montparnasse* comme un grand événement[6].

Ce qui lui plaît dans Paris, c'est que la ville lui donne les moyens de son éclectisme. Il peut tout essayer, la matière est si riche. On croirait qu'elle a été construite sur mesure pour un jeune intellectuel européen qui ne sait plus où donner de la tête, entre la musique, la littérature, le théâtre...

Kahnweiler est ébloui par la densité de ce bouillonnement culturel, même s'il sait que l'accès lui en est facilité par son guide Eugène Reignier.

Au début, la politique l'intéresse, ce qui ne sera pas souvent le cas par la suite. Même le récit d'élections locales, même les débats à la Chambre sur les bouilleurs de cru, même les débuts du Parti socialiste retiennent son attention. La dimension gauloise de bon nombre d'incidents lui échappe mais il s'y fait, convaincu qu'avec le temps, il saisira lui aussi la quintessence de ces joutes oratoires qui opposent parfois violemment les députés, ou la véhémence pamphlétaire de certains journaux nationalistes. Les manifestations politiques sont nombreuses et il s'y rend volontiers en spectateur. Un jour, il rejoint un attroupement en passant devant les locaux du journal royaliste *Le Siècle* rue de Richelieu. Une partie de la foule est visiblement hostile aux thèses qui y sont défendues. Elle pousse des cris qu'il ne comprend pas. Quelque chose dépourvu de sens :

« Aquablanche! Aquablanche! »

Peut-être de l'humour français. Il se renseigne tout de même et, apprenant que les manifestants considèrent tous les royalistes pour de la graine d'émigrés, comprend enfin :

« A Coblence! A Coblence[7]! »

Il est vrai que quand on est allemand, même francophile, on pense à Koblenz en d'autres termes, avec d'autres références. Allemand et juif. Car la grande surprise qui attend le jeune Kahnweiler, c'est la prégnance de l'antisémitisme dans la société française. Bien sûr, il avait entendu parler de l'affaire Dreyfus, en Allemagne déjà. Mais depuis le procès du capitaine, en 1899 à Rennes, il considérait qu'elle était achevée. Non que les arguments de la partie civile l'aient convaincu, au contraire. L'innocence du « capitaine trois-pieds » (drei fuss) comme le moquent les feuilles antisémites pour suggérer son origine allemande, son innocence lui paraît une évidence. Elle n'est même pas discutable. Il n'arrive pas à comprendre l'obstination des militaires, ce qui reste la plus flagrante expression de sa naïveté face à cette société qu'il découvre. Toujours est-il que son grand homme est naturellement Emile Zola. Il l'était déjà pour ses livres, il l'est plus encore dorénavant pour son *J'accuse* et le courage quotidien de son engagement aux côtés du banni. Pour le premier anniver-

saire de la mort de l'écrivain, on voit Kahnweiler avec
son ami Rupf, des immortelles rouges à la main,
participer à l'imposant cortège qui se rend au cimetière Montmartre. Une manifestation plus politique
que littéraire.

C'est là que Daniel-Heinrich Kahnweiler devient
non pas un militant (il ne le sera jamais) mais un
homme de gauche, au sens éthique du terme. A ses
yeux, il ne s'agit pas d'une attitude électorale ni
même civique, mais de l'adhésion de principe aux
valeurs fondamentales de la République et à la patrie
des droits de l'homme. En toute liberté et sans aucun
esprit de parti[8]. Cela le poussera par la suite à
quelques salutaires provocations : à chaque fois qu'on
lui parlera de « belle époque », un concept-poncif qui
a la vie dure, il répondra qu'elle ne l'était que pour la
bourgeoisie, que seuls les possédants jouissaient de ce
qui passait officiellement pour être la liberté, et que la
vraie liberté était celle que défendaient les anarchistes[9]. Comme quoi on peut assister aux meetings de
Jaurès et en tirer sa propre morale.

Il faut dire que Kahnweiler a l'esprit de contradiction. Non pour se faire remarquer mais par goût et
par jeu : il est stimulant de briser les unanimités de
façade, ne fût-ce que pour faire surgir d'autres vérités. Au bureau, à la charge Tardieu, il répond sur le
ton de la dérision quand ses jeunes collègues lui
réclament l'Alsace et la Lorraine ou les cinq milliards
de compensation. Mais au plus fort de la guerre
russo-japonaise, quand tout le monde prend le parti
des Russes à cause des emprunts du même nom, il se
met, lui, à défendre leurs adversaires. D'ailleurs, dans
les bureaux du boulevard Haussmann, on l'appelle
« le petit Japonais »[10]. Alors, haine du tsarisme,
attirance pour l'Empire du Soleil, fascination de l'esprit de conquête ? On l'imagine mal dans les milieux
boursiers défendant l'invasion de l'île de Sakhaline et

de la péninsule de Liao-Tung contre le remboursement des emprunts russes. Mourir pour Port-Arthur?
Allons donc. A ses moments perdus, Kahnweiler aime
bien se prendre pour Zarathoustra. Il s'entraîne, il se
fait la voix, avec des causes qui lui sont étrangères,
pour ne pas dire totalement indifférentes. En attendant de trouver un combat à sa mesure, une idée qui
vaille la peine qu'on lui sacrifie tout.

Midi, place de la Bourse. Le coup de cloche a libéré
l'énergie de quelques centaines de personnages qui se
mettent à crier et gesticuler en tous sens. Kahnweiler
s'est montré à la corbeille, bien planté face à M. Tardieu dont il assure officiellement le « secrétariat ». Il a
compris après quelques semaines d'observation, que
jusqu'à 15 heures, personne ne le demandera. Il a
donc trois heures devant lui, tous les jours de la
semaine. Il n'hésite pas : le palais du Louvre n'est pas
loin du palais Brongniart, il peut même y aller à pied.
Il ne pouvait imaginer une meilleure opportunité
pour prolonger le plaisir qu'il avait eu en découvrant
la peinture au musée de Karlsruhe. L'idée même de
« toucher des yeux » des tableaux reproduits dans des
livres, l'excite. C'est ainsi que pendant ses premiers
mois à Paris, Daniel-Henry (après tout on est en
France, alors pourquoi insister sur Heinrich?) dit
« Heini », se rend presque tous les jours au Louvre
avec son ami Rupf, dit « Mané ». Ces visites répétées
révéleront chez le jeune Suisse un instinct de collectionneur. Pour le jeune Allemand, cette immersion
dans l'histoire de l'art, ce choc frontal avec les plus
grands tableaux favoriseront une prise de conscience.
    Fasciné par l'autoportrait de Rembrandt, boule-
versé par sa *Bethsabée* qui restera longtemps pour lui
« un des plus beaux tableaux du monde », il manifeste

une curiosité à la mesure des lieux. Il aimerait tout voir, s'attarder des heures si nécessaire, à commenter telle ou telle toile ou à consulter des livres tous azimuts et plus que de raison. Quand il est pris d'un doute, qu'il ne parvient pas à déceler ni même à concevoir ce que le peintre avait dans la tête au moment où il a peint, Kahnweiler retourne au Musée passer une heure devant l'autoportrait de Rembrandt. La plus belle heure de la journée[11].

Un jour, le Louvre ne lui suffit plus. Il veut en savoir plus, notamment sur la production des peintres vivants. On lui indique le musée du Luxembourg. Aussi, cette fois-là, après le coup de cloche de midi, il n'emprunte pas la rue de Richelieu. Quelle déception! C'est d'un ennui. Après un rapide tour du propriétaire, l'endroit lui apparaît comme le dépotoir des gloires déjà rancies de la peinture officielle. La première impression est vraiment déplorable : l'académisme dans ce qu'il a de plus inexpressif.

Est-ce sur le conseil de Rupf ou de Reignier? Toujours est-il qu'il s'enquiert de l'endroit où se trouve la salle Caillebotte. Il en a entendu parler. Inaugurée en 1897, elle a bien failli ne l'être jamais. Le peintre Gustave Caillebotte avait légué sa propre collection à l'Etat par testament, à condition qu'elle soit entièrement exposée au musée du Luxembourg. Mais la nature des toiles avait provoqué un beau scandale, de la haine même : « ordures »,... « déchéance »... « flétrissure morale »... « ces gens-là font de la peinture sous eux »... avait-on entendu alors. On l'avait même lu. Après de longues négociations entre Auguste Renoir, exécuteur testamentaire du légateur, et les autorités du musée et, compte tenu du règlement qui limitait le nombre d'œuvres auquel chaque artiste avait droit, les deux parties étaient parvenues à un compromis, une cote mal taillée en forme d'épuration : des soixante-cinq tableaux impressionnistes

offerts par Caillebotte, l'Etat n'en retenait que trente-
huit, abandonnant les autres – et les droits y afférent
– aux héritiers du peintre. Mais pour les impressionnistes c'était tout de même une manière de victoire.
Cézanne, qui s'était vu si souvent refusé l'accès aux
Salons, avait dit :

   « Maintenant, j'emmerde Bouguereau[12] ! »

   La première fois qu'il visite la salle Caillebotte,
Kahnweiler est déconcerté. Certes, il voit bien la
différence avec les œuvres accrochées sur les autres
murs du Luxembourg. Mais il ne comprend pas ce
qu'il voit : des taches de couleur sans signification. Il
se refuse à juger hâtivement et se promet de revenir.
On doit être modeste devant les tableaux. Mieux :
humble. Il ne cesse de le répéter. C'est bien le
moment d'en tirer la leçon pour sa propre gouverne.
Après plusieurs visites qui le menèrent directement à
cette salle, indifférent au « déplorable » environnement, il s'habitue à ces taches de couleur, prend goût
à les regarder à défaut de les déchiffrer. Car il ne
saurait être question pour lui de voir un tableau
comme une fin en soi : c'est une incitation à un effort
intellectuel[13].

   Petit à petit, sous ses yeux, sur ces cimaises, sourd
« un admirable monde mouvant où passent l'air et la
lumière »[14]. Un véritable univers de peinture, avec
des nuages et des ombres, des formes et des couleurs.
En totale contradiction avec l'académisme alentour.
Cette peinture nouvelle et vivante, ce n'est pas un
choc mais une découverte progressive, réfléchie,
posée. Le fruit d'une lente maturation, d'un apprentissage et d'une accoutumance.

   Ce n'est pas la réputation ni l'odeur de soufre qui
l'attirent en ces peintres. Malgré les résistances
encore fortes dans les milieux les plus fermés, ce n'est
plus vraiment un art maudit. Le jeune homme en
veut pour preuve cet écho qu'on lui a rapporté au

bureau : il paraît qu'un tableau de Monet a été vendu cent mille francs-or !

Pas à pas, au fur et à mesure de sa révélation, il juge que cette appellation d'impressionnisme est, somme toute, assez adéquate à l'esprit de ces peintres. Que cherchent-ils finalement, sinon à fixer leur impression devant ce qu'ils voient ? Extraverti, cet art lui apparaît comme l'aboutissement extrême de plusieurs siècles d'art tourné vers l'extérieur. Ses défenseurs essaient de rendre ce que la photographie est impuissante à restituer : la lumière dans ses nuances les plus fines, l'atmosphère qui enveloppe les objets, l'air dans ce qu'il a de plus pur et d'indéfinissable.

Il y a là des Degas et des Sisley, des Monet et des Pissarro, des Renoir et des Cézanne et d'autres encore. Les toiles d'Edouard Manet sont celles qui le frappent d'abord car il lui paraît être le premier à utiliser la couleur en tant que telle, et le blanc comme une couleur. Seurat l'a pareillement marqué, mais pour d'autres raisons : il a eu, face à sa peinture, le sentiment rare d'être en présence de quelque chose d'important. Quelque chose qui devra compter pour l'histoire de l'art. Mais finalement c'est Cézanne qui l'impressionne le plus. Enfin un peintre qui renouvelle sa palette et n'hésite pas à se détourner des fourches caudines de la peinture classique : perspective, respect des proportions, fidélité du dessin, souci de l'exactitude... Bien sûr, toute cette nouvelle peinture n'est pas encore dégagée de l'illusionnisme mais elle y tend. Ce Cézanne a parfois des manières d'architecte que Kahnweiler apprécie fortement.

Contrairement à certains de ses amis qui aiment bien, à la rigueur, les paysages et les natures mortes du maître d'Aix, mais qui s'indignent de ses figures sans visage, il les trouve très naturelles. Il se refuse quant à lui, à se montrer choqué par ces « déformations ». Il les a bien vues au début, comme tout le monde, mais maintenant il ne les voit plus. Plus d'une fois, il prend son entourage à rebrousse-poil, rejetant les descriptions qu'ils font des Cézanne : une table de guingois, une assiette, trois pommes. Autrement dit, un sujet aisément imitable, donc immédiatement identifiable. Pour lui, c'est tout sauf cela. Ce serait trop facile, trop évident. Ce qui l'intéresse, c'est de déceler les vrais moyens et la finalité que le peintre s'est donnés. Très vite, il met Cézanne à part, en dehors de l'ensemble des impressionnistes. Ce qu'il comprend de ses tableaux, c'est que l'artiste a construit cette surface plane de manière à en faire une réalité solide où inscrire ses sensations, et non des impressions fugitives. La tentative lui paraît d'autant plus cohérente qu'il la replace aussitôt, comme à son habitude, dans l'ensemble culturel de son époque, où la peinture se mêle à la littérature et la musique.

Bien plus tard, à l'heure du souvenir et du témoignage, Kahnweiler assurera toujours que ses réactions ne doivent rien à la reconstruction, qu'elles ne sont jamais entachées d'anachronisme et que sa rigueur lui interdit de projeter avec un demi-siècle de recul des théories forgées par l'expérience. Auquel cas il faut lui faire crédit de la première de ses géniales intuitions. Car en 1903, en s'attardant à la salle Caillebotte devant Cézanne, il a la conviction que sa peinture, annonciatrice de bien des bouleversements, marque plus la fin d'une époque que le début d'une autre[15].

Après les musées, les Salons. Toujours entre deux coups de cloche... C'est la seconde étape de son voyage dans la peinture vivante. S'il se décide à les fréquenter, ce n'est pas pour côtoyer le public, écouter ses réactions, engager le dialogue. A ses yeux, le public importe peu, il n'a rien à dire. Quand il acclame trop vite, trop tôt, avant que le temps et les spécialistes aient fait leur œuvre, ce serait même plutôt mauvais signe. Dire que Kahnweiler considérera toujours la peinture comme un art d'élite est un euphémisme. Ce n'est pas non plus pour rencontrer les jurys qu'il se rend dans les Salons, lui qui prend un malin plaisir à brocarder « la finesse propre à ce genre de corporation »[16]. C'est donc, tout simplement, parce que les Salons lui apparaissent comme le laboratoire de l'art moderne, celui qui se fait en marge de l'Ecole des Beaux-Arts. Les cimaises des Salons semblent le reflet des tâtonnements et des inquiétudes des peintres plus que de leurs certitudes ou de leurs achèvements[17]. Du moins certains Salons car il faut faire la part des choses.

Le Salon des Artistes Français est celui que Kahnweiler aime le moins. Il l'appelle le Salon-des-gens-sans-goût et le tient surtout pour un événement mondain. Des amateurs fortunés y paient très cher des tableaux de peintres aux qualités improbables. Des peintres qui seront balayés par le vent de l'histoire : Paul Chabas qui peint des nymphettes aquatiques, des jeunes femmes délicieuses trempant leurs jambes dans une eau glauque en frissonnant, au crépuscule; ou encore Franck et Joseph Bail, spécialistes des natures mortes « à la manière » des Hollandais du XVIIIe siècle, qui peignent des casseroles de cuivre dont on s'accorde à vanter l'éclat; ou cet autre artiste dont il a déjà oublié le nom mais qui est déjà célèbre et coté pour la vérité de ses bruyères roses[18].

Le Salon de la société nationale des Beaux-Arts ne vaut guère mieux, ou si peu. Il y a aussi le Salon d'Automne, le dernier-né, inauguré en octobre 1903. On l'a installé dans les soubassements du Petit Palais, décorés pour l'occasion par Lalique. La soirée d'ouverture a été si mondaine, si parisienne que les peintres n'y sont pas remarqués, et les marchands à peine plus. Il est vrai que le Président, l'architecte Frantz Jourdain, a beaucoup d'amis. Tout de même, c'est à se demander si les artistes ne sont pas qu'un prétexte à une réunion extra-artistique. Fort heureusement, l'impression première sera vite démentie. Car les organisateurs du Salon d'Automne se veulent exigeants et cohérents dans leurs choix, et ils n'hésiteront pas à bousculer, voire choquer le public si nécessaire. Kahnweiler y fera bientôt quelques belles découvertes.

En attendant, c'est le Salon des Indépendants qui l'enthousiasme le plus. Il vaut vraiment le détour et sauve l'institution des Salons comme la salle Caillebotte sauve le Musée du Luxembourg. Fernand Léger le décrira un jour comme un salon de peintres pour les peintres, ouvert à la recherche et assez fort pour affronter les railleurs venus en bande montrer du doigt ou pouffer de rire, comme on va à Médrano. Comparant à un drame le premier accrochage d'un jeune peintre dans ce sanctuaire, il dira même que si les bourgeois en avaient conscience, ils y entreraient avec respect, comme dans une église[19]. Le Salon des Indépendants, véritable pépinière de l'art moderne, est le lieu géométrique des passions diverses et parfois contradictoires que Kahnweiler éprouve pour la peinture. Sa devise lui plaît : ni jury ni récompense. Plus qu'une devise, c'est un vrai mot d'ordre pour des bannis authentiques, des proscrits, des refusés comme on les appelle. Le règlement a été simplifié à l'extrême. Tout tableau est admis moyennant une cotisation de vingt-cinq francs. Pas de véritable censure. Il faut qu'une plainte soit déposée ou qu'une dénonciation soit enregistrée pour qu'un commissaire de police mette fin à la carrière d'une toile jugée obscène. L'incident est peu fréquent car un esprit vraiment fraternel cimente ce rassemblement de semblables[20].

Kahnweiler se plaît bien dans ces baraques déla-
brées du Cours-la-Reine aux Tuileries. A l'endroit
même où, sous l'Ancien Régime, la cour et la
noblesse aimaient à se promener, des peintres rejetés
des grands Salons déambulent dorénavant. L'esprit
des lieux est tout entier dans le caractère provisoire
de ses planches, aux antipodes des somptueux Petit et
Grand Palais. Bien sûr, l'absence de sélection permet
au pire de côtoyer le meilleur. Mais il ne lui déplaît
pas d'avoir à faire son propre choix. Pour Kahnweiler, l'image la plus fidèle qui sera jamais donnée des
Indépendants restera un tableau du Douanier Rousseau *La Liberté invitant les artistes à prendre part à
la 22e exposition des artistes indépendants*. On y voit
les toiles empilées dans les voitures à bras ou coincées
sous le coude comme un vulgaire journal, des peintres aux chapeaux à larges bords faisant fiévreuse-
ment la queue à l'entrée. On y devine la générosité
des anciens jouissant déjà d'une certaine notoriété et
proposant aux débutants et aux nouveaux venus
d'accrocher à leurs côtés, et puis la foule mêlée de
persifleurs et de passionnés[21].

Familier des musées et surtout des Salons, Kahnweiler éduque son regard. Il se forge, pour son usage
personnel, des instruments de mesure qui autorisent
les comparaisons. Ses exclusives se précisent au fur et
à mesure que son goût s'affine. Van Gogh l'ébranle
car il met sa vie, son expérience, ses propres couleurs
dans ses tableaux. Seurat l'intrigue, l'attire, encore
que, sa dérive pointilliste lui paraisse aller à l'encontre
du travail prometteur qu'il avait entrepris sur la
construction réelle du tableau. Gauguin, qui vient de
mourir aux îles Marquises, le retient avant de devenir, durablement, sa bête noire. Kahnweiler reconnaît
ses dons mais lui reproche d'avoir détourné l'esprit
de construction, tel que Cézanne l'illustre, au profit
du pittoresque, de l'exotique, de la décoration, de

l'ornementation. Gauguin est à ses yeux le grand fautif car son influence est aussi avérée que néfaste[22].

Ces Salons ont leur importance : ils forment une génération de spectateurs. Kahnweiler y apprend à regarder, Rupf y prépare sa future grande collection. Un visiteur un peu plus jeune, André Level, y a une révélation : c'est authentique parce que cela me touche directement, se dit-il. Un véritable choc intérieur, qui lui donne une idée : pourquoi ne pas créer une cagnotte avec quelques amis afin d'acquérir certains de ces tableaux ? Ce n'est pas une idée en l'air puisqu'en février 1904, il dépose les statuts de l'association dite de « La Peau de l'ours ». Ils sont onze souscripteurs qui paient chacun 250 francs par an, soit le montant d'une part, étant entendu qu'ils ne peuvent posséder chacun plus de deux parts. André Level, nommé gérant, choisit et achète les toiles (Gauguin, Van Gogh, Bonnard, Vuillard...). Chacun des associés pourra en jouir à tour de rôle dans des conditions déterminées. Mais dans dix ans, la collection devra impérativement être vendue aux enchères publiques. Ainsi de jeunes amateurs sans grands moyens auront pu aider et aimer une peinture à leurs yeux injustement sous-estimée[23].

Des musées, des salons : et les galeries ? Le jeune Kahnweiler n'ose pas. Trop intimidé pour franchir ces fameux paillassons qui l'impressionnent plus que le Rubicon un général romain. Quand il se sera décidé, il pourra dire comme César : le sort en est jeté. Mais il est encore trop tôt. Ce n'est pas faute d'avoir traîné dans le quartier des galeries. Il connaît bien les devantures.

Devant celle de Durand-Ruel, il assiste à une scène inoubliable. On y expose la série de trente-sept toiles que Monet a peintes sur la Tamise et qu'il a rapportées de Londres. Devant la vitrine, deux cochers de fiacre aux visages rubiconds et boursouflés de haine, prêts à éclater et à dégorger leur aversion, crient :

« Il faut enfoncer la devanture d'une boutique qui montre des saloperies pareilles[24] ! »

La violence de leur réaction le fait réfléchir. Au-delà de son caractère primaire et impulsif, il en retient une leçon de modestie pour l'avenir. Et une leçon tout court : pour qu'une peinture existe, il faut d'abord qu'elle choque.

La galerie Durand-Ruel au moment de la présentation des Monet de Londres, est peut-être la seule où il se soit aventuré quelques minutes. Il y a beaucoup de monde, c'est une exposition publique. Tous ces gens ne sont pas là pour acheter. Or, c'est surtout cela qui l'empêche de visiter les galeries comme il le fait pour les Salons : il croit qu'il faut être agréé pour pénétrer dans le sanctuaire; surtout, il est persuadé que quand on y entre, c'est pour acheter un tableau. Uniquement. Pas pour regarder[25]. Tout le contraire d'un musée.

Cette année-là, dans *L'Humanité*, à l'issue d'une longue enquête sur la situation sociale de l'artiste, Jean Ajalbert propose l'instauration d'un véritable droit d'auteur et même le partage des bénéfices entre peintres et marchands. Dans le quartier des galeries, cela fait sourire : cette douce utopie le restera, elle est bien digne d'un jeune journal socialiste. A Montmartre et Montparnasse, l'enquête du quotidien fait plus de bruit. On la commente comme on commente tout ce qui a trait de près ou de loin à la vie artistique. Aux écrivains les salons (avec un petit s), aux peintres les cafés. C'est du moins ainsi que l'entendent certains d'entre eux. Kahnweiler les fréquente, bien que la familiarité et le brouhaha ne soient pas son fort.

Avec Eugène Reignier, ce sont plutôt les cafés de comédiens, notamment du théâtre de l'Œuvre. Avec

Rupf, ce sont plutôt les cafés de peintres, comme s'ils étaient la prolongation naturelle du Salon des Indépendants. Dans l'un d'entre eux, il noue une relation qui le marquera durablement.

C'est au carrefour Raspail-Montparnasse, le Café du Dôme. L'émigration allemande y a élu domicile. L'identification est telle qu'on les appelle les dômiers; en retour, ils désignent le café comme « la cathédrale » (die Dom). C'est le contraire d'une brasserie munichoise ou d'un de ces lieux traditionnels d'outre-Rhin où même le plaisir est une obligation, grâce à l'organisation allemande[26]. Le véritable maître de l'endroit, le doyen, celui qui fait figure d'archevêque de la cathédrale, c'est Wilhelm Uhde. C'est un jeune vieux sage. Une sorte de père tranquille de dix ans son aîné. Il a fait son droit à Munich et étudié l'histoire de l'art à Florence avant de se fixer à Paris. En rupture avec son milieu d'origine (bourgeoisie prussienne), il s'improvise courtier en tableaux, à l'occasion. Le dimanche, il reçoit ses amis peintres et collectionneurs qu'il présente aux marchands de passage. Son portrait, par Robert Delaunay (1907), révèle un homme discret, au regard doux et attentif, une expression toute de courtoisie, un ton d'une grande sérénité, la moue boudeuse rehaussée d'un type de moustache qui sera immortalisé trente ans plus tard par un caporal sanguinaire.

Kahnweiler voue à son compatriote une admiration mêlée d'estime. C'est un homme auquel il peut se référer. Son ouverture d'esprit, en peinture notamment, fait de Uhde le modèle de l'amateur éclairé. Avec Rupf et Reignier, il constitue le noyau central du premier cercle des relations de Kahnweiler. Trois hommes dont deux s'expriment généralement en allemand. Pour le jeune homme, cela a son importance même s'il maîtrise bien le français. Certaines choses ne passent que dans sa langue maternelle. Dans un domaine qui lui est cher entre tous, la poésie, il ne croit pas qu'il soit possible « d'être égal à soi-même dans une autre langue que celle dans laquelle on a été élevé[27] ».

5 novembre 1904. Daniel-Henry Kahnweiler a vingt ans. Il veut se marier. Si jeune? Rien ne presse pourtant. Mais depuis quelque temps, il vit avec une Berrichonne de deux ans son aînée, Léontine Alexandrine Godon. Lucie, comme on l'appelle plus couramment, est originaire de Sancerre. Julius, le père Kahnweiler, s'est scandalisé de cette liaison. Il est venu à Paris mais a refusé de la rencontrer tant qu'elle n'aurait pas légalement épousé son fils. Il était choqué et ne l'avait pas dissimulé. Son puritanisme recouvrait aussi une certaine déception. A Stuttgart, on s'était fait à l'idée que Daniel-Heinrich fréquentait le meilleur monde de la haute société israélite et qu'il finirait bien par épouser une Rothschild[28].

Ce n'est pas vraiment le cas. Peu lui chaut. Il fait ce qui lui plaît. Par inclination et par orgueil. Avec Lucie, il entame par avance un voyage de noces qui le mène en Hollande puis en Espagne et en Italie. Hermann Rupf, qui séjournait à Londres, les a rejoints.

Et le bureau? Il n'en a cure. D'ailleurs, chez Tardieu, quand il a annoncé qu'il partait en voyage pour quelque temps on ne lui a rien dit. Après tout, il n'est pas salarié. Nul ne lui fait de reproche mais les gens de chez Tardieu n'en pensent pas moins. Ce jeune homme ne fera pas un agent de change, c'est sûr. Ni même un banquier. Il n'est pas de la graine des Neumann. Les oncles du Royaume-Uni l'ont également compris qui le font venir auprès d'eux sous prétexte de perfectionner son anglais. Pour tenter de le reprendre en main en vérité.

Londres à la fin de l'année 1905. Kahnweiler arrive en plein bouleversement. Les libéraux aidés du Labour, qui viennent de remporter les élections, révèlent leurs préoccupations sociales tandis que le roi Edouard VII se passionne surtout pour la politique étrangère. Mais ni les pensions de vieillesse ni les subtilités de l'Entente cordiale n'intéressent Kahnweiler.

A peine arrivé, il aimerait déjà repartir. Paris lui manque. Ici, il se sent bien seul, d'autant que Rupf a dû rejoindre définitivement Berne pour reprendre l'affaire familiale et absorber son énergie dans la mercerie et la passementerie. Londres est une belle ville, il n'en disconvient pas. La National Gallery, la Wallace Collection et le Victoria and Albert Museum sont riches et pleins d'enseignements. Il y passe le plus clair de son temps. Mais même l'atmosphère dans ce pays semble à l'image de l'*establishment*, pincée et pleine de componction. Alors que le Paris des Salons et des cafés littéraires, c'est la liberté tout simplement. A croire que c'est le seul endroit en Europe où il se sente si parfaitement dans son élément. Un bref séjour à Madrid, une ville que l'on dirait « endormie depuis cinquante ans[29] » l'a confirmé dans cette idée. Bien sûr, il a visité le Prado mais le Greco n'y occupe pas encore sa vraie place.

A Paris, il y a des événements à sa mesure. Non pas ceux de la grande presse : la loi de séparation de l'Eglise et de l'Etat ne le touche guère; son milieu est naturellement acquis à l'anticléricalisme du père Combes et lui-même ignore tout de la résistance catholique qui se manifeste surtout en province[30]. Ce qui le touche, c'est le scandale du Salon d'Automne, à l'occasion duquel le critique Louis Vauxcelles ironisant sur « la cage aux fauves[31] » censée enfermer des peintres tels que Matisse, Marquet, Rouault, Derain ou Vlaminck baptise involontairement une tendance qu'il voulait railler. Ce qui l'émeut, peu après, c'est la mort de Cézanne.

Pendant ce temps à Londres, on parle encore de l'ouverture quatre ans auparavant dans l'East End de la Whitechapel Art Gallery qui prétend introduire l'art moderne dans les milieux prolétaires. Ainsi, il n'hésite pas dès le début à partir en week-end à Paris pour retrouver la peinture du Salon des Indépendants, celle qui a ses yeux fait preuve de plus de liberté chez les contemporains.

Son oncle Sigmund Neumann, chez qui il travaille, ne l'ignore pas. Il laisse faire. Il a tout de suite compris de quoi se nourrit l'imaginaire du jeune homme, lequel a de son côté vite réalisé que, contrairement à ce que l'on s'imagine à Stuttgart, l'oncle ne dirige pas d'importantes affaires. Il n'a pas plus de vingt employés. C'est moins un entrepreneur qu'un gestionnaire. Sa richesse n'en est pas moins impressionnante[32]. Mais Kahnweiler ne songe pas à l'imiter. L'argent et le luxe l'indiffèrent. Il faut dire qu'il est à l'abri des préoccupations matérielles. A vingt et un ans, il ne sait rien de la misère. Les privations, pour lui, consistent à remplacer le déjeuner par un café afin de traîner plus longtemps sous les voûtes du British Museum.

Un jour, il décide que cela doit cesser. Le jeu a assez duré. Tous ces boursicoteurs frénétiques, ces spéculateurs sous tension, ces obsédés du « Dow Jones » n'ont rien de commun avec lui. Il ne sera jamais des leurs. Alors autant sauter le pas. Lui qui n'a jamais eu le courage d'entrer dans les galeries, il va se donner celui d'en ouvrir une.

Marchand de tableaux : c'est sa vocation. Des conciliabules à distance s'ensuivent entre Londres et Stuttgart. Son père est très mécontent. La nouvelle a fait l'effet d'une bombe[33]. Quelle idée, la peinture...

Ses oncles sont dubitatifs. Ils veulent lui parler en tête-à-tête. Lui aussi d'ailleurs, pour une explication franche et définitive. Paradoxalement, ce qui le décide à radicaliser la situation, c'est le contre-exemple d'Eugène Reignier, son ami, son modèle, l'homme qui a raté sa vie pour n'avoir pas su la désengager.

Conseil de famille. A gauche, les oncles. A droite, le neveu.

« Voilà, je ne connais rien à votre métier, je ne l'aime pas, il ne m'amuse pas. Je ne ferais jamais rien de bon là-dedans...

– Nous aussi, nous avons fait le tour de la question, dit l'aîné des deux frères. C'est le moment de prendre une décision. En Afrique du Sud, il nous manque un responsable de confiance pour diriger nos affaires. Un bureau t'attend à Johannesburg. »

Un ange passa. Johannesburg, alors qu'il brûle de retrouver Paris. Le malentendu est total. Il faut brusquer la conversation.

« Vous n'y êtes pas : je voudrais être marchand de tableaux à Paris.

– Mais tu n'y connais rien ?

– C'est vrai, mais j'ai vu beaucoup de tableaux et je voudrais participer à l'essor de l'art en défendant les peintres que j'aime.

– Mais tu voudrais vendre quoi ? » reprennent les oncles[34].

C'est la question. A quoi bon leur expliquer, c'est un monde qui leur est totalement étranger. Assurément, ils ne voient pas cela d'un bon œil. Mais c'est la famille. Ils sont Neumann et un peu Kahnweiler après tout. Et libéraux par tempérament. Jamais ils ne le forceront. L'exemple leur paraît une meilleure arme que la contrainte ou l'interdiction. A Londres, ils connaissent du monde dans tous les milieux. Même dans le marché de l'art. Leur propre fournisseur, celui qui leur a vendu les Gainsborough, les Reynolds, les Lawrence que l'on peut voir chez eux et que Kahnweiler traite avec mépris comme des gravures de mode, est un marchand connu du nom de Wertheimer. C'est un homme de bon sens qui connaît son métier, l'homme idéal pour tester la réalité de la vocation de Daniel-Henry.

En se rendant chez lui, celui-ci comprend aussitôt qu'il va subir un examen. Une idée lamentable à son goût. D'autant que M. Wertheimer correspond tout à fait au type de marchand qu'il abhorre, celui qu'il ne veut justement pas devenir. C'est le genre de marchand qui fournit à sa clientèle ce qu'elle lui demande. Il se contente de flatter ses goûts. De la pure démagogie commerciale. C'est à se demander s'il a même une certaine idée de la peinture. En tout cas, rien d'un découvreur. Kahnweiler, lui, aspire déjà à devenir le marchand qui offrira à l'admiration publique des peintres inconnus, qui ont besoin qu'on les soutienne et qu'on les aide à se frayer une voie.

C'est l'heure de l'examen de passage. L'examinateur semble aussi embarrassé que l'impétrant. Pas plus à l'aise l'un que l'autre dans cette comédie que leur font jouer les Neumann. Le marchand se lance.

« A la National Gallery, qu'est-ce que vous aimez ? »

Le jeune homme réfléchit. Quelle stratégie choisir : la flagornerie ou l'affrontement ? Dans le premier cas, s'il veut flatter le goût de son interlocuteur, abonder dans son sens, être à l'unisson, il serait bien inspiré de répondre : les grands portraitistes anglais du XVIIIe siècle. Oui, à la limite, Rubens ou Velasquez. Dans le second cas, s'il veut le provoquer...

« Ce que j'aime, Monsieur, c'est le Greco. »

Surprise. Etonnements. Haussements de sourcils.

« ... Et Vermeer de Delft aussi. »

En vérité, il préfère Velasquez. Mais il a décidé de

prendre le contre-pied des goûts du marchand. Et comme le Greco sent encore le soufre et que Vermeer n'est pas très apprécié...

« Bien sûr, bien sûr », marmonne Wertheimer.

Il n'en pense pas moins. Folies de jeune homme, se dit-il avant de poursuivre son interrogatoire.

« Mais enfin, à Paris vous comptez ouvrir une galerie. Qu'allez-vous vendre? Ou plutôt qu'allez-vous acheter? »

A nouveau, un choix de stratégie s'impose. S'il lui parle des impressionnistes, le marchand va écarquiller les yeux. A Londres, on sait à peine qui ils sont. S'il cite les noms de Matisse ou Derain, il est sûr de s'attirer un cinglant « connais pas » qui jetterait un froid. Aussi décide-t-il de cristalliser son ignorance. L'apprenti marchand choisit de conforter le marchand dans sa propre culture.

« J'achèterais des toiles de Vuillard et Bonnard.

– Connais pas. Je ne connais pas », répète Wertheimer imperturbablement[35].

C'est raté. Heureusement, le marchand a un bon fond. Il ne lui tient pas rigueur de ce que d'autres auraient considéré comme une insolence. Son rapport d'examen a dû être positif. C'est ce que Kahnweiler déduit de l'ultime entretien qu'il a avec ses oncles.

« Voilà ce que nous avons décidé. Tu vas aller à Paris. Tu vas ouvrir une galerie puisque c'est ce que tu veux faire. Nous te donnons mille livres, l'équivalent de vingt-cinq mille francs-or. Et un an. Si après un an, cette galerie a pris pied, c'est-à-dire si tu peux la faire durer, vivre toi-même et ta femme, tu pourras continuer. Sinon tu reviendras dans notre métier[36]. »

S'il échoue à Paris, il ira à Johannesburg. Loin de tout, de la vieille Europe et de la peinture. Il se condamne à réussir. Tout est relatif. On a vu des défis plus angoissants. Mais celui-ci est à la mesure de son milieu.

Marchand de tableaux à Paris, enfin ! Il faut prévenir Eugène Reignier. Il lui écrit aussitôt. Pour lui demander conseil et, implicitement, recevoir sa bénédiction. Prudent, l'ami Reignier. Il commence par interroger quelques-unes de ses relations, un architecte, un critique d'art... Dans un premier temps, il fait tout pour le décourager. Marchand ? Mon pauvre ami... Il faut une grosse trésorerie pour se lancer là-dedans, il faut connaître des trucs, n'importe qui ne peut pas négocier des toiles de grands maîtres qui sont des valeurs établies, la découverte des nouveaux talents est une entreprise aléatoire, hasardeuse, lente, risquée, et puis les marchands installés sont des concurrents coriaces[37]... Ce n'est vraiment pas pour un Kahnweiler.

Constatant que son argumentation est sans effet, il lui écrit dans un second temps de manière à bien marquer ce qui le distingue des gens de ce milieu :

« ... Toi, tu as du goût, de l'esprit, de l'intelligence et tu ne sauras jamais non plus être rosse. Et puis tu as horreur de te jeter à la tête des gens, horreur de la réclame, horreur de faire des boniments. Tu attendras qu'ils viennent, qu'ils comprennent[38]... »

C'est vrai. Bien vu pour le caractère, mais pas pour la détermination. Si Kahnweiler n'était pas en Angleterre, s'il pouvait exprimer sa flamme, de vive voix, Reignier serait conquis. Il jugerait que ses défauts ne sont rien en regard d'une aussi farouche volonté. Néanmoins, quelques lettres plus tard, il s'avoue vaincu. Une dernière fois, il lui noircit le tableau : 25 000 francs, ce sera insuffisant, ta famille voudra vite voir des résultats, et puis les marchands parisiens sont une bande de requins, ils ne te laisseront pas... Trop tard. La décision est prise. C'est l'heure des ultimes conseils avant le grand saut dans l'inconnu.

« ... Plus de bohème, plus de cheveux ridicules, plus d'allures anarchiques... De la correction! Je jure que je ne plaisante pas. Ça c'était bon quand tu fuyais les hommes et maintenant il va falloir les rechercher, même ceux que l'on pouvait dédaigner. Oh non ce ne sera pas toujours des roses[39]. »

Février 1907. Daniel-Henry Kahnweiler décide de rentrer en France. En traversant la Manche, il sait que sa décision est définitive et irrévocable. Zarathoustra a enfin passé le Rubicon.

# 3.

## *Galerie Kahnweiler*

### 1907

Sur le bateau qui le ramène en France, il relit un message que Reignier lui a fait parvenir avant l'embarquement. Comme pour le prévenir :

« Courage... La vie vraie (et dure, un peu) va commencer[1]. »

Cela ne lui fait pas peur. Au contraire. A croire qu'il rêve d'en découdre enfin et de s'affronter aux autres sur le terrain qu'il a choisi, avec ses propres armes.

Tout d'abord, trouver un appartement. Pas si facile. L'atmosphère sociale, tendue, ne s'y prête pas. Le ministère Clemenceau doit affronter la première grève des ouvriers électriciens de Paris et argumenter avec les fonctionnaires syndicalistes. Les Kahnweiler trouvent finalement un logement 28, rue (bientôt avenue) Théophile-Gautier, à Auteuil dans le 16e arrondissement. Ce n'est pas très grand, perché au cinquième étage. Mais de la fenêtre, la vue est excellente sur la rive gauche. Aucune construction ne vient encore l'occulter. Seconde étape : trouver une « boutique » pour y installer la galerie.

Il faut être rive droite. Question de standing. Le critique Louis Vauxcelles connaît bien son monde. Il assure que lorsqu'un marchand passe de la rive gauche à la rive droite, c'est signe qu'il monte. Cette évolution géographique a son importance dans une profession où la réputation précède la cote. Le quartier de la Madeleine étend ses bras assez loin. La rue Laffitte est traditionnellement la rue des marchands de tableaux. On ne dit pas : je vais faire le tour des galeries, mais : je vais rue Laffitte. De même, on va « à l'Hôtel » et non aux ventes aux enchères à Drouot. Dialogue d'initiés. Le sérail est friand de raccourcis. Ce ne sont pourtant pas des gens particulièrement pressés, mais dans le commerce de l'art comme ailleurs, on aime bien savoir en deux phrases si on affaire à quelqu'un de la famille.

Kahnweiler apprend vite. Il réalise tout de suite que la rue Laffitte et la rue Le Peletier datent déjà, qu'elles sont très connotées aux couleurs du XIXe siècle. Bernheim Jeune et Druet se sons installés non loin de la Madeleine. Ce sera là, « le » centre. Dans ce quartier d'épiceries de luxe et d'hôtels à cocottes. Au pied d'une lourde église. Rue Vignon, il visite une minuscule boutique : quatre mètres sur quatre. Elle est occupée par un tailleur polonais qui connaît des difficultés. Ses affaires vont mal. Il en réussit une, en tout cas, en sous-louant son local à Kahnweiler pour 2 400 francs par an alors qu'il ne lui coûte que 1 800[2]. Mais c'est le genre de détail qu'on n'apprend qu'après. L'intervention d'un tapissier adaptera le lieu à son nouveau commerce, à défaut de le transformer.

Un tapis au sol, de la toile à sac sur les murs, le plafond renforcé. Il faut éviter qu'un visiteur se sente dans un atelier de couture, c'est la moindre des choses. Alors on modernise. Il n'y a peut-être pas le téléphone, pas encore, mais on peut d'ores et déjà remplacer l'horrible éclairage au gaz par des becs Auer, plus luxueux. Un jeune homme, un peu simple, est engagé comme factotum. Le matin, c'est lui qui lève le rideau de fer. Voilà, c'est prêt. C'est ouvert. Ni inauguration, ni petits fours. Ni publicité ni critiques mondains. Déjà, l'esprit Kahnweiler. Entre qui veut, regarde, achète ou pas.

Rue Vignon... Le tout jeune Florent Fels, qui n'est pas encore critique d'art, y habite, chez son aïeule. Il la voit ainsi : « La fidélité à quelques fournisseurs réputés, l'importance secondaire de la circulation dans ce coin de Paris, une certaine qualité de silence en font, malgré la proximité du boulevard, un îlot relativement tranquille. Vers l'année 1900, au milieu de la nuit, n'y parvenait que le clapotement du sabot des chevaux de fiacres, avant l'éveil matinal des voitures de laitiers[3]. »

La galerie est enfin prête. Il lui faut un nom. Ce sera la galerie Kahnweiler, tout naturellement. Prétentieux ? Non pas. Cette personnalisation de la « boutique », cette totale identification entre le marchand et sa galerie, semblent bien être la règle.

Voici Daniel-Henry Kahnweiler derrière son bureau, dans sa petite galerie. Son premier achat a été une machine à écrire Smith et Premier à double clavier. Il juge son écriture illisible, avoue avoir du mal à se relire et de toute façon les affaires exigent une certaine rigueur. Une lettre doit être tapée. Ces exigences qu'il commence à se donner résonnent comme un ultime écho des avertissements d'Eugène Reignier : finis les cheveux longs...

Il attend. Tout est prêt pour que se déroule une comédie avec quatre personnages en quête de hauteur : le peintre, le marchand, le critique et l'amateur. Mais les murs sont bien tristes. Il y accroche quelques lithographies et gravures achetées chez Le Véel, un petit marchand de la rue Lafayette. Le 21 mars, un mois exactement après son arrivée à Paris, il profite de l'ouverture du Salon des Indépendants pour acheter. Il s'intéresse à Renoir et Cézanne, Monet et Jongkind, et surtout Bonnard et Vuillard qu'il juge « malheureusement écrabouillés entre de très grands

prédécesseurs et d'impétueux successeurs ». Aux
Indépendants, il est un autre homme. Un marchand
de tableaux. Non plus un amateur ou un dilettante.
Dans son esprit, cela implique aussi une certaine
conception du métier. Il le pense et il le dit : pas
question d'être un marchand comme les autres. Non
qu'il se sente unique ou exceptionnel, mais plutôt
différent. Il a une autre finalité que la majorité de ses
désormais confrères.

Sa philosophie? Une ligne plutôt : comme un
homme politique. Elle repose sur sa culture, sa sensibilité, son intuition et un certain nombre de valeurs
en tête desquelles il place volontiers l'exigence, c'est-
à-dire le refus du compromis, la fidélité aux hommes
et aux idées. Les tableaux ne sont rien en fait, rien
qu'un moyen. Sa galerie ne saurait être un dépôt,
comme chez le père Tanguy. Lui, il veut découvrir.
La génération des Nabis, les « prophètes » réunis
autour de Maurice Denis, Vuillard et Sérusier, est
déjà trop vieille et trop connue. Il veut trouver des
jeunes, de sa génération, qui ne sont pas encore en
mains et qui ont besoin d'être aidés. Pour cela, il faut
chercher, bien entendu, mais surtout choisir, trier,
sélectionner.

Le découvreur est celui qui sait refuser. Telle est
son intime conviction[4]. Il veut faire rupture avec le
marchand traditionnel. Cela paraît évident dès qu'on
entre rue Vignon. On n'y est pas assommé par le
luxe, impressionné jusqu'à l'inhibition par le côté
musée miniature. On ne sent en confiance, l'atmosphère aidant. Kahnweiler ne fait pas l'article. Il ne
peut s'y résoudre. Le visiteur doit faire le premier pas
s'il veut engager le dialogue avec le marchand. Ou
sinon, celui-ci n'ira pas le chercher. Contrairement à
l'homme qui pousse la porte pour pénétrer dans sa
galerie, Kahnweiler, lui, ne se veut ni mécène, ni
spéculateur, ni même collectionneur. Les tableaux

sont faits pour circuler, pour être diffusés, pour s'échanger. Mais sans qu'on les y pousse artificiellement. Qu'on n'attende pas de lui qu'il vante les œuvres, formule un avis inopinément, organise des cocktails, discute les prix comme au marché aux Puces. Le but n'est pas seulement de vendre mais de transformer un succès commercial en un succès moral[5].

Un marchand pour lui est avant tout un explorateur. Il sait qu'il travaille pour la postérité et que cette idée fixe lui fera assumer les succès comme les échecs. Ce rôle de passeur, il en a pris pleinement conscience après avoir réfléchi à la manière dont certains grands peintres du XIXe siècle avaient été marginalisés par l'Etat, les Salons et les Académies. Que serait devenu leur art s'ils avaient eu un marchand selon son goût ? On l'aura compris : il conçoit son métier plus comme un apostolat que comme un sacerdoce. Il ne sera pas le marchand tel que le décrit Delacroix dans son *Journal*. Il veut être un Durand-Ruel ou un Vollard, c'est-à-dire un précurseur qui achète ce qui lui plaît et impose son goût au public : « Et le public a suivi parce que ces hommes ont eu raison[6]. » A ses yeux, le grand marchand ne doit pas se contenter de ramer à contre-courant s'agissant de la peinture de son temps, il peut le faire aussi avec la peinture ancienne en achetant, en 1900 par exemple, des Greco[7].

C'est un marchand de tableaux débutant, âgé de vingt-trois ans, bardé de telles certitudes victorieuses, qui se rend donc ce jour-là au Salon des Indépendants avec la ferme intention d'acheter. Il ne sait rien du commerce de la peinture. Il connaît mieux l'art que le marché de l'art. Mais en se promenant dans le Salon, il aime ou déteste sans complexe, persuadé qu'il faut prendre goût à connaître, à condition de rester humble face à la toile. Longtemps, il rappellera comme une antienne :

« On dit toujours : excusez-moi mais vous savez je ne suis pas musicien, mais jamais personne ne dit : excusez-moi mais je ne suis pas peintre[8]. »

Il n'a pas de critères et s'efforce de rester naïf devant son émotion, ne se fiant qu'à son propre jugement, son propre goût dans la mesure où il se croit sensible à la beauté. S'il le connaissait, il ferait peut-être sien le mot de Henri-Pierre Roché, écrivain et collectionneur : « Le Beau, c'est l'enveloppe de l'Inconnaissable. Le critère, c'est un thermomètre pharmaceutique. Où faut-il le lui mettre[9] ? »

Ce qui lui plaît de prime abord, dans cette cuvée 1907 des Indépendants, ce sont les Fauves. Des animaux sauvages, dit-il. Deux peintres le frappent : Derain et Vlaminck. Indifférents à la décoration, ils lui semblent imperméables à la néfaste influence de Gauguin. Ce qui les distingue de tout ce qu'il a vu jusqu'à présent, des impressionnistes surtout, c'est qu'ils utilisent la couleur pour exprimer la lumière. Et quelle couleur ! A la fois douce et puissante chez Derain, elle s'étale avec une rare violence chez Vlaminck, intense comme de la dynamite un jour de feu d'artifice. On dit que ce furieux écrase directement les tubes sur la toile, sans passer par la palette et il veut bien le croire.

Kahnweiler fait son choix et demande le prix au secrétariat du Salon.

« C'est cent francs. »

Il paie donc cent francs, ignorant qu'il convient de négocier. C'est la règle non écrite, implicite. Tout le monde marchande et plus encore ceux dont la vente des tableaux est le métier puisqu'ils ont droit à une remise. Il ne l'apprendra qu'un peu plus tard, à ses dépens[10]. Quand il réalise sa naïveté, il se sent comme un Parsifal, un homme pur qui ignore le

mal[11]. Ces fameux tableaux, ses premiers vrais achats
en peinture, il ne les emporte pas. Les peintres livrent
à domicile. Au sens propre. Après un premier contact
épistolaire, il les voit arriver l'un après l'autre à son
domicile rue Théophile-Gautier. Ils sont jeunes mais
ce sont déjà des personnages. C'est la première fois
qu'il rencontre des peintres mais le moins qu'on
puisse dire, c'est que ces deux costauds ne correspondent pas à l'idée qu'il se fait de la profession.

Non pas des bohèmes ou des mauvais garçons,
comme on pourrait le penser après un jugement hâtif
et superficiel, mais plutôt des non-conformistes,
robustes sinon violents, mais certainement sincères
dans leur enthousiasme. Ces deux hommes, qui partagent le même atelier à Chatou, n'en sont pas moins
auréolés d'une solide réputation dans leur milieu.
Leurs faits d'armes vont en s'amplifiant au fur et à
mesure que l'on s'éloigne du restaurant Fournaise à
Chatou pour se rapprocher de la terrasse du Dôme à
Montparnasse. Ces adeptes de la promenade font
parfois des ravages sur leur passage. Pour Derain,
cela pourra toujours s'arranger : il est le fils d'un
conseiller municipal, commerçant aisé de surcroît.
Mais pas pour Vlaminck, cycliste et musicien de
bistrot, fort en gueule et toujours disponible pour
faire le coup de poing, surtout quand il s'agit de
peinture. Ils sont curieux mais attachants. Derain
emploie souvent le mot « épatant ». Pour varier et se
débarrasser de son tic de langage, il dit parfois
« épatamment ». Son tout premier contact par lettre
avec le marchand a été... mercantile. Pour sa *Jetée de
l'Estaque*, il voulait 150 francs et non 100 francs*.
Kahnweiler a fait part de sa confusion et a naturelle-

* A titre indicatif, *Le port de Collioure*, un Derain de 1905, a été
adjugé 2 200 000 livres à la Lefevre Gallery (Londres) le
30 mars 1987 chez Christie's.

ment accepté, proposant aussitôt de lui acheter également quelques aquarelles qui lui ont plu. Kahnweiler montre sa galerie aux deux peintres.

Ceux-ci connaissent désormais le chemin de de la rue Vignon. Ils l'empruntent souvent, sans prévenir, juste pour saluer leur nouvel ami et bavarder. Leurs tableaux voisinent sur les murs avec des Girieud et des Boutet de Monvel[12]. Ils ne sont pas vraiment accrochés, à peine encadrés. On les dirait plus simplement posés. La marque de la sobriété Kahnweiler. Aux antipodes de leur tempérament mais qu'importe. Autant ils sont frappés par sa réserve et sa timidité, autant il reste stupéfait par leur allure. Rien à voir avec l'élégance des peintres académiques avec cravates lavallière, pantalon à la hussarde et chapeau mou. Eux, ce serait plutôt tweed, casquette et souliers jaunes à grosses semelles[13].

Quelques jours après, un homme entre dans la galerie dans un accoutrement tout aussi surprenant. Pantalon délavé, sandales, une sorte de chandail, une casquette. Sa barbe semble mangée par le soleil et l'eau de mer. Pas de doute, se dit le marchand, c'est un marin qui veut acheter un tableau. Il se présente enfin. Ce n'est pas du tout cela.

« Bonjour! Mon nom est Kees Van Dongen. Voulez-vous des tableaux à moi avant que je reparte pour la Hollande? »

Avant même que Kahnweiler ait eu le temps d'acquiescer, il déroule de grandes toiles à même le sol et marche dessus pour les maintenir. Non sans avoir ôté ses sandales, tout de même. Le marchand observe, réfléchit.

Il demande à voir d'autres tableaux de lui, plus anciens, pour y déceler une évolution. Et il achète. Mais il achète tout. C'est sa politique, il est temps de l'appliquer. Quand il veut un peintre, il le veut entièrement[14]. Les deux hommes se revoient, sympa-

thisent, échangent des idées. Mais bien vite, même
s'il veut se l'attacher par contrat, il comprend qu'il ne
partage pas les conceptions de Van Dongen. Le
peintre se flatte de prévoir à l'avance tous les détails
du tableau au moment même de l'amorcer. Il prétend
le voir fini quand il n'est pas encore commencé.
Kahnweiler n'aime pas cela. Pas seulement parce que
Van Dongen lui paraît fanfaron. C'est plus profond. Il
sera, lui, toute sa vie du côté des peintres pour
lesquels « au début d'un tableau, il faut avoir une idée
de ce que l'on va faire mais une idée vague », comme
le dira Picasso. Ou plus tard du côté d'un Juan Gris
pour qui l'image mentale de ce qu'il veut peindre
évolue et se précise au fur et à mesure de la création[15]. C'est pourquoi dès les premiers contacts, il
tient Van Dongen pour un coloriste doué et uniquement cela. D'autant qu'il a très rapidement l'occasion
de comparer.

En avril, il fait la connaissance de Georges Braque.
Il avait déjà remarqué ses toiles fauves aux Indépendants. En le visitant dans son atelier sous le toits, face
au théâtre Montmartre, il est autant surpris par le
peintre que par son lieu de travail. L'homme, fils d'un
entrepreneur en peinture, a quitté le lycée du Havre
pour travailler dans cette industrie avant de monter à
Paris et de se consacrer à son art. Très élégant, il
porte beau. Avec son complet bleu, ses chaussures à
bouts carrés et sa cravate ficelle, c'est un dandy à sa
manière. Son atelier est à son image : bien tenu,
épousseté, avec peu d'objets au mur.

Quand Kahnweiler le découvre, dans son élément,
Braque est en pleine mutation : issu du fauvisme, il
cherche à dissiper cette orgie de couleurs et de
formes, il veut éteindre l'incendie et trouver une
structure plus ferme. Déjà, dans cette quête, l'influence de Cézanne se fait sentir. Il reviendra le voir
et commencera à lui acheter des tableaux peints cette

année-là au cours des séjours du peintre à l'hôtel
Maurin à l'Estaque, un petit port non loin de Marseille*. Avant de lui proposer d'acheter tout son
atelier. C'est sa méthode. Elle correspond très exactement à sa conception du métier[16]. Tout ou... presque
rien. Certes, il est content que des Braque, des
Derain, des Vlaminck et des Van Dongen rejoignent
les quelques Signac, Friesz et Camoin qui se battent
en duel sur ses cimaises. Mais il s'intéresse plus à
l'artiste qu'au seul tableau. Dans cette optique, il
entend s'assurer l'exclusivité des peintres qu'il aime
et qu'il veut défendre. Pour l'instant, il n'est pas
vraiment question de contrat. Tout est verbal. Kahnweiler a commencé à tâter le terrain auprès de
Vlaminck, qui a aussitôt demandé son avis à Vollard,
plus ou moins son marchand :

« Acceptez donc, ce sera très bien pour vous, lui
a-t-il répondu. Cela répandra votre peinture et il faut
que la peinture roule, se déplace, change de
milieu[17]... »

Etonnant de la part d'un marchand, inattendu
comme tout ce qui vient de Vollard.

Avec Derain et Braque également, une poignée de
main suffira, au début, pour sceller une confiance
réciproque. Pas de clause complexe ni de papier
timbré. Petit à petit, dans l'étroit milieu des galeries,
on sait qu'on peut trouver les tableaux de ces peintres-là rue Vignon. Et les autres? Kahnweiler y pense.
Car ses premières impressions de la salle Caillebotte
sont encore vivaces en lui. Seurat, Cézanne, Van
Gogh... L'admiration qu'il leur porte est intacte, mais
ces peintres sont morts. Alors que la plupart de ses
confrères estiment que c'est le moment ou jamais de
s'intéresser à eux, il s'en détache plutôt. Question de

---

* Un *Paysage à l'Estaque* (1907) de Braque a été vendu
5 500 000 francs en juin 1987 à l'Hôtel Drouot.

principe : il veut être le découvreur et le marchand de « sa » génération de peintres. Il lui semble qu'au point de vue affaires, pour Cézanne et les autres c'est déjà trop tard[18]. Même pour Matisse qui n'a que trente-huit ans.

Kahnweiler lui rend visite fréquemment, dans son appartement-atelier du quai Saint-Michel. Le jeune homme est très impressionné par le peintre et rate souvent son déjeuner pour prolonger la conversation. Car ils ne font que bavarder. Ils parlent boutique bien sûr : peinture, uniquement. Il y a deux ans, au Salon, il avait remarqué sa *Femme au chapeau*. Elle est encore gravée dans sa mémoire dans le moindre détail. Il aime cette manière d'utiliser la couleur non pour transcrire la nature mais pour exprimer une émotion. Henri Matisse l'attire comme homme et comme peintre, cela ne fait aucun doute. Mais il renonce aussitôt à le conquérir. Car Matisse, qui a déjà vendu des toiles à Druet, s'apprête à signer un contrat avec Bernheim, et même si on lui en offrait l'occasion, Kahnweiler se refuse à partager. Il le veut entièrement pour lui. L'arracher à Bernheim? C'est hors de question : le peintre est trop cher pour lui.

Ce sera un des grands regrets de sa vie. Mais il n'en conçoit aucune amertume. A l'issue d'un de leurs entretiens au quai Saint-Michel, en dépit de cet échec personnel, Kahnweiler dérogera à un de ses principes, exceptionnellement, pour faire plaisir à Matisse. Par déférence. Il va en effet s'occuper ponctuellement d'un peintre qu'il ne représente pas, Matisse en l'occurrence. A sa demande, il lui rend un service en réglant une de ses affaires en suspens. Deux collectionneurs américains, les Stein, veulent sa *Coiffeuse* en échange d'une certaine somme d'argent et d'un petit Gauguin :

« J'aimerais que vous m'achetiez mon tableau et que vous le leur revendiez en tenant compte que le

Gauguin fera largement partie de la transaction », lui dit-il en substance.

Ce que Matisse veut... Le jeune marchand se rend donc rue Madame, pour négocier avec Michael et Sarah Stein. A cette occasion, il rencontre Léo et surtout Gertrude Stein dont l'accoutrement ne passe pas inaperçu dans les expositions. L'affaire est conclue. La fermeté de ses principes lui a peut-être fait perdre un grand peintre mais également connaître une femme exceptionnelle qui jouera un rôle dans la vie artistique et littéraire à Paris et, partant, dans sa propre existence de marchand [19].

L'exclusivité, c'est le postulat de son action. Le seul sur lequel il refuse de transiger, dût-il y perdre plus que de raison. C'est ce qui le singularise. Dans sa logique, ce trait de caractère (car cela en est un, avant toute chose) est parfaitement cohérent. Il entend décharger les peintres qu'il aime de tous leurs problèmes matériels, il veut leur permettre de se consacrer entièrement à leur art et prétend assumer à lui tout seul leurs pertes et leurs gains, leurs succès et leurs échecs, leur avenir. En échange, il exige l'exclusivité de leur production. En toute logique, cela lui paraît une base saine pour des relations de confiance mutuelle.

Autant dire que ce type de rapports entre peintres et marchand, fondés plutôt sur l'éthique que sur l'argent, est loin d'être la règle dans le milieu. Une corporation que Kahnweiler découvre en même temps que son métier.

Vlaminck les appelle « les financiers du mystère » [20]. Certains croient les peiner en les considérant exclusivement comme des « managers ». On dit souvent qu'ils se paient sur la bête. Ce sont les marchands de tableaux.

Ils sont de deux sortes : le négociant et l'entrepreneur. Le premier n'a que le sens du commerce, le second a aussi le goût de l'aventure. C'est une distinction généralement admise. Le critique Louis Vauxcelles lui en préfère une autre : il y a les marchands qui jouissent de capital et d'influence, et les autres. Les premiers font des expositions, les seconds constituent un stock[21].

Au début du siècle, au moment où Kahnweiler entre dans la profession, le portrait-robot moral du marchand idéal se dessine ainsi : un homme qui n'aurait pas seulement le sens de la négociation, du flair, de l'intuition et un jugement artistique, mais qui serait assez astucieux pour capitaliser ces qualités et organiser une promotion avisée pour ses artistes en les exposant et en écrivant à leur propos des choses sensées et crédibles auprès des amateurs. Un grand marchand – une espèce rare – vaut pour la postérité, par son jugement, c'est-à-dire autant par ce qu'il a refusé que par ce qu'il a accepté. C'est le genre de définition qui ravit Kahnweiler car elle sépare le bon grain de l'ivraie, les marchands qui accrochent tout et louent leurs cimaises à n'importe qui, de ceux qui choisissent impitoyablement, au risque de se tromper.

En 1907, c'est à Paris qu'il faut être quand on est peintre et quand on est marchand. Pourtant ils ne sont guère plus d'une douzaine, les vrais. Mais leur nombre augmente insensiblement. Parmi les nouveaux venus, on remarque un fort contingent d'étrangers, notamment des juifs allemands, issus de familles bourgeoises et fortunées[22]. A ceux qui tireront un archétype de cet afflux soudain, Kahnweiler opposera toujours la figure des deux plus grands sur la place de Paris, qui ne sont ni juifs ni allemands : Ambroise Vollard et Paul Durand-Ruel.

Il n'empêche qu'il arrive à point nommé, avec une

remarquable opportunité en un temps où l'entrepreneur allemand du XIXᵉ siècle passe pour le type même
de l'homme d'affaires efficace : les prix des jeunes
artistes vont monter, les galeries de l'*establishment*
artistique ne veulent pas prendre de risques avec eux,
et les collectionneurs sont de plus en plus nombreux.
De surcroît, Kahnweiler s'est installé stratégiquement
à la meilleure place et il démarre avec un capital prêt
à être immédiatement investi. Un atout de taille, pas
seulement pour acheter des tableaux mais surtout
pour supporter les frais généraux : sa galerie lui coûte
2 400 francs par an, soit dix fois plus que la location
d'une boutique pour un boucher ou un boulan-
ger[23].

   Comment devient-on marchand à Paris au début du
siècle? Kahnweiler s'était renseigné, du moins son
ami Reignier l'avait-il fait pour lui quand il était
encore question de le décourager. Le moyen le plus
facile et le plus évident, c'est encore d'être soi-même
fils de marchand d'art. Les exemples ne manqueront
pas : Georges Wildenstein, fils de Nathan, Léonce et
Paul Rosenberg, fils d'Alexandre, Gaston et Josse, fils
d'Alexandre Bernheim Jeune, Paul Durand-Ruel, fils
de Jean, Georges Petit, fils de Jacques...
   Autre cas de figure, l'homme qui, comme
Ambroise Vollard, a la vocation et l'esprit d'aventure.
C'est exemplaire et assez unique. Il y a aussi les
marchands d'articles pour peintres qui, par la force
des choses, deviennent exposants et revendeurs des
toiles laissées par leurs clients (Clovis Sagot, le père
Tanguy). Il y a enfin ceux qui se sont élancés sur un
même tremplin. C'est le cas de quelques jeunes gens
qui ont travaillé par exemple à la galerie Goupil,
boulevard Montmartre, spécialisée au XIXᵉ siècle dans
la vente d'estampes et de gravures de reproduction.
En 1896, Michel Knoedler s'était rendu à New York
en tant que représentant de cette maison, un voyage

qui décidera de sa carrière de marchand français aux Etats-Unis. Et c'est chez le même Goupil que Michel Manzi entra en 1881 pour diriger les travaux de reproduction, une galerie qu'il quittera une dizaine d'années plus tard pour se lancer lui-même comme marchand à Paris. Enfin, ultime avatar du marchand, ersatz de marchand mais qui appartient au même milieu : le courtier, un collectionneur bien souvent qui a pris goût à l'échange, puis au troc, à la revente et au gain. Mais en 1907, c'est une spécialité qui n'a pas bonne presse car une affaire non élucidée provoque des remous dans le milieu : Alexandre Berthier, prince de Wagram, un important collectionneur de vingt-quatre ans que ses relations nombreuses ont naturellement poussé à devenir intermédiaire, s'est disputé avec Bernheim quelques mois à peine après s'être associé avec la galerie. Il est même question d'un procès !

A son modeste niveau, le jeune Kahnweiler se donne deux modèles, bien dissemblables : Vollard et Durand-Ruel. Il partage leurs conceptions en général. Non pas leur goût marqué pour tel ou tel peintre, ni même pour telle peinture, mais leur attitude morale face à l'art, aux marchés, aux artistes, au public. Et si on lui fait remarquer que ces deux réussites se répéteraient plus difficilement avec un étranger, il se console en pensant à un heureux précédent : le succès du Viennois Charles Sedelmeyer, grand marchand de peinture ancienne installé dans une galerie de la rue de La Rochefoucauld depuis le Second Empire, et fournisseur attitré des grands collectionneurs américains.

Kahnweiler, féru de rapprochements historiques, aime bien puiser dans le passé des exemples édifiants, propres à confirmer ses propres thèses. Il en est qui collent effectivement très bien avec ses idées, notamment quand il entreprend de démontrer que le mar-

chand est le chaînon indispensable entre le peintre et
le collectionneur. Peut-être sait-il que Caravage, qui
l'attire tant, connut un de ses acheteurs, le cardinal
del Monte grâce à son marchand, un Français, Maître
Valentin. Eminent personnage de la cour romaine, le
cardinal accueillit le peintre en son palais, le logea,
fut son protecteur. Vers 1590, il lui commanda la
chapelle Contarelli à Saint-Louis-des-Français, ce qui
allait être décisif pour la carrière et la postérité du
peintre[24].

C'est le genre de question que Kahnweiler aime
bien poser et laisser en suspens, non pour réécrire
l'histoire comme un jeu de l'esprit, mais pour revendiquer l'importance du marchand dans la société.
C'est toutefois dans un autre domaine que sa curiosité historique s'exerce avec le plus de sagacité : la
spéculation.

A ceux qui veulent à tout prix faire de la spéculation un phénomène contemporain de l'art moderne, il
ne cesse de rappeler quelques vérités élémentaires
mais difficiles à faire admettre tant les lieux communs
ont la vie dure. La notion de cote est apparue au
XVIIe siècle, un siècle à la fin duquel le marquis de
Coulanges pouvait déjà constater que les tableaux
étaient « de l'or en barre ». En 1772, le baron de
Grimm, observateur de la vie intellectuelle et artistique à Paris, s'étonnait dans une lettre : « On voit que
c'est une excellente manière de placer son argent que
d'acheter les tableaux pour les revendre. » Il est vrai
que deux Van Loo, achetés 12 000 livres, venaient
d'être revendus 30 000 livres à Catherine II[25]. Ce
genre d'argument ne laisse pas insensible un jeune
homme du début du XXe siècle, sincèrement épris
d'art, mais qui pour l'heure connaît mieux les coulisses de la banque que celles de l'atelier.

Si la spéculation n'est donc pas une nouveauté, si
au XIXe siècle elle s'exerce de manière bien réelle et

efficace sur les tableaux de maîtres, il n'en reste pas
moins que les années 1870 marquent un tournant.
Une nouvelle race de collectionneurs est née et fait
irruption dans le monde de l'art : les grands entrepreneurs et industriels [26]. En France, elle s'incarne à
travers des hommes tels que le financier Ernest
Hoschedé, directeur d'un grand magasin parisien à
l'enseigne du « Gagne-Petit ». Sa collection était si
importante (plus de quatre-vingts Monet, Pissarro,
Corot, Courbet...) que la faillite de son entreprise
entraîna une liquidation judiciaire et une mise aux
enchères des tableaux, à des prix très bas, qui contri-
bua à un effondrement passager des cours de l'impressionnisme en vente publique.

Mais c'est surtout aux Etats-Unis que ce nouveau
type de collectionneur se manifeste. Son apparition
sur le marché y coïncide avec l'émergence de l'entreprise géante et moderne, en général, et le développement du chemin de fer en particulier. La plupart des
grands collectionneurs américains de la fin du
XIXᵉ siècle sont soit des magnats du rail, soit des
industriels, des financiers ou des négociants dont
l'expansion et la fortune sont liées aux transports
ferroviaires : W.H. Vanderbilt, Collis Potter Hunting-
ton, W.T. Walters, Jay Gould, W.W. Aspinwall, John
Taylor Johnston, August Belmont, John Pierpont
Morgan, H.O. Havemeyer [27]...

A la fin du XIXᵉ siècle, c'est vers Paris, centre de
l'art et du marché de l'art, que ces collectionneurs
braquent leur regard, et c'est vers l'Amérique que les
marchands français en quête de nouveaux amateurs
très fortunés mettent tous leurs espoirs. Aussi, au
début du XXᵉ siècle, si la spéculation n'est pas un
phénomène nouveau, ses deux principales caractéristiques, elles, le sont : l'internationalisation du marché
et l'importance croissante des capitaux engagés.

Le milieu des marchands parisiens est minuscule, disproportionné au regard de l'importance qu'on lui confère dans les milieux intellectuel et financier. Kahnweiler a pu très vite en dresser un inventaire succinct, cataloguant les uns et les autres avec une sévérité sans appel.

Voici Clovis Sagot, un personnage pittoresque entre tous, une sorte de brocanteur. Il s'intéresse aux jeunes peintres qui laissent les marchands indifférents mais attirent de fidèles amateurs souvent aussi jeunes, dans sa boutique. On dit qu'il les paie chichement. Si on veut le voir, il suffit d'aller au café du carrefour de Châteaudun où il est généralement attablé et absorbé dans la lecture des nouveaux catalogues de peinture. Kahnweiler le tient pour un personnage drôle mais peu crédible : il accroche n'importe quoi selon lui.

Plus intéressant était son prédécesseur dans l'ordre du folklore, celui auquel tout le monde le compare : Julien-François Tanguy dit le père Tanguy. Ce fils de tisserand breton, qui est mort en 1894, avait été plâtrier, employé des chemins de fer puis enfin, après maintes aventures, broyeur de couleur. Quand les peintres ne pouvaient pas le payer, il acceptait leurs toiles en gage. C'est ainsi qu'il a constitué une collection de Van Gogh, Pissarro... Pendant vingt ans, sa boutique fut le seul endroit où on pouvait voir des Cézanne. C'est justement en en découvrant un à sa devanture en 1892 que Vollard fut conquis : trois ans plus tard, il organisait une exposition Cézanne dans sa propre galerie[28]. Tanguy, personnalité débonnaire et révoltée, paraissait sincère et entier dans la défense de ses amis impressionnistes, ce qui n'est peut-être pas tout à fait le cas de Sagot, de l'avis de Kahnweiler. Cela dit, qu'il s'agisse de Sagot ou de Tanguy, il veut se garder de confondre de vrais marchands « avec des braves gens qui prenaient en dépôt des tableaux de cent mille peintres alors que parmi ceux-là il n'y en avait que quatre ou cinq qui étaient valables[29] ».

Sévère, Kahnweiler. Même Berthe Weill, dite « la petite mère Weill », appartient selon lui à la même catégorie. Il est vrai qu'en dépit de son audace et de son mérite à trouver de jeunes inconnus, elle n'a rien d'une découvreuse et d'une aventurière, et qu'elle accroche souvent ce qu'on lui apporte sans rechigner. Il est vrai également qu'avec Clovis Sagot, elle est des rares marchands parisiens à avoir montré des Picasso avant Kahnweiler. Ceci pourrait également expliquer cela.

Voici Eugène Druet, l'ancien photographe de Rodin, qui a ouvert sa propre galerie il y a quatre ans rue du faubourg Saint-Honoré. Il va vite puisqu'il a déjà exposé Matisse, Van Dongen, les nabis et les fauves. Il sait où il va. C'est un vrai marchand.

Voici la maison Bernheim Jeune, place de la Madeleine, dont la prospérité, sous la houlette de Gaston et Josse, les deux fils d'Alexandre Bernheim Jeune, fait oublier que la famille a débuté au XVIIIᵉ siècle à Besançon dans le commerce d'articles pour peintres. Ce n'est que grâce à la génération suivante, émigrée à Paris et Bruxelles, que la maison se lança dans le commerce des tableaux. Outre Van Gogh et Cézanne, on peut y voir des nabis et des néo-impressionnistes.

Voici la galerie de Georges Petit, fondée en 1846. C'est une des plus réputées et une des rares à jouir d'une clientèle vraiment internationale. Monet, Rodin, Sisley y ont eu des expositions particulières.

Ce sont des marchands installés avec lesquels il faut compter. Il en est d'autres qui impressionnent également Kahnweiler, même s'il ne les voit pas. Il en a entendu parler, ce qui renforce encore la mythologie de la corporation. Louis Le Barc de Boutteville tenait galerie, jusqu'à sa mort il y a dix ans, rue Le Peletier. Il avait vendu pendant longtemps, tranquillement, des petits maîtres quand il eut une révélation de l'ordre du religieux : cela se passait aux Indépendants et il avait reçu de plein fouet, Toulouse-Lautrec, Signac... Aussitôt, il vendit son stock, repeignit sa devanture, remplaça l'enseigne par « Impressionnistes et symbolistes », exposa notamment les Nabis et là où, d'ordinaire, un restaurant se doit d'afficher le menu, il aligna des noms : Manet, Monet, Pissarro, Sisley, Zuloaga... Prix moyen des tableaux : 200 francs-or, vingt francs l'aquarelle[30].

Kahnweiler aime bien ce genre d'histoire édifiante, même s'il sait que la galerie de Le Barc de Boutteville a périclité à sa mort. Les autres exemples qui le font méditer sur la diversité de cette profession qu'il commence à découvrir viennent de l'étranger. En Allemagne, quelques marchands tiennent le haut du pavé. Heinrich Thannhauser, Brummer et Paul Cassirer. Ce dernier surtout l'attire en raison de l'originalité et de la rapidité de son parcours. Après des études d'histoire de l'art à Munich, il fait ses débuts à trente ans en 1901. Propagandiste parmi les plus actifs de Van Gogh, il fait beaucoup pour la peinture française, les impressionnistes notamment. Il devient d'ailleurs l'ami et le correspondant de Durand-Ruel en Allemagne.

Aux antipodes d'un Le Barc de Boutteville ou d'un Cassirer, il est un personnage qui ne peut pas laisser indifférent, même si par rapport aux autres, il se situe à cent coudées au-dessous sur le plan moral et artistique, et à cent coudées au-dessus sur le plan financier. C'est un Anglais de trente-huit ans du nom de Joseph Duveen. Ce fils d'un commerçant en objets d'art s'apprête à devenir un des plus grands marchands au monde, par le volume de ses transactions, car il a pour lui un bon sens et un cynisme à toute

épreuve. Sa devise le définit mieux qu'un portrait :
« On ne paie jamais trop cher ce qui n'a pas de prix. »
Il est effectivement prêt à acheter à n'importe quel
prix car il est toujours sûr de revendre. Comment ? Il
a eu, lui aussi, comme certains de ses confrères, une
révélation mais qui n'avait rien de mystique.

Il a compris, avant que le siècle ne s'achève, que les
Etats-Unis allaient devenir « le Louvre des nations »,
pour reprendre le mot de l'écrivain d'art William
Sharp[31]. Et quand les trois plus grands musées de ce
pays-continent se sont constitués – le Museum of Fine
Arts (Boston), la Corcoran Gallery (Washington), le
Metropolitan Museum of Art (New York) – il a décidé
de se rendre indispensable à ce marché prometteur,
dans le but avoué de le monopoliser. Comme s'il était
le seul à pouvoir leur fournir ce qu'ils recherchent.
Quand on lui demande d'expliquer son succès, il
utilise toujours une métaphore procédant du système
des vases communicants : l'Europe a de l'art à
revendre et l'Amérique de l'argent à dépenser. C'était
effectivement très simple, il suffisait d'y penser.
Duveen n'a passé qu'à cela pendant des années : le
*business* de l'art.

Le visage rubicond, les moustaches taillées, l'allure
d'un homme d'affaires anglais et conservateur ne
parvenant pas à dissimuler des manières qui suintent
l'opulence de mauvais aloi, il s'amuse à jouer au
gentleman. Mais il n'a jamais d'argent en poche, cet
homme qui vit souvent au Ritz à Paris ou au Claridge
à Londres, dans une suite qu'il a transformée en
galerie miniature. Quand il veut quelque chose, il
claque des doigts à l'orientale. Duveen, qui ne vend
que « du rare », ne s'intéresse pas à la peinture
postérieure à 1800. Il connaît bien son monde et son
affaire. Les ressorts psychologiques de la bourgeoisie
bostonienne ou new-yorkaise n'ont désormais plus de
secrets pour lui. Il peut les mettre à plat : ce que ces

riches industriels veulent acheter en plus du tableau, ce n'est pas seulement un certificat d'authenticité que Duveen leur donne de toute façon. C'est un peu d'histoire pour y associer leur nom. Pour ces gens fascinés par les us et coutumes aristocratiques de la vieille Europe, il n'y a rien de tel qu'un tableau de maître ou, mieux, une collection pour s'associer à ce prestigieux passé européen. Désormais, leur nom figure dans le pedigree du tableau, aux côtés d'une lignée de propriétaires célèbres, puissants ou titrés. Cela n'a pas de prix, de figurer sur le même plan que ces connaisseurs, surtout pour les nouveaux maîtres d'un pays neuf et sans Histoire. Pour avoir compris avant tout le monde qu'un industriel américain associait pour l'éternité son nom à celui d'un peintre en léguant un tableau à un musée, à l'égal d'un mécène de la Renaissance, Joseph Duveen est devenu un très grand marchand. Surtout par le chiffre d'affaires [32].

Des grands marchands par l'aura, la stature et la dimension prophétique, Kahnweiler n'en connaît que deux.

Ambroise Vollard est l'homme qui a dit : « La peinture, ça ne s'achète pas, ça se vend. » A ce titre, il mérite déjà de passer à la postérité. Car en quelques mots, il a su résumer toutes les contradictions du métier : quelles que soient les intentions de l'amateur, tout dépend à terme de l'attitude du marchand, de son aptitude à montrer, cacher, exposer, flatter, placer, suggérer, propager la peinture. Vollard, lui, ne cherche pas comme d'autres à intimider ou impressionner le client. Il ne va pas lui faire croire qu'en entrant dans sa galerie, il pénètre dans le sanctuaire de l'art et qu'il convient de baisser le ton. Il ne lui infligera pas moins un cérémonial tout à fait typique de l'homme.

Grand, un corps énorme, plus drôle et gai que sa mine renfrognée ne le laisserait croire, mal attifé ou

plutôt fagoté dans un vieux pardessus assorti à ses
vieilles chaussures, il vient de loin : l'île de la Réunion, où il est né en 1868, dans une famille de dix
enfants, originaire du Nord et de l'Ile-de-France. Son
père étant notaire, c'est tout naturellement qu'on le
dirige à son arrivée en France vers la faculté de droit
de Montpellier.

Quand il ouvre boutique rue Laffitte, il ne connaît
l'art que par ce que lui en a appris la fréquentation
assidue des ventes aux enchères. Pour le reste, il s'en
remet plutôt aux conseils avisés de quelques peintres
comme Pissarro. Il expose Van Gogh, Degas, Gauguin, Renoir, Picasso alors complètement inconnu,
mais l'homme de sa vie, c'est incontestablement
Cézanne. Il s'est tellement identifié à sa peinture qu'il
en fait non une affaire mais une aventure personnelle.

Vollard se crée vite une réputation dans le milieu
des peintres et des marchands, en raison de ses
audaces, de son goût du risque, des activités d'éditeur
d'art dans lesquels il s'est également lancé. A cause
de sa personnalité aussi. Ses « dîners de la cave » sont
fameux. Pas seulement parce que la table est effectivement dressée dans la cave (aménagée pour l'occasion, tout de même) ou à cause de sa manière
d'accommoder le cari de poulet, plat national de son
île. Il se délecte à organiser des rencontres impossibles, en mettant côte à côte, à table, des gens qui ne
devraient pas l'être : l'abbé Mugnier, chanoine des
Lettres, et une cocotte de luxe, ou Paul Léautaud et
un écrivain qu'il a récemment traîné dans la boue...
Ainsi, dans sa cave, Vollard s'amuse. Mais sa vraie
passion, en dehors de la peinture impressionniste,
c'est la sieste. Il en est un fervent adepte et ne déroge
pas à sa coutume pour un client, fût-il américain. On
lui parle, il somnole et dodeline de la tête quand on
lui lance un prix[33]. Vollard a beau jeu de dire que

dans son métier, la fortune vient en dormant. Son cas est atypique. Mais comment a-t-il réussi à devenir Vollard ? Le poète Apollinaire, qui tenait sa cave pour un des endroits les plus sélects de Paris, assure que quand on lui pose la question, il répond en chantant sur l'air de « Tu sens la menthe » :

> « *Je march' pour tout c'qu'on me propose*
> *Laprade, Marquet, Manzana,*
> *Leurs toil's n'sont pas couleur de rose,*
> *J'eusse préféré vendr' des Bonnat.*
> *Mais j'march', qu'voulez-vous, j'suis marchand,*
> *La fortune vient en marchant[34] !* »

Il est ainsi, Vollard. Le goût de la farce, de la dérision de soi-même et de la provocation. Les riches amateurs qui traversent l'Atlantique pour acheter des Cézanne et qui doivent faire anti-chambre pendant des heures chez Vollard parce que sa sieste se prolonge, ne conçoivent pas cette attitude désinvolte autrement que comme une provocation. Mais ils attendent tout de même.

Il lit peu ou des livres sans grand intérêt, exception faite de ceux d'Alfred Jarry. Il faut dire qu'il s'identifie à son héros, le père Ubu. Ambroise Vollard a du goût, de l'intuition, le sens de la peinture, toutes qualités acquises sur le terrain. Mais le grand public ne le saura jamais. Car cet incorrigible original, au lieu de se pencher sur l'analyse de son art – le marché et la peinture – n'a laissé que des livres de souvenirs, parfois cocasses, souvent plaisants, mais anecdotiques à l'excès et cancaniers jusqu'à saturation.

Quand Kahnweiler ouvre sa galerie, Vollard a trente-neuf ans. Ce qui plaît au jeune homme, ce qui le fascine véritablement, c'est sa capacité de refus, l'assurance avec laquelle il n'achète pas ce qui se propose ou ce qu'on lui propose. La sélectivité est pour lui le critère absolu. Quand il le loue, il précise :

« Les erreurs de Vollard, cela se compte sur les doigts d'une seule main [35]. » Mais en 1907, quand Kahnweiler commence, Vollard change. Cézanne est mort il y a un an, sa cave en est pleine. Le marchand monte de moins en moins d'expositions, rechigne à montrer ses toiles aux clients qui s'arment de patience, reste indifférent devant les tendances de la nouvelle peinture. Il ne cherche même pas à retenir ses jeunes peintres sollicités par ses confrères, qu'il s'agisse de Derain, Vlaminck ou de Picasso dont, de toute façon, il ne comprend pas l'évolution. Cela ne l'empêchera pas de poser, en 1910, pour Picasso qui fera de lui un portrait dans le plus pur style cubiste et, en 1933-1934, d'être « à l'origine » de la plus éblouissante suite gravée de Picasso, les cent planches de la fameuse « suite Vollard ».

« M. Vollard était entré dans sa période de digestion, laquelle a duré jusqu'à sa mort », dira-t-on sévèrement [36]. Il est vrai que la prospérité et le stock ont anéanti son enthousiasme. Après l'audace, la somnolence. Elle n'est même pas stratégique. Vollard ne cherche plus par ce procédé, à faire monter les prix. Il s'en fiche, voilà tout.

Aux yeux de Kahnweiler, Ambroise Vollard n'en reste pas moins un des deux grands marchands français.

Paul Durand-Ruel, soixante-seize ans en 1907, il le met peut-être au-dessus de Vollard. Pas seulement parce qu'il est venu avant mais en raison de la place qu'il occupe dans l'histoire du marché de l'art. C'est un des rares marchands, peut-être le seul, qui ait fait rupture.

Au traditionnel mécène, il avait substitué le marchand, ami et conseiller des artistes, apte à les écouter et les aider sans chercher pour autant à les influencer. En échange de quoi, il était en droit d'exiger le monopole sur le travail du peintre, l'exclu-

sivité de sa production. Il ne voulait pas non plus
répondre à la demande des collectionneurs mais au
contraire la devancer, l'orienter. La commander,
pourquoi pas. Quand il décidait de défendre avec
acharnement les impressionnistes, c'était contre le
public et dans un contexte économique difficile. Mais
il poursuit son but coûte que coûte. Au sens propre :
la fortune familiale, ce fils de marchand l'avait mise
entièrement au service de son goût, persuadé d'avoir
raison. Envers et contre tous. Cela prit le temps
nécessaire mais un jour son choix fut consacré. A ses
yeux, cela ne faisait aucun doute. Un apostolat qui ne
fut pas toujours de tout repos. Il n'est que de lire la
correspondance échangée entre Camille Pissarro et
son fils Lucien pour imaginer les acrobaties, les
mensonges par omissions, les supplications auxquelles le marchand dut se livrer auprès de ce peintre sans
le sou pour le convaincre qu'il n'étouffait pas son
stock et le persuader de rester avec lui malgré ses
problèmes financiers[37].

Kahnweiler le tient pour le modèle absolu car son
action est la meilleure justification de l'existence des
marchands. Avant, les peintres vivaient surtout de
leurs commanditaires, qu'ils fussent princes de
l'Eglise, aristocrates ou grands bourgeois. Dorénavant, les tableaux ne sont plus réservés à une clientèle
richissime : le développement du marché, son ouverture à des amateurs aux moyens plus réduits ont
bouleversé le système. Les tableaux de ses peintres –
Monet, Pissarro, Boudin, Renoir, Sisley, Degas, Cas-
satt, Morisot… – n'étaient pas invendables « car rien
n'est invendable »[38]. Simplement, en les achetant, la
dizaine d'amateurs fervents des impressionnistes à
leurs débuts agissaient un peu comme des mécènes.
Une situation créée et favorisée par Durand-Ruel, un
fils de marchand donc un héritier, certes, mais un
héritier qui au lieu de stagner ou de faire péricliter

l'entreprise familiale, a réussi dans la longue durée. Courageux et intelligent, audacieux surtout en un temps (le Second Empire) où, selon Kahnweiler, l'art servait surtout à décorer les murs, il a fait œuvre de pionnier en transformant le tableau en objet économique, d'innovateur en organisant en 1886 à New York la première exposition impressionniste et en y ouvrant une galerie à son nom deux ans plus tard, de prophète inspiré enfin en associant son nom à un mouvement appelé à un destin historique [39].

Vollard et Durand-Ruel : l'un est le contraire de l'autre. L'un met des vieux cadres dans sa devanture quand l'autre soigne ses présentations. Kahnweiler regrette que chez le premier la nonchalance l'ait finalement emporté sur tout le reste, et que chez le second la correspondance échangée avec les impressionnistes n'ait laissé aucune place aux problèmes de l'art [40]. Il les admire tous deux, mais il est probable que s'il ressent une sorte d'affection pour Vollard, il éprouve un véritable respect pour Durand-Ruel.

Mai 1907, rue Vignon, la galerie Kahnweiler. Sur le bureau du marchand, deux petits carnets noirs pour consigner les entrées (achat) et les sorties (prêts, tableaux envoyés...). De son écriture fine, il a écrit en face de chaque numéro : « 1. Van Dongen, aquarelle. 2. Matisse, dessin. Vuillard, litho. Derain, gravures [41]... »

Ouvrir une galerie, quelle aventure ! Tout est relatif, il vit de l'argent de la famille. Mais toutes proportions gardées, pour le milieu dont il est issu, se lancer dans le commerce de la peinture moderne ou fabriquer des aéroplanes relève du même esprit, s'agissant d'un homme qui refuse de s'occuper d'une entreprise prospère en Afrique du Sud et qui croit perdurer avec de grands principes tels que : « Quelqu'un qui achète les grands peintres de son temps quand ils sont jeunes doit gagner[42]. »

Il s'estime tout à fait à sa place derrière ce petit bureau entre ces quatre murs rue Vignon. Il possède ce qu'il croit être les compétences requises pour diriger une galerie : des connaissances théoriques en histoire de l'art, une connaissance pratique des tableaux en question (et il reconnaît volontiers qu'il ne pourrait diriger une galerie de tableaux anciens), une certaine familiarité avec le monde du négoce et une clientèle personnelle[43]. De surcroît, on le dit de caractère fidèle, il prend l'art au sérieux et il est respectueux de l'activité des peintres. La peinture fait partie de sa vie : chez lui à Auteuil, il accroche les tableaux des peintres qu'il aime. Comme s'il était à la galerie. Et avec la même sobriété : sans souci de l'accrochage, ni de l'encadrement, assez sommaire; de simples baguettes un peu trop artisanales et mal fichues parfois. Comme des bretelles au pantalon. Uniquement pour faire tenir la toile. Il s'en contente le plus souvent, n'acceptant cadres et dorures que s'ils en font partie de par la volonté de l'artiste. A ses yeux, ce sont là des détails qui importent peu.

Ce qui compte, c'est par exemple de s'informer. Pas seulement sur ce qui se fait en France (la presse et les revues spécialisées y pourvoient) mais sur l'état de la peinture et de son marché à l'étranger. Il n'est pas de marchand à Paris plus européen et plus cosmopolite que lui.

Autodidacte par nature, il n'a pas de guide esthétique, se fie à ses lectures, enrichies par les revues d'art étrangères, anglaises surtout : *The Studio*, en particulier, un mensuel qui paraît depuis 1893 avec en sous-titre « An illustrated Magazine of Fine and Applied Art » qui se consacre beaucoup à la théorie, l'histoire, l'esthétique et sert utilement de lien international entre les gens du milieu; quant au *Burling-*

*ton Magazine* qui paraît depuis quatre ans, son haut niveau d'érudition le destine à devenir un jour ou l'autre une institution.

Bientôt, Kahnweiler va entrer en relation avec les revues d'art étrangères, des plus importantes aux plus marginales, pour une raison qui fait, aussi, l'originalité de sa galerie : elles le sollicitent régulièrement pour des reproductions de tableaux. Car il est un des premiers – sinon le premier – à faire systématiquement photographier les toiles de ses peintres. C'est une de ses activités les plus sérieuses, les plus contraignantes aussi : « non pas une douce manie d'amateur mais une nécessité d'affaires[44]. Il fait tout photographier sauf les dessins : le tirage photographique coûterait plus cher que le dessin et il en aurait un tel nombre! Il confie ces travaux à un photographe professionnel, Delétang, qui utilise une chambre de reproduction, même si de son côté le marchand aime bien emporter avec lui un appareil plus léger, non pour reproduire des tableaux mais pour fixer les paysages qui les ont inspirés ou surprendre les peintres dans leur atelier. Kahnweiler entretient d'ailleurs des rapports intimes avec la photographie, comme art autonome et comme reflet de l'évolution de la peinture.

La première photo de Niepce, l'invention du daguerréotype et l'apparition de la photo sur papier puis de l'émulsion à la gélatine sont pour lui le signe que la peinture peut s'occuper d'autre chose que de reproduire l'aspect direct. Les impressionnistes, qui ont fait ce que la photo ne pouvait pas faire (couleur, atmosphère...) ont tout de même réalisé leur première exposition dans le studio d'un photographe, Félix Tournachon, plus connu sous le nom de Nadar.

La reproduction systématique lui coûte cher et il sait qu'elle lui coûtera de plus en plus cher. Mais il y tient. C'est un de ses grands principes. Cela lui permet d'avoir son stock sous les yeux, de montrer aux visiteurs des œuvres anciennes des peintres dont ils viennent d'acheter un tableau plus récent, de faire connaître le travail des artistes en France et à l'étranger, en diffusant les photographies à la demande. Quant aux peintres, ils se montreront ravis de cette initiative : appelés souvent à voyager ou à séjourner loin de Paris pour travailler, ils réclameront souvent à leur marchand des tirages de leurs tableaux afin de les comparer avec le dernier en date à peine achevé, seul moyen de baliser une évolution et de noter des progrès ou des changements.

Les peintres viennent souvent à la galerie, en passant, sans prévenir. Mais ils ne sont pas les seuls à la fréquenter, fort heureusement pour Kahnweiler. Des amateurs, collectionneurs et critiques apprennent dorénavant à faire un détour par la rue Vignon quand ils visitent les marchands du quartier de la Madeleine.

Son tout premier client, c'est son ami Hermann Rupf. Bien qu'il vive dorénavant à Berne, il se rend souvent à Paris, surtout pour acheter des tableaux, sa passion. C'est un tableaumane, comme dit Balzac dans *Le Cousin Pons*, roman d'une collection et non d'un collectionneur. Rupf est le type même de cette nouvelle race de collectionneur : le parfait « honnête homme ». Il est cultivé, il a beaucoup voyagé et arpenté les musées d'Europe. Il comprend et apprécie la peinture des siècles précédents mais son ouverture d'esprit lui permet de mettre le bémol sur ses certitudes pour découvrir avec curiosité un art neuf et provocateur. Premier client de la galerie Kahnweiler, Rupf va acheter *La route*, un paysage de Derain, et un Vlaminck dont il se séparera plus tard quand il jugera que le peintre s'engage sur une mauvaise voie.

Chaque année jusqu'en 1914, il achètera un Braque et un Derain [45].

D'autres amateurs se succèdent rue Vignon pour la première fois. Voici Olivier Sainsère, un Conseiller d'Etat, qui collectionne avec sagacité. Son appartement non loin de là, rue de Miromesnil, témoigne de son goût et de sa hardiesse : sur les murs, des impressionnistes consacrés côtoient des jeunes peintres plus audacieux encore. Familier des ateliers de Montmartre et des galeries de Clovis Sagot et Berthe Weill, il achète des Picasso depuis 1901.

Aux nouveaux amateurs, Kahnweiler parle dans un nouveau langage, avec des mots, un ton qu'ils n'ont pas souvent l'habitude d'entendre dans les galeries. Il ne les sollicite pas, ne les dérange pas quand ils entrent chez lui. A leur demande, il leur parle de la peinture qu'il aime et des artistes, expliquant, montrant, s'abstenant de démontrer quoi que ce soit. La question d'argent ne vient qu'après, presque confusément, comme si cela était malséant bien qu'inévitable. Ils sont en confiance. C'est que le marchand ne cherche pas à placer un ou plusieurs tableaux à tout prix, c'est le cas de le dire. Convaincu qu'un artiste et une galerie n'ont pas besoin des masses ni même de public mais juste de quelques fidèles sur lesquels ils pourront compter, il vise la longue durée et essaie avant tout de s'attacher cette poignée d'amateurs téméraires qui se détachent du lot. Convaincu que de toute façon « sa » peinture s'imposera un jour ou l'autre, il pense d'abord à créer des circonstances favorables à son épanouissement et susciter une flamme durable chez les collectionneurs. Patient, didactique, pédagogue même, à l'excès, il « donne à voir » des tableaux et enseigne les moyens de les apprécier à leur valeur. Il est tout le contraire d'un Félix Fénéon, vendeur chez Bernheim Jeune, répon-

dant sur un ton condescendant à un client qui le
questionne sur la signification d'une nature morte :

« Mais monsieur, ce sont des allusions à quelques
comestibles connus[46]... »

Sa patience de jeune vieux sage est le moyen
essentiel d'un prosélytisme bien compris. Il l'exerce
avec Rupf et plus encore avec un homme dont il vient
de faire la connaissance et qui lui sera fidèle pendant
des décennies : Roger Dutilleul. De dix ans l'aîné de
Kahnweiler, ce Parisien issu de la haute bourgeoisie
n'a pas de véritable fortune personnelle. Fils d'un
censeur à la Banque de Paris, il sera conseiller
référendaire à la Cour des comptes, administrateur
délégué de la société des ciments Portland du Boulon-
nais. Les débuts de sa collection d'art moderne sont
exactement contemporains des débuts de la galerie
Kahnweiler. C'est peu dire qu'elle en épouse les
contours; à une certaine époque, la collection Dutilleul sera le meilleur reflet de la sensibilité Kahnweiler.
A une exception près, toutefois : Juan Gris, que
Kahnweiler ne réussira jamais à lui faire accepter,
Dutilleul le jugeant trop sec, professoral. Quant au
reste, il reconnaîtra que non seulement Kahnweiler
avait fortifié ses penchants et lui avait fait découvrir
les grands peintres de son temps quand ils étaient
encore inconnus, mais qu'il avait joué un rôle prépon-
dérant auprès de lui. Celui d'un maître plus que d'un
marchand : « Je devins en vérité son disciple[47] »,
dira-t-il à l'heure du souvenir.

Roger Dutilleul deviendra grâce à cette amitié naissante un connaisseur *et* un amateur. Cela est moins
évident qu'il n'y paraît car « on peut être un érudit
sans goût comme on peut être collectionneur sans
lumières »[48]. Les jeunes peintres l'intéressent autant
que leurs glorieux prédécesseurs (Velazquez, le
Greco, Goya...) même s'il ne songe évidemment pas à
rassembler les toiles de ces derniers. Aucune méthode

ni programme dans ses choix, nulle volonté de système. Peu lui chaut qu'un spécialiste, un jour, signale
ses lacunes. Il estime que le goût n'est pas affaire
d'exhaustivité et entend rester libre face à son jugement et son instinct.

En totale communion avec Kahnweiler, il se passionne plus pour les peintres que pour l'école ou le
mouvement auxquels la critique les rattache. Se
méfiant des gens qui « admirent avec les oreilles », il
ferme les siennes aux réputations. Roger Dutilleul est
la meilleure illustration d'un credo cher à son marchand : être collectionneur, c'est une profession de
foi, et non un métier, un passe-temps ou une plume
au chapeau. Mais s'il suit l'enseignement de celui
qu'il revendique comme étant pleinement son « maître », il n'en conserve pas moins son libre arbitre. Par
tempérament, il est plus porté vers le romantisme
d'un Braque ou d'un Picasso que vers le jansénisme
d'un Gris. Il a en horreur les peintres qui contrôlent
trop leur émotion, rendent une excellente copie, se
livrent à une peinture de professeurs d'où la folie et la
spontanéité ont été chassées, les collections de spéculateurs, les hiérarchies établies par les critiques d'art,
les étiquettes fabriquées par les directeurs de galeries.

Ses principes, il y tient. Un jour, pour tenter de le
convaincre, Kahnweiler lui offrira un Gris que Dutilleul refusera aussitôt, arguant que sur son mur, à côté
d'un Picasso ou d'un Braque, il ne tiendrait pas. Ce
qu'il aime, c'est l'émotion brute que la culture n'a
pas encore filtrée, le jaillissement sincère. Vlaminck,
Derain, Braque sont ses premières acquisitions à la
galerie de la rue Vignon.

Ses cravates-plastrons sont assorties à ses qualités
de courtoisie et de désintéressement, rémanences
d'un siècle et d'une civilisation qui ne tarderont pas à
être dépassés.

Roger Dutilleul est un célibataire qui vit avec son frère, plutôt collectionneur de gravures, dans un appartement de la plaine Monceau. Hormis les tableaux, il collectionne également les timbres – ce qui est très répandu – et les articles consacrés aux matchs de billard – ce qui l'est moins. Mais quand on entre chez lui, on est surtout frappé par l'invraisemblable bric-à-brac qui y règne. Des toiles, il y en aura très vite partout, sur les murs des pièces principales bien sûr, mais comme ils ne suffiront plus, sur les murs de toutes les autres pièces, par terre, empilées sur des meubles, posées dans tous les sens. Les époques, les artistes, les genres sont mélangés. La seule unité apparente, hormis l'influence visible de Kahnweiler dans la « ligne » originelle de la collection, c'est le format. Moyen parfois, petit la plupart du temps, miniature car pour des raisons de place, il se résoud vite à éliminer les grandes toiles, bien qu'il achètera un jour un grand Léger. Passionné, enthousiaste dans son fouillis, il considère ses tableaux comme ses enfants. Quand il en parle, ses mots sonnent très authentiques :

« L'essentiel est que le tableau vous regarde. Ce n'est pas à l'amateur de le regarder – surtout avec des idées ou une sensation préconçues – il doit se contenter de le voir, c'est-à-dire à croiser son regard avec le sien, afin de soupçonner la pensée ou mieux l'émotion profonde et intime de l'artiste. Deux êtres vivants qui communiquent tant bien que mal[49]. »

Il dit que pour bien voir une peinture, il faut au préalable faire le vide en soi, abandonner tout préjugé pour être disponible et « vierge comme une plaque photographique ».

Kahnweiler ressent vite de la sympathie pour cet amateur original, assez en marge de la société. Même par rapport aux autres, il se singularise : Dutilleul vit très en retrait, ascète à sa manière, quasiment reclus,

ne présente aucun des stigmates de ce luxe ostentatoire qui ronge ce milieu jusqu'à le défigurer, ne
fréquente pas les milieux littéraires, consacre la totalité de ses revenus à l'achat de tableaux, quitte à se
priver du superflu. Kahnweiler le considérera comme
« le type du grand bourgeois français, très éclairé, très
raffiné, appartenant déjà à une époque disparue mais
profondément sympathique et estimable... dans la
lignée des grands amateurs »[50].

Estimable, ce Dutilleul! Admirable, ce Kahnweiler!
Leur amitié illustrera un type de rapports bientôt
révolus. Mais un des traits les plus caractéristiques de
ce collectionneur est aussi de ceux qui plaisent le plus
au marchand : sa discrétion, toute de réserve atten-
tive. Il a pour règle de ne jamais s'imposer dans
l'atelier du peintre, non plus que dans la galerie de
son marchand. Pour ne pas les gêner dans leur travail
quotidien, pour ne pas risquer de les importuner. A
telle enseigne que Picasso, pourtant régulièrement
envahi par les casse-pieds et les parasites, réclamera
sa visite et que Kahnweiler devra lui écrire à intervalles non moins réguliers pour le prévenir des nouveaux
arrivages et même pour se rappeler à son bon souvenir : « On ne vous voit plus... »

Il est ainsi, Roger Dutilleul : il ne vient que si on l'y
invite. Il goûte infiniment la fréquentation des jeunes
peintres en fin d'après-midi à la galerie rue Vignon.
Mais son plaisir n'est entier que si le marchand le prie
de revenir bavarder avec eux. Longtemps après, il
saura en restituer l'atmosphère avec des mots justes
et des talents d'imitateur qui laisseront pantois les
meilleurs amis de Picasso et de Modigliani. En marque d'estime et d'admiration. Car jamais il n'oserait
se moquer d'un artiste. L'homme-à-la-pipe-et-à-la-
moustache, ainsi évoqué par la plupart de ses portraitistes, qui souvent encadre seul ses tableaux avec des
baguettes de récupération, respecte tellement la pein-

ture qu'il se refuse à parler d'argent devant elle pour ne pas lui faire injure. Le respect est d'ailleurs un trait marquant de son caractère. Il n'aime pas Matisse qu'il juge trop plat et trop décoratif mais évite de le dire devant des amateurs au goût contraire que de telles paroles pourraient blesser. Dans le même esprit, il aime trop l'homme Gris, le respecte trop pour lui faire un sale coup, c'est-à-dire pour le laisser côtoyer chez lui un Picasso; la comparaison serait inévitable et à son avis elle ne serait pas à l'avantage du peintre Gris.

En un mot, Roger Dutilleul est un homme qui, tout au long de son aventure de collectionneur, ne pourra acheter un tableau à un peintre ou à un marchand sans commencer sa phrase par cette formule :

« Monsieur, si vous consentiez à vous séparer de [51]... »

Ce trait le résume entièrement. Comment ne ferait-il pas la conquête de Kahnweiler, cet amateur si français ? Une qualité qui a son importance pour un marchand fondamentalement européen, qui évolue, par la force des choses, dans un milieu éminemment cosmopolite. La galerie de la rue Vignon est en ce sens un lieu de passage et un lieu de brassage.

On a pu y apercevoir Ardengo Soffici qui s'apprête à rentrer à Florence après sept années passées à Paris. Peintre, écrivain et surtout critique d'art, il est lui aussi un Européen convaincu, très lié aux avant-gardes culturelles. Kahnweiler conservera des relations épistolaires avec ce compagnon de lutte des futuristes qui lui enverra régulièrement les revues auxquelles il collabore, *La Voce, Leonardo* et *Lacerba*. Bientôt, des critiques d'art anglais comme Clive Bell et Roger Fry, familiers du groupe de Bloomsbury et propagateurs du post-impressionnisme à Londres, apprendront à faire un détour par la rue Vignon. Mais pour des raisons évidentes, le premier cercle des relations de Kahnweiler est constitué d'Allemands, deux hommes notamment qui, malgré leur ami commun, ne sympathisent pas.

Carl Einstein a pratiquement le même âge que Kahnweiler et, comme lui, il a fait ses débuts au titre de stagiaire dans une banque de Karlsruhe. Ce Berlinois très répandu dans les milieux littéraires et artistiques fourmille de projets. Il a toujours quelque chose en chantier. Son tempérament est aux antipodes de celui de Kahnweiler : torturé, extravagant, tourmenté, original, en proie à un intense bouillonnement intérieur. Quand il parle de la sérénité de son ami Heini et de l'harmonie qui se dégage de son existence, on sent percer une pointe d'envie. Comme s'il avait cherché à atteindre un tel calme apparent sans jamais y parvenir. Même sa formation le distingue radicalement de l'autodidacte Kahnweiler puisqu'il a suivi, lui, des cours d'histoire de l'art à l'université de Berlin. Le marchand n'en est pas moins son partenaire intellectuel privilégié, celui auprès de qui il frotte son intelligence et dont il sollicite parfois les conseils pleins de bon sens. Kahnweiler le considérera, de tout temps, non seulement comme un des meilleurs critiques d'art de sa génération mais comme un historien d'art de premier ordre, un des rares à avoir confronté art nègre et art moderne à une époque où c'était peu courant[52]. Il le placera également très haut comme poète et écrivain, convaincu que Carl Einstein devrait être aussi important pour la littérature allemande que Gertrude Stein pour la littérature américaine. Il définira son petit roman poétique *Bebuquin* (1906) comme un ouvrage capital, plus proche d'un « cubisme littéraire allemand » que du « dévergondage littéraire de l'expressionnisme »[53].

Quand on cherche Carl Einstein, on le trouve souvent dans la galerie de la rue Vignon, qui est un peu sa seconde maison. On a toutes les chances d'y croiser également un autre homme clef de la galaxie Kahnweiler. Wilhelm Uhde est la figure centrale des émigrés allemands qui se réunissent au Dôme, à Montparnasse. Né dix ans avant Kahnweiler dans le nord de l'Allemagne, petit-fils d'un pasteur protestant et fils d'un procureur, il a fait tout naturellement des études de droit, sa famille le destinant à la haute administration. Sa voie est tracée jusqu'au jour où un choc l'en fait dévier : la révélation de la peinture. L'événement se produit à Florence en 1899 et Giotto n'y est pas étranger. Uhde change donc son fusil d'épaule et entreprend des études d'histoire de l'art à Munich, Breslau et Rome avant de débarquer en 1904 à Paris, lieu géométrique de toutes ses passions[54].

Il représente, pour Kahnweiler, l'Allemand tel qu'il doit être. Pur et propre[55]. A la Sainte Trinité de l'imaginaire germanique (Luther, Goethe et Bismarck) il en a substitué une autre : Hölderlin, Nietzsche et Jean-Paul. Fondamentalement européen lui aussi, il n'en prône pas moins un retour aux valeurs germaniques authentiques, seules capables de régénérer la jeunesse. Mais elles sont à cent lieues de celles qui s'annonceront au lendemain de la Première Guerre mondiale. Sa foi et sa conviction sont celles d'un missionnaire en rupture de temple. Il ne connaît qu'un critère : ce qu'il appelle « la peinture de grande qualité ». Cette référence suprême lui fait acheter dès 1907 plusieurs tableaux de Braque, puis des Picasso. Prosélyte, il entend susciter des nouvelles vocations de collectionneur et, malgré les moues dubitatives de Kahnweiler, s'obstine à faire connaître personnellement l'œuvre du douanier Rousseau deux ans avant sa mort. Son appartement-galerie est ouvert à tous, même aux amateurs les plus réservés à l'endroit des peintres qu'il défend, comme le sera plus tard le château de Burg Laenstein (Franconie) où il s'installera avec un artiste de ses amis en guise de secrétaire.

Les liens qui l'unissent à Kahnweiler sont faits de complicité et d'amitié, de respect mutuel et de confiance. Dans ses souvenirs, il évoquera 1907 comme une date capitale en ce qu'elle marque l'ouverture de la galerie de la rue Vignon et l'amorce d'un « beau et dur combat » mené de concert par les deux hommes[56]. Kahnweiler, quant à lui, parlera toujours de Wilhelm avec un immense respect. Et une infinie gratitude. Car une petite phrase de Uhde, à peine quelques mots, vont en 1907 engager son existence.

C'est le début de l'été. Un jour, un inconnu entre dans la galerie. Il est curieusement accoutré. Drôle d'allure. Ses cheveux sont d'un noir de jais, un noir luisant comme de la lignite fibreuse et dure. Mais son regard, également sombre, est profond, mystérieux. Il irradie son visage. Silencieux, attentif, il regarde les tableaux un à un puis s'en va. Il n'a pas desserré les dents. Kahnweiler est encore plus étonné de le voir revenir le lendemain en compagnie cette fois. Mais ce gros monsieur barbu est tout aussi muet. Il adopte le même comportement que le petit homme trapu, regarde chaque toile puis s'en va. Ces deux amateurs-là ne se paient pas de mots, c'est le moins qu'on puisse dire.

Kahnweiler a déjà oublié l'épisode quand Uhde lui suggère d'aller faire un tour dans un atelier de Montmartre, celui de Pablo Picasso plus précisément :

« Il y a un tableau... quelque chose d'assez étrange, à l'air assyrien[57]... »

Deux jours après il grimpe les marches qui mènent à la Butte, mû par un instinct de curiosité et par la confiance qu'il accorde au jugement de Uhde. Assyrien, cela ne veut pas dire grand-chose. Il faut voir. Et puis un marchand n'a rien à perdre à rencontrer un peintre dans son élément. Il ne sait rien ou presque de Pablo Picasso. Son travail, il en a eu un aperçu en traînant devant les boutiques de Sagot, Vollard et Berthe Weill. Cela ne l'avait pas impressionné outre mesure. Il l'avait jugé un peu dépassé par la vague fauve, trop indifférent au traitement de la couleur.

Enfin son atelier. Le décor est indéfinissable, à mi-chemin entre la misère et le pittoresque. Sur la porte, on a fiché des bouts de papiers à la hâte : « Manolo est chez Azon »... « Totote est venu »... « Derain viendra cet après- midi »... Très artistique, la porte. Le peintre ouvre. Lui, Picasso ? ce jeune type en chemise, la poitrine débraillée, les jambes nues ? Mais c'était le muet de l'autre jour, le visiteur mystérieux ! Et son compagnon qui s'était fait déposer en fiacre, c'était Vollard ! Kahnweiler réalise enfin.

« Et vous savez ce que m'a dit Vollard en quittant votre galerie ? C'est un jeune homme à qui sa famille a donné une galerie pour sa première communion[58]... »

Le coup est rude. Car il vient d'un homme qui a toute son admiration. Kahnweiler jette un regard alentour. Quel désordre, quel salmigondis d'objets disparates, de dessins empilés, de toiles posées n'importe où ! Et cette poussière... Ni gaz, ni électricité dans cette « maison du trappeur » qui passera à la postérité sous le nom de « bateau-lavoir », une espèce de vieux vaisseau amarré sur la Butte, où chaque atelier paraît être une cabine de paquebot. Le luxe en moins[59]. Pour avoir de l'eau, il faut remplir des brocs au premier étage. Pour la lumière, Picasso, qui travaille beaucoup la nuit, s'éclaire à la lampe à pétrole. Une promiscuité à l'image de ce petit quartier dont la place Ravignan est un centre névralgique.

Le poète Pierre Mac Orlan, qui a élu domicile dans les rues de Montmartre depuis la fin du siècle, décrit la Maison du trappeur comme un endroit tout simplement hideux. Ces ateliers le font penser à des sortes de boîtes d'allumettes prétentieuses aux planches disjointes. Personne n'a de vrais meubles. Certains utilisent des exemplaires de *L'Intransigeant* comme matelas parce qu'il a six pages de plus que les autres quotidiens. C'est le dénuement complet mais les gens d'ici ne parlent jamais d'argent[60].

Alors ce fameux tableau assyrien? C'est très bien toutes ces toiles mais « la » toile dont parle Uhde... Voilà.

Le choc. Kahnweiler est stupéfait d'abord, ébloui ensuite. Il a le sentiment qu'il se passe là quelque chose d'admirable, d'extraordinaire, d'inouï[61]. Cette vision, c'est un véritable coup de massue. D'autant plus percutant que le marchand ne s'y attend pas, la mémoire encore encombrée du préjugé suscité par les toiles bleues et roses du peintre. Assyrien ça? Non ce n'est pas le mot. Admirable, vraiment. Fou et monstrueux à la fois, et si émouvant. En tout cas important et tout à fait nouveau, cela ne fait aucun doute. A court d'adjectifs et de superlatifs, il lâche, anéanti :

« C'est indéfinissable...[62] »

Comment analyser et cerner cette nouveauté absolue? Car Kahnweiler ne peut s'empêcher d'intellectualiser, de conceptualiser même, aussitôt, cette révélation. Ce tableau, qui passera à la postérité sous le titre *Les Demoiselles d'Avignon* ne s'adresse pas à un jugement simplement fondé sur le goût. Il ne suffit pas de le voir. Il faut le pénétrer et déceler en quoi le rythme des formes entre en contradiction avec la représentation du monde extérieur[63].

Kahnweiler distingue aussitôt deux moitiés dans ce grand tableau de 245 × 235 cm. A gauche, trois femmes peintes en camaïeu, couleur chair, et qui de ce point de vue ne dépareraient pas ses tableaux de la période rose. Mais contrairement à ce que le peintre a fait jusqu'à présent, ce ne sont plus des dessins rehaussés. Les formes sont fortement modelées. On les croirait équarries à coups de hache. A droite deux femmes, l'une debout, l'autre accroupie. La couleur, violente, y est étirée en traits parallèles. C'est là surtout que se situe la rupture amorcée et annoncée par cet étrange tableau. Là que naît en Kahnweiler l'intuition d'un bouleversement, le pressentiment qu'une tradition est renversée désormais[64]. Autour de ces femmes, les fruits et les tentures importent moins. De toute façon, la tableau lui apparaît inachevé car il n'aboutit pas à un ensemble cohérent. A gauche, nous sommes encore en 1906, c'est encore l'ombrage du clair-obscur qui crée la forme. Comme avant. A droite, nous sommes déjà en 1907; le dessin et la couleur créent la forme par la direction des traits dont elle se compose. Elle est comme taillée en angles durs. C'est ce premier jet qui change tout. C'est là le début du cubisme. Dans cette partie droite des *Demoiselles d'Avignon*[65].

Picasso a une audace folle, juge-t-il. Au lieu de s'attaquer aux problèmes de la peinture l'un après l'autre, il a choisi de les affronter en bloc. Il ne se livre pas à une composition plaisante, mais articule une véritable structure sur la surface plane. C'est un tableau dur et aigu, comme le sont les angles qui radicalisent les têtes. Ce problème insurmontable, auquel Picasso s'attaque en un sursaut désespéré et pathétique, Kahnweiler le résume en quelques mots : c'est la figuration des choses colorées à trois dimensions sur une surface plane et leur incorporation dans l'unité de cette surface[66]. Certes, tout dans ces *Demoiselles d'Avignon* n'est pas révolutionnaire. On comprend qu'il désoriente car il éclate dans un paysage agité par les fauves et n'utilise la lumière que comme un moyen propre à mettre les corps en valeur. Et puis la soumission des parties au rythme de l'ensemble du tableau crée une déformation. Mais Kahnweiler refuse de voir dans cet aspect spectaculaire l'essentiel de la tentative. Il rappelle que Cézanne et Seurat, et même Van Gogh et Gauguin s'y sont déjà essayés.

Où est la nouveauté alors ? A droite, mais en quoi ? En ce que le peintre ne cherche plus à imiter le monde extérieur mais à le signifier. Pour le marchand, il ne fait guère de doute que l'émergence de cette nouvelle écriture plastique n'est pas seulement un coup mortel porté au fauvisme. Si ce n'était que cela... C'est un pas décisif dans l'histoire de la peinture. Une authentique rupture. On comprend que les gens qui ont vu ce tableau crient au fou. Ils sont perdus[67].

« C'est indéfinissable... Admirable. »

Il est frappé. Mais il est bien le seul. Depuis que Picasso a montré son tableau ahurissant à ses amis, il n'a récolté que des sarcasmes. Des paroles qui se voulaient parfois ironiques et décourageantes mais qui souvent n'ont été que blessantes. Quand il reçoit Kahnweiler pour la première fois dans son atelier, il est au plus noir de la solitude. Abandonné face à ses créatures. Ses amis sont toujours là près de lui mais ils s'inquiètent comme on tremble devant un trapéziste qui travaille sans filet.

« C'est comme si quelqu'un buvait du pétrole pour cracher du feu », a dit Braque[68].

Derain, qui juge l'entreprise totalement désespérée, dit à Kahnweiler :

« Un jour, on trouvera Picasso pendu derrière son grand tableau[69]. »

Le scandale, mais feutré, et limité au périmètre de la Butte Montmartre. Picasso est devenu fou. Son atelier, que le poète Max Jacob appelle « le labora-

toire central de l'art moderne », concocte de mons-
trueuses alchimies. Uhde lui-même, à qui Picasso a
envoyé un mot désespéré pour lui présenter ses
*Demoiselles*, a été non pas épouvanté comme les
autres mais pour le moins déconcerté. Assyrien...
Epaté mais prudent, Uhde. Il lui a fallu plusieurs
semaines de réflexion pour réaliser et accepter[70].

Ce ne sont pourtant pas des imbéciles, tous ces
gens-là. Peintres, critiques, poètes, collectionneurs...
ce ne sont pas des sectateurs de l'Académisme, il les
connaît bien. Ils sont compétents, ouverts et ce sont
des amis. Ils repèrent des déformations de la réalité
sur le grand tableau. Là un bras, là des seins, mais
dans quel état ! Cela ne peut inspirer qu'un sentiment
d'horreur. Picasso confiera plus tard à Kahnweiler :
« ... On disait que je mettais le nez de travers...
mais il fallait bien que je le mette de travers pour
qu'ils voient que c'était un nez[71] ! »

En cet été 1907, Picasso lui apparaît comme un
Zarathoustra descendu de sa retraite alpine pour
transmettre un message inspiré que presque personne
n'entend.

A cet instant privilégié, le jeune marchand se sent
comme Vollard quand il reçut un coup de poing à
l'estomac à la vue de son premier Cézanne. Comme
Durand-Ruel quand on lui présenta Claude Monet en
1870 à Londres. Les voies de la conscience esthétique
sont impénétrables.

En entendant le récit des mises en garde ou des
moqueries, Kahnweiler pense au Salon des Indépendants de 1886 quand les critiques officiels criaient à la
farce devant le tableau présenté par Seurat, *Un
dimanche après-midi à la Grande-Jatte*. Ce fut l'hostilité générale car même les compagnons de route des
impressionnistes furent déconcertés par la rigidité de
la composition. Tous sauf Félix Fénéon dans un
article de *La Vogue*. Rétrospectivement, Kahnweiler

se sent d'autant plus solidaire que dans ce fameux
tableau, Seurat s'était attaché : à rendre par une sorte
de projection le volume, au lieu de modeler celui-ci
au moyen de la lumière ». A sa manière c'était un
précurseur. Mais au moins sa démarche est-elle claire
également dans l'architecture du tableau « synthèse
de la scène qui se trouvait au point de départ de son
émotion ». Comme Cézanne, Georges Seurat ne
s'était pas satisfait d'une sensation ponctuelle. Il
n'avait pas été l'homme d'une émotion mais d'une
somme de renseignements collectés sur une scène ou
un spectacle qui l'avait ému[72].

Solidaire, c'est cela. Aux pieds des *Demoiselles
d'Avignon* Kahnweiler et Picasso s'observent. Ils se
regardent. Ils se sont compris. Tout est dit. Nul
besoin d'autres commentaires. Dorénavant Picasso
sait qu'il n'est plus tout à fait seul. Kahnweiler, lui,
sait qu'il a eu raison de ne pas aller en Afrique du Sud
s'occuper des mines de diamant. Il sera marchand de
tableaux à Paris. La rencontre de cet homme et de ce
tableau donne un sens à sa vie. C'est probablement ce
que l'on appelle, dans les livres, la naissance d'une
vocation. En entrant dans cet atelier, il était déjà un
marchand. Quand il le quittera il le sera encore. Mais
il n'est plus le même homme.

Ils s'évaluent du regard. Le marchand a vingt-trois
ans, le peintre vingt-six ans. Le lendemain ou le
surlendemain de ce double choc, ils se revoient.
Kahnweiler lui achète quelques gouaches récentes et
de très petits tableaux qui participent déjà de ce
nouvel esprit, de cette partie droite des *Demoiselles*
qui choque tant les visiteurs. Parmi ces études et ces
esquisses, il y a surtout des études préparatoires du
tableau. Et le tableau ? Picasso n'est pas vendeur.

« Il est inachevé », dit-il.

Kahnweiler n'insiste pas. Ce n'est pourtant pas
l'envie qui lui manque. Il n'ose pas. De toute façon il

n'a pas une force de caractère suffisante pour affronter le peintre, dont la méfiance est évidente. Elle ne s'exerce pas seulement à l'endroit de Kahnweiler, mais de tout le monde. A fortiori des marchands. De toute façon, Vollard et Berthe Weill avaient déjà été désorientés par certaines de ses toiles bleues. Ne parlons pas des *Demoiselles d'Avignon*. Kahnweiler n'a pas vraiment de concurrents : ils s'en sont dépris. Picasso est libre[73]. Il ne connaît pas cet Allemand mais il est d'autant plus touché par la sincérité de son enthousiasme qu'elle est assez exceptionnelle. Il est un des rares à vraiment, totalement, croire en lui dans ce qu'il a de plus profond au moment où Picasso touche le fond de la misère morale : la solitude absolue. Pour emporter l'adhésion, vaincre ses réticences et surmonter sa vieille méfiance, Kahnweiler devra prouver que malgré son jeune âge et son inexpérience, il a les moyens de ses convictions[74].

Dorénavant, leurs destins sont scellés.

Devenant son ami, Kahnweiler pénètre dans son cercle d'intimes et fait la connaissance du poète Max Jacob et de Guillaume Apollinaire, qui vit près de chez lui à Auteuil avec Marie Laurencin. Souvent, ils font le trajet ensemble, sympathisent, bavardent. C'est la naissance d'une réelle amitié qui sera maintes fois brisée par des orages très significatifs. Car dès leurs premières rencontres, Kahnweiler est convaincu qu'Apollinaire est un grand poète, auquel il voue une sincère admiration mais qu'il n'est pas un bon critique d'art. Son contact avec la peinture est sensuel et intellectuel. Il réagit en ami des peintres qu'il aime, attiré surtout par la nouveauté. Bref, Guillaume n'est pas un critique d'art quoi qu'il en dise et le marchand ne perd pas une occasion de le lui rappeler, ce qui gâte parfois le climat[75].

Ses premiers Picasso, Kahnweiler les revend aussitôt à Hermann Rupf. Il aura à peine eu le temps de les accrocher. Il en veut d'autres, bien entendu, et prend l'habitude de se rendre régulièrement au Bateau-Lavoir pour visiter le peintre. Il a appris à le connaître. Kahnweiler comprend vite qu'il ne faut surtout pas le réveiller tôt le matin car il aime travailler la nuit. Celui qui le secouerait à l'heure habituelle d'ouverture des bureaux serait gratifié en retour d'une humeur exécrable. Une autre chose obscurcit son regard : il a du mal à se séparer de ses toiles, il est souvent tendu quand il vend sa production car il la voit partir. Aussi Kahnweiler apprend-il au début à n'être pas trop insistant. Ce que Picasso veut... Ce sont deux amis pratiquement du même âge, soit. Mais entre eux, il n'en subsiste pas moins une certaine distance, due peut-être à l'ascendant exercé par le peintre, à son assurance, la flamme de sa conviction. Toutes les qualités que l'on retrouve également chez Kahnweiler mais avec moins de force apparente. Il est plus à son aise avec Derain, Vlaminck ou Braque. Peut-être son respect pour Picasso est-il déjà si total qu'il lui interdit d'approfondir leurs rapports? Car c'est bien en montrant un de ses tableaux à des amateurs suisses qu'il se permet de dire en sifflant l'air du Walhala du *Crépuscule des Dieux* :

« Ce tableau sera au Louvre! »

Quand on connaît sa prudence de jugement... C'est peut-être dans cette perspective qu'il s'abonne à l'Argus de la presse, afin de recevoir toutes les coupures de journaux dans lesquelles seraient cités son nom, celui de la galerie et ceux de quelques peintres. Le 15 juillet 1907, il inaugure un grand cahier noir sur la première page duquel il colle le premier article reçu : « L'invasion espagnole : Picasso », de Félicien Fagus, dans *La Gazette d'art*. Il ne se doute pas que dans une soixantaine d'années, sa galerie cessera de collectionner les articles sur Picasso en raison de leur profusion.

Pour l'instant, la galerie Kahnweiler en est à ses balbutiements. De l'extérieur, elle paraît tellement artisanale que certains imaginent le marchand improvisant son métier. Fausse impression. S'il l'apprend sur le tas, au contact du terrain, il le fait avec un certain nombre de principes et de lignes de conduite dûment établis, solidement ancrés.

Avec Uhde, Rupf, Dutilleul notamment, un petit noyau d'amateurs fidèles commence à se constituer. A chaque nouvel arrivage, Kahnweiler les prévient. La plupart du temps, ils achètent. Ce ne pourrait être plus simple. Et la participation aux Salons ? Inutile. A quoi bon ? Kahnweiler est convaincu qu'on y trouve une quantité de gens qui y vont, en groupe le plus souvent, dans le seul but de crier à la honte ou de se taper sur les cuisses en ricanant. Il n'est donc pas nécessaire d'aller s'exposer à leurs sarcasmes. Quant à l'avis de la critique, de l'Académie, et même du grand public, il s'en moque également. La peinture est un art d'élite. Il n'en démordra jamais. Pourquoi alors aller chercher les masses ?

Cela dit, quand à la fin du mois d'août Derain lui envoie des recommandations pour exposer ses toiles au Salon d'Automne d'octobre 1907, il fait diligence. Braque également y expose. Le jeune marchand n'est pas encore vraiment connu dans cette prestigieuse enceinte, puisque les tableaux qu'il a en charge y portent la mention Kahmweiler ou Kohuweiler en attendant Rahnweiler ou pire encore. Le grand événement de ce Salon, c'est une rétrospective Cézanne, un an après la mort de l'artiste. Pour y parvenir, le visiteur doit obligatoirement passer devant les tableaux d'Abel-Truchet, un peintre qui a trouvé le subterfuge du trait d'union afin d'être le premier sur le catalogue. Cette année, il n'a pas eu de chance : il a

été battu par Aary-Max, un artiste tout aussi improbable.

Importante, cette rétrospective de cinquante-sept
toiles. Pour des hommes comme Kahnweiler, Braque,
Picasso, elle permet de mesurer le chemin parcouru
et celui qui reste à faire. Grâce à cette exposition, ils
peuvent mieux prendre les marques. Elle vient à point
nommé, juste après la secousse des *Demoiselles
d'Avignon*. Plus d'un peintre de la jeune génération
en sort impressionné, bouleversé même. Fernand
Léger, vingt-six ans, qui l'a déjà été en voyant les
toiles du maître d'Aix quelques années avant sur ces
mêmes cimaises, ne regrette vraiment pas le geste
qu'il avait eu alors : il avait détruit la plupart de ses
tableaux peints sous influence, impressionniste ou
fauviste. Ce jour-là il avait décidé de devenir Léger.

1907 s'achève. A Mannheim, la ville natale de
Kahnweiler, un musée est ouvert au public pour la
première fois grâce à un legs dont la ville a bénéficié.
Un musée à Mannheim... Rue Vignon, c'est une autre
révolution qui se prépare.

# 4.

## *Les années héroïques*

### 1908-1914

Une exposition à la galerie Bernheim Jeune. Atmosphère feutrée, chuchotements. Soudain, quatre hommes pénètrent du même élan dans la galerie. L'entrée du groupe bariolé dans ce cénacle fait sensation. On se retourne. Quelle allure ! Ils portent de gros chandails, des pardessus écossais découpés dans des couvertures de cheval et sur la tête des casquettes de boxeur enfoncées jusqu'aux yeux ou d'étranges melons.

L'un paraît presque élégant. Son ami, le plus petit, a des pantalons de velours côtelé. Les deux autres, les plus massifs, sont aussi les plus excentriques. Ils doivent s'habiller chez « High Life tailor » dans un style qu'ils croient probablement à l'américaine. Et ces cravates de couleur, ces chaussures jaunes à grosses semelles, quel cirque ! On est vraiment loin de la délicatesse des artistes du XIXᵉ siècle avec veston et lavallière. Ces peintres-là doivent être... Ils sont inquiétants. Parmi le public, Dunoyer de Segonzac, qui s'apprête à faire leur connaissance, entend quelqu'un murmurer :

« C'est l'écurie Kahnweiler[1]... »

Ces pur-sang s'appellent Georges Braque, Pablo Picasso, André Derain et Maurice de Vlaminck. Ce sont les chevau-légers de la galerie Vignon. Ils ne constituent pas un groupe, ni un mouvement, encore

moins une écurie. Une bande plutôt. Kahnweiler n'est
pas son chef mais son dénominateur commun. Car
c'est autour de lui, dans sa galerie, qu'ils se rencontrent, se connaissent, se lient enfin. Ils peuvent travailler tranquillement. Kahnweiler veille. Il leur a dit :
faites votre peinture, je m'occuperai du reste. C'est sa
méthode : donner à l'artiste les moyens de son génie.
La vente, les amateurs, les salons et le reste, c'est son
affaire. A eux le souci de peindre. Qu'ils fournissent
les tableaux, il fournira les fidèles. Sa force : il ne
doute pas. Il a projeté son immense capacité d'orgueil
sur eux. S'ils les défend, c'est parce qu'ils sont les
plus grands. D'ailleurs, il a l'intention de se consacrer
uniquement à cette catégorie de peintres. Il ne prend
que les artistes qui correspondent à son idée de la
peinture. Au Bateau-Lavoir, il y a bien d'autres artistes. Certains y vivent, d'autres n'y font que passer. Ce
ne sont pas les tableaux qui manquent. Il n'aurait
aucun mal, par exemple, a convaincre son compatriote Otto Freundlich de lui confier son travail plutôt
qu'à Clovis Sagot. Mais non, il n'aime pas ce qu'il
fait. Celui-ci n'est pas des nôtres. Il ne s'y est pas
trompé.

Idéaliste ? Non pas. Car il espère bien, aussi, gagner
de l'argent avec eux[2]. Un jour ou l'autre, même si
cela doit prendre du temps. Qu'il s'agisse d'esthétique
ou de commerce, Kahnweiler est intimement
convaincu d'avoir raison. Convaincu que lui, il sait[3].
Mais alors, à quoi reconnaît-on un vrai peintre ? Et
pourquoi peint-il ? Parce qu'il ne peut pas faire autrement et qu'un démon intérieur l'y pousse[4]. Quand il
faut parer au plus pressé, le plus cérébral des marchands de tableaux de la place de Paris ne s'embarrasse pas toujours de théories. Elles viendront plus
tard, à l'heure de la réflexion. Pour l'instant, l'action
est prioritaire.

En dépit de ses pétitions de principes, il organisera

quatre expositions en 1908 : Van Dongen (mars), Charles Camoin (avril), Pierre Girieud (octobre) et Braque (novembre). Il s'est laissé faire, probablement sous la pression conjuguée de ses peintres, de la logique du marché, de l'air du temps. Mais il jure qu'on ne l'y reprendra plus. Girieud et Camoin, c'est déjà un souvenir. *Les Demoiselles d'Avignon* ont atténué son engouement pour la violence pure et colorée de certains Fauves.

Avec Van Dongen, l'idylle aura été brève. A la fin de l'année, c'est déjà fini. Ils se séparent tout en se promettant de rester bons amis, ce qu'ils feront d'ailleurs. Van Dongen se sent une dette envers le critique Fénéon qui a été un des tout premiers à le remarquer peu après son arrivée à Paris en 1897. En décembre, il le rejoindra dans la galerie Bernheim Jeune où il travaille, Kahnweiler sent que c'est mieux ainsi. Ses discussions avec le peintre, qui ont laissé sourdre plus de divergences que de points communs, lui ont peut-être donné le pressentiment de la suite des événements, quand le fauve se fera portraitiste mondain. Pas de regrets.

Il est ainsi, Kahnweiler. Cette année-là, certains s'étonnent qu'il ne soit pas de la fête le soir où Picasso donne un fameux banquet dans son atelier au Bateau-Lavoir en l'honneur du Douanier Rousseau. Pourtant, il est de la famille, de la bande. Mais ceux qui le connaissent bien ont compris : il n'aime pas trop le Douanier. En tout cas, il n'en voudrait pas rue Vignon.

Il l'a rencontré à plusieurs reprises, aux Indépendants ou ailleurs. Ils n'ont pas accroché. Le marchand reconnaît son génie et son talent mais lui reproche de se livrer à une peinture intemporelle. Rétive à se laisser enfermer dans son siècle. C'est une peinture sans culture et Rousseau un peintre qui ignore le passé de son art. Pas de la grande peinture mais de l'art populaire. D'après Kahnweiler, son histoire c'est simplement celle d'un peintre honnête qui a cru que Bouguereau était moderne et qui a essayé d'en faire autant sans y parvenir. Le Douanier est un homme de goût et ce qu'il peint est charmant mais si on met ses tableaux à côté de ceux de Braque, Picasso ou Derain, ils ne tiendront pas. Le marchand ne saurait avoir d'atomes crochus avec un tel peintre[5]. Son compatriote Wilhelm Uhde, qui s'enthousiasme pour Rousseau, ne parviendra jamais à le convaincre. Uhde, tout à sa dévotion, ira même jusqu'à organiser une exposition du Douanier dans un local perdu de la rue de la Grande-Chaumière. Personne ne viendra, ce qui n'étonnera pas Kahnweiler outre mesure. Il faut préciser toutefois que Uhde, excellent critique mais commissaire confus, avait omis de préciser l'adresse sur le carton d'invitation. Ce sera la première exposition du Douanier, et aussi la dernière de son vivant[6].

S'il avait à choisir entre le charmant Rousseau et le violent Vlaminck, le doux Kahnweiler n'hésiterait pas une seconde. D'ailleurs, c'est ce qu'il fait. Il passe souvent le dimanche du côté de Rueil et Chatou, avec Vlaminck et les siens. On ne s'ennuie pas avec ces gens-là, aux antipodes d'un Kahnweiler par leurs origines, leur culture, leur éducation, leurs manières. C'est peut-être la clé de cette attirance.

Son ami Derain, c'est autre chose. Sa peinture le touche tout autant. C'est de la « grande » et « vraie » peinture. Mais l'homme n'est pas de la même trempe Il est beaucoup plus réfléchi. On croirait le résumer entièrement dans cette réflexion sur l'art de peindre un paysage, cueillie au hasard d'une de ses nombreuses lettres à Vlaminck :

« Ces fils télégraphiques, il faudrait les faire énormes; il passe tant de choses là-dedans[7] ! »

Ses parents voulaient en faire un ingénieur. Au

moment d'entrer à l'Ecole Centrale, il a bifurqué vers l'Académie Carrière. Ils l'ont désapprouvé mais l'ont néanmoins aidé. Ce n'est pas du tout l'itinéraire et le tempérament de Vlaminck, bien qu'ils s'entendent comme larrons en foire. Ils se sont connus pendant un accident de chemin de fer, rapporte déjà la légende qui les entoure. Depuis ils sont inséparables nonobstant les exigences du service national qui les séparent pour mieux les réunir ensuite. De temps en temps, dans leur atelier du pont de Chatou, quand ils veulent se changer les idées, ils posent les pinceaux et font de la lutte. Il paraît que cela défoule même les artistes. Les gens du cru sont un peu déçus. Leurs grands hommes ne correspondent pas à l'idée romantique et lyrique qu'ils s'étaient faite des peintres. Mais petit à petit, ils ont appris à aimer Vlaminck, « ce géant blond aux yeux de porcelaine, casqué d'un melon minuscule et vêtu d'un joli complet d'entraîneur »[8]. L'atelier, c'est aussi le pont de Chatou lui-même. C'est là qu'il travaille à côté de ses amis pêcheurs. Ils bavardent, et ceux qui taquinent le goujon ne gardent pas leur opinion dans leur besace. Ils disent tout haut, avec leurs mots à eux, ce qu'ils pensent du tableau en train de se faire. Ce n'est pas qu'ils accompagnent le peintre au motif : ils sont dans le motif. Leur point de vue spontané, c'est ce que Vlaminck appelle « la critique des manœuvres ». Un jour, l'un d'eux lui fait remarquer :

« Qu'est-ce qu'elle prend avec toi, la nature ! »

Le peintre, qui se dira comblé par cette remarque, offre une tournée générale et propose même au « critique » d'écrire la préface au catalogue d'une prochaine exposition[9] !

Vlaminck est né dans les Halles, il a grandi à Chatou, et maintenant il se produit dans le quartier de la Madeleine, rue Vignon. Mais jamais il n'oubliera les arguments que son père déployait pour lui prouver qu'il serait plus tranquille s'il parvenait à devenir chef de fanfare d'une petite ville de Seine-et-Oise :

« La peinture ! il faut être riche pour faire de la peinture [10] ! »

Riche, il ne l'est que de sa formidable personnalité et de son inépuisable énergie créatrice. La plupart de ses amis se laissent prendre à son jeu, son côté violoniste doué, cycliste de tous les instants, grande gueule et fier-à-bras. Apollinaire est particulièrement impressionné par sa cravate en bois vernissée de couleurs crues, qui lui sert pour différents usages, généralement sonores et offensifs. Le poète craint le pire : il est persuadé que Vlaminck « par sympathie personnelle et surtout, disons-le sans ambages, par intérêt, a assumé la tâche dangereuse de nous assassiner. Vêtu d'un complet en caoutchouc et armé d'une cravate, il nous suit partout, guettant le moment où il pourra nous porter traîtreusement un coup mortel de son instrument croate [11]. »

Mais l'homme qui l'a le mieux saisi en quelques traits, c'est probablement le critique d'art Gustave Coquiot. Il le décrit comme un géant à l'âme tendre, un fruste qui fait face à la grand-route avec un amas de toiles à peindre : « Il a l'air d'être assis dans la vie, mais il a toutes les inquiétudes et toutes les névroses [12]. »

C'est probablement ainsi que Kahnweiler voit ce fauve auquel il s'attache et avec lequel il poursuivra un dialogue heurté et dense pendant une trentaine d'années encore avant de rompre.

Septembre 1908. Braque est de retour à Paris après avoir passé plusieurs mois à peindre à l'Estaque. Braque, comme Vlaminck, est un homme auquel le marchand s'attache vite mais pour de tout autres raisons.

Il a lui aussi une certaine allure d'étrange colosse,

« cachant une chevelure de Boshiman sous un tyro-
lien genre Ernest la jeunesse ». Mais il sait aussi être
un dandy, cet homme qui pratique la lutte, le trapèze,
le skating et qui chaque matin se fait la main au
punching-ball avant de peindre[13]. C'est la façade, le
côté le plus pittoresque mais pas le plus intéressant de
ce chercheur qui ne laisse pas paraître ses inquiétudes
et ses tourments. La série de tableaux qu'il a ramenés
de l'Estaque intrigue fortement Kahnweiler. Mono-
chromes, très construits, ils ressemblent étrangement
selon lui à ce que Picasso a peint il y a peu aux
environs de Paris à La-Rue-des-Bois près de Creil. La
connivence lui paraît inouïe. Il faut avoir fait comme
lui l'aller et retour entre les deux peintres pour la voir
surgir. Pourtant, ils n'ont pas travaillé ensemble et
Kahnweiler se dit que même si Braque a été impressionné par *Les Demoiselles d'Avignon*, ses derniers
tableaux n'y ressemblent pas tout en participant du
même esprit[14].

Braque est décidé à soumettre six de ces toiles au
jury du Salon d'Automne. Malgré la moue de Kahnweiler. L'aimable cénacle qui compose le jury les
refuse. Recalé, Braque. Mais comme les jurés peuvent
exercer un droit de repêchage pour sauver un candi-
dat malheureux, deux d'entre eux, Charles Guérin et
Marquet, en usent. Pour une ou deux toiles de
Braque, pas plus. Cette fois, c'est lui qui refuse. C'est
tout ou rien. Ce sera rien. Kahnweiler réagit aussitôt,
bouleverse ses plans et organise au pied levé une
exposition dans sa galerie. Elle est fixée au 9 novembre. Tant pis pour les peintures de Pierre Girieud et
les grès de Francisco Durio qui devaient garnir ses
cimaises jusqu'au 14 novembre. Il y a urgence. On les
remplace par vingt-sept Braque, non sans avoir commandé à grande vitesse un texte à Apollinaire, destiné
à préfacer le catalogue : « ... la nacre de ses tableaux
irise notre entendement... »

Tout est prêt pour le 9 novembre. Le peintre est tellement timide qu'il prend ses précautions avant de s'y rendre : il ne pénètre dans ce lieu si impression-nant – une galerie... – qu'une seule fois et au coucher du soleil. Ainsi, il est à peu près assuré de la trouver déserte[15]. Les réactions des visiteurs sont partagées. Parfois de l'indignation, parfois de la sympathie. Mais l'étonnement prime. Et c'est cela qui frappe Kahn-weiler. Il mesure l'impact certain de cet exposition à l'aune de cet étonnement plus qu'au produit de la vente, quelques toiles cédées à des fidèles[16]. De plus, elle lui donne véritablement l'occasion, pour la pre-mière fois, d'affronter la critique. Quel que soit le mépris dans lequel il la tient, l'événement le concerne de trop près, il s'y est trop engagé à titre personnel, associant son nom à celui d'un refusé, pour que la critique le laisse indifférent. C'est le moment de faire connaissance.

Les critiques qui vont compter ont nom Louis Vauxcelles, André Salmon, Waldemar George, Guil-laume Apollinaire, Félix Fénéon, Roger Allard, Mau-rice Raynal, Roger Marx... Ils sont de deux sortes : les professionnels de la critique d'art (Vauxcelles en est le prototype) et les poètes qui tiennent également la rubrique « critique d'art » dans les journaux (Apollinaire par exemple). Certains, tel Roger Allard, appartiennent aux deux catégories.

Kahnweiler s'est vite fait sa religion en ce domaine. Bien qu'il n'ignore pas les liens entre la valeur mar-chande d'un peintre et sa situation par rapport à la critique, il reprend à son compte l'antienne de Huys-mans : les critiques d'art sont des lâches, des hommes de lettres incapables de produire une véritable œuvre de leur cru. Ce qu'il leur reproche par-dessus tout, c'est leur inaptitude à trancher. Huysmans se lamen-tait de ce que ces gens qui font profession d'indépen-dance et se présentent comme des dilettantes se

prononcent le moins possible, alors que « l'enthousiasme et le mépris sont indispensables pour créer
une œuvre »[17]. Tout au long de sa carrière, Kahnweiler vérifiera le bien-fondé de son sévère jugement
dans la panique qui s'empare de certains critiques
face à un nouveau peintre sur lequel nul n'a encore
rien écrit. Comment trancher, juger, s'engager enfin ?
« Elle n'a pas de modèle à copier. Alors elle s'en tire
comme d'habitude en pareil cas en disant que ça
ressemble à Matisse ou à je ne sais qui[18]. »

Il est dur mais qu'importe. Quand on se sent investi
d'une mission, on ne se lave pas à l'eau tiède. Malgré
ses talents de diplomate et de fin négociateur, sa
maîtrise de soi et sa capacité à encaisser les coups,
Kahnweiler ne peut réprimer en lui l'envie de dire
tout haut ce qu'il pense, surtout si le sujet touche à
l'art. Apollinaire en fera les frais tout autant de son
vivant qu'à titre posthume. André Salmon aussi parfois. Charmants poètes... Mais pas Maurice Raynal,
auquel Kahnweiler se lie d'une forte amitié. Les
critiques allemands de la dimension de Carl Einstein
et Wilhelm Uhde n'en restent pas moins à ses yeux
des modèles de perspicacité et d'intelligence.

A Paris, hors de son cercle d'amis, il est deux
critiques qui, selon lui, méritent une attention particulière, en raison de leur personnalité et de leur
influence. Félix Fénéon, âgé d'une quarantaine d'années, lui apparaît comme quelqu'un d'énigmatique et
d'indéchiffrable. A cause de son regard surtout. Cet
homme a un passé qui sent le soufre car il a activement participé aux trois mouvements qui ont tenté de
mettre la société en l'air : l'impressionnisme, le
symbolisme et l'anarchisme. En art comme en littérature ou en politique, rien de ce qui était subversif ne
lui a été étranger.

On le dit un ami fidèle et un militant solidaire,
surtout quand les siens sont dans l'adversité. Il est

souvent perquisitionné et arrêté par la police qui alimente son dossier aux Renseignements généraux depuis l'explosion de trois bombes en 1892. Après avoir collaboré à de nombreux quotidiens, il quitte le journalisme pour entrer en 1906 comme vendeur à la galerie Bernheim Jeune. Deux ans après, il en est le directeur artistique. Il a non seulement le pouvoir d'offrir des contrats aux peintres qu'il juge être des valeurs sûres, mais il peut également, en se coiffant de sa casquette de critique, assurer leur promotion. Une collusion d'intérêts, une confusion des genres qui choquent à peine dans ce milieu tant elles sont répandues. Tant de critiques écrivent la préface de catalogues d'exposition qu'ils devront ensuite... critiquer pour un journal ou une revue.

Ils sont pour la plupart liés d'amitié, sinon plus, avec des marchands et des peintres. Certains même montent des expositions. Qu'ils soient salariés d'une galerie comme Fénéon, ou simplement acoquinés avec un mouvement, comment ne pas penser qu'ils sont tous, qu'ils sont peu ou prou, sous influence ? On ne cherche pas à se concilier des gens dépourvus de pouvoir, dans un monde où l'enjeu économique prend une importance croissante. Du pouvoir, ils en ont assurément. Ne dit-on pas aux jeunes peintres : « Pour vous faire connaître dans le paradis des Arts (par Dieu, le marchand de tableaux et ses Saints, le critiques d'art) adressez-vous aux Saints plutôt qu'au Bon Dieu [19]... »

Kahnweiler n'est pas surpris outre mesure par ces pratiques car il ne se fait guère d'illusion sur la manière dont les Français s'accommodent de la déontologie. Il gardera longtemps en mémoire les anecdotes complaisamment colportées dans les galeries par Ambroise Vollard sur l'incompétence de certains critiques. Notamment celui de *L'Evénement* qui, après

avoir regardé des dessins de Manet, s'enquit auprès
de Vollard de l'adresse du peintre :

« Au Père-Lachaise, je crois, répondit le marchand
en gardant son sérieux.

— Comment ? Il est mort ?

— Il y a plus de dix ans.

— C'est donc pour ça que j'ignorais son nom ! Mais
vous savez, je ne suis critique d'art que depuis trois
ans [20]... »

Même si elle paraît un peu trop fabriquée, l'anecdote est significative du dédain avec lequel bon nombre de marchands traitent, entre eux, les critiques.
Kahnweiler, qui n'en pense pas moins, se garde
pourtant de porter publiquement des jugements définitifs et excessifs sur l'ensemble de la corporation. Ce
qui le touche chez un homme comme Fénéon, outre
sa réserve, sa discrétion, l'extrême économie de mots
avec laquelle il parle des peintres et écrit sur leur art,
c'est la manière dont il s'est dévoué corps et âme à un
artiste : Seurat. Depuis Baudelaire et Delacroix, on
n'avait peut-être pas vu une identification aussi totale
entre un critique d'art et un peintre. Son combat
pour une réforme de l'impressionnisme, ce fut aussi
le sien. Il se fit le champion de sa cause, comme en
témoigne sa propre collection, sans parler de ses
écrits. Kahnweiler aime le caractère total et absolu de
cet engagement, en ce qu'il tranche avec la tiédeur et
le prudent retrait propre à la corporation.

Un autre critique l'intéresse mais pour des raisons
tout autres. Louis Vauxcelles est l'homme qui compte
dans ce milieu. Un homme d'influence, comme on ne
dit pas encore. Républicain et dreyfusard, Louis
Mayer a pris le pseudonyme de Vauxcelles après des
études à l'école du Louvre et à la Sorbonne, quand il
s'est lancé dans le journalisme. Sa plume est acérée et
il ne tarde pas à se forger une réputation. Non que
son jugement soit particulièrement pénétrant, perspi-

cace ou subversif. Au contraire, il est fermé à l'art moderne. Mais c'est un homme débordant d'activités, qui multiplie les conférences, les préfaces aux catalogues et surtout les articles dans journaux et revues. C'est le critique d'art le plus répandu de Paris, un authentique graphomane, véritable aubaine pour les rédacteurs en chef en mal de copie. Quand il sent qu'il en fait trop, il continue en utilisant d'autres pseudonymes. Il a du pouvoir mais cette fièvre de l'écriture conjuguée au caractère de plus en plus péremptoire, superficiel et pressé de ses articles lui jouera un mauvais tour dans une quinzaine d'années : on le trouvera trop journaliste et trop prolixe quand il échouera à devenir – suprême honneur pour un notable – conservateur du Musée du Luxembourg.

Kahnweiler a déjà eu l'occasion de lire ses chroniques. Mais ce 14 novembre 1908, il a une raison toute particulière de chercher sa signature dans les colonnes du *Gil Blas* : l'exposition de Braque rue Vignon y est critiquée. En effet. Au détour d'une page, le marchand lit :

« ... il construit des bonshommes métalliques et déformés et qui sont d'une simplification terrible. Il méprise la forme, réduit tout, sites et figures et maisons, à des schémas géométriques et à des cubes. Ne le raillions point puisqu'il est de bonne foi. Et attendons... »

Des cubes... C'est bien la première fois que la formule est employée pour désigner cette peinture. Même si à ce que rapporte la rumeur, un membre du jury du Salon d'Automne a dit : « Braque fait des petits cubes », c'est la première fois que le mot est imprimé à cet effet. Bon ou mauvais, adéquat ou inopportun, il est lancé. Nul ne pourra jamais le rattraper. Le cubisme est baptisé par quelqu'un qui ne l'aime pas. Le mot se voulait simplement méchant et persifleur, à l'usage limité et de toute façon ponctuel. Il va entrer dans l'histoire.

Décidément, Vauxcelles semble prédisposé à ce genre de situations paradoxales car c'est lui qui, il y a tout juste trois ans, et déjà dans un article du *Gil Blas*, avait voulu moquer les Matisse, Vlaminck, Derain, et Rouault exposés au Salon d'Automne. Remarquant parmi leurs toiles une sculpture très « italienne » d'allure, il avait écrit : « La candeur de ce buste surprend au milieu de l'orgie des tons purs : Donatello parmi les fauves[21]. »

Ainsi, le fauvisme comme le cubisme porteront pour la postérité un nom inventé par un détracteur. Ce qui est somme toute dans l'ordre des choses puisque le terme d'impressionnisme est né dans des circonstances analogues. Ne sachant trop quel titre donner à l'une de ses toiles peintes de sa fenêtre au Havre, Monet avait dit à la personne chargée de rédiger le catalogue d'une exposition de groupe : « Mettez : Impression. » Elle deviendra *Impression, soleil levant*. Mais le critique L. Leroy, qui se voulait acerbe et ironique, essayant de la tourner en dérision (« ... puisque je suis impressionné, il doit y avoir de l'impression là-dedans[22]... ») lui conféra une importance historique à son corps défendant, le mot connaissant depuis la fortune que l'on sait.

Kahnweiler tire une certaine philosophie de cette coïncidence dans le baptême de l'impressionnisme, du fauvisme et du cubisme : sans trop s'expliquer pourquoi, il la juge de bon augure, allant jusqu'à imaginer que ce serait peut-être la marque d'un mouvement véritablement authentique. Dans le même élan, il invitera à se défier des « mouvements conscients et organisés » qui se choisissent eux-mêmes un nom, trahissant leur caractère artificiel ou la prédominance d'un chef sur le groupe[23]. Il est vrai que des Nabis aux surréalistes en passant par les

futuristes et les constructivistes, les décennies à venir
ne seront pas chiches en mouvements auto-consa-
crés.

L'année 1908 s'achève. Ce n'est pas l'heure du
bilan mais des grandes décisions. Les conditions dans
lesquelles l'exposition Braque s'est tenue, son impact
et les commentaires qu'elle a suscités ont donné
raison au marchand. D'accord avec ses peintres, il
convient de ne plus monter d'expositions personnelles
rue Vignon et de ne plus envoyer de toiles dans les
Salons. A quoi bon montrer des tableaux à des gens
qui ne sont pas prêts à les recevoir? On accrochera
dans la galerie au fur et à mesure des arrivages et cela
suffira. Mais on ne se montrera pas à l'extérieur et on
ne fera rien pour se faire connaître par les moyens
délétères de la réclame. Cela ne va pas empêcher
Kahnweiler de continuer à faire circuler ses photos et
ses toiles à l'étranger à la demande des collectionneurs et des revues d'art.

Ainsi, au moment où le cubisme naît à Paris, la
capitale est un des endroits où on a le moins de
chances de le voir. A part quelques ateliers qui ne
sont naturellement pas ouverts au public, et une
petite galerie qui l'est à peine plus... Pour trouver le
cubisme à Paris en 1908, il faut vraiment le chercher.

Pourtant, c'est à Paris qu'il faut être et nulle part
ailleurs. C'est bien la capitale de la peinture[24]. L'in-
ternationnale de l'esprit y a son siège[25]. Signe des
temps : les peintres futuristes italiens viennent y
consacrer la naissance de leur mouvement en
publiant le texte de leur manifeste dans *Le Figaro* du
20 février 1909 : « Nous voulons délivrer l'Italie de sa
gangrène de professeurs, d'archéologues, de cicéro-
nes et d'antiquaires. Nous voulons débarrasser l'Italie
des musées innombrables qui la couvrent d'innom-

brables cimetières. Musées, cimetières! Férocité réciproque des peintres et des sculpteurs s'entre-tuant à coup de lignes et de couleurs dans le même musée. Et boutez donc le feu aux rayons des bibliothèques! Détournez le cours des canaux pour inonder les caveaux des musées! Oh qu'elles nagent à la dérive, les toiles glorieuses! A vous les pioches et les marteaux!... »

Ils se veulent d'une hardiesse inouïe, ces artistes qui font sourire Kahnweiler. Comme s'il fallait anéantir Rembrandt et Caravage pour imposer une autre façon de peindre! Il les juge puérils. Considérés un par un, il ne les déteste pas nécessairement. Mais l'idée du groupe qui s'autoconsacre mouvement historique lui paraît ahurissante. De toute façon, quand on prétend modeler l'avenir, on ne fait pas table rase du passé. Pour un jeune homme formé à Stuttgart, cela dépasse l'entendement.

Il observe tous ces événements, cette agitation de son promontoire de la rue Vignon. C'est un excellent poste d'observation. Mieux, un carrefour stratégique. Petit à petit, la galerie trouve le rythme qui lui est propre et Kahnweiler sa cadence de travail. Durant les années héroïques, son emploi du temps sera quasiment immuable. Il ne fera d'ailleurs jamais rien pour le modifier tant cette mesure de la semaine lui convient.

C'est l'emploi du temps d'un homme libre.

8 h 30. Il quitte son domicile d'Auteuil en tramway. Direction la Madeleine. C'est un moyen de transport qui fonctionne encore à air comprimé. Aussi s'arrête-t-il toujours cinq minutes près du pont de l'Alma pour qu'on le « regonfle ». Souvent, sur l'impériale, Kahnweiler retrouve Apollinaire ou sa compagne Marie Laurencin.

9 heures. Rue Vignon, le rideau de la galerie Kahnweiler est levé. Le premier soin du marchand est

de se consacrer au courrier. Toute sa vie, cela restera la priorité de la journée. Il entend observer une règle absolue, qu'ils s'efforcera de toujours respecter nonobstant les voyages, les absences prolongées, les guerres et les révolutions : il convient de répondre le jour même, sans plus tarder. Cette attitude lui paraît non seulement pleine de bon sens commercial, mais surtout la plus élémentaire courtoisie. Un homme qui répond toujours tardivement à sa correspondance ou qui répond par intermittence, avec désinvolture ou même qui ne répond pas, n'est pas convenable, correct, fréquentable. Il est des gens que l'on juge à la qualité de leur poignée de main. Kahnweiler préfère les juger à la tenue de leur correspondance. Pour lui, c'est d'autant plus important qu'il n'a pas le téléphone. Le moindre rendez-vous dans le quartier pour le lendemain est signifié par écrit. Il écrit donc beaucoup. Sa graphie laissant à désirer, de son propre aveu, il utilise très tôt couramment une machine à écrire, non sans s'excuser d'un usage administratif pour des lettres qui souvent ne se veulent qu'amicales. Il tape indistinctement avec la même facilité en français, en anglais et en allemand et prend soin de toujours conserver un double de ses lettres, immédiatement classés dans un dossier.

Une partie de son courrier concerne les fournisseurs (encadreurs), les assurances, la banque, le loyer... Une autre s'adresse à ses peintres, qui s'exilent volontiers plusieurs semaines ou plusieurs mois en province ou à l'étranger pour travailler. Les lettres de Kahnweiler leur sont d'un grand secours : d'une part, elles sont critiques car elles viennent du premier spectateur de leur travail, un des rares à pouvoir comparer leur travail avec ce qu'ils ont fait avant et en mesurer l'évolution; d'autre part, elles sont d'un ami qui les tient au courant des événements de leur petite compagnie à Paris. Cette année-là, en 1909,

Braque séjourne en Normandie et à La Roche-Guyon (Cézanne l'y a précédé il y a un quart de siècle déjà); Picasso, lui, est en Espagne, à Barcelone puis à Horta de Ebro. Les lettres de Kahnweiler leur sont d'autant plus précieuses qu'il est le seul à pouvoir suivre, à distance, le travail de l'un et de l'autre. Il est la passerelle.

Sa correspondance fournie montre très tôt ce que ses peintres attendent de lui : des nouvelles de Paris, des amis dispersés. Indistinctement et sans ordre de priorité, il sert de boîte à commissions, règle les problèmes, parle du temps qu'il fait comme si le climat avait une réelle influence sur son comportement, donne son avis sur les récents tableaux et les dernières expositions, loue ou critique, enfin et surtout évoque en détail les problèmes techniques : argent, expéditions de toiles, etc.

Le matin, quand il a fini d'écrire, il visite les peintres dans leurs ateliers. Si l'heure n'est pas trop avancée, il entreprend une tournée à Montmartre, Vlaminck étant un des rares à ne pas y vivre et à lui avoir préféré le quartier Saint-Michel. L'itinéraire le mène d'abord au Bateau-Lavoir pour y rencontrer Picasso (jusqu'à son départ pour le boulevard de Clichy) ou d'autres peintres, puis à la rue Tourlaque (Derain) et à la rue Caulaincourt (Braque).

Braque est avec Picasso celui qu'il visite quasi quotidiennement, quand il est à Paris bien sûr. Il l'a suivi dans ses pérégrinations montmartroises, rue d'Orsel, impasse Guelma, rue Caulaincourt enfin.

Midi. S'il n'a pas le temps de retourner rue Vignon, il fait fermer la galerie par son employé et rentre déjeuner chez lui. Il n'est pas question d'aller au restaurant. Ou alors très rapidement, en laissant la galerie ouverte.

14 h 30. La galerie ouvre. Le marchand officie. Mais dès 17 heures, les éventuels et rares clients en

sont virtuellement chassés par ce que Max Jacob appelle « mon aimable petit cercle de la rue Vignon et son aimable président »[26]. Car tous les jours, en temps normal, ses peintres descendent de la Butte Montmartre pour, à leur tour, rendre à Kahnweiler la visite qu'il leur a faite le matin. Braque et Picasso bavardent dans le minuscule bureau. Derain et Vlaminck, eux, viennent surtout pour disputer une partie d'échecs contre lui. Une fois, à la fin du mois, ils ont débarqué rue Vignon en simulant l'ouvrier. Jouant de la casquette avec le doigt, ils ont lancé :

« Patron, on vient pour la paye[27] ! »

Dans la mesure où ils n'exposent pas ailleurs et ne font plus d'envois dans les Salons, la galerie Kahnweiler est devenue leur point de rencontre obligé. Le seul endroit où l'on peut voir leurs tableaux est aussi le meilleur pour se voir. Beaucoup de jeunes peintres, qui ne sont pas de ce groupe informel, le savent qui font souvent une halte rue Vignon, avant ou après être allés chez Clovis Sagot[28].

En fin d'après-midi, quand il faut fermer tout de même, Kahnweiler baisse le rideau de fer et poursuit la conversation, quitte à rentrer à pied chez lui. Souvent, à son arrivée, il griffonne à la hâte quelques morceaux de phrases, des paroles, des impressions de Braque ou de Picasso ou d'un autre. De simples notes pour mémoire qui deviendront des notes pour l'histoire.

Quand les peintres et leurs amis sortent en bande, c'est dans deux directions. Montparnasse, ils y vont pour les cafés. Chacun a le sien : les poètes avec Paul Fort à la Closerie des Lilas, les amis de Max Jacob à la Rotonde, les peintres allemands au Dôme, les Italiens au Petit Napolitain avec Modigliani qui vient d'exposer aux Indépendants. Parfois, on quitte le café pour se rendre un peu plus loin sur le boulevard Raspail au siège de la revue *Les Soirées de Paris* où le Tout-Paris de l'avant-garde se côtoie. Kahnweiler le fréquente à l'occasion.

Les détracteurs les plus obtus de l'art moyen y verront, dans quelques années, le ferment de toutes les décadences. Le critique d'extême droite Camille Mauclair y puise d'innombrables arguments pour alimenter sa haine ordinaire. Selon lui, on s'y réunit dans le culte de l'alcool, de la coco et de l'art vivant : « Un cloaque de toqués et d'indésirables qui, à la fin, dégoûte Paris et appelle la rafle. Parmi les blancs, la proportion des sémites est d'environ 80 % et celle des ratés à peu près équivalente[29]. » Le courtier en tableaux Adolphe Basler, qui fréquente assidûment les lieux, estime que si la peinture est bien le seul langage universel, alors le café du Dôme est une véritable SDN (Société des nations) : il en veut pour preuve la présence, quelques années plus tard, d'expressionnistes de Smolensk, de dadaïstes moldo-valaques, de constructivistes de Léningrad, de néo-romantiques du Baloutchistan qui, tous, ne se contentent pas de boire du vermouth-cassis[30].

En 1909, Montparnasse n'en est pas encore tout à fait là et Montmartre tient le haut du pavé. Le marchand et ses amis, peintres et poètes, se rendent le plus souvent rue des Saules au *Lapin agile*, un cabaret appelé à devenir leur quartier général. La salle basse est pleine de moulages, de peintures et de dessins. Ils ne sont pas dépaysés. Tout le monde est là tous les soirs : Picasso et Mac Orlan, Paul Fort et Francis Carco, Max Jacob et André Salmon, Poulbot et Jules Romains.

Il y a longtemps, l'endroit s'appelait *Le cabaret des assassins*. Puis quand le caricaturiste André Gill en a dessiné l'enseigne (un lapin sautant dans une poêle), les habitués l'ont baptisé *Le lapin à Gill* et même *Là peint A. Gill*. Il était alors fréquenté par des gens comme Pissarro, Forain ou Courteline... Depuis le début du siècle, le nouveau patron, Frédéric Gérard, lui a donné son second souffle. Tous les peintres et les écrivains qui passent par là sont priés de dessiner ou d'écrire des vers dans le « livre de bord » de la maison, véritable livre d'heures du cabaret. Le patron, accoutré de manière plutôt pittoresque comme un paysan des Abbruzes, passe pour le premier des « picassolâtres » car sur son mur il y aura bientôt un Arlequin de Picasso dont les losanges versicolores forment des cubes. Ce qui fait dire au maître des lieux que c'est là le tableau capital du cubisme. Parfois il en rajoute :

« Je l'ai même souvent déjà refusé à beaucoup d'Américains[31]. »

Tard dans la nuit, quand ils quittent cette petite maison blanche aux volets verts, perchée en haut de la Butte, Kahnweiler et ses amis déambulent dans les rues désertes et silencieuses, ne s'arrêtant que pour observer à leur manière une minute de silence face au paysage. Paris est à leurs pieds. Au propre et au figuré. Car pas un instant, ils ne doutent de leur victoire.

Souvent, le vendredi soir, Picasso les entraîne au cirque Médrano, un des spectacles favoris de la petite bande. Ils passent volontiers la fin de la soirée en coulisses, au bar, à bavarder avec ces clowns qui inventent des costumes burlesques, Grock, Antonet, alors débutants[32]. Mais qu'il s'agisse de Médrano ou du café L'Hermitage à Pigalle, du Lapin agile ou de la Rotonde, des nuits de Montmartre ou de Montparnasse, Kahnweiler suit malgré son manque d'enthousiasme. Car il n'aime pas ces endroits bruyants et enfumés. Les boîtes de nuit lui font horreur, les cabarets à peine moins. Il y va pour faire plaisir à ses amis et ne pas paraître trop puritain et trouble-fête. Si cela ne tenait qu'à lui, il les entraîneraient plutôt dans des divertissements plus bourgeois, le théâtre et le concert.

L'univers des cafés qu'il abhorre favorise d'après lui l'éclosion de deux types de personnages : le meilleur et le pire.

Le pire, ce sont les parasites qui se fabriquent des fausses réputations en identifiant leur destin à ceux de ces génies en herbe qui peuplent les terrasses. Qui masquent leur manque de talent manifeste par celui, avéré, des créateurs de leurs amis.

Pour Kahnweiler, ce genre de personnage a un archétype. Il s'appelle Princet. Dans le civil, il est actuaire, spécialiste du calcul des statistiques et des probabilités appliqué aux problèmes de prévoyance. On peut dire aussi sans se tromper : employé d'une compagnie d'assurances. Or ce Princet, appelé à devenir fameux d'une certaine manière, fréquente assidûment les peintres de la rue Vignon. Il connaît les mathématiques et avoue un goût prononcé pour l'art. De là à en faire le « mathématicien du cubisme », il n'y avait qu'un pas. La chronique de Montmartre et Montparnasse ne tarde pas à le franchir et à créditer l'actuaire d'une influence hors de proportion sur l'esprit prétendument géométrique de ces peintres. La légende prendra corps, tant et si bien que pendant des années des articles et même des livres lui consacreront une place, petite certes, mais une place tout de même au titre de maître ès mathématiques des cubistes. Quand des histoires d'art pressés reprendront cette anecdote, qui aurait dû le rester, Kahnweiler s'emploiera à dénoncer la farce, démontant son mécanisme, rappelant que des hommes comme Juan Gris n'avaient pas besoin qu'on leur enseigne les maths et que Princet n'était que leur « commensal de bistrot »[33].

Le meilleur, ce sont des écrivains comme Alfred Jarry, disparu il y a deux ans. Le créateur du père

Ubu occupe une place considérable dans ce que Kahnweiler appelle « notre folklore familial », tant sa femme Lucie et lui se plaisent à lancer tout à trac des citations de ses pièces[34]. Le meilleur, ce sont également des poètes de la dimension d'un Max Jacob. cKahnweiler lui voue plus que de l'amitié, de l'admiration. Parfois même de la compassion devant l'absolue misère matérielle dans laquelle il survit, son total dénuement qui ferait paraître acceptables les baraques du Bateau-Lavoir.

Max, quand il est dans son élément, c'est-à-dire avec ses amis artistes et poètes, c'est un festin d'esprit, de bons mots, de gravité et de drôlerie. Et par-dessus tout, un poète parodique, en chapeau haut de forme, plastron et redingote, son uniforme, riche en inventions et cocasse. Kahnweiler l'adore mais craint ses lettres et ses paroles. Il le jugera éternellement brouillon et dangereux en raison de ses gaffes et de son absence totale de psychologie. Il se demande même si une certaine perversité ne le pousse pas à semer la discorde entre ses amis, poussant jusque-là le goût de la provocation[35].

Breton par son lieu de naissance, israélite par ses racines, homosexuel par goût et par défi, Max Jacob a du respect pour Kahnweiler en ce qu'il est aussi des rares, dans ce milieu, à avoir les deux pieds sur terre, une culture solide et en constante évolution; il est, lui, sur des rails, il sait où il va, il sait ce qu'il veut et ce qu'il cherche. Le marchand en impose par les impressions qu'il dégage : assurance, équilibre, sérénité, harmonie. Max a confiance en lui. Il sait qu'on peut parler à Kahnweiler et qu'il admet l'ironie amicale si elle reste de bon aloi. Ainsi, un jour de septembre lui écrit-il : « Votre qualité d'israélite m'autorise à vous offrir mes vœux de Nouvel An (solstice d'automne, mon cher)[36]... »

Cette année 1909 est une étape importante tant

pour Max que pour Henry. Un matin, le marchand
lui rend visite pour lui exposer ses projets d'édition.
Le poète semble transfiguré. Méconnaissable. Visiblement, il s'est passé quelque chose. Effectivement, la
veille au soir, un événement s'est produit qui, d'un
coup, a brûlé son passé. Après une journée de lecture
et de recherches à la Bibliothèque nationale, Max est
rentré chez lui, a enfilé ses pantoufles quand soudain... Kahnweiler écoute, bouche bée, son ami faire
le récit du choc :

> « ... je poussai un cri. Il y avait sur mon mur un
> hôte. Je tombai à genoux, mes yeux s'emplirent
> de larmes soudaines. Un ineffable bien-être des-
> cendit sur moi, je restai immobile sans compren-
> dre. En une minute, je vivais un siècle. Il me
> sembla que tout m'était révélé. J'eus instantané-
> ment la notion que je n'avais été qu'un animal,
> que je devenais un homme. Un animal timide.
> Un homme libre. Instantanément aussi, dès que
> mes yeux eurent rencontré l'Etre ineffable, je me
> sentis déshabillé de ma chair humaine, et deux
> mots seulement m'emplissaient : mourir, naître.
> Le Personnage de mon mur était un homme
> d'une élégance dont rien sur terre ne peut don-
> ner l'idée. Il était immobile dans une campagne
> (...) un paysage que j'avais dessiné quelques mois
> auparavant et qui représentait le bord d'un canal.
> A partir de cette sublime minute et après la
> disparition de l'image sacrée, j'entends à mes
> oreilles une foule de voix et de paroles très
> nettes, très claires, très sensées et qui me tinrent
> éveillé toute la soirée et toute la nuit sans que je
> sentisse d'autre besoin que celui de la solitude.
> (...) Je restai agenouillé devant la grande tenture
> rouge qui se trouvait au-dessus de mon lit et sur
> laquelle s'était réalisée la divine Image. Je me

sentais transporté, je sentais sous mon front se
dérouler une suite ininterrompue de formes, de
couleurs, de scènes que je ne comprenais pas et
qui furent plus tard révélées comme prophéti-
ques [37]... »

Kahnweiler, très impressionné par la métamorphose de son ami, le sent plus déchiré qu'avant par
ses contradictions d'homme-du-monde-de-Montmar-
tre qui fuyait le monde, de vrai pauvre aux manières
de grand bourgeois. Dorénavant, le génial bouffon de
la place Ravignan est aussi un mystique. Une simple
passade? Une corde de plus à son arc? Un moyen de
renouveler son inspiration? Kahnweiler ne le croit
pas. Malgré les palinodies, les mensonges et les
pirouettes auxquelles Max l'a habitué, il le juge
sincèrement bouleversé par un grand choc intérieur.
Cette apparition engagea sa conversation au catholi-
cisme et, plus tard, sa retraite au monastère de
Saint-Benoît-sur-Loire.

En attendant, Kahnweiler a des projets plus immé-
diats :

« Je voudrais éditer des livres illustrés par mes
peintres. Apollinaire sera le premier, Derain illustrera
*L'Enchanteur pourrissant*. As-tu quelque chose? [38] »

On le croyait marchand de tableaux, le voilà éditeur. A chacun ses apparitions. Mais il ne s'agit pas là
de conversion. De prolongement plutôt.

Certes, l'idée d'associer un écrivain ou un poète à
un illustrateur n'est pas nouvelle. Depuis Mallarmé,
ce type de rencontre a créé un mode d'expression
autonome [39]. Ambroise Vollard a également édité des
livres illustrés. Mais Kahnweiler se distingue tout de
suite des autres en ce qu'il ne publie que des inédits
d'auteurs encore peu connus [40]. Il bannit de sa production la réédition de classiques, adoptant d'emblée
un comportement de véritable éditeur littéraire, de

ceux qui découvrent plutôt qu'ils ne consacrent. Cette évolution était inéluctable. Non seulement parce que ce type de livres, imprimé sur un papier rare à un nombre limité d'exemplaires, est appelé à devenir aussitôt un objet d'art; mais encore parce que Kahnweiler, qui dispose déjà, grâce à sa galerie, d'un vivier de peintres, fréquente suffisamment de poètes aux qualités indéniables pour se lancer dans cette aventure.

Elle s'avère finalement complémentaire de « l'autre aventure », le commerce des tableaux. Le texte et l'illustration sont en parfaite adéquation, mais le peintre comme l'écrivain seront également libres. Dès lors que Kahnweiler saura faire se rencontrer des artistes qui se comprennent, il est convaincu qu'il y aura correspondance. Nul doute qu'ils seront au diapason et qu'ils joueront du piano à quatre mains. Question de génération, de sensibilité commune, d'intégration dans l'air du temps.

Les peintres sont là, les poètes également. Pourquoi ne pas les faire se rencontrer ailleurs qu'au bistrot, dans un livre par exemple? Ce genre de réaction est typique de Kahnweiler. Il se considère naturellement comme le mieux placé pour favoriser cette association. On sait la place que la peinture occupe dans sa vie. Il adore les poètes, ne se fait pas prier pour dire avec le ton *La chanson du mal-aimé*. C'est décidé : dorénavant, il demandera à chacun de ses peintres d'illustrer un livre. La « maison d'édition », qui a naturellement son siège à la galerie, portera naturellement l'enseigne des Editions Kahnweiler.

Il se prend au jeu et se montre attentif dans le choix de la couverture, du format, du papier, de la typographie surtout. Sans parler du texte et de l'illustration. Cette préoccupation pour les détails techniques contraste avec sa désinvolture et son indifférence en ce qui concerne l'accrochage ou l'encadrement des tableaux. C'est Apollinaire qui l'invente mais c'est Derain qui dessine le sigle de l'éditeur : deux coquilles rouges tenues dans un rectangle et enfermant les initiales « HK » fondues l'une dans l'autre. Deux coquilles car c'est le maximum de fautes d'impression qu'un bon livre peut supporter...

Le premier ouvrage des éditions Kahnweiler paraît donc en 1909. C'est *L'Enchanteur pourrissant* de Guillaume Apollinaire qui est également son premier livre. Il est illustré de trente-deux gravures sur bois par André Derain. Les quatre-vingt-quatre pages ont été tirées par l'imprimeur Birault au format 27,5 × 20 cm. Il y a cent six exemplaires numérotés en tout et pour tout, imprimés sur vergé d'Arches ou Japon ancien.

Ce qui frappe les premiers souscripteurs, c'est la sobriété et le dépouillement de l'ensemble. Ils correspondent tout à fait à l'esprit et à la volonté de Kahnweiler. Les gravures ne sont même pas légendées, ce qui n'en facilite pas l'accès. C'est aussi délibéré, afin de ne pas introduire dans la composition un élément étranger qui la perturberait. Les pages ne sont pas non plus numérotées. Cela, c'est un oubli : quand Kahnweiler et Apollinaire s'en apercevront chez l'imprimeur, il sera trop tard. Mais comme cette omission équilibre bien les pages en regard d'illustrations sans légende, elle deviendra la règle dans les livres à venir[41].

Le premier ouvrage publié par les éditions Kahnweiler ne passe pas inaperçu, tant s'en faut. Les gazettes lui consacrent des notices, des articulets ou même des articles, l'écho étant encore le moyen le plus répandu pour parler d'un livre sans en parler. Il y en a même à l'étranger. Mais contrairement au principe adopté par le marchand de tableaux, l'éditeur se fait violence en ce qui concerne la réclame. Il

doit y recourir obligatoirement et à son corps défendant, « vanter » le texte et l'illustration : ses livres se
vendant par souscription, il serait naïf d'imaginer que
seul le bouche à oreille suffirait à épuiser le tirage.

Sa nouvelle activité n'a pas pour autant ralenti la
principale. D'autant que Kahnweiler ne cesse de
resserrer ses liens, tant avec les artistes qu'avec les
nouveaux amateurs, avec un peintre et deux collectionneurs russes notamment.

Picasso est de moins en moins méfiant à son
endroit. Ce n'est pas encore la confiance, ce n'est
déjà plus la défiance; un état intermédiaire où les
deux parties semblent pleines de bonne volonté pour
faire un pas en direction l'une de l'autre. Amis certes,
mais partenaires également. Picasso veut bien vendre
mais il se demande toujours si Kahnweiler aura
longtemps les moyens d'acheter.

Pour qu'il soit tout à fait d'accord, il lui faut être
convaincu que le marchand pourra autant assurer sa
vie matérielle que défendre sa peinture par le verbe et
l'écrit. L'argent reste le nerf de la guerre[42]. Depuis
deux ans, Picasso lui a déjà vendu beaucoup de
choses, mais il en a également vendu directement à
des amateurs comme les Stein. Prudent, trop prudent, il n'oublie pas qu'Ambroise Vollard et Berthe
Weill se sont détournés de sa peinture avant même
*Les Demoiselles d'Avignon*, que Sagot n'était pas
un homme d'envergure et qu'il avait dû se séparer
de son tout premier marchand, un compatriote,
Pedro Manach, un homme dévoué, enthousiaste,
convaincu, qui avait pourtant le sens des affaires mais
dont l'inefficacité relative et surtout l'omniprésence
dans son atelier lui pesaient[43]. Picasso n'aime pas
dépendre de quiconque. Kahnweiler, fin psychologue,
va tout faire pour ménager son obsession de l'indépendance tout en l'assurant de son total soutien

moral et matériel. Il sait que quand il l'aura tout à fait convaincu, il aura gagné.

Ils se voient presque tous les jours, mais Picasso n'est pas très loquace. Il préfère écouter et sa réserve ne signifie pas qu'il acquiesce. Il n'aime pas trop se perdre en commentaires, conjectures et interprétations sur son art. La théorisation, il y a des critiques pour cela. A un peintre qui l'interrogera sur son œuvre, il répondra un jour, sèchement :

« Défense de parler au pilote[44]. »

Kahnweiler est des rares hommes avec qui il aime bien bavarder. Il n'est pas question de se confier mais d'échanger des idées. Ils ne sont pas toujours d'accord dans leur appréciation des grands maîtres, mais plus souvent dans celle du marché.

« Pour que des tableaux vaillent cher, il faut qu'ils aient été vendus bon marché à un moment donné », affirme Picasso[45].

Kahnweiler ne peut qu'approuver. A condition toutefois d'assurer également des rentrées correctes au peintre. Il s'y emploie dès le début de leurs rapports, conservant à l'esprit une anecdote, ou plutôt une réflexion rapportée par Max Jacob, certainement drôle mais finalement plus significative et riche d'enseignements qu'il n'y paraît. Il y a deux ou trois ans, le poète avait amené rue Ravignan un homme d'affaires fortuné pour lui faire acheter des Picasso. Il demanda au peintre le prix d'un de ses dessins :

« Cinquante francs... »

Un prix raisonnable à une époque où Picasso comme Kahnweiler payaient souvent un franc leur repas, vin compris. Alors, avisant d'un regard circulaire les nombreux dessins punaisés au mur ou empilés sur les tables, l'homme d'affaires se livra à un rapide calcul mental et dit :

« Mais alors, vous êtes riche ! »

C'était loin d'être vrai dans la mesure où Picasso

vendait peu, faute d'amateurs. Mais ce n'était pas non plus entièrement faux. De cette contradiction apparente, Kahnweiler tire une leçon de commerce[46].

Quand 1909 s'achève, Picasso resserre les liens avec Kahnweiler tandis que Matisse signe un contrat pour trois ans avec la galerie Bernheim Jeune. C'est aussi le moment où deux collectionneurs s'éloignent des galeries impressionnistes et post-impressionnistes pour se rapprocher de la rue Vignon.

Ils sont russes. On les appelle Chtchoukine et Morozoff mais ils ne forment pas un couple. Chacun a ses goûts, son tempérament, ses préférences; les amateurs venus de Russie sont si rares que ceux-là émergent vite. Avec Hermann Rupf et Roger Dutilleul, ils vont constituer le noyau de fidèles qui permettra à Kahnweiler, à sa galerie et à ses peintres de perdurer.

Dans leur pays, ils ont peu de rivaux, mais des précédents plutôt. Au XVIIIᵉ siècle, le comte Ivan Ivanovitch Chouvalov avait joué un rôle éminent dans la promotion de l'art occidental en créant l'Académie des Beaux-Arts de Saint-Pétersbourg. Peu après, le prince Nicolas Ioussoupov réunissait dans son palais une très belle collection, de l'école française notamment. Mais dans les deux cas, il s'agissait de personnages dont le mécénat et la protection des arts étaient la vocation, alors que Chtchoukine et Morozoff pourraient fort bien employer leur fortune à un tout autre usage.

Pour bien comprendre leur place dans la Russie du début du siècle, il faut avoir à l'esprit la vieille rivalité pour le pouvoir qui opposait de longue date Moscou la slavophile et Saint-Pétersbourg l'occidentale. Or, dès les premières années du XXᵉ siècle, l'art moderne s'insinue dans quelques demeures de Moscou, et pas ailleurs[47].

Serguei Ivanovitch Chtchoukine a cinquante-cinq ans en 1909. C'est un riche négociant, très impliqué dans la vie artistique et intellectuelle moscovite. Il donne des grands bals et ses soirées sont très courues, surtout depuis qu'il a acquis le palais Troubetzkoï. Mondain et raffiné, l'argent ne lui est pas monté à la tête, contrairement à son épouse. Cet homme au regard doux a su rester assez austère dans son élégance, surtout quand on le compare aux extravagants qu'il reçoit. Il y a de tout dans son salon, des nobles et des bourgeois, le vieux prince Ioussoupov et l'amateur d'art et de ballet Botkin, des peintres comme Serov ou Bakst[48].

Il a commencé sa collection en achetant à Durand-Ruel *Les Lilas au soleil* de Monet, le premier tableau impressionniste accroché en Russie[49]. Il y en aura très vite beaucoup d'autres, des Pissarro et des Gauguin, des Cézanne et des Sisley puis des Nabis, des Fauves. Et surtout des Matisse parmi les plus importants (*La Danse*, *La Musique*...) lui assurant à Moscou une notoriété sans égale. Car Chtchoukine montre volontiers sa collection : il favorise des expositions et, un jour par semaine, permet au public de voir ses tableaux dans leur élément, c'est-à-dire chez lui. Le public n'est peut-être pas constitué d'hommes-de-la-rue mais d'amis d'amis, de relations; il n'en reste pas moins qu'il y a parmi eux de nombreux jeunes peintres russes qui, grâce à cet homme et à son geste, ont un accès direct et privilégié à la peinture moderne occidentale.

Chtchoukine passe généralement quatre mois en Europe de l'Ouest, en plusieurs voyages, pour son travail ou son plaisir. Il ne manque jamais de visiter, outre les galeries d'art parisiennes, les antiquités égyptiennes au Louvre. Matisse, qui le voit souvent, est frappé par ses manières de table : « végétarien et extrêmement sobre »[50]. Il a une façon bien à lui de

choisir un tableau. Avisant une nature morte au mur,
chez Matisse, il lui dit :

« Je l'achète mais il faut d'abord l'avoir chez moi
plusieurs jours et si je peux la supporter et qu'elle
m'intéresse toujours je la garderai[51]. »

Il faut croire qu'il surmontera l'épreuve sans trop
de mal puisque peu après, il confiera à Matisse la
décoration de son palais à Moscou. A partir de 1909,
il commence à acheter des Picasso et des Derain rue
Vignon jusqu'à en constituer une impressionnante
collection, même par rapport aux collections françaises. Pour lui, le cubisme c'est Picasso et cela le
restera. Il en achète parfois plusieurs en même temps,
dix par an en moyenne. A ses yeux, Braque n'est
qu'un imitateur[52]. Il ne possède de lui qu'une des
cinq versions du *Château de La Roche-Guyon* (1909)
seule peinture cubiste de Braque à entrer jamais dans
une collection russe : Kahnweiler n'a pas réussi à le
convaincre, Chtchoukine n'en démordra pas.

Ivan Alexandrovitch Morozoff est un homme tout à
fait différent. Plus jeune – trente-huit ans en 1909 –
plus corpulent, plus fort, plus volontaire. Mais aussi
plus sage, moins hardi dans ses choix. C'est un
industriel du coton dont la fabrique familiale emploie
quinze mille personnes. Ses parents membres éminents de la grande bourgeoisie russe, l'avaient envoyé
parfaire son éducation au Polytechnicum de Zurich.
Le goût de l'Occident lui était venu naturellement et
la fréquentation des galeries de Vollard, Durand-Ruel
et Bernheim Jeune l'avait accentué. Il commence par
acheter des impressionnistes, lui aussi. Mais pas sous
l'influence de Chtchoukine : il voulait au départ
poursuivre la collection amorcée par son frère Mi-
khail, disparu prématurément en 1904. Quand il
décide de faire décorer son palais à Moscou, il ne
s'adresse pas, lui, à Matisse, mais à Bonnard et
Vuillard.

Chtchoukine et lui ne se posent pas en rivaux mais en amis. D'ailleurs c'est Chtchoukine qui lui présente Matisse et Picasso, et bientôt Morozoff se met à acheter des tableaux de ce dernier. Mais déjà, on le sent moins audacieux que son compatriote, en ce qu'il se consacre surtout à ses toiles bleues et roses. Matisse, qui les a observés comme un entomologiste, estime que tout ce qui les différencie peut se résumer à leur approche de Vollard. Ils admirent tous deux Cézanne, mais ne l'achètent pas de la même manière.

« Je veux voir un très beau Cézanne », demande Chtchoukine.

Morozoff tient à faire son choix :

« Je veux voir tous les Cézanne que vous avez à vendre[53]. »

Chtchoukine et Morozoff ne sont pas des clients ennuyeux pour Kahnweiler : ils ne sont presque jamais là. Mais le type de rapport qu'il a dû établir avec eux, par la force des chose, contredit légèrement une de ses chères vérités établies « pour toujours ». Il aime dire en effet que quand on achète à la Bourse des actions du Rio Tinto, ce n'est pas par goût de la mine ou du paysage. Mais que *a contrario*, il n'a jamais vu quiconque acheter un tableau qui ne lui plaisait pas. Les ventes de tableaux par dizaines, à des acheteurs américains qui se contentent de juger sur un simple coup de téléphone, lui paraissent procéder de l'affabulation et d'une légende complaisamment colportée par le milieu[54].

Il n'empêche : c'est presque ainsi que Chtchoukine et Morozoff font leurs achats. Même s'ils viennent à Paris de temps en temps, même s'ils sont conquis par Picasso et Derain pour ne citer qu'eux, ils doivent se décider la plupart du temps au vu d'une photo, une simple reproduction en noir et blanc et en petit format, pour acheter une grande huile de Picasso...

Généralement, le marchand accompagne son envoi d'une lettre dans laquelle il se garde bien de faire l'article. Il n'est pas bavard mais ne dissimule pas son avis : « c'est un tableau important » ou « un tableau de premier ordre », sont les expressions qui reviennent le plus souvent sous sa plume. Le ton avec lequel il propose un prix semble sans appel. En fait, il ne l'est pas puisque très souvent, dans leurs câbles en réponse, tant Chtchoukine que Morozoff s'emploient à le baisser. Les télégrammes de Kahnweiler, concluant définitivement l'affaire, révèlent qu'il s'y plie mais ne rompt pas : malgré l'économie de mots exigé par ce genre épistolaire, il ne peut s'empêcher d'ajouter à la formule d'accord : « pour vous faire plaisir » ou « pour vous être agréable »[55]...

Chtchoukine et Morozoff ne sont naturellement pas les seuls fidèles étrangers du marchand de la rue Vignon et des artistes qu'il représente. Dès 1909, un Tchèque est aussi du nombre. Il s'appelle Vincenz Kramar. Braque et Picasso, quand ils bavardent dans la galerie, aiment bien prendre le prétexte de son patronyme pour provoquer leur trop sérieux marchand :

« Vous avez vu le film *La chasse au Kramar*?

– Mais non, répond Kahnweiler, de toute façon Vincenz Kramar, ça se prononce Kramarche !

– Ah oui, la kramarche hongroise[56]... »

Kramar est des leurs. Très tôt, il entre dans le clan. Spécialisé à l'origine dans l'art gothique de son pays, cet historien d'art est un des rares, dans un milieu qui ne jure que par l'art moderne, à pouvoir soutenir une conversation argumentée sur la peinture ancienne. Kahnweiler voit tout d'abord en lui le seul historien d'art et véritabe collectionneur parmi les premiers fidèles du cubisme. Les autres sont soit des commerçants (Rupf), des industriels (Chtchoukine, Morozoff), des écrivains (Uhde)... Kramar, lui, jouit d'une

auréole : ses études à l'Ecole de Vienne qui constitue
alors le plus prestigieux centre d'enseignement d'histoire de l'art. Malgré les problèmes qu'il y a rencontrés eu égard à sa qualité de Tchèque, il en est un pur
produit, par sa rigueur et son sérieux. Kahnweiler est
impressionné par sa conception scientifique de l'art et
son parfait éclectisme : Kramar montre autant d'enthousiasme dans l'évocation du cubisme pionnier que
dans ses recherches pour sa thèse sur les églises
gothiques du XIIIᵉ siècle en Bohême. A chacun de ses
séjours à Paris – et ils sont très fréquents entre 1910
et 1914 – il apporte des photographies des œuvres les
plus récentes des peintres tchèques et les montre rue
Vignon, réservant au marchand ses commentaires en
allemand [57].

A chaque fois qu'il reçoit des œuvres nouvelles de
Picasso, Kahnweiler lui télégraphie à Prague et Kramar prend le premier train pour Paris. Généralement,
dès son arrivée à la gare de l'Est, il réserve sa
première visite pour la galerie de la rue Vignon et se
retrouve le plus souvent face au rideau encore baissé.
Et quand il la quitte, c'et pour se rendre dans les
ateliers. Il a la foi. Son premier achat, une *Tête de
femme* en bronze de Picasso sera suivi par beaucoup
d'autres. Kramar, qui deviendra après la guerre le
directeur général de la Galerie Nationale de Prague,
conservera jusqu'à sa mort une précieuse relique :
une pomme desséchée, pourrie, ratatinée, enveloppée
dans du papier de soie que Picasso lui avait donnée
après l'avoir utilisée comme modèle pour une nature
morte [58].

Rupf, Uhde, Chtchoukine, Morozoff, Kramar... On
le voit, les amateurs étrangers jouent un rôle prépon-
dérant dans le développement de la jeune galerie
Kahnweiler. Il en est d'autres qui y tiennent également une place essentielle mais qu'on hésite à ranger
parmi les étrangers tant leur destin restera associé,

pour la postérité, à celui des milieux littéraires et artistiques de Paris. Il s'agit de Gertrude Stein et de son frère Léo, un couple qui se défait assez tôt pour que « Gertrude » devienne à lui seul un prénom suffisamment évocateur.

Elle est née en Pennsylvanie dix ans avant Kahnweiler. Ses parents la font voyager très jeune en Europe avant de s'installer en Californie. Son père dirige la compagnie des tramways à San Francisco. Après des études de psychologie, un faux départ dans de longues études médicales et une initiation à l'écriture automatique, elle rejoint son frère sur le vieux continent en 1902. De Louvre en Prado, de British Museum en galerie des Offices, elle se retrouve finalement dans le 6e arrondissement rue des Fleurus, à trente ans.

Sa passion, c'est surtout les livres, ou plus exactement l'écriture, son renouvellement et sa capacité à bouleverser l'état des choses. Jusqu'à sa rencontre avec Picasso en 1905 au Bateau-Lavoir. Ce sera le départ d'une impressionnante collection de tableaux qui réunira sur ses murs des impressionnistes, des fauves et des cubistes. Et son propre portrait, devenu historique, par son ami Picasso. Si 1907 et une date, à double titre, pour Kahnweiler, elle l'est aussi pour Gertrude Stein : elle fait la connaissance d'une jeune fille, Alice B. Toklas qui restera sa compagne jusqu'à la fin de ses jours. Ne supportant pas cette présence, déconcerté par l'évolution du goût de sa sœur tant en matière littéraire qu'artistique, Léo Stein s'en va, emportant presque tout, sauf les Picasso qu'il n'aime pas.

Un personnage, Gertrude Stein. Bizarrement accoutrée, une tête d'homme, des cheveux courts, une carrure de déménageur, des traits durs dans lesquels on chercherait en vain des traces de féminité, cette homosexuelle qui assume ses choix fascine et intrigue vite Kahnweiler par sa détermination. Inconnue chez les écrivains, elle n'en écrit pas moins comme si de rien n'était. Elle n'écrit pas, elle travaille l'écriture, telle une conteuse qui aurait une conception physique de la langue, quelqu'un qui a très tôt pris connaissance des ouvertures proposées par l'écriture automatique. A l'égal d'un écrivain qui voudrait créer sa propre littérature, tout simplement. Le marchand, qui fait vite sa connaissance en s'intégrant à l'entourage de Picasso, est frappé par son discours péremptoire, son absence d'humour, son dogmatisme[59].

Il deviendra, lui aussi, un habitué des après-midi, dîners et après-dîners de la rue de Fleurus, fameux centre névralgique de la plus cosmopolite des avantgardes à Paris, c'est-à-dire de la plus ouverte, intelligente et productive. Kahnweiler est un des rares à remarquer et apprécier, à ses justes qualités, la discrète et très effacée Alice B. Toklas, écrasée par la personnalité et le verbe de sa compagne, dont elle tape les textes[60].

Aux yeux du jeune marchand, Gertrude Stein ne jouera pas seulement un rôle d'indispensable animateur à l'épicentre d'un maelström de courants parfois antagonistes et d'individualités difficiles à maîtriser, de tempéraments impossibles à concilier. Elle sera aussi une ambassadrice de l'esprit qui se développe au Bateau-Lavoir et se concrétise rue Vignon pour s'élancer vers le Nouveau Monde. C'est une passerelle qui n'a même pas besoin de se jeter par-dessus l'Atlantique tant son domicile deviendra l'étape quasi obligatoire de bon nombre d'Américains en villégiature en Europe.

Salon des Indépendants, cuvée 1910. La visite est désormais rituelle. Kahnweiler s'y rend en marchand et non plus seulement en amateur. Ce jour-là, un grand tableau fait sensation, que Kahnweiler remarque aussitôt. Il est pour le moins intrigué par ces *Nus dans la forêt* signés Fernand Léger. Qu'en penser? La critique, elle, a déjà résolu le problème. Pour l'évacuer, elle l'a baptisé :

« C'est du tubisme! »

Louis Vauxcelles a encore tiré plus vite que son ombre. Pour n'être pas en retard d'une cabale, il a forgé un néologisme mais qui restera sans lendemain, une fois n'est pas coutume. Il et vrai que pour les observateurs à l'esprit le plus bref, Léger est un homme qui se contente de peindre les arbres comme des tuyaux de poêle et les hommes comme des cylindres à tête de sphère. Du côté des cubistes, cette attaque produit l'effet contraire à celui espéré par des hommes comme Vauxcelles.

« Vous voyez, dit Picasso à Kahnweiler, voilà un garçon qui apporte quelque chose de nouveau puisqu'on ne lui donne pas le même nom qu'à nous. Ça prouve bien que ce qu'il fait est différent de ce que nous faisons[61]... »

Il n'en faut guère plus au marchand pour rendre visite à Léger dans son atelier et lier connaissance. Il n'est pas question d'achats ou de contrats, pas encore. Juste une prise de contact. Kahnweiler est tout d'abord frappé par la personnalité de ce Normand de haute taille, le visage constellé de taches de rousseur, qui correspond à l'homme du Nord tel qu'un Allemand se l'imagine. Léger, qui a à peine trois ans de plus que lui, a fait des études d'architecture à Caen avant de monter à Paris et de se faire engager comme dessinateur chez un architecte puis chez un photographe. Refusé à l'entrée de l'Ecole des Beaux-Arts, il s'est réfugié dans les Académies tout en peignant sous l'influence de l'impressionnisme. Jusqu'au choc de 1907 : non pas les *Demoiselles d'Avignon*, qu'il n'a pas vues, mais par la grande rétrospective Cézanne au Salon d'Automne. Déjà bouleversé par une autre exposition du même dans les mêmes lieux quelques années avant, il sait dorénavant qu'il lui doit tout : volumes, formes, dessins, construction... Tout c'est-à-dire une prise de conscience salutaire pour l'avenir de son art. Conséquent avec lui-même, il a détruit la majeure partie de ses anciens tableaux. Ses *Nus dans la forêt*, qui en ont tant imposé à Kahnweiler par leur rythme syncopé et leur radicale nouveauté, montrent bien qu'il a définitivement liquidé ses anciennes influences impressionnistes. Il se dit obsédé par une idée fixe : déboîter les corps. Nul doute : l'homme qui tient un tel discours et qui a conçu ce tableau est un peintre.

Il n'est pas de la bande. Trop tôt. Il ne faut pas brûler les étapes. On se passe pas si vite de la rive gauche à Montmartre. Pour l'instant, il cherche la couleur avec Robert Delaunay. C'est d'ailleurs ce dernier qui, de concert avec Apollinaire et Max Jacob, le traîne un jour dans la galerie de la rue Vignon.

Il a la même réaction que son ami Delaunay :

« Mais ils peignent avec des toiles d'araignée, ces gars-là[62] ! »

Kahnweiler sourit. On en reparlera.

1910 est une année riche en rencontres prometteuses. Outre Léger, Kahnweiler fait la connaissance d'un Espagnol tout à fait étonnant, dans le cercle d'amis de Picasso, pourtant bien fourni en personnages atypiques.

Il s'appelle Emanuel Martinez Hugue, mais pour tout le monde il est Manolo le sculpteur. Fils de général, tôt abandonné par son père, il a passé sa jeunesse à Barcelone. A Paris on est sûr de le trouver en permanence au café Vachette avec les amis de Jean Papadiamantopoulos, plus connu sous le nom de

Moréas, un poète symboliste qu'il vénère. Il mène une existence misérable qu'il a le don de transformer, par le verbe, en roman picaresque[63]. Ce grand amateur de corridas, qui ne songe même plus à dissimuler son fort accent catalan, est un intarrissable conteur, pittoresque et sympathique mythomane qui va donner du fil à retordre dans les années à venir à son ami Kahnweiler.

Le marchand, qui commence à lui acheter quelques sculptures pour le soutenir, sait à quoi s'en tenir car il a très tôt percé sa psychologie. Longtemps, il se battra pour lui, affirmant que s'il n'a pas encore la gloire qu'il mérite cela viendra un jour ou l'autre. Sa difficulté à l'imposer à son juste niveau vient peut-être de ce que l'homme est plus connu que le sculpteur, ce qui est regrettable car cela lui a fait de l'ombre. Le personnage haut en couleurs qui commande un somptueux dîner au restaurant, à l'issue duquel il demande au maître d'hôtel « L'addition et les gendarmes s'il vous plaît! » a, en fait, occulté l'artiste. Kahnweiler le voit dès le début comme un sculpteur méditerranéen d'une grande fraîcheur, un classiciste qui ne suit pas ses amis cubistes dans leur évolution, un artiste proche de la terre, plein de sève. Intelligent et fin derrière son masque de bouffon, mais fondamentalement paysan. Il lui manque ce plus, cette hauteur de vue, ce détachement qui lui permettrait d'envisager le cubisme à défaut de le comprendre. Malgré leurs nombreuses conversations et de patientes explications, Kahnweiler ne réussit pas à atténuer son incrédulité. Il comprend que son échec est patent lorsque Manolo interpelle Picasso à propos des personnages de ses toiles cubistes, en des termes que Kahnweiler ne lui pardonnera pas :

« Mais que dirais-tu si tes parents t'attendaient à la gare de Barcelone avec des gueules comme ça[64]? »

Leurs amis rient à gorge déployée, Picasso prend

peut-être cela pour une boutade, mais Kahnweiler, lui, est atterré. Il sourit, hausse les épaules devant tant de naïveté, mais il reste atterré. Comment un artiste si fin, si proche de nous par bien des côtés, peut-il à ce point confondre le signe et le signifié ? Il est désormais convaincu que, en dépit des qualités qu'il manifeste dans la réalisation de son art, Manolo ne peut porter de jugement valable sur la peinture moderne eu égard à la minceur de son bagage intellectuel. Malgré la condescendance et l'élitisme que cela suppose, il ne se prive pas de le lui dire, en dépit de leur amitié, ou plutôt au nom de leur amitié et du respect qu'il lui voue[65].

Kahnweiler a d'autant plus de mal à lui répondre qu'il n'est pas encore au stade où il conceptualisera ses idées sur l'art. Quelques décennies plus tard, il conviendra que si on interprète au « signe pour signe » (mot pour mot) certaines têtes de femmes de Picasso, celles qui ont un œil de profil et un œil de face par exemple, elles peuvent effectivement apparaître comme des monstres. Mais tout change dès lors qu'on se souvient de l'essentiel : il ne s'agit pas de vraies femmes mais de signes, d'un ensemble de signes par lesquels le peintre nous dit tout ce qu'il sait de cette femme, et s'agissant de Picasso, c'est son seul moyen de nous dire son amour pour cette femme[66].

Malgré les années et le travail du temps, comment ne pas rapprocher le désappointement de Kahnweiler de celui de Léger, bien plus tard, installant ses *Constructeurs* sur les murs de la cantine des usines Renault, partageant le repas des ouvriers et entendant l'un d'eux réagir :

« Regardez-les, mais ils ne pourraient jamais travailler ces bonshommes avec des mains comme ça[67] ? »

Ce ne sont pas des déceptions de cet ordre, mais des surprises d'un tout autre genre qui attendent Kahnweiler quand il se livre à son activité parallèle : l'édition. Son deuxième livre est en chantier. Peu lui chaut que certains lui reprochent d'être éditeur de bons poètes « illustrés par des ratés et des pasticheurs que l'atelier Moreau déversa sur le Salon d'Automne et sur les Indépendants »[68]. Sa religion est faite, en peinture comme en poésie et elle ne se laissera pas ébranler par les coups de boutoir de quelques tâcherons. Il se console aisément de ce genre d'articles en relisant le joli mot qu'Apollinaire vient de lui dédier :

> « *Vous êtes le premier, Henry, qui m'éditâtes;*
> *Il faut qu'il m'en souvienne, en chantant votre*
> *loy.*
> *Que vous célèbrent donc les vers et les*
> *tableaux*
> *Au triple étage habité par les trois Hécates*[69] *!* »

Tout est dit. Nul besoin d'en ajouter. Apollinaire est un grand poète mais pas un grand ami. Plutôt un ami. Quelque chose ne passe pas entre eux, comme il apparaîtra bientôt à l'occasion d'une crise.

Le grand ami, c'est Max Jacob. La réciprocité est également vraie. Evoquant avec nostalgie ces années héroïques, le poète lui écrira dans une lettre : « Ah ! je devrais bien n'avoir d'autres amis que mes vieux amis, mes bons amis éprouvés dont tu es le principe et la fleur[70]. »

Pour son deuxième livre publié sous le label des Editions Kahnweiler, il a justement pensé à Max qui a écrit durant le mois d'avril sa première œuvre littéraire *Saint Matorel*. Ce serait très bienvenu. Pour les illustrations, il a pensé à Derain. Il ne devrait pas y avoir de problème. Justement... Le peintre refuse, à sa façon : c'est poli, circonstancié et sans appel :

« Pour le manuscrit, il m'est impossible de faire quoi que ce soit avec cela. C'est une œuvre admirable et qui ne me laisserait aucune place et d'ailleurs, cet admirable à part, les préoccupations qui font l'objet de mon travail sont complètement absentes de ce livre (c'est je crois ce qui en fait la beauté)[71]. »

En lisant la longue lettre d'explication que lui a envoyée le peintre, Max Jacob est déçu mais ne baisse pas les bras. Il regrette qu'il y ait une partie réaliste dans mon texte? Eh bien qu'il illustre uniquement l'autre partie! Il craint qu'une œuvre admirable ne soit lue que par cinquante personnes? Rassurez-le donc![72]... Inutile d'insister, c'est non. Kahnweiler cherche. Deux mois après, il a trouvé : Picasso. Il n'a encore jamais illustré de livres, c'est le moment où jamais. Au plus fort de l'été à Cadaquès, il s'attelle à la réalisation des quatre eaux-fortes qu'il a promise.

Max Jacob est surpris et comblé. Pauvre Max... Là-bas, à Quimper, il rêve, il plane plus encore que dans sa chambre de Montmartre. Kahnweiler lui a demandé un texte de présentation pour son livre, destiné à solliciter les éventuels souscriptions ainsi qu'une brève biographie de l'auteur. Max la lui fait parvenir sans espoir quant à sa publication : « Né sur les confins de la Bretagne, au bord de l'Océan, M. Max Jacob a été marin pendant cinq ans et les expéditions qu'il a suivies l'ont mené en Orient et en Australie. Plus tard il a vécu à Paris, la vie romanesque de ceux qu'une vocation irrésistible destine aux Arts. De la Bretagne et de la mer, M. Max Jacob a apporté un goût profond du mystère, une foi inébranlable dans le surnaturel et le divin; le spectacle de Paris lui a enseigné l'ironie, alors que son cœur d'ancien marin restait fervent, la fréquentation du meilleur monde a affiné cette âme de poète, éclairé

des reflets d'une civilisation exquise cette rare intelligence[73]. »

C'est superbe mais impubliable. Les lecteurs risque-
raient de le prendre au pied de la lettre. Et quand on
sait ce qu'a été jusqu'à présent la vie de Max Jacob...
Kahnweiler le sait mieux que quiconque. Il n'oubliera
jamais le jour où il lui a rendu visite pour la première
fois dans sa chambre de la rue Ravignan : le sommier
métallique posé sur quatre briques, le papier arraché
sur le mur... Il conservera cette image gravée à
l'esprit, comme le symbole de la misère et de l'allégresse d'une époque dionysiaque[74]. Son existence est
pour le moins précaire. Il vit de gouaches exécutées
avec des moyens de fortune (quel mot déplacé...) :
tabac, salive, fusain, encre de Chine récupérée avant
de se donner les vrais moyens de la gouache. Un
marin breton, Max... Un saint plutôt. Pour Kahnweiler qui était à ses côtés, il y a quelques heures à peine
après l'apparition du Christ sur le mur de sa chambre, la sincérité de sa foi ne fait aucun doute. Il en est
intimement convaincu depuis qu'il s'est aventuré à lui
poser la question qui intrigue leurs amis :

« Dis-moi, Max, l'enfer, tu y crois ? »

L'air soudainement terrifié, Jacob lui a répondu :

« Mais comment peux-tu me demander une chose
pareille ! L'enfer ? Mais je l'ai vu ! Je l'ai vu ![75] »

Depuis ces différents échanges avec son ami, Kahnweiler a l'intime conviction que son côté facétieux et
pince-sans-rire n'est qu'un masque. Car dans ses
yeux, inoubliables, il a vu un reflet qui ne s'oublie
pas : toute la tristesse d'Israël.

Septembre 1910. Kahnweiler est souvent dans l'atelier de Picasso, à un intervalles très réguliers. Rien de
très surprenant. Ce qui l'est plus, c'est qu'il pose pour
« son » peintre. Après ceux d'Ambroise Vollard et de
Wilhelm Uhde, exécutés il y a cinq mois, Picasso a

décidé de s'attaquer à « son » marchand. Une idée qui est loin de déplaire à Kahnweiler. L'orgueil y a sa part. La tradition aussi : un marchand doit être portraituré par le peintre qu'il défend. Pour la postérité et l'histoire, c'est encore la meilleure illustration de leur complicité. Vollard et Cézanne, Durand-Ruel et Renoir l'avaient bien compris et bientôt Zborowski et Modigliani, Alfred Flechtheim et Otto Dix sauront s'en souvenir. Il est plus rare qu'un peintre immortalise la galerie de son marchand en la prenant comme sujet, ce que fit Watteau en 1720 en peignant la boutique de son ami Gersaint dans *Au grand monarque*. Il ne faut pas trop en demander, et de toute façon, Kahnweiler aimerait bien compenser le portrait assez ahurissant que Van Dongen a fait de lui, tout en moustache et en cheveux, l'œil sévère, un tableau bicolore, d'un noir de jais et d'un rouge vif, qu'il a accroché sur un mur de sa salle à manger.

Picasso lui inflige entre vingt et trente séances de pose. Pas de dessin préliminaire. C'est la tête de Kahnweiler qui domine. Beaucoup plus complexe et difficile à déchiffrer que ceux de Vollard et de Uhde, le portrait de Kahnweiler détient peut-être la clef des rapports entre le peintre et son marchand. Encore faut-il la trouver... Plus tard, on ira même jusqu'à prétendre qu'il est inspiré du *Bibliothécaire* (1565) d'Arcimboldo[76]! Mais on ne peut que constater que Picasso a « fait » moins ressemblant que dans les deux précédents portraits. On repère moins facilement le modèle mais on peut tout de même le cerner grâce à un réseau de signes qui le balisent[77]. La réalité s'échappe de cet espace décomposé en plans géométriques. Ils semblent inextricablement imbriqués. En haut, les rides d'un sourcil relevé, au milieu les plis de vêtement, en bas une main posée : quelques détails à peine qui, localisés, font « tenir » le tableau. Pas

ressemblant, le Kahnweiler de Picasso? Question
d'époque probablement, d'accoutumance. Un demi-
siècle plus tard, se promenant au Louvre, Kahnweiler
sera interpellé par un jeune homme qu'il n'avait
jamais vu auparavant :

« Pardonnez-moi monsieur, j'ai vu un portrait par
Picasso qui vous ressemble beaucoup. Est-ce que je
me trompe[78] ? »

Il ne s'agissait peut-être pas du portrait au crayon
exécuté en 1957, mais du fameux tableau cubiste : on
peut rêver... Kahnweiler lui achète évidemment cette
toile qui rejoint sa collection personnelle. Elle connaîtra un destin qui la soustraira à celui auquel elle était
destinée originellement. Emportée dans la tourmente
de la spoliation-séquestre de la Première Guerre mondiale, mise aux enchères sans que Kahnweiler ait les
moyens de la racheter, elle sera acquise pour deux
mille francs par le peintre suédois Grunewald,
échouera plus tard dans la collection américaine de
Mme Charles Goodpeed qui, devenue Mrs.Chapman,
en fera don à l'Art Institute of Chicago[79].

A la fin d'année 1910, Kahnweiler voit plus clair
dans la marche de sa galerie. Quelques peintres,
quelques collectionneurs. Des prix « corrects » qui lui
permettent de payer « correctement » les artistes, de
les faire vivre modestement, de subvenir aux frais
généraux de la galerie (loyer, photos mais pas de frais
d'expositions ni de réclame). Il sent bien que le
moment est venu de se donner les moyens de sa
politique : l'ouverture vers l'étranger, prioritaire à ses
yeux par rapport au marché français. La proportion
d'Allemands, de Suisses, d'Américains et de Slaves
dans sa clientèle suffit à le prouver, si besoin était.

Le détonateur, c'est peut-être la grande exposition
organisée par Roger Fry aux Grafton Galleries, Londres, sous le titre *Manet and the Post-Impressionists*.

Sollicité, il y envoie volontiers huit tableaux : trois Derain et cinq Vlaminck. A la même époque, il fait participer des toiles de ces mêmes peintres, et d'autres de Picasso, Braque et Van Dongen à des expositions qui se tiennent à Munich et Cologne. C'est une date mais pas uniquement pour lui : à Londres, l'initiative de Fry est jugée importante non seulement en ce qu'elle influencera l'évolution de l'art anglais mais encore le goût et les choix de grands collectionneurs tels que Samuel Courtauld, industriel et mécène désormais sensibilisé à la peinture française de la fin du siècle et à Cézanne en particulier.

Les tableaux qu'il envoie pour la première fois hors-frontières, Kahnweiler les laisse en consignation pour qu'ils soient vendus. Mais contrairement à la plupart de ses confrères, il refuse la réciprocité. Cela se sait assez vite dans le milieu. C'est explicite dès le premier accord entre Kahnweiler et ses partenaires étrangers, occasionnels ou réguliers. Plus tard, quand il travaillera pour la première fois avec Van Hecke, le marchand de l'avenue Louise à Bruxelles, il lui exposera clairement sa religion en la matière :

« J'ai comme principe absolu de n'exposer chez nous que des tableaux nous appartenant, de peintres que nous défendons entièrement. Je crois que si aujourd'hui les expositions ont si peu de poids, portent si peu en général, c'est que l'on n'a pas observé une ligne de conduite de se genre. Je fais abstraction des galeries qui notoirement se louent : les autres, je crois, ne devraient jamais montrer que leurs propres peintres. C'est ce que j'ai toujours fait[80]. »

Hormis l'Angleterre, il développe ses participations à l'étranger dans deux directions principalement : l'Allemagne et les Etats-Unis. Outre-Rhin, c'est pour des raisons naturelles et il ne tardera pas bientôt à y trouver ses correspondants, dans tous les sens du terme. Pour y juger de l'accueil réservé en général à

la peinture moderne dite française, c'est-à-dire
conçue et réalisée à Paris, il va s'appuyer au départ
sur les articles de Paul Westheim, qui s'en fait le
promoteur dans les revues et journaux, et sur ceux de
Herwarth Walden.

Une forte personnalité que Walden. A partir de
1910, date de la création de son périodique *Der
Sturm*, il va jouer un rôle considérable de passeur.
L'homme est sérieux, presque grave, le front largement dégarni, des cheveux longs rejetés en arrière, le
sourcil froncé sur des besicles aux verres épais. Il est
plus vieux que Kahnweiler, de quelques années à
peine. *Der Sturm*, qui paraît chaque semaine puis
chaque mois, n'est pas seulement le nom de sa revue,
mais de sa galerie également.

Installée dans le quartier intellectuel de Berlin, elle
montre en permanence l'avant-garde européenne. A
l'affût de tous les nouveaux mouvements, Walden est
très ouvert, ce qui signifie qu'il est aussi prêt à
exposer des Allemands à l'étranger que des étrangers
dans son pays. Musicien, critique de théâtre à ses
heures, il a tout pour plaire à Kahnweiler. C'est
justement là que le bât blesse : non dans son indépendance d'esprit mais dans une trop grande ouverture,
une attraction intellectuelle sans pareille que seuls la
guerre et le regain de nationalisme pourront freiner.
Dès le début, dans *Der Sturm*, on peut voir des
œuvres de Max Liebermann, Oskar Kokoschka ou
Kirchner. Cette dérive vers l'expressionnisme nais-
sant, c'est justement ce que Kahnweiler lui reprochera, tout en le considérant comme un critique de
bonne foi et de bonne volonté : « Un manque de
sensibilité plastique total lui faisait commettre les
bévues les plus extraordinaires dans le choix des
peintres reproduits », écrit-il [81].

Avec les Etats-Unis, le problème est autre. Il est
moins dans les critères de sélection des artistes que

dans l'appréciation de ce nouveau marché. Il s'ouvre
à peine. En 1909, un tarif douanier dit Payne-Aldrich
autorise l'entrée sur le territoire américain de
tableaux ayant au moins un siècle. Progrès considérable mais qui ne concerne pas encore la galerie Kahnweiler. Son grand problème, c'est plutôt d'amener les
collectionneurs américains à évoluer vers le cubisme.
Rien de moins évident.

Outre-Atlantique, les grandes collections privées
présentent certaines caractéristiques permanentes. Ce
type d'amateur recherchait, jusqu'à présent, les
beaux matériaux, riches, l'éclat des objets représen-
tés, la notoriété de l'homme portraituré, le prestige
du peintre. Les toiles qu'il réunissait généralement
reflétaient un souci de l'exactitude, de la ressemblance, de l'illustration et même de l'anecdote, aux
antipodes des règles de l'art baroque, plein de sujets
mythologiques et religieux. Le puritanisme protestant
favorisait les portraits et les paysages au détriment
des nus. L'absence de passé du Nouveau Monde se
décelait jusque dans l'attrait exercé par les grandes
scènes à caractère historique. Enfin, la réunion de ces
tableaux obéissait aussi à des motivations didactiques
et sociales. Le collectionneur, en liaison étroite avec
les artistes de son pays, veut influencer la peinture de
son temps et œuvre, à moyen terme, pour une
Fondation qui portera son nom ou un musée, l'opposé d'un Français, plus individualiste[82].

Comment amener ces gens-là à l'art moderne ? La
fréquentation du salon de Gertrude Stein ne suffit
pas. Il faut viser une poignée d'entre eux seulement,
les plus avisés, les plus intellectuels, les plus intuitifs,
ceux qui savent miser sur la qualité et la durée. S'ils
se décident à ouvrir leur collection, ils donneront le
« la », John Quinn et Chester Dale à New York, les
Cone à Baltimore, John Spaulding à Boston, et Adolphe Lewisohn, Albert C. Barnes... Cela poussera

même, peut-être, les conservateurs de musées à regarder du côté de l'art moderne. C'est un pari, qui intègre plusieurs données : la recherche de la nouveauté, l'intuition, la mode, le snobisme de l'art français et, la dernière mais qui n'est pas la moindre, l'évolution du goût. A ce jeu, les milieux intellectuels et artistiques qui font la cote d'un artiste par-dessus la critique, ont un rôle de médiateur à jouer.

En 1910, vu des Etats-Unis aussi, c'est à Paris qu'il faut être. Là, se joue le destin de la nouvelle peinture. C'est donc là qu'il faut acheter. Quand le coup d'envoi sera enfin véritablement donné, bien peu de marchands parisiens, tout heureux d'être à la fête, songeront à l'inévitable retour de balancier. Car quand les Américains se pencheront sur le marché du cubisme pionnier, les prix auront vite fait de monter en Europe. Avec toutes les conséquences heureuses que cela suppose et les dérèglements que cela ne manquera pas de provoquer[83].

Automne 1911. Rue Vignon aussi, c'est la rentrée. Le mois d'août a plongé le quartier des galeries dans un état léthargique, tout comme les autres quartiers d'affaires. La parution du *Saint Matorel* de Max Jacob n'a pas donné les résultats espérés sur le plan commercial mais les articles de presse ont été nombreux. Au moins, le livre n'est pas passé inaperçu et il a toutes les chances de s'être fait connaître auprès d'un autre public que celui des bibliophiles auxquels il était originellement destiné. Quant au Salon des Indépendants d'avril, Kahnweiler n'en attendait rien. Il n'a donc pas été déçu. Une visite lui a permis de vérifier le bien-fondé de son opinion première sur les qualités de Fernand Léger. Quant au reste, il ne regrette vraiment pas que ses peintres ne soient pas de la fête.

C'est sur les « vacances » de Picasso et de Braque

qu'il fonde ses espoirs. Ils ont pris l'habitude de travailler ensemble. A telle enseigne que parfois on ne sait trop ce qu'il faut attribuer à l'un ou à l'autre. Il ne s'agit pas des toiles, bien entendu, mais des idées, des inventions. Ils se retrouvent pour l'été à Céret, une petite ville située à une trentaine de kilomètres de Perpignan.

Curieux destin d'une ville. Elle était étrangère à l'art et soudain, elle se trouve envahie par des gens armés de palettes et de pinceaux. Après ceux de la Butte Montmartre, d'autres peintres viendront y passer leurs vacances. C'est-à-dire travailler. Un collectionneur y achètera une résidence secondaire. Un jour, inévitablement, Céret aura son (petit) musée d'art moderne. Inspiratrice de tableaux célèbres exposés dans le monde entier, Céret va devenir sans le vouloir et sans le savoir, une célébrité internationale. Mieux que la Collioure de Matisse et Derain, mais moins bien que le Delft de Vermeer et Pieter de Hooch.

Braque et Picasso travaillent vraiment en équipe. Ils se voient tous les jours. Ce que l'un découvre profite à l'autre. C'est la raison pour laquelle Kahnweiler se refusera toujours à préciser lequel des deux a le premier introduit tel élément nouveau. Quoi qu'il le sache fort bien : « cela ne prouverait absolument rien », répétera-t-il souvent[84]. Il est par contre formel quand il affirme que, au plus fort de leur création en 1911, ils ont tous deux conscience du classicisme de leur peinture : le dessin est rigide, la couleur est plus ascétique encore, et la composition affirme l'impérieuse prépondérance du tout sur les parties[85]. Leurs tableaux gagnent en complexité, en travail du détail, en élaboration, qu'il s'agisse de la construction d'ensemble ou du reste.

Braque évoquera toujours ces moments privilégiés avec nostalgie et émotion. Les jours et les nuits de

Céret étaient faits d'instants rares : avec Picasso, ils se sont dit des choses que personne ne se dira plus, des choses que nul ne saurait comprendre. C'est ainsi qu'il ressentira l'allégresse de cette cordée en montagne[86]. A mille lieues de ce que font les autres, ailleurs, Kandinsky par exemple qui vient de peindre une aquarelle sans référence au monde extérieur grâce à son travail sur la couleur, sans passer par une étape cubiste; une œuvre qui marquera la naissance de l'abstraction. A Céret, ils vivent sur une autre planète : la leur. A Paris, Kahnweiler, qui reçoit des lettres de l'un et de l'autre, est le seul à pouvoir prendre au jour le jour l'exacte mesure de leur évolution.

« Voilà l'été qui se termine*, écrit Braque, je suis en train de faire une grande nature morte et un émigrant italien sur le pont d'un bateau avec le port dans le fond et j'espère que ni la guerre, ni la famine ne m'arracheront la palette des mains[87]. »

Picasso a, lui aussi, un ton bien à lui, auquel les fautes de français ne sont pas étrangères :

« ... Je aurai besoin de 1 000 francs pour rester ici encore le temps que je veux rester ici pour faire ce que je veux faire. Braque est très content de être ici je crois. Je lui ai montré déjà tout le pays et il a déjà des tas de soujets en tête[88].

Au même moment, à Paris, le cubisme continue à recevoir des volées de bois vert. L'occasion est fournie par les préparatifs du Salon d'Automne. Les peintres de la rue Vignon n'y exposent pas, mais on y trouve les toiles de Gleizes, Metzinger, Léger, Le Fauconnier qui paient pour tout le monde. Régis Gignoux

---

* Une huile de Braque datant de cette période, de format 130 × 81 cm, *Femme lisant* a été vendue à Londres par Sotheby's, le 2 décembre 1986, au marchand Thomas Gibson pour 6 600 000 livres, soit 61 908 000 francs.

donne le signal des réjouissances dans *Le Figaro* du 24 septembre :

« Nous nous efforcerons de ne pas rire parce qu'un grand peintre viendra peut-être qui utilisera leur méthode, sans en être l'esclave. Mais il faudra que les cubistes nous expliquent leurs prétentions un peu plus clairement. Sinon, nous penserons que la géométrie de l'espace conviendrait mieux à leurs spéculations ou qu'ils pourraient encore employer plus utilement dans l'industrie leur répartition mathématique des couleurs. »

Dans l'industrie... Mais il y a pire, quand le ton se fait plus hargneux, vindicatif, carrément méchant. Le critique de *Paris-Midi* n'y va pas par quatre chemins : « Les cubistes sont ces jeunes farceurs, disciples de Picasso qui fut un coloriste bien doué et est maintenant un pince-sans-rire également bien doué. Ils construisent des nus géométriques, pyramidaux et rhomboédriques. C'est effroyablement laid et d'une prétention bouffonne. Les cubistes réduisent la figure humaine au volume, au cube, au parallélépipède. Ils réagissent, disent-ils, contre la « débauche colorée » de Matisse. Ces novateurs risibles se nomment Le Fauconnier, Metzinger, Gleizes, Léger. Ce dernier remplace le cube par le tube, il est tubiste. Il emmanche des tuyaux de fonte et de tôle. Ce n'est plus de la peinture, c'est de la plomberie. On a raison d'ailleurs de les exhiber au Salon d'Automne. Le rire est sain. »

De la plomberie... Le rire... Apollinaire est un défenseur inoffensif face à ces polémistes de choc, lui qui en est encore à écrire : ceux qui prennent le cubisme pour une fumisterie se trompent complètement[89]. Une flûte face à un trombone.

Les détracteurs crient d'autant plus haut et fort qu'ils ont le public derrière eux. Les paysages ? « Ils ressemblent à des jeux de patience. » Les natures mortes? « On les prend pour des tas de petites pierres. » Les portraits? « Rhomboédriques »[90]. Ah! ce mot... Bien peu de lecteurs de quotidiens doivent en connaître le sens. Quand les critiques l'emploient, ils croient avoir tout dit. Dorénavant, il connaît une fortune certaine puisqu'on le retrouve régulièrement dans la plupart des journaux dès qu'il s'agit de désigner un parallélépipède dont les faces sont des losanges. Ou tout autre chose d'ailleurs tant le mot vient opportunément montrer du doigt, ironiquement, tout ce qui est indéchiffrable dans la peinture cubiste. Rhomboédrique ou pas, le dernier mot appartient au critique Gabriel Mourey, chargé de présenter le Salon dans *Le Journal* du 30 septembre : « Me permettra-t-on d'avouer que je ne crois pas à l'avenir du cubisme (...) et quand bien même le cubisme aurait de l'avenir ce n'est pas ce qui empêcherait Raphaël et Titien, Holbein et Velazquez, Watteau et Ingres, Delacroix et Puvis de Chavannes de rester des maîtres. Je serais plutôt tenté de croire que le cubisme, intégral ou non, a déjà dit son dernier mot; c'est le chant du cygne de l'impuissance prétentieuse et de l'ignorance satisfaite. »

Kahnweiler lit tout cela et hausse les épaules. Peu lui chaut qu'on compare les tableaux cubistes à des boîtes de construction pour enfants ou à des puzzles pour leurs parents. Il s'est fait une raison. De toute façon, hormis Léger, il n'aime pas les peintres visés expressément, ceux qui exposent au Salon d'Automne. Il les tient pour des suivistes et des copieurs sans génie. Ce qui le navre par contre, c'est que ces peintres-là soient censés représenter le cubisme car ils lui sont étrangers. Mais c'était un risque à courir en décidant que les artistes de la rue Vignon n'enverraient plus rien dans les Salons. Cette mauvaise réclame indirecte, terriblement malveillante, c'est le prix à payer pour leur absence.

Kahnweiler se rassure en voyant grossir à vue d'œil le cahier dans lequel il colle les coupures de presse relatives à sa galerie et à ses peintres. Elles sont de plus en plus nombreuses, longues, fournies et surtout internationales : *Volkstimme* de Francfort, le *Berliner Morgenpost*, la *Gazetta del popolo* à Turin, *Le Journal* de Bruxelles... C'est très encourageant pour cette ouverture vers l'étranger qu'il appelle de ses vœux, même si le *Sunday Times* de Londres avoue à ceux qui projettent de se rendre à la Galerie Kahnweiler : « Il est impossible de donner à des lecteurs anglais la moindre idée de ce à quoi ressemble la peinture des extrémistes de Paris [91]... »

Au moins, c'est franc.

Il faut avoir le cuir tanné pour se vouloir l'ambassadeur indéfectible des cubistes dans ce bas, très bas monde. Kahnweiler est paré. Il peut encaisser tous les coups pour ses peintres. Il est là pour cela. De toute façon, sa capacité d'absorption semble sans limite. Ce n'est pas de l'indifférence mais de la hauteur. On lui parle d'une exposition de la veille au soir alors qu'il se place, lui, dans la longue durée. Il n'y a guère que dans ses lettres à quelques amis comme Rupf qu'il se défoule un peu, en dénonçant la crasse et la médiocrité intellectuelles des obscurantistes.

Max Jacob, dont il vient de publier un deuxième recueil *Œuvres burlesques et mystiques de Frère Matorel mort au couvent*, illustré cette fois de soixante-six gravures sur bois de Derain, a des problèmes à Quimper. Les journaux locaux le traitent de « druide cubiste » dans l'intention avouée de l'insulter. Les voyous ricanent sur son passage. Au skating, on lui a plusieurs fois demandé ce qu'était un druide et pourquoi on le disait cubiste. Cela l'a bien fait rire, mais en attendant son livre ne se vend pas [92]. Il n'a pas tort, Max, quand il dit que les cubistes et les fauves sont devenus de la viande à journaux humoristiques. Comme prévu, l'imminence du Salon des Indépendants favorise à nouveau les injures de toutes sortes. Louis Vauxcelles, naturellement, ne rate pas l'occasion :

« Les cubistes et futuristes n'ont d'importance que celle qu'ils s'attribuent. Ce sont des enfants qui se sucent le pouce[93]. »

Ou encore, du même mais quelques semaines après :

« Picasso est... le chef des messieurs cubistes, quelque chose comme le père Ubu-Kub[94] ! »

Dans le même ordre d'idées, la célèbre *Assiette au beurre* n'est pas en reste : « La Maison Kahnweiler propose à ses visiteurs la solution d'une série de rébus dont les auteurs sont MM. Pablo Picasso et Braque[95]. »

Ce n'est pas très important aux yeux du marchand. Ce qui l'est par contre, c'est qu'au même moment, quelqu'un comme Gertrude Stein lui achète pour 1 200 francs *La Table de l'architecte*, de Picasso. Que l'*Hommage à Picasso* de Gris, exposé aux Indépendants, déchaîne les critiques. Ou qu'à Munich, Picasso soit défendu au même titre que Cézanne par une nouvelle revue d'art paraissant sous le titre *Der Blaue Reiter (Le cavalier bleu)*. Sous l'égide de deux peintres, Franz Marc et Wassily Kandinsky, elle s'apprête à publier un almanach que Kahnweiler lira attentivement, touché par l'enthousiasme et la foi qui s'en dégagent[96]. Impressionné par la place accordée aux peintres français, un rédacteur de *L'Intransigeant* se lamente : « Si ça pouvait avoir une influence sur les rapports diplomatiques[97]... »

On en est loin.

Avril 1912. Heureuse conséquence du bouhaha qui entoure le cubisme à chaque Salon, un journal popu-

laire envoie pour la première fois l'un de ses rédacteurs enquêter rue Vignon, dans cette fameuse galerie
où se concoctent de si étranges alchimies. Jacques de
Gachons, romancier et critique d'art, intitule son
article dans *Je sais tout* « La peinture d'après-demain
(?) ». Suivons-le dans son reportage[98], mettons nos
pas dans les siens. A peine pénètre-t-il dans le sanctuaire qu'il a l'impression d'avoir commis une
gaffe :

« Monsieur, l'on m'a dit que c'est chez vous qu'exposent les meilleurs cubistes... »

Kahnweiler paraît offensé. Il se redresse, hausse les
sourcils, bat précipitamment des paupières. Le journaliste, frappé par l'exiguïté et la sobriété des lieux,
avise les tableaux accrochés et se dit qu'il n'est
peut-être pas dans le faux.

« Monsieur, répond-il enfin, je sais qu'il existe des
« cubistes » ou plutôt des gens qui se font nommer
ainsi par amour de la réclame. Mes peintres ne sont
pas cubistes. »

Il faut noter le possessif. La nuance est importante.
Elle reflète un état d'esprit. Le journaliste insiste,
précise qu'il est envoyé par *Je sais tout*. Il ne fait que
s'enliser.

« Alors Monsieur, reprend le marchand, n'insistez
pas, je vous prie. Je préfère que votre magazine ne
parle pas de mes peintres. Je ne veux pas qu'on essaie
de les ridiculiser. Mes peintres, qui sont de plus mes
amis, sont des sincères, des chercheurs convaincus,
des artistes en un mot. Ils ne sont pas de ces
saltimbanques qui passent leur temps à ameuter la
foule. »

Le journaliste se défend, excipe de la respectabilité
de ses convictions, de la bienveillance des intentions
de son journal, et de la vraie raison de sa présence :
renseigner les lecteurs sur l'avant-garde d'aujourd'hui. Il juge Kahnweiler irascible mais semble

l'avoir calmé avec ses derniers arguments. Le marchand est enfin prêt à coopérer. L'entretien va pouvoir commencer.

Il montre à son visiteur des albums de photographies dans lesquels sont classées, chronologiquement, les reproductions des œuvres de Picasso, Braque, Vlaminck, Derain... Le critique, intéressé, note çà et là une évolution et des influences. Rapidement vaincu par une représentation du monde qui lui échappe, il demande des explications en profane de bonne volonté, à Kahnweiler qui ne se fait pas prier pour voler à son secours :

« Oh! je sais que la lecture des derniers Picasso et des Braque d'aujourd'hui est assez malaisée. Moi, je suis initié. J'ai assisté à l'éclosion de ces tableaux. Je sais tout ce que l'artiste a voulu y mettre. Ainsi, Monsieur, ceci représente le '' poète ''. »

Poli, le journaliste tâche de dissimuler son étonnement. Il n'est pas hostile, mais simplement ébahi. Il avait cru déceler les contours d'un paysage. Mais c'est un poète.

« Oui, il est assis, explique Kahnweiler. Voici son front. Voici son bras gauche... sa jambe.

– Cette ligne-ci qui tombe obliquement?

– Elle ne répond à rien de réel, mais observez comme elle est significative. Tout de suite, elle vous a frappé... Ses mains.

– Où sont les mains du poète, s'il vous plaît? demande le critique qui se pique au jeu.

– En voici une, répond le marchand.

– C'est très curieux...

– N'est-ce pas? »

Le plus curieux est peut-être que quarante ans plus tard, évoquant cet épisode dans un article de revue, Kahnweiler remplacera le poète par une femme. Il racontera la difficulté qu'il avait eue alors à expliquer à son interlocuteur que, sur le tableau, il y avait, non pas une vraie femme, mais un ensemble de signes se lisant « femme ». Comme s'il était écrit FEMME en caractères d'imprimerie. Comment faire comprendre que tout étant lu ainsi, ce tableau ne doit pas être vu comme l'objet qu'il figure[99]. Son visiteur continue à tourner les pages de l'album.

« Et ceci ? interroge-t-il.

— Une nature morte. C'est une des inventions les plus parfaites de Picasso. Il y a ici un violon, un éventail, des verres, un manuscrit dont les pages s'échappent, une pipe... »

Le journaliste est ému par une telle force de conviction. Il compare le jeune marchand à un grand couturier ou un rosiériste qui parlerait avec légèreté de sa dernière création. Il est tremps d'achever l'entretien. Réalisant qu'il lui aura tout de même manqué d'avoir rencontré les peintres eux-mêmes, il se renseigne plus avant :

« M. Picasso est espagnol sans doute.

— Oui monsieur, il est né à Malaga.

— Il est jeune.

— Trente ans environ.

— Et Georges Braque ?

— Trente ans.

— Français ?

— Oui il est né à Argenteuil.

— Et Maurice de Vlaminck, Belge, probablement ?

— Il est né à Rueil. Et Derain est né à Chatou.

— Toute la banlieue alors ! C'est très particulier. Ils se connaissent ?

— Ils ne se quittent guère.

— Au revoir monsieur. »

Le reportage est terminé. Le critique promet de n'être pas injuste, de publier les reproductions des principales œuvres de ces peintres afin que le public se fasse une opinion par lui-même. Il tient parole puisque le début de son article est surmonté de deux natures mortes cubistes de Braque et Picasso. Ces photographies étant naturellement noir et blanc, il pousse même l'honnêteté jusqu'à préciser en légende que les couleurs en sont atténuées et sévères. En saluant Kahnweiler, le critique ne lui promet pas qu'il rédigera un dithyrambe, avouant ses préférences pour Chardin, Latour « et même M. Ingres »...

Cet entretien, le premier d'une telle importance, compte dans l'histoire de la galerie, de ses peintres et la diffusion de leur art. André Masson, alors âgé de seize ans, qui a éprouvé sa première émotion artistique huit ans avant à Bruxelles devant une œuvre de James Ensor, ressent un second choc du même ordre en lisant le reportage de *Je sais tout*. Il y apprend non seulement l'existence de Kahnweiler, qui deviendra son marchand une dizaine d'années plus tard; il est déconcerté par les reproductions, lui qui ne jure que par Cézanne et Van Gogh et cette révélation du cubisme mettra quelques années à s'approfondir[100].

C'est un clin d'œil de l'histoire. Et si Masson n'avait pas lu ce numéro de *Je sais tout*? Il aurait certainement rencontré un jour ou l'autre le cubisme mais peut-être plus tard, dans d'autres circonstances.

Ce même mois d'avril, un homme que Kahnweiler n'a jamais vu auparavant, fin, soucieux de sa mise, entre dans la galerie. Il ne se fait pas connaître, regarde attentivement les Braque et les Picasso. L'homme ne dit mot[101]. Kahnweiler, fidèle à ses principes, n'engagea pas la conversation pour ne pas l'importuner dans sa contemplation. Ce n'est pas lui qui fera le premier pas. Pourtant, ils auraient certainement des choses à se dire car ce visiteur est un peintre de trente-trois ans, moitié allemand, moitié suisse, proche des initiateurs du *Cavalier bleu* à Munich, très marqué par Cézanne et, ce qui ne gâte rien, excellent musicien. Tout à fait le genre d'individu apte à vite devenir son ami. Quant au peintre, il pourrait aussi bien le conquérir ou tout au moins l'intriguer.

Mais non, ils ne se parlent pas. Ils ne feront connaissance que vingt ans plus tard. Paul Klee deviendra alors un de ses amis et un de ses peintres. Avec vingt ans de retard... Quel dommage !

Eté 1912. Picasso, bientôt rejoint par Braque, travaille à Céret, dans les Pyrénées Orientales, puis à Sorgues dans le Vaucluse. Ils peuvent peindre tranquillement, à Paris, Kahnweiler s'occupe de tout.

Picasso lui fait confiance, enfin. Il se repose sur lui pour régler des questions matérielles qui l'ennuient profondément. En son absence, Kahnweiler doit impérativement récupérer certaines de ses toiles. Picasso lui envoie aussitôt un mot de recommandation : « Permettez à M. Kahnweiler (je l'autorise) de prendre des tableaux qui sont dans mon atelier. Recevez madame la concierge mes salutations. Picasso[102]. »

Le marchand se sert et en emporte vingt-cinq. Mais dès que le peintre a besoin de quelque chose, Kahnweiler fait diligence pour le satisfaire. Ainsi, Picasso se plaint de ne pas avoir toutes ses affaires avec lui : quitte à n'user que du blanc, il veut disposer, à portée de la main, à portée du regard surtout, de toutes ses couleurs, du vert véronèse au cadmium citron. Son chevalet lui manque également, le sien et pas un autre. Il en a physiquement besoin. Le marchand va y remédier. C'est plus facile que de régler ses affaires de cœur. Car il y en a, et elles sont délicates. Kahnweiler a besoin de tout son sens de la diplomatie pour éloigner sans l'éconduire la compagne de Picasso, la belle Fernande Olivier, remplacée à Céret par une nouvelle, Eva (Marcelle Humbert). Le marchand commence à peine à entrevoir la dimension du problème « femmes » dans la vie et, par conséquent, l'œuvre de Picasso.

Fernande Olivier, qui l'a vu régulièrement dans l'atelier du Bateau-Lavoir, l'a observé à loisir. Elle le voit comme un homme malin, habile manœuvrier, toujours aux aguets : « tout jeune, très méthode allemande, intelligent, tenace, rusé, quoique cependant moins que Vollard (...). Vrai commerçant juif, sachant risquer pour gagner. Audacieux, actif, marchandant des heures entières, fatiguant son peintre jusqu'à ce que, excédé, celui-ci lui consentît enfin la réduction demandée (...) Il savait bien ce qu'il avait à gagner en fatiguant Picasso[103] ».

Kahnweiler, qui récusera globalement mais catégoriquement ce jugement, sait à quoi s'en tenir. Dès le début, il l'a sentie redoutable. Il ne s'est pas trompé. Quand Picasso est à Céret, il a pour mission de faire écran de manière à l'empêcher par tous les moyens de l'atteindre. Rude mission. Un matin, il reçoit d'elle un mot ainsi libellé : « Vous avez le devoir de faire suivre cette lettre à Pablo... Vous éviterez peut-être des choses irréparables en envoyant cette lettre recommandée[104]... »

Le 25 juin, ayant repris possession de l'atelier de Picasso rue Ravignan, elle prie son marchand de lui rendre les clefs et de ne rien emporter. Sinon, elle portera plainte pour violation de domicile ! C'est un des aspects les moins connus du métier de marchand de tableaux.

C'est bien entendu le côté le plus pittoresque des services que rend Kahnweiler à Picasso. Il le tient surtout au courant de l'évolution de leurs affaires : de ce qu'on a vendu de lui, la veille encore à Drouot (« des déchets d'atelier »); des prix demandés; des hésitations de Chtchoukine lors de son passage à Paris devant telle ou telle de ses toiles, de son refus catégorique d'acheter celle proposée par Kahnweiler

pour finalement en emporter une autre, payée dix
mille francs; des expositions; de la parution du livre
de Gleizes et Metzinger sur le cubisme[105]. En retour,
Picasso lui raconte par le menu sa vie quotidienne
faite de tout et de rien, de l'art en train de s'accomplir et du temps qu'il fait. Naturellement, pressé par
son correspondant très impatient d'en savoir plus sur
ses progrès et sur l'état d'avancement des toiles,
Picasso se laisse parfois aller à commenter son propre
travail :

« Je crois que ma peinture gagne come robustesse
et clarté enfin nous verrons et vous verrez mais tout
ça ne est prêt de être fini et pour tant j'ai plus de
sûreté. »

Ou encore, cinq jours plus tard :

« Vous me dires que Uhde ne aime pas les tableaux
derniers de moi ou il i a du Ripolin et des drapeaux
peut-être nous arriverons à dégouter tout le monde et
nous ne avons pas tout dit[106]... »

Kahnweiler ne le tient pas seulement au courant
des aléas du déménagement de son atelier de la rue
Ravignan et du boulevard de Clichy, de sa quête pour
un nouveau lieu d'habitation. Il n'est pas seulement
l'indispensable petit facteur qui lui fait parvenir
palette, couleurs, chevalets, oreillers et kimono jaune
à fleurs afin qu'il soit vraiment dans son élément
même quand il est loin de son environnement familier. Il est aussi l'ami qui ne lui cache rien des
hésitations et des déceptions de ses amateurs devant
tel ou tel de ses tableaux. Même en juillet, quand il
part en vacances dans le Valais suisse, à Arolla,
Kahnweiler conserve ce contact épistolaire comme si
de rien n'était. Il ne faut surtout pas rompre cette
habitude. Cela risquerait de perturber l'artiste. Un
spectre qu'il veut conjurer à tout prix, tant la tranquillité d'esprit du peintre dans l'accomplissement de

son art lui paraît la justification de son rôle de marchand. Le principe de son sacerdoce.

Quand Braque rejoint Picasso à Sorgues, tout continue comme avant : « Pas autre chose de nouveau apart que je fais ma rai au milieu. J'ai acheté les broses à dents que je vous avait dit je vous les conseille. Si vous seriez fumeur je vous conseillerais aussi les pipes de Marseille [107]... » Comme avant. A ceci près que les deux hommes travaillent ensemble et parallèlement, que leur peinture s'en ressent et que dorénavant, Kahnweiler doit assurer cette double correspondance quotidienne, avec les deux, amicale et commerciale.

Quand il ne peint pas, Braque se promène, bavarde, pousse jusqu'à Marseille pour acheter des masques et des statuettes nègres, ou fait la cuisine avec son compagnon. Ils concoctent notamment un plat espagnol l'« ajo blanco », une soupe-dessert qui, de son point de vue, peut servir aussi de puissant insecticide. Et comme ils regrettent que Kahnweiler ne soit pas des leurs, ne fût-ce que pour goûter, ils n'hésitent pas à lui envoyer la recette [108] ! Mais autant la correspondance entre Kahnweiler et Picasso paraît harmonieuse et sans à-coups, autant celle échangée avec Braque connaît des hauts et des bas, révélateurs de certaines tensions et de différences d'appréciation, tant esthétiques que commerciales.

Les cartes postales de Braque sont libellées sur un ton inattendu. Cela va du simple « Bonjour! », lapidaire mais chaleureux, à l'exposé technique en passant par « Georges Braque né le 13 mai 1882 à Argenteuil Seine-et-Oise, vous envoie ses amitiés [109] ». Il le tient au courant de son travail, de ses trouvailles sans oublier la couleur locale : « Je vois dans le journal que le cubisme fait encore plus de bruit que le raffût de Saint Polycarpe. On en parle même à Sorgues mais je n'ai pas encore été découvert [110]... »

En septembre, quand Kahnweiler envoie à une exposition au Moderne Kunst Kring d'Amsterdam trois toiles de Braque, avec d'autres de Derain, Vlaminck et Picasso, les deux hommes se fâchent. Ils ne sont pas d'accord sur le choix d'une de ses toiles. Braque a eu le dernier mot.

Kahnweiler ne s'avoue pas battu et refuse le prix que le peintre lui demande pour une autre de ses toiles. Les termes employés par Braque sont révélateurs des exigences de l'un et de l'autre :

« Votre stupéfaction me semble exagérée. Je vous dirais que la mienne n'avait pas été moindre pourtant, quand vous m'avez dit que le prix de 100 francs vous écœurait. Maintenant vous me demandez de ne faire aucune affaire en dehors de vous et alors vous m'enlevez du coup un moyen de me dédommager un peu des prix si modestes que vous me donnez. Vous me confondez vraiment, avec vos exigences. J'espère alors qu'à l'avenir vous montrerez un peu de meilleure volonté puisque je cède encore de si bonne grâce à toutes vos exigences et nos affaires seront très nettes alors et tout ira bien[111]... »

De la bonne volonté, ils en montrent tous les deux. C'est aussi que Kahnweiler ne veut pas trop insister à un moment où « son » peintre est en pleine révolution. Dans certaines de ses toiles, il a mis des caractères d'imprimerie. Pendant la courte absence de Picasso, qui a dû faire un saut à Paris pour s'installer dans l'appartement que Kahnweiler lui a déniché du côté de Montparnasse, Braque a inventé les premiers papiers collés.

Dès son retour à Sorgues, Picasso les découvre et à son tour colle un vrai timbre-poste sur une nature morte puis un morceau de toile cirée dans une autre, imitant le cannage d'une chaise. Dans les deux cas, il ne s'agit pas de donner l'impression de trompe-l'œil mais de vérifier la « solidité », la vérité de la composition plastique. Clou, papier journal, papier bois, cartes de visite, emballages divers... Plutôt que de l'inventer ou de l'imiter le mieux était encore d'intégrer un fragment de réel en le transfigurant. Picasso s'adressant à Braque appellera cela « tes derniers procédés paperistiques et pusiereux[112] ».

Invention? Le terme est inadéquat. Procédé? Tout aussi impropre. En fait, Braque n'a pas eu « l'idée » des papier collés, ce fut plutôt de l'ordre de la révélation. Quelque chose de radicalement anti-scientifique si, selon lui, la science procède par acquis successifs et répétitions.

« La révélation est la seule chose qu'on ne peut pas vous prendre », dira-t-il[113].

Le premier tableau né de cette révélation est *Compotier et verre*, un fusain et papier faux bois de 62 × 45 cm. C'est dans une boutique d'Avignon, où il s'est rendu pendant l'absence de son compagnon de cordée, que Braque a acheté ce papier faux bois qui imite si bien des lambris de chêne. Il y en aura d'autres que Kahnweiler brûle de tenir entre les mains. Lui qui définissait ses peintres comme des chercheurs, en recevant le critique de *Je sais tout*, le voilà comblé. Chercheurs, Braque et Picasso le sont tout à fait, qui se livrent à de véritables expériences dans leurs ateliers du Vaucluse transformés en laboratoires. Eprouvettes et alambics en moins, pinceaux et papiers collés en plus. Sans oublier le principal : cette intuition qui lorsqu'elle se fait révélation procède du génie.

En octobre et novembre 1912, cette révolution enthousiasme Kahnweiler. Elle lui fait tout oublier, tout ce dont tout le monde parle mais qui n'existe pas en regard : l'exposition futuriste chez Bernheim Jeune, la rétrospective du douanier Rousseau dans la même galerie sans parler des incidents au Grand

Palais à l'occasion du Salon d'Automne. Louis Vauxcelles, pris à partie par quelques peintres cubistes,
s'est fait copieusement et publiquement insulter en
termes choisis. L'offensé a proposé de régler ce
différend à l'aube sur le pré, on a parlé de duel mais
les artistes se sont finalement récusés, ce que le
critique n'a pas manqué de relever :

« Les principes de la morale cubiste leur interdisent
sans doute de se battre [114] ! »

Gonflé far cette histoire, Vauxcelles a pris le mors
aux dents et quelques jours plus tard s'est laissé aller
à quelques débordements annonciateurs de mauvais
jours pour la santé morale de la critique :

« Qu'il y ait un peu trop d'Allemands et d'Espagnols dans l'affaire fauve et cubiste et que Matisse se
soit fait naturaliser berlinois, et que Braque ne jure
plus que par l'art soudanais et que le marchand
Kahnweiler ne soit pas précisément compatriote du
père Tanguy et que ce paillard de Van Dongen soit
natif d'Amsterdam, ou Pablo de Barcelone, cela n'a
guère d'importance en soi [115]... »

Cela en a suffisamment en tout cas pour donner
matière à un article qui ne laisse pas d'inquiéter
quand on sait qu'il paraît dans un quotitien de gauche
sous la signature d'un imprécateur dont Mayer est le
vrai nom. Kahnweiler lit, observe, compte les points
mais veut s'attacher à l'essentiel.

En cette fin d'année 1912, hormis ses envois à des
expositions qui se tiennent à Cologne, Düsseldorf,
Francfort et Munich, et la découverte de Braque,
l'essentiel est un phénomène contre lequel il entend
réagir car il pourrait porter préjudice à ses peintres :
la place de plus en plus importante occupée sur la
scène artistique par ceux qu'il appelle les faux cubistes, les imitateurs, suivistes, ou suiveurs. Il ne les
aime pas. Or ils se manifestent à nouveau en octobre
à grand bruit dans le cadre d'un « Salon de la Section

d'or » qui se tient à la Galerie La Boétie. Certes, tous les exposants n'attirent pas ses foudres : Léger et Gris, par exemple, s'y seront certainement égarés. Mais les autres... Roger de La Fresnaye? « Un charmant petit peintre[116]... Kupka, Duchamp? Des *erzatzkubisten*, des sous-produits, bien que l'expression soit, dans sa bouche, plus percutante encore en allemand. Le pire à ses yeux, ce sont Gleizes et Metzinger voués aux gémonies pour publier au même moment chez Figuière un livre intitulé tout simplement *Du cubisme.* Ahurissant! Inconcevable!

Que leur reproche-t-il? Qu'ont-ils donc fait, peint ou écrit qui le fasse ainsi sortir de ses gonds? Il les considère comme des doctrinaires, des théoriciens, des dogmatiques qui aimeraient mettre le cubisme en fiches et ordre alors que cette peinture est une école de liberté qui doit le meilleur d'elle-même à l'intuition et à l'émotion. Ils prétendent, par leur action, engager un mouvement alors qu'ils ne représentent qu'eux-mêmes. Le danger vient de ce que ces gens-là se répandent par leurs écrits, leurs expositions et leurs participations aux Salons; la critique hostile au vrai cubisme est trop contente d'en tenir enfin quelques-uns et de les désigner du doigt comme étant « les cubistes ».

Funeste méprise. Ces gens-là cassent tout, défigurent l'édifice patiemment construit par le marchand. Ce qui est à peine une école, ils veulent déjà en faire un programme, sanctifiant par un titre, sur la couverture de leur livre-manifeste, un terme inventé par un critique malveillant. Un terme que Kahnweiler juge « piteux »[117], même s'il doit, lui aussi, l'employer à son corps défendant. Ils veulent systématiser une intuition. Insensé... On ne réduit pas la réalité à une géométrie, on n'enferme pas une émotion dans la rigueur d'un procédé. Ces épigones sont des irresponsables : ils radicalisent le vrai cubisme aux yeux de tous ou presque tous. Car la défense organisée autour de la « Section d'or » par Apollinaire et le critique Maurice Raynal est bien faible pour résister aux assauts moqueurs et agressifs de l'ensemble de la presse. Le nom même de Section d'or hérisse le poil de Kahnweiler.

C'est Jacques Villon qui l'a trouvé, le seul de ces peintres dans lequel il croit, malgré tout, en raison de sa sincère tentative pour concilier impressionnisme et cubisme. La plupart des piliers du groupe – Marcel Duchamp, Raymond Duchamp-Villon, Kupka, Gleizes, Metzinger... – ont confronté leurs idées dans son atelier de Puteaux. D'ailleurs, on les appelait volontiers « le groupe de Puteaux » jusqu'à ce qu'ils fissent salon à part, rue La Boétie. Certains avaient déjà accroché ensemble au Salon d'Automne de 1911. Aujourd'hui, Lhote et Marcoussis les ont rejoints à la Section d'or, un nom de baptême qui se veut un programme. Inspirée des travaux de Léonard de Vinci et d'autres sur la « divine proportion » (le rapport idéal entre deux grandeurs), elle s'exprime numériquement ainsi : $\dfrac{1}{0,618} = \dfrac{1,618}{1}$, un nombre d'or censé se vérifier dans de nombreux chefs-d'œuvre [118]. On est loin de l'émotion créatrice.

Pour Kahnweiler, les peintres de Puteaux n'ont retenu de l'art de Braque et Picasso que le fractionnement géométrique. Même Delaunay qu'il tient pour un peintre doué, lui paraît être un déviationniste et non un continuateur du cubisme : car s'il a introduit la couleur, il l'a fait de manière abstraite [119]. Le marchand, lui, s'évertue à expliquer aux amateurs que l'impression géométrique n'est pas l'essentiel. Elle est spectaculaire, elle saute aux yeux, mais il ne faut pas se fixer sur elle. Elle disparaît à l'issue d'un phénomène classique d'accoutumance.

Le « cube » n'est pas une fin en soi mais un moyen

de prendre conscience de la triple dimension des corps en général. Pareillement pour les variantes du cube, la sphère et le cylindre. Il le faut pas trop s'y attacher[120]. Les vrais problèmes qui se posent aux vrais peintres cubistes sont clairs, si l'on peut dire : la construction, la couleur, la lumière comme moyen... Les vrais dangers qui les guettent sont également clairs : le piège de l'ornementation ou, plus pernicieux encore, la réduction géométrique.

Malgré ses efforts, un homme comme Derain, pourtant loué par Kahnweiler, restera dans les marges du cubisme pour n'être pas parvenu à débarrasser ses tableaux de « la vraisemblance naturelle »[121]. Il peut s'en passer des choses sur une surface plane de dimension raisonnable. On peut y mettre le monde, y faire tenir l'univers. Ce qu'on en sait et non ce qu'on en voit. Mac Orlan dit qu'il y a plus d'aventures sur un échiquier que sur toutes les mers du globe. On pourrait en dire autant de certains chevalets dès lors que le peintre qui le toise fièrement a autre chose en tête que des nombres d'or et des solutions arithmétiques.

Ces suiveurs ne sont que des imitateurs. Kahnweiler n'en démord pas. Il va même plus loin : ils n'imitent pas tant la nature mais « des » tableaux[122], ce qui en termes moins choisis s'appelle un plagiat. Il ne faudrait pas trop pousser le marchand pour qu'il franchisse cette limite tant son courroux est profond. Avec le recul, il confirmera son jugement : après les fauves et avant les peintres abstraits, les gens de la « Section d'or » ont commis l'erreur fondamentale de styliser. La leçon de Cézanne, leur maître à tous (vrais et faux cubistes), indiquait une voie de recherche tout autre : représenter sur une toile à deux dimensions des solides qui en ont trois[123]. Dans une lettre datée de 1904, que nul alors ne connaît, le maître d'Aix le dit bien en quelques mots :

« ... Traitez la nature par le cylindre, la sphère, le cône, le tout mis en perspective [124]... »

Kahnweiler voit dans le maître d'Aix l'homme grâce à qui on a repris l'idée de la construction, celui qui a fait saisir enfin que la peinture ne consistait pas seulement à servir une tranche de nature avec art. Alors que justement avec Gleizes, Le Fauconnier et leurs amis, on aboutit forcément à cette peinture ornementale dont il repousse le spectre des deux mains.

Ils n'ont vu que « l'aspect » cubiste et ne se sont pas livrés à une investigation profonde du monde extérieur. Ils n'ont pas fait de recherches sur ce qu'ils savaient de l'objet, se limitant en fait et exclusivement à sa figuration extérieure. Une telle attitude ne peut mener qu'à la décoration.

A la réflexion, Kahnweiler juge finalement des peintres comme Derain et Vlaminck plus proches des cubistes que leurs suiveurs de la « Section d'or ». Vlaminck se livre d'après lui à une sorte de cubisme naïf qui essaie d'être profondément figuratif. Quant à Derain, s'il tend comme Braque et Picasso à une construction sévère dans l'architecture du tableau, il veut toujours sauvegarder une apparence naturelle. Il n'exprime pas autre chose quand il répète à Kahnweiler :

« Ce que je voudrais, c'est cacher l'armature [125]. »

Les gens qui exposent dans le cadre de la « Section d'or » rue La Boétie ne sauraient donc être des disciples. Tout juste des imitateurs. C'est aussi l'avis des principaux concernés, les deux pères fondateurs du cubisme. Six ans après, alors que son appartement venait d'être visité par des monte-en-l'air, Picasso se rendra chez un marchand qui expose ces tableaux de mauvais copistes.

« Vous avez été cambriolé ? » demandera le marchand pour compatir.

Et Picasso, avisant les toiles accrochées aux cimaises :

« Pillé [126] ! »

La boutade est suffisamment éloquente. Braque de son côté juge que le groupe de Puteaux commet l'erreur impardonnable d'ériger le cubisme en système et d'intellectualiser ce qui n'était que spontané. Ni lui ni Picasso n'avaient décidé de devenir cubistes, d'adopter une étiquette ou de lancer un mouvement ni même un nouveau mode de représentation du monde. Ils se sont contentés de réagir à la peinture des Maîtres et à celles de leurs contemporains. Leur réaction a pris corps quand ils se sont aperçus qu'ils partageaient le même état d'esprit. On ne décide pas de devenir cubiste. Pas plus que le cubisme ne s'invente. Le livre de Gleizes et Metzinger et le Salon de la Section d'or serviront, en ce sens, de détonateur pour Braque :

« Dès le moment où l'on avait commencé à définir le cubisme, où l'on avait établi ses limites, ses principes, je dois dire que j'avais foutu le camp [127]. »

Toute cette affaire a du bon en ce qu'elle force Kahnweiler à réagir, à sortir un peu de sa tanière de la rue Vignon et à s'engager plus avant pour défendre ses peintres. Il n'est pas question de croiser le fer ni même d'envoyer des droits de réponse incendiaires aux gazettes. L'épée ni la polémique ne sont ses armes de prédilection. Il s'agit simplement de prendre les marques. Déjà, l'année précédente il avait compris qu'une bataille s'annonçait quand, à l'occasion du vernissage du Salon d'Automne, on pouvait lire dans la grande presse :

« Connaissez-vous le surnom donné à MM. Metzinger et Picasso, chefs de la nouvelle école de peinture ?

– ?...

– Les maîtres-cubes [128] ! »

L'injure n'est pas là où on le croit. Peu lui importe qu'on tourne en dérision une peinture qu'on ne comprend pas. Mais ce qui est inacceptable par contre, c'est d'associer ces deux noms. Ce qui l'est tout autant, c'est la manière dont Apollinaire prétend défendre les peintres du Salon de la Section d'or contre le fiel des critiques :

« Cette violence, ces lamentations prouvent la vitalité de la nouvelle peinture et les œuvres qu'elle produit feront l'admiration des siècles, tandis que les pauvres détracteurs de l'art français contemporain seront vite oubliés. Il ne faut pas oublier que l'on a tiré des coups de feu sur Victor Hugo. Sa gloire n'en fut point diminuée. Au contraire[129]. »

Il faut vraiment être Appolinaire pour oser mettre un Gleizes et un Hugo sur le même plan et accorder généreusement aux toiles de son groupe une postérité multiséculaire... Au moins, ce Salon de la Section d'or comme le livre de Gleizes et Metzinger ont-ils un mérite : ils font écran. Ceux qui se déchaînent contre eux, pendant ce temps, laissent les autres travailler tranquillement. En un sens, c'est un bon paravent. Même s'il coûte cher : le prix de l'imposture selon Kahnweiler.

Pour les marchands, les critiques et les artistes, cette affaire présente également un autre intérêt en ce qu'elle a forcé Kahnweiler à se révéler, peu ou prou, et à se poser comme le mentor du cubisme. La sincérité de son jugement esthétique n'est pas en doute. Mais il n'en reste pas moins qu'à ses yeux, les seuls vrais cubistes sont les siens, que la galerie du cubisme est la sienne et que l'informelle école de liberté qu'il a portée sur les fonts baptismaux il y a quelques années à peine, ne saurait se développer ou s'épanouir hors de son contrôle et de sa juridiction. Qu'on se le dise.

N'est-ce qu'une coïncidence? A moins que l'air du temps lui ait quelque peu forcé la main? Toujours est-il que c'est le moment choisi par Kahnweiler, à la fin de l'année 1912, pour proposer des contrats à ses peintres. Non qu'il soit par nature procédurier ou exagérément attaché au juridisme. Mais cela ne pourra que clarifier ses rapports avec les artistes au seuil d'une époque qui s'annonce dense et turbulente.

Il n'y a pas véritablement de contrat type qui serait en vigueur dans la plupart des galeries. C'est selon. Autant de sortes de contrats que de marchands. Cela va de la poignée de main au contrat en douze clauses détaillées, établi devant notaire. Même dans ce domaine, Kahnweiler va laisser la marque de sa personnalité.

Au XVe siècle déjà, la peinture était le produit d'une relation sociale. Le mécène était aussi un client qui passait commande, avec toutes les contraintes que cela supposait. A titre indicatif, on peut citer le plus typique des contrats du Quattrocento[130], celui passé entre le Florentin Domenico Ghirlandaio, et le prieur du Spedale degli Innocenti (l'hôpital des Innocents) pour la commande et l'exécution de *L'Adoration des mages* (1488).

Les spécifications les plus importantes concernent d'une part le contenu du tableau en fonction d'un destin préalable (personnages, paysages...), d'autre part les dates de livraison du tableau (avec une amende en cas de retard), de paiement (le moyen de paiement étant également précisé) et enfin la qualité et la nature des couleurs employées. Ainsi, même le concept d'habileté picturale cher à la Renaissance (notre savoir-faire technique) est-il pris en compte par le contrat, plus extensible qu'on le l'imagine. Les variations concernent le prix, qui peut être fixé en fonction de l'importance de la surface à couvrir, le temps requis ou les frais supplémentaires provoqués par le recours à des couleurs de qualité telles que l'or et le bleu outremer. Cette dernière surtout, chère et délicate, est constituée principalement de poudre de lapis-lazuli d'Orient. Son emploi, exigé par contrat, peut être aussi considéré comme la volonté d'afficher sur un tableau un signe extérieur de richesse. Enfin, ultime variation, celle qui touche au prix de l'œuvre commandée, selon qu'il s'agit d'un tableau ou d'une fresque et selon l'engagement personnel du maître par rapport à ses élèves[131].

La disparition progressive du mécène au profit d'une nouvelle race d'amateurs, de la petite bourgeoisie sans gros moyens ou de la grande bourgeoisie d'affaires, va naturellement modifier l'état des choses. L'artiste ne travaille plus obligatoirement à la commande. Quant au fond, Van Gogh a bien résumé le problème dans une lettre à son frère :

« Le nœud de l'affaire vois-tu c'est que mes possibilités de travail dépendent de la vente de mes œuvres (...) Ne pas vendre, quand on n'a pas de ressources, vous met dans l'impossibilité de faire aucun progrès, tandis que cela irait tout seul dans le cas contraire[132]. »

Tout est là. En 1905, soit deux ans avant que Kahnweiler n'ouvre sa galerie, les droits de l'artiste donnaient matière à débat public. Dans le nouveau quotidien socialiste *L'Humanité*, Jean Ajalbert lançait une grande enquête sur le sujet. Il y présentait le peintre comme un individu misérable, exploité, auquel on refusait ce droit d'auteur pourtant accordé aux musiciens et aux écrivains, et d'autre part le marchand comme un personnage acoquiné avec les spéculateurs ou encore les mécènes, personnages honnis entre tous car gratifiés de toutes les hypocrisies. Jean Ajabert se bat en fait pour que l'artiste obtienne un droit de suite afin qu'il ne soit pas exclu des multiples opérations commerciales qui concernent son tableau.

Le journaliste a effectué une enquête d'envergure puisqu'elle réunit des contributions et projets de peintres tels que Ibels, Besnard, Carrière, Monet, des Amis du Musée du Luxembourg, de l'avocat José Théry, de l'ancien ministre Raymond Poincaré sans oublier la plus ahurissante, celle du distingué critique d'avant-garde de *La Revue Blanche* qui effraie tout le monde avec son projet, Léon Blum.

Il veut enlever à l'artiste le besoin et l'ambition d'argent, le soustraire aux contraintes de la vie matérielle : « l'art n'est pas et ne doit pas être une profession », écrit-il. Mais s'il convient tout de même que l'artiste doit vivre, il estime qu'il ne doit pas vivre de son art. La peinture étant avant tout une œuvre de loisir, l'artiste doit trouver un autre métier afin d'apporter son travail à la communauté! Bref, l'Etat étant au-dessus de l'Art et des artistes, il convient de socialiser l'Art. Cela paraît compliqué mais c'est réalisable « si l'on se place par la pensée dans l'Etat socialiste ». Le projet de Léon Blum ne sera pas retenu[133].

Nous sommes vraiment à cent lieues du cynisme d'un Vollard évoquant ses relations d'argent avec les peintres. Un jour, Edmond Jaloux ayant écrit dans sa chronique de *L'Excelsior* que Maillol avait pu vivre pendant des années grâce à la générosité et à l'intelligence de son marchand, Vollard lui répondra en substance : intelligent? merci, vous me flattez, mais généreux ce n'est pas un compliment pour un marchand :

« Je suis gêné du certificat de générosité dans les rapports d'un marchand avec un artiste; c'est un peu, il me semble, comme si on disait qu'en acquérant un terrain où il croit trouver de l'or, l'acheteur montre de la générosité envers le vendeur du terrain[134]. »

Ce n'est pas dans cet esprit que Kahnweiler propose des contrats à ses peintres. Enfin, pas uniquement. Il ne se présente évidemment pas comme un philanthrope. Mais s'il n'était mû que par l'appât du gain, les mines de Johannesburg l'auraient plus rapidement et mieux satisfait. Alors l'amour de l'art ? L'expression ne convient guère car elle est généralement connotée à l'idée de gratuité, de désintéressement total, ce qui n'est évidemment pas le cas. Pourquoi alors introduire un élément de droit entre lui et les peintres ?

Kahnweiler estime que les contrats entre artistes et marchands devraient être l'exception et non la règle. Ils ne sont justifiés que quand les deux parties, qui se font confiance, affrontent un public hostile. Si ce dernier ne l'est pas, l'artiste n'a pas besoin d'un intermédiaire pour être défendu[135].

Kahnweiler estime en fait que cette relation ressortit à la bonne foi. Tout est dans la poignée de main. Le non-dit, en l'occurrence ci qui n'est pas écrit, compte peut-être plus que le reste qui n'est que « théorique ». En peinture comme en littérature, on n'oblige pas longtemps un créateur à travailler avec quelqu'un qui n'a plus son agrément, sa confiance ou son estime. On ne peut le retenir contre son gré. Il n'y a pas de procès : les parties s'arrangent toujours avant, verbalement, à l'amiable non sans contreparties, échanges ou concessions, sans même qu'il soit besoin de s'entourer de conseils. Le droit se manifeste surtout *post mortem* à l'occasion de procès en héritage. C'est une extrémité, qui reste du domaine de l'exception.

En fait, le contrat sert surtout à rassurer. Kahnweiler en sera, sa vie durant, intimement convaincu. Ce qui importe à ses yeux, c'est le respect de la parole donnée, l'infaillibilité de l'engagement. Quant au reste, que chaque galerie fasse comme elle l'entende. Il n'a pas à juger, sauf en ce qui concerne un point dont la seule évocation le fait sortir de ses gonds : la clause par laquelle certains marchands imposent à leurs peintres la quantité de toiles qu'ils doivent leur fournir. Une attitude qu'il considère comme criminelle :

« Ce sont des malfaiteurs que l'on devrait fusiller[136] ! »

Car le but ultime d'une relation contractuelle entre un marchand et un artiste, c'est de permettre à ce dernier de peindre en toute tranquillité, et non de lui infliger des cadences infernales.

Un certain nombre de peintres sont liés alors à des galeries par un contrat dit de première vue. Le marchand jouit d'un privilège : celui de choisir avant les autres, les toiles sitôt achevées. Cette pratique assez répandue, Kahnweiler ne veut même pas l'envisager pour son propre usage. Il n'en est pas question. On touche là un aspect fondamenal dans l'économie du personnage : la fidélité. C'est ce qui le pousse par-dessus tout à conclure des traités avec ses peintres.

L'exclusivité de la production d'un artiste va devenir une obsession. Elle obéit autant à son caractère possessif et impérieux, qu'à une logique commerciale. Il entend assumer les succès et les échecs des peintres qu'il aime et qu'il soutient. Avec lui, ce sera tout au rien. L'essentiel est fait pour que cela se sache. En termes d'éthique, cela s'appelle la fidélité réciproque, et en termes de marché une situation de monopole. Le contrôle de la production d'un artiste lui permet de mieux l'installer dans la durée, si nécessaire à contre-courant du goût moyen.

Dans une lettre au sculpteur Manolo, il met les points sur les *i* de manière univoque :

« Toute votre production doit passer par mes mains et je n'admettrais jamais la moindre infraction à ça. Depuis tant d'années que je vous soutiens fidèlement, j'ai le droit d'exiger aussi votre fidélité absolue. C'est là un point sur lequel je ne transigerais jamais [137]. »

Que propose-t-il en échange de l'exclusivité ? La sécurité de l'emploi, en quelque sorte. Autrement dit, une mensualité qui permettre à l'artiste de vivre et travailler sans se soucier de la vente et de la diffusion de ses œuvres. Cette mensualité, assurée même en cas de mévente, ne peut être considérée, en droit, comme un salaire ni comme une rémunération d'entrepreneur ni même comme un dividende mais plutôt comme une rente octroyée moyennant l'aliénation d'un capital de toiles [138].

Georges Braque est le premier de ses peintres auxquels il envoie, le 30 novembre 1912, une simple lettre-contrat manuscrite. L'un s'engage à tout vendre, l'autre à tout acheter pour la durée d'un an. Le prix s'échelonnent de 60 francs (pour une toile au-dessus de 41 × 24 cm) à 400 francs (pour une toile entre 116 × 81 cm et 130 × 89 cm) avec tous les paliers intermédiaires selon les formats. Quant aux dessins, ils seront payés entre 40 et 75 francs. Mais une « clause » spéciale mentionne les papiers collés « papiers bois, marbre ou tout autre accessoire » qui ne sont pas considérés comme de simples dessins rehaussés de divers matériaux. D'ailleurs ils sont, comme les tableaux, systématiquement photographiés.

Quelques jours après, le 6 décembre, Kahnweiler récidive avec Derain dans les mêmes conditions. Seuls les prix diffèrent : de 125 francs (pour une toile de 6) à 500 francs (pour une toile de 50 à 60). Derain est donc payé un peu plus cher que Braque : pour une toile de 20 par exemple, il touche 275 francs tandis que Braque obtient 200 francs.

C'est le 18 décembre, avec l'envoi d'une lettre-contrat à Picasso, que cela se complique un peu. Le peintre répond le jour même, sur un papier à lettre bleu à en-tête du « 242, boulevard Raspail » :

> « Mon cher ami,
> « Je vous confirme notre conversation comme suit. Nous avons convenu pour une période de trois ans à partir du deux décembre 1912.
>
> Je me engage pendant cette période à ne rien vendre à qui que ce soit en dehors de vous. Sont seuls exceptés de cette condition les tableaux et dessins anciens qui me restent. J'aurai le droit de accepter des commandes de portraits et des grandes décorations, destinés pour un emplacement donné. Il est entendu que le droit de reproduction de tous les tableaux que vous vendez vous appartient. Je me engage à vous vendre au prix fixé mon entière production de tableaux et scultures (sic) et dessins, gravures en ne gardant au maximum que cinq tableaux par an. J'aurai le droit en outre de garder le nombre de dessins que je jugerai nécessaire pour mon travail. Vous vous en remettrez à moi pour décider si un tableau est terminé. Il est bien entendu que pendant ces trois ans je ne aurai pas le droit de vendre les tableaux et dessins que je garderai pour moi. Vous vous engagé de votre côté pendant trois ans à acheter au prix fixés tout ce que je produirai de tableaux et de gouaches ainsi que au moins vingt dessins par an. Voici ces prix que nous avons fixés pour la durée de notre traité :

dessin . . . . 100 francs
gouache . . . . 200 francs
tableaux jusques et y compris 6 . . . . 250 francs
de 8, 10, 12, 15, 20, . . . . 500 francs
de 25 . . . . 1 000 francs
de 30, 40, 50 . . . . 1500 francs
de 60 et au-dessus . . . . 3 000 francs
prix des scultures (sic) et gravures à débattre
Bien à vous Picasso[139]. »

Kahnweiler comprend vite qu'avec Picasso, il n'aura jamais les mêmes rapports qu'avec ses autres peintres. Cet artiste-là réagit visiblement comme quelqu'un qui sait ce qu'il veut. Il semble puiser sa détermination dans quelques anciennes expériences qui l'ont laissé amer et rendu plus méfiant encore. Bien que sa lettre ne soit pas aussi « juridique » que le contrat en treize articles qui lie depuis 1909 Matisse à Bernheim Jeune, elle tâche tout de même de prévoir l'essentiel. Elle est aussi détaillée que celle de Gris est lapidaire :

« Je vous accuse réception de votre lettre confirmant notre entretien d'hier. Je souscris entièrement aux conditions entendues entre nous et qu'elle contient. Je vous prie d'agréer l'expression de mon amitié[140]. »

Toute la différence est là. A la limite, on peut dire que l'avenir de leurs relations s'inscrit dans cet échange. D'un côté un peintre conscient de sa valeur, Picasso, qui ergote sur chacune des propositions du marchand, refusant de se livrer à lui totalement, marquant ainsi l'ultime réserve du créateur qui a tout de même conservé par-devers lui une part de territoire. De l'autre, un peintre effacé et modeste, Gris, qui donne son accord sans demi-mesure. La distinction est significative et vaut d'être relevée eu égard à la place de ces peintres dans la vie de Kahnweiler. Il considérera toujours Picasso comme « le » peintre qui a dominé son siècle, et Gris comme un très grand peintre et qui plus est, un homme exceptionnel et un ami très cher.

Pour évoquer Gris, ce qu'il ne cessera de faire jusqu'à sa propre mort, Kahnweiler sera toujours à court de superlatifs. Les deux hommes se seraient rencontrés pour la première fois cinq ans auparavant selon le marchand.

C'était en 1908 au Bateau-Lavoir. A chaque fois que le marchand rend visite à Picasso, il aperçoit Gris qui travaille opiniâtrement dans son coin. On dit que quand il caresse un chien, c'est toujours de la main gauche, de manière que, en cas de morsure, la droite puisse toujours dessiner...

Enfin, c'est Max Jacob qui dit cela.

De temps en temps, Kahnweiler engage la conversation avec ce jeune Madrilène de trois ans plus jeune que lui. Il a envie de mieux le connaître. D'abord, il ne s'appelle pas Gris mais José Gonzalez. Mais comme c'est trop répandu, il s'est trouvé avec les mêmes initiales, un patronyme qui, tant qu'à faire, est un signe pour un artiste. Gris...

Le choix de cette couleur révèle déjà une facette de l'homme : sa discrétion. Il vit rue Ravignan depuis 1906 mais ne fait guère parler de lui. Quand Picasso peint *Les Demoiselles d'Avignon*, il se contente, lui, de donner des dessins à des revues satiriques telles que *Le Témoin*, *Le Rire*, *L'Indiscret*, *Le Frou-Frou* puis progessivement *L'Assiette au beurre*, *Le Charivari et Le Cri de Paris* ainsi qu'à des journaux espagnols.

Cette activité à laquelle il se consacre entièrement pendant plusieurs années le fait vivre. Plus tard, probablement en raison de son côté alimentaire, et parce Kahnweiler ne l'a pas régentée, cette période de son travail sera soit ignorée, soit atténuée, soit méprisée. Alors que Gris est un des plus importants dessinateurs de presse du début du siècle! Qu'on en juge par sa production : près de cinq cents dessins et une centaine de vignettes typographiques dans dix-sept périodiques différents[141]! Il s'intéresse à l'actualité politique, culturelle et sociale, rédige les légendes et parfois même change de genre en dessinant des publicités pour l'apéritif Byrrh par exemple. Il pourrait faire carrière. Le destin, les circonstances et son propre génie en décident autrement.

Les principaux journaux satiriques connaissent des difficultés financières. Certains, telle *L'Assiette au beurre* ferment leurs portes en 1912. Gris doit en trouver d'autres. C'est le moment qu'il choisit pour sauter le pas : il se sépare de sa compagne, envoie son jeune fils en Espagne chez sa sœur et abandonne le dessin, insuffisamment lucratif, pour la peinture, qui ne l'est guère plus mais qui l'habite.

En 1910, il a peint ses premières aquarelles et un an après il vendait ses premières huiles à Clovis Sagot à qui il les avait montrées. Kahnweiler resserre ses liens avec lui, multiplie les conversations, apprend à le mieux connaître, au moment même où Gris engage sa vie. Ce qui le frappe de prime d'abord, c'est son physique. Il en trace un portrait effectivement très séduisant. De grands yeux, des cheveux noirs, le teint olivâtre, un sourire. Ce serait verser dans la facilité que de lui attribuer d'emblée le type espagnol alors que selon Kahnweiler, il a plutôt le type créole : Gris pourrait être mulâtre. Le folklore de Montparnasse, le pittoresque crasseux de la Butte, la vie dite de bohème, il s'en est accommodé par nécessité, pas par goût. Il aime bien boire mais jamais jusqu'à l'ivresse. Le caractère de l'homme tient dans la limite et c'est probablement dès le début ce qui plaît tant à Kahnweiler. Car Gris partage avec lui ses qualités de sérieux[142].

Discret jusqu'à se baptiser de la plus neutre des couleurs, foncièrement gentil, enthousiaste, il est capable de grandes colères. Pudique et intransigeant, il manque parfois d'assurance mais sa foi dans son art est inébranlable malgré ses instants de découragement devant la notoriété, le prestige et le succès financier croissants d'un Picasso. Dans ces moments-là, Kahnweiler tâchera d'être toujours présent pour le soutenir. Il n'aime pas la vie de café et lui préfère la fréquentation de sa bibliothèque, bien pourvue en ouvrages scientifiques ou para-scientifiques sur la biologie, l'occultisme et la cabbale[143].

Acharné au travail, son ascétisme face au chevalet contraste avec sa joie de vivre. Cet ennemi de l'équivoque ne se paie pas de mots. Kahnweiler lui reproche souvent de sous-estimer ses dons. On ne dit extrêmement scrupuleux. Très francisé par choix, il aime bien la langue et la civilisation de son pays d'accueil, déteste l'Espagne et n'a de cesse d'être naturalisé. Si Kahnweiler s'attarde volontiers sur son caractère[144], c'est que sa peinture en est l'exact reflet, toute d'ordre, de clarté, de pureté. Sa grandeur, ce sera son classicisme. Cet homme au sens moral élevé, à l'indéniable élévation d'esprit, est un peintre plein de qualités humaines. Quand il dit qu'il entend soumettre le détail à l'ensemble, Kahnweiler sait qu'il le fera sans se compromettre avec aucun artifice. Car Gris réfléchit beaucoup sur sa peinture, sans la rendre cérébrale pour autant.

Fin 1912, début 1913, quand il l'approche non plus seulement en ami mais en marchand, dans l'intention de le mettre sous contrat, Kahnweiler a encore un peu à l'esprit le dessinateur de presse qui était en Gris : il évoque la « parution » de ses premiers tableaux qu'il juge d'emblée magnifiques[145]. Le peintre passe alors, très vite, du « cubisme analytique » au « cubisme synthétique » pour reprendre des distinctions que le marchand établira peu après. Autrement dit, il peint non plus des vues multiples du même objet, mais un signe qui figure cet objet, sans l'imiter. Il se veut ainsi plus fidèle, plus exact, plus précis qu'une représentation photographique imitative.

Kahnweiler achète ses premiers Gris à partir de la fin février 1913, au lendemain de la signature de leur contrat*.

Picasso n'est pas enchanté de cette collaboration. C'est un euphémisme de le dire ainsi. Il prend quelque peu ombrage de l'affection que lui porte « leur » marchand et de l'admiration qu'il exprime sans réserve. Et puis deux Espagnols pour une si petite galerie, c'est un de trop. Picasso sera impitoyable.

Jusqu'à sa mort, Gris fera les frais de cette rivalité qui ne dit pas son nom. Pourtant, dans le couple, c'est Kahnweiler qui domine Gris : le peintre lui sera d'une fidélité à toute épreuve. Il sera sensible à ses conseils : il en a besoin, les sollicite, les suit. Ils agissent comme une nécessaire stimulation. Kahnweiler, lui, ne lui devra pas seulement d'avoir compris un tableau comme *La cuisine des anges* de Murillo ou d'avoir découvert un peintre comme Philippe de Champaigne, mais de s'être fait un ami pour toujours, d'avoir trouvé en lui le meilleur ambassadeur de ses conceptions esthétiques, et d'avoir pu favoriser la naissance d'un peintre majeur. « Don Juan Gris », comme il l'appelle pour tourner en dérision son pouvoir d'attraction sur les femmes, Don Juan Gris est une grande âme. Elle est tout entière dans ces quelques mots qu'il lui a envoyés un jour, à la hâte, parmi des centaines d'autres. Envieux de cette

* Une huile de Gris datée d'avril 1913 *Violon et gravure accrochés* (65 × 50 cm) a été vendue le 24 juin 1986 chez Sotheby's, à Londres, pour l'équivalent de 14 753 750 francs.

coquetterie de l'inachevé à laquelle certains peintres
excellent, il avouait :

« Que voulez-vous, je suis incapable de fausser une
ligne droite ou de salir une couleur[146]. »

On comprend que Kahnweiler ait eu à cœur de se
battre pour cet homme. Rue Vignon, Hermann Rupf,
Gertrude Stein, le marchand Léonce Rosenberg sont
parmi les premiers amateurs de Gris. Mais à sa
grande déception, Kahnweiler ne réussira jamais à
l'imposer à Roger Dutilleul et Wilhelm Uhde. Trop
janséniste, trop grammairien, pas assez romantique
pour l'amateur français. Quant à l'Allemand, s'il lui
concède d'agréables prémices, il lui reproche finalement d'être vite tombé dans une sorte de maniérisme,
un procédé anti-Picasso. Il le dira en des termes qui
hérisseront Kahnweiler :

« Ce que celui-ci [Picasso] forge de noble métal
n'est chez Gris que papier mâché aux allures de
métal... Ses Pierrots sont des serviettes adroitement
ployées en plis cubistes et l'on voit à travers[147]... »

Qu'importe. Gris existe. Combien de peintres peuvent en dire autant? Kahnweiler les compte sur les
doigts des deux mains. « L'affaire Picasso », comme il
dit[148] repose tout entière sur quatre ou cinq têtes, une
poignée d'amateurs sérieux, fidèles, réguliers. Il suffira d'en faire autant avec Gris pour lui faire accéder
à une certaine notoriété.

1913 se révèle une année-charnière, dense et prometteuse. D'abord les contrats. Aux quatre premiers
signés (Braque, Derain, Picasso et Gris) se joignent les
contrats de Vlaminck, le 2 juillet et Léger le 20 octobre.

Vlaminck, c'était inévitable. D'une part, Derain son
ami l'avait précédé sur cette voie, d'autre part Kahnweiler lui achetait déjà beaucoup et depuis plusieurs
années puisqu'il avait inauguré les murs de sa galerie

avec ses toiles. Le contrat ne vient qu'officialiser un état de fait, de manière à harmoniser sa situation avec celle des autres artistes de la ruc Vignon. Ce n'est d'ailleurs pas un contrat à proprement parler mais une simple lettre manuscrite, aux mêmes conditions que les autres, précisant la durée de l'engagement (deux ans) et spécifiant tout de même que les prix seront révisables à la hausse au bout d'un an.

Mis à part ce point de détail, Vlaminck et Kahnweiler ont bien d'autres sujets de conversation que ces questions juridiques. Ils ont acheté en copropriété un voilier et un canot automobile qu'ils font évoluer sur la Seine. Ils les ont respectivement baptisés, en hommage aux premiers livres de Max Jacob et Apollinaire, *Saint Matorel* et *L'Enchanteur pourrissant*, ce qui n'a pas manqué d'étonner les bateliers. Quand ils ne se perdent pas dans des discussions d'ordre fluvial, ils ont des mots sur un sujet qui n'a pas fini de les opposer : la guerre. Contre l'Allemagne bien sûr. Le peintre la croit imminente, le marchand la juge impossible et avance des arguments intellectuels à l'appui de ses thèses[149].

Avec Léger, les rapports sont autres. Quand Kahnweiler resserre ses liens avec lui au point de se l'attacher par contrat, Léger est un peintre entre deux vies. Il est en plein bouillonnement, se défait peu ou prou de l'influence de Cézanne, expose au Salon de la Section d'Or sans être du groupe de Puteaux. Il se sent seul, isolé, rejeté par son milieu. Il a besoin qu'on lui fasse confiance au moment même où il a le sentiment de tourner autour d'un cercle fermé[150].

Le contrat que lui offre Kahnweiler, c'est une planche de salut. Dès qu'il l'a entre les mains, il le porte à sa mère, une bonne vieille Normande enracinée dans le terroir, terriblement incrédule quand à son avenir : on ne gagne pas sa vie avec de la peinture! Quand elle voit la lettre-contrat, elle y croit un peu plus. Mais pas tout à fait. Elle va donc jusqu'à la faire authentifier par un notaire, par précaution. Une fois cette formalité accomplie, elle monte à Paris pour voir les tableaux de son fils. Elle ne va pas remercier Kahnweiler en sa galerie mais Dieu en l'église de la Madeleine. Fernand gagne sa vie[151] !

Léger le reconnaît lui-même : sa dette envers Kahnweiler est inestimable. Pour la première fois, quelqu'un lui permet de vivre de sa peinture, lui exprime sa confiance et le soutient tout à fait dans son entreprise. Le contrat d'exclusivité, qui porte sur trois ans, stipule des prix s'échelonnant entre 15 francs (dessin au trait) et 75 francs (dessin de 25) à 500 francs (toile au-dessus de 120). Mais des six traités signés par Kahnweiler, celui-ci est le seul qui puisse être considéré comme un contrat en bonne et due forme : l'intervention de la mère de Léger auprès du notaire lui a donné non seulement une rédaction juridique adéquate mais surtout un timbre fiscal.

Février-mars 1913. Depuis six ans qu'elle existe, jamais la galerie Kahnweiler n'a été aussi tournée vers l'étranger. Au moment où le milieu de l'art dans le monde répète : c'est à Paris que tout se passe, Kahnweiler lui, expose partout sauf à Paris. La France n'est pas prête. De toute façon, sa galerie est ouverte à tous, les plus récents tableaux des peintres y sont accrochés. Ce n'est tout de même pas de sa faute si deux amateurs sur trois ne sont pas français... L'explication par l'argent ne tient pas puisqu'on trouve ici également de belles fortunes bourgeoises et industrielles. Mais elles sont souvent moins audacieuses qu'outre-Rhin et outre-Atlantique.

Cologne, Moscou, Munich, Prague, Berlin, Edimbourg, Düsseldorf, Dresde, Francfort... Les tableaux de Picasso et Vlaminck, Derain et Gris, Van Dongen et Braque sans oublier les sculptures de Manolo, ne cessent de tourner. Bientôt, Kahnweiler agrandit encore son champ d'action et le prolonge vers des villes comme Liverpool, Saint-Pétersbourg, Budapest, Brême, Stockholm, Zurich...

Et New York. Le 17 février dans la salle d'armes du 69e régiment, de la 25e Rue, se tient une exposition qui marquera une date dans l'histoire de l'art moderne aux Etats-Unis. L'« Armory show : est un événement et une révélation. Mille six cents pièces ! De quoi déclencher bien des vocations de collectionneurs (ce qui sera quasi instantané) et révéler une autre esthétique aux peintres américains (ce qui prendra plus de temps). A l'origine du scandale qu'elle provoque, et du succès qui s'ensuit, il y a surtout un homme, John Quinn. Cet avocat d'affaires newyorkais a remué ciel et terre pour que le tarif douanier Payne-Aldrich soit amendé dans un sens favorable aux amateurs d'art d'avant-garde. Cette année-là, il obtient gain de cause : l'abolition des taxes sur l'importation des œuvres d'art contemporaines. Une initiative que l'on dirait à caractère économique mais qui va agir comme un efficace stimulant sur certains de ses compatriotes, amateurs fortunés, mais insuffisamment pour acquérir des tableaux de maîtres.

Depuis peu, Quinn achète en Europe. Il utilise des *scouts*, des têtes chercheuses de la race des courtiers, que Kahnweiler apprend à connaître. Des Américains bien sûr, au statut très particulier d'envoyés spéciaux. Un Français aussi, un personnage assez étonnant qui, pendant quinze ans, va acheter des tableaux pour la collection de Quinn.

Il s'appelle Henri-Pierre Roché et outre sa collection personnelle, se fera un nom dans les années 50 en publiant deux romans, *Jules et Jim* et *Deux Anglaises et le continent*. Il fait souvent la navette entre Paris et New York. Ici et là, il connaît tout le monde. Au Bateau-Lavoir, il bavarde avec Picasso ; à

Montparnasse, il boxe avec Braque dont il retient une garde anglaise impénétrable. A New York, on le sait familier des boîtes où on joue de la musique nègre, des ateliers, des galeries d'avant-garde et des théâtres. Quelques années plus tard, quand l'éditeur Gaston Gallimard et le comédien Charles Dullin y viendront en tournée avec la troupe du Vieux-Colombier, il leur servira de guide pour leurs nuits new-yorkaises.

Kahnweiler l'aime bien. Pour ce qu'il est et pas seulement pour ce qu'il représente. Roché a le secret des formules qui font mouche. Elles pourraient figurer dans une anthologie des maximes du collectionneur : « Posséder devient un jour une fatigue »... « Devant mes tableaux, j'aime déjà mieux leur souvenir qu'eux-mêmes »... « L'ivrogne veut vider sa cave avant de mourir, moi mes murs »[152]. Roché aime bien Kahnweiler également. Ils ont démarré dans la vie à peu près en même temps, dans le même domaine. Mais s'ils peuvent se présenter pareillement comme des « chercheurs » et des « fournisseurs », ils n'ont évidemment pas le même but, ils ne poursuivent pas la même finalité. Roché n'oubliera jamais sa première visite rue Vignon : « Au début du cubisme, Kahnweiler dans sa petite boutique me présenta des Picasso et des Braque cubistes, et il ne dit rien. *Il me présenta*, tout est dans la manière. Il avait l'autorité simple d'un annonciateur. Pour lui, le cubisme nouveau-né était déjà classique. Un Braque me plut. Je remis ma décision. Le lendemain, la toile était partie. Je dus attendre vingt ans avant de l'acheter. Elle m'avait été révélée après coup, par le souvenir de la façon dont Kahnweiler me l'avait montrée[153]. »

Daniel-Henry Kahnweiler, montreur de toiles à Paris... C'est bien vu et tellement plus juste que marchand de tableaux. L'expression est tellement galvaudée qu'on en oublie la connotation « négociant ». Kahnweiler n'y attache pas grande importance. Il n'a pas vraiment de goût pour les titres ronflants et les cartes de visites à rallonge.

Cette année-là, quand il quitte la rue Théophile-Gautier pour emménager rue George-Sand dans le 16ᵉ arrondissement, il se rend compte qu'il est également collectionneur. Ce qui étonne le plus les visiteurs admis chez lui, ce n'est pas tant la présence des toiles de ses peintres, que le singulier contraste qu'elles présentent confrontées au mobilier plutôt traditionnel. En tout cas aux antipodes de l'avant-garde. Comme si dans son jardin secret, il ne vivait que par rapport à ses murs, ignorant tout le reste, relégué au rang de la décoration. Contrairement à nombre de ses pairs, il ne se désespère pas de vendre les tableaux qu'il aime. La séparation n'est jamais déchirante. Il avoue n'avoir pas l'ambition de conserver les plus belles choses par-devers lui. Sa collection se compose de ce que le flot laisse sur le rivage. Après tout, les tableaux sont peints pour être vendus et il n'a pas une vocation de conservateur mais de passeur.

« Je ne suis pas un pêcheur de tableaux mais un pêcheur d'hommes », dit-il souvent en paraphrasant saint Paul[154].

La formule, pour séduisante qu'elle soit, n'est pas gratuite. Elle résume parfaitement son activité dans la durée. Les toiles ne font que passer, les peintres restent. Chez lui de préférence. Là, une séparation serait déchirante. Il s'emploiera, sa vie durant, à en conjurer le spectre.

1913 est, comme les autres années de l'époque héroïque, gravée dans sa mémoire à divers titres. Pour de petits et de grands événements. Tout est relatif. Il assiste au théâtre des Champs-Elysées à la représentation du *Sacre du Printemps* de Stravinski, avec les ballets de Diaghilev. Cela ne s'oublie pas. On lui envoie les écrits de Lu Marten, un marxiste berlinois qui, en publiant *La condition économique de l'artiste*, va plus loin qu'Ajalbert : il demande la création d'un syndicat de peintres capable de lutter contre l'accumulation de plus-value artistique par les marchands. Cela fait rêver. Il apprend la mort de Clovis Sagot, un homme qui fut parmi les premiers à avoir mis des Picasso, des Gris, des Léger dans sa boutique. Cela force le respect même si, dans le même temps, Kahnweiler ne dissimule pas ses doutes quant aux qualités de marchand du défunt.

Il passe ses vacances d'août en Italie à visiter musées et galeries. A Florence, dans le fameux triangle compris entre la place du Dôme, la galerie des Offices et l'église San Lorenzo, le trop-plein de beauté artistique ne lui fait pas perdre la tête comme à d'autres. Cela ne l'enfièvre pas : il appartient à cette catégorie d'amateurs qui ignorent « le syndrome de Stendhal ». La règle qui corrige l'émotion, c'est aussi la sienne.

Ses peintres sont au vert pour travailler. De Céret, Picasso lui demande de donner de l'argent à Max Jacob pour qu'il puisse le rejoindre : « Vous mettrez ça sur mon ardoise[155]... » Gris, qui lui envoie des lettres rédigées en un français châtié, lui donne affectueusement du « mon cher patron » et lui demande de payer le terme à sa concierge s'il veut espérer retrouver son appartement en rentrant[156]. Cela le fait sourire et comble son sens du devoir. De Sorgues, Braque lui écrit : « Votre avis sur mes toiles me fait grand plaisir et j'y ai été d'autant plus sensible que c'est le seul que j'ai reçu ici où l'isolement vous fait perdre presque tout sens critique. C'est d'ailleurs le bon côté de la campagne »[157]. Cela le touche au-delà de toute espérance car, dans ces instants-là, il se sent vraiment lui-même. Dans le *Gil Blas*, il lit un article de l'inévitable Louis Vauxcelles à l'occasion du Salon d'Automne :

« Le cubisme… Dire qu'il a fallu combattre cela !… Les snobs de la surenchère ont crié à la merveille… Quelques béotiens faisandés de la presse et du vers amorphe ont fait chorus. Et nous-mêmes, combattant de front le monstre d'école, nous avons eu tort de faire au cabotinage assoiffé de réclame une publicité dont la Bête s'est réjouie… Quand on reverra dans quinze ans les toiles cubistes de 1910-1913 (si les coupables ne les ont pas détruites) elles apparaîtront ainsi que des phénomènes tératologiques sans rapport avec un mouvement artistique… Chaque salle du Grand Palais a, dans le tas, son cubiste, comme chaque salle d'hôpital son malade dangereux »[158].

Cela ne le fait même plus rire.

1913 reste associée, dans sa mémoire, à deux hommes, outre Gris avec qui il a resserré ses liens d'amitié, surtout depuis son retour de Céret : Gris a pris en effet l'habitude de passer le voir à la galerie, à la fermeture, pour l'accompagner ensuite à pied au pont de la Concorde où Kahnweiler prend parfois le bateau pour Auteuil.

Deux hommes marquent donc pour lui cette période mais pas pour les mêmes raisons : Alfred Flechtheim et Guillaume Apollinaire. Avec le premier, il resserre ses liens jusqu'à construire une forte amitié. Avec le second, il défait ses liens jusqu'à mettre en péril leur amitié.

Flechtheim, il le connaît depuis quatre ans. C'est un marchand de grains qui, en décembre de cette année-là, devient marchand de tableaux. Ce qui lui a fait sauter le pas et quitter le statut plus confortable d'homme d'affaires-collectionneur d'art moderne, c'est le succès de l'exposition du Sonderbund qu'il a organisée en 1912 à Cologne avec les directeurs des musées rhénans. L'homme qui ouvre donc sa première galerie à Düsseldorf (il y en aura d'autres à

Berlin, Francfort, Cologne) a un caractère aux antipodes de celui de Kahnweiler.

Doté d'un pittoresque étonnant, il séduit son entourage avant tout par son sens de l'humour, de la plaisanterie, de la dérision. Kahnweiler sera toujours impressionné par son cran et sa vitalité[159]. De cet homme qui deviendra rapidement un des plus grands marchands d'Allemagne, il dit volontiers :

« C'est un vendeur de premier ordre : si lui n'arrive pas à plus de résultats, c'est donc le maximum de ce qu'on peut faire[160]. »

Le peintre expressionniste Otto Dix a laissé de lui un *Portrait* (1916) saisissant de vérité. De prime abord, on croirait une méchante caricature antisémite : dos voûté, nez crochu, doigts longs et crochus, yeux glauques... De plus, il nous le représente en pleine action, en vendeur entouré de toiles de Picasso, Braque, Gris dont on aperçoit des bribes. Mais son regard et son sourire disent tout du personnage, son dynamisme commercial et ses gros cigares mâchés en permanence, ses roublardises et ses mensonges, ses embrassades à l'espagnole et surtout sa formidable passion pour l'art moderne[161]. Christian Zervos, qui sera entre les deux guerres le plus cultivé des critiques d'art, aussi cosmopolite et polyglotte que Kahnweiler, qualités alors rarissimes dans le milieu de l'art en France, Zervos lui rendra visite dans sa galerie berlinoise pour une enquête destinée à être publiée dans *Les Cahiers d'art*. Il sera frappé par la personnalité de ce marchand atypique et en tracera un portrait intemporel tant Flechtheim restera fidèle à son tempéramment, de sa jeunesse à la fin de sa vie : nerveux, agité, vif, affairé, joyeux, désespéré, sensuel, injuste, enthousiaste, bavard, lyrique... C'est cela : lyrique en tout et avec tout[162].

En fait, cet homme avisé, originaire de Westphalie, aurait dû en principe rester marchand de grains toute sa vie, comme son père, son grand-père, son arrière-grand-père et peut-être même ses bisaïeuls. Si sa famille l'a envoyé passer deux ans dans une école de commerce à Genève, c'est bien dans cet esprit. Peut-être que s'il n'avait pas pris goût à flâner dans Paris lors des premières années du siècle, rien ne l'aurait fait dévier d'un itinéraire si bien balisé. On le voit souvent dans le somptueux appartement-galerie de son compatriote Wilheln Uhde, ministre plénipotentiaire de l'Allemagne artistique au Dôme.

Un jour, ses affaires le mènent rue Laffitte. Mais au lieu d'entrer dans une banque comme prévu, il bifurque et pénètre dans la boutique de Clovis Sagot. Il en ressort avec des eaux-fortes de Picasso. Le marchand est sympathique qui lui présente le peintre, ce qui impressionne beaucoup le négociant en blés. Peu après à la galerie Bernheim Jeune, il est conquis par la personnalité de Félix Fénéon qui lui vend des aquarelles de Rodin, des pommes de terre de Van Gogh... Jusqu'à une rencontre déterminante :

« Pour moi, la connaissance la plus fertile était celle de Kahnweiler à qui je dois d'être devenu ce que je suis maintenant, un propagandiste de l'art contemporain français en Allemagne, ce que Paul Cassirer a été pour les impressionnistes[163]. »

C'est Kahnweiler qui va véritablement le pousser à s'engager dans une seconde vie. Sans le faire exprès. Par l'émulation et non par une propagande effrénée. Car il ne tient pas à faire des disciples. Simplement, il encourage Flechtheim à sauter le pas quand il juge qu'un homme doué d'un tel sens des affaires et si sincèrement passionné par la peinture, rendrait d'éminents services à leur cause commune en délaissant les transactions sur les grains au profit de l'art moderne.

C'est ainsi qu'en décembre 1913, Alfred Flechtheim ouvre sa première galerie à Düsseldorf, en y accrochant des tableaux de peintres rhénans et d'artistes allemands connus au café du Dôme, Rudolf Lévy, Purmann, Fiori, ainsi que d'autres envoyés par Kahweiler ou par Uhde comme le douanier Rousseau. Mais en changeant de casquette, il reste fidèle à lui-même et à son esprit de dérision. Il projette de monter une confrérie des peintres nommés Lévy avec Rudolf Lévy comme chef. Et quand en conclusion de leur entretien Christian Zervos lui demandera quel événement artistique l'a le plu frappé en Allemagne depuis le début du siècle, Flechtheim répondra sans hésiter :

« Schmeling, le boxeur »[164].

Il est vrai que le marchand est également président *honoris causa* de la section Boxe du cercle sportif juif Maccabi, et de l'Association des sergents de ville de Berlin. On comprend que Kahnweiler soit séduit par un personnage aussi différent de lui et qu'il s'y attache durablement. On voit mieux comment au même moment il se rapproche de ce genre d'homme pour prendre ses distances avec un ami comme Apollinaire.

Dès cette époque, Kahnweiler donne d'Apollinaire une triple définition qui se veut sans appel : un grand poète, un homme de qualité mais un critique insignifiant pour ne pas dire nul. Le jugement littéraire qu'il porte sur lui n'est pas lancé à l'emporte-pièce, comme pour atténuer sa charge contre le critique. Il l'assortira toujours d'un mot destiné à couper court à toute relance :

« Je sais de quoi je parle, j'ai été son premier éditeur ! »

Mais il n'aurait jamais publié ses textes sur la peinture. Jamais. Kahnweiler estime, tout simplement, qu'Appolinaire n'y connaît rien, qu'on ne peut se fier à ses informations car elles s'avèrent souvent erronées. Il est même convaincu que ses travestissements de la vérité sont délibérés et répondent à une nécessité quasi maladive. Il l'accuse de faire du journalisme, ce qui, dans sa bouche, n'est pas un compliment. Quand, à partir de 1912, il poussera l'inconscience jusqu'à faire l'éloge des « cubistes du Salon », ceux qui exposent à la salle 41 des Indépendants, le marchand estimera que la coupe est pleine et menacera même de lui fermer la porte de sa galerie[165].

Si la crise éclate cette année-là entre les deux hommes, c'est que le poète-critique a publié en mars chez l'éditeur Eugène Figuière un livre intitulé *Les Peintres cubistes : Méditations esthétiques*. Le marchand le lit, évidemment. Il trouve cela très bien. Sur le plan poétique. Le fond par contre lui paraît ahurissant et néfaste.

« Des passages lyriques admirables mais ce ne sont que de vagues bavardages, quant au reste... » écrira-t-il plus tard[166].

Mais sur le moment, son courroux est plus fort. A ses yeux, Apollinaire se discrédite. Il écrit n'importe quoi sur un sujet qu'il ne maîtrise absolument pas. Au lieu d'analyser le cubisme et de faire œuvre d'essayiste comme il sied à tout critique digne de ce nom, il fait parler les peintres, rapporte des anecdotes sans intérêt et tâche de ménager la chèvre et le chou en faisant plaisir à ses amis de Montmartre ou de Montparnasse.

Ce n'est pas sérieux. S'il avait été plus avisé, il aurait essayé d'associer son nom à la défense et illustration d'un seul peintre au lieu de se faire le héraut d'une école qui n'en est pas une. Qui trop embrasse mal étreint. Au lieu de faire du reportage sur ses compagnons de bistrot, il aurait été mieux inspiré de suivre l'exemple de quelques fameux couples : Baudelaire et Delacroix, Zola et Cézanne, Fénéon, et Seurat...

Comme quoi, on peut être le plus grand poète de sa génération et ne pas être capable d'entretenir des rapports sensibles avec la peinture. Plus tard, les exemples ne manqueront pas qui confirmeront cette conviction, de Cendrars à Malraux en passant par Paulhan.

C'est lui qui a présenté Braque à Picasso. D'après Kahnweiler, si sa contribution à l'histoire de l'art se limitait à cela, elle serait déjà suffisante. Mais il s'est voulu le porte-parole des peintres cubistes. Noble ambition. Encore eût-il fallu, pour atteindre ce but, posséder quelques notions d'histoire de l'art et ne pas écrire chaque chapitre pratiquement sous la dictée des artistes concernés. Quant aux considérations d'esthétique générale, ce ne sont que des bavardages de café qui n'auraient jamais dû dépasser le stade du zinc. Finalement, à ses yeux le seul intérêt du livre d'Apollinaire est documentaire : il renseigne sur l'atmosphère du milieu à l'époque et sur ce que les artistes veulent bien qu'on pense d'eux [167].

Sévère, Kahnweiler. Impitoyable, surtout avec les amis. C'est que « sa » peinture est en jeu. Il faut également préciser que la place que l'auteur y accorde à Gris est toute petite. Les deux hommes se seraient brouillés entre la conception du livre et sa rédaction... Quand on sait qu'y sont reproduits quarante-six tableaux et photographies de peintres parmi lesquels des Gleizes, des Metzinger et Marie Laurencin, on mesure l'étendue du fossé qui sépare Apollinaire de Kahnweiler.

Le marchand sait le poète influençable. Il imagine très bien les volte-face qui ont jalonné l'écriture du livre et les corrections que cela n'a pas manqué d'entraîner. A Montmartre et à Montparnasse, on le brocarde souvent sur ses palinodies, ses erreurs de jugement et ses accointances. Aussi Apollinaire se retrouve en quelque sorte acculé à une surenchère permanente pour exciper de son indépendance. C'est un cercle vicieux dont on ne sort pas indemne. Picasso comme Braque aiment beaucoup l'homme et apprécient l'ami et le poète mais, comme Kahnweiler, se refusent à prendre le critique au sérieux. Non seulement ils lui dénient toute influence sur les peintres mais se demandent si parfois, ce ne serait pas le contraire :

« Je ne crois pas qu'il comprenait grand-chose à la peinture, dit Braque. Il était incapable de reconnaître un Rubens d'un Rembrandt[168]. »

Il faut dire que son livre paraît bien léger. Comment inspirer l'admiration ou le respect avec des phrases aussi simplistes que celle-ci : « Quand je vois un tableau de Léger, je suis bien content[169] ». Il y a tout de même d'autres moyens pour un critique de dire qu'il ne s'agit pas d'une stupide transposition de la réalité mais d'autre chose. Pareillement pour la perspective : Apollinaire croit pouvoir l'expédier en la traitant de truc misérable, de quatrième dimension à rebours, de moyen de tout rapetisser... En apprenant la nouvelle de la parution de ce livre, Kahnweiler s'attendait au pire car il estimait en avoir un avant-goût avec ses chroniques d'art de *L'Intransigeant*. Il est vrai qu'à elles seules, elles justifieraient la Revue que l'on donne en mars 1913, au Théâtre Impérial, sous le titre « Les cubisteries de l'année ». C'est à se demander si Apollinaire prend vraiment en considération les problèmes qui se posent au peintre. Qu'on en juge par ce florilège.

Metzinger ? « Son art n'est jamais mesquin. Ce petit garçon a droit qu'on fasse attention à lui. » Rouault ? « Ces caricatures effrayantes des œuvres de Gustave Moreau font vraiment peine à voir. On se demande à quel sentiment inhumain obéit l'artiste qui les conçoit. » Van Dongen ? « (Ses) tableaux sont l'expression de ce que les bourgeois souffrant d'entérite appellent aujourd'hui de l'audace. Pour ma part, j'y vois bien quelques dons de peintre, mais aussi une vulgarité que l'artiste cherche à transformer en brutalité. » Pierre Chapuis? « Semble un Van Gogh peignant avec des bonbons fondants. Chapuis est tout de même un peintre; ses *Fleurs*, son *Cagneux* et surtout *La halte* sont jolis. » Josué Gaboriau? « Plus Josué que Gaboriau, il ferait mieux d'écrire des romans policiers comme faisait son homonyme duquel Bismarck goûtait infiniment les ouvrages. » Dunoyer de Segonzac? « Il use inutilement beaucoup de toile et de couleur [170]... »

Peut-être le malentendu vient-il de ce qu'Apollinaire se présente comme un critique d'art. Kahnweiler préférerait qu'il se dise, à la limite, écrivain d'art. Et encore... Il rejoint probablement Klee quand celui-ci déplore que la critique fasse la part trop belle à la biographie de l'artiste, ses émois supposés, ses intentions induites et les menus faits de sa vie quotidienne, au lieu de considérer seulement l'œuvre :

« Nous devons cet abus à des écrivains parce que, voilà, ce sont des écrivains », note-t-il dans son *Journal* [171].

Mais Kahnweiler, contrairement à Klee, se refuse à considérer cette méthode comme une fin. Elle n'est qu'un moyen provisoire. Car il entend, lui, toujours se soucier, d'un point de vue historique, d'inscrire le tableau dans une série.

Toute sa vie il n'hésitera pas à « descendre » le critique Apollinaire, non sans en louer les autres qualités. S'il ne l'avait fait de son vivant, il ne se serait pas permis de le faire *post mortem*. C'eût été une lâcheté inconcevable. En le rabaissant, il élève d'un même mouvement d'autres critiques qui de son point de vue ne sont pas appréciés à leur juste valeur. Max Jacob, parce qu'il définissait l'art comme une conflagration après la rencontre d'un homme harmonieux avec lui-même, et parce que derrière son masque bouffon et ses pirouettes, il dissimulait les traits graves et sérieux d'un véritable homme de réflexion. Et puis Reverdy : il situait la logique d'une œuvre d'art dans sa structure et partageait avec Kahnweiler une semblable conception de la théorie du cubisme [172]. Ces deux noms sont bien entendu cités par rapport à Apollinaire, puisqu'ils appartiennent à la même sphère d'influence et sortent d'un même milieu, une famille dirait-on. Car on sait le respect exprimé par le marchand pour des critiques comme Maurice Raynal ou Carl Einstein. En 1913, au moment où Apollinaire publie ses *Peintres cubistes*, deux ouvrages paraissent en Allemagne qui ne lui permettent pas de supporter la comparaison.

C'est le *Cézanne und Hodler* que Fritz Burger publie à Munich. Il y reconnaît l'importance du cubisme et consacre la place de Picasso. Kahnweiler est comblé car cet homme semble avoir compris l'essentiel : « ... le fait que Picasso représente les objets vus de différents côtés n'est pas du tout un aspect essentiel de son art, même si la jeune génération des artistes parisiens le pense. Car ce qui est en cause, ce n'est pas l'aspect changeant de l'objet, mais les relations très diverses qui s'instaurent entre ses différentes parties et son environnement tandis que son existence individuelle concrète se trouve annulée. »

L'autre livre important est celui de Max Raphael que Kahnweiler estime. Avec le Praguois Kramar, il est le seul historien d'art qui ait accompagné le cubisme depuis ses débuts, même s'il est venu un peu après lui. Il publie, à Munich également, *Von Monet bis Picasso*. C'est le premier livre en allemand sur le cubisme. C'est aussi la première fois qu'on voit le nom de Picasso apparaître sur la couverture d'un livre. Il n'a alors que trente-deux ans.

Deux ouvrages d'une acuité d'analyse telle qu'ils lui font oublier ces écrits d'Apollinaire qu'il aurait préféré n'avoir jamais lus. Les deux hommes enterrent leur polémique par un échange de lettres qui jettera un froid dans leurs relations. Profitant de la parution de son recueil de poèmes, *Alcools*, chez un autre éditeur, le Mercure de France, Apollinaire le lui envoie ainsi qu'une lettre d'une violence à peine contenue :

« J'apprends que vous jugez que ce que je dis sur la peinture n'est pas intéressant, ce qui de votre part me paraît singulier. J'ai défendu seul comme écrivain des peintres que vous n'avez choisis qu'après moi. Et croyez-vous qu'il soit bien de chercher à démolir quelqu'un qui en somme est le seul qui ait pu poser les bases de la prochaine compréhension artistique ? Dans ces questions, celui qui cherche à démolir sera démoli car le mouvement que je soutiens n'est pas arrêté; il ne peut encore être arrêté et tout ce que l'on fera contre moi ne peut que retomber sur tout le mouvement. Simple avertissement d'un poète qui sait ce qui doit être dit, ce qu'il est et ce que sont les autres en art. Ma main amie[173]. »

Kahnweiler est atterré. Il relit le texte une seconde fois. Lui que l'animosité révulse car elle ne peut qu'engendrer la haine, le voilà servi. Tant de suffisance, de prétention, et de contre-vérités! « Des peintres que vous n'avez choisis qu'après moi... » Quel culot quand on pense que Kahnweiler lui a présenté Braque! Et puis ces mots chargés de menaces : « démolir »... « avertissement »... Le procédé est inadmissible. Il hésite sur la manière de lui répondre. Il opte finalement pour la concision, la sécheresse et la dérision :

« J'ai reçu de vous une lettre bien singulière. En la lisant, je me suis demandé si je devais me fâcher. J'ai préféré rire[174]. »

Il rit jaune. Les coups l'ont blessé. Il ne pardonnera jamais. Quelque chose est désormais brisé entre eux. Mais rien ne l'empêchera de dire et d'écrire qu'Apollinaire est un grand poète et un critique d'art exécrable. On ne se refait pas.

1914. Pas de guerre à l'horizon. Kahnweiler en est persuadé. Il ne cesse d'opposer des démentis aux craintes de Vlaminck. Il n'est question que de l'emprunt russe et de l'emprunt ottoman ou de l'assassinat du directeur du *Figaro* par Mme Caillaux, qui a poussé un peu loin le devoir conjugal. Quelle guerre? Quand on est un Allemand sincèrement francophile, qu'on a vécu vingt ans outre-Rhin et neuf ans à Paris, on a de l'autorité pour analyser les tempéraments de l'un et de l'autre bord et calmer les appréhensions.

La galerie marche bien. Ce n'est pas la prospérité, mais elle commence à connaître un rythme de croisière. L'affaire Picasso donne des résultats. L'année dernière, Kahnweiler lui a acheté pour 27 250 francs de tableaux et de dessins, payables dans les trois mois [175]. Puis il a obtenu de Gertrude Stein trois tableaux de Picasso contre 20 000 francs et *L'homme à la guitare*. Et il a revendu *L'acrobate à la boule*, une grande huile de 1905, à Morozof pour 16 000 francs-or, ce qui est un record absolu pour l'époque [176].

Cela lui permet largement de renouveler le contrat de Gris en réajustant les prix : 20 francs le dessin et 240 francs la toile de 92 × 65 cm [177]. C'est très juste, Kahnweiler reconnaît que c'est convenable, comme la mensualité qu'il verse à Manolo. Les artistes auraient tort de se plaindre. De tous les peintres d'Europe, les Français qui bénéficient d'un contrat d'exclusivité sont les plus gâtés car ils connaissent la plus grande sécurité financière. En Italie et en Allemagne ce système serait plutôt l'exception. Les peintres d'avant-garde ne peuvent guère l'espérer avant l'âge de quarante-cinq ou cinquante ans[178].

De tous les amateurs de Picasso, les deux Russes semblent les plus prompts à la détente, malgré la distance. Ils réagissent toujours très vite aux propositions de Kahnweiler. En février 1914, le marchand multiplie les envois de photos et de lettres, et Chtchoukine et Morozof les câbles. Le jour même où Kahnweiler achète *Le jeune homme à cheval* de Picasso à Léo Stein pour 10 000 francs (qu'il paiera un peu plus tard), il le propose à Ivan Morozoff en lui faisant parvenir une reproduction. Prix : 20 000 francs. Le double de ce que cela lui a coûté, ou plutôt de ce que cela lui coûtera quand il en aura achevé le règlement. Le collectionneur moscovite possédant déjà *La jeune fille à la boule* serait ainsi propriétaire des plus beaux Picasso parmi ses « anciennes » toiles. L'argument semble porter puisque d'un même élan Kahnweiler lui propose *Femme devant une table de café* pour 8 000 francs et *Femme accroupie* pour 9 000 francs[179].

Avec Chtchoukine, il travaille surtout les Derain. Au début du mois, il lui en vend deux pour 4 500 francs. Puis, du même, *Le Déjeuner* pour 12 000 francs. Ce tableau qui a exigé deux ans de travail et que Kahnweiler dit être très important dans l'œuvre de Derain, n'est pas encore sec, en raison de la chaleur et de l'humidité. Il se trouve encore à l'atelier. A peine peint, déjà vendu[180].

Une célébrité qu'il n'est pas près d'oublier. D'autant qu'elle sera de plus en plus rare. En attendant, le marchand vit dans une sorte d'euphorie. Le 1er février, il signe son premier contrat important à l'étranger, avec MM. Brenner et Coady plus exactement, les propriétaires de la Washington Square Gallery à New York. Il est valable un an. Kahnweiler s'engage à mettre à leur disposition pour octobre 1914, soit dans neuf mois, une exposition de dix tableaux de Gris et pour décembre une autre de dix tableaux de Picasso. En outre il mettra en dépôt dans leur galerie des tableaux et des dessins. Les œuvres vendues seront réglées à la fin de chaque trimestre. Kahnweiler leur accorde l'exclusivité, pour les Etats-Unis, de la vente de Braque, Gris, Léger, Picasso. En échange, Brenner et Coady s'engagent à lui acheter pendant la durée du contrat pour au moins 2 500 francs d'œuvres. Ils prendront à leur charge les frais de transport et d'assurance dès que les tableaux auront quitté la rue Vignon. Un mois et demi à peine après la signature de ce contrat, Brenner et Kahnweiler s'accordent pour le prolonger jusqu'au 1er mai 1916, dans les mêmes conditions, mais en élevant à 5 000 francs la somme de leurs achats. Et le 22 avril 1914, un ultime additif étend le traité à tous les artistes de la galerie Kahnweiler moyennant un minimum d'achats supplémentaires de 6 000 francs[181].

Ainsi, Kahnweiler peut non seulement ouvrir sa galerie sur un marché qu'il sait prometteur mais aussi s'assurer une rentrée de devises, régulière et supplémentaire. Il est rassuré. Partant, il peut rassurer ses peintres. Le marchand va tranquillement continuer sa tournée matinale des ateliers sans craindre des questions précises auxquelles il ne pourrait répondre. Il est plus détendu, à n'en pas douter. Le voici chez Léger rue Notre-Dame-des-Champs, chez Picasso rue Schœlcher, chez Gris au Bateau-Lavoir... Il gravit les marches parmi les femmes en combinaison, de corvée d'eau chaude, pour parvenir jusqu'à l'atelier de Braque à l'hôtel Roma rue Caulaincourt. Un atelier? Une cage de verre plutôt, qui lui fait penser à un phare tant l'endroit est lumineux. De ce balcon de Montmartre qui domine la capitale, Braque peut observer Argenteuil à la jumelle. Kahnweiler le surprend en plein travail, chantant et sifflant comme un peintre en bâtiment. Le voici chez Derain rue Bonaparte. L'atelier est sis dans une maison bourgeoise à deux pas de l'Ecole des Beaux-Arts. La concierge est dans l'escalier et l'escalier n'a pas de tapis. L'atelier est éclairé au nord. Beaucoup de toiles, partout, sans cadre, parmi les outils, instruments et objets divers disposés çà et là. Sur le divan, un chien dort. Kahnweiler sourit : ici habite la grande ombre d'Ingres ou le gars Derain, comme disent les gens de Chatou[182].

Enfin, l'heure de vérité. Pour la première fois, la peinture chère à Kahnweiler va affronter le feu des enchères publiques. C'est une épreuve dont elle pourrait ne pas se remettre avant longtemps. Un risque et un pari. Certains se frottent les mains qui misent sur le krach du cubisme.

Nous sommes à l'Hôtel Drouot le lundi 2 mars 1914. Dans les salles 7 et 8, sous le ministère de Me Henri Baudoin, commissaire-priseur, et l'œil expert de MM. Bernheim et Druet, le marteau d'ivoire va donner le coup d'envoi d'un événement de portée internationale : la vente de « La Peau de l'ours ».

On se souvient* de cette association créée par de jeunes collectionneurs avides d'aider des peintres d'avant-garde en leur achetant leurs œuvres et en se les répartissant tour à tour. Dans leurs statuts, il était clairement stipulé : dans dix ans, nous vendrons tout aux enchères. Dix ans ont passé.

14 heures. La salle est vite remplie. Beaucoup de monde. Des marchands, des amateurs, des artistes, des journalistes. On reconnaît la comtesse Antoine de La Rochefoucauld, le prince Bibesco, Gustave Coquiot, le critique André Warnod, André Salmon, Max Jacob, le couturier Paul Poiret, le directeur de théâtre Jacques Hébertot... Du côté de l'Etat, on

---

* Cf. page 46 de ce livre.

remarque Paul Jamot du Musée du Louvre qui n'achètera pas, et Léon-Jacques Blocq, chef de cabinet du ministre Paul Jacquier, mais il est là... à titre privé[183]. Ce n'est pas aujourd'hui ni demain que les tableaux cubistes seront accrochés aux cimaises des musées nationaux. C'est finalement du côté des marchands que l'assistance est la plus intéressante. Kahnweiler bien sûr. Il ne pouvait rater un tel événement.

Il y a une douzaine de jours, il a écrit pratiquement la même lettre, à quelques mots près, à Chtchoukine et à Morozoff, se proposant de leur procurer le catalogue de la vente et d'y acheter en leur nom, sans frais de commission. Aux deux amateurs russes, il a d'ores et déjà signalé que la toile la plus intéressante, celle qui sera certainement le clou de la vente, n'est autre que *Les Bateleurs* de Picasso[184]. A bons entendeurs... Non loin de lui on aperçoit la silhouette bedonnante et massive d'Ambroise Vollard. La plupart des autres marchands sont venus de l'étranger. Ils semblent s'être déplacés en plus grand nombre que leurs confrères français de la Madeleine à Drouot. Il y a là Alfred Flechtheim de Düsseldorf, Gaspari de Munich, Gutbier de Dresde et Heinrich Thannhauser de toute l'Allemagne.

Dans le reste du public, il y a beaucoup de curieux. Un monsieur à barbe blanche et décorations, congestionné, excite l'hilarité par ses indignations tonnantes : on a osé comparer devant lui Picasso à Rembrandt ! Brouhaha et bousculades. Mais on n'en vient pas aux mains. Ce n'est pas l'empoignade comme jadis chez Nadar entre partisans et adversaires des impressionnistes. Dans un coin de la salle, Marcel Sembat, député socialiste du 18e arrondissement et collectionneur d'art moderne, ne peut réprimer un sourire : à la Chambre, il en a vu d'autres[185]...

La vente commence enfin. On vend des toiles

d'Emile Bernard, Pierre Girieud, Forain, H.E. Cross...
Bien, mais on n'est pas venu pour eux. Alors les
cubistes? On y arrive bientôt. D'abord les fauves et
les autres. 4 000 francs pour les *Fleurs dans un verre*
de Van Gogh, 2 000 francs pour *Feuillage au bord de
l'eau* et 2 420 francs pour *Les œufs* de Matisse...
Voici des huiles de Derain entre 210 et 420 francs
selon format. Vlaminck? 170 francs pour ses *Ecluses
à Bougival*... Et Picasso?

Il « fait » en moyenne 1 500 francs.

Voici enfin le clou de la vente que Kahnweiler
attend avec impatience : *Les Bateleurs* dit aussi
*La Famille des saltimbanques*, une huile de
213 × 229 cm. Mise à prix : 8 000 francs. Le prix est
timidement prononcé. Dans l'assistance, beaucoup
savent que le gérant de « La Peau de l'ours », André
Level, l'avait acquise pour 1 000 francs. Elle était
restée roulée pendant plusieurs années, aucun de ses
associés n'ayant d'appartement assez grand pour l'y
exposer. L'enchère monte, monte... 11 500 francs!
C'est Heinrich Thannhauser qui l'emporte. Nul n'a
pu le suivre jusque-là. A peine le marteau d'ivoire
est-il retombé que déjà la rumeur court, assurant que
le marchand allemand aurait poursuivi l'enchère bien
au-delà, le double le cas échéant [186].

Kahnweiler se rue vers la sortie pour se précipiter
chez Picasso et lui annoncer le premier la nouvelle.

106 250 francs : c'est le produit total de la vente de
« La Peau de l'ours ». Le produit net étant supérieur
au montant des cotisations, en accord avec les statuts, chaque associé retire ce qu'il a versé augmenté
de 3,5 % d'intérêt. Du solde, on retire 20 % qui sont
remis au gérant de l'association André Level en
rémunération de ses services, et 20 % pour les artistes
qui se partageront donc plus de 12 000 francs [187].

La preuve est faite : la peinture moderne se vend.
Les réactions ne tardent pas. Certains se contentent

de rappeler qu'il y a dix ans, on aurait à peine offert un louis d'un simple dessin de Picasso adjugé 2 600 francs à Drouot et que, quand ils étaient exposés à la vitrine d'un marchand, *Les Bateleurs* faisaient ricaner les passants, qui allaient jusqu'à rameuter les badauds [188]. Le quotidien *Paris-Midi* lancé il y a deux ans comme un journal populaire, conservateur et principalement hippique, voit dans le succès de « La Peau de l'ours » la preuve de l'ingérence allemande dans l'art français. Nos voisins d'outre-Rhin sont accusés d'utiliser la peinture comme un cheval de Troie pour désorganiser, subvertir et conquérir la France. Pourquoi un homme comme Thannhauser mettrait-il tant d'argent dans les « barbouillages » d'un Picasso si ce n'était pour semer le doute et la zizanie dans le marché de l'art français ? Et pour quelle autre raison les marchands allemands seraient-ils venus en nombre ? Le pire, c'est que ce genre d'arguments porte car le terrain est fertile :

« ... De gros prix y ont été atteints par des œuvres grotesques et informes d'indésirables étrangers et ce sont les Allemands qui, comme nous n'avons cessé de le prédire, et pour cause, depuis quinze jours ont payé ou poussé jusqu'à ces prix. Leur plan se précise. De naïfs jeunes peintres ne manqueront pas de tomber dans le piège. Ils imiteront l'imitateur Picasso qui pasticha tout et ne trouvant plus rien à imiter sombra dans le bluff cubiste. Ainsi les qualités de mesure et d'ordre de notre art national disparaîtront-elles peu à peu à la grande joie de M. Thannhauser et de ses compatriotes qui, le jour venu, n'achèteront plus des Picasso mais déménageront gratis le Musée du Louvre que ne sauront pas défendre les snobs aveulis ou les anarchistes intellectuels qui se font leurs complices inconscients. L'argent qu'ils ont dépensé hier aura été bien placé [189]. »

Dans les nombreuses réactions que suscite la vente

historique, le sommet n'est pas atteint par un critique d'art mais par un médecin « qui n'est pas de Molière », comme le précise Apollinaire en se faisant une joie de l'épingler dans sa chronique. Ce docteur qui dit aimer la peinture prétend en effet avoir trouvé l'explication du cubisme. Par la pathologie. Il suffit d'observer un tableau de Braque ou Picasso les yeux mis-clos et... Cela s'appelle le scotome scintillant, symptôme le plus fréquent de la migraine ophtalmique. Toutes ces déformations, ces formes floues, ces lignes brisées ne sont en fait d'après lui qu'un essai de systématisation d'un phénomène visuel pathologique et passager[190].

Autrement dit : le cubisme, cela se soigne. Kahnweiler peut être rassuré. Son état est grave mais pas désespéré.

Juin 1914 à Paris. Lendemains d'élections législatives. Le pays ne parle que de cela. La valse des gouvernements continue. Le ministère Viviani s'apprête à remplacer le ministère Ribot qui aura tenu moins de quinze jours. Jusqu'au prochain. Ainsi va la France.

Le 12 au matin, au Parc des Princes. Une assistance nombreuse, composée de journalistes et de personnalités du monde de l'art, est là qui attend. Non un match mais un duel. Deux peintres vont s'affronter. A gauche, Gottlieb, qui sera considéré comme un expressionniste familier des Indépendants et du Salon d'Automne, à droite, Moïse Kisling, un personnage de Montparnasse. Ils sont pareillement vêtus d'un pantalon sombre et d'une chemise blanche. Les deux hommes échangent d'abord deux coups de pistolet à vingt-cinq mètres. Puis ils se rendent au quartier des coureurs pour s'affronter au sabre italien. Autour du cou, ils portent une plaquette de zinc censée les protéger. De la décapitation ?

« Allez Messieurs ! » lance le directeur du combat, M. Dubois, maître d'armes.

Un coup paré par l'un et l'autre perd sa chevelure. Terrible. Eraflure de sept centimètres sur le cuir chevelu. L'homme perd du sang. Il faut mettre un terme à ce duel qui s'annonce mal. Ils refusent. A nouveau, le plus agressif des deux assaillants fait des moulinets. Après les cheveux, le nez. Un pansement et ça repart de plus belle. C'est une boucherie. Un duelliste perd un bout de menton. Le maître d'armes exige l'arrêt du combat mais les protagonistes refusent avec la même véhémence. Il y en a encore pour six reprises. Me Dubois manque d'être lui-même blessé mais réussit à saisir au corps le plus efficace des deux et lui intime l'ordre de cesser le massacre. Sur les bancs, les mondains et les bohèmes poussent un soupir de soulagement. Le reporter de *L'Intransigeant*, qui couvre l'événement, a déjà assisté à des duels. Mais cette fois, il est abasourdi :

« Ils se sont combattus avec un acharnement inaccoutumé de nos mœurs habituelles », note-t-il[191].

Il est vrai qu'ils sont polonais. Le lendemain, un duel opposera un rédacteur du *Figaro*, Jacques Roujon, estimant la mémoire de son père – le défunt secrétaire perpétuel de l'Académie des Beaux-Arts – diffamée par Léon Daudet. Il se terminera vite, digne de mœurs plus françaises. Dès la première estafilade à l'avant-bras du polémiste d'*Action Française*...

Sur le pré du Parc des Princes, à l'issue du combat Gottlieb-Kisling, on ramasse les morceaux. La foule s'interroge : à propos, pourquoi tant d'acharnement ? L'envoyé spécial du *Miroir* connaît leurs raisons profondes :

« Question d'honneur. Ils ne concevaient pas leur art de la même manière »...

Kisling, le visage morcelé, lui qui a exigé le duel

alors qu'il n'a jamais tenu un sabre auparavant, lâche en conclusion :

« Quatrième partage de la Pologne[192] ! »

Quinze jours plus tard, c'est l'attentat de Sarajevo. Puis la guerre, la vraie.

Quelle guerre ? Ce sont de méchantes rumeurs. Des bruits alarmistes. Pas de panique. A la fin du mois de juillet 1914, après le voyage en Russie du président de la République Raymond Poincaré et de son chef du gouvernement René Viviani, après l'ultimatum autrichien à la Serbie, après les manifestations syndicalistes contre la guerre, Kahnweiler prépare ses vacances. Comme si de rien n'était.

Parti pour un mois, il reviendra dans cinq ans.

Vlaminck se désespère de voir les gens s'en aller pour Deauville et Trouville. Inconscients ! Lui, depuis longtemps, il *sait* que l'invasion de Paris par les Allemands est imminente. D'ailleurs, sans même en parler à Kahnweiler, « copropriétaire », il a vendu leurs deux bateaux pour trois cents francs et lui a envoyé sa part.

Et s'il avait raison ? Kahnweiler pense à ce que lui a souvent dit Picasso :

« Faites-vous naturaliser. En cas de guerre, cela vous sortira d'un mauvais pas. »

Le marchand s'était toujours contenté de répondre qu'il le ferait quand il aurait dépassé l'âge du service militaire. Car il est hors de question de prendre les armes ou d'aller sous les drapeaux[193]. Il est resté profondément allemand, nonobstant les événements. Depuis son installation à Paris, '' Cavélère '', comme l'appelle Gris sans faire exprès, a toujours refusé de franciser son nom. Il n'a pas voulu suivre le peintre polonais Ludwig Markus qui, sur les conseils pressants de son compatriote Apollinaire (anciennement Guillaume de Kostrowitzky), est devenu Louis Marcoussis, du nom d'une localité du terroir. Ni comme le peintre russe Léopold Sturzvage qui a jugé bon d'alléger son patronyme des consonnes t et z. Il tient, lui, à son nom, son identité dans tous les sens du terme.

Fin juillet, Kahnweiler est avec sa femme en Haute-Bavière. Ils font des ascensions en montagne. Mais c'est en Italie qu'ils ont projeté de se rendre pour les vacances. Le 30 juillet au soir, après la déclaration de guerre de l'Autriche-Hongrie à la Serbie et la mobilisation en Russie, quelques heures avant l'ultimatum allemand à la France et à la Russie, les Kahnweiler réussissent à passer la frontière suisse en pleine nuit.

Le 1er août, il est dans le train qui l'emmène vers l'Italie. Pendant les longues heures que dure ce voyage, à chaque fois que le convoi passe sur un pont ou un viaduc, dans les Appenins, il se dit :

« Si seulement il pouvait s'écrouler et que tout soit fini [194] ».

Il a enfin compris. La guerre est vraiment là, aux portes. Tout est fini, tout est perdu. Il médite. Des mots, des phrases, des visages lui reviennent, comme si les personnages de sa mémoire qui va en accéléré étaient là, assis en face de lui, dans ce compartiment. Il pense à Vlaminck bien sûr, à leurs nombreuses discussions. C'est lui qui avait raison. Et Derain qui, il y a un mois et demi encore, lui écrivait :

« La situation politique me paraît bien étrange [195]... »

D'Avignon, le peintre avait compris cela, alors qu'à Paris Kahnweiler persistait à ne rien voir. Alors que le train passe la frontière italienne, il songe aux sept ans qui viennent de s'écouler depuis la création de sa galerie. Des « années dionysiaques » [196], toutes de joie et d'insouciance, durant lesquelles il a pu travailler de concert avec ses peintres, dans la plus complète indifférence de la critique et du grand public. Ce ne sera peut-être plus possible.

Kahnweiler a vraiment conscience que dans ces heures sombres qui séparent le dernier jour de juillet du premier jour d'août 14, le destin de l'Europe bascule. Un monde va disparaître ou plutôt une certaine conception de la civilisation européenne. Lui qui a trop tardivement accepté la réalité du danger, voilà qu'il pressent le cours de l'Histoire. Il est de bonne foi. Il le reconnaîtra bientôt. Cette guerre, c'est précisément le seul événement dont il n'a jamais tenu compte dans ses projets. Toute sa vie était basée sur la conviction qu'elle n'aurait pas lieu. Il soupire :

« ... Je n'ai pas voulu y croire, jusqu'à la dernière minute... Sans les intrigues de la clique militariste austro-allemande, sans leur brutalité, on l'aurait évitée cette fois-là encore [197]. »

Que faire ? Rome est la prochaine étape. Mais après, il faut déjà y penser. S'engager ? Hors de question. D'abord, il est pacifiste. Ferme et intransigeant sur ses positions. On ne prend pas les armes. Et quand bien même, en admettant que l'urgence d'une situation exceptionnelle le fasse fléchir, si on le persuadait de se saisir d'un fusil, contre qui devrait-il le tourner ?

Sujet allemand, il devrait être enrôlé dans l'armée du Kaiser. Impensable. Il se retrouverait face à ses amis français. S'il s'engage du côté français, il sera dans la même situation, forcé cette fois d'affronter, peut-être, ses amis d'enfance. Non seulement déserteur mais traître de surcroît ! Un moment, il envisage d'autres solutions. Volontaire chez les Français, comme brancardier par exemple. Mais cela n'aurait pas beaucoup de sens. A moins que, apatride par la force des choses, il choisisse comme le peintre-duelliste Kisling, la Légion étrangère, terre d'asile des soldats sans patrie... Non, ce ne serait pas sérieux.

Tuer lui répugne de toute façon, avec casque lourd, casque à pointe ou képi blanc. C'est décidé : il ne fera pas la guerre.

Avignon le 2 août. Picasso a travaillé là pendant l'été, non loin de Braque qui était à Sorgues, et de Derain à Montfavet. Ils se sont beaucoup vus. C'est fini maintenant. Jaurès vient d'être assassiné, on a décrété la mobilisation générale, il paraît que la Belgique est envahie... Les deux peintres français doivent gagner leurs cantonnements, laissant l'Espagnol à ses pinceaux. Picasso les accompagne à la gare.

« Je ne les ai jamais revus », dira-t-il plus tard à Kahnweiler.

Façon de parler. Il les reverra, bien sûr. Mais ils ne seront plus les mêmes. La guerre change ceux qui partent et ceux qui restent. La guerre change tout. Rien ne sera plus comme avant. Pour les peintres de la rue Vignon aussi. Finie la tour d'ivoire. Fini le travail d'équipe. Ils continueront à peindre, bien sûr, mais autre chose et autrement. La guerre de 1870 avait différé le projet de quelques futurs impressionnistes de monter une coopérative dans le but de présenter des expositions libres qui défieraient l'esprit de concours des Salons. La guerre de 14 marque l'éclatement du cercle pionnier des peintres cubistes[198].

Rome le 2 août. Les Kahnweiler descendent à l'hôtel Eden où ils ont leurs habitudes. « Heini » ne tient pas en place. Il fait sans cesse la navette entre sa chambre et la rue pour acheter les éditions spéciales des journaux qui se succèdent à un rythme inhabituel. La Belgique a bien été envahie. Et le lendemain, enfin, la nouvelle tant attendue, tant redoutée : l'Allemagne a déclaré la guerre à la France.

Effondrement d'un monde. Collapsus personnel en attendant celui des Nations. Kahnweiler est anéanti à plusieurs titres : comme insoumis, comme ennemi, comme Allemand de souche, comme Français de cœur. Surtout, peut-être, comme Européen passionné. Cette guerre n'est pas qualifiable : « idiote »... « insane »... « une folie »... A la lecture des journaux et des ordres de mobilisation, il est pris d'un doute. Et s'il devait absolument s'engager? Ce serait pour la France[199]. Mais pour l'instant, il ne voit pas trop quel genre de services il pourrait rendre. Il faut continuer.

Il avait prévu d'aller à Sienne. Il connaît bien l'endroit, l'a souvent apprécié. Alors retournons-y, guerre ou pas! De toute façon, les billets circulaires sont déjà pris. Une fois installé dans sa nouvelle chambre d'hôtel, il se remet à son activité préférée : le courrier. Hermann Rupf à Berne est son correspondant le plus assidu. Il lui déconseille formellement de rentrer à Paris. Et comme Kahnweiler n'envisage pas un instant de rentrer dans son pays natal, son ami lui suggère bien évidemment la Suisse.

Gris aussi lui écrit souvent. Jamais autant que dans ces moments-là, Kahnweiler n'a pris conscience que ses peintres avaient vraiment besoin de lui pour vivre. Pour manger. Gris, qui est un des rares à ne pas en rajouter dans l'exaltation de la misère, commence à paniquer et ne le cache pas. Avec ce qui lui reste, il pourra tenir trois semaines pas plus. Il a besoin de trois cents francs[200]... La lettre est datée du 1er août mais la censure en a retardé l'acheminement. C'est déjà une prouesse qu'il ait pu retrouver sa trace. C'en est une bien plus grande qu'il s'abaisse à réclamer de l'argent. Kahnweiler se précipite à la poste pour envoyer un mandat et il en sera ainsi pendant quelques mois.

Il s'inquiète pour le sort de ses peintres, mais aussi

de ses tableaux. Que va devenir le stock? Et la galerie? Son ami Eugène Reignier, le mentor de sa jeunesse, le tient au courant à chacune de ses lettres. On dit à Paris que Fénéon a fait transporter les tableaux de la galerie Bernheim Jeune à Bordeaux et qu'il les a confiés à un collectionneur, ravi de l'arrivée inopinée de ces cinquante-quatre caisses. Une collection comme il n'en aurait jamais rêvée entre ses murs! Kahnweiler, lui, refuse qu'on déménage ses toiles. Brenner, son correspondant aux Etats-Unis, l'a suffisamment imploré :

« Laissez-moi les emporter à New York!

– Non, non, laissez-les tranquilles où elles sont! D'ailleurs il ne leur arrivera rien[201]. »

Par ce refus obstiné, Kahnweiler vient de jouer son destin. Mais il ne le sait pas. La galerie est fermée mais il n'en continue pas moins à régler le loyer. Pour ne pas désespérer de l'après-guerre.

Ces vacances forcées en Italie durent quatre mois. Trop longs. Il n'en peut plus. Il faut se décider. Tout le monde bouge sauf lui. Même si son choix est plus délicat que celui de ses amis, il doit aller de l'avant. Rupf l'a convaincu. Il lui a promis son aide. Ce sera donc la Suisse.

La vraie rupture dans la vie de tous ces hommes, ce n'est finalement pas le début officiel du XXᵉ siècle mais le premier coup de canon de la guerre mondiale. Jusqu'à présent, Kahnweiler était un homme issu du XIXᵉ siècle. Dorénavant, c'est un homme d'avant 14.

# ENTRACTE

*L'exil*

(1915-1920)

Ici, les gens ont une devise adaptée aux circonstances : « neutres mais pas pleutres ». Ici, on ne livre pas les réfractaires à leur pays d'origine. Ici, le nombre des diplomates en poste croît à une telle vitesse que l'endroit devient vite la plaque tournante de l'Europe. Ici, on continue à prendre le temps de vivre malgré la catastrophe. Nous sommes à Berne. Au début de l'année 1915.

Kahnweiler est arrivé il y a une vingtaine de jours chez son ami Rupf. En faisant ce choix, il en prend pour cinq ans. Cinq années de Suisse, d'activités commerciales ralenties et d'intense réflexion. Profitant de sa nouvelle situation d'intellectuel dégagé, il se retourne sur son passé. Non qu'il ait décidé d'écrire ses mémoires à trente et un ans. Il n'est pas si présomptueux. Il s'agit juste de mettre de l'ordre dans la peinture, de ranger les éléments épars, divers, parfois contradictoires d'une époque qu'il sait déjà héroïque, historique et donc achevée. Kahnweiler est un homme qui a le sens de la durée et de la perspective. Cet exil forcé, c'est le moment ou jamais de prendre la mesure de toutes choses.

Pendant toute la durée de la guerre, il va écrire. Quand il n'écrira pas, il suivra des cours de philosophie à l'Université et passera de très longues heures à la bibliothèque à lire, chercher, comprendre pour tenter de combler les lacunes d'une culture somme toute très autodidacte, en histoire de l'art et en esthétique surtout. Quand il n'étudiera pas, il tâchera de redevenir, un instant, le marchand qu'il n'a jamais cessé d'être.

Dès son installation, Rupf lui a prêté de l'argent et il continuera tant que nécessaire. Il est bien entendu entre les deux amis qu'il s'agit d'un emprunt qui sera restitué dès que les affaires auront repris, en Suisse même. Nul besoin d'attendre un hypothétique retour en France pour honorer une dette si importante. Question de principe, et d'orgueil[1].

Très vite, Kahnweiler reprend son négoce, mais sans galerie et sans stock. Délicat. Il multiplie les lettres auprès de ses peintres. Il a besoin de tableaux. En Suisse, on peut vendre. Peu, mais tout de même...

Rupf, le premier, l'amateur le plus évident, est toujours acheteur. Il veut des Braque, des Manolo... Mais c'est bien peu de chose en regard du volume d'affaires de la rue Vignon il y a un an. Il faudrait plusieurs Rupf pour retrouver un certain confort, ne fût-ce que l'indépendance matérielle minimum qui permettrait aux Kahnweiler de s'installer un peu plus loin, de ne pas s'imposer. L'orgueil toujours. Mais à Berne, c'est bien difficile. Il s'agit d'une ville, un canton, très traditionnels et conservateurs, peu enclins à l'ouverture vers l'étranger. A part Hermann Rupf, il n'y aura, plus tard, qu'un seul véritable collectionneur d'art moderne, Walter Hadorn. C'est peu. Cela ne fait pas un marché.

Il faudrait courir la Suisse. Qui en a envie? Kahnweiler commence à chercher. Il prospecte, en vain, vite découragé. Rupf semble bien être un cas dans ce coin. Le marchand le considère comme le prototype du véritable amateur : celui qui aime ce qu'il achète : « L'idée d'une plus-value ne l'a jamais effleuré et quand, rarement, il s'est débarrassé d'un tableau, c'est qu'il ne le souffrait plus sur ses murs... De plus il réfléchissait sur ce qu'il possédait. Sa bibliothèque, toute d'histoire de l'art et de philosophie en témoigne[2]. »

Rupf, initié à l'art moderne par Kahnweiler, va à son tour l'influencer sur le plan politique. Le jeune marchand est, comme il le sera toujours, « à gauche », plutôt socialiste, sans plus. Il n'a pas une âme de militant, réservant sa force de persuasion pour la peinture, rien que la peinture. Pour le reste, il est d'accord avec son ami. Cette guerre est la dernière guerre dynastique. On se bat pour la conquête de territoires, ce qui n'implique pas l'adhésion de chacun[3]. Mais Hermann va beaucoup plus loin. Car il est, lui, un homme engagé. Kahnweiler s'en rend compte très vite.

La plupart des émigrés qui défilent à son domicile en quête d'une aide ou d'une adresse lui sont envoyés par le Parti socialiste. Ainsi, il ne tarde pas à faire connaissance, dans le salon de Rupf, d'un homme politique assez exceptionnel. Robert Grimm est de trois ans à peine son aîné. Mais il est déjà conseiller national et s'apprête à devenir président du comité directeur du Parti socialiste bernois. C'est un tribun efficace, un orateur convaincant, un tacticien consommé, un doctrinaire qui domine son mouvement de sa personnalité[4].

C'est lui qui, il y a quelques années, a poussé Hermann Rupf à collaborer, en qualité de critique d'art, à son quotidien le *Berner Tagwacht*. Rupf ne se contente pas d'y donner des comptes rendus d'expositions mais consacre également de longs articles au rôle de médiateur du critique, à la situation sociale de l'artiste dans le monde capitaliste, à la démocratisation de la peinture, à la substitution du marchand au mécène[5]...

Kahnweiler est très impressionné par le dirigeant socialiste et se lie volontiers à lui. Ce n'est pas son monde, il le découvre dans des conditions extrêmes, celles d'une situation de crise. Il se laisse convaincre et animera à sa demande des conférences sur l'art moderne dans une université ouvrière dominée par le PS. Mais l'insoumis de l'armée allemande n'ira pas au-delà. Quand il en aura l'occasion, il restera fidèle à sa réserve. Dommage. Que d'occasions manquées! Plus tard il comprendra.

S'il avait accepté de se rendre plus souvent chez Grimm, il y aurait rencontré Radek et d'autres chefs bolcheviques. A la bibliothèque de l'université, il travaille souvent à côté d'un Russe encore plus direct que lui, aussi jeune mais plus gros. Il est plongé dans ses livres. Kahnweiler aussi. Ils se voient, se dévisagent même mais ne se lient pas, tout absorbés qu'ils sont par leur recherche. Kahnweiler se rend un jour à l'une de ses conférences, la dernière avant son départ pour la Russie. C'est là qu'il apprend enfin le nom de cet « étudiant » : Grigori Zinoviev, l'organisateur des émeutes de Kronstadt de 1906, qui deviendra dans quelques années le président du Komintern.

Les premiers temps, la vie bernoise est plus politique qu'artistique. A l'image de l'actualité européenne. Mais il s'en lasse vite. Le courrier semble à nouveau fonctionner. Il n'a qu'une hâte : obtenir des nouvelles des peintres, les siens et les autres. Où sont-ils? Que font-ils? Et s'ils s'étaient fait tuer dès les premiers affrontements, comme Charles Péguy, un des premiers lieutenants d'infanterie emportés par une salve et le premier écrivain français victime de la guerre.

Pendant ces cinq années d'exil, la correspondance de Kahnweiler avec la France sera la chronique des peintres dans la tourmente.

Il ne se fait guère de souci pour Max Jacob depuis sa dernière lettre :

« ... j'ai passé le mois d'août [1914] à Enghien censément comme ambulancier civil, en réalité faisant la revue de mes manuscrits dans un jardin plein de légumes au milieu de jeunes mères pleines de larmes[6]...

Max ne changera pas, avec ou sans les bombes. Il a été jusqu'à envoyer une lettre de félicitations au critique Maurice Raynal pour sa blessure, en l'en remerciant : « C'est bon pour l'honneur de la corporation entière[7] ! » On dit que le peintre Guirand de Scévola dirige une section de camouflage dont il est l'initiateur. Il y fait travailler Despiau, Dunoyer de Segonzac, Forain... L'idée lui en est venue quand il était chargé de commander une pièce d'artillerie et qu'il décida, sans en référer à quiconque, de la dissimuler sous une toile peinte imitant les couleurs du sol.

Marcoussis est artilleur. Il est venu montrer ses galons de brigadier à Gris qui l'a mis en fureur en lui donnant du « caporal ». Il paraît qu'il jure comme un soudard et s'absorbe dans la lecture de manuels de balistique pour devenir sous-lieutenant[8]. Metzinger est infirmier à Sainte-Menehould, Max Jacob a finalement trouvé un bureau au Sacré-Cœur, et le marchand Léonce Rosenberg s'est retrouvé chez les Anglais comme interprète au Royal Flying Corps. Le maréchal des logis Apollinaire, retour du front, est passé dans l'infanterie comme sous-lieutenant.

Et les autres ? Mauvaise nouvelle : Braque a été très grièvement blessé à Carency. Trépané... Il ne retrouvera pas la force de peindre avant un an. Vlaminck, qui s'est fait dessinateur industriel, s'est retrouvé ouvrier tourneur dans une usine de munitions de la région parisienne puis au centre d'aviation du Bourget. On dit que Derain, fantassin puis artilleur, sculpte des masques dans des douilles d'obus[9]. C'est un peintre-soldat comme il y a des moines-soldats. Au front, il conduit un tracteur d'artillerie lourde. On raconte même qu'en Argonne, un commandant de brigade et un capitaine du génie ont disposé sur les murs de certains abris des œuvres peintes ou dessinées de Léger, mais allez vérifier...

Ah, Léger... Mobilisé dès le début de la guerre, il témoigne par le crayon de la vie difficile des troufions. Il « croque » les hommes de boue, hiératiques dans les tranchées, leur univers de fer, de terre et de sang. Versé dans le Génie, un corps de manuels, il dit qu'il renouvelle son art au contact du peuple : « C'est à la guerre que j'ai mis les pieds sur le sol... la guerre, je l'ai touchée... c'est là que j'ai été formé[10]... » Brancardier à Verdun, il se précipite là où un obus vient de tomber, pour secourir un blessé. Un soldat lui lance : « Te presse pas, on peut le ramasser avec une éponge ! » L'homme est en bouillie. Léger, lui, sera gazé[11]. Comment oublier Verdun ? Il en parlera longtemps de cette guerre on ne peut plus « cubiste » qui réduit les hommes en morceaux... A son retour, Kahnweiler sera un peu sévère avec lui, mettant un bémol sur l'influence de la guerre dans le renouvellement de son art : « Il a été impressionné par les obus de 75. Mais il aurait tout aussi bien pu les voir aux grandes manœuvres[12]. » Il est vrai que pour le peintre, l'état de guerre n'est autre que la vie au rythme accéléré alors que pour le marchand, c'est exactement le contraire. A la fin de la guerre, il y aura bien deux catégories d'hommes : ceux qui n'y ont pas été et ceux qui en sont revenus...

Comment Kahnweiler peut-il penser qu'une telle expérience ne bouleverse pas une vie ? Même pour un pacifiste, ce sont des choses qui se conçoivent. D'autant que les exemples ne manquent pas, d'un côté comme de l'autre. Oskar Kokoschka, volontaire dans le corps des Dragons, a reçu une balle dans la tête et un coup de baïonnette au poumon pendant une attaque en Galicie. Il n'en poursuivra pas moins la guerre au front, comme officier accompagnateur de peintres-de-guerre et de journalistes. Comment ne serait-il pas marqué[13] ? Et Max Beckmann, qui a exactement l'âge de Kahnweiler ? Lui qui exposait avec succès en 1913 chez Cassirer, la guerre l'a coupé dans son élan et a bouleversé sa peinture. Engagé volontaire, il s'est retrouvé dans les services de santé en Prusse orientale mais devra rendre l'uniforme un an plus tard pour cause de dépression nerveuse. Ses tableaux de cette époque se ressentent de cette expérience douloureuse. Le futur grand expressionniste n'est pas seul dans ce cas puisque son compatriote Kirchner est également victime d'une dépression nerveuse peu après sa mobilisation. La vie quotidienne sous les drapeaux et les horreurs de la guerre l'ont anéanti comme le révèlent ses terribles autoportraits de 1915. Il n'est pas jusqu'au propre frère cadet de Kahnweiler, Gustave, qui pour s'être battu dans un régiment d'artillerie montée en reste marqué.

Mais alors, qui continue à peindre normalement ? Les Espagnols. Picasso, Gris et Manolo travaillent mais ils sont bien seuls.

Le 4 janvier 1915, Kahnweiler s'est fait inscrire sur les registres du contrôle de l'habitant au titre de « marchand ». Comme il a demandé aux autorités cantonales de lui délivrer des papiers provisoires lui permettant de séjourner jusqu'à la fin des hostilités, une enquête de police est menée sur son passé. On ne trouve rien. Ce réfugié-là semble bien plus paisible que la moyenne des exilés qui sollicitent l'asile helvète.

Les autorités sont sensibles à ses arguments : comme il a plus de trente ans, il n'a pu s'engager

comme réserviste et d'autre part la France a mis ses
biens sous séquestre en attendant des jours meilleurs.
Il semble peu probable que cet homme-là coûte quoi
que ce soit au canton : non seulement l'enquête
montre que son père est un honnête commerçant de
Francfort apte à le soutenir financièrement le cas
échéant, mais de surcroît Hermann Rupf, honorable-
ment connu sur la place de Berne, se porte garant et
propose de verser une caution. Tampons, visas,
papiers, voilà Kahnweiler promptement adopté par la
Suisse ainsi que Lucie et sa propre sœur [14].

Pendant ces cinq années, ils déménageront trois
fois. A deux reprises ils vivront chez Rupf, durant les
trois premiers mois et les sept derniers mois de leur
séjour. Entre-temps, ils auront usé de l'hospitalité de
leur ami Glaser, libraire-bibliophile, un des premiers
souscripteurs des éditions Kahnweiler, ainsi que de la
pension Boisfleury.

Une fois réglés ces problèmes matériels et administratifs, il se met au travail : correspondance et écriture. Il s'inquiète autant de la situation des peintres à
Paris que de celle des marchands. Non qu'il soit mû
par une curiosité malsaine et jalouse ou obsédé par la
concurrence. Mais il a vite compris que ses artistes
sont désormais vulnérables car ils se voient privés
virtuellement de banquier.

Il se sent impuissant : comment d'autres n'en
profiteraient-ils pas ? Ce serait d'une saine logique
commerciale. Chacun sait dans le milieu de l'art à
Paris que son stock a été mis sous séquestre au titre
des biens ennemis. Après tout, il est allemand et c'est
la guerre. En son absence, ses tableaux ont été
déménagés et entreposés dans un local humide de la
rue de Rome. Ils souffrent. Heureusement, l'administrateur-séquestre, avec lequel il entretient des relations épistolaires sur le ton de la cordialité, s'est
montré sensible à ses arguments et a accepté de les

faire transporter dans un endroit plus salubre. Curieusement, les marchands sont lents et peu nombreux à réagir. Les plus jeunes et les moins installés sont les premiers à s'interroger. Paul Guillaume, qui a demandé à Apollinaire par quel moyen il pourrait bien récupérer la vente et la représentation des cubistes, a reçu cette carte-lettre militaire expédiée depuis le secteur 138 :

« ... Je crains que les peintres de Kahnweiler ne soient pris, surtout Picasso mais essayez tout de même. Pour Picasso faudrait lui assurer, je crois, une cinquantaine de mille francs par an. Les autres moins, mais voyez Braque, lieutenant blessé en convalescence à l'hôtel Meurice [15]... »

D'autres se renseignent également. Mais le plus déterminé et le plus efficace semble bien être Léonce Rosenberg, trente-huit ans, le propriétaire de la galerie de L'Effort moderne, qui lui a acheté notamment des Gris et des Picasso avant-guerre. Kahnweiler l'a tout de suite compris au ton des lettres de Gris. Le peintre ne peut plus se contenter des maigres allocations de deux de ses plus fervents admirateurs, Brenner et Gertrude Stein, et Kahnweiler de son côté doit cesser, faute de munitions, de lui envoyer de l'argent.

Gris, l'honnêteté faite homme, désespéré, Gris est aux abois. Léonce Rosenberg lui a rendu visite, dans l'intention avouée de lui acheter des toiles. Il a fait des travaux d'approche, discrètement, sans s'appesantir quand le peintre a excipé de son contrat avec Kahnweiler. Quand d'autres formulent de semblables demandes avec plus d'insistance, Gris prétend que le tableau n'est pas terminé, ou qu'il n'a pas besoin d'argent. Jusqu'où ne pousserait-il pas la fidélité... Mais désormais, ce n'est plus possible. Malgré tout, il veut essayer de tenir et résister à la tentation. D'autant qu'il sent les progrès de son art. C'est le moment de ne pas se décourager et pour Kahnweiler, celui de récolter les fruits de sa patience :

« Mes toiles commencent à avoir une unité dont elles manquaient. Ce ne sont plus ces inventaires d'objets qui tant me décourageaient autrefois. Il me faut quand même encore un gros effort pour arriver à ce que j'entrevois. Car je sens que si les idées sont assez développées, leur expression plastique ne l'est pas assez. Il me manque une esthétique que seule l'expérience peut me donner. Je ne sors et ne vois presque personne[16]... »

Il travaille bien. Ce serait criminel de le freiner dans son élan créateur par des questions d'argent. Kahnweiler prend une décision qui lui coûte et le force à se violer : il le libère de son contrat. Aussitôt, Rosenberg lui achète onze toiles! Il n'attendait que cela. Les relations épistolaires entre Gris et Kahnweiler vont dorénavant s'espacer et s'arrêter même à la fin de 1915 pour quatre ans. Chacun travaille de son côté, le peintre à sa peinture, le marchand à ses écrits. Ils n'ont peut-être pas le temps, le goût, l'envie mais ils savent que leur amitié est intacte dans sa force et sa plénitude. Sur sa table, Kahnweiler conserve la dernière lettre en date du 4 décembre et la relit souvent, à l'occasion :

« ... Parfois il me semble trop bête tout ce que je fais en tant que peinture. Le côté sensible et sensuel que je pense doit exister toujours, je ne trouve pas de place dans mes tableaux. Est-ce peut-être que j'ai le tort de vouloir dans un art nouveau retrouver la qualité picturale d'un art ancien? Tout de même je trouve mes tableaux excessivement froids. Mais Ingres aussi c'est froid et c'est bien et Seurat aussi. Seurat aussi qui me déplaît par son côté méticuleux presque autant que mes tableaux. Moi qui aimerais tant avoir cette aisance et cette coquetterie de l'inachevé! Tant pis, après tout, on doit faire de la peinture tel qu'on est soi-même[17]! »

Léonce Rosenberg saura-t-il comprendre un tel artiste, se mettre au diapason de sa sensibilité, trouver les mots pour le soutenir? Kahnweiler en doute fort. Il tient son rival et confrère pour un « homme de bonne volonté »[18], au sens commercial et artistique très limité. Il lui reprochera longtemps d'acheter n'importe quoi, de ne pas séparer le bon grain de l'ivraie, mêlant sur les mêmes cimaises les maîtres du cubisme et leurs sous-produits.

L'homme a certes des défauts – frénésie, gloriole, irascibilité – mais il a le mérite d'assurer l'interrègne en l'absence du mentor. Entré en cubisme « comme un catéchumène dans une religion peu commune »[19], il va faire vivre ses peintres, achetant des Gris (mis sous contrat en novembre 1917) des Picasso mais aussi des Braque et des Léger. Un rôle que Kahnweiler jugera somme toute « absolument méritoire »[20].

Et si Rosenberg n'était pas là?...

Sa tâche est d'autant plus délicate que la France est tout de même en guerre, avec ce que cela implique de dérèglement dans la vie quotidienne d'une société organisée. L'atmosphère n'est pas très propice. La peinture se vend difficilement, mais certains marchands n'ont pas la côte. Gris rapporte à Kahnweiler qu'il ne prend plus ses repas dans les cantines de Montmartre et de Montparnasse pour ne plus avoir à subir de remarques désobligeantes sur les peintres de la rue Vignon et leur « manager »[21].

Il ne fait pas bon être marchand, allemand et de surcroît juif, en ce temps-là en France. Trop de rancœurs exacerbées par la guerre s'expriment en plein jour. Certains ne sont pas à une contradiction près. Nathan Wildenstein recevra bientôt un mot ainsi libellé :

« Monsieur, je suis la veuve d'Edouard Drumont,

le farouche antisémite. J'espère que vous n'en serez pas moins impartial. J'ai des tableaux à vendre, veuillez je vous prie venir les voir[22]. »

Plus grave car plus significative, la communication que donne Tony Tollet à une séance de l'Académie des sciences et belles lettres et arts, de Lyon, sous un titre qui est à lui seul tout un programme : *De l'influence de la corporation judéo-allemande des marchands de tableaux de Paris sur l'art français*[23]. D'après l'orateur, les choses ont commencé à se gâter avec l'impressionnisme, une école très bien lancée et qui doit sa renommée aux marchands qui surent en tirer bénéfice. La corporation a vite prospéré, d'après lui, en repérant l'amateur fortuné, en achetant toute la production de l'artiste de manière à mieux spéculer, constituer des stocks, organiser des hausses fictives... Il lui reproche d'avoir noyauté et investi la critique et même lancé des journaux d'art pour s'assurer du pouvoir sur le marché :

« Tout cela ne sont que des affaires et l'on peut dire que des juifs marchands de tableaux sont dans leur rôle, en agissant ainsi; mais si par surcroît, ils sont doublés de Germains, alors on comprendra la lutte méthodique qu'ils ont entreprise contre la culture française, l'influence qu'ils ont essayé et souvent réussi à prendre sur le goût français. »

On ne s'étonnera pas que l'académicien s'insurge contre le snobisme et la décadence et qu'il appelle de ses vœux un art redevenu français. On ne s'étonnera pas plus qu'il prenne soin de ne jamais citer un seul nom au cours de son exposé. Forcément : pour un Kahnweiler, deux Rosenberg, un Wildenstein, une Berthe Weill, combien de Durand-Ruel, Vollard, Sagot, Tanguy, Guillaume...

Berne 1916. On dit de l'armée suisse qu'elle est passée maître dans l'art de ne pas faire la guerre.

C'est là une « pique » qu'un homme comme Kahn-weiler prendrait volontiers au premier degré, quitte à en faire une devise.

Le bataillon des émigrés ne cesse de grossir ses rangs. Le droit d'asile est une tradition, donc un devoir de citoyen. Un certain nombre d'exilés auraient certainement préféré vivre à Paris ou à Londres. Mais le choix de ce pays neutre va s'avérer le meilleur par ces temps agités. Il va devenir, par la force des choses, un centre intellectuel et artistique de l'Europe et le foyer de toutes les intrigues, le nœud de tous les complots. En 1913, le corps diplomatique en poste à Berne comptait 71 personnes. Cinq ans après, il y en aura 224 [24]...

On croise un monde fou dans ce pays. Il y a des Russes tels que Lénine, Zinoviev, Sokolowsky... Le premier jour de son arrivée à Berne, Lénine avait été rendre visite à Robert Grimm, chez lui, mais le leader socialiste avait refusé de publier ses articles dans son journal, persuadé qu'ils seraient interprétés comme des appels à la guerre civile en Suisse [25]. Quand ils ne sont pas à Berne, on les trouve principalement à Zurich. Les Russes sont les plus agités des exilés d'Europe de l'Est et d'Europe centrale. Il en est également parmi eux qui ne se mêlent pas nécessairement à l'activisme révolutionnaire. C'est le cas du compositeur Igor Stravinski qui, à trente-quatre ans, est déjà l'homme de *L'Oiseau de feu*, de *Petrouchka*, du *Sacre du printemps*, du *Rossignol*... Mais lui, contrairement à la plupart de ses compatriotes, c'est la France des ballets russes de Diaghilev qu'il a quittée pour se réfugier en Suisse et c'est cette France qu'il compte regagner à la fin de la guerre.

Il y a également les Allemands dont le pacifisme est le seul vrai point commun. Le peintre et graveur Kirchner se retirera bientôt à Davos pour oublier la vie militaire qui l'a traumatisé au début de sa mobilisation. Le marchand de tableaux Paul Cassirer, l'homme de l'impressionnisme et du post-impressionnisme à Berlin depuis le début du siècle, profite de son exil pour publier une revue de peintres avec dessins et caricatures adaptés à ces temps de guerre : *Kriegzeit Kunstlerflug-blatter*. Ludwig Rubiner, rédacteur en chef du *Zeit-Echo* et René Schickele, qui dirige la revue *Weissen Blätter* à Zurich, essaient de travailler comme avant[26].

Drôle de pays, tout de même. Un carrefour et une tour de Babel. Le poète Ivan Goll est à Lausanne, James Joyce édifie *Ulysse*, sa « cathédrale de prose », à Zurich, Georges Pitoëff ne regrette pas d'avoir choisi cette région pour son voyage de noces et s'installe à Genève avec une troupe de comédiens... Mais parmi les Français, Romain Rolland est certainement le plus connu car ses articles du *Journal de Genève*, qui paraîtront en librairie sous le titre *Au-dessus de la mêlée*, connaissent un grand retentissement et lui valent le prix Nobel. « A chacun son office : aux armées de défendre le sol de la patrie; aux hommes de pensée de défendre sa raison... » Kahnweiler se sent proche d'un homme comme Romain Rolland car ils sont également favorables à la réconciliation franco-allemande, critiques à l'endroit du militarisme prussien et... wagnériens. Mais il ne fait pas d'effort pour le rencontrer.

Outre Klee, qui reconnaît progresser dans son art à chaque fois qu'il vient voir la collection privée de son ami Rupf, Kahnweiler fréquente des artistes très divers. Hans Arp est des premiers. Ils s'écrivent régulièrement à partir de novembre 1915 puis se voient tout aussi régulièrement. Sculpteur, poète et peintre, moitié alsacien, moitié allemand, Arp se prénomme parfois Hans parfois Jean. Cette double culture et ce tiraillement permanent sont faits pour séduire Kahnweiler. Mais au début de leur relation, c'est plutôt l'artiste qui est impressionné par le marchand et par son aura, déjà. Comme Klee, Arp prend un vif intérêt à visiter la maison de Rupf.

A l'occasion d'un voyage à Zurich, Kahnweiler grâce à Arp fait la connaissance d'un jeune poète d'origine roumaine. Il s'appelle Tristan Tzara et il est passablement agité. Kahnweiler est séduit, d'autant que l'éditeur qu'il est resté appréciera le premier recueil que Tzara publiera sous un titre qui n'aurait pas détonné, entre ceux d'Apollinaire et de Max Jacob : *La première aventure céleste de M. Antipyrine...* C'est à Zurich que le 5 février 1916, au numéro 1 de la Spiegelgasse, on inaugure le « Cabaret Voltaire » dans une ancienne brasserie. L'événement serait de peu d'importance si Tzara, Arp et leurs amis ne choisissaient ce lieu hybride, qui tient autant du café-théâtre que de la galerie, pour lancer un mouvement qui n'a rien d'hippique : Dada. Kahnweiler est amusé, étonné, intéressé. Mais au début, il se méfie. Il craint que, dans son enthousiasme de contestation générale et systématique, Dada n'érafle son cher cubisme. Il n'a pas entièrement tort. Car si pour Tzara et les siens, la peinture cubiste est « ce qu'il y a de plus merveilleux et de plus extraordinaire », elle doit être dépassée : ils tiennent Braque, Picasso et les autres pour des classiques. Déjà[27]...

Kahnweiler les juge un peu froidement : de bons garçons qui voudraient bien qu'on les remarque, qui font des pieds et des mains pour épater les braves Suisses. Il estime que leur mouvement est artificiel et que, comme la plupart des prétendues « écoles », il passera[28]. Leur nihilisme est sympathique. Cette manière de désespoir, ce goût de la destruction collent finalement assez bien avec l'air du temps[29]. Le marchand se tient éloigné du cabaret Voltaire, il l'évite même, toujours très cauteleux à l'endroit des mouvements qui s'auto-consacrent alors qu'ils ne sont qu'engendrés par les circonstances, la guerre en l'occurrence. Mais il n'en reste pas moins attentif à son évolution, à l'impact qu'elle pourrait avoir sur la peinture et attend avec un vif intérêt les premières publications dadaïstes. L'exposition des collages de Arp, qu'il a vue à la galerie Tanner de Zurich, l'a fait réfléchir, même si la tentative lui paraît inachevée.

Ses liens avec l'artiste vont se resserrer, d'autant que celui-ci se propose de lui servir d'intermédiaire auprès de son compatriote alsacien René Schickelé : Kahnweiler a terminé la rédaction d'un essai intitulé *Der Kubismus* et cherche une revue de qualité pour l'y publier. Ce n'est pas son premier manuscrit depuis son arrivée en Suisse mais c'est celui qu'il veut faire connaître. L'intercession du peintre est efficace puisque le texte paraît dans *Die Weissen Blätter*. Mais en recevant un exemplaire, Kahnweiler est atterré : le rédacteur en chef a effectué des coupes sombres sans l'en avertir. Il fait ainsi connaissance à ses dépens avec des mœurs journalistiques qui lui sont totalement étrangères.

Furieux et désappointé, il n'a de cesse, dès lors, de le faire publier par un éditeur qui aura un comportement d'éditeur et respectera son essai dans son intégralité. Il obtiendra satisfaction quatre ans plus tard, non sans avoir auparavant révisé et augmenté son texte, en le confiant à une maison de Munich, Delphin Verlag, qui le publiera sous le titre *Der weg zum kubismus*[30]. Un ouvrage fondamental dans l'histoire du cubisme et dans la biographie personnelle de Kahnweiler.

Ce texte (une cinquantaine de pages d'un livre en format de poche), Kahnweiler en traduit le titre par *Acheminement vers le cubisme* plutôt que *Montée vers le cubisme*. La nuance est significative, mais il l'abandonnera pour des raisons d'intelligibilité. A l'origine, il est prévu pour n'être qu'un fragment d'un important traité qui ne verra jamais le jour mais dont il a le titre : *L'objet de l'esthétique.*

En 1915-1916, Kahnweiler est une des rares personnes en Europe à pouvoir écrire à chaud l'histoire du cubisme. Il en a été l'acteur et le témoin. Ayant assisté à l'éclosion de ces tableaux, à leur accouchement pourrait-on dire, il ne se perd pas en spéculations hasardeuses ou en fumeuses conjectures pour imaginer ce que l'artiste a voulu y mettre. Il sait ou croit savoir parce qu'il était là. Il sait car il connaît l'exact environnement du peintre au moment où il peignait, ses états d'âme, ses problèmes personnels, ses doutes, ses espoirs... Sa vie intérieure comme son existence quotidienne, dont il était le premier informé même quand le peintre n'était pas à Paris.

Il est véritablement « le » témoin privilégié de l'époque héroïque du cubisme. Son livre est avant tout un document d'époque. Un texte certes plein de notions, de théories et de concepts, mais élaboré avant tout sur l'observation quasi clinique d'une pratique artistique. De plus, il est un des rares, peut-être le seul en Europe, à avoir réuni une collection de photographies de tous les états de ces tableaux ainsi qu'un recueil exhaustif des coupures de presse consacrées de 1907 à 1914 à l'affaire cubiste. Sa mémoire est forte et précise mais il enrage, de son exil suisse, de ne pouvoir disposer de cet inestimable trésor de références iconographiques et historiques. Le matériau est là, classé, rangé, étiqueté mais il ne peut y accéder à cause de la procédure de séquestre imposé à sa galerie.

Enfin, un dernier élément fait de lui l'homme le mieux placé pour écrire, décrire et analyser cet « acheminement » vers le cubisme : il n'est plus en fonction. Marchand en titre, ayant pignon sur rue à Paris, il ne se serait jamais résolu à écrire ce texte. D'une part, il n'en aurait pas eu le temps et l'agitation parisienne aurait été beaucoup moins propice à la réflexion que l'exil bernois. D'autre part, il n'aurait jamais voulu affronter un problème déontologique qui n'a pourtant jamais fait reculer nombre de ses pairs : quand un marchand écrit « pour l'histoire » un livre sur la peinture qu'il aime et qu'il défend, il fait avant tout œuvre de publicité commerciale. Et cela, il s'y refuse.

Ses lectures des années de guerre ont naturellement une influence sur ses écrits. Outre la presse et les revues d'art européennes, il est bien placé en Suisse pour se procurer les livres les plus récents et d'autres un peu plus anciens mais inconnus de lui. Il y a d'abord le fameux grand livre tant attendu de son ami Carl Einstein, *Negerplastik*, publié à Leipzig en 1915. Kahnweiler, qui le relit plusieurs fois d'emblée, y voit non seulement le livre de référence sur la sculpture nègre et l'art africain mais également un texte indispensable à l'économie du cubisme. Pendant des années il réfléchira à quelques bribes échappées d'une des dernières conversations qu'il eut avec Einstein avant de quitter la France :

« ... Tout de même, le cubisme ne nous aurait pas passionnés comme il l'a fait si ç'avait été une affaire purement optique[31]. »

Cette phrase, qu'il ressasse à loisir, est l'un des multiples points de départ de sa propre réflexion d'ensemble sur l'aventure qu'il vient de vivre. Il y en a d'autres, trouvées dans les ouvrages de maîtres déjà prestigieux. Des écrits d'Aloys Riegl[32], il retient surtout l'idée que tout art est la parfaite expression de son milieu culturel et que ce n'est pas par impuissance à imiter la nature ou à reproduire des schémas traditionnels qu'une société décide de produire des formes différentes. Par contre, la lecture des travaux[33] de Worringer le dresse plus encore contre certaines idées reçues et développées par ce ponte, jugées « hédonistes » : l'artiste selon Kahnweiler ne reproduit pas des objets mais produit des concepts.

Pour oser ainsi remettre en cause et contester, Kahnweiler doit avoir puisé sa nouvelle assurance ailleurs que dans ses lointaines conversations avec Uhde, Kramar ou Einstein. Pendant ses longues années bernoises, il s'est en effet absorbé dans les cours de philosophie dispensés à l'Université, complétés par d'intenses lectures en bibliothèque. Sa culture germanique, fortement imprégnée de luthéranisme, souffrait de son propre aveu d'une carence : une indispensable assise philosophique, logique et esthétique qui lui permette de dépasser le stade du simple commentaire-témoignage pour accéder à une véritable conceptualisation du cubisme. Cet apprentissage difficile, parfois douloureux mais toujours fructueux, va développer son esprit de synthèse et son goût pour la méthode sans brider pour autant sa curiosité intellectuelle.

Il a trente-deux ans. Ce n'est pas trop tôt pour élaborer le « système » de décryptage d'une peinture qui suscite encore tant de réserves, de haine et d'incompréhension. Après tout, Schopenhauer n'avait que vingt-sept ans quand il établissait les dogmes de sa philosophie... Non qu'il ait l'outrecuidance de se comparer à lui. Mais s'il choisit de s'y référer ainsi, c'est qu'il est son vrai maître.

Longtemps, Kahnweiler passera pour un kantien puis pour un néo-kantien. Lui-même accréditera cette idée [34] truffant ses conversations et ses articles d'allusions au caractère universel du « sens de la beauté », définissant le Beau comme par principe, subjectif et désintéressé, sans but et sans concept, se référant implicitement à cette *Critique du jugement* (1790) d'Emmanuel Kant, si décisive pour l'histoire de l'Esthétique. Or, contrairement à une idée également reçue, il n'est pas le premier en France à se servir de

Kant pour l'analyse du cubisme. En 1912, un critique de vingt ans, Olivier Hourcade, poète bordelais inconnu du sérail artistique, fait un passage météorique (il mourra à la guerre) mais remarqué. Il remplace au pied levé Apollinaire qui devait prendre la parole à deux réunions sur l'art moderne, et défend l'idée que le cubisme est la recherche de la vérité, la chose-en-soi kantienne, au détriment de l'illusion, du paraître et des effets d'optique. Kahnweiler n'a peut-être pas assisté à ses deux conférences mais il a pu en lire le compte rendu dans certains journaux[35].

Surtout, le plus important est qu'il a moins lu Kant que ses interprètes : le sociologue Georg Simmel, les tenants d'une tradition esthétique allemande post-kantienne et les historiens d'art qu'elle a engendrés. En se familiarisant avec des instruments critiques méconnus en France, il peut enfin mettre noir sur blanc son expérience et lui donner une autre dimension que le « simple » témoignage[36]. Il évite un spectre qu'il tient à conjurer : les « choses vues » à la manière d'Apollinaire dans ses *Méditations esthétiques*.

Dans ce processus, la lecture de livres tels que *Le Monde comme Volonté et comme Représentation* ou *De la vision et des couleurs* jouent un rôle essentiel dans son évolution. Pour lui, ils sont avant tout d'un philosophe, Arthur Schopenhauer, dont Wagner disait qu'il avait été le premier à penser les idées de Kant jusqu'au bout... Kahnweiler, fortement imprégné par sa Représentation du monde, place Schopenhauer au plus haut; il en retient l'idéalisme transcendantal et non le pessimisme et reconnaît volontiers qu'il interprète toujours Kant à travers lui[37].

C'est plus qu'un signe : le premier mot ouvrant le premier chapitre de *La montée du cubisme* est... « impressionnisme »! Une manière de le consacrer implicitement comme un point de départ. Kahnweiler en loue les vertus (« Il transfigura la palette. Il brisa d'anciennes tables, devenues inutiles ») pour mieux dénoncer la médiocrité des buts que le mouvement s'était fixés. S'il isole du lot, d'emblée, Cézanne et Seurat, c'est pour mieux en faire des précurseurs qui ont montré la voie du retour à la construction du tableau et de l'utilisation de la lumière comme un moyen capable de montrer les objets dans leurs trois dimensions. En fait, dans sa logique, Cézanne plus que l'impressionnisme en tant qu'école ou mouvement, doit être placé à l'origine de la peinture moderne. Après ces indispensables préliminaires, Kahnweiler entre dans le vif du sujet : comment Braque et Picasso se sont affrontés au problème de la forme et de la couleur.

Il n'esquive pas les dates, au contraire. Son texte, constitué de pièces rapportées (on n'ose dire « collages »...) écrites à différents moments de sa réflexion, semble épouser une certaine chronologie. Nonobstant ses lectures philosophiques, il n'a pu se défaire totalement d'une vision événementielle de l'histoire immédiate. Il est à cent lieues d'un critique comme Maurice Raynal, se moquant de savoir si le cubisme commence en 1908 ou 1910, préférant s'attacher à son effet : « Attribuer des dates à l'art, comme lui donner des prix marchands, c'est l'exalter ou l'amoindrir », écrira-t-il[38]. La remarque prend toute sa valeur sous la plume d'un de ceux qui ont porté le cubisme sur les fonts baptismaux. Kahnweiler en est également, mais il tient, lui, à dater les lignes de force et les points de rupture.

1907 tout d'abord. Fin de l'illusionnisme en peinture. C'est le genre de date que Kahnweiler nomme « une borne frontière de l'histoire de l'art »[39]. Il y a un avant et un après, qui devront se situer en amont et en aval des *Demoiselles d'Avignon*. C'est une année cruciale car elle marque un changement dans la conception ou la représentation de l'espace qui n'avait pas bougé depuis la Renaissance[40]. Malgré le manque évident de recul, il n'hésite pas à consacrer 1914 comme une date fatidique, marquant la fin d'une époque. Comme s'il pressentait déjà que quand la guerre serait finie, les cubistes de l'époque héroïque n'agiraient plus « comme une cordée en montagne », tourneraient le dos à leurs recherches collectives pour s'isoler dans un individualisme favorisé par le succès. C'est d'ailleurs ce qui va se passer.

La dispersion, le traumatisme psychologique, le bouleversement des mentalités et le retour à l'ordre engendrés par la guerre auraient, de toute façon, donné un brutal coup de frein au cubisme. Kahnweiler est persuadé qu'il n'aurait pas donné naissance à un style. L'éclatement du noyau originel du cubisme était inéluctable. La guerre n'a fait qu'accélérer le processus[41]. De son point de vue, le cubisme comme mouvement étant terminé, il ne survivra que tant qu'un peintre cubiste survivra. Après, il entrera dans l'histoire comme une école-charnière, aussi importante que Giotto et les siens[42].

Enfin il est un point plus important qu'il n'y paraît, développé par Kahnweiler dans ce texte « historique » : il s'agit de la peinture qu'il récuse, à laquelle il refuse l'appellation de « peinture » et qu'il rejette comme étant du ressort de la décoration ou de l'ornementation. Deux mots clés dans ce vocabulaire. C'est la première fois qu'on les trouve sous sa plume. Il les utilisera jusqu'à la fin de sa vie pour désigner toute peinture devenue, à ses yeux, irrécupérable. Ils reviendront sans cesse quand il commencera à se déprendre de Matisse, et surtout quand il balaiera d'un revers de main la peinture abstraite. C'est à l'aune de ces quelques lignes qu'il faudra désormais prendre la mesure de son intransigeance artistique :

« ... Il conviendrait de mentionner une tendance qui se fixe pour but la « peinture sans
objet », et qui veut composer sur la toile des
ensembles colorés harmonieux, sans aucune référence à un objet naturel quelconque.

Notre position à l'égard de cette tendance ne
saurait être douteuse. Elle est certainement capable de créer des œuvres agréables, mais qui ne
sont pas de la peinture. Le problème de la
peinture, la concentration de la multiplicité du
monde des corps dans l'unité de l'œuvre d'art, ce
problème lui est inconnu. Toutes les tâches avec
lesquelles la peinture lyrique a eu à se débattre
depuis des années, elle les écarte. Ses créations
veulent être décoratives, orner le mur et c'est
tout. Ce n'est pas l'instinct artistique qui les fait
naître, c'est l'instinct d'ornementation. De la
décoration, voilà ce que font ces peintres[43]... »

Il n'est pas encore trop sévère. Avec le temps, les
mêmes arguments contre cette non-peinture, excom-
muniée par une sorte de décret se durciront jusqu'à
ne pas souffrir la discussion. Ces deux notions maudites entre toutes lui serviront constamment de contre-
exemples. Exaltant auprès d'un de ses peintres ce
qu'il considère comme le sommet de la vraie peinture, à savoir les Masaccio de l'église du Carmine, à
Florence, il lui dira : « Il n'y a là nul souci décoratif
ornemental : une réalité, une vérité absolues[44]. »

L'usage permanent et parfois intempestif qu'il fait
de ces deux termes souffre d'une ambiguïté. A l'époque de la Renaissance, « ornementation » n'était pas
synonyme de « décoration » dans son acception
péjorative. Les peintures de Fra Angelico étaient
« ornato » en ce qu'elles n'étaient pas l'exact reflet
d'une réalité. Elles intégraient d'autres valeurs telles

que le charme, la subtilité, la générosité... qui toutes concouraient à l'interprétation de la réalité. L'ornement, qui était à la peinture ce que la figure de style est à la prose, donnait de la grâce aux attitudes les plus figées, de l'ampleur aux mouvements les plus rigides, de l'élégance à la démarche[45].

Kahnweiler, lui, souhaiterait que les peintres dits décoratifs – et ce n'est pas un compliment – abandonnent la peinture pour se saisir plutôt de la céramique, des tissus et du verre. La tentative la plus dangereuse lui paraît être le détournement, par ces artistes, de l'expérience des papiers collés. Car elle lui paraît être préjudiciable à la vraie peinture. « On voulait faire une peinture simple, objective, réaliste... », dira-t-il plus d'une fois, s'identifiant totalement au combat des cubistes historiques. Comme s'il était le coauteur de leurs tableaux. Lapsus ? Même pas. Avec un sentiment mêlé d'orgueil et d'humilité, du fond de son exil bernois, il se pose implicitement comme le dépositaire de la Vérité cubiste. En gardien du temple et défenseur de l'orthodoxie. Il a trente-deux ans et il est marchand de tableaux en chômage technique.

1917. Kahnweiler commence sérieusement à s'impatienter. Le paisible marchand, la patience faite homme, a des fourmis dans les jambes. La Suisse est trop petite. Il ne s'y passe presque rien. Le pain est rationné depuis le 1er octobre, comme ailleurs. Kahnweiler ne quitte presque plus Berne. Il se sent plus que jamais « au-dessus de la mêlée », mais il est moins proche d'un Romain Rolland que d'un exilé comme Stefan Zweig. Il pourrait faire siennes ces lignes que l'écrivain note dans son *Journal* : « Etrange : ce que l'on considère de loin comme la liberté, en Suisse, a un tout autre aspect quand on est sur place. Ils sont pour ainsi dire perchés sur la pointe d'un clocher, isolés, détachés, en quelque sorte perdus. C'est aussi une prison, ce petit morceau de terre. Une existence à la Robinson dans la vie intellectuelle[46]. »

C'est tout à fait cela. Kahnweiler commence vraiment à trouver le temps long. Il ne se passe rien. Les dadaïstes ? Il ne se déplace même plus à Zurich pour assister aux conférences de Tristan Tzara ou aux expositions, se contentant de lire la revue *Dada*, « la seule à travailler pour les idées nouvelles » selon lui[47], que lui envoient régulièrement les jeunes provocateurs du cabaret Voltaire.

Le pire, dans cette situation de désœuvrement à peine atténuée par la lecture et l'écriture, c'est encore le sentiment de la solitude dans l'impuissance. Car ailleurs dans le monde, tout bouge. Kahnweiler le sait et cela le rend malade. Il a maigri de trente-cinq livres. Sa correspondance avec la France s'est considérablement réduite. Mais la presse et les revues sont là qui lui rappellent cruellement son absence de la scène.

Ça bouge en Russie bien sûr. La situation révolutionnaire a forcé le tsar à abdiquer. En avril, Lénine a quitté Zurich pour regagner son pays avec les siens dans un wagon plombé. L'état-major allemand a favorisé le transit, préoccupé en priorité par la déstabilisation de l'adversaire. La rumeur est malveillante : on dit qu'à Pétrograd les moujiks se taillent des bottes dans les Rembrandt du musée de l'Ermitage. Par contre, il est confirmé que Chagall a bien été nommé commissaire des Beaux-Arts pour le gouvernement de Vitebsk. Kandinsky, qui traumatisé par la catastrophe, avait posé les pinceaux depuis deux ans, est rentré également en Russie pour être bientôt nommé membre de la section artistique du « Commissariat populaire de l'Instruction Publique » et professeur à l'Académie des Beaux-Arts de Moscou.

Kahnweiler est sensible à certains de ces événements. Mais moins qu'aux faits et gestes de la vie artistique parisienne. Ils s'inscrivent, une fois n'est pas coutume, dans une année-charnière, qui sera la passerelle entre l'avant-guerre et les années 20.

Une nouvelle revue paraît sous le titre de *Nord-Sud*. Elle publie dès sa première livraison une étude de Reverdy sur le cubisme. L'auteur a toute son estime et l'article suscite son intérêt. Mais le plus désolant pour Kahnweiler est de constater qu'il n'occupe plus le terrain. Lui qui aimerait tant avoir le monopole du commentaire sur le cubisme se voit ainsi dépossédé pour cause d'absence prolongée. Mais que faire? Il ne suffit pas de solliciter la presse en langue allemande. C'est à Paris qu'il faut être et en français qu'il faut publier.

Il se console dans la lecture, dans un numéro suivant de *Nord-Sud*, de *Pensées et réflexions sur la peinture* de Georges Braque. Elles le comblent et emportent immédiatement son adhésion. Tant et si bien qu'il les traduit et les envoie à la *Kunstblatt* qu'il juge la meilleure revue d'art paraissant en Allemagne. C'est comme si son peintre, son ami, lui avait envoyé un message personnel, discrètement dissimulé dans ses maximes qui ne disent pas leur nom et qui sonnent si justes quand on a à l'esprit, comme lui, les tableaux, le ton, la voix, le sourire, le regard de Braque :

« Peindre n'est pas dépeindre... Ecrire n'est pas décrire... J'aime la règle qui corrige l'émotion... Le vase donne une forme au vide, la musique au silence... Faire des progrès en art, ce n'est pas étendre ses limites mais mieux les connaître... La peinture n'est pas un art à tout faire... »

C'est ainsi, dans cet ordre et cette formulation parfois approximative qu'il s'en souviendra toujours[48].

Paris en mai 1917, c'est pour lui, moins la capitale d'un pays en guerre, dont l'armée affronte les premières mutineries et le gouvernement des grèves qui en imposent par leur ampleur, que la ville de Picasso et de Diaghilev.

La première représentation de *Parade* au Théâtre du Châtelet a provoqué un beau scandale. Il paraît que dans la salle, on a beaucoup crié « Sales boches! » ce qui a dû bien faire rire le petit Espagnol et le gros Russe. On leur reproche les décors signés Picasso, et la musique d'Erik Satie, compositeur génial et pittoresque qui a rejoint la bande d'amis de Kahnweiler. Un peu plus âgé qu'eux, il se verra constamment gratifié d'un affectueux « notre bon maître ». Kahnweiler, par ce qu'il en apprend dans la presse, brûle de connaître cet homme qui a eu l'audace d'introduire une machine à écrire dans un orchestre symphonique.

Vu de Berne l'esclandre de *Parade* lui paraît être du meilleur augure. Il consacre le talent de Diaghilev, l'homme qui a su faire travailler ensemble des artistes au génie aussi complémentaire que Cocteau, Picasso, Satie, le chorégraphe Massine. De plus, en se présentant d'une manière éclatante comme une habile synthèse de tous les arts, les Ballets russes font coup double. Désormais, ils sont moins typiquement slaves que représentants de l'avant-garde internationale. Le chahut de *Parade*, loin de les accabler, va les désenclaver.

Kahnweiler reste songeur à la lecture des journaux. Sa place était à la première de *Parade* plutôt que dans sa chambre de travail, où il a parfois l'impression de tourner en rond à force de vivre en autarcie intellectuelle, ou dans ce musée de Berne dont les Hodler n'ont plus de secrets pour lui.

Une autre information excite son impatience : à Paris, le marché de l'art aussi a repris. On dit que Fénéon commence à récupérer le stock de la galerie Bernheim Jeune qu'il avait entreposé au début de la guerre chez un collectionneur de Bordeaux. C'est un signe qui ne trompe pas. Surprenant Fénéon : ses amis assurent qu'en février et en novembre, au moment des émeutes révolutionnaires et de la prise du pouvoir en Russie par les bolcheviques, il a légué au peuple russe sa collection personnelle – une des plus complètes sur Seurat, notamment – par testament. Il le déchirera quand une répression sanglante s'abattra sur ses amis anarchistes[49]...

Mais du côté des marchands parisiens susceptibles d'intéresser un homme comme Kahnweiler, le plus efficace, le plus rapide est sans aucun doute Léonce Rosenberg. Cette année-là, il signe des contrats d'exclusivité avec Braque, Gris et Léger. « Ce sera son honneur durable », répétera à plusieurs reprises Kahnweiler, reconnaissant au nom de ses peintres. Mais tout de même, sur le moment, le coup est dur à encaisser. C'est aussi que le marché amorce une reprise tout à fait perceptible.

Le milieu de l'art se réveille. Les peintres multiplient les écrits sur l'esthétique, de nouvelles revues se créent, les vernissages succèdent aux vernissages et les ventes aux enchères sont plus nombreuses et fournies, retrouvant à nouveau une cadence honorable. On dit que l'Hôtel Drouot ne désemplit pas, malgré les nouvelles de l'offensive du Chemin des Dames, ou la nomination de Pétain comme commandant en chef. Les industriels et commerçants à qui la guerre profite achètent des collections sans faire le détail. Les Américains continuent à faire monter les prix. Il y a un an, on pouvait acheter un Monet pour 37 000 francs à Paris : cette année on en a vendu un autre pour 79 500 francs à New York... Nouveau marché, nouvelle clientèle, cela bouge : « les valeurs maudites deviennent des valeurs mondaines ». Ultime signe d'une reprise très prometteuse : le prix de la toile sur châssis a augmenté de 150 % et celui des pinceaux de 40 %[50].

1918 tient les promesses de 1917. L'activité est intense malgré les « événements » comme on dit pudiquement. Même en Suisse! Sans quitter le pays, Kahnweiler peut cette année-là assister à plusieurs expositions importantes : la jeune peinture romande à Zurich, Rodin et Dada à Genève, la création par les Pitoëff au grand théâtre de Lausanne de *L'Histoire du soldat* de Ramuz et Stravinski, sans oublier cet événement considérable de la vie artistique bernoise qu'est l'ouverture de la Kunsthalle comme lieu d'exposition de l'art contemporain. Un temps, en novembre, on a même cru que le pays allait lui aussi sombrer dans l'anarchie : une grève générale de vingt-quatre heures, des incidents à Zurich et la levée de quatre régiments d'infanterie et de quatre brigades de cavalerie chargés du maintien de l'ordre ont révélé aux plus sereins des émigrés la précarité de l'attachement à la neutralité[51].

C'est en novembre que tout s'est emballé, après l'offensive générale des Alliés et l'effondrement de l'Autriche-Hongrie. Avant même que l'armistice ne soit signé à Rethondes, Kahnweiler a le sentiment, de son poste d'observation privilégié, de son mât de vigie, que cette fois c'est vraiment fini. Pour les autres, ceux qui se battent, et surtout pour lui, qui ne se bat pas mais qui ne tient plus. Il confie volontiers avoir vécu ces années-là « dans un état de torpeur et d'hébétude », atténué par la lecture de nouvelles revues telles que *Nord-Sud* ou *Sic*[52].

Plus que jamais il court après les informations. Que sont devenus les autres? Cette question lancinante revient avec force dans sa conversation ou sous sa plume, au fur et à mesure que la paix approche. Comme s'il devait revoir tous ses amis incessamment.

On dit que Carl Einstein, le bouillant critique, était un des leaders de la révolution des soldats ouvriers à Bruxelles... On dit que les confrères allemands, marchands de Berlin et de Munich, sont repartis à l'assaut du marché comme avant 14 et qu'il est temps pour Kahnweiler de reprendre en main les tableaux qu'il avait en commission chez eux[53]... On dit qu'en Russie les formidables collections de Chtchoukine et Morozoff ont été nationalisées comme les usines et qu'elles formeront le Musée d'art occidental à Moscou... Et Apollinaire? Et Picasso? Et...

« A bas Guillaume! A bas Guillaume! »

Ceux qui ont assisté à la scène n'oublieront pas. Le poète agonisait chez lui. Sous ses fenêtres, la foule hurlait. Il croyait, dans son demi-coma, que c'était contre lui alors qu'elle s'en prenait au kaiser. A moins que ce ne soit qu'une belle légende... « Notre pauvre Apollinaire », comme dit désormais Kahnweiler[54], ne s'est pas remis de ses blessures. Mais depuis deux ans et demi qu'il a été trépané après avoir reçu un éclat d'obus à la tempe, il a pu publier *Le poète assassiné* et *Le Flâneur des deux rives*, écrire de nombreuses chroniques dans les journaux, faire représenter *Les Mamelles de Tirésias*... Comme s'il fallait parer au plus pressé. Les portraitistes l'immortalisent en poète-guerrier, le crâne bandé. Reverdy a le mot juste : « la guerre l'a frappé symboliquement à la tête »[55]. Kahnweiler ne l'a pas vu depuis quatre ans. C'est fini maintenant. Il ne lui reste qu'à préparer un article nécrologique pour *Nord-Sud*. Ils n'auront pas eu leur grande explication. Il paraît qu'Apollinaire s'était fait fort d'amener le futuriste italien Carlo Carra rue Vignon afin de lui faire signer un contrat[56]. Gageons que même sans les hostilités, il aurait eu peu de chances d'y parvenir...

Et Picasso? Il travaille, se laisse étourdir par ses nouvelles fréquentations, expose chez Paul Guillaume avec Matisse, rencontre de plus en plus de marchands, très sollicité par Paul Rosenberg surtout, qui obtient un droit de première vue.

Et Eugène Reignier? L'ami des premiers temps, le Maître qui ne disait pas son nom, le plus intelligent employé de la charge Tardieu, le guide à qui il doit tant, est mort. Il a été emporté par un fléau qui fait plus de ravages que plusieurs Verdun : la grippe espagnole.

Et Wilhelm Uhde? Très malade, il s'est retiré à Wiesbaden. Le « dômier » en chef de Montparnasse souffre beaucoup d'être exilé dans son propre pays. Pour lui, être exilé, c'est être coupé de Paris et donc du monde de l'art. Les peintres, les galeries, les marchands lui manquent. Alors pour compenser cette cruelle absence, il recrée sur sa table de travail l'atmosphère qui le rend si nostalgique, en entreprenant la rédaction d'un livre qui s'intitulera *Picasso et la tradition française*. Mais ce qui accable le plus ce pauvre Uhde, c'est le sentiment de n'être plus rien. On l'a oublié. Il en prend conscience en apprenant l'organisation de ventes de tableaux français en Allemagne, par le même canal que le commun de ses compatriotes. Par le journal. Triste désillusion. Lui qui a tant fait pour la promotion de ces peintres, le voilà rabaissé au rang du plus anonyme des amateurs. Quelle amertume! « Moi, avec mon fidèle attachement, je me fais quelque peu l'effet d'un fou », écrit-il à Kahnweiler après quatre ans de silence [57]. Le marchand a fait diligence pour tout mettre en œuvre afin que la collection de Uhde à Paris soit protégée. Il a réglé le loyer et les assurances, mais aux yeux de son ami, il reste avant tout un informateur privilégié car il est tout de même au courant de ce qui se passe à Paris. Tout est relatif. Ne sont-ils pas pathétiques ces deux Allemands fous de la France et qui en sont privés?...

« M'établir en Suisse? C'est si petit la Suisse à tous les points de vue et la brocante n'est pas mon affaire. Non, je lutterai. » C'est ce que Kahnweiler écrit alors quand il est au mieux de sa forme[58]. « On se fait vieux à Berne! » C'est ce qu'il dit dans ses moments de découragement[59]... Entre les deux, il y a toutes les nuances de l'espoir formé par un homme accablé par plus de quatre ans d'exil involontaire, plus pressé de retrouver sa ville d'adoption que son pays natal. Quand on pense que certaines rumeurs malveillantes, colportées à dessein du côté de la Madeleine, laissent accroire que le célèbre marchand des cubistes veut s'installer en Suisse... Cela le fait enrager[60]. Mais comment démentir autrement que par une présence physique à Paris et un rideau de fer enfin levé rue Vignon? Non seulement il est bien déterminé à reprendre son métier mais il ne fait aucun doute que ce sera à Paris et nulle part ailleurs! Il prévoit de s'ouvrir de plus en plus au marché étranger, mais depuis Paris, sans l'ombre d'une hésitation[61]!

En attendant, il trépigne mais piétine. Tant que le traité de Versailles n'aura pas été ratifié par la Chambre et le Sénat, il est cloué à Berne. « Maudite ratification... » grommelle-t-il pendant des mois. C'est devenu son expression favorite. On peut être sûr que le jour où elle prendra effet, il sera le premier de la file, à l'aube, devant le consulat de France pour obtenir ses papiers de retour.

Il ne lui reste plus qu'à prendre son mal en patience et à poursuivre ses travaux. Impossible. Il est désormais trop déconcentré. Quand on s'appelle Kahnweiler et que la rue Laffitte et la rue La Boétie sont en ébullition, on ne peut décemment pas se consacrer à des problèmes d'Esthétique. Il achève bien quelques articles mais délaisse quelque peu la réflexion philosophique pour reprendre son arme favorite de marchand : la correspondance.

Les affaires reprennent un peu avec des toiles de Vlaminck et de Van Dongen. Signe des temps : certains de ses correspondants lui écrivent en précisant sur l'enveloppe : « Galerie Kahnweiler, Viktoria-rain 15, Bern », qui est l'adresse de son ami Glaser. Pour eux, il ne fait guère de doute que le marchand poursuit ses activités commerciales comme avant. Ils ignorent à quel point elles ont été pauvres ces derniers temps. Pour s'informer de l'état du marché outre-Rhin, il entretient d'abord des relations épistolaires suivies avec deux revues d'art – *Der Cicerone*, à Hanovre, et *Das Kunstblatt* à Berlin – et des marchands qu'il connaît bien : Caspari (Munich), Heinrich Thannhauser, Paul Cassirer (Berlin), Alfred Flechtheim (Düsseldorf), Goldschmidt (Francfort) Bernheim Jeune (Zurich).

Visiblement, Kahnweiler est comme regonflé à bloc. Ce sera nécessaire car il lui faudra très exactement reconquérir non seulement un marché mais des artistes. Pas n'importe lesquels : les siens. Son but est double et il n'est pas dit qu'il réussisse : les ramener dans son giron, et solliciter leur appui dans la bataille qu'il devra mener pour récupérer son stock. Vaste et ambitieuse entreprise... Elle s'inscrit dans un ensemble de lettres écrites entre août et décembre 1919.

Juan Gris est le premier peintre contacté. Cela fera bientôt quatre ans qu'ils ne se sont pas écrit. Récemment, en avril, il a exposé chez son nouveau marchand Léonce Rosenberg, en sa galerie de L'Effort moderne. Ce fut un succès de l'aveu même de Gris. Le plus extraordinaire est que Picabia et autres dadaïstes le font paraître classique... On se croirait à des années-lumière des années 10. C'est une curieuse sensation d'accélération de l'histoire qui n'est pas

faite pour déplaire. Gris a évolué, gagnant en assurance, en maîtrise dans l'analyse de son art :

« Je voudrais continuer la tradition de la peinture
par les moyens plastiques en apportant une esthétique
nouvelle basée sur l'esprit. Je crois qu'on peut très
bien chiper les moyens de Chardin sans prendre ni
son aspect ni sa notion de la réalité. Ceux qui croient
à la peinture abstraite me font penser à des tisserands
qui voudraient faire fabriquer des étoffes avec des fils
tendus dans un seul sens et sans d'autres qui les
relient. Sans intention plastique, comment limiter et
relier les libertés représentatives ? Et sans souci de
réalité, comment limiter et relier les libertés plastiques[62] ? »

Kahnweiler est surpris et comblé. Il réalise qu'il
n'est pas le seul à avoir appris deux ou trois choses
sur l'Esthétique pendant ces années de guerre. Plus
encore qu'avant 14, il se sent en totale communion de
pensée avec Gris contre la peinture dite abstraite et
l'ornementation, notamment. Mais trêve de commentaires : il est temps d'entrer dans le vif du sujet. Dans
sa lettre en retour, Kahnweiler va droit au but. L'avis
de Gris sur les jeunes et nouveaux peintres de Paris,
sur Dada ou sur le sculpteur Laurens l'intéresse mais
pas autant que ses tableaux.

« Ce que vous me dites de votre propre peinture
m'a donné plus que jamais envie d'en voir, d'en avoir
de nouveau. Je viens donc vous prier de m'en
envoyer. Je m'empresse de vous dire avant toute
chose que légalement vous avez parfaitement le droit
de m'envoyer, de me vendre des tableaux. Vous me
direz S.V.P. combien vous en voulez. Nous nous
entendrons facilement pour cela[63]... »

Kahnweiler veut aussi des dessins. Il veut de tout
un peu. De la période la plus récente à des époques
intermédiaires, avec les dates. C'est son seul moyen
de se faire une idée de la production de Gris depuis

cinq ans et de rattraper le temps perdu. Il suffira au peintre de rouler toiles et papiers et de les expédier par la poste.

Dans l'esprit de Kahnweiler, c'est assez simple. Pour le scrupuleux Gris, cela ne l'est pas. Question de principe, de morale professionnelle, de déontologie, peu importe le terme : il est sous contrat d'exclusivité avec Léonce Rosenberg depuis deux ans et il n'y peut déroger, pas même par amitié. Ce qu'il fait part aussitôt pour la galerie de L'Effort moderne. Il n'en est pas moins sensible à l'intérêt manifesté pour sa peinture par Kahnweiler. Mais il calme son enthousiasme; il connaît, lui, ses moyens plastiques et ses limites. Ils sont encore loin des possibilités d'un Braque, un peintre qu'il loue volontiers, même si celui-ci dit du mal de lui en public et refuse d'accrocher dans la même salle. A la demande de Kahnweiler, il lui décrit la vie artistique à Paris. Une brillante analyse à chaud qui s'avérera d'une belle perspicacité :

« ... Picasso fait toujours de belles choses quand il a le temps entre un ballet russe et un portrait mondain. Les autres, ce n'est pas bien épatant. Léger a toujours de belles qualités mais il penche de plus en plus vers des débordements dadaïstes. Il y a la nouvelle recrue Severini qui a lâché le futurisme depuis deux ou trois ans. Laurens, c'est un sculpteur ami de Braque et un peu son élève. Le sculpteur Lipschitz, c'est peut-être des jeunes celui qui a la plus belle nature et le plus de sérieux. Il a, à mon avis, un grand avenir car il se développe très bien et il a fait un grand progrès en très peu de temps. La chose la plus étonnante, ça a été la subite floraison de poètes. Reverdy est un des premiers et des meilleurs et a beaucoup influencé des tas de jeunes. Il y en a d'extraordinaires comme Radiguet qui a à peine dix-sept ans et qui fait des choses charmantes. Ce sont ceux de la tendance

Reverdy qui ont le plus de connexion avec notre peinture et qui se détachent de plus en plus de Cendrars et Tzara. Il y a aussi des jeunes musiciens mais dans la musique je n'y connais rien. Il y en a comme Auric qui a vingt ans et qu'on trouve admirable[64]!... »

Intéressant. Instructif même. Mais Kahnweiler a autre chose en tête. Il ne baisse pas les bras. Le traité liant Juan Gris à Rosenberg est un obstacle, soit. Mais il a été conclu en 1917 et n'a pas d'effet rétroactif. Le marchand n'a tout de même pas acheté l'atelier de la place Ravignan! Gris peut donc disposer des toiles qu'il a exécutées entre la déclaration de guerre et 1917. Kahnweiler obtient partiellement gain de cause pour les toiles de 1914, Rosenberg ayant eu la prudence de faire signer un engagement annexe au peintre. Kahnweiler insiste : il lui faut ceux de 1915. C'est une entreprise de reconquête plutôt pénible, patiente et laborieuse. Douloureuse pour l'un comme pour l'autre : le peintre ne veut pas peiner le marchand qu'il admire sincèrement et auquel il est très reconnaissant, et le marchand est obligé de « faire l'aumône », d'envois en envois, pour en réclamer toujours plus et lâcher à bout d'arguments :

« Il faut vous dire que j'ai vécu toute la guerre avec l'argent prêté par un ami, il me faut donc de toute nécessité faire des affaires maintenant[65]. »

Des mots difficiles à prononcer et plus encore à écrire pour un homme à ce point pétri d'orgueil et de fierté. Gris plie car il n'a de toute façon aucune envie de lui résister. Mais de concessions en compromis, à force de naviguer entre Rosenberg et Kahnweiler en tâchant de ménager la chèvre et le chou, le droit et la fidélité, il ne lui reste plus que des fonds de tiroirs, des papiers collés de 1913 qu'il ne trouve pas bien fameux. Kahnweiler est bien de son avis.

En retour, il lui fait parvenir pour une douzaine

d'œuvres la somme de 750 francs, ce qui est une manière plus directe de lui exprimer sa déception. Il n'aura rien d'autre. Il lui faut abandonner. Restons bons amis mais renonçons à travailler de concert. Kahnweiler admet avoir perdu la partie mais ne se résout pas à imaginer que des deux, le meilleur marchand c'est Rosenberg. Question de conception, pas seulement commerciale mais morale :

« J'ai toujours pensé au peintre autant qu'à moi-même quand je faisais un traité : je le faisais pour une période courte de façon que le peintre puisse profiter toujours du succès croissant de sa peinture, par le prix du traité. Et jamais je n'aurais eu l'idée de l'ignoble clause d'un « bail » de trois-six qui ne lie que le peintre ! Enfin, j'étais sans doute une poire [66]... »

Après Gris, il monte à l'assaut de Braque. D'emblée, il dit vouloir l'associer à son avenir. Il lui parle en ami, à cœur ouvert : ce qu'il a édifié, patiemment, au cours de ces fameuses sept années, est en morceaux. L'heure est venue de rebâtir. Bien entendu, il n'ignore pas que Braque a exposé en mars chez Léonce Rosenberg. Qu'importe : qu'il lui envoie quelques dessins par la poste, « pour voir l'allure que ça a » [67] et il les lui achètera aussitôt. Le peintre, très jaloux de sa liberté, est lié à Rosenberg jusqu'en mai 1920 ? Cela pourra toujours s'arranger... D'ailleurs, qui sont-ils exactement, ces deux fameux marchands qui semblent avoir monopolisé son marché ? Que valent-ils, Léonce Rosenberg et Paul Guillaume ?

Kahnweiler lui pose sincèrement la question, pour s'informer, mais sans se priver, pour autant, d'émettre des doutes sur leur envergure financière et intellectuelle. C'est de bonne guerre. Puis à court d'arguments, il lui ouvre vraiment son cœur : la Suisse est un pays de gens charmants, il y fait beau, je nage, je fais du bateau et de la marche, mais franchement...

j'en ai assez. Il n'en peut plus de ronger son frein. Il faut l'aider. Braque est bien placé pour lui tendre une main secourable et le sortir de cet état d'apathie qui bientôt le plongera dans la neurasthénie.

Le moyen? Très simple. Braque n'a qu'à lui envoyer des toiles, récentes si possible, que lui Kahnweiler se fait fort de revendre en Suisse. Mais il faut rester discret. Nul besoin d'alerter les marchands parisiens tant sur cette transaction que sur la détermination de Kahnweiler de se donner de nouveaux moyens lorsqu'il réouvrira la galerie de la rue Vignon en s'associant avec un ami bien placé dans les milieux financiers. Ce n'est encore qu'un projet et il a de toute façon une obsession quasi maladive du secret et de la concurrence. Elle découle de son phantasme le plus ancré : l'exclusivité de la production d'un peintre.

Depuis Berne, il a pu se renseigner. Paul Rosenberg n'est qu'un « brocanteur »[68]. Il faut dire que ce marchand a été jusqu'à faire passer dans *La Nouvelle Revue Française* de novembre un placard publicitaire portant simplement mention de son nom et de son adresse avec, comme texte, une manière de petite annonce : « Je suis actuellement acheteur de tableaux de Van Gogh. » Ça, un marchand de tableaux? Un fournisseur ou un petit négociant plutôt. Quant à Léonce Rosenberg, il convient de s'en méfier : « Il n'a jamais été cousu d'or. Il fallait jadis à chaque fois des démarches sans fin pour me faire payer de lui. A l'heure actuelle, il me doit une somme rondelette[69]. »

Il a la dent dure, Kahnweiler. C'est peut-être la marque du ressentiment. Mais dans ce registre, Braque n'est pas en reste. Il s'est répandu sur le compte de Gris avec une certaine malveillance. Il récidive d'une autre manière avec un peintre sur l'évolution duquel Kahnweiler n'en finit pas de s'interroger :

« ... Quant à Picasso, il créerait un nouveau genre dit genre Ingres. Vous me demandez ce que je pense de son évolution. Chez lui, je la trouve tout à fait naturelle. Ce qui est vraiment constant chez l'artiste c'est son tempérament. Hors cela, Picasso reste pour moi ce qu'il a toujours été : un virtuose plein de talent. La France heureusement, n'a jamais été un pays de virtuoses[70]... »

Comme dans les travaux d'approche avec Gris, il y a un temps pour tout. Aussi après avoir loué ses *Pensées et maximes* qu'il a traduites et qui l'ont frappé, notamment les idées développées sur la lumière, il va au but : l'argent. Braque veut bien vendre. Mais cher. Kahnweiler le juge trop cher, plus qu'avant-guerre en tout cas. Cela ne lui paraît pas justifié. Il n'exige pas uniquement une réduction sur la quantité, il souhaiterait ardemment qu'en aucun cas le peintre ne vende meilleur marché à un autre marchand, et de toute façon pas moins de deux cents francs le numéro aux amateurs japonais. C'est dans son propre intérêt :

« C'est là en effet le bénéfice minimum qu'un marchand doit avoir à l'heure actuelle – 100 % – si vous considérez le prix du cadre qu'il donne, des frais généraux etc. et tout cela aux prix formidables de l'heure[71]. »

Un mois plus tard, il enfonce le clou. Il ne peut s'engager à payer des prix fixes. Le cas échéant, il se rangera à sa volonté et consentira, dans un énorme effort, à payer le prix qu'il exige. Si toutefois Braque les maintient après la démonstration de technique commerciale que Kahnweiler lui administre, non sans avoir auparavant décrit l'ennui bernois qui l'étreint, le sinistre hiver suisse, son fameux voile de nuages qui se fixe entre les Alpes et le Jura et ne permet pas de voir le soleil :

« ... Un marchand, donc moi aussi, ne peut d'aucune façon payer un prix supérieur au numéro à la moitié du prix payé par les amateurs. Mais, en plus de ça, on ne peut trancher cette question des prix d'un mot, avec des chiffres. Ça allait bien du temps de notre traité, oui. Mais maintenant ! Il faut vous dire qu'il y a un tas de facteurs qui doivent nécessairement exercer une influence sur les prix. Ainsi des tableaux pourront être payés plus cher par un marchand s'il est le premier à les voir (c'est cela qui fait faire à beaucoup de marchands des traités de première vue). Par contre, ces tableaux seront dépréciés un peu si un autre marchand, si des amateurs les ont déjà vus auparavant. Vous comprendrez aisément pourquoi. Evidemment, la valeur intrinsèque de ces tableaux n'aura pas beaucoup diminué. Mais un marchand n'a pas de fonds illimités : il travaille avec un certain capital. Il est donc obligé de vendre de suite une partie des tableaux qu'il vient d'acheter sans cela il épuiserait son capital. Or cette chance de vente immédiate se trouve fortement diminuée si des amateurs, si d'autres marchands ont déjà défilé devant les tabeaux en question [72]... »

Convaincu, Braque ? Pas tout à fait. Il est plus ambitieux qu'avant. Il a conscience de sa valeur, à l'opposé d'un Gris plutôt enclin à se minimiser. La lettre de Kahnweiler, écrite le jour de la signature de l'armistice de Rethondes, marque plutôt le début des hostilités commerciales entre lui et Braque. Elles dureront des décennies et seront souvent la source de malentendus. Mais leur amitié y résistera. Jusqu'à la fin de son séjour en Suisse, Kahnweiler ne cesse de le relancer pour qu'il lui envoie des toiles récentes et des dessins ou qu'il les dépose à l'un de ses amis, André Simon, à la charge Tardieu, boulevard Haussman, qui les acheminera[73].

Après Gris et Braque, c'est au tour de Derain. Il lui tient sensiblement le même langage : où en êtes-vous exactement ? Paul Guillaume et Léonce Rosenberg sont-ils des gens sérieux ? Pouvez-vous m'envoyer des toiles et dessins récents ? Il lui fait bien sentir, explicitement, qu'il attache de la valeur à son jugement et que sa future ligne de conduite dépendra pour beaucoup de ce que lui et Braque lui diront[74]. Derain est fidèle à lui-même. En quelques mots bien choisis, il dit tout :

« Depuis la guerre, j'ai beaucoup plus de succès. C'est sans doute parce que j'ai très peu peint. Ce monde est inexplicable[75]. »

Mais Kahnweiler ne peut s'en contenter. Le temps presse. Il a besoin d'argent, donc de toiles à acheter à des prix « corrects ». Il presse Derain, ne cache pas qu'il lui tarde de monter à la hâte l'escalier de son atelier rue Bonaparte et, pour forcer sa décision, met les points sur les i :

« Je n'ai pas, il me semble, été un marchand ordinaire[76]... »

Derain n'en disconvient pas mais le prie de patienter. Une trop grande précipitation serait inopportune : les engagements qu'il a contractés pendant la guerre et qu'il juge, de son propre aveu, désastreux, ne lui laissent pas encore les mains libres. De plus, le moment lui semble mal choisi pour violer impunément des traités. Cela ne ferait qu'alourdir l'atmosphère :

« Le commerce des tableaux est fait pour l'instant à Paris avec un cynisme et une vulgarité que nous ignorions jusqu'à maintenant et cela fait bien du tort à tout le monde[77]. »

Patience donc.

Après Derain, c'est au tour de Vlaminck. Kahnweiler s'affole un peu. Il faut parer au plus pressé et
intervenir d'urgence. En effet, il a entendu dire que le
peintre de Chatou était sur le point de signer un
contrat avec Halvorsen, un marchand suédois qui
possède déjà certaines de ses œuvres. Comprenant
qu'il ne peut exiger l'exclusivité, il l'implore néanmoins de ne pas se lier totalement à un marchand
quel qu'il soit et de vendre à tous. Kahnweiler, lui, se
dit prêt à acheter tout de suite, au prix fort, les toiles
de son choix. Il donne l'air de signifier : qui dit
mieux ? mais en termes plus choisis, usant d'arguments plus personnels jouant sur la corde sensible. Il
ne réclame pas l'expression publique de sa gratitude
mais lui demande simplement de ne pas l'achever par
un coup en traître, lui qui a tant de mal à se rétablir.
Au nom de leur déjà vieille amitié. Après tout, Vlaminck est le premier peintre dont la galerie Kahnweiler ait véritablement acheté et accroché les toiles.
Cela ne devrait pas s'oublier et devrait commander, à
soi seul, qu'il ne lui cause pas ce tort considérable de
se lier à un autre marchand.

Peu après cette première tentative, Kahnweiler
obtient partiellement gain de cause. Vlaminck lui
enverra des toiles roulées, par la poste, ou les lui
déposera à la charge Tardieu. Mais il les lui vend à
*son* prix. Le marchand se semble pas avoir été très
convaincant dans ses mises en garde. Aussi doit-il
employer les grands moyens comme avec Braque et
lui infliger une leçon de stratégie commerciale particulièrement cynique, de manière à lui permettre de
mieux défendre ses intérêts de peintre en pleine
ascension :

« ... Profitez-en donc pour tenir la dragée haute à
tous les vagues Halvorsen et autres Scandinaves qui
tournent autour de vous. Ces gens-là vous achètent en

ce moment parce que dans leurs patelins, le franc
français ne vaut plus que la moitié de sa valeur
d'autrefois. Ils vous flanqueront là comme un citron
pressé le jour où ils y verront leur avantage. Donc, il
faut leur faire payer de gros prix : en monnaie
suédoise ou même anglaise, ça ne fera pas encore
cher. '' Prix de marchand '', ça ne veut rien dire. Il
faut compter un tout autre prix au marchand – fût-il
de Paris – qui prend quelques tableaux par-ci par-là
qu'à celui qui est un *soutien assuré*, une certitude
*pour toujours*. En ce moment, dans tous les pays, on
achète follement des bijoux, des tableaux, tout. On
cache ainsi son argent, de peur des impôts. Mais ça
cessera sous peu. Les impôts viendront bouffer les
sous, il y aura une dépression économique. Vous
verrez à ce moment-là quels sont vos vrais marchands. Si vous réfléchissez, vous le verrez même
déjà maintenant [78] ! »

Epuisante reconquête. Il lui faut à chaque fois
marteler les mêmes arguments, se violer dans son
amour-propre, se déshabiller. Tendre la main parfois.
C'est insupportable, dégradant. Il en fait tellement,
trop peut-être, que cela pourrait éventuellement se
retourner contre lui, ses artistes les plus insensibles
pourraient profiter de ce que « ce cher Kahn » ait à ce
point besoin d'eux. La frontière est très floue entre un
homme qui demande la reconnaissance du cœur tout
en la récusant, et un homme financièrement aux
abois. Qu'importe. Fais ce que dois, advienne que
pourra.

Il continue. Après Vlaminck, Manolo. Délicat, le
problème du sculpteur espagnol. Il vivait uniquement
des mensualités que lui assurait le marchand. Il vivait
mal mais s'en sortait. Kahnweiler ne peut reprendre
comme avant, n'ayant pas lui-même de mensualités.
La question est d'autant plus complexe qu'il est

difficile à vendre. Il compte peu d'amateurs. Insuffisamment en tout cas pour constituer un noyau et un marché. Un artiste comme Manolo, dans les conditions de l'avant-guerre, c'était pour la galerie Kahnweiler un luxe et un devoir. Ce n'est plus possible dorénavant. Comment le lui faire comprendre? Brutalement. Kahnweiler envisage bien de lui assurer des revenus réguliers quand il aura à nouveau pignon sur rue, à Paris. En attendant, il ne peut que lui envoyer de petites sommes en échange de dessins, faciles à expédier par la poste, faciles à négocier, en attendant les terres cuites. Manolo semble être également dans une situation précaire :

« Faites ce que vous pouvez mais faites vite! » implore-t-il pour toute réponse, laissant les prix à son appréciation[79].

Il n'a pas changé. Totalement irréaliste. De Céret où il travaille, il a envoyé à Berne des terres cuites par chemin de fer. Mais elles n'arrivent jamais. L'administration des douanes les lui retourne régulièrement soit qu'il les ait envéloppées dans du papier journal à l'intérieur de la caisse, soit qu'il l'ait ficelée, soit qu'il ne l'ait pas ficelée correctement, soit que les cachets s'avèrent incorrects. En désespoir de cause, il les envoie par la poste. C'est le seul moyen mais il est risqué. En les recevant enfin, Kahnweiler s'attend toujours à les retrouver en morceaux. Mais le pire est encore à venir.

Manolo ne comprend strictement rien au commerce des œuvres d'art. A moins qu'il ne le fasse exprès. Parfois, c'est à se demander... A force de s'adresser à Kahnweiler comme à un ami, il en oublie qu'il est également son marchand. Kahnweiler, lui, n'oublie pas et commence à s'arracher les cheveux :

« ... Pour parler enfin d'affaires, mais mon cher Manolo, vous êtes d'une naïveté délicieuse! Vous me demandez si je vous conseille de vendre à Mme Druet! Mais je suis marchand moi! Druet, c'est pour moi la concurrence! Et ce que vous vendez à l'amateur est l'affaire que je perds!... Je vous prends tout et vous ne vendez qu'à moi... Je *m'oppose* à ce que vous vendiez à d'autres qu'à moi[80]. »

On ne saurait être plus clair. Il n'est pourtant pas au bout de ses peines, avec lui.

Et Léger? Et Picasso? Dès son retour à Paris, Léger a repris contact avec Kahnweiler. A l'automne, il lui a écrit pour lui préciser sa situation : en vertu d'un contrat en bonne et due forme, il doit la majeure partie de sa production à Léonce Rosenberg, toujours lui. Seuls en sont exclus dessins et aquarelles qu'il pourrait lui envoyer en Suisse. En attendant mieux. Mais ce qui touche probablement le plus Kahnweiler, c'est ce mot de gratitude, d'autant plus apprécié qu'il ne l'a pas sollicité :

« Vous êtes le premier à avoir *osé*, nous savons tous cela et votre nom est immuablement attaché à l'histoire de la peinture moderne[81]. »

Il y a près de dix ans, Kahnweiler avait sorti Léger de la solitude et de l'isolement en lui prouvant son attachement. Aujourd'hui, le peintre lui rend la pareille, même s'il n'a pas encore les mains assez libres pour concrétiser sa pensée.

Cet encouragement est un stimulant qui n'a pas de prix.

Quant à Picasso, c'est le mystère. Pas de trace écrite d'une reprise de contact. Peut-être n'y en a-t-il pas, tout bonnement. Ils se sont écrit pendant la guerre. Mais depuis un an, plus rien. Ils ont du mal à renouer. Ça ne vient pas. Picasso, qui expose en octobre à la galerie de Paul Rosenberg, est, de tous ses peintres, celui qui peut véritablement se passer de lui. Il en a les moyens. Mais en ce renseignant plus avant, Kahnweiler comprend que la situation est plus complexe. Le fossé saute aux yeux, car il s'est également établi entre Picasso et les autres artistes.

Ils ont fait la guerre tandis que lui a continué à travailler. Autant dire qu'il a évolué, et dans une direction qui les laisse souvent sceptiques. Kahnweiler avoue ne pas comprendre « ni son évolution, ni sa politique. C'est évidemment de la politique que de n'exposer aucun dessin cubiste »[82]. Il a pu obtenir quelques photos, on lui a rapporté des échos. Il paraît que Picasso a changé et qu'il poursuit une évolution vers le classicisme amorcée à la veille de la guerre. Inquiétant. Jusqu'où ira-t-il? Le marchand ne dissimule pas ses craintes. Il se sent impuissant, plus gêné par cette nouvelle direction, qu'il ne peut juger, que par la noria de ses rivaux qui font la cour à Picasso. Ça, c'était prévisible. Mais cette évolution? A la réflexion et malgré la distance, Kahnweiler commence à l'envisager. Mise en perspective, fondue dans un ensemble, elle est cohérente. N'assiste-t-on pas en effet, depuis la fin de la guerre, à un retour à l'ordre en toutes choses? En art cela se traduit par un néo-classicisme dont il perçoit les prémices dans la poésie d'un Reverdy, la musique d'un Satie et la peinture d'un... Picasso. Cette évolution pourrait fort bien correspondre à une nécessité de l'époque, plus qu'à l'air du temps. Ces choses-là ne sont pas le caprice d'un seul.

Une période « ingresque »? Kahnweiler avait été prévenu, en ce sens, par Braque et Gris. Il la juge quant à lui un peu froide. Avec le recul, il en discerne les ébauches dans des dessins représentant un homme assis, exécutés d'un trait d'une grande pureté, que Picasso lui avait montrés en 1914 en commentant :

« N'est-ce pas que c'est mieux qu'avant[83]?... C'est ce que j'ai dit de mieux[84]... »

S'il veut prouver et se prouver qu'il est également

capable de s'exprimer par des moyens traditionnels et qu'il peut utilement affronter l'épreuve du classicisme, c'est « réussi ». Tout ce que Kahnweiler souhaite, c'est que cette tentative ne se fasse pas au détriment du cubiste qui est encore en lui.

Le ton a changé. Kahnweiler ne grommelle plus : « maudite ratification ! » mais « sacrée bon dieu de ratification[85] »... Il est toujours cloué à Berne par la lenteur apportée à cette formalité. Attendre, il n'y a que ça. Mais maintenant que la date fatidique se rapproche, il change de registre et passe à la vitesse supérieure. Il ne suffit plus de demander aux peintres de le rejoindre, mais encore de le soutenir dans sa tentative pour récupérer son stock mis sous séquestre. C'est le second volet de sa stratégie de reconquête.

Léger, Braque, Derain et Vlaminck sont mis à contribution. Ils ont deux points communs qui, en l'occurrence, les détachent des autres : ils sont français et ont eu une attitude honorable pendant la guerre. Dans la France de 1919, il fait bon être un jeune ancien combattant.

Il leur tient, à tous quatre, un même discours. Il faut tout mettre en œuvre pour que cette malheureuse affaire ne devienne pas une sale histoire. Car si le séquestre se poursuit, les tableaux seront vendus au titre des biens pris à l'ennemi. Et cette avalanche de toiles sur le marché serait aussi préjudiciable au marchand qu'aux peintres concernés. Il parle de désastre, d'injustice, d'extrême préjudice et insiste bien sur le fait que, plus que jamais, le risque est partagé entre eux et lui. Il s'agit de sauver son commerce et partant, de sauver leur travail passé, donc l'avenir de leur signature. Toutes choses, à ses yeux, intrinsèquement liées. Les dissocier serait insensé.

Ils sont tous quatre favorables et réceptifs. Braque et Vlaminck ont des tempéraments de fonceurs. Derain a des doutes. Peut-on ? Kahnweiler lui envoie le décret reproduit dans le *Journal Officiel*... Doit-on ? Là, Kahnweiler est forcé d'insister :

« Je n'ai pas été un marchand ordinaire... Faites ça pour moi. Je compte sur vous quatre... Si vous demandez tous qu'on me rende mes biens, qu'on me permette de reprendre mon commerce, on le fera... Je ne saurais vous dire comme tout ça me dégoûte. C'est si laid. Avoir travaillé honnêtement, ma foi, et pour une bonne cause, et être obligé ensuite de se battre tous les jours pour les pauvres choses qu'on a acquises... C'était bien la peine, mon Dieu, d'être convenable jusqu'au bout pour être obligé lors de la ''paix'' de se débattre comme un fou pour ce que j'ai acquis non seulement avec mes sous, ce qui serait peu, mais avec tout mon être, ce qui est beaucoup[86]. »

Finalement, c'est surtout Léger qui monte au créneau. Il obtient un entretien avec Me Nicolle. L'administrateur-séquestre lui apprend que la liquidation des biens allemands viendrait en diminution de la dette et l'assure que, dans l'affaire Kahnweiler, il fera tout pour que la solution adoptée ne lèse pas les intérêts des peintres français[87]. Ce n'est pas suffisant mais c'est déjà bien. La route sera longue et semée d'embûches, Kahnweiler en a la conviction. Mais il est résolu à se battre partout où il le faudra, lui qui a refusé la guerre sur tous les fronts.

1920. La Suisse encore. Ses bagages sont prêts depuis longtemps. Depuis quelques semaines, quelques mois, Kahnweiler semble être repris d'une frénésie d'écriture. Comme s'il avait fermement décidé que, redevenu marchand, il s'interdirait à nouveau toute publication. Alors il publie dans des revues en langue allemande essentiellement à Leipzig (*Das Kunstblatt Der Cicerone Monatshefte für Kunstwissenschaft*) à Weimar (*Feuer*) à Zurich (*Die Weissen Blätter*) des articles intitulés « Les limites de l'histoire de l'art », « L'essence de la sculpture », « Forme et vision », des études sur Derain et Vlaminck et conserve par-devers lui un texte sur la « Naissance de l'œuvre d'art ».

Certains sont signés du pseudonyme de Daniel Henry mais chacun sait, en France en tout cas, que l'auteur en est le marchand de la rue Vignon. Dorénavant, il est également historien de son art. Il se veut le premier à avoir conceptualisé le cubisme, en dépit de quelques tentatives parallèles mais fragmentaires et incomplètes. Kahnweiler n'est plus seulement un témoin capital. Ce qu'il dit et ce qu'il écrit du cubisme va servir de référence pendant des décennies, dans l'ordre de l'analyse, avant d'être rendu partiellement obsolète par de nouvelles études et de nouvelles découvertes qui replaceront ses textes dans l'ordre du témoignage historique.

Son esthétique cubiste, telle qu'elle prend vraiment forme à l'issue de ces années de guerre, s'articule autour de quelques convictions fermement établies. Tout part de là et tout y revient.

Pour lui, la peinture est une écriture, comme tout art plastique. Elle ne saurait être un reflet de la nature. Comme toute écriture, elle se présente sous la forme de signes que le spectateur est invité à lire. Ces signes, qui figurent le monde extérieur, permettent à l'artiste de transmettre au spectateur des expériences visuelles sans « imitation illusionniste ». Dans *Naissance de l'œuvre d'art*[88], Kahnweiler se plaint de ce que le terme de « beauté » soit si galvaudé. Il faudrait réserver cette notion à l'œuvre d'art, de manière qu'elle en ait même le monopole. A force d'être utilisé à tort et à travers, « beau » désigne ce qui provoque un plaisir en rapport avec une prise de conscience. C'est trop personnel. Pour que ce soit exclusivement du ressort de l'œuvre d'art, il faudrait transformer et extérioriser cette prise de conscience afin de la rendre universelle. Ainsi, « beauté » serait réservé à la création suprême de l'esprit humain. Mais Kahnweiler ne se fait guère d'illusion sur le temps requis par une pareille exigence.

Le cubisme offre une autre représentation du monde. Pour s'y accoutumer – nous sommes en 1919-1920 – il faut se désaccoutumer d'un demi-millénaire de perspective et d'illusionnisme. Il ne s'agit pas seulement de transformer notre vision mais notre intelligence de la peinture, donc du monde. Cela ne se fait pas en sept ans... Cet art dit moderne tourne le dos à l'impressionnisme en ce qu'il est un art introverti. Il veut donner une représentation plus exacte des objets, contrairement à ce que leur « déformation » laisserait croire. Pour parvenir à ses fins, le peintre cubiste ne retient que les caractères durables grâce à des images-souvenirs, alors que le peintre impressionniste se consacre à l'éphémère.

Face à la même bouteille, le premier peint ce qu'il en sait, le second ce qu'il en voit. La création visuelle est enrichie par la variété des images conservées en mémoire. Il ne suffit pas de constater que le cube a six faces. Encore faut-il éviter de les situer sur un plan figé pour au contraire les distinguer sur une perspective mouvante. Le peintre qui n'aurait pas compris cela – suivez son regard en direction des sous-produits du cubisme... – tomberait inévitablement dans les pièges de la géométrie, du procédé, du jeu. En montrant une bouteille sous un seul angle, le peintre « traditionnel » nous dit ce qu'il en voit tandis que le cubiste, en la montrant de face, de profil, de haut et même par le cul, nous transmet la somme de ses informations.

Il faut apprendre à lire les tableaux. A les déchiffrer même. C'est un langage nouveau auquel il convient de s'initier, tout comme à une langue étrangère dont on ne sait même pas l'alphabet. Kahnweiler n'en démordra jamais et se fera volontiers instituteur, oubliant parfois qu'il a, lui, dix longueurs d'avance sur l'amateur. Il connaît ses tableaux et leurs « modèles » depuis le début, il les a vus naître, il a une connaissance intime de chaque peintre. Il est on ne peut plus au fait de l'archéologie de chaque toile. Il ne suppose pas, il sait.

Eu égard à cette inégalité de départ, sa patience est grande. Elle est indispensable si l'on prend en compte la nature de son apostolat. Car de son point de vue, un tableau seul n'existe pas. Il naît d'une collaboration entre le peintre et le spectateur. Il n'existe que dans la conscience de ce dernier, quand il vibre à l'unisson du peintre et retrouve ses émotions. Une nature morte de Gris n'existe pas tant qu'elle est perçue par des visiteurs pressés qui n'y voient qu'un fatras de lignes et d'objets hétéroclites et déformés. Elle prend vie quand un spectateur prend conscience de l'intention de l'artiste et qu'il décèle ici le goulot de la bouteille, là l'étiquette ou la coupe. Chacun de ces signes n'a de sens que dans sa cohabitation avec l'autre. Elle sauvegarde l'unité du tableau. La prééminence de l'ensemble sur le détail détermine l'apparence de l'œuvre. Elle lui donne sa vérité. Gris l'a dit en quelques mots :

« ... les objets que je peins, si vous voulez les faire vivre dans un monde qui n'est pas le leur, ils meurent. Ils mourront même si vous voulez les changer d'un tableau à l'autre[89]... »

Kahnweiler se moque bien de ce que « cela représente » au sens où l'amateur, désorienté par une peinture qu'il ne comprend absolument pas, le demande. Jamais, même pour plaisanter, il ne fera la

réponse du marchand Louis Carré en pareil cas :
« sept à huit cent mille francs[90]... » Par respect pour
le spectateur, quel qu'il soit, même si Kahnweiler, par
élitisme forcené, ne se préoccupe guère du public. Ce
qui compte à ses yeux, c'est la réalité de la signification globale du tableau, et non l'exactitude apportée
dans la reproduction de tel ou tel détail. Ceux que
persistent à se demander : « mais qu'est-ce que cela
représente ? » s'enferment dans une logique périmée
qui juge de la valeur d'une œuvre en fonction de sa
qualité dans l'imitation. C'est affaire d'éducation de
l'œil et de sensibilité, pas d'intelligence.

Ce qui compte, c'est de restituer la couleur et la
forme de l'objet dans toute sa vérité. La couleur telle
que nous la « savons » et non telle que nous la voyons
dénaturée par les variations de l'éclairage et de la
lumière. Au besoin, il faudra tordre et briser la forme
et la couleur pour que le rythme général du tableau
n'ait pas à en souffrir. Kahnweiler dit souvent pour se
faire comprendre des plus sceptiques qu'il a fallu un
certain temps pour que les jeunes Français, en lisant
les lettres F.E.M.M.E., en aient une représentation
immédiate à l'esprit. Comment peut-on alors espérer
comprendre un tableau cubiste en passant quelques
minutes dans une exposition et en répétant : « Mais
qu'est-ce que cela représente ? »

D'un même élan, il prend garde généralement de
prévenir l'excès contraire. Il ne faut surtout pas faire
du cubisme un art non figuratif. Cette facilité, qui va
devenir un lieu commun, a le don de l'agacer, lui qui
s'évertue à expliquer que le cubisme figure d'une
manière plus vraie, plus ferme, plus construite qu'auparavant. Les peintres cubistes se sont attaqués à
deux problèmes : la figuration, qu'ils veulent plus
vraie que la représentation illusionniste, et la composition, qui les pousse à affronter la contradiction entre
leur expérience vécue et la forme dans laquelle elle se

réalise. Pour vaincre ce conflit, ils ont été amenés à inventer de nouveaux signes, donc une nouvelle écriture. On trouve toutes les phases de cette lutte dans l'évolution de la peinture de Picasso en particulier, et différemment dans celles de Braque, de Léger, ou de Gris. Kahnweiler est le premier parmi les critiques à scinder le mouvement cubiste en deux périodes : analytique, en ce que le peintre accumule de multiples renseignements sur un objet; puis synthétique en ce qu'il condense en un seul signe la totalité de son savoir sur l'objet.

Cela permet-il pour autant de définir l'esprit du cubisme? Kahnweiler ne s'y risque pas. Il est le mieux placé pour savoir que « ses » quatre grands cubistes sont tout de même de tempéraments très différents. Outre leur marchand et leur galerie, ils ont des points communs : un échange continuel des idées et des émotions, nul ne songeant à garder ses découvertes par-devers lui, à différents niveaux toutefois en fonction des affinités des uns et des autres, de la proximité de leurs ateliers, de leur regroupement dans leurs lieux de vacances studieuses à Sorgues, l'Estaque, Céret ou ailleurs. En ce sens, l'esprit du cubisme déborde le « groupe » des quatre pionniers pour s'étendre selon les moments et les circonstances à des artistes comme Derain et Vlaminck.

Sérieux et difficile, le cubisme l'est certainement. Mais autant Gris et Léger lui apparaissent comme « classiques », autant Picasso lui semble être « baroque » et Braque ni l'un ni l'autre. Plutôt que de s'égarer en créant des liens factices ou artificiels, Kahnweiler préfère pousser la définition de l'esprit cubiste au non-dit, le non-peint. Autrement dit, les interstices. Le cubisme comme mode de vie, comme attitude. Il fera sien et pour longtemps le mot de Masson : « La grande peinture est une peinture où les intervalles sont chargés d'autant d'énergie que les figures qui les déterminent. »

Fernand Léger, auquel il consacre un texte dès 1919, lui apparaît comme tellement différent, autre, qu'il doit être obligatoirement détaché, ne fût-ce que par les moyens qu'il emploie. Il veut, lui, sauvegarder l'intégrité de la forme en rendant les formes grossières, modelées, cylindriques. La déformation ne le fait pas reculer. Il n'hésite pas à prendre des libertés avec les dimensions de l'objet et à mettre la lumière et la couleur au service de la forme. En définitive, que veut Léger ? demande-t-il. Etre efficace. Ce qu'il recherche, c'est l'extrême vigueur des formes à trois dimensions, l'éclat strident des couleurs. Ce qui l'anime, c'est la volonté de puissance du tableau; c'est la souveraineté de celui-ci s'imposant victorieusement. Il y a là une énorme force encore intacte; elle déborde et se déchaîne en un fulgurant fracas[91].

Dans son essai sur *Les limites de l'histoire de l'art*, consacré en principe au plaisir esthétique, au style né de l'imitation, à l'hédonisme dans le regard sur l'œuvre, Kahnweiler nous donne peut-être la vraie clef de toute sa réflexion des années écoulées, du moins sur le plan de la méthode. Des textes de cette période, c'est d'ailleurs le dernier publié. S'il est bien entendu que l'œuvre d'art naît de l'antagonisme entre l'homme et son milieu, alors le grand artiste est celui qui crée un style nouveau en déviant du mode traditionnel. « Les plus grands chefs-d'œuvre, écrit-il, seront ceux qui seuls subsisteront lorsqu'il s'agira d'exposer l'histoire de l'art tout entière de manière aussi succincte que possible, mais dans sa stricte continuité. Les œuvres qui s'avéreront alors indispensables à la formation de séries continues celles-là seront les plus grandes des œuvres d'art de l'humanité[92]. »

S'inscrivant en faux contre une relation essentiellement anecdotique ou biographique de la peinture, Kahnweiler est convaincu que pour mieux s'intégrer à l'histoire des hommes, l'histoire de l'art doit se consacrer plutôt aux conditions économiques, sociales, politiques même, culturelles enfin, de la production des œuvres d'art. Dans la longue durée, avec les plus larges perspectives. Elle n'a pas d'autre choix si elle ne veut pas sombrer, dégénérer « dans de stériles ratiocinations professionnelles[93] ».

Galerie Moos à Genève. Curieuse impression. Léonce Rosenberg y expose certains de ses artistes cubistes. « Ses » artistes... Kahnweiler, en la visitant, ne peut réprimer une certaine amertume. Voilà ce qu'est donc devenu le cubisme en son absence. Il ne regarde pas, il se renseigne à la manière d'un enquêteur venu établir un constat. Il est frappé par les progrès de Gris. Quelques étonnements, des confirmations et une surprise. Une découverte plutôt : un sculpteur nommé Henri Laurens. Il juge admirables ses bas-reliefs peints. Cet artiste-là semble avoir résolu le vieux problème du cubisme : le clair-obscur n'a plus sa place dans ses œuvres, étant donné que la profondeur existe vraiment dans le bas-relief. La dualité lumière-couleur a disparu, la couleur s'appliquant à des formes qui donnent par elles-mêmes le relief. Il ne sait rien de Laurens, si ce n'est, peut-être, la très forte amitié qui le lie à Braque. Mais d'emblée, il estime que cette sculpture se rattache à l'esthétique cubiste et qu'elle en est la vraie fleur[94]. Il lui tarde de le découvrir enfin.

Février 1920. On commente les dernières nouvelles. Clemenceau ayant été battu à l'investiture, Paul Deschanel a été élu président de la République. Millerand forme un gouvernement. Chez les cheminots CGT et les mineurs du Nord, on se prépare à la grève, donc à l'affrontement... Au Parti socialiste, on inaugure un congrès national qui rejettera la IIe Internationale... Picasso a refusé de participer à l'accrochage des grands et petits cubistes au Salon des Indépendants. C'est un signe. Modigliani est mort à l'hôpital de la Charité.

Kahnweiler est-il superstitieux ? En tout cas, ce 22 février, en quittant enfin la Suisse pour la France, il ne peut s'empêcher de penser que treize ans plus tôt, il quittait l'Angleterre pour la France. Un 22 février également... Tout recommence à nouveau. Il va falloir se battre. Il le sait. Il va falloir également tout reprendre à zéro. Cela, il va l'apprendre à ses dépens.

Pour l'instant, il veut croire. Dans le train qui le ramène avec sa femme à Paris, après un mois de vacances et cinq ans de loisirs forcés, il relit une carte postale qu'il a conservée dans la poche de son veston. Elle est datée du 3 janvier 1920 et le cachet révèle qu'elle a été postée près de la Bourse.

« Cher ami, nous vous envoyons nos amitiés. Nous venons de nous occuper de vos affaires... » C'est signé Vlaminck, Derain, Braque et Léger. Ce n'est qu'une carte postale mais elle a une valeur inestimable.

II

# LA TRAVERSÉE DU DÉSERT

*1920-1940*

# 5.

## *Oublier Drouot...*

### 1920-1923

D'abord se loger. Huit jours après son arrivée, il est déjà dans ses meubles rue Poussin, à Auteuil, non loin de son ancien appartement. C'était le plus urgent. Dès lors, il peut mettre en œuvre une stratégie de reconquête longuement mûrie pendant ses derniers mois d'exil. Avec l'esprit d'ordre et de méthode qui le caractérise, il l'a divisée en trois temps : reprise en main de ses artistes, réouverture d'une galerie et récupération du marché. Avec en permanence à l'esprit un but, une idée fixe : se faire restituer son stock séquestré au titre des biens ennemis.

Le spectre de la spoliation est devenu une obsession. Il n'est pas le seul dans ce cas. Mais le fait que la collection de son ami Uhde soit également menacée ne le console pas. Pas plus que les précédents historiques. Il sait bien que le collectionneur Rouart avait sauvé la vie du père Tanguy, marchand de couleurs et d'impressionnistes, en intervenant pour que les Versaillais ne déportent pas ce Communard. Mais cela ne change rien à sa situation présente. Dans les milieux politiques, il espère compter sur l'appui de deux collectionneurs d'art moderne : Marcel Sembat et Olivier Sainsère. Mais le premier, député socialiste et ancien ministre, mourra trop tôt (en 1922) pour que son action soit durable, et le second, secrétaire général de la Présidence de la République, semble se battre en vain. Il rame à contre-courant d'une France nationaliste, repliée sur elle-même et anti-allemande. A chaque fois qu'il en a l'occasion, Kahnweiler dit aux représentants des autorités :

« Ce que vous faites est idiot. Ces ventes vont déprécier des toiles qui valent de l'argent. La première fera 1 000 francs, la deuxième 500 francs et ainsi de suite[1]. »

Car la mise aux enchères de ses tableaux saisis paraît l'issue inéluctable du processus engagé par l'Etat. Son seul espoir, c'est la négociation, directe et ardue. Le samedi 24 avril, il a rendez-vous à 11 h 30 dans la loge de concierge de son ancien immeuble. Me Zapp, le nouvel administrateur-séquestre l'y a convoqué. Mais ce n'est que pour lui remettre ses objets personnels... Cruelle désillusion.

Décidément, à défaut de ses tableaux il ne lui reste que ses peintres. Après eux, le déluge.

Il est temps de reprendre la tournée des ateliers. Derain est d'accord pour le soutenir. Il l'est aussi pour signer une nouvelle convention de travail qui prendra effet à compter du 2 avril. Une fois ces questions « sordides » liquidées, ils peuvent passer à l'essentiel. Ce qui les réunit : la peinture. La correspondance n'a pas remplacé la conversation. Ils parlent, parlent... En quittant l'atelier de la rue Bonaparte, Kahnweiler griffonne à la hâte :

« Derain dit que ce qu'il faut acquérir – en plus du dessin – c'est la substance, projection de l'âme du peintre sur la toile. Ni l'harmonie, ni rien de ce genre-là, mais la substance. La substance, ni trop fluide où l'œil passe au travers, ni trop opaque où l'œil s'enterre. De là, la qualité d'un Cézanne, à côté d'un Sisley infiniment plus harmonieux[2]. »

Vlaminck est d'accord, plus que jamais. Kahnweiler le quitte en emportant quatre tableaux qu'il paie 2 950 francs. A Van Dongen il ne demande rien car ils ont professionnellement rompu depuis longtemps, même s'ils ont conservé des relations. Mais c'est Van Dongen lui-même qui le sollicite pour le revoir et le recevoir à son atelier de la Villa Saïd, avenue Foch[3]. Manolo est, lui, le premier auquel Kahnweiler verse à nouveau des mensualités régulières. Il connaît sa situation. Elle est devenue plus précaire. Ils signent une convention valable pour cinq ans, stipulant que le marchand lui versera 1 000 francs par mois, augmentables en fonction de la rentabilité de ses œuvres. Kahnweiler lui achète sur-le-champ vingt-trois sculptures, une terre cuite, un haut-relief et des dessins qu'il paie 7 000 francs. Manolo ne les reçoit que quinze jours après la transaction. Il était temps : il n'avait même plus de quoi faire venir un sac de plâtre ! Mais cela ne lui fait pas perdre son sens de l'humour :

« Persuadé que je suis de votre loyauté comme de votre intelligence en affaires, j'accepte vos conditions, moi qui ne connais rien aux affaires. Je ne peux vous donner qu'une sécurité, que mes pièces seront le mieux que je pourrai et que souvent je battrai mon record, c'est-à-dire que quand je ferai une sculpture bien, quelques mois après je ferai mieux[4]... »

Avec Picasso, c'est plus dur, beaucoup plus dur. Il s'y attendait. Pas seulement parce qu'il vend à tout le monde et à son prix, malgré l'accord de « première vue » passé avec Paul Rosenberg. Ils sont en froid. Kahnweiler en est convaincu même si Gris, retour de l'atelier de Picasso, l'assure qu'il n'a aucune hostilité à son endroit. Mais Gris ne sait pas tout. Picasso ne lui a sûrement pas dit qu'il s'était fâché avec Kahnweiler pour une sombre histoire d'impayé sur laquelle il reste intraitable. Il lui devrait 20 000 francs depuis 1914. Une dizaine de jours avant son départ de Berne, le marchand lui avait écrit pour tenter de dissiper définitivement le malentendu :

« ... Il n'y avait jamais d'argent à mon compte en ce temps-là pour une raison très simple : je jouissais d'un crédit à la banque et c'est avec ce crédit-là que je travaillais. Vous comprenez ce que je veux dire : la banque m'autorisait de l'argent jusqu'à une certaine somme. Or la guerre est venue avec le moratoire. Primo, la banque a suspendu ce crédit. Secundo, ceux qui me devaient de l'argent à moi, et dont les paiements devaient servir à acquitter vos 20 000 francs refusaient de payer (je cite Chtchoukine qui me devait une très grosse somme, Rosenberg qui me devait 12 000 francs[5]...) »

Picasso ne cède pas.

Pour enfoncer le clou, Kahnweiler promet non seulement de lui envoyer un exemplaire de son livre à paraître sur la genèse du cubisme mais également d'en écrire un autre, consacré à lui uniquement. Il dit l'avoir commencé et annonce même sa parution pour la fin de l'année! Il n'y aura jamais de livre de Kahnweiler sur Picasso. Cela ne fait qu'ajouter à leur différend, qui s'atténuera dans un an ou deux. Mais en attendant, le marchand ne peut compter sur lui à un moment crucial. La perte est d'autant plus douloureuse que de tous les peintres de la rue Vignon, Picasso est certainement celui qui tient le haut du pavé et que sa production suscite de nouvelles vocations de collectionneurs à Lugano (Dr Reber), en Allemagne (Herman Lange) et ailleurs.

Déçu? Non pas. Kahnweiler s'y attendait sans trop y croire, comme il s'attendait à la fidélité indéfectible de Gris. De son propre aveu, il avait quitté un jeune peintre dont il aimait les travaux, et il retrouve un maître[6]. On ne saurait mieux dire. Son contrat avec Léonce Rosenberg le lie jusqu'à la fin de l'année. Après, il va de soi que Kahnweiler l'aura tout à lui. Mais même en attendant, on peut s'arranger... Gris brûle vraiment de retrouver son marchand et ami, avec une flamme dont on n'a pas l'habitude dans ce milieu-là.

Braque ne le déçoit pas non plus. Il est un des premiers peintres qu'il a visités en son atelier dès son arrivée à Paris. Ils ont beaucoup à se raconter, de vive voix enfin. Dès son retour à son domicile, Kahnweiler note pour ne pas oublier, fidèle à son habitude :

« ... Le peintre pense en formes et en couleurs. Le contraire : penser en objets (Gris, dit-il, arrange une nature morte comme un maître d'hôtel) ou penser en tableaux (Léger). Disjoindre la forme et la couleur, voilà l'essentiel selon lui[7]. »

Il sait avoir la dent dure, Braque. Mais Kahnweiler est bien placé pour atténuer sa critique. Car au même moment, Gris lui écrit :

« J'ai vu des choses récentes de Braque que je trouve molles et imprécises. Ça tourne vers l'impressionnisme. Je constate avec plaisir qu'elles ne me plaisent pas car c'est pour moi un grand poids de moins car sa peinture me plaisait tellement que ça m'écrasait[8]. »

Quand on sait qu'au début de la même année, Braque n'a pas voulu accrocher dans la même salle que Gris aux Indépendants, on comprend mieux. Kahnweiler est bien prévenu, si toutefois il nourrissait encore quelque illusion à ce sujet : le groupe cubiste, s'il a jamais existé, a vraiment éclaté. L'épreuve de la guerre a mis à nu les différends et les rancœurs les mieux enfouis.

Braque est d'accord pour le soutenir. Totalement. Par le verbe, car il se dit prêt à défendre les couleurs de la galerie Kahnweiler menacée par l'Etat. Et par le pinceau. Il donne son agrément à un contrat qui sera signé en mai. Il s'engage à lui vendre durant un an la totalité de sa production, hormis cinq toiles. Kahnweiler lui paiera 130 francs le numéro pour les toiles de 1 à 60 et ils fixeront un prix selon l'importance des œuvres en question pour ce qui est des dessins et des toiles au-dessus de 60. Braque, lui, ne vendra pas les cinq toiles qu'il conserve à moins de 400 francs le numéro si le client est amateur et pas moins de 300 francs si c'est un marchand[9]. Mais un mois et demi après la signature du traité, il demande déjà à Kahnweiler de lui envoyer 5 000 francs[10]...

Pas de répit. Il a l'habitude. Alors il paie sans rechigner. C'est ainsi et il le sait mieux que quiconque : les artistes ne s'interrogent jamais sur la situation du marchand quand ils lui demandent de l'argent. A-t-il des problèmes financiers ? Doit-il affronter beaucoup d'impayés ? Qu'importe. Qui est mentor est aussi banquier, dans ce métier. Même si cela lui pose parfois des cas de conscience, il se débrouille tant bien que mal, jongle un peu entre les échéances. De toute façon, en définissant clairement son apostolat dès l'ouverture de sa galerie, il a toujours soutenu que sa tâche était de décharger les peintres de leurs préoccupations matérielles. Ce n'est donc pas pour les accabler avec les siennes, auxquelles de toute façon ils ne comprendraient pas grand-chose.

Léger répond également présent à l'appel. Mais il doit se contenter de l'aider à débloquer son stock car en ce qui concerne sa propre production, elle est encore réservée à Léonce Rosenberg. Mais Kahnweiler est patient. Et puis il y a les nouveaux artistes, des sculpteurs notamment. Lipschitz, qui s'est fait remarquer par son exposition et son envoi aux Indépendants, doit entrer en contact avec lui sur les conseils pressants de Gris. Zadkine lui a écrit : il aimerait le rencontrer pour lui montrer son travail. Enfin Kahnweiler a fait la connaissance de Laurens qui l'a immédiatement conquis. Ils se voient souvent à l'Opéra-Comique quand Gluck est au programme : *Orphée, Alceste, Iphigénie en Aulide...* Ils parlent autant musique que sculpture. Une complicité est née, la passion pour la musique se superposant à la passion pour l'art. Laurens est avec Klee un des rares artistes avec lesquels il puisse véritablement parler musique. Ces rencontres avec cet homme attachant, unijambiste à la suite d'une tuberculose osseuse, fondamentalement optimiste, gentil et humble, ne font que confirmer l'impression qui était la sienne en voyant ses œuvres pour la première fois à Genève. Un traité est signé entre eux en avril pour une durée d'un an renouvelable.

Sur les contrats, un détail a changé, mais il a son importance. Il n'est plus question de « galerie Kahnweiler » mais de « galerie Simon ». Ni l'une ni l'autre n'ont pignon sur rue. La première a vécu, la seconde va vivre.

André Cahen, dit André Simon, est un de ses meilleurs amis. Ils se connaissent depuis longtemps déjà. En souvenir de leurs escapades et de leurs discussions d'avant-guerre, Max Jacob n'oublie jamais dans sa correspondance avec Kahnweiler de lui demander de saluer « mon cher ami Simon, le modeste, le timide et gouailleur Simon »[11]. Il travaille à la Bourse, chez Tardieu l'agent de change de ses débuts parisiens, quand il n'était pas encore question de peinture. Kahnweiler s'associe à lui pour redémarrer. La galerie portera son nom, « Galerie Simon », mais il n'est pas question qu'il y travaille ni qu'il s'en occupe. Il aime la peinture qu'on y défendra mais cela s'arrête là. Il n'en est pas pour autant le commanditaire. Absolument pas. Son nom est le seul qui apparaisse dans les statuts de la société déposés au registre de commerce. Sa présente apporte à Kahnweiler une indispensable surface financière et un non moins indispensable soutien moral. D'autant que Kahnweiler, sujet allemand, ne pourrait peut-être pas ouvrir un commerce à son nom. La signature et les

relations d'André Simon sont la meilleure des garan-
ties. Son rôle s'arrête là, Simon n'intervenant pas
dans l'orientation artistique et la marche quotidienne
de l'entreprise. Entre eux, la confiance est totale.

Reste à trouver un local. Ce sera plus dur que pour
l'appartement. Kahnweiler a des exigences. Cette
fois, il ne se contentera pas du réduit de la rue
Vignon. Trop exigu, trop modeste pour la dimension
qu'il entend donner à son affaire. Le quartier a
également son importance. La géographie des galeries
a évolué depuis la guerre dans le sens que Kahnweiler
avait prévu. Il y en a de plus en plus, on croirait
qu'elles pullulent, rive gauche, au Quartier Latin et à
Montparnasse, rive droite entre la rue Laffitte et la
Madeleine.

C'est là qu'il veut être. Grâce au peintre Amédée
Ozenfant, qu'il avait rencontré en Suisse, Kahnweiler
entend parler d'un local de 250 m$^2$ qui serait libre au
29 bis, rue d'Astorg. Aucun pas-de-porte à payer. Sa
première visite le fait reculer. C'est plutôt sinistre, ces
anciennes écuries. Mais c'est grand, haut de plafond,
il y a une verrière aménagée avec une glace biseautée
qui donne une très belle lumière, surtout pour les
sculptures. Une entrée, quatre grandes pièces qui se
succèdent, au fond un bureau, un escalier pour
accéder au sous-sol. Après travaux, ce sera certainement très convenable. Un des premiers visiteurs trouvera le lieu sans grâce mais singulier et finalement
attachant. La galerie qui apparaîtra comme une
espèce de dépôt pour commerce de verrerie en gros
et Kahnweiler comme un personnage venu d'ailleurs,
la tête puis le corps émergeant de la cave à tableaux,
le capharnaüm du marchand[12]...

Cela s'arrangera dès que Kahnweiler y aura
imprimé sa marque. Mais le lieu n'en conservera pas
moins une certaine sévérité, qui n'est pas sans rappeler l'austérité avec laquelle il conçoit son métier. Ni

vernissage, ni publicité, ni démonstration ou effets de manche destinés à impressionner l'amateur. Le lieu lui convient d'autant mieux qu'il est situé tout près de la rue La Boétie. Paul Rosenberg y a sa galerie ainsi que Paul Guillaume et, plus important encore, Picasso y habite.

1ᵉʳ septembre 1920. La galerie Simon ouvre ses portes. Sans tambour ni trompette. Kahnweiler n'a pas besoin de cela pour faire savoir qu'il existe à nouveau. Dans le milieu, tout le monde est au courant. Le critique Florent Fels ne perd pas de temps. Moins d'une semaine après, il le félicite dans des termes qui lui vont droit au cœur (« Si Picasso a créé le cubisme, vous en avez assuré l'existence... ») et en profite pour lui annoncer la parution du prochain numéro de sa revue *Action*, cahiers de philosophie et d'art, tout en lui communiquant les tarifs d'annonces et de publicité, sait-on jamais[13]...

Il ne redémarre pas sur de trop mauvaises bases. Ses murs ne sont pas nus, grâce à ses récents achats et contrats. La cave commence à accueillir de plus en plus de sculptures. Son oncle d'Angleterre, Ludwig Neumann, a accepté de lui ouvrir un crédit remboursable de 100 000 francs à la banque de Jacques Gunzburg et Cie. Il a pris effet le 2 avril[14]. Les frais fixes de la galerie sont lourds mais supportables. Le loyer mensuel est de 5 000 francs. Simon s'est accordé un salaire de 1 000 francs par mois et Kahnweiler de 1 500 francs. Outre la petite mensualité accordée à François Fichet, un homme qu'il vient d'engager comme garçon de courses, il doit régler chaque mois l'abonnement à l'Argus de la presse, les charges, les assurances, les expéditions, le tirage de photos, les encadrements, la composition et l'impression des livres édités par la galerie, les réclames dans les revues pour les annoncer. Sans oublier les impôts et, le plus lourd, les mensualités versées aux artistes pour honorer leurs contrats et l'achat de leur production[15].

Voilà. Il ne reste plus qu'à « vendre » cette nouvelle galerie, en France et à l'étranger. Pour les amis et les habitués, Kahnweiler n'en rajoute pas. Roger Dutilleul est un des premiers à lui rendre visite dans son nouveau territoire. Il est emballé. De toute façon, c'est un inconditionnel de la galerie, du marchand et de ses peintres. Mais s'agissant des nouveaux clients potentiels, Kahnweiler n'hésite pas si nécessaire à forcer un peu la note. A un correspondant new-yorkais, il la présente comme « une des plus grandes de Paris »[16]. Mais le plus intéressant, c'est qu'il insiste sur la continuité entre la galerie Kahnweiler et la galerie Simon. La seule différence, outre la taille, c'est que ses peintres sont désormais des peintres « arrivés ». Il propose toute la production de Braque et Derain mais reconnaît qu'en ce qui concerne Picasso, il ne peut rien offrir d'actuel, uniquement les périodes cubistes et pré-cubistes.

Kahnweiler ne le cache pas : il aimerait faire de bonnes affaires, construire une entente durable et solide avec des marchands américains. C'est là que tout va se passer, ainsi que dans des marchés ignorés, méconnus ou inexploités, le marché suédois pour ne citer que lui. Le directeur de la galerie Sigge Bjorcks à Stockholm le refroidit quelque peu : « Ici, l'art moderne marche un peu trop lentement[17]... » Qu'importe. Kahnweiler est convaincu que ce pays est prometteur et que la clientèle, essentiellement locale, reste à créer. Cela prendra du temps, voilà tout. Mais il faut être présent dès le début.

Un homme, qui deviendra son ami et son correspondant à Stockholm, va se dépenser sans compter pour propager cet art dans son pays. C'est Gusta Olson, le directeur de la galerie Franco-Suédoise, la bien nommée. Il croit en la peinture française moderne et l'imposera jusqu'à faire un jour de la Suède un débouché intéressant pour un certain nombre de marchands parisiens, quand l'Amérique connaîtra des moments de crise ou de saturation et que certains collectionneurs suisses se tourneront plus volontiers vers l'impressionnisme.

En Allemagne, Kahnweiler peut désormais compter sur Alfred Flechtheim, l'ami, l'indéfectible, d'autant qu'il sera bientôt rejoint dans une de ses galeries par Gustave, le frère de Kahnweiler, qui s'associe à lui. A Prague, Vincenz Kramar a fait du chemin. Il est de ceux qui constituent l'ébauche de la grande collection française d'art moderne de la Narodni Galerie. Bientôt il viendra à Paris au sein d'une commission officielle chargée de faire des achats pour le musée. La galerie Simon sera naturellement la première sur sa liste. Quand elle repartira, la commission emportera vingt-sept tableaux avec elle : Derain, Braque, Picasso, le douanier Rousseau... Au musée déjà. Mais à Prague, pas à Paris. Curieux phénomène, tout de même. Kahnweiler y a mis du sien : c'est le résultat de sa politique.

L'Etat français, au même moment, reste intransigeant sur ses positions : les tableaux de Uhde et de Kahnweiler doivent connaître le sort des autres biens allemands. Il ne saurait y avoir d'exception. Les Français ne comprendraient pas. Surtout s'agissant d'une telle peinture. En attendant cet affrontement qui semble de plus en plus inéluctable, Kahnweiler se prépare à se mesurer à un autre bloc : messieurs les marchands, ses confrères.

Il ne les a jamais vraiment craints. Cette indifférence ne saurait être tenue pour l'expression du mépris ou du dédain. Mais il a une telle exigence vis-à-vis de son devoir de marchand et de ce que devrait être la déontologie de la profession qu'il reconnaît plus volontiers ses maîtres – Vollard et

Durand-Ruel – que ses collègues. Il faut dire qu'il n'a pas l'esprit très corporatif. Il est bien membre du syndicat des marchands de tableaux mais ne brille pas par son assiduité. Cela ne l'intéresse pas, il ne s'imagine guère en bureaucrate de l'art et ne tient pas outre mesure à fréquenter des gens qui ont le même titre que lui mais dont il ne partage pas vraiment la philosophie. En somme, ses contacts avec ses pairs ont surtout pour cadre sa propre galerie. Car depuis le début, il leur vend des tableaux et petit à petit, au cours des prochaines décennies, il deviendra « le marchand des marchands ». Cette évolution était fatale en raison même du principe d'exclusivité érigé par Kahnweiler : toute personne, marchand ou amateur, qui veut acquérir une œuvre d'un des artistes qu'il a sous contrat est obligé de passer par lui.

Il ne regarde pas tous les marchands parisiens du même œil. Il y a ceux qui peuvent lui porter ombrage et les autres. Paul Guillaume, qui n'a que vingt-sept ans, commence à faire vraiment parler de lui. Avant la guerre déjà, il avait activement, c'est-à-dire concrètement, manifesté de l'intérêt pour les Ballets russes et l'art nègre. A ses débuts, il s'est surtout intéressé à des artistes tels que Chirico, Modigliani et Utrillo. Il est très éclectique et son penchant aurait peut-être pris une autre dimension si Apollinaire, auquel il s'était lié d'amitié, n'était pas mort prématurément. Kahnweiler le surveille et il n'a pas tort car bientôt, dans quelques années, il va réussir à attirer l'homme que tout marchand parisien aimerait avoir de son côté, celui dont on attend la manne périodiquement à Montparnasse et rue La Boétie : Albert C. Barnes, collectionneur, médecin et chimiste, qui doit sa récente fortune à la découverte et la commercialisation d'un médicament, l'Argyrol. L'Amérique lui devra une des plus belles réunions de tableaux de la

seconde moitié du XIXᵉ et du début du XXᵉ siècle
français. Paul Guillaume lui doit beaucoup.

Kahnweiler ne dédaigne pas non plus les courtiers
et marchands en appartement qui sont parfois capables de belles découvertes et qui constituent généralement une bonne source de renseignements. Il y en a
deux surtout, d'origine polonaise, qui se montrent
particulièrement entreprenants dans les milieux de
l'art moderne. Le critique Vauxcelles dira même
qu'ils ont « révélé la peinture moderne aux gros
mercantis de la rive droite »[18]. Alfred Basler se
présent souvent comme le premier des Parisiens à
avoir acheté des toiles à son compatriote Kisling, dès
1912. Quant à Léopold Zborowski, s'il s'est également intéressé à lui ainsi qu'à Soutine et Utrillo, il
s'est surtout consacré à la défense et illustration de
Modigliani, au point d'attacher son nom au sien pour
la postérité[19].

Kahnweiler connaît bien les deux hommes. Il les
juge aussi peu fiables l'un que l'autre car il doit
multiplier les sommations amicales pour se faire
payer les toiles qu'il leur a en principe vendues. Mais
des deux, c'est probablement Zbo – comme tout le
monde l'appelle – qu'il préfère car il a au moins le
mérite d'avoir découvert et soutenu Modigliani avec
une foi, une rage, une force de conviction assez
rares.

Très tôt dès 1921, Kahnweiler sait à quoi s'en tenir
avec lui. Sa désinvolture lui est insupportable. Il n'est
pas sérieux car il ne respecte aucune date, « oublie »
de renvoyer les traites signées, laisse sans réponse les
multiples messages que Kahnweiler lui envoie. Kahnweiler peut toujours continuer à lui écrire : « Je ne
sais pas comment vous organisez vos affaires, mais
les nôtres sont arrangées de telle façon qu'elles exigent la stricte observation des dates de paiement
fixées[20]. » Lettre morte. Non seulement Zbo n'a pas

réglé le premier versement du Derain qu'il a acquis à la galerie Simon, mais de plus, il l'a déjà revendu et il a même encaissé car il se trouve que Kahnweiler a rencontré l'acheteur en question! Comment ne perdait-il pas son sang-froid... Kahnweiler ne veut pas rompre pour autant. Il lui laisse toujours une chance. Zbo décide-t-il de s'installer en Angleterre? Kahnweiler accepte de lui prêter des Vlaminck pour une exposition à Londres et, en conséquence, les soustrait de la vente. Or, non seulement la date fixée pour l'exposition est largement dépassée, non seulement la galerie Simon rate des ventes car il y a des amateurs pour Vlaminck, mais Zbo refuse obstinément de donner signe de vie. Il réapparaît quand cela lui chante. Kahnweiler s'accrochera jusqu'au point de non-retour. Sa patience est légendaire mais elle a des limites fixées par les symptômes de l'ulcère à l'estomac. Il faut se faire une raison et savoir renoncer à certains intermédiaires quand ceux-ci portent préjudice. Tant pis. Mais ce ne sera pas faute d'avoir essayé.

Enfin, il y a deux fameux marchands : les Rosenberg. Ce sont les fils d'Alexandre Rosenberg, un négociant en objets d'art qui a pignon sur rue à Paris depuis 1872. Il passera progressivement de la Renaissance au XVIIIᵉ siècle avant de s'intéresser à l'impressionnisme. C'est à cette époque, au début du siècle, que Paul et Léonce travaillent avec leur père dans sa galerie de l'avenue de l'Opéra, pendant une dizaine d'années, avant de s'installer rue La Boétie. Mais ils se séparent assez vite pour monter chacun leur galerie. Il faut dire qu'ils sont vraiment aux antipodes l'un de l'autre.

Le peintre Amédée Ozenfant a parfaitement fixé leurs traits en quelques mots : « Paul, un fort habile négociant, l'autre un aristocrate de grand goût et d'une haute maladresse en affaires. La même peinture, que l'un aimait à la folie et qui le ruine, enrichit l'autre qui la haïssait[21]. » C'est ainsi que Paul gagnera beaucoup d'argent avec Picasso, dont l'art le laisse indifférent au point qu'en accrochant son exposition d'octobre 1920, il lui refuse ses *Nus sur la place* par ce mot définitif mais historique :

« Je ne veux pas de trou du cul dans ma galerie[22] ! »

Alors que Léonce, partisan admiratif du cubisme de Picasso, s'avérera incapable de le vendre comme il se doit, Paul est le cadet. Il a trente-neuf ans, passe pour vendre cher et pour ne s'intéresser qu'aux grands tableaux. Il fréquente Kahnweiler depuis près de dix ans, Picasso oblige. C'est un homme d'affaires avisé, mais ce n'est que cela. Il connaît mal la peinture, ignore l'histoire de l'art. Les peintres ont vraiment l'impression qu'il se désintéresse totalement de ce qu'ils font. Au moins, c'est franc. En contrepartie, on le crédite d'un flair excellent. Il a l'intuition du marché, rencontre beaucoup de monde dans les milieux les plus fortunés. Ce n'est pas tout à fait un hasard si la période « mondaine » de Picasso, avec chauffeur, limousine et grandes soirées, coïncide avec sa prise en main par Paul Rosenberg. Il n'a qu'un contrat de première vue, mais cela paraît suffisant pour lui assurer un privilège sur les autres marchands qui courtisent sans répit l'auteur des *Demoiselles d'Avignon*.

Avec Léonce Rosenberg, c'est tout autre chose. On l'appelle Léonce, car il est le seul, dans ce milieu, à porter ce prénom. Il est de sept ans l'aîné de Kahnweiler. C'est à lui qu'il convient de le comparer, par rapport à lui qu'il faut le juger, car ils vont s'affronter durant plusieurs années. Forcément, ils occupent le même terrain.

Ce n'est qu'une coïncidence mais elle vaut d'être relevée : Léonce et Kahnweiler, ces deux frères ennemis du cubisme, entretiennent des rapports d'une frappante similitude avec ceux qui opposent au même moment les deux frères ennemis de l'édition, Gaston Gallimard et Bernard Grasset. Mêmes tempéraments, même lutte d'influence, même enjeu. Seule la nature du commerce change.

Kahnweiler, comme Gaston Gallimard, est un homme qui mise avant tout sur la durée. Il inscrit son action dans une large perspective historique. Il n'est pas pressé, convaincu qu'un jour ou l'autre, la postérité lui donnera raison. Méthodique et réfléchi, il aime ses auteurs, pardon, ses peintres, d'un amour exclusif et ne supporte pas les infidélités. Quand il n'apprécie pas leur évolution, il le leur dit franchement, quitte à rompre. Quand il aime, il aime tout et achète tout quel que soit l'avis supposé du public. Pour l'imposer, il use d'une stratégie qui se résume en un seul mot : attendre.

Léonce, comme Bernard Grasset, est l'homme de la précipitation. Il aime les coups, l'action spectaculaire, la publicité. Impétueux, changeant, il se fâche souvent avec les artistes quand il est en désaccord avec eux. Il n'hésite pas, lui aussi, à acheter la production d'un peintre qui n'a pas les faveurs du public. Il aime la peinture et il est prêt à la soutenir quand il y croit. Mais sa stratégie, qui consiste à vendre au plus tôt et au plus haut, est plutôt basée sur la propagande et la promotion. Comme Grasset n'hésitait pas à s'engager personnellement pour défendre les couleurs de son « écurie » dans les journaux, Léonce lance une revue dans un esprit semblable.

Refermons la parenthèse sur cette étonnante similitude pour mieux tenter de cerner la personnalité de Léonce. Le commerce, il l'a appris dans les matières premières à Paris, Londres et Anvers, renouant ainsi avec une tradition familiale puisque son père était importateur de céréales avant de se lancer dans le négoce de l'art. Il est d'un caractère curieux, autant qu'on puisse l'appréhender à travers l'étude de sa correspondance et de ses écrits[23]. Frénétique, irascible, plein de vaine gloriole, il se prend pour un directeur de conscience, se mêle de la création en donnant son avis à ses peintres, les embarrasse et les courrouce par cet interventionnisme intempestif, leur fait signer des contrats bien trop précis, écrit des lettres très bavardes... Souvent cuistre quand il est en présence de collectionneurs français ou américains, il cherche à les impressionner par des petites phrases démagogiques. Dans ses écrits sur la peinture, il utilise les mêmes ficelles. Quand il s'adresse à une certaine élite française, il réussit toujours à placer des passages de Platon sur le beau en soi. Quand il s'agit d'amateurs d'outre-Atlantique, il n'omet pas de citer un extrait d'une œuvre du philosophe Ralph Emerson. Il n'oublie personne : aux Anciens combattants une citation de Foch et à l'intention des israélites français un « J'accuse » bien placé et lourd de sous-entendus.

Malgré tout, il ne réussira pas : la postérité a retenu qu'il n'a pas fait fortune, ce qui est « la pire des sanctions pour un marchand » et qu'il a « gobé toutes les modes de son époque sans jamais en créer une de son espèce »[24]. Longtemps, Kahnweiler sera un peu moins sévère, rappelant que Léonce avait tout de même assuré la survie des peintres de la rue Vignon pendant la durée de son exil en Suisse, qu'il avait été admirable dans ce rôle et qu'il fallait lui en conserver une immense gratitude. Mais en privé, dès les lendemains de la guerre et même bien plus tard, il ne se fera pas prier pour le juger d'un mot, d'un seul, à peine murmuré : « quel con... »

Léonce a des rapports souvent difficiles avec les peintres. Certes, il les paie mieux que Kahnweiler : à titre indicatif, notons qu'à la fin de 1920, au moment où il passe de la galerie de l'un à celle de l'autre, Gris gagne 1 000 francs par mois chez Léonce et 750 chez Kahnweiler[25]. Malgré cela, Gris préfère retourner chez son ancien marchand. Par fidélité et parce que Léonce ne peut le retenir uniquement par l'appât du gain. Gris le supporte de moins en moins, leur brouille n'est plus un secret. Leur dernier contrat ayant été renouvelé et ne portant que sur certains formats, le peintre s'abstient de produire dans ledit format de manière à réserver sa peinture à Kahnweiler. Comme s'il était décidément très pressé d'en finir avec la galerie de L'Effort moderne[26-29].

Avec le sculpteur Lipchitz, Léonce a vite fait de se fâcher car il veut absolument faire coller ses propres théories aux siennes, ce qui a le don d'agacer l'artiste. Jusqu'au bout méticuleux, Léonce n'a pas assez de panache pour se séparer en beauté : il lui fait son compte et, malgré la situation précaire de Lipchitz, lui fait payer le déficit[30].

Avec Severini aussi, cela se passe mal. S'apercevant que le peintre a vendu un tableau à un autre marchand sans le lui avoir proposé, il rompt le contrat, se montre insensible à ses dénégations et aux pressions conjuguées de Braque et du marchand Halvorsen[31]. Et quand Léonce s'avisera de critiquer un des derniers envois de Severini, celui-ci ne se gênera pas pour lui dire le fond de sa pensée : à savoir qu'il n'est qu'un épicurien qui, dans ses rêves les plus fous, se prend pour un pythagoricien, et que son jugement esthétique est à peu près nul car sa culture est très limitée. Autrement dit, s'il flaire bien la qualité, c'est par routine et par atavisme[32].

On comprend mieux qu'un homme tel que Kahnweiler ait du mal à s'entendre avec un homme tel que Léonce Rosenberg. Tout les oppose. La manière de conduire leurs rapports avec les peintres, cela va de soi. L'un les respecte infiniment, l'autre moins. L'un fait des observations critiques, l'autre des critiques interventionnistes. L'un est un marchand habile, l'autre un piètre négociant. L'un est un juif allemand qui a refusé de se battre, l'autre un israélite français et patriote qui a fait la guerre. L'un a une conception esthétique du cubisme qui lui est propre tandis que l'autre se limite à une appréciation qualitative de cette même peinture.

Cet antagonisme entre deux marchands serait de peu d'importance si Léonce n'avait pas pris la plus fâcheuse initiative de sa carrière. Au lieu de se mettre sur le bas-côté de l'affrontement qui se prépare, il se place en première ligne dans l'affaire du séquestre Kahnweiler. Il est de ceux qui veulent en hâter le processus. Car en assurant l'interrègne pendant les années de guerre, il s'est rêvé champion du cubisme. Dès qu'il a appris que Kahnweiler allait rentrer, il a pensé que c'était le meilleur moyen de lui couper l'herbe sous le pied. Il ne fait guère de doute que si Kahnweiler récupère son stock, il tiendra le marché, il sera trop puissant pour lui permettre de s'imposer. Alors il pousse à la vente. Quand on agite le spectre de la grande braderie, il répond qu'au contraire, ces enchères historiques marqueront le triomphe du cubisme. Partout où il faut être vu et entendu, il se répand en propos réjouis sur ce jour tant attendu. Le collectionneur Roger Dutilleul en est écœuré, le personnage le dégoûte et il s'en ouvre à Gris qui compatit [33].

L'attitude de Léonce dans cette affaire révèle sa naïveté commerciale : il ne faut pas être une grande Pythie pour imaginer qu'aucun marché ne résisterait à une telle avalanche de tableaux procédant d'un même esprit, a fortiori s'il s'agit de cubistes. Léonce n'en a cure. Il intensifie sa propagande, tant et si bien qu'il est nommé expert de la vente. Un faux pas qui lui coûtera cher.

L'année 1920 s'achève. Léger a vraiment pris à cœur la défense de Kahnweiler. Il sollicite et obtient des audiences de l'avocat, de l'administrateur-séquestre et même du procureur de la République. Cela semble, en bonne voie puisque de toute part on l'assure que le cas est envisagé avec sympathie et qu'on recherche la solution la plus satisfaisante. Tout est pour le mieux. Léger est formel :

« Le rapport de Zapp est très bien, la chancellerie de son côté s'efforcera de biaiser la loi en notre honneur[34]. »

Que demander de plus ! Kahnweiler peut terminer l'année avec une note d'espoir. Plus Léger multiplie les démarches et les comptes rendus favorables, plus il se sent stimulé dans l'accomplissement quotidien de sa tâche. Il déborde de projets. Plusieurs livres sont en chantier, la plupart de ses peintres, écrivains et poètes ont été sollicités pour publier de concert sous le label de la Galerie Simon. Parallèlement, des maisons d'édition allemandes ont décidé de publier ses propres livres sur Derain et Vlaminck ainsi que son fameux essai *Der weg zum Kubismus* (La montée vers le cubisme) mais dans son intégralité cette fois, avec des corrections et des ajouts. Quant au commerce de tableaux proprement dit, il semble avoir bien repris. Entre novembre et décembre, il a vendu *L'aviateur* de Léger pour 1 800 francs* à la librairie Kundig de Genève[35] et cinq Vlaminck pour 15 750 marks à Golschmidt and Co, un marchand de Francfort[36]... Quand le couturier et mécène Jacques Doucet se propose de lui acheter un Braque, dont ils ne savent pas trop s'ils doivent l'appeler *Les abricots*

---

* *Les trois personnages* de Léger, une huile sur toile (65 × 93 cm) datée de 1920 a été vendue 1 100 000 livres (soit 10 670 000 francs) le 1er décembre 1986 par Christie's, Londres.

ou *Les pêches*, et qu'il fixe le prix de 4 500 francs au-dessus duquel il n'ira pas, Kahnweiler accepte aussitôt, sans discuter, « mais pour vous être agréable et pour vendre un premier Braque » et en profite pour partir à l'assaut du collectionneur avec ses Derain [37].

Il semble être véritablement pris d'un regain d'activité, à telle enseigne qu'il achète pour 12 000 francs d'œuvres à Signac, mais on ne sait si c'est pour son propre compte [38], et, à la requête d'un client suisse, convient de se mettre en relation avec des peintres qui ne travaillent pas sous son drapeau, vraiment pas (Metzinger et Dunoyer de Segonzac) à seule fin de leur transmettre ses propositions [39]. Tout à son enthousiasme retrouvé, il tape le double de ses lettres sur n'importe quoi, même au dos du faire-part de mariage de son confrère Paul Guillaume...

En 1921, l'Allemagne continue à traîner les pieds. Elle se fait tirer l'oreille pour payer les réparations stipulées par le traité de Versailles. L'issue de ce conflit qui ne dit pas son nom est inéluctable; puisqu'on ne peut saisir l'Allemagne chez elle dans ses meubles, à la manière d'un huissier, on la saisira en France. Sans exception. Avec la plus grande sévérité. La collection Heibronner d'objets d'art médiéval, la collection Worthe d'objets d'art chinois, les collections Uhde et Kahnweiler de peinture moderne vont en faire les frais. Les dés sont jetés.

En mars, Kahnweiler se décide à quitter son appartement d'Auteuil, trop exigu, et ce 16e arrondissement qui lui semble désormais un peu limité. Il s'installe dans une vraie maison, rue de la Mairie, à Boulogne-Billancourt. Il jouit d'un jardin dans lequel il installe des sculptures de Manolo, en premier lieu sa grande *Femme assise* en pierre, de 1913.

Il ne veut surtout pas se laisser abattre par l'imminence des enchères. Il continue à chercher et à acheter de plus belle. Dans l'atelier de Braque, il prend quinze tableaux et une sanguine pour 27 600 francs, un paiement qu'il échelonnera en trois temps : 10 000 francs de suite, 10 000 francs dans un mois et le solde dans deux mois. C'est un étalement qu'il essaie d'ériger en habitude plutôt qu'en système de manière à mieux équilibrer sa trésorerie[40]. Dans l'atelier de Derain, il trouve seize tableaux et six dessins qu'il emporte contre 36 200 francs, payables en trois temps[41]. La production de Léger, il la partage dorénavant avec Léonce Rosenberg, sauf les grands formats et quelques petits. Quant à Gris, il lui est désormais totalement acquis, Léonce lui ayant revendu son « déficit d'exploitation » avec le peintre. Mais sa traditionnelle tournée des ateliers amis ne l'empêche pas, de temps en temps, de modifier sa route et de donner libre cours à sa curiosité.

C'est ainsi qu'il commence à acheter des œuvres de Togorès, un artiste prometteur qui, de même que tous les jeunes Catalans, considère Manolo comme un maître. Mais il n'en reste pas moins fidèle à son vieux principe : le véritable marchand, c'est celui qui sait choisir, donc refuser. C'est ainsi que se rendant pour la première fois dans un atelier de la rue Blomet qu'on lui a indiqué, il regarde consciencieusement chaque toile puis s'en va sans dire un mot à l'artiste, un Espagnol de vingt-huit ans, Joan Miro. C'est non. Sans appel[42]. Et quand Fernande Olivier, l'ancienne compagne de Picasso, lui écrit pour solliciter des conseils, Kahnweiler pressent la suite et la prévient d'emblée qu'elle ne doit pas se faire d'illusions. Même « au nom du Bateau-Lavoir » et en mémoire des années héroïques, il ne lui fera pas un contrat. Il est donc tout à fait inutile même qu'elle se déplace pour lui montrer son travail. Comme elle insiste et qu'elle le relance, il l'envoie à ce cher Léonce[43]...

« Que signifie ce tableau ? » Par ce titre qui se veut ironique, la « une » de *L'Intransigeant*, lc plus fort tirage des journaux du soir, dirigé par Léon Bailby, donne le ton de la campagne de presse qui s'annonce. Les voilà tous prévenus, les familiers de la galerie de la rue d'Astorg : ce ne sera que sarcasmes et moqueries. Sous ce titre, le journal publie une reproduction de *Violon, verre et journal* de Picasso. On imagine sans peine la légende : heureusement qu'il y a un catalogue explicatif, etc.[44]. Dans leur correspondance, tant Uhde que Kahnweiler emploieront désormais le même mot pour résumer leur situation : « Hinrichtung » (exécution). C'est bien de cela qu'il s'agit. On y survit, commente, stoïque, Wilhelm Uhde tandis que Kahnweiler dit boire jusqu'à la lie « le plaisir d'assister à ma propre exécution »[45].

Uhde est le premier à comparaître face au peloton. Sa collection est beaucoup moins importante. Une seule vente suffira. Dix-sept Braque, cinq Dufy, trois Laurencin, un Gris, un Léger, cinq douanier Rousseau et des bricoles... Il y en aura en tout pour 168 000 francs. A titre indicatif, il est bon de préciser que selon les archives du Louvre, *La mort de Sardanapale* de Delacroix vaut alors 800 000 francs[46]. Mais Uhde le placide prend les événements avec une grande sagesse. Il s'est fait une raison. Il avait une collection, il lui reste un catalogue. Comme n'importe quel visiteur de musée :

« J'ai maintenant le catalogue Uhde comme unique souvenir de ces belles années parisiennes. Je pourrai surmonter ma peine car l'enrichissement intérieur demeure[47]. »

En lisant ce mot à lui adressé, Kahnweiler reste songeur mais ne se console pas pour autant. Il a, lui, beaucoup plus de tableaux et il n'est pas un collectionneur mais un marchand dans la plus noble acception du terme. Il ne saurait se contenter d'envisager la situation d'un point de vue détaché, avec le recul, comme un intellectuel dégagé. Son stock, c'est sa chair et son sang. Au début de l'année il a déjà été frappé par la nouvelle de la mort de son père. Il le savait malade, ils continuaient à mieux s'apprécier à distance, mais il espérait tout de même le revoir un jour. Une seconde nouvelle vient maintenant l'anéantir : la date de « sa » vente a été fixée. Ce sera les 13 et 14 juin 1921 et, de l'avis des chroniqueurs de la vie quotidienne à Drouot, ce n'est qu'un début.

Le peloton d'exécution est constitué de quatre hommes. M. Zapp, le liquidateur-séquestre, A. Bellier l'exécutant, le président de la Chambre des commissaires-priseurs et enfin l'expert pour le catalogue et les estimations, Léonce Rosenberg. Il a accepté l'inacceptable, « toute honte bue »[48]. Il ne recule devant rien, Léonce. Le courroux des peintres ne semble pas l'avoir ébranlé. Il a même eu la délicatesse d'envoyer le catalogue de la vente Uhde à Gris. Ironique et amer, ce dernier ne se fait pas d'illusion sur son ancien marchand :

« Il est fier sans doute de son nouveau métier d'expert »[49]...

Mais tous les peintres n'ont pas le sang-froid de Gris. Avant même que la vente ne commence dans une salle d'exposition de Drouot, un grave incident éclate. Il frappe tellement le public que chacun à l'heure du souvenir le rapportera avec force détails qui ne coïncident pas toujours...

C'est Braque qui crève l'abcès. Sa carrure, son courage et sa situation par rapport à Kahnweiler l'autorisent à se consacrer porte-parole des autres peintres, même si Vlaminck ou Léger auraient tout aussi bien fait l'affaire. Braque est dégoûté par le jeu de Léonce dans cette vente qui s'annonce catastrophique pour tous. Il en fait le principal responsable du scandale. Léonce, expert de la braderie... Dire qu'il se prend pour le marchand des cubistes! Il lui reproche également de n'avoir pas tenu sa promesse : il devait, à la requête de Braque, envoyer le catalogue établi par ses soins à des amateurs dont il lui avait fourni les noms et les adresses, afin que les tableaux aient une chance supplémentaire de rester entre des mains amies. Il avait dit qu'il le ferait.

Dans la petite salle poussiéreuse, les commentaires vont bon train. Quand ils émanent des peintres, ils sont pour le moins désobligeants à l'égard de « ce salaud de Léonce ». La tension est à son paroxysme quand l'expert tant honni entre enfin. Braque bondit, le saisit au collet, le secoue comme un prunier. Ils échangent des arguments frappants puis Braque lui assène des coups de pied au cul en rafale. Cela doit faire mal puisque Amédée Ozenfant les sépare. Braque lui envoie un direct à l'estomac qui le précipite dans les bras du collectionneur André Level :

« Vous défendez ce salaud! » lui lance Braque qui revient à son objet initial.

Il se ressaisit de Léonce, l'accuse d'avoir manqué au devoir le plus élémentaire de marchand honorable et s'attire pour toute réponse une insulte qui se veut cinglante :

« Cochon normand! »

Le peintre n'en continue pas moins son entreprise de démolition, avec une maîtrise de professionnel de la boxe. Stupéfait, décomposé, l'expert lance comme un SOS au public :

« Il est fou, mais il est fou! »

Matisse, qui arrive à l'Hôtel sur ces entrefaites, se renseigne auprès de Gertrude Stein et s'écrie avec la détermination de celui qui veut trancher :

« Braque a raison, cet homme a volé la France et on sait bien ce que c'est que de voler la France! »

Le pugilat, qui commence à être malséant, n'a que

trop duré. Les combattants se retrouvent au poste de police mais aucune plainte n'est déposée. Pas plus de duel : pour ces deux anciens combattants, ce serait indécent après le terrible duel que fut la guerre. Ecœuré, Braque décide de ne pas revenir aux ventes prévues. A la fréquentation de Drouot, il préfère la solitude de Sorgues. Et tant pis s'il se prive du plaisir de revoir certaines de ses anciennes toiles. Léonce Rosenberg, lui, décide de s'inscrire à des cours de boxe. La vente Kahnweiler commence dans une sale atmosphère. Sous les pires auspices[50].

Le 13 juin, pour le premier jour des enchères, la composition de la salle fait penser à une réunion de l'informelle amicale de la rue Vignon. C'est la première fois que la bande se reconstitue depuis le début de la guerre. Kahnweiler sait qu'il peut compter sur eux. Il n'hésitera pas à s'appuyer sur leurs épaules dès que nécessaire. Le problème, c'est que les Français sont minoritaires parmi eux. Dans l'ensemble, les peintres sont opposés à cette vente. En raison des circonstances qui l'entourent et non par principe. On oublie parfois qu'à l'origine de la création de Christie's, la salle de ventes publiques de Londres en 1766, on trouvait notamment des artistes parmi lesquels Gainsborough, pour ne citer que lui.

Kahnweiler peut lire le catalogue comme un bilan de son action. Il n'a pas à rougir. Tout ce qui était chez lui a été saisi et catalogué. Pas de décrets. Que des motifs de fierté, à quelques exceptions près : deux Metzinger qu'il avait échangés et quatre ou cinq tableaux d'un quelconque peintre mondain qu'il avait gardés en dépôt dans un accès de faiblesse[51].

Un beau catalogue et une exposition exceptionnelle. Comme si sa cave avait été transformée en une galerie aux dimensions ambitieuses, telles qu'il n'en avait jamais rêvées. Dans la salle, en attendant le premier coup du marteau d'ivoire, deux marchands discutent :

« Ce qui prouve en faveur du cubisme, dit l'un, c'est que des gens fort intelligents y ont cru.

– Voire, répond l'autre. Et qui prouve qu'Apollinaire, Cocteau et Salmon n'en ont pas joué pour le simple plaisir de leur intelligence et la mystification de leurs amis... »

Le chroniqueur qui attrape cet échange au vol cite fort à propos un mot d'un diplomate, tout aussi anonyme que ces deux marchands. Un mot qui, dans ce contexte, laisse songeur :

« J'ai élevé mes ennemis au pinacle pour précipiter leur chute de plus haut[52]. »

Ce jour-là à l'Hôtel, on peut faire et défaire des réputations. L'enjeu est grand car c'est la première fois qu'on assiste à une concentration d'art moderne de cette ampleur. La rumeur place Derain très haut, avant tous les autres. Ceux qui font profession de savoir laissent entendre aux amateurs avides d' « informations » qu'ils agiraient en investisseurs avisés s'ils misaient sur Derain. Il est couramment présenté comme le plus acceptable des subversifs. Aux yeux des marchands de la rive droite, il est le plus « vendable » auprès d'un public qui se remet à peine du feu d'artifice des fauves. Vlaminck est situé à part, malgré sa complicité fraternelle avec Derain. Les deux hommes ne constituent pas une paire, sur le marché, contrairement à Braque et Picasso, Gris et Léger qui sont souvent associés.

Il y a beaucoup de monde. Cette mauvaise pièce, une douteuse tragédie pour le principal concerné, se joue à guichets fermés. Des marchands, des peintres, des collectionneurs, des écrivains, des poètes, des critiques d'art et quelques curieux entrés comme par effraction. On reconnaît Durand-Ruel, Amédée Ozenfant, les frères Rosenberg naturellement, Bernheim

jeune, Joseph Brummer de New York, Paul Guillaume, Lipchitz, Goldschmidt de Francfort, Zborowski de Montparnasse, Gimpel, Jacques Doucet,
Jean Paulhan, Paul Eluard, André Breton, André
Lefèvre, Alfred Richet et d'autres encore venus spécialement pour l'occasion de Stockholm et Zurich,
Genève et Londres.

Les commissionnaires de Drouot écorchent les
noms à consonance étrangère avec une telle application qu'on se demande s'ils n'en rajoutent pas, s'ils ne
font pas exprès. Le catalogue de cette vente qui n'est
que la première, comprend tellement de numéros que
Léonce l'expert ne prend pas toujours le temps de
préciser le nom des artistes. Il annonce un Braque ou
un Picasso, au choix. De toute façon, les prix sont à
peu près les mêmes.

Tristan Tzara, envoyé spécial des dadaïstes, est
effaré par cette pratique mais emballé par l'exposition
et la qualité du public. Ceci compense cela. Il aimerait racheter beaucoup plus qu'il ne le fait mais se
console en levant la main pour des papiers collés de
Picasso qu'il considère comme une des grandes inventions des temps modernes[53]. Paulhan, timide secrétaire à la NRF, emporte un *Violon*, papier collé de
Braque, pour 170 francs. Le peintre Jeanneret, qui
n'est pas encore Le Corbusier, achète beaucoup mais
pas pour lui. Il surenchérit pour le compte du banquier suisse Raoul La Roche qui, sur son conseil et
celui d'Ozenfant, se lance à cette occasion dans une
collection d'art moderne qui sera un jour l'orgueil du
Kunstmuseum de Bâle. Des Braque, des Picasso, des
Gris... Il en achète pour 50 000 francs. Ce sera
certainement un des meilleurs investissements invo-
lontaires de M. La Roche qui n'y connaît rien mais
s'en remet au goût et au flair de ses compatriotes.
Amédée Ozenfant fait l'acquisition d'un superbe
papier collé de Braque, *La clarinette*, pour

470 francs. Il le revendra 8 000 dollars à Nelson Rockefeller en 1952[54]...

Et l'Etat? Prudent, trop prudent. Ses représentants sont encore obsédés par le spectre de l'affaire Caillebotte, le scandale de ces tableaux impressionnistes qui, lors d'une autre vente de funeste mémoire, prirent le chemin de l'étranger sous l'œil des responsables des Beaux-Arts, complaisants, ravis ou indifférents, c'est selon. Pas de faux pas, cette fois. Surtout, pas de précipitation. Les gens de l'Etat, en l'occurrence les conservateurs des musées nationaux, sont mal à l'aise. Ils se sentent pris en tenaille entre l'académisme de l'Ecole des Beaux-Arts et l'explosion avant-gardiste. Ils hésitent à user de leur droit de préemption. La plupart du temps, ils y renoncent. Leur récolte est insignifiante. Ainsi ils manquent à leur mission qui est tout de même de refléter dans les musées l'évolution du génie national. Leur faute, leur très grande faute, ils l'ont déjà commise en ne présentant pas les requêtes circonstanciées qui auraient permis à Kahnweiler d'obtenir soit une mesure d'exception, soit une mesure conservatoire. En ne s'engageant pas, ils pénalisent les peintres à court terme et le patrimoine national à long terme. Tout cela pour un produit commercial dérisoire aux yeux des gens de la rue de Rivoli, qui ira se perdre aux Finances dans la caisse des dommages de guerre. Une goutte d'eau[55].

Quel gâchis quand on pense que *L'homme à la guitare* de Braque vendu 2 400 francs sous l'autorité de l'administrateur-séquestre, donc par l'Etat, sera racheté par l'Etat soixante ans plus tard pour neuf millions de francs... Des centaines de tableaux vendus aux ventes Kahnweiler, le futur Musée national d'Art moderne de Paris n'en aura bien plus tard que quelques dizaines. Encore faut-il en rendre hommage à certains collectionneurs qui lui en ont fait don.

En tout, lors de cette première vente, vingt-deux Braque, vingt-quatre Derain, neuf Gris, sept Léger*, vingt-six Picasso, six Van Dongen et trente-trois Vlaminck sont vendus pour 216 335 francs. La cote des Braque s'est assez bien tenue puisqu'on a vu *Le violon* monter à 3 200 francs. Les autres se sont également bien tenus, dans une moyenne honorable, à l'exception des Picasso et des Vlaminck qui ont été sous-estimés. Mais le grand vainqueur, si vainqueur il y a dans une braderie de cet ordre, c'est comme prévu André Derain. On s'est arraché ses tableaux de 2 800 à près de 20 000 francs. Son *Portrait de Lucie Kahnweiler* a même fait 18 000 francs. Le tableau a été disputé et ce n'est pas sans un pincement de cœur que Kahnweiler l'a vu partir chez Paul Rosenberg, qui le désirait avec une ardeur douteuse. Comme s'il y tenait pour des raisons psychologiques et stratégiques, afin de retourner le couteau dans la plaie de son malheureux confrère.

Au fait, et Kahnweiler? Il n'est pas là. Il a bien assisté aux expositions préludant à la vente, mais pas à la mise aux enchères. Trop dur. Insupportable. Mais s'il n'était pas physiquement là, il y était tout de même d'une certaine manière. Il était hors de question qu'il n'y participât point et qu'il laisse partir ses enfants chez des parents illégitimes, les bras croisés, le regard perdu dans le vague, la larme à l'œil.

Passé l'instant du découragement absolu et réalisant qu'il n'aurait pas le droit d'acheter sous son nom, il a eu l'idée de constituer un petit syndicat composé de son beau-frère, de sa belle-sœur, de Rupf, du marchand allemand Alfred Flechtheim, de son frère Gustave Kahnweiler, qui lui est associé à Franc-

---

* *Le garçon de café* (1920) une huile sur toile 93 × 65 cm de Léger a été vendue 10 000 000 francs par Mᵉ Loudmer le 23 décembre 1987 à l'Hôtel Drouot.

fort, et de lui-même. A Drouot, ils apparaissent en la personne de « Grassat ». Il n'est certes pas question de concurrencer Bernheim Jeune qui s'annonce comme la galerie la plus entreprenante ce jour-là et qui emportera effectivement un nombre impressionnant de Vlaminck. Le syndicat n'a pas ses moyens. Ils sont beaucoup plus limités et ne lui permettent pas de pousser loin la surenchère. Pour conserver au plus haut la cote de Braque, il en fait acheter onze sur vingt-deux. Il réussit également à emporter toutes les pierres, tous les modèles et presque tous les bronzes de Manolo, que l'on ne se dispute pas. Cela lui permet de dire avec fierté à l'artiste :

« Nous vous avons bien défendu[56] ! »

Les peintures de Gris non plus, on ne les dispute pas à Grassat. Il en achète huit sur neuf. Il prend également trois Derain, trois Léger, un Van Dongen, et deux Vlaminck. Mais aucun Picasso, rien de lui. Trop cher.

Il est à peu près sûr que ces tableaux seront revendus soit rue d'Astorg, soit chez Flechtheim en Allemagne, les Vlaminck notamment. Mais Kahnweiler aurait tellement aimé en avoir plus. Avec quel argent ? Le syndicat n'a pas fait le poids. Léonce Rosenberg, lui-même a très peu acheté, des Léger essentiellement, par manque de moyens[57].

La presse est égale à elle-même. Sournoise, perfide, haineuse parfois et si médisante, elle ne comprend rien. Alors elle déblatère. Kahnweiler passe pour un vulgaire spéculateur, un investisseur en Bourse égaré dans les ateliers, un marchand de fausse gloire, le fabricant d'une peinture frelatée qu'il prétend imposer au titre de chef-d'œuvre pour duper ces gogos de Français... Peu avant le début de sa vente, la *Gazette de l'Hôtel Drouot*, dont on aurait pu attendre plus de sérénité, se félicitait de la prédominance des étrangers dans le public des ventes d'art moderne[58]. L'honneur de la France est presque sauf dès lors qu'elle sait résister à cette perversion de l'art!

Il n'empêche. La première vente Kahnweiler est une date. C'est la véritable borne-frontière entre l'avant-guerre et l'après-guerre. Du moins pour ceux qui comme Kahnweiler se font une certaine idée de la peinture.

La prochaine vente est fixée à novembre. L'été 1921 marque opportunément un répit dans cette descente aux enfers qui lui mine le moral. Quel que soit l'état du commerce, sa galerie ferme comme toutes les galeries en août. De toute façon, il n'y a personne. Les Kahnweiler passent quelque temps à Rome, dans des conditions autres que celles qu'ils connurent en août 14. Puis en rentrant à Paris ils font un crochet pour saluer les amis, Laurens d'abord puis Vlaminck avec lequel Henry s'adonne aux joies de la natation.

Le mois n'est pas terminé, la capitale est encore en léthargie. Dans sa maison de Boulogne, plus paisible encore que le plus paisible des quartiers de Paris, il pose ainsi que Lucie pour Gris qui dessine au crayon leurs portraits. On croirait que Kahnweiler tente à tout prix de repousser la rentrée, le plus loin possible, comme une échéance impossible à tenir. Rien n'y fait. Très vite, novembre est là et le moment fatidique s'annonce inéluctablement.

Le 17 tombe un jeudi. Les enchères se tiennent dans la salle N° 6 de l'Hôtel. A nouveau, c'est la grande affluence des marchands, des collectionneurs et des critiques. On se connaît, on se reconnaît, on se salue avec froideur ou effusion, comme au théâtre un soir de générale. Le public frappe même des pieds et des cannes sur le sol quand débute la vente. Il ne manque que les trois coups de brigadier. Les chroniqueurs, qui ont déjà leur papier en tête avant même de l'avoir écrit et d'avoir assisté à l'événement, s'en donnent à cœur joie. Pour eux, c'est pain béni ces personnages bizarrement accoutrés dont l'accent tudesque ne se dissimule point et que l'on dit être des amateurs d'art. Il suffit de prêter l'œil et l'oreille, la moisson est immédiate pour saisir tel échange entre un vieux monsieur et un jeune homme.

« Ils ont beaucoup d'imagination et un peu de talent. De mon temps...

– De votre temps, monsieur, on avait beaucoup de talent mais pas du tout d'imagination[59] ! »

L'atmosphère est encore assez tendue. C'est qu'à nouveau un incident a éclaté en marge de la vente. Cette fois le pugilat n'a pas opposé Léonce à Braque. Rosenberg, qui n'en peut mais, a changé de partenaire. Dans une galerie, alors qu'ils évoquaient la braderie de Drouot, le courtier Basler et lui ont eu des mots.

« Sale Polonais ! lui a dit Léonce.

– Sale Autrichien ! » lui a répondu Basler sur le même ton.

La rumeur publique, particulièrement malveillante à l'égard des deux protagonistes, rapporte qu'ils se sont écrit pour se traiter réciproquement de « sale métèque ». Mais Kahnweiler, qui sourit et s'en réjouit car les occasions sont rares en ce moment, n'en croit rien[60]. Toujours est-il que cette péripétie, au moment de se clore, prend un tour dramatique quand la canne de Basler s'abat lourdement sur le crâne de Léonce et que le poing de celui-ci cherche désespérément le nez de Basler. Louis Vauxcelles, qui ne pouvait laisser passer une telle occasion de moquer le milieu cubiste, a beau jeu d'intituler son billet « Nouvelles mœurs » et de préciser que la controverse ne portait pas sur un point d'esthétique[61]...

A Drouot, l'influent critique assure que l'atmosphère est soporifique. Ce ne sont que marchands étrangers qui acquièrent des cubisteries à des taux ridicules. Pas de quoi pavoiser. D'après lui, ce n'est que torpeur, tristesse, ennui. Et Vlaminck vint. Vauxcelles se réveille enfin :

« De la peinture venait de surgir parmi ces lugubres clowneries géométriques. Ozenfant, suffoqué, se prit à sangloter dans les bras de Jeanneret[62]... »

Il est vrai que sur un plan strictement commercial, c'est Vlaminck qui cette fois s'en tire le mieux, avec Derain toujours très fêté. Ce dernier, lors de l'enchère de ses tableaux, suscite des commentaires divers dans la salle :

« Il est tout excepté un cubiste... Il ne veut jamais être semblable à lui-même, quitte à être inférieur à lui-même... L'évangile de la peinture moderne : copiez-vous les uns les autres... Ce que l'on recherche dans les cubistes et ce que l'on finit par aimer en eux, c'est encore la tradition... Dans cent cinquante ans, on recherchera les Derain comme on recherche aujourd'hui les Fragonard et on les paiera tout aussi cher[63]... »

Kahnweiler, qui rend compte de la journée à Derain, lui confirme que les prix ont encore baissé par rapport à la première vacation, que les siens sont restés convenables et que le « syndicat » a pu racheter une dizaine de ses toiles parmi les plus importantes, notamment *L'Italienne* et *Le damier*. Mais il ne lui cache pas son extrême pessimisme pour la troisième enchère, eu égard à la situation économique[64]. Ecrivant une lettre semblable à Braque, Kahnweiler lui envoie le catalogue avec les prix mais ne s'étend pas sur le succès de Derain et Vlaminck, estimant que la vente a été très mauvaise pour tout le monde et préférant lui conter plutôt ce que Basler appelle avec pittoresque « mon épopée avec Léonce »[65].

Braque peut aisément corriger par lui-même et entrer dans le détail du fiasco en lisant la presse.

Vauxcelles prend un malin plaisir à enfoncer le clou :

« Les amateurs de Picasso se frottaient les mains, car ils acquéraient des ouvrages de leur grand homme pour le prix du châssis. Mais les spéculateurs faisaient un nez, constatant que ce qu'ils ont payé trois mille francs jadis ne dépasse plus quinze louis – cadre compris[66]! »

Le marteau d'ivoire a fait partir en tout lors de cette deuxième vacation trente-cinq Braque, trente-neuf Derain, quinze Gris, dix Léger, quarante-six Picasso, soixante Vlaminck, vingt-sept Van Dongen et un certain nombre de gouaches et de dessins pour une somme de 175 215 francs. C'est maigre, quasiment ridicule même. Le syndicat monté par Kahnweiler n'a pu acquérir que vingt-cinq toiles environ alors qu'André Breton, commissionné ou à titre personnel, en a acheté une dizaine! Quelle tristesse. Comme si cela ne suffisait pas, Kahnweiler doit en plus subir les sarcasmes de ladite grande presse qui se félicite de la rareté de la présence française tant parmi les marchands que parmi les amateurs. Certains même prennent un malin plaisir à ne l'appeler que « l'Allemand Kahnweiler » (sous l'occupation, dans vingt ans, ce sera « le juif Kahnweiler ») et à rappeler qu'il a chez lui le *Portrait d'un homme* de Derain qui n'est autre que celui de Landru, l'assassin de funeste mémoire[67]!

Mais ce n'est pas le plus édifiant. Cette sordide affaire qui n'en finit plus de traîner lui réserve encore des surprises. Léonce Rosenberg, le cher expert, le rival déloyal, l'abominable homme des cubes qui achève de disperser à grands coups de marteau d'ivoire une œuvre que Kahnweiler a patiemment échafaudée pendant des années, Léonce le stupéfie de plus en plus. Il y a un mois en octobre, ils ont eu une conversation épistolaire pour le moins irréaliste :

« Tout ceci, c'est de la bonne propagande pour les cubistes. C'est une compensation à votre infortune, lui a-t-il dit sans rire[68].

– Je suis encore trop sous le coup du malheur qui me frappe pour l'envisager d'une façon objective », lui a répondu Kahnweiler avec un sens consommé de la litote[69].

Il ne recule devant rien, Léonce. On lui propose d'exposer ses sculptures de Laurens à Londres, mais il entend d'abord les soumettre à Kahnweiler « à mon prix coûtant majoré de 10 % seulement, livres en mains » et par devoir de courtoisie « envers l'autre défenseur du cubisme que vous êtes »[70].

Ainsi il se considère à l'égal de Kahnweiler dans sa lutte pour le cubisme, lui, le liquidateur en chef, le syndic de faillite du cubisme! Quelle impudeur! Kahnweiler est bien trop effondré pour lui répondre comme il se doit. Il se contente de refuser son offre en arguant de la mévente des Laurens sur le marché[71]. Mais dans le même temps, il laisse libre cours à son amertume en s'épanchant auprès de Derain :

« … Les Rosenberg : ah oui, ce sont des salauds. Je vous crois. Et dire que Léonce me fait maintenant des manœuvres grotesques… Oui, sans eux, je suis convaincu que ça se serait arrangé. Pour comble l'Allemagne commence déjà à me faire des difficultés. Je ne dis pas pour me rembourser, mais pour même reconnaître sa dette, sous prétexte de service militaire refusé[72]… »

Bien sûr, il s'y attendait un peu. Mais tout de même. L'attitude des Rosenberg aussi, il s'y était préparé. Mais à ce stade de la sournoiserie, il reste songeur. Léonce est-il plus bête que méchant? A moins tout simplement que sa méchanceté commerciale procède de sa bêtise artistique. Dans sa grande naïveté, il est persuadé que seules les ventes aux enchères pourront donner aux peintres cubistes leur véritable cote sur un marché difficile à fixer. De son point de vue, c'est également le seul moyen de leur procurer de nouveaux amateurs. Il aurait été bien aise si Kahnweiler avait décidé de réouvrir sa galerie à Berne plutôt qu'à côté, dans le voisinage de la rue La Boétie. Puisqu'il en a été autrement, il a décidé de tout faire pour inonder le marché avec le stock de la rue Vignon, de manière que les plus récents tableaux cubistes dont il est le propriétaire puissent rapidement trouver preneur. C'est ainsi qu'en octobre, avec une logique qui échappe au commun des marchands, il vent trois cent quatre-vingt-une toiles de sa propre galerie à l'hôtel des ventes De Roos d'Amsterdam.

En novembre, l'expert de la vente Kahnweiler est aussi un marchand aux abois. Stupéfiant. Il n'a aucune fierté, cet homme qui vient jusque chez Kahnweiler rue d'Astorg lui expliquer qu'il ne peut pas payer ses traites. Que faire ? Il sollicite des conseils. Un comble ! On croit rêver. Kahnweiler, lui, éprouve plutôt de la pitié car il sait un certain nombre de choses que bien peu savent. Il sait de bonne source que Léonce, totalement démuni et affolé, a approché Vlaminck pour lui acheter directement des toiles et les Bernheim pour leur Dufy car il ne veut plus acheter que ce qui se vend[73]. Il sait également qu'il a été jusqu'à faire des propositions très concrètes, dûment chiffrées, à Alfred Flechtheim, le correspondant privilégié de Kahnweiler en Allemagne, pour travailler ensemble sur des Matisse, Picasso, Derain, Utrillo, Braque, Gris, Léger, Valmier... Il ne doute de rien. Flechtheim a envoyé l'original de sa lettre à Kahnweiler en écrivant au crayon, dans un coin à gauche, ce commentaire ironique :

« Qu'en pensez-vous cher ami[74] ? »

Kahnweiler a des doutes sur l'attitude à adopter. Il n'est pas l'homme de la précipitation et du scandale. Malgré tout, et ce « tout » est vraiment très chargé, il continue à lui vendre des Léger du format qu'il s'est réservé par contrat. Mais Léonce n'est même pas capable de les payer, il traîne les pieds, remet sans cesse. Visiblement, il va se noyer. Au lieu de lui appuyer sur la tête pour l'enfoncer, Kahnweiler préfère lui tendre le bras. Non par sympathie, certes pas. Mais une liquidation suffit. Les cubistes ne se remettraient pas de celle de la galerie de Léonce Rosenberg. Ce serait trop dans le même trimestre. Il est virtuellement en faillite d'après Kahnweiler qui lui prodigue, en conséquence, les conseils ad hoc : un règlement transactionnel. En s'adressant aux tribunaux, Léonce pourrait en bénéficier. Il s'agit d'une sorte de moratoire accordé aux anciens combattants dont les affaires sont en péril par suite de la guerre. Ainsi Rosenberg obtient un répit de dix ans pour payer des traites de 90 000 francs qu'il était incapable d'honorer.

Il ne doit pas faire faillite. Dans l'intérêt des peintres et de Kahnweiler. C'est l'essentiel à ses yeux. Peu lui chaut désormais que Léonce Rosenberg désespère du cubisme, lâche ses artistes, n'achète que ce qui se vend. Il faut à tout prix éviter une nouvelle avalanche sur le marché. Ce serait un désastre. Le reste[75]...

Il est devenu très prévenant avec Kahnweiler, ce cher Léonce. Forcément. Découragé, il vient bavarder avec lui dans sa galerie :

« Vous ne trouvez pas que nous avons travaillé pour rien ? demande-t-il à un Kahnweiler interloqué, moins par le sens de la question que par l'incongruité de ce « nous » qui prétend les associer.

– Tout ce qui se passe en ce moment, la défaveur du cubisme et le reste, c'est de votre faute, répond-il en souriant avant de lui dire ses quatre vérités.

– Je vous jure que ce n'est pas moi qui ai poussé aux ventes : ce sont des racontars de peintres... »

Vaines dénégations. Kahnweiler sait à quoi s'en tenir avec celui qui a fichu par terre l'art et les affaires du cubisme « par ses procédés d'arracheur de dents et de vendeur d'orviétan ». Cela dit, quel manque d'élégance dans le parjure[76].

A l'heure du bilan, au moment où l'année s'achève, Kahnweiler n'est pas totalement négatif en dépit des ventes de Drouot, ce double désastre qui a scellé à jamais 1921 dans sa mémoire. Du côté des artistes, Braque a reconduit pour un an son contrat. Mais Laurens veut reprendre sa liberté. Il ne veut plus avoir à discuter de ses besoins. Or Kahnweiler souhaiterait réduire sa mensualité, qui était jusqu'à présent de 2 000 francs. On ne peut retenir un artiste contre son gré. Kahnweiler le laisse partir; mais comme il lui avait avancé jusqu'à 12 140 francs, ce qui n'était convenu nulle part, il demande tout de même que la somme lui soit remboursée en sculptures[77]. Vlaminck envoie des toiles et des aquarelles récentes à la demande pressante du marchand qui, dans le même temps, continue à faire de gros achats à Derain : quatorze toiles, sept aquarelles et deux sanguines pour 50 000 francs[78].

Du côté des collectionneurs, Kahnweiler en suscite de nouveaux, notamment la princesse Bassiano qui paie 9 000 francs pour deux peintures de Derain, ainsi que l'écrivain Lucien Descaves, amateur du même peintre. Enfin du côté des galeries étrangères, l'activité ne faiblit pas. La galerie Simon entretient des relations suivies qui seront peut-être un jour fructueuses avec la galerie de J.H. de Bois à Haarlem (Pays-Bas). Mais avec l'Amérique et l'Allemagne, c'est de plus en plus difficile. A New York, Joseph Brummer a beaucoup de mal à faire comprendre à Kahnweiler que les prix qu'il lui a imposés pour son exposition Derain-Valminck sont trop élevés. Ces peintres ne sont pas suffisamment connus de l'autre côté de l'Atlantique, il faut tout faire pour encourager de nouveaux collectionneurs et de toute façon il y a encore de nombreux Derain sur le marché. Mais Kahnweiler est inflexible : ses prix sont fermes et définitifs. Brummer devra s'en accommoder ou renoncer à son exposition[79]. A Berlin, le problème est autre. Les affaires vont mal pour la peinture, surtout depuis le mois d'octobre qui a marqué le début de la dégringolade du mark. On joue une partie serrée. D'autant que la concurrence s'est élargie. Apprenant que le marchand scandinave Halvorsen veut lancer ses Braque, ses Derain et ses Vlaminck sur le petit et difficile marché allemand, il réagit aussitôt :

« Vous avez toute la vaste terre pour vendre ces tableaux ! »

Halvorsen se montre compréhensif. Mais son geste n'est pas gratuit. En échange, il souhaite que Kahnweiler use de son influence sur son partenaire berlinois Flechtheim pour que celui-ci achète chez lui et pas ailleurs les Matisse dont il a actuellement besoin. Pour d'autres Matisse, qu'il doit solliciter du peintre lui-même et pour des dessins de Cézanne, Kahnweiler n'hésitera pas à s'entremettre personnellement[80]. Ainsi tout le monde sera satisfait.

Dorénavant cette pratique qu'il croyait relativement exceptionnelle va devenir de plus en plus courante. Signe des temps de crise. Kahnweiler ne peut plus s'offrir le luxe de se consacrer uniquement à la peinture qu'il défend. Il faut vivre et faire vivre.

En fait, le seul domaine d'activité où il se sent entièrement libre, c'est encore l'édition. Cette année-là, la galerie Simon a publié six livres, ce qui est beaucoup pour une maison dont ce n'est pas la spécialité. Il faut souligner que Kahnweiler a beaucoup insisté auprès de ses amis, peintres et écrivains, pour qu'ils mettent tous la main à la pâte et acceptent de collaborer entre eux malgré les possibles divergences.

Les livres sont tous publiés selon le même principe : entre 28 et 48 pages, un tirage de cent douze exemplaires dont douze hors commerce, dix sur Japon impérial et quatre-vingt-dix sur Hollande van Gelder. Cent exemplaires sont signés par l'auteur et l'illustrateur. Ces livres sont chacun des événements littéraires, du moins est-ce ainsi qu'on peut les juger avec le recul. *Ne coupez pas Mademoiselle ou les erreurs des PTT*, un conte philosophique de Max Jacob, est le premier livre illustré de gravures originales (quatre lithographies) par Juan Gris. *Lunes en papier* d'André Malraux est un tout premier livre (bien avant le *Royaume farfelu* publié sept ans après chez Gallimard) et il est illustré de six gravures sur bois qui sont pour Léger également une grande première. *Communications* est un recueil de poèmes de Vlaminck illustré par lui-même. *Les Pélican*, la pièce du jeune Raymond Radiguet (deux ans avant son succès du *Diable au corps*) est illustré par des eaux-fortes d'Henri Laurens. *Le Piège de Méduse*, une comédie lyrique, est l'unique œuvre d'Erik Satie publiée sous forme de livre et le premier ouvrage illustré de gravures sur bois signées Braque. Enfin *Cœur de chêne*, les poèmes de Pierre Reverdy, sont le seul livre jamais illustré par Manolo.

A ce seul énoncé et avec un recul qui permet le jugement, on peut dire que Kahnweiler a également été un grand éditeur. Car là également il a su découvrir des textes et des auteurs et les marier à de grands artistes. Il est permis de se demander ce qu'aurait été l'avenir des éditions de la galerie Simon si elle avait eu d'autres moyens et si Kahnweiler avait eu pour les livres l'ambition et la passion qu'il avait pour les tableaux. En son temps, il semble qu'il ait simplement la conviction de publier ce qui doit l'être, de la « vraie poésie », de la « bonne littérature », comme il y a de la « vraie et de la bonne peinture ». Mais sans plus de solennité. Les manuscrits que lui remettent ses auteurs sont d'ailleurs plus proches souvent de la dérision que du sérieux.

Kahnweiler a souri en lisant le liminaire trop moqueur à l'endroit des bibliophiles-spéculateurs que Radiguet a écrit sur ses *Pélican* : « Il a été tapé de cet ouvrage deux exemplaires sur papier pelure. Justification du tirage N° 2. » Quant à Malraux, qui a vingt ans, il a fait plus long dans le cahier d'écolier qu'il a remis à Kahnweiler. De son écriture penchée, régulière et appliquée, il a écrit en sous-titre : « Petit livre où l'on trouve la relation de quelques luttes peu connues des hommes, ainsi que celle d'un voyage parmi des objets familiers mais étranges, le tout selon la vérité. » Mais des deux notes qu'il y a adjointes, si Kahnweiler a apprécié la première – « Il n'y a aucun symbole dans ce livre » – il a tiqué à la seconde : « quelques circonstances ennuyées étant susceptibles, afin de se divertir, d'obliger diverses personnes à lire à haute voix ce livre, nous les informons, dès la première page, qu'il serait bon qu'elles le fissent d'un ton nasillard[81] »...

Ces livres connaissent des succès inégaux et certains resteront longtemps dans les rayons. Mais parmi les premiers souscripteurs, on trouve les noms des couturiers Paul Poiret et Jacques Doucet, de l'avocat John Quinn, du marchand Paul Guillaume et d'André Gide. Heureusement que la galerie n'attend pas après ses livres pour vivre.

A quand le troisième acte de cette détestable tragédie ? Kahnweiler n'en finit plus d'attendre la prochaine vacation de « sa » vente. Le pire, c'est que son informateur en la matière n'est autre que Léonce Rosenberg. Périodiquement, il l'avertit du report ou du maintien, de l'hésitation ou de la détermination de l'Etat. Un jour c'est juin, sûr. Un autre c'est octobre. A moins que juillet paraisse définitivement arrêté...

Insupportable. D'autant que Léonce prévient : esti-
mez-vous heureux, ne vous lamentez pas, cela pourrait être pire; l'Etat se fiche de toutes ces histoires
cubistes : si on l'embête trop, il vendra tout en bloc
avec l'aide d'un expert hostile. Un comble dans la
bouche de Léonce. Le marchand est terriblement
ambigu. Il apparaît comme l'homme d'un incroyable
double jeu aux yeux de Kahnweiler puisque non
seulement il reporte le paiement des traites
(4 500 francs) qu'il lui doit mais de plus il précipite,
dans le même temps, l'échéance de la grande braderie de Drouot. Ils se parlent mais c'est un dialogue de
sourds, entre un homme sincère et un autre qui l'est
beaucoup moins. Entre un marchand spolié et un
rival qui prête la main aux spoliateurs [82].

Rosenberg, qui n'est pas d'accord avec lui sur la
valeur vénale des tableaux cubistes, met la faiblesse
du marché sur le dos de la crise et n'incrimine pas la
vente de Drouot. De son point de vue, la seule
solution serait l'absorption, par la peinture chère à
Kahnweiler, de toutes les parités d'achat d'une clientèle provisoirement restreinte. Il se dit même
convaincu que les futurs acheteurs des prochaines
vacations deviendront des fidèles du cubisme et par
conséquent de la galerie Simon. Autrement dit, à
quelque chose malheur est bon [83]... Il est persuadé
que pour supporter la crise, il suffit de ne pas avoir de
dettes et que l'achat au comptant conjugué à une
diminution des frais est le secret de leur profession [84].
Et quand Kahnweiler s'évertue à lui réclamer le
remboursement de sa dette en excipant de la stricte
observance des échéances dans les saines relations
d'affaires, Léonce répond avec détachement : « Malheureusement, il n'y a aujourd'hui, dans le commerce de luxe, plus d'échéance fixe; non pas qu'on
ne veuille pas les tenir, mais parce que les événe-

ments dominant toutes les bonnes volontés, on ne peut pas[85]. »

Tout simplement. Alors patience, patience mon cher confrère. Car tout cela s'arrangera et quand les affaires reprendront, il n'y aura plus de problème car les achats se feront au comptant et de marchand à marchand. De la patience, Kahnweiler en a à revendre, même en temps de crise. La bonne volonté commence à lui faire défaut car avec des hommes du calibre de celui-ci, il en faudrait plus que de raison. Dans ces moments-là il pourrait faire sien le mot de Chateaubriand : « il faut être économe de son mépris étant donné le grand nombre de nécessiteux ».

Primaire. C'est le mot. Kahnweiler juge vraiment que Léonce Rosenberg a un sens des affaires tout à fait primaire et qu'il est de toute façon incapable d'apprécier les fluctuations du marché de la peinture ou de tout autre marché. Mais s'il ne dissimule pas son point de vue devant les artistes, il ne l'exprime pas directement au principal intéressé. Pas d'affrontement qui tournerait aux insultes irréparables, sans aucun doute, avec un homme aussi irascible. Il préfère biaiser poliment. Léonce cherche-t-il à lui placer des sculptures de Laurens pour atténuer sa dette ?

« La sculpture c'est la ruine d'une maison... » répond placidement Kahnweiler en secouant la tête et réclamant à nouveau son dû[86].

Il fait, lui, une analyse tout à fait différente du marché. L'Etat tue la poule aux œufs d'or. Car bon an mal an, le cubisme représentait une somme non négligeable dans les exportations françaises. L'aveuglement des autorités dépasse les bornes. D'après lui, il faut absolument laisser le marché respirer pour qu'il soit capable d'absorber à nouveau les toiles de ses peintres. Tout le monde y gagnera : artistes, marchands, collectionneurs. Si l'Etat était plus astucieux, il comprendrait que le fisc aurait également tout à y gagner. Aussi ne cesse-t-il de lui demander, comme Léger l'a fait à plusieurs reprises en haut lieu, de repousser la troisième vacation de sa vente à novembre 1922. Au moins... Les affaires étant nulles et le marché au plus bas, ce bref répit permettra peut-être de regrouper des amateurs, de remonter le courant et de renforcer la demande[87].

Ultime et vaine tentative. Le vin est tiré, on le lui fera boire jusqu'à la lie.

4 juillet 1922. La salle N° 7 de l'Hôtel Drouot est pleine à craquer. C'est l'acte III. Cette vacation est précédée d'un méchant parfum de rumeurs. Certains détracteurs n'emploient même plus le mot « tableau » mais « cube ». On reprend des arguments déjà éculés, qui datent de la précédente vente. Il paraît que le stock de Kahnweiler contient deux à trois mille tableaux cubistes ! Dans une lettre au directeur de la *Gazette de l'Hôtel Drouot*, Léonce, qui prend le moindre ragot au sérieux, précise que les peintres cubistes de Kahnweiler sont au nombre de quatre, que le cubisme débute en 1907, que le séquestre a pris effet sept ans plus tard et qu'ils n'ont pu matériellement exécuter tant de toiles pendant ce laps de temps à moins de peindre tous les jours et encore des deux mains[88] ! Quand l'assistance ne rapporte pas les bons mots de Léonce-l'expert, elle fait circuler ceux de Vauxcelles-le-critique, qui laissait courir le bruit selon lequel Rosenberg viendrait cette fois vêtu d'une cotte de mailles, Basler protégé par un casque et un masque à gaz, Braque avec des gants de boxe et « Kahnweiler avec une canne (weiler) plombée[89]... »

Plus grave est l'incident qui oppose depuis peu Vauxcelles aux peintres Ozenfant et Jeanneret. Le critique n'ayant pas manqué d'exprimer sous sa signature ou sous ses divers pseudonymes transparents tels que Pinturicchio, le dégoût que lui inspire le cubisme, les deux hommes le traînent dans la boue en usant des mêmes méthodes que lui. Dans un article au ton d'une violence inhabituelle, ils insinuent à mots (à peine) couverts qu'il est payé par l'autre clan, que sa vénalité n'est un secret pour personne dans le milieu des marchands et surtout qu'il ment effrontément quand il prétend constater la faillite commerciale du cubisme en rendant compte des ventes Kahnweiler ou quand il écrit que les amateurs de Picasso pouvaient acquérir ses œuvres pour le prix de la toile :

« 21 150 francs, c'est cher pour un châssis! » affirme Ozenfant dans un droit de réponse qu'il a obtenu du journal du critique.

Avec Jeanneret, il lui reproche même de jouer sur les deux tableaux, de pratiquer un double jeu d'une rare hypocrisie : dans sa propre revue, celle qu'il dirige, il se montre relativement complaisant envers les cubistes; mais dans les autres, il les poignarde sous divers noms de plume[90].

Péripéties que tout cela. La vente est là. Certains ne s'offusquent même plus de voir des employés de l'Hôtel présenter des dessins ou des toiles à l'envers, dans la plus totale indifférence. Dans ces cas-là, Kahnweiler se fait vite une raison. Jadis, au moment des premières ventes impressionnistes, l'expert Georges Petit s'amusait à en faire autant avec des tableaux de Monet en en demandant 100 francs. Désormais, ils en valent 80 000. Aujourd'hui, le jeune écrivain dadaïste Aragon a acheté pour 240 francs un grand *Nu bleu* de Braque. Une bouchée de pain. Il le revendra 25 000 francs six ans plus tard[91]...

La vacation s'achève. Elle aura vu partir quinze Braque, douze Derain, six Gris, huit Léger, dix Picasso, trente Vlaminck, des gouaches et des dessins pour un produit de 84 927 francs. La cote de Vlaminck est encore sortie renforcée de l'épreuve. Quant au reste, une certaine morosité a prédominé, même si tel Léger a atteint 800 francs. Les achats du syndicat de Kahnweiler sont moindres que ceux d'André Breton, qui a fait l'acquisition d'un Léger et de trois Braque.

Il faut oublier, tirer un trait avant de se replonger dans un processus qui mènera inéluctablement à la quatrième et dernière vente de son stock. Alors Kahnweiler ferme boutique et part en vacances avec sa femme et son associé André Simon. Cap sur l'Autriche, plus précisément Zell-am-See dans les Kitzbuhler Alpen. Il ne peut s'empêcher, naturellement, de faire des sauts de puce en Allemagne, à l'aller et au retour. Il est frappé du contraste entre les situations respectives des deux pays.

L'Autriche, où il se consacre à l'alpinisme, la natation, la voile et la rame sur le lac de Zee (loin, très loin de l'Hôtel Drouot...), lui semble une plaisante villégiature. Mais ce pays n'en est pas moins fichu à ses yeux sur le plan économique en raison notamment de l'indolence et de la résignation fataliste de ses habitants, du haut en bas de l'échelle sociale. Il n'entrevoit aucun espoir de relèvement. Les villes connaissent la misère tandis que dans les campagnes on découvre enfin le confort, leurs produits augmentant au fur et à mesure de la baisse de la couronne. Alors que l'Allemagne, elle, fait preuve d'une formidable activité. Il atténue cependant son jugement par une sérieuse réserve : cette économie est artificielle et si un emprunt international ne stabilise pas son change d'ici peu, l'Allemagne va au-devant de la catastrophe. Kahnweiler, qui n'oublie pas son premier métier même en vacances, n'oublie pas non plus son vrai métier. Il ne peut s'empêcher de s'arrêter à Munich pour contempler un superbe Raphaël, quelques Greco tout aussi admirables et de la sculpture allemande en bois peint du début du XVe siècle. Il ne

pourra se retenir d'acheter une non moins admirable
Pieta[92].

Le retour aux réalités parisiennes n'est pas trop
rude. Le bilan de l'année 1922, qu'il peut esquisser
dès la fin de l'automne, n'est pas si négatif si on met à
part le fâcheux épisode de Drouot. La galerie Simon
bouge, pas seulement par son propre dynamisme
mais parce que autour d'elle, tout bouge également.

Une nouvelle galerie a été lancée sur un mode
original. La galerie Percier, rue La Boétie, au capital
total de 250 000 francs, est tout à fait dans l'esprit de
l'association de « La Peau de l'ours » qui soutenait les
jeunes artistes modernes avant-guerre. Dans les deux
cas, on retrouve les mêmes animateurs, des collectionneurs animés d'une même volonté : voir et donner à voir. Parmi les six actionnaires, on relève
notamment la présence aux côtés de MM. Tournaire,
Pellequer et Bonnet, d'Alfred Richet, secrétaire d'une
société d'importation de charbon, d'André Level,
secrétaire de la société des docks de Marseille et enfin
d'André Lefèvre.

Ce financier originaire de Granville, proche des
milieux bancaires et boursiers de la capitale, est
tellement influencé par Kahnweiler dans la formation
de son goût et dans ses choix, qu'un peintre dira un
jour de lui : « ... ce monsieur estimable n'est qu'une
décalcomanie de l'avisé marchand[93]... » Si le rappro-
chement est justifié, il est trop radical en ce qu'il fait
bon marché de la personnalité de Lefèvre. Ses amis
Level et Richet partagent exactement sa philosophie :
ils n'achètent pas des toiles pour les revendre avec
bénéfice, mais pour soutenir les peintres qu'ils
aiment, défendre un art selon leur goût. La spéculation, en l'occurrence, leur fait horreur. Ce sont des
collectionneurs dans l'âme. La galerie Percier, qui
apparaît comme une « Peau de l'ours » institutionna-
lisée ayant pignon sur rue, est probablement la seule

où l'on vend les tableaux à regret. La séparation y est un moment cruel.

En traçant le portrait de son ami André Lefèvre, Alfred Richet a, en fait, fixé les contours psychologiques du collectionneur idéal. C'est un homme pour lequel la valeur intrinsèque du tableau est le critère absolu qui engage sa décision. Il faut entendre « décision » non dans son acception de « ponctualité », le jour de l'achat du tableau, mais dans le sens de la durée, la décision se renouvelant régulièrement, toute une vie durant, au contact permanent du tableau. Ce collectionneur exclusivement tourné vers ses contemporains, les cubistes en particulier, agit par intuition plus que par réflexe culturel, par dilection et non par dogmatisme. En dépit des influences qu'il a subies, c'est lui-même qui a « foré le sol profond de ses préférences »[94].

Un collectionneur trop idéal? Il faut le craindre. Mais Kahnweiler n'y attache que plus de valeur. Il se contenterait bien d'une dizaine ou d'une quinzaine d'amateurs de la trempe des Lefèvre, Level et Richet. Ce serait une situation également idéale... La réalité des années 20 est un peu plus terre à terre. 1922 s'achève. Durand-Ruel vient de mourir. A bout de souffle. Il n'avait presque plus d'argent mais dans ses caves huit cents Renoir et six cents Degas[95]. Vollard, lui, se porte bien. Ce qui trouble sa sieste, c'est un problème de voirie. Sa boutique de la rue Laffitte a été frappée d'alignement. Où aller? Matignon, Montparnasse, Saint-Germain?... Signe des temps : il va chez lui. En effet, Vollard acquiert un hôtel particulier rue Martignac dans le 7e arrondissement, estimant qu'il est désormais suffisamment important pour qu'on lui rende visite à domicile. Ce confort de marchand lui sera fatal. Chez lui, il va s'endormir pour de bon.

Léonce Rosenberg, lui, semble abattu par la crise.

Il est amer, déçu par les artistes et leur ingratitude et affirme s'intéresser à la reprise dans le bâtiment et l'industrie... Ce qui est sûr, c'est que pour lui l'ère des contrats est terminée. Il n'en veut plus et dit en avoir assez d'acheter dix tableaux pour n'en vendre que deux ou trois. Le marchand est décidé à ne renouveler aucun contrat, « fût-ce avec le pape », préférant acquérir quelques toiles au coup par coup auprès de deux ou trois artistes. Sans plus. En attendant, il ne parvient même pas à régler les 750 francs qu'il doit à Kahnweiler[96].

Mais qui n'a pas de problèmes d'argent dans ce milieu ? La galerie Simon comme les autres malgré les 20.000 marks d'indemnités que Kahnweiler recevra du gouvernement allemand. Et ce n'est qu'un début. Chacun en est bien persuadé. On vit dans l'espoir d'une reprise dudit commerce de luxe qui englobe le marché de l'art. Dans l'expectative, que d'occasions ratées. Kahnweiler souffre beaucoup d'avoir vu partir, au début de l'année, *Les Demoiselles d'Avignon* de l'atelier de Picasso. C'est le couturier-mécène-collectionneur Jacques Doucet qui les a emportées, excellemment conseillé par ses chevau-légers dans le milieu de l'art, André Breton et Louis Aragon. 25 000 francs... C'est une somme. Regrets éternels, comme on dit dans les enterrements.

Kahnweiler souffre également de l'écroulement temporaire du marché allemand et des difficultés rencontrées sur le marché américain. A New York, lors de l'exposition Derain, Brummer n'a vendu qu'un seul tableau. Il ne doit que 8 000 francs à la galerie Simon[97]. A New York également, les trois Vlaminck et le Gris vendus par le marchand John Wanamaker ne rapportent que 5 900 francs à la galerie Simon[98]. C'est peu quand on sait, à titre comparatif, qu'au même moment le solde créditeur de la galerie au Comptoir National d'Escompte n'est que de 19 070,43 francs[99].

On comprend que Kahnweiler resserre encore ses exigences dans les expositions à l'étranger. Moins que jamais, il n'est question de se laisser fléchir par les les atermoiements des marchands. A Samuel Katznelson, qui va s'installer à New York et qui a besoin de marchandise, Kahnweiler propose des Derain et des Vlaminck en commission à 33 % au-dessous du prix-galerie. Mais en échange, il exige une garantie de vente de 25 % des tableaux pendant une période à convenir.

C'est à prendre ou à laisser[100].

Il n'y a pas que l'Amérique qui renâcle. Le marché suédois se fait également difficile. De passage à Paris, Olson, le patron de la Svensk-Franska Konstgalleriet*, à Stockholm, a rencontré Kahnweiler et ils se sont mis d'accord pour une prochaine exposition Derain à Stockholm et sur des prix « corrects » pour aider le marché. Mais quelle n'est pas la surprise d'Oslon quand, de retour dans son pays il reçoit la liste détaillée des prix : de 1300 à 13 000 francs! Il est effrayé par ces montants, bien trop élevés pour sa clientèle. Mais Kahnweiler refuse de se laisser apitoyer. Il les juge quant à lui « corrects », un terme bien pratique pour désigner le plus haut comme le plus bas. Il préfère les maintenir, quitte à les baisser cas par cas. Mais cette fois, c'est à Olson que la réalité donne raison : de cette exposition, rien ne sera vendu. Pas un seul tableau[101].

Les temps sont durs à Paris aussi. Kahnweiler est obligé de réaliser de petites affaires en marge de ses grandes affaires. Il n'en a vraiment pas le cœur mais pour se stimuler il lui suffit de revoir en toutes lettres

---

* Son adresse télégraphique : *Cézanne* est presque aussi originale que celle de la galerie Moos à Genève : *Moosart...*

le montant du débit de son compte courant chez le baron Jacques de Gunzburg : 296 290,80 francs. C'est trop[102]. Alors il s'entremet, à la demande de Robert Delaunay, pour vendre un de ses tableaux à un amateur[103], ainsi que pour un Manet, un Seurat, un Sisley qui se révélera un faux, et essaie de placer à Jacques Doucet un grand et important Dufy de 1914 qu'il a en dépôt[104].

Mais il ne se contente pas, évidemment, de ce « second rôle » de série B qui lui fait horreur. Dans le même temps, il choisit dans l'atelier de Léger une huile qu'il vient de peindre, *Femmes dans un intérieur* qu'il ne revendra que six ans plus tard au baron Gourgaud... Avec le comte Etienne de Beaumont, la princesse de Bassiano ou l'écrivain Edmond Jaloux, il fait partie de ses nouveaux clients, ceux qu'il essaie d'intéresser de manière permanente à ses peintres, Derain notamment. Kahnweiler est même prêt à leur accorder toutes les facilités de paiement pour mieux les fidéliser, et à la galerie et au peintre. Edmond Jaloux, qui a les yeux plus gros que le ventre, réglera donc les 9 000 francs de *L'église* de Derain en six mois et plus si nécessaire, partie en capital (environ 6 300 francs), partie avec de la rente à 6 %... [105]... Un collectionneur lyonnais, M. Vautheret, qui achète deux Derain pour 22 200 francs, ne paie que cinq mille francs au comptant et le reste étalé sur cinq mois[106]. Ces accommodements sont désormais la règle. Surtout pour les amateurs de Derain que Kahnweiler entend pousser, profitant ainsi de ses bons résultats lors des ventes de Drouot. Des Derain, il n'en a jamais assez. Il en veut toujours plus.

« ... Avez-vous beaucoup travaillé ? lui demande-t-il. J'espère que vous rapporterez des choses qui vous satisfassent et que vous pourrez me donner une importante série de tableaux... Voilà aussi ce qui me faudrait : des nus. Il y en a partout – chez Bernheim

Jeune, des tas, sauf chez nous. Enfin, j'espère que vous pourrez m'en donner cet automne[107]. »

Dans le même temps, Kahnweiler se résout à monter quelques expositions pour la première fois dans l'enceinte de la galerie Simon. Celle qui présente vingt-sept peintures et dessins du Catalan José de Togorès, de son propre aveu, remporte un grand succès, auquel le catalogue signé Max Jacob n'est pas entièrement étranger. Quelques mois plus tard, celle dite des « Inconnus » est plutôt destinée à soigner l'image de la maison. Il s'agit de tableaux, d'aquarelles et de sculptures d'artistes populaires, qui ne sont pas à vendre et qui ont été prêtés par des collectionneurs amis tels que Malraux, Basler ou Raynal. Enfin, l'exposition des quarante-cinq peintures d'un nouveau, Elie Lascaux, marque bien son intention de s'intéresser aussi dorénavant à une nouvelle génération de peintres nés avec le siècle.

Kahnweiler restera longtemps convaincu qu'on peut être le marchand d'une génération, la sienne, ou tout au plus celui de deux générations. Au-delà, c'est un leurre. Mais même avec ces limites, il a du mal à trouver ce qu'il cherche. Au Salon d'Automne de 1922, il s'arrête longuement devant un grand Léger, un joli panneau de Braque, deux Matisse qui ressemblent à des Bonnard mais qui lui plaisent. Quant au reste... C'est ce qu'il appelle la tourbe, autrement dit des tableaux qu'il croit avoir déjà vus l'an passé dans le même environnement. Dufy ? Très mode, trop. C'est parfait pour Bernheim Jeune. Le pire, c'est encore Dunoyer de Segonzac. Généralement, il en a horreur. Mais ce jour-là, il trouve ses « grandes machines » tout à fait immondes : « de la couleur épaisse, du faux Courbet, mal peint, plissant déjà. Dégoûtant »[108].

Pour oublier cette véritable vision de cauchemar qui réussit, un instant, à l'éloigner de la peinture, il retourne vite se laver les yeux dans l'atelier de son cher Gris. Il le fait même de plus en plus souvent, quasi quotidiennement depuis qu'il a réussi à le faire déménager et s'installer à Boulogne, tout près de lui.

Kahnweiler est au 12, rue de la Mairie, Gris au 8. A portée de la main. Le marchand est chez le peintre comme chez lui et vice versa. C'est peu dire qu'ils sont intimes. Quand ils ne partagent pas le gîte et le couvert, ils vont ensemble avec leurs femmes dans les restaurants ou les cinémas du quartier. Ils ne se quittent plus. Rarement on a vu une telle complicité et une telle symbiose entre un peintre et un marchand. Ils sont très exactement sur la même longueur d'ondes. Ils rejettent d'un même élan, tant l'abstraction que l'expressionnisme. Si l'on écrivait leurs biographies en les croisant, on constaterait une frappante similitude entre l'évolution esthétique de Gris et le cours de la pensée de Kahnweiler. Ils tendent également vers plus de pureté, de rigueur, de pudeur, toutes choses constitutives d'un cubisme inéluctablement classiciste.

Il peut compter sur Gris. Comme Durand-Ruel pouvait compter sur Renoir. Par sa fidélité, celui-ci le console des déboires qu'il rencontre avec d'autres artistes, Manolo pour ne citer que lui. Il est en retard comme toujours. Il promet mais ne tient pas. Kahnweiler attend en vain les sculptures qu'il doit envoyer pour l'exposition mais ne voit rien venir, alors qu'il met un point d'honneur à n'être jamais en retard dans le versement de ses mensualités. Il ne peut décemment continuer à l'entretenir sans rien en retour d'autant que les affaires vont de plus en plus mal. Manolo, qui a du mal à payer la maison qu'il vient d'acheter, fait toujours preuve d'une naïveté commerciale désarmante. Il reçoit 350 francs par mois de la galerie Simon, ce qui est peu. Il veut

beaucoup plus alors qu'il n'arrive même pas à honorer cette somme ! Il a accumulé près de deux ans de
retard par rapport aux livraisons prévues dans leur
convention. De l'avis de Kahnweiler, c'est humainement impossible à rattraper. Il veut bien, un jour
prochain, l'augmenter jusqu'à 700 francs. Mais pour
l'instant ce serait une folie !

« Nous ne pouvons pas nous ruiner : vous n'y avez
pas intérêt non plus. »

Il veut même diminuer sa mensualité dans la proportion de ce qui n'a pas été livré, arguant des
comptes qu'il doit rendre régulièrement à son associé
André Simon. Dialogue de sourds ou histoire de fous ?
Manolo répond invariablement : comment voulez-
vous que je vive et que je travaille avec 350 francs par
mois ? Il se lance alors dans un savant calcul dans
lequel il s'embrouille passablement et aboutit à pro-
mettre quarante-deux sculptures en sept mois ! Ce
n'est pas sérieux, ce serait fait à la hâte et cela
porterait tort à son œuvre. Kahnweiler, grand seigneur, lui rappelle qu'il a passé par pertes et profits
les sculptures qu'il lui devait déjà avant la guerre.
Mais il restera intransigeant pour tout ce qui est du
ressort de la nouvelle convention signée avec la
galerie Simon :

« Arrangez-vous, mon vieux Manolo, les temps
sont durs pour tout le monde. »

Kahnweiler n'est pas au bout de ses peines avec lui.
Il s'en rend compte bientôt en apprenant que le
sculpteur a accepté des commandes de monuments à
Arles et Séverac pour payer les traites de sa maison.
C'est un cercle vicieux dont il ne pourra sortir que
par la rupture. En attendant, il lui donne une chance,
la dernière croit-il, en acceptant de repousser la date
de son exposition. Kahnweiler est vraiment un marchand qui a érigé la patience en critère absolu de

toute stratégie commerciale. Aveu de faiblesse ou marque de force, c'est sa vertu[109].

Il en aura besoin. Les nuages s'amoncellent. 1923 n'est pas seulement l'année de la dernière vacation de sa vente, mais aussi celle de la rupture avec certains de ses peintres. Ce n'est pas encore la rupture de fait mais une amorce qui laisse présager la suite.

Entre eux et lui, l'atmosphère est tendue. Elle s'explique par des motifs complexes, qui ressortent autant des difficultés du marché, de la rivalité des marchands que de l'évolution esthétique des artistes eux-mêmes. Il y a d'abord Vlaminck et Derain. Ils n'ont jamais été à proprement parler « cubistes », même si leur situation par rapport à Kahnweiler et certains de leurs tableaux des années 1910 ont amené à les considérer comme des compagnons de route. Mais il ne les suit plus. C'est réciproque. Leurs voies sont par trop divergentes. Vlaminck lui reproche même de l'avoir induit en erreur :

« ... Kahnweiler, quand je pense que vous m'avez montré un jour un papier blanc avec du fusain et un morceau de journal collés dessus et que vous avez dit que c'était quelque chose ! Et le pire c'est que je vous ai cru[110] ! »

Derain également prend ses distances. Comme son ami, il remet en cause les conventions qui le lient à la galerie Simon sous différents prétextes. Braque, lui, s'en va. Il signe un contrat avec Paul Rosenberg et déménage de Montmartre à Montparnasse. Certains veulent y voir un symbole. Léger lui-même... Il semble prendre quelques libertés avec son contrat. Kahnweiler est obligé de le rappeler à l'ordre. Ce n'est pas très grave mais n'annonce rien de bon. Kahnweiler est de ces hommes qui tiennent compte des présages, non par superstition mais par calcul. Il tient à Léger, le peintre autant que l'homme. Léger, ce n'est pas seulement le formidable compagnon de voyage qui, malgré sa crainte du vertige, le suit dans ses petites courses dans la montagne tyrolienne. C'est aussi celui qui laisse toujours la clé sur la porte de son atelier, 86, rue Notre-Dame-des-Champs et qui au milieu de ses toiles retournées face contre mur, de son casque de l'armée du kaiser et de son poteau indicateur de tranchée en allemand, ultimes réminiscences de la der des der, l'accueille toujours, à n'importe quelle heure, les mains tendues avec un sonore :

« Bonjour Kahn! »

Il est le seul à l'appeler ainsi. Kahnweiler aimerait que cela dure longtemps encore[111]. Mais qu'il s'agisse de Derain ou Vlaminck, de Braque ou Léger, aucun de ces artistes ne le mine comme Manolo le fait depuis des mois. Si Kahnweiler grisonne aux tempes, il sait à qui il le doit. Sacré Manolo! Tout ce qui le touche devient instantanément très compliqué. Son exposition de sculptures et dessins à la galerie Simon s'est bien déroulée. Mais il a coûté plus cher qu'aucun autre en propagande. Car pour faire venir la critique, Kahnweiler a dû sacrifier à son intégrité et faire déposer quelques-unes de ses petites terres cuites à des critiques en vue tels que Louis Vauxcelles. Comme un avant-goût plus que comme un cadeau[112].

Dur tout de même. Mais il fait cela pour lui. Car personne ou presque ne connaît Manolo. Certes, Kahnweiler vend régulièrement ses sculptures ainsi que le travail de Togorès à un important marchand de Barcelone, Luis Plandiura, qui est également représentant de la Catalogne aux Cortès. Mais en France il est beaucoup plus difficile à imposer.

Un jour, il reçoit une lettre qui le met véritablement hors de lui et ce n'est pourtant pas facile de le départir de son calme et de sa courtoisie. Une marchande de province « consent » à monter une exposition Manolo dans sa galerie à condition de toucher 20 % des ventes – ce qui est convenable – et de ne pas payer les frais de transport depuis Paris – ce qui est tout à fait contraire aux usages. Tout cela parce que Manolo est inconnu! Alors, une fois n'est pas coutume, Kahnweiler laisse éclater sa colère :

« Elle est folle! Cette brave femme ne se rend pas compte de ce que c'est que Manolo. Elle doit penser qu'on veut se servir d'elle pour une chose qu'on n'arrive pas à vendre à Paris. Qu'elle aille se faire f... [113] ! »

Le pire c'est qu'avec lui, Kahnweiler doit lutter sur deux fronts : le public qu'il faut amener à son art, et Manolo lui-même qu'il faut amener à la raison. Avec lui, il s'arrache les cheveux. Aucun doute : dans sa naïveté il est sincère. Mais ses explications, ses retards, ses louvoiements sont invraisemblables. Dorénavant dans ses lettres, il laisse paraître un ton excédé. Il ne sait même pas ce qui est plus redoutable, de la crise ou de Manolo. En tout cas, les deux semblent s'être ligués pour l'anéantir. Les lettres qu'il lui envoie dans le courant de 1923 sont certainement atypiques mais elles méritent de figurer dans une anthologie car elles éclairent les rapports artistes-marchands avec une dimension insoupçonnée :

« Ecoutez-moi bien, mon vieux Manolo : je ne vous en veux pas parce que je connais votre manque d'expérience en affaires, sans ça il y aurait de quoi se mettre dans un joli état de fureur avec votre lettre. Comment, vous vous êtes trouvé dans un retard affreux pour ce que vous deviez me donner au minimum. Je vous réduis votre mois, contraint et forcé. Vous vous mettez encore plus en retard, tout en me jurant de vous rattraper. Puis comme vous êtes embêté au point de vue argent, par pure gentillesse, je

vous redonne 800 francs par mois. Et vous
m'écrivez que si vous n'êtes pas malmené, vous
m'enverrez trois autres pierres, mais si vous
sortez les mains vides, vous garderez ces pierres.
Mais mon bon Manolo, faites-moi le plaisir de lire
votre traité et surtout de réfléchir : *vous me
devez tout ce que vous faites!* Vous n'atteignez
même pas, de loin, Seigneur, le chiffre minimum
et vous voulez garder pour vous des pierres...
Inutile de vous dire que je m'y oppose absolument [114]. »

Mais le sculpteur n'en continue pas moins à lui
répondre sur un ton on ne peut plus sincère en
avançant des arguments d'une cohérence de plus en
plus douteuse. S'il ne comprenait pas le français tout
serait clair. Mais il le parle et l'écrit bien, malgré ses
fautes de syntaxe qui ne nuisent en rien à la compréhension. Il n'arrive pas à admettre que, depuis le
début de leur relation, il en fait toujours moins et
Kahnweiler toujours plus puisqu'il vient même de lui
envoyer cinq cents francs afin qu'il puisse partir en
vacances en Cerdagne. Le marchand lui demande
« simplement » de respecter la lettre et l'esprit de leur
convention, de considérer qu'il lui doit l'exclusivité de
sa production, évaluée au minimum à dix-huit sculptures et trente dessins par an. Là-dessus, Kahnweiler
ne transigera jamais. Pour arriver à le lui faire entrer
dans la tête, il va devoir à nouveau se montrer d'une
longanimité que l'on a peine à soupçonner :

« Je vais m'efforcer de vous répondre d'une
façon calme. Ça m'est difficile, je vous assure. Je
vous écris que vous n'avez pas le droit de garder
les trois autres pierres. Vous me répondez que
nous sommes d'accord et que vous les « glisse-
rez » dans votre jardin si je ne vous donne pas de

l'argent à part. Mais puisque je vous disais justement que vous n'avez pas le droit de les garder... Je me demande vraiment si vous voulez vous payer ma tête. Et si je vous disais que l'argent de la galerie Simon fait très joli à la banque et que je vais l'y laisser? Mais enfin vous n'avez donc aucun sens moral?... Mais bon Dieu, pourquoi croyez-vous que la galerie Simon, fidèlement, vous envoie votre mois tous les 30? (...)

Je vous prie de ne plus renouveler des plaisanteries du genre de celle qui consistait à me dire que cette pierre vous coûtait 800 francs. Vous n'êtes pas assez bête pour vous laisser exploiter à ce point-là, ni moi assez bête pour le croire. Veuillez noter que j'ai fait faire bien des pierres dans ma vie, pour Laurens, et que je suis donc exactement au courant des prix des pierres et des prix de l'exécution (...)

Je suis d'une fidélité à toute épreuve, je l'ai assez prouvé à vous et à d'autres. Mais j'exige la fidélité aussi de celui qui est en face de moi. Et je n'aime pas qu'on essaie de me faire chanter avec des choses qui en réalité m'appartiennent de plein droit. Croyez-moi mon vieil ami, ça ne m'amuse pas de vous écrire tout ça. Si je suis dur, je vous demande pardon. Je me retiens de mon mieux. Mais je vous le dis une fois pour toutes : observez votre traité ou c'est fini nous deux. Je ne veux pas me disputer avec Simon pour vous défendre, quand je sais bien, moi aussi, que vous avez tort... Si vous ne voulez pas, libre à vous. Mais alors vous rompez le traité et la galerie Simon se séparera de vous à son très grand regret [115]. »

Voilà, c'est dit. Enfin. Mais Kahnweiler aura tenu bon jusqu'à la fin. Avec ses autres artistes, c'est plus

rapide et, hélas, plus clair. Ils en veulent plus, toujours plus. Leur exigence est encouragée par la
concurrence des marchands et leur notoriété croissante. Kahnweiler reste ferme : c'est hors de question. Par principe et par manque de moyens. Braque
ne comprend pas pourquoi il ne gagne pas autant
d'argent que Picasso ! Et Derain et Vlaminck qui se
sont laissé monter la tête par leur succès à Drouot ! Et
Léger qui a toujours de pressants besoins de liquidités ! C'était inévitable : Braque et Léger signent chez
Paul Rosenberg, Vlaminck chez Bernheim Jeune,
Derain chez Paul Guillaume et même Laurens
reprend sa liberté. En mai, la galerie Simon avait
justement organisé un accrochage de groupe avec la
plupart de ses artistes. Une exposition qui préfigurait
un chant du cygne.

Le coup est rude. Presque autant que le quatrième
et dernier acte de la tragédie de Drouot. La représentation est fixée aux 7 et 8 mai 1923. C'est la fin, dans
tous les sens de l'expression.

Le poète Robert Desnos, chargé du compte rendu
pour *Paris-Journal*, est effaré. Scandalisé même. Les
tableaux sont empilés, dans le désordre. Les dessins
sont roulés ou pliés dans des cartons, d'autres sont
cachés derrière l'estrade. On ne peut même pas les
voir. Saleté et fouillis. Ça, une vente aux enchères ?
Une exécution plutôt, comme le prédisaient Uhde et
Kahnweiler. Le commissaire-priseur fait des blagues.
Il moque la marchandise, la tourne en dérision. Ses
commissionnaires sont du même acabit : ils montrent
des tableaux à l'envers, traitent les dessins avec moins
d'égards que le journal de la veille, collent les numéros à même les œuvres. Un tel mépris...

Desnos n'en jurerait pas mais il croit bien reconnaître une empreinte de soulier sur un des tableaux.
Cette désinvolture, partagée même par les experts, le
poète-reporter en a la confirmation en achetant un

dessin au fusain. Sur le catalogue, il est précisé que ses dimensions sont de 0,37 × 0,46 cm et qu'il s'agit d'un Braque non signé. Il a des doutes mais... Il l'achète tout de même et réalise alors que le dessin est en fait plus petit de dix centimètres, les mesures étant celles du cache en carton, et qu'il est bien signé, mais au dos et par... Picasso! Il avait été attribué à Braque à tout hasard[116]!

Il était temps que cette mascarade cesse. Une vraie liquidation. Le produit de cette quatrième vacation est de 227 662 francs. Outre des livres des éditions Kahnweiler, des sculptures de Manolo, quatorze papiers collés de Braque, des gouaches et des dessins, on a surtout vendu quarante-six Braque, trente-six Derain, vingt-six Gris*, dix-huit Léger, cinquante Picasso et quatre-vingt-douze Vlaminck! Le collectionneur Roger Dutilleul, fidèle parmi les fidèles depuis les débuts de la rue Vignon, n'a pas voulu trop participer au pillage. Il s'est contenté d'acheter trois Léger dont un *Paysage* de 1914 et la fameuse *Batterie de cuisine*.

C'est fini. Pour le ministère des Finances et la commission des réparations les ventes Kahnweiler auront vu partir des centaines de toiles modernes de l'avant-guerre qui auront rapporté 704 139 francs. Mais l'autre bilan? Le critique Carl Einstein, qui intitule l'article qu'il donne au *Kunstblatt* « La peinture est sauvée, les pompiers sont déçus », y prend fait et cause pour Kahnweiler qu'il tient comme « le seul en Allemagne à avoir donné une représentation et une explication justes de la peinture cubiste »[117]. Il est touché mais Einstein est un ami et il est allemand.

---

* *La Femme aux mains jointes* (1924) une huile sur toile, 81 × 60 cm, de Gris, sera vendue 2 100 000 francs par Me Loudmer le 23 novembre 1987 à l'Hôtel Drouot.

Et l'opinion française ? Elle s'en moque. En mai 1923, elle ne s'intéresse qu'à la réforme de l'enseignement secondaire, les débuts de l'occupation de la Ruhr, le congrès de la SFIO ou le meurtre de Marius Plateau, un des hauts responsables de « L'Action Française ». La peinture, et qui plus est la peinture cubiste, n'entre pas dans ses préoccupations. Et qu'on ne compte pas sur elle pour se lamenter sur la spoliation d'un Allemand, fût-il francophile et marié à une Française.

Ceux qui s'intéressent à l'art et qui ont suivi ces péripéties comprennent que Kahnweiler est bien le marchand historique des cubistes, que sa galerie est leur véritable dénominateur commun et que la liquidation de son stock est une date. C'est la seconde mort du cubisme. La guerre, en faisant éclater cette informelle communauté de peintres individualistes, l'avait blessé. La vente lui a donné le coup de grâce.

L'inévitable Léonce Rosenberg, lui, se félicite de la tournure des événements. Bilan positif. Même si cela a été douloureux pour Kahnweiler, cela a enrichi les peintres concernés et élargi le marché. Il va plus loin :

« ... un mal momentané, inévitable – *dura lex sed lex* – mais nécessaire. Si ces ventes n'avaient pas eu lieu, il aurait fallu les inventer[118]. »

Il fallait oser.

Henry Kahnweiler est nu. On l'a dépouillé. Tout est parti. Bradé. Sacrifié. Il s'en est fallu de peu. S'il avait écouté Picasso, il se serait fait naturaliser et rien ne serait arrivé, probablement. Il ne lui reste plus qu'à essayer de récupérer quelques petites choses qui lui sont chères. Le marchand Georges Aubry ayant acquis dans un lot des livres, des estampes et quelques documents divers de la galerie de la rue Vignon, Kahnweiler se propose de les lui racheter[119]. Mais c'est peu. Heureusement, le fidèle Roger Dutilleul lui a fait une surprise : il a acheté lors d'une des ventes un lot comprenant la majeure partie de ses archives pour le lui offrir. C'est une attention qui lui va droit au cœur, surtout en ces moments difficiles.

Il a trente-neuf ans. Après seize ans d'expérience et bien des vicissitudes, il peut dire : j'ai été le marchand des cubistes. Il peut le dire mais pas le prouver. Car de cette période que l'on dit déjà héroïque, il ne lui reste rien. Rien que le catalogue annoté d'une exposition inimaginable, comme il n'y en aura jamais plus et des paquets de correspondance avec ses peintres et ses collectionneurs. Rien qu'une parcelle de mémoire appelée à devenir un morceau d'histoire.

# 6.

## *Les dimanches de Boulogne*

### 1923-1927

Le dimanche en France, il est de tradition de s'ennuyer. Mais à Boulogne-Billancourt vers les années 20, dans un jardin privé de la rue de la Mairie, on ne s'ennuie jamais. C'est que Henry Kahnweiler, marchand convivial s'il en est, ami des artistes et des écrivains, plutôt qu'ami des Arts et des Lettres, prend l'habitude de les réunir chaque semaine pour des après-midi informels qui se terminent tard dans la soirée.

On boit et on chante, on rit et on danse... Et on parle d'abondance. Ce pourrait être une comptine. C'est pourtant l'exact reflet de ces dimanches qui rythment la semaine de ces créateurs mieux que n'importe quel jour du Seigneur ou schabbat. Le jeune auteur dramatique Armand Salacrou ne les oubliera jamais : « Lucienne et moi nous attendions les dimanches de Boulogne comme la récompense de la semaine finissante, et la semaine qui allait commencer en recevait déjà son éclairage[1]. »

Boulogne-Billancourt, 12, rue de la Mairie. Une petite ville par endroits résidentielle, malgré les usines Renault, Farman, et Blériot, d'un côté, les ateliers de sculpteurs de l'autre. Un dimanche comme les autres dans les années 20. Nous sommes dans le jardin des Kahnweiler. Que la fête commence !

Voici tout d'abord l'hôtesse, Lucie Kahnweiler, parfois décrite comme « une gracieuse Berrichonne »[2]. Parfaite maîtresse de maison, c'est elle qui accommode le jardin l'été, le salon l'hiver, pour l'opération portes ouvertes. On ne sait pas toujours qui viendra mais on sait qu'ils seront nombreux. Sur les sièges, il y a des tapisseries qu'elle a elle-même exécutées d'après des maquettes du voisin, Juan Gris. Autant que son mari, elle a le goût de cette vie en communauté. Les amis, c'est la famille et vice versa. Très tôt, les deux se confondent puisque l'une de ses sœurs, Berthe, épouse un peintre de la galerie, Elie Lascaux, tandis que l'autre, Louise, épouse un écrivain édité par la galerie, Michel Leiris.

A ses côtés, le maître de maison, Henry Kahnweiler, a la quarantaine, un certain embonpoint déjà, beaucoup d'allure et d'autorité malgré son âge. Il s'habille de complets sobres, classiques et de bonne coupe, chez « Burberry's » ou chez « Old England », la maison du boulevard des Capucines qui s'enorgueillit de n'avoir de succursale, ni en France, ni à l'étranger. Malgré ses difficultés financières, il vient de changer sa Renault GS contre une Renault 10 CV dernier modèle dit « luxe long ». Quand le garagiste lui a présenté la facture, ce grand bourgeois lui a dit sans rire :

– Ce qui me paraît cher, c'est le porte-bagage[3]. »

Depuis peu, il ne passe plus seulement ses vacances d'été en Allemagne, en Autriche ou en Suisse pour les randonnées en montagne qu'il affectionne tant, mais également en cure à Bains-les-Bains dans les Vosges. L'âge déjà. C'est une forte personnalité à Paris. Non dans les milieux mondains qui ne peuvent le considérer que comme un marchand c'est-à-dire un fournisseur, mais dans les milieux artistiques, créateurs, intellectuels.

Malgré son jeune âge, il est le mentor du cubisme et son meilleur « critique » au sens d'« analyste ». On dit qu'il se dévoue entièrement à ses peintres, même s'il n'est pas toujours payé en retour. Mais il conserve ses inconditionnels, tant parmi les artistes que parmi les collectionneurs. Pour ceux qu'il aime, il s'occupe de tout : il leur trouve un appartement ou un atelier, négocie leur loyer, paie leur femme de ménage quand ils sont absents de Paris. Il accepte toutes les tâches pour mieux les en décharger. Toutes ou presque. Il ne faut pas abuser, au risque de le départir de sa légendaire maîtrise. Quand l'épouse d'un de ses peintres lui a un jour demandé de lui préciser les modalités d'un éventuel divorce, il n'a pu s'empêcher d'exploser :

« Tout de même ! Comment voulez-vous que je le sache ! Adressez-vous à un avocat[4] ! »

Quand il parle de sa production à un artiste, il n'emploie pas des mots tels que tableaux, toiles, ou sculptures mais plus volontiers « vos choses » sans aucune connotation péjorative ou méprisante.

Le dimanche, chez lui à Boulogne, il n'est plus le marchand de la rue d'Astorg mais un autre homme. Ici, on évite de parler argent ou contrats. Salacrou, de quinze ans son cadet, est très impressionné par son assurance intellectuelle. Il le tient avant tout pour un philosophe et un sage[5]. C'est que malgré la présence de bons critiques dans ce cénacle, Kahnweiler est le seul à jouir d'une perspective internationale sur la peinture-en-train-de-se-faire.

Ses correspondants aux Etats-Unis et en Europe le renseignent régulièrement sur l'état du marché dans leur pays mais également sur l'évolution esthétique de leurs propres compatriotes, qu'ils soient peintres ou collectionneurs. Il est surtout très au fait de tout ce qui se passe en Allemagne. Par l'entremise d'hommes comme Alfred Flechtheim, Carl Einstein ou Wilhelm

Uhde, il joue un rôle de passeur entre les deux pays.
Kahnweiler est un pôle. Dans son cercle d'initiés, il
est le seul à entretenir des relations suivies avec ces
quelques Allemands qui prennent au jour le jour le
pouls de la production artistique : Albert Dreyfus qui
dirige *Der Querschnitt*, une revue trimestrielle à
Francfort, Georg Biermann qui s'occupe de *Der Cicerone* un bimensuel de Leipzig, Paul Westheim qui
veille aux destinées de *Das Kunstblatt*, et plus rarement Herwarth Walden de la revue berlinoise *Der
Sturm*, sans oublier Théo Van Doesburg, le Hollandais du *Stijl*, à Leyde, un centre mondial d'imprimerie sur le vieux Rhin. Il les lit régulièrement. Kahnweiler n'est pas seulement un intellectuel et un critique aigu, mais aussi un homme très informé. Il sait.
Aussi, quand il parle, souvent péremptoire mais
jamais cuistre, on l'écoute.

L'expressionnisme allemand? Il n'aime pas. C'est
un mouvement qui produit certes une belle littérature, Brecht pour ne citer que lui, mais qui sur le plan
esthétique le déçoit. Il n'est pas, comme il l'a cru, un
frère d'armes du cubisme. De son point de vue, il
conviendrait plutôt de le rattacher au fauvisme car de
toute évidence, nombre de ces peintres ont été
influencés par les tableaux de Derain et Matisse jadis
exposés à Munich[6]. Somme toute, les peintres dits du
*Blaue Reiter* (le Cavalier bleu) furent sympathiques
mais ils ont versé dans une déviation décorative du
fauvisme. Franz Marc était touchant par son enthousiasme mais ses animaux étaient de la stylisation.
Kandinsky n'est qu'un décorateur oriental. Kahnweiler trouve ahurissant que celui-ci ait pu écrire un essai
intitulé *Über das Geistige in der Kunst* (paru en
français sous le titre *Du spirituel dans l'art*) alors que
précisément rien n'est plus « ungeistig » (sans âme)
que sa peinture. August Macke apparaît de toute
évidence comme celui qui fut le plus faible de la

bande. Il n'y a vraiment que Paul Klee à sauver de ce groupe. C'est le seul qui émerge[7].

L'abstraction? Pas de la peinture. De la décoration plutôt. Qu'il s'agisse de l'abstraction géométrique d'un Mondrian ou de l'abstraction lyrique d'un Kandinsky, il reste persuadé qu'ils sont partis d'un malentendu et que leur erreur ne peut aller qu'en s'amplifiant[8].

Le futurisme? Ce n'était rien, c'est déjà du passé. Il ne fallait pas se laisser impressionner par le tapage de Marinetti et de ses amis. Il vaut mieux réduire leur mouvement à ce qu'il fut vraiment : la variante italienne de l'expressionnisme[9].

Le Salon des Indépendants? C'est fini. Celui de 1923 a été encore plus « ignoble » que d'habitude. Dans le rang des exposants, le mécontentement était unanime. Certains pensent à lancer d'autres salons. Ils présenteraient l'avantage d'être moins populaires. Mais qu'en sera-t-il de leur esprit? C'est la grande inconnue[10].

Et les Ballets russes? Là, Kahnweiler veut bien se mettre en colère. A sa façon. C'est-à-dire qu'il radicalise et hausse le ton. C'est une catastrophe. Non pas l'entreprise de Serge de Diaghilev elle-même, qui lui plaît assez, mais la mauvaise influence qu'elle a sur ses peintres. Car Diaghilev s'adresse à Picasso, Gris et d'autres pour les décors et les costumes de ses spectacles.

Pour eux, la tentation est bien séduisante : en y participant, ils sont tout à fait dans l'air du temps et ils gagnent plus d'argent, plus rapidement qu'avec certaines toiles au succès improbable et au rapport plus faible. Il faut bien vivre. Soit. Mais quand ils vivent pour Diaghilev, ils ne vivent pas pour Kahnweiler. Chaque décor exécuté pour lui l'est au détriment de plusieurs toiles. Pis même : quand ils se remettent à la peinture de chevalet, ils sont moins bons qu'avant.

Kahnweiler n'en démord pas. A ses yeux, la peinture est un métier et le décor de théâtre un autre. En ce sens, Diaghilev est un démon, un fléau[11]... Il distrait les peintres de leur œuvre principale. Quel gâchis ! Tout cela pour quelques rideaux de scène plus ou moins célèbres. Et encore : s'il n'y avait pas eu le scandale, qu'en serait-il du *Parade* de Picasso ? De toute façon, ces peintres il les connaît bien : le théâtre ils s'en moquent et le traitent par-dessus la jambe. Leurs amis sont des poètes, non des comédiens. Les Ballets russes, c'est du folklore[12].

Ce qui l'affole, c'est d'abord que Diaghilev fait école. En 1920, Rolf de Maré a lancé sur son modèle les Ballets suédois avec les danseurs de l'Opéra royal de Suède. La présence de Cocteau, tant aux côtés de Diaghilev *(Parade)* que de Rolf de Maré *(Les mariés de la tour Eiffel)*, le montre bien. Kahnweiler ne déteste pas y assister, au contraire. Il s'est même rendu à des bals d'artistes avec Gris dans un drôle d'équipage : en sus de leur smoking, ils portaient sur la tête de graves masques cubiques en papier confectionnés par Juan. On aurait cru deux golems[13].

On peut toujours chercher un peintre d'avant-garde qui n'ait pas une commande de décor dans la poche. Mais on aura du mal, selon Kahnweiler, à trouver un grand peintre qui ait réalisé un grand décor. Trop éphémère, cet art, trop frelaté. Mais ce qui l'agace au plus haut point, c'est que Gris se soit laissé embarquer par Diaghilev au lieu de travailler à son œuvre.

« Gris travaille pour Louis XIV », se lamente-t-il[14].

C'est que le gros Russe au regard noir vient souvent dans l'atelier de Gris pour mettre au point une commande importante : les décors et costumes de *La*

*Fête merveilleuse* qui doit se dérouler dans la galerie des Glaces à Versailles. Kahnweiler, qui assiste au spectacle naturellement, est de bonne foi : c'était splendide. Mais pour avoir également assisté discrètement dans un coin, en ami et voisin et non en marchand, aux entretiens entre Gris et Diaghilev, il est tout à fait convaincu que c'est du temps perdu, du talent gaspillé. Le peintre, qui devra travailler quelque temps au siège des Ballets russes à Monte-Carlo, lui donne vite raison. Ce milieu n'est pas le sien. Il ne se sent pas d'affinités avec les comédiens et les danseurs, les commérages et les combines, le strass et les démonstrations d'affection. Tout comme Kahnweiler. Il lui tarde de retrouver la solitude créatrice de son atelier. Il convient même que son travail souffre de cette pratique. Gris traverse une crise et, en envoyant ses toiles au marchand, précise bien :

« Et surtout n'hésitez pas à les fiche en l'air si elles ne me représentent pas bien [15]. »

Kahnweiler ne va pas jusque-là, mais lui exprime sans détours la mauvaise opinion qu'il a de sa récente production.

Les peintres sont des gens qui parlent avec les mains. Le mot est célèbre. Mais le dimanche à Boulogne, ils prennent soin de déposer leurs pinceaux au vestiaire. Et ils parlent, ils parlent... Les sujets de conversation sont très divers, outre ceux déjà cités à propos de Kahnweiler. Mais on en revient toujours à la peinture, quel que soit le biais par lequel on l'aborde, de l'analyse critique la plus absconse aux ragots les plus terre à terre.

... Il paraît que la décoration par Léger et Delaunay du hall d'entrée d'une ambassade française construite par Mallet-Stevens a été refusée par Paul Léon, le directeur des Beaux-Arts. Mais le scandale a été tel qu'il a dû plier... Avez-vous lu le premier numéro du

*Bulletin de l'Effort moderne* que lance ce cher Léonce Rosenberg? Tout est dans l'avant-propos, un véritable mot d'ordre : « Merci les morts, vivent les vivants! »... Et le numéro suivant, vous l'avez lu? Il y publie une enquête sur un sujet battu et rebattu : « Où va la peinture moderne? » Les professionnels ont un mot dans leur jargon pour ce genre d'article : un marronnier. Mais le plus drôle, ce sont les réponses. Severini évoque l'artisanat, Herbin trouve la question simple et complexe, Lurçat évoque son chauffe-bains au gaz, Mondrian s'exprime dans un langage de géomètre, Metzinger estime qu'il est difficile de répondre. Van Dongen, lui, reconnaît : « Je n'en sais rien mais je lui donnerais volontiers l'adresse d'une maison de santé... Elle est neurasthénique, elle a le charbon... une déviation de la colonne vertébrale. » Quant à Léger, il admet : « Je n'en sais rien du tout. Et si je le savais, il est probable que je n'en ferais plus »... Savez-vous comment leurs ennemis nomment les suiveurs du cubisme? Des cubisteurs qui cubifient. D'ailleurs, maintenant quand on n'aime pas un peintre et qu'on ne comprend rien à sa peinture, quel qu'il soit on dit qu'il est cubiste... Picabia soutient que l'art n'a que deux dimensions : la hauteur et la largeur. A ses yeux la troisième c'est le mouvement, donc le cinématographe, et la quatrième ce que les poètes appellent le sublime, donc l'inconnu... Devinez quel est l'auteur du livre anonyme qui vient de paraître sous le titre *Couvrir le grain*[16]? Il signe : « un estropié de bien des choses ». Par déduction, ce pourrait bien être un marchand, Georges Aubry pour ne pas le citer. Car si ses portraits de marchands et de peintres sont également méchants, les premiers, eux, ne sont pas nommément cités. Il faut les découvrir derrière le trait ironique ou perfide. Quant aux artistes, c'est plus clair. Matisse? « Un marchand de tapis marocains pour hôtels particuliers très chics. » Marquet? « Un Kodak avec pellicules laissées à l'humidité. » Derain? « Le tragique du silence. » Léger? « Devrait donner à chacun de ses amateurs une clé anglaise et une burette d'huile », etc. On comprend qu'en marchand avisé, il n'ait pas pris le risque de signer ça.

On rit souvent, on s'empoigne parfois, mais ce n'est jamais violent. Tout le monde se connaît et s'apprécie. Ils sont tous de la même famille d'esprit. Ici, le poing de Braque ou la canne de Basler ne risquent pas de rencontrer le front ou le nez de Léonce Rosenberg. Il arrive même que la conversation prenne un tour plus inquiet quand un des habitués de ces dimanches a des ennuis. C'est le cas, au moment de l'affaire Malraux.

Kahnweiler commence à bien le connaître. Séduisant, vif, intelligent mais un peu fou. En tout cas incontrôlable. Depuis que la galerie lui a publié son premier livre et qu'il recommande volontiers ses amis écrivains à Kahnweiler, il aime bien se faire passer pour le directeur littéraire des éditions de la Galerie Simon. Cela fait rire tout le monde. Quelle blague! Un peu mythomane, tout de même. Comme si Kahnweiler avait besoin de ses conseils littéraires! Comme si la galerie avait les moyens de se payer un directeur littéraire! C'est finalement assez drôle. Mais la blague aura la vie dure et quelques décennies plus tard, les biographes et exégètes de Malraux [17] la reprendront au premier degré, consacrant ainsi ses débuts précoces dans l'édition de manière insensée. Mais sur le moment, Kahnweiler n'en prend pas ombrage.

Malraux lui permet de réaliser, peut-être, une bonne affaire, ce qui serait souhaitable en ces temps difficiles. Il lui a confié un tableau de famille *La fête du vin* de Le Nain. Pour l'acquérir, il faut 25 000 francs. C'est une somme. Kahnweiler monte donc un petit syndicat tout exprès : son associé André Simon prend les 3/5 des parts, la galerie Flechtheim 1/5 et Kahnweiler 1/5. Quand il aura réussi à le vendre au prix fort – et il y mettra le temps nécessaire – la galerie touchera 10% du produit net et le reste sera partagé selon les apports. Malraux, lui, touche immédiatement ses 18 000 francs et il les exige en billets de banque ! C'est qu'il est pressé[18]. Là, débute vraiment l'affaire Malraux qui défraie la chronique aux dimanches de Boulogne.

Il est parti en Indochine et dans les ruines des temples d'Angkor, il n'a pu résister devant les statues khmères. Il s'est fait pincer, avec sa femme et son ami et les autorités les ont assignés à résidence en attendant le procès. Quelle histoire !

En juillet 1924, à son procès à Phnom-Penh, il a été accusé de bris de monuments et de détournements de bas-reliefs. On lui reproche un acte de pillage dans des sites protégés et il se défend en arguant qu'il a un ordre de mission de l'Ecole Française d'Extrême-Orient.

Malraux archéologue ! A Boulogne, on rit beaucoup. Max Jacob, du monastère de Saint-Benoît-sur-Loire où il s'est retiré, suit également l'affaire et ne peut s'empêcher de réagir auprès de Kahnweiler :

« Une mission à Malraux !... L'eau va toujours à la rivière ! Enfin, il va trouver sa voie en Orient. Il sera orientaliste et finira au Collège de France comme Claudel. Il est fait pour les chaires[19]... »

Mais on rit moins quand la nouvelle du verdict tombe : trois ans ferme et cinq ans d'interdiction de séjour. En attendant de passer en appel, il est assigné à résidence. Le plus grave c'est que dans les attendus du jugement, on évoque notamment ses relations « avec des commerçants de nationalité d'outre-Rhin trafiquants de pièces archéologiques »[20].

Dans *La Voie royale*, son fameux roman qu'il publiera six ans plus tard, il mettra en scène, dans son propre rôle et en le nommant, le marchand allemand Cassirer. Mais au moment de l'affaire, ce n'est pas à lui que la cour d'appel fait allusion.

Le dossier fait état d'un échange de correspondance entre Kahnweiler et Walter Pach, un artiste et écrivain d'art américain, qui a été un des organisateurs de l'« Armory Show » avant-guerre mais qui est également courtier en tableaux et objets d'art à New York. Il fournit quelques importants collectionneurs, John Quinn en particulier. Malraux s'est-il rendu en Indochine comme le vulgaire intermédiaire d'un amateur new-yorkais? Voilà qui mettrait à bas la gloire naissante du conquérant. En tout cas, Kahnweiler est bien trop prudent par nature, trop scrupuleux et attaché aux transactions en bonne et due forme pour l'y avoir incité. Quand Malraux l'avait prévenu de ses projets et lui avait demandé de le mettre en contact avec Pach, Kahnweiler l'avait aidé tout en le prévenant fermement : ordre de mission ou pas, l'exportation des œuvres d'art d'Indochine est interdite. Mais il n'a pu réprimer le caractère profond de son jeune auteur : un aventurier dans tous les sens du terme, le meilleur et le pire. Ce qui devait arriver est arrivé.

Kahnweiler est furieux d'y avoir été mêlé à son corps défendant. Il reproche amèrement à Max Jacob de lui avoir amené quelqu'un d'aussi peu fiable à la galerie et en profite pour lui demander une fois pour toutes de ne plus abuser des recommandations. Mais fort heureusement, tout s'arrange. Une pétition d'écrivains et d'intellectuels, dont certains sont des familiers des dimanches de Boulogne, paraît dans les *Nouvelles Littéraires* pour s'indigner de ce jugement inique et injustifié. Il faut croire qu'elle connaît un certain retentissement puisque, à la fin de 1924,

André Malraux embarque sur un cargo à destination de Marseille.

Aux dimanches de Boulogne, on parle de tout et de rien. Ce n'est pas parce que les participants sont pour la plupart des intellectuels et des créateurs que les conversations sont nécessairement sérieuses, graves ou complexes. Si Kahnweiler tenait un livre d'or sur le perron du jardin, il ressemblerait au catalogue d'une maison d'édition ou d'une exposition d'art moderne.

12, rue de la Mairie, un dimanche d'été, dans les années 20.

Voici Antonin Artaud. Il n'a pas trente ans. Kahnweiler est son éditeur. Il a publié son premier livre en 1923, *Tric trac du ciel,* un recueil de poèmes dans lequel on discerne déjà en germe son déséquilibre mental, son génie créateur, la douleur ascétique de ses expériences. Le peintre Elie Lascaux, qui illustre son livre, l'a introduit dans le groupe. C'est un jeune homme pathétique, qui porte la souffrance sur son visage. On dit qu'il boit du laudanum. Attachant, certes, mais pas de tout repos. Une nuit, il réveille Salacrou pour lui déclamer une pièce, puis l'oblige à le raccompagner chez lui de crainte de traverser Paris tout seul. En le quittant, il lui dit :

« Les surréalistes, ils souffrent dans leur âme du dimanche; moi, c'est dans mon âme de tous les jours que j'ai mal[21]. »

Kahnweiler a de l'affection pour lui. Acteur chez Pitoëff puis dans la troupe de Charles Dullin, il recherche désespérément une autre forme de théâtre. Le marchand lui permet, à sa requête, de trouver des mécènes qui puissent l'aider à monter des spectacles. Dans cette optique, il essaie de les envoyer à une représentation de *La vie est un songe* de Calderon, au Vieux Colombier[22]. Une seule fois, Artaud le décevra.

En revendant une toile de Masson que lui, Kahnweiler, lui avait cédée à un prix dérisoire (1 200 francs), plus qu'un prix d'ami, si l'on tient compte de son format, de la taxe de luxe et de l'encadrement. Artaud disait l'adorer[23]... Mais il lui pardonnera. Parce que c'est Artaud.

Voici Armand Salacrou, plus jeune encore, vingt-cinq ans à peine. Il a trois idoles : Lugné-Poe, Gaston Gallimard et Henry Kahnweiler. Il a rencontré ce dernier dans l'atelier de Masson. Tout de suite, il s'est dit impressionné. Le marchand, le découvreur de Picasso, Braque, Gris, Léger!... L'éditeur d'Apollinaire et de Max Jacob!... Quand on arrive de Rouen, on ne peut qu'être épaté par un tel personnage, capable de s'intéresser ainsi à tous les frémissements de la création contemporaine. Il connaît même l'*Ulysse* de James Joyce dans sa version originale anglaise!

Dès le début, Kahnweiler suit le jeune auteur dramatique. A chaque fois qu'il le rencontre rue Blomet, il lui demande un manuscrit pour sa « maison d'édition ».

« Mais je n'écris que des pièces de théâtre!

– J'aimerais lire... »

Patient, Kahnweiler. Et insistant. Dès la prochaine rencontre, il reprend son antienne :

« Et ce manuscrit? Vous ne voulez pas me le montrer? Pourquoi? »

Salacrou va finalement chercher le manuscrit qui dort sur le bureau de Charles Dullin, au théâtre de l'Atelier, pour le lui donner. Huit jours plus tard, Kahnweiler lui annonce son intention de le publier avec des illustrations de Gris et non de Masson comme le souhaite l'auteur : il a déjà trop à faire avec d'autres livres[24]. C'est ainsi qu'en 1924 il publie le premier livre de ce jeune auteur qui mettra dix ans à s'imposer au théâtre : *Le Casseur d'assiettes*, une pièce en un acte.

Kahnweiler n'est pas un éditeur comme les autres, en ce sens qu'une fois le livre publié, il ne passe pas à autre chose. Il n'a de cesse de voir la pièce de son poulain et ami montée sur une scène parisienne. Apprenant que le livre est sur le bureau de Lugné-Poe, une vieille connaissance qui préside aux destinées du théâtre de l'Œuvre, il lui envoie une lettre de recommandation dans laquelle il prédit que Salacrou a un vrai tempérament d'homme de théâtre et qu'il sera un des auteurs dramatiques les plus importants de sa génération[25].

Voici Georges Limbour. Lui aussi, Kahnweiler est son premier éditeur. Il publie ses poèmes *Soleil bas*, en 1924, avec des eaux-fortes de Masson. Il a vingt-six ans et rentre d'Egypte et d'Albanie où il a enseigné le français. Il en a assez de cet exil et aimerait se fixer à Paris. Mais comment ? Qu'à cela ne tienne : Kahnweiler, dont il sait l'entregent, écrit aussitôt une lettre de recommandation à Elie Bois, le patron du *Petit Parisien*, pour qu'il l'engage comme rédacteur[26].

Voici Erik Satie. Un curieux petit bonhomme, mi-normand mi-écossais par ses origines, fantaisiste, mystificateur. Echappé des cours du conservatoire, il s'était réfugié dans l'Armée mais c'était une erreur. On le retrouve vite pianiste de cabaret, à Montmartre, où il rencontre Debussy. On lui a fait une réputation d'amateur et de dilettante, d'individu un peu en marge, original et sarcastique. Il ressemble à ces personnages qu'on voit dans le fond des toiles de Toulouse-Lautrec. Certains le décrivent comme un solitaire à explosions qui a ramené le sourire dans la musique contemporaine[27]. Pour d'autres, il fait penser à un employé de pompes funèbres, ou à la limite, à un employé de banque mais d'un établissement très conservateur : barbiche blanche, pince-nez comme on n'en fait plus, chapeau melon, le parapluie noir comme le manteau[28].

C'est un habitué du petit jardin de Boulogne, bien que pour lui, ce soit un effort supplémentaire puisqu'il vit assez loin en banlieue, à Arcueil. Il a près de soixante-dix ans, l'homme des *Gymnopédies* et des *Gnossiennes*. C'est l'aîné respecté du groupe. Kahnweiler lui donne du « notre bon maître ». On n'ose pas toujours lui demander de jouer de la musique, même si tout le monde en meurt d'envie. A son enterrement, l'été 1925, presque tous les habitués des dimanches de Boulogne sont dans le cortège. Ils l'ont vu atrocement souffrir pendant les derniers mois. Perdus dans la foule, Kahnweiler et Gris cheminent côte à côte. Deux ans plus tard, dans des circonstances analogues, l'un des deux enterrera l'autre.

Voici Ilia Zdanévitch, dit Iliazd, futur éditeur d'art. Un original que Kahnweiler aime beaucoup. Avant-guerre à Saint-Pétersbourg, il était proche des futuristes. Aujourd'hui ses amis sont plutôt dadaïstes mais qu'importe. Il est même l'inventeur d'une langue : le zaoum...

Voici Elie Lascaux, amené à la galerie par Max Jacob. Beau-frère de Kahnweiler, il est de la famille à double titre. Sa peinture ne se rattache à aucun courant. La facilité consisterait à en faire un paysagiste naïf, proche d'une peinture populaire, en apparence aux antipodes des goûts de l'exigeant Kahnweiler, qui rejette même le douanier Rousseau. Mais selon Michel Leiris, c'est un art tout de spontanéité et de maniérisme, qui traduit pertinemment l'éphémère; Lascaux, romantique portraitiste de site, n'a à ses yeux d'autre naïveté que de s'attacher avec amitié à son motif. Sa peinture a si peu de rapports avec celle que la galerie défend que Kahnweiler est parfois soupçonné de complaisance familiale. Toujours est-il qu'elle semble vite trouver un marché. On peut s'en apercevoir dès 1922 à l'occasion d'une exposition de quarante-cinq peintures, organisée à Paris, mais également à l'étranger, à New York en particulier, où dès l'année suivante le marchand Brummer peut se féliciter d'avoir vendu vingt-cinq de ses toiles à l'issue d'une exposition[29].

Voici Suzanne Roger et son mari André Beaudin, initié au cubisme par Gris, influencé par Masson. Kahnweiler dira de lui que son classicisme en fait l'héritier de Gris, de même qu'il tient Reverdy, autre familier des lieux, pour un très grand poète, un « Gris de la poésie » et certainement le meilleur interprète du cubisme par sa grande clarté de jugement[30].

Voici Henri Laurens, un homme exquis auquel Kahnweiler s'est attaché autant pour son art que pour ses qualités humaines : douceur, modestie, simplicité. Son ascèse héroïque aussi, car une maladie osseuse l'a privé, dès sa jeunesse, d'une jambe. C'est un homme qui aime son métier comme un artisan. Il met au-dessus de tout le travail de la terre, du plâtre et de la pierre. Il respecte la matière et ne se sent nulle part mieux que dans le silence de son atelier. Sa sculpture, qui ne doit pas faire oublier ses grandes qualités de dessinateur et ses papiers collés du temps de guerre, est très sensuelle, très éloignée de l'abstraction. Laurens aime bien les faire tourner sous ses yeux pour voir chacune de leurs mille lignes. Il aurait voulu qu'elles soient intégrées au paysage et à l'architecture ou placées à certains points névralgiques. Kahnweiler, qui prône la modestie face au tableau, se retrouve dans l'humilité avec laquelle Laurens parle de son travail :

« Quand je commence une sculpture, de ce que je veux faire je n'ai qu'une idée vague. J'ai par exemple l'idée d'une femme ou de quelque chose qui a un rapport avec la mère. Avant d'être une représentation de quoi que ce soit, ma sculpture est un fait plastique,

ou plus exactement une suite d'événements plastiques, le produit de mon imagination en réponse aux
exigences de la construction. Voilà en somme tout ce
qui constitue le travail. Je donne le titre à la fin[31]. »

Cela paraît si simple. En dépit d'une brève période
de froid, Laurens restera pour Kahnweiler et sa
galerie « le » sculpteur. Pendant des décennies.

Voici Gertrude Stein et Alice Toklas. En général,
c'est plutôt chez elles, rue de Fleurus, qu'on se
retrouve. Mais elles se déplacent elles aussi, le dimanche, jusqu'à Boulogne. Gertrude fascine Kahnweiler
par sa personnalité. Elle semble totalement maîtriser
ses émotions et intégrer tout événement extérieur
avec une facilité déconcertante. Jamais il n'oubliera
l'incendie provoqué chez elle par un mauvais fonc-
tionnement de la cheminée. Tout le monde était
affolé, chacun paniquait à l'idée que les tableaux de
sa fameuse collection puissent en subir des pertes
irréparables. La concierge, la police, les pompiers se
mêlaient àses invités habituels. Et dans ce tumulte,
tandis qu'on faisait descendre des tuiles du toit pour
éteindre le feu, Gertrude imperturbable poursuivait sa
conversation avec son vis-à-vis comme si de rien
n'était[32].

Kahnweiler est également l'éditeur de son premier
livre publié en France : *A Book concluding with : as a
Wife has a Cow* (1926) illustré par Gris et, deux ans
plus tard, de *A Village*, une pièce en quatre actes avec
des lithographies d'Elie Lascaux. Il voit en elle un
écrivain comme nul autre, qui fait en littérature
quelque chose de très proche de ce qu'est le cubisme
en peinture. Elle n'invente pas des mots nouveaux ou
une autre syntaxe, mais brasse la matière déjà exis-
tante d'une telle façon qu'elle donne aux mots une
densité extraordinaire. Ce travail sur la langue, il n'en
trouve de correspondance que dans les expériences
de Carl Einstein ou de James Joyce. Car, comme

Gertrude Stein, leur recherche procède du même esprit : distinguer dans un art, entre ce qui est immuable et ce qui supporte la nouveauté[33].

Voici Marcel Jouhandeau, prêtre défroqué avant même d'avoir été ordonné, jeune professeur qui a quitté Guéret, dans la Creuse, pour mieux en détailler avec cruauté et détachement la vie quotidienne dans *La jeunesse de Théophile*. En 1925, Kahnweiler lui donne 1 000 francs d'à-valoir sur les droits de publication de ses contes *Brigitte ou la Belle au bois dormant* dont il confie l'illustration à Marie Laurencin. Une association qui, dans son esprit, n'est probablement pas sans signification : l'auteur ne publie pas son premier livre chez lui, comme les autres, et l'artiste n'appartient pas à sa galerie.

Voici le surréaliste André Breton, précieux intermédiaire, conseiller du mécène et couturier Jacques Doucet, qui le rabat sur la galerie de la rue d'Astorg pour acquérir des Masson notamment.

Voici Efstratios Elefteriades plus connu sous le nom de Tériade, et son complice Maurice Raynal, qui assurent la critique d'art de *L'Intransigeant* sous un pseudonyme commun qui est un secret de polichinelle : « Les deux aveugles »...

Voici un des personnages les plus pittoresques de l'endroit. C'est l'ancien secrétaire d'Apollinaire. On l'appelle le baron Mollet. Il n'est pas baron. D'ailleurs, il n'a jamais été secrétaire d'Apollinaire. Mais la différence entre ces deux impostures, c'est que s'il s'est anobli tout seul, le poète en revanche lui avait bien confié son secrétariat. Mais comme il refusait même d'écrire le courrier, ils restèrent bons amis. Il s'appelle Jean, en vérité. Mais c'est trop banal. Le baron, c'est mieux. Certains y croient dur comme fer.

Il a une cinquantaine d'années. Débrouillard, il est toujours sans le sou. On peut dire qu'il a fait tous les métiers dans la mesure où il n'en a vraiment fait aucun. Quelques-uns disent l'avoir connu tour à tour verrier, directeur de théâtre, clerc d'avoué. Et même représentant en musique pendant plusieurs années. Il paraît qu'il y a excellé. Mais nul ne sait en quoi cela consistait exactement. C'est un être qui vit uniquement au présent. En ce sens, il ressemble bien à son ami Manolo qui l'avait jadis introduit dans son cercle d'amis. Kahnweiler s'attache à lui car il le trouve drôle et émouvant. Pathétique parfois. Comme le baron Mollet connaît tout le monde, et que dans une vie antérieure il aurait été, dit-on, marchand de tableaux, il lui propose d'être un des rabatteurs de la galerie Simon. Il lui suffira d'emprunter un tableau de temps en temps et de le placer à un de ses amis fortunés. Sa commission sera de 10% minimum[34].

Voici l'illustre voisin Juan Gris. L'ami, le fidèle, Jean dit simplement Kahnweiler. Comme s'il n'y en avait qu'un. Lui qui est là presque tous les jours, il l'est a fortiori le dimanche. Excellent danseur, d'une rare élégance dans la démarche, c'est lui qui fait tourner le phonographe et donne des leçons de tango à celles qui en font la demande. Il paraît même qu'il a participé à des concours. Il chante aussi, des chansons de marin telles que « Nous étions deux, nous étions trois embarqués sur le Saint-François... »

Même Kahnweiler, qui reconnaît ne pas savoir bouger en rythme, s'y met quand c'est Gris qui mène la danse. Comment expliquer cela autrement que par les qualités de Gris : pureté, fidélité en amitié, austérité, classicisme... De toute la bande, cet Espagnol est le plus allemand par ses valeurs et sa façon de faire à fond ce qu'il fait. Kahnweiler, qui le flatte plus que ses autres peintres quand il écrit à des amateurs, pourrait fort bien dire de lui ce que Baudelaire disait de Delacroix : « ... Pour un pareil homme, doué d'un tel courage et d'une telle passion, les luttes les plus intéressantes sont celles qu'il a à soutenir contre lui-même; les horizons n'ont pas besoin d'être grands pour que les batailles soient importantes; les révolutions et les événements les plus curieux se passent sous le ciel du crâne, dans le laboratoire étroit et mystérieux du cerveau[35] ».

Cher, très cher Gris... Sans lui, les dimanches de Boulogne ne seraient pas ce qu'ils sont. On s'en apercevra bientôt. Parfois, il kidnappe une ou deux personnes du jardin de Kahnweiler pour les mener à côté, chez lui, et leur montrer son atelier. Chez Gris, c'est plus calme, en semaine comme le dimanche, nonobstant ses colères subites et ses scènes de ménage avec Josette. Il vit dans un trois-pièces au deuxième étage. Son atelier, il l'a aménagé dans le grenier. Il y jouit d'une lumière inouïe puisque le toit a été transformé en grande baie vitrée. De la fenêtre de sa chambre, on voit les collines de Saint-Cloud. On est loin de la crasse du Bateau-Lavoir. Son appartement est plus petit que celui de Kahnweiler mais moins fréquenté aussi. Car c'est une véritable maison qu'occupe Kahnweiler avec un monde fou : sa femme, deux belles-sœurs, un beau-frère (Michel Leiris), deux personnes de service, Renée la cuisinière et Fernande la femme de chambre[36] !

Voici le poète suisse romand Charles-Albert Cingria, le Belge Paul Dermée et André Simon, l'associé de Kahnweiler... le dadaïste de Zurich, Tristan Tzara et Robert Desnos le surréaliste, plus nervalien que jamais, qui s'apprête à publier *La liberté ou l'amour*... Le peintre Gaston-Louis Roux, qui est sous contrat à la galerie à partir de 1927... le poète Vicente Huidobro, auteur d'*Horizon carré* et le docteur Allendy, célèbre collectionneur et psychiatre, qui a l'idée de demander à Gris de prononcer des conférences sur son œuvre en Sorbonne devant le « groupe d'études philosophiques et scientifiques »...

Voici les surréalistes. Ils ne forment pas à Boulogne, comme dans la vie, un groupe compact. Mais tout de même... On a déjà vu Artaud et quelques autres. Il y a ceux de la rue Fontaine et ceux de la rue Blomet. A la première adresse, on trouve des orthodoxes groupés autour de Breton. Quand ce dernier lui a envoyé son manifeste dès sa parution en octobre 1924, Kahnweiler l'a aussitôt remercié et a saisi la balle au bond : « Vous savez en quelle estime je tiens ce que vous faites. Je serais très heureux si je pouvais vous compter parmi les poètes que j'ai édités et dont vous voulez bien louer le choix. Si vous avez quelque chose que vous puissiez me donner, j'en serais ravi [37]. » Mais il n'y aura pas de suite à ces avances. Kahnweiler n'en est pas moins hostile au surréalisme. Dans ses applications artistiques et non dans sa forme littéraire. Il rejette tout autant Dali que Ernst ou Magritte. Il lui faudra des années pour s'habituer à Miro, ne faisant aucun effort pour entrer dans sa peinture. Il est resté indifférent à la visite de son atelier en 1922. Six ans plus tard, assistant à une de ses expositions, il trouve cela « très joli » mais il a l'impression que ce peintre tourne en rond, qu'il « perfectionne » ce qui ne peut valoir que par sa spontanéité [38].

En fait, Kahnweiler garde toujours aux creux de l'oreille un mot de Vlaminck qui lui paraît assez pertinent : « Les surréalistes sont des gens qui se font installer le téléphone et qui, ensuite, coupent le fil. » Ils lui paraissent exprimer assez clairement la révolte des fils contre les pères. C'est dans l'ordre des choses. Mais il préfère, lui, penser avec Braque que la peinture n'est pas un art à tout faire et que le contenu poétique qu'ils prétendent y mettre parfois, n'est souvent que « littérature » dans l'acception la plus péjorative du terme [39]. Ils commettent l'erreur de remplacer les objets simples utilisés par les cubistes dans leurs tableaux, des objets de la vie quotidienne, par des objets étonnants et hors du commun.

Dans ce groupe de jeunes surréalistes de la rue Blomet, foyer de dissidence et de liberté d'où la parole dogmatique d'un André Breton est exclue, il est deux hommes auxquels il va énormément s'attacher : André Masson et Michel Leiris. Le premier deviendra un de « ses » peintres, dans la longue durée, malgré des hauts et des bas dans leurs relations. Le second, son beau-frère, sera un écrivain rare qui construira une œuvre à part dans la littérature française, et de surcroît son meilleur ami jusqu'à la fin de sa vie.

C'est Elie Lascaux qui lui a montré des toiles de Masson pour la première fois. Puis, sur les conseils de Max Jacob et de Michel Leiris, il s'est déplacé jusqu'à son atelier de la rue Blomet. Pour voir. Il apprécie ses qualités plastiques plus que son côté poétique. Masson lui apparaît comme un homme d'une grande érudition, qui a beaucoup lu, les romantiques allemands surtout, une qualité intellectuelle qui se reflète déjà dans sa peinture. Il est de son point de vue le seul grand peintre du mouvement. Mieux encore : pendant des décennies, il ne trahira jamais son idéal, prouvant ainsi qu'il est au-delà du surréalisme, d'abord et avant tout lui-même, Masson. Kahnweiler se refusera toujours à l'enfermer dans une école ou sous une étiquette. Par principe et pour ne pas le voir voisiner avec les plus orthodoxes des surréalistes, notamment le Dali des montres molles et de la littérature peinte, genre calendrier des postes[40]. La clef de son travail, c'est la métamorphose. Tout part de là et tout y mène.

Quand Kahnweiler le rencontre pour la première fois dans son élément, chez lui, il découvre un jeune homme qui cherche à devenir un artiste. Il n'en a pas encore les moyens matériels ni l'équilibre, la stabilité, l'harmonie qui lui permettraient de se consacrer à son art. Chez lui, c'est grand mais misérable. Un temps, il confiera même son bébé aux Kahnweiler à Boulogne pour des raisons d'hygiène. La nuit, il doit travailler comme correcteur au *Journal Officiel* pour gagner sa vie. Le jour, il a du mal à peindre car son atelier jouxte un atelier de serrurerie très bruyant. Le silence ne commence qu'après 18 heures. Kahnweiler découvre un homme très marqué par l'expérience de la guerre qui, par une extraordinaire coïncidence, a fait exactement le chemin inverse au sien. Au début des hostilités, il se trouvait en Suisse et s'est dépêché de rentrer en France pour se porter volontaire. Grièvement blessé au front, il a guéri. Mais à l'hôpital du Val-de-Grâce, il a stupéfié le personnel médical par son refus énergique de devenir planton :

– Je veux que vous me donnier la liberté, je veux partir pour les Indes car j'en ai assez de la civilisation occidentale[41] ! »

On l'a mis au cabanon. Cela n'a pas duré. Mais Masson a eu du mal à faire admettre à son entourage qu'il se considérait en état de guerre avec le monde entier. Il dira qu'à cette époque, les hommes avaient vécu de façon surréaliste à leur insu[42].

Aux dimanches de Boulogne, il est vite adopté. Kahnweiler ne tarde pas à lui faire signer un contrat avec la galerie Simon dès octobre 1922. Lui qui avait appris l'existence du cubisme en lisant l'interview de Kahnweiler dans *Je sais tout* avant la guerre, qui ne connaissait ses tableaux que par des reproductions de Léger, Braque ou Picasso, il peut maintenant voir les originaux et parler avec les peintres, Gris surtout qui l'impressionne par son attachement à la tradition et ses jugements si pertinents sur les tableaux de Fouquet ou Watteau dont il a punaisé des photos au mur de son atelier :

« Je ne pouvais pas imaginer que quelqu'un qui

aimait tellement l'art humaniste fasse un art inhumain », dira-t-il[43].

Sa rencontre avec Kahnweiler est décisive car elle met un terme à une vie de bâton de chaise, appuyée sur de mauvaises béquilles, somnifères et excitants. Le marchand assure sa sécurité matérielle et il lui parle un langage non de négociant en tableaux, mais d'ami des peintres, de critique, d'esthéticien. Masson n'oubliera jamais :

« Vous pensez ce que ça pouvait signifier pour un peintre qui ne pouvait faire de la peinture qu'à la sauvette... J'étais comme demi-fou. Avec Kahnweiler, en somme, j'ai eu une stabilité et j'ai commencé à faire de la peinture sérieusement. Vraiment sérieusement, avec la possibilité de ne penser qu'à cela[44]. »

De la peinture et uniquement cela... Ce rêve réalisé, Masson pense très tôt à en faire profiter un de ses amis surréalistes, Tanguy. Il le présente à Kahnweiler qui est conquis, ce qui montre bien que quand il le veut, il n'est pas sectaire. Il lui fait même une proposition de contrat, tout à fait officielle. Mais le peintre hésite douloureusement. Il ne veut pas être déloyal vis-à-vis de Roland Tual et de sa jeune galerie surréaliste. Finalement, après maintes tergiversations, il choisit de lui rester fidèle. Ce sera un des grands regrets, un des très rares regrets de Kahnweiler dans sa vie de marchand. Et Masson a beau en conclure que, somme toute, Tanguy était plus surréaliste que peintre, cela ne le console pas pour autant. Mais Masson aura la main plus heureuse, en lui présentant Michel Leiris.

C'est la naissance d'une forte et durable amitié. Leiris, vingt et un ans en 1922, sera dès lors présent en permanence dans l'histoire et la biographie tant personnelles que professionnelles de Kahnweiler. Mais, malgré leurs continuels échanges intellectuels, il mettra un point d'honneur à ne jamais s'immiscer dans les choix de la galerie[45].

Cet homme discret, courtois et énigmatique, qui loue Gérard de Nerval sans réserves, sera à la fois poète, essayiste, ethnographe, secrétaire-archiviste de la mission Dakar-Djibouti. Issu de la bourgeoisie parisienne, très influencé dans sa poésie par Max Jacob, c'est un être instable, qui reste pendant plusieurs années sans profession définie. Chez les surréalistes, on le dit passionné avant tout par l'écriture, incroyablement honnête, remarquable par sa droiture d'esprit.

Nul mieux que Michel Leiris ne s'est décrit. Il dit risquer sa vie en la racontant. Ceux qui liront *L'âge d'homme* écrit en 1935, en seront persuadés, Kahnweiler au premier chef. Leiris par Leiris est ainsi.

Plutôt petit, la nuque très droite, le front développé, assez bossué, le teint coloré de l'homme qui rougit facilement. La tête est trop grosse pour le corps, assez frêle. Il est très élégant, soigne sa mise. On dirait : il est tiré à quatre épingles. La littérature est son activité principale. Qu'est-ce qu'un écrivain ? Quiconque aime penser une plume à la main. Il a écrit peu de livres mais Kahnweiler est naturellement l'éditeur du premier, *Simulacre* (1925), des poèmes illustrés par des lithographies de Masson. Il n'est pas célèbre, mais tient dans une semblable détestation l'auteur à succès et le poète maudit. Très jeune, il voyage beaucoup, en Europe et en Afrique surtout, mais n'a pas du tout la même facilité pour les langues que son beau-frère, Henry Kahnweiler.

Cet ethnographe de profession a eu la révélation du vieillissement à l'âge de neuf ans en voyant naître son neveu. Rien ne lui paraît tant ressembler à un bordel qu'un musée : « On y trouve le même côté louche et le même côté pétrifié. » Dans les deux cas, il s'agit d'archéologie et de prostitution. Sa rencontre avec

Masson et les surréalistes de la rue Blomet a été
décisive en ce qu'elle lui a permis de produire « quelque chose de lisible ». Mais la littérature autobiographique s'avère être la seule dont il soit capable. Son
œuvre sera la longue confession d'un homme entré
dans une psychanalyse sans fin, qui va le mener aussi
loin que possible, dans l'ordre de la sincérité. Il
ressasse la première personne jusqu'à l'écœurement.
Dans un but : se dépasser. Le jour où il se libérera,
quand il sera enfin émancipé, il écrira peut-être un
roman. En attendant il refuse de se servir du langage
uniquement pour fixer des pensées. Le langage, c'est
pour les faire surgir. Il est obsédé par l'amour et la
mort, la résistance à la douleur et le suicide [46].

Voici Michel Leiris un dimanche à Boulogne, chez
lui, donc chez Kahnweiler également, bavardant avec
son complice Georges Bataille qui publiera dans quelques années à la galerie Simon son premier livre sous
son vrai nom : *L'Anus solaire*. Les deux jeunes gens
discutent d'un projet. Ils veulent lancer un nouveau
mouvement littéraire qui s'appellerait OUI et qui
aurait un programme ambitieux, « impliquant un
perpétuel acquiescement à toutes choses et qui aurait
sur le mouvement NON qu'avait été Dada, la supério-
rité d'échapper à ce qu'a de puéril une négation
systématiquement provocante ». Ils trouvent même le
local pour abriter le mouvement et son journal :
l'estaminet d'un bordel de la rue Saint-Denis. Mais il
n'y aura pas de suite [47].

Aux dimanches de Boulogne, il y a les piliers et les
habitués, les visiteurs qui reviennent et les gens de
passage. Il y a aussi les amis qui se font rares et ceux
qui se font remarquer par leur absence. Max Jacob
s'est retiré depuis peu au monastère de Saint-Benoît-
sur-Loire. Le nouveau converti ne s'éloigne pas seulement pour des raisons religieuses. La société le
dégoûte de plus en plus car elle n'a plus de goût. Elle

encense la littérature tape-à-l'œil. Pour plaire, il faut
écrire excentrique alors qu'il est, lui, un excentrique
qui, au moment d'écrire, crée des personnages réels
et non réalistes[48]. A Saint-Benoît, il se console dans
un travail pur, le souvenir de quelques amitiés rares
et vraies comme celle que lui témoigne Kahnweiler,
la recherche de Dieu. Il se dit peiné par l'attitude
canaille de la civilisation, atterré par l'insignifiance
artistique et le manque de pureté de ses contemporains. Paris lui fait horreur mais il y revient régulièrement, surtout le dimanche, du côté de Boulogne bien
sûr[49].

Silencieux au monastère, il se rattrape avec ses
amis, lyrique, brillant, cruel parfois. Josette Gris, qui
était à ses côtés à l'enterrement d'Apollinaire, se
souvient qu'il s'est penché à son oreille pour lui
dire :

« Et maintenant, ça va être moi le premier[50] ! »

Salacrou juge cette attitude moins abominable que
ridicule. A la limite, déchirante. Car Max est certainement un des personnages les plus attachants et les
plus pathétiques de ce cénacle.

Braque n'en est pas vraiment. Il vit dans le Midi et
ses liens avec Kahnweiler se sont tout de même
distendus. Picasso, c'est autre chose. Il a été happé
par un autre milieu. Mais il reste lui-même. Il vend
beaucoup à Paul Rosenberg. A partir de 1923, il
revient vers Kahnweiler, sa galerie et ses amis, à
petits pas. Il se fait rare aux dimanches de Boulogne.
Un être à part. On parle beaucoup de lui, de son
évolution artistique, de sa notoriété, de sa fortune. Il
ne peut souffrir Gris. Et Gris ici est chez lui. Picasso
se répand volontiers en sarcasmes et petites phrases
assassines mais pas uniquement sur son compte. Il
paraît que dans les galeries, il raconte à la cantonade
que lorsque Max Jacob lui rend visite à son atelier, il
met de la seccotine sous ses semelles pour essayer

d'emporter, à l'insu de tous, des dessins qui traînent par terre. C'est excessif et perfide mais comme souvent dans la bouche de Picasso, ce n'est pas entièrement faux : chacun sait parmi ses amis que la misère a souvent poussé Max Jacob à revendre les dessins qu'on lui donnait[51].

Le dimanche s'achève à Boulogne. Aujourd'hui comme souvent, Artaud a fait des imitations et Gris, passionné d'occultisme, a fait tourner les tables. La nuit tombe sur Boulogne-Billancourt. Insigne privilège, quelques-uns sont retenus à dîner. Le charcutier du coin ne ferme pas le dimanche soir. Côtes de porc, salades, gâteaux. C'est plutôt frugal. Kahnweiler, qui reste un grand bourgeois a des difficultés financières mais il ne le montre pas. Il est tellement discret que Salacrou ne s'en apercevra que vingt ans plus tard. Aussitôt après le dîner, ceux de la rue Blomet attendent devant la mairie le tramway qui les ramènera dans le 15e arrondissement.

Henry Kahnweiler va se coucher. Ces dimanches, qui sont une vraie fête de l'esprit et de l'amitié, le comblent. Mais il n'en est pas dupe. Et si la fête cachait la crise et les crises qui sont en chacun d'entre eux, comme l'arbre la forêt ? Ce soir-là, il écrit à Vlaminck réfugié dans sa thébaïde de Rueil-la-Gardelière (Eure-et-Loir) :

« Vous avez l'air de mener une vie épatante, la seule vraie au fond. Vous êtes le seul parmi nous tous qui ait le courage, le bon sens et la possibilité de mener une vie non artificielle, une vie *vraie*. Je vous envie[52]... »

La vie continue rue d'Astorg. De plus en plus difficile. Il en faudrait plus pour abattre Kahnweiler. Son atout, c'est sa foi. De sa force de conviction, il a fait un rempart contre l'adversité. Il lui faut se battre sur plusieurs fronts : les galeries rivales, les peintres, les collectionneurs et les banques.

Ses confrères, il les connaît. Léonce Rosenberg ne lui fait pas peur. Mais son frère Paul est redoutable. Non comme homme de l'art mais comme homme d'affaires. Il ne recule devant rien. Il ne connaît qu'un seul langage, celui de l'argent, mais il le connaît bien.

Les galeries sont de plus en plus nombreuses. Quelles que soient leurs orientations et leur étiquette, elles exposent des artistes qu'il aimerait avoir : à la galerie Vavin-Raspail il y des Klee, à la toute nouvelle galerie Pierre, ouverte rue Bonaparte par Pierre Loeb, on semble très actif puisque déjà Masson y expose; à la galerie surréaliste de Roland Tual, Tanguy a accroché ses toiles... Dorénavant, il faudra faire avec. Le volume d'affaires n'est malheureusement pas très important mais Kahnweiler n'a jamais autant travaillé. Pour l'aider dans le secrétariat, l'administration et la gestion quotidienne de la galerie, il s'est adjoint une personne de confiance qui le secondera parfaitement, sa jeune belle-sœur Louise Leiris. Ils ne sont pas trop de deux.

C'est très artisanal et familial. Par l'esprit qui y règne, la galerie Simon tient plus du phalanstère que de l'entreprise. Kahnweiler s'est fait assez vite à la rue d'Astorg. En 1923, quand il était question de la quitter, il avait eu un pincement au cœur. En effet, son propriétaire voulait augmenter le loyer annuel de 20 000 à 22 000 francs. Non sans raison il est vrai : Kahnweiler voulait apposer devant la porte cochère une vitrine-affiche de 40 × 28, en plus de la plaque, et dans la cour, devant la porte d'entrée, il prévoyait de monter une enseigne lumineuse d'une saillie de soixante centimètres. Le ton était rapidement monté entre les deux hommes, et le marchand s'était même mis en quête d'un nouveau local rue La Boétie.

Finalement, le propriétaire eut gain de cause. Kahn-weiler resta et paya l'augmentation de loyer[53].

On s'attache vit à un endroit que l'on a soi-même transformé jusqu'à lui donner sa propre personnalité. A chaque fois que ses pas l'égarent rue Vignon et qu'il passe devant son ancienne « boutique » devenue une confiserie, il ne peut concevoir comment tant de tableaux ont réussi à tenir dans un espace aussi réduit, malgré les rayonnages disposés de tous côtés. Il pense au millier de pièces inventoriées par l'administrateur-séquestre, sans compter les gravures et il se demande où il avait bien pu les caser. Il est vrai qu'à l'époque, il avait moins de grands formats, mais tout de même[54].

Lui qui n'est pas un marchand interventionniste, il réalise que sa galerie l'est à peine un peu plus que lui, à sa place. En effet, l'entrée de la réserve au sous-sol étant exiguë, Kahnweiler demandera plus tard à Léger d'éviter les grands tableaux de crainte de ne pouvoir les y loger. Mais si elle ne peut accueillir que des toiles dont le format ne dépasse pas 130 × 93 cm, cela n'empêchera pas Léger de réaliser néanmoins de très grandes toiles de 400 × 480 cm telles que la *Composition aux deux perroquets* (1935-1939)[55].

Les affaires, c'est du domaine de la galerie. Ventes, signatures, négociations, etc. tout doit s'y passer. Il a horreur des repas de travail, refuse de parler argent chez lui et fait en sorte de ne pas considérer les murs de sa maison comme le prolongement de ses cimaises. D'un côté, il y a un stock et de l'autre une collection personnelle. A ne pas mélanger.

Il reçoit tous les jours de 15 heures à 18 heures, sauf le samedi et le dimanche. Mais les heures supplémentaires sont de plus en plus nombreuses. Les expositions à l'étranger et les demandes de reproductions de tableaux qui exigeraient un secrétariat particulier fournissent un considérable surcroît de travail, disproportionné avec sa rentabilité commerciale immédiate. Mais il faut le faire. Souvent après la fermeture, ce maniaque de la correspondance à jour s'attaque aux factures et lettres urgentes de M. de la Rancheraye, qui s'occupe des transports internationaux, de M. Pottier l'emballeur ou de M. Fernandez l'encadreur. Travail harassant, ingrat mais indispensable. Quand il voit les critiques courir sans cesse d'un vernissage à l'autre et les jeunes marchands ouvrir de nouvelles galeries, il se demande où passent donc tous les tableaux. Car le marché, lui, est bien étroit.

Kahnweiler a ses fidèles clients bien sûr. Dutilleul continue à acheter, mais pas les mêmes peintres : outre Léger, il s'intéresse dorénavant aux nouvelles découvertes de son marchand, André Masson et Eugène de Kermadec. Le Russe Chtchoukine aussi continue à acheter malgré les conséquences de la Révolution sur sa collection, mais il suit également d'autres artistes : apprenant par Picasso qu'il est à la recherche de Dufy, Kahnweiler veut aussitôt lui placer, même à un prix sacrifié, son *Cavalier turc*, tant sa hâte est grande de se débarrasser de cette toile [56]. Le Tchèque Vincenz Kramar vient souvent, mais cette fois ès qualités puisqu'il dirige la Narodni Galerie à Prague.

En 1923, il ne lui cache pas sa déception en constatant l'absence de toiles récentes de Picasso mais n'en acquiert pas moins pour 1 640 francs de tableaux de Vlaminck, Braque, Derain et Picasso [57].

D'une manière générale, à chaque fois qu'il reçoit un nombre substantiel de tableaux d'un peintre, Kahnweiler écrit aux collectionneurs intéressés pour les prévenir de l'arrivage. Mais outre ses fidèles, il est désormais forcé d'entreprendre les clients de fraîche date et même indirectement les amateurs potentiels.

Ainsi, quand il apprend que Francis Carco prépare

un livre sur les peintres paysagistes, il ne lui propose plus seulement, pour sa collection, les Derain qui lui plaisent tant mais également des Lascaux. John Quinn, amené rue d'Astorg par son éclaireur dans le vieux monde, Henri-Pierre Roché, n'achète que des lithographies de Picasso à 100 francs pièce, tirées à cinquante exemplaires, numérotées et signées. Mais c'est déjà un résultat prometteur[58]. Le docteur Reber, de Lugano, le Belge René Gaffé et le docteur Roudinesco à Paris sont des clients de plus en plus réguliers. Ils achètent relativement peu mais bien. Le jeune baron Jacques Benoist-Méchin se manifeste de plus en plus souvent à la galerie. Alphonse Kann, un Anglais de Saint-Germain-en-Laye collectionneur averti, qui passe rue d'Astorg en son absence, lui laisse un petit mot sur son bureau : « Quel est le dernier prix du Léger tricolore ancien, accroché en face de la porte[59] ? » Kahnweiler le recontacte peu après et lui vend pour 6 900 francs *L'homme à la guitare*, une huile et sciure de bois de Braque qui a déjà toute une histoire. Il l'avait achetée à l'artiste en 1914, puis la toile lui avait été « volée » lors du séquestre, il l'avait rachetée à Drouot par l'intermédiaire de son syndicat pour 240 francs et trois ans plus tard il la revend avec un bénéfice qu'il estime à 4 000 francs !

Dans le même temps, de nouveaux clients américains se manifestent : Maurice Speiser, un avocat de Philadelphie, Vickery, Atkins et Torrey, des marchands d'art de San Francisco très intéressés par Vlaminck. Mais outre les étrangers, et les hommes d'affaires, les membres de professions libérales et les artistes ou mécènes français, il est une autre catégorie qu'il a entrepris d'explorer un peu plus avant : les aristocrates.

Quand le cubisme devient chic, les cercles d'amis du vicomte de Leché et du comte Etienne de Beau-

mont se révèlent de précieux viviers. Ce milieu qui
n'est pas le sien, Kahnweiler l'aborde par le biais de
trois personnalités. La princesse de Bassiano, qui vit à
Versailles, est américaine, comme son nom ne l'indique pas. Cousine du poète T.S. Eliot, elle dirige un
salon littéraire que fréquente notamment un jeune
auteur italien, Alberto Moravia, et dirige une revue de
qualité qu'elle a fondée à l'enseigne de *Commerce*.
Les Gourgaud, c'est autre chose : un symbole de
deux milieux distincts qui s'interpénètrent et favori-
sent l'éclosion de nouvelles collections : celui du
baron Napoléon (noblesse d'Empire mondaine) et
celui de la baronne Eva (banque juive américaine).

Kahnweiler, qui sait avec quel succès Léonce
Rosenberg a amené les tableaux de Léger sur les
murs de leur hôtel, leur vend également des Gris à
des prix élevés[60]. Enfin le comte Charles de Noailles
et sa femme Marie-Laure, née Bischoffsheim (elle est
la fille du banquier) passent pour des mécènes. Leur
hôtel de la place des Etats-Unis est très fréquenté, et
figurer sur leurs murs est la meilleure des cartes de
visite pour un marchand. Pour leur vendre ses artistes, Kahnweiler est prêt à faire beaucoup d'efforts
mais il n'est pas prêt à tout. Quand au début de leur
relation Charles de Noailles insiste auprès de lui pour
qu'il expose les toiles de deux de ses protégés rue
d'Astorg, Kahnweiler se montre inflexible : nous
n'exposons que ce qui nous appartient et nous exposons peu car il y a peu de bons peintres. Tout en
regrettant d'engager aussi mal des nouveaux rapports
avec un personnage de cette surface sociale, il se veut
intransigeant sur les principes[61].

On est loin de l'atmosphère des dimanches de
Boulogne. Nécessité fait loi. Il y a de tout à la galerie
Simon. Selon les interlocuteurs, on peut y rencontrer
un Kahnweiler aux multiples facettes. Le jeune et

timide Armand Salacrou, qui s'apprête à acheter son premier tableau, demande :

« Combien, cette grande toile...

– 300 francs. »

Puis, avisant l'œuvre en question, un Suzanne Roger, et se souvenant des petits moyens de Salacrou, il embraye aussitôt :

« 270 sans le cadre. »

Vendu ! Salacrou s'enhardit et à l'exposition Masson de 1924, le grand événement des habitués des dimanches, il ose demander :

« Combien *Les Corbeaux ?*

– 600 francs. »

C'est cher. Mais dans sa préface au catalogue, Georges Limbour le porte au pinacle. C'est vraiment le plus important de tous. Acheté[62] !

Les temps sont durs pour tout le monde. Kahnweiler doit lui aussi s'adapter aux circonstances. Il conserve intacts ses grands principes. C'est la priorité. Pour le reste, il s'accommode de la crise en se faisant parfois douce violence. A plusieurs reprises, il se retrouve dans cette position d'intermédiaire, si inconfortable pour un homme qui se veut plutôt un passeur et qui a une si haute idée de son métier, de sa mission plutôt.

Quand, en 1925, la ville de Francfort projette de monter dans les deux ans une grande exposition de l'Art français du XIXᵉ siècle et du XXᵉ siècle, il se charge de sonder les milieux artistiques français et les responsables du Quai d'Orsay[63]. Quand, à la même époque et dans le même but, le professeur Baum, directeur du musée d'Ulm, vient à Paris visiter les galeries et les ateliers, c'est Kahnweiler qui lui sert de guide[64]. Quand M. Silberberg, un important collectionneur de Breslau, est dans la capitale pour acheter des impressionnistes, c'est encore Kahnweiler qui l'introduit dans le repaire d'Amboise Vollard. Peu après, il le mène dans la galerie de Paul Rosenberg où l'achat d'une *Vue de Venise* de Renoir lui rapporte une commission de 16 000 francs[65]. Quand Louis Vauxcelles, oui le fameux critique, veut vendre, pour le compte d'un tiers, la *Bohémienne endormie*, un grand douanier Rousseau, c'est à la galerie Simon qu'il s'adresse sur une base qu'il juge équitable : 50 000 francs pour le propriétaire du tableau et le surplus partagé à égalité entre lui et la galerie[66]. Quand un marchand d'outre-Rhin cherche à vendre pour dix mille dollars, trente-six miniatures persanes, scènes du *Shâh Nâmeh* de Firdusi (XIVᵉ siècle), c'est à Kahnweiler qu'il demande de les proposer au spécialiste Kélékian[67].

Dur de s'adapter à la crise. Kahnweiler répète qu'il se refuse à traiter des affaires en commissions, c'est-à-dire qu'il ne se charge jamais de vendre un tableau pour le compte de quelqu'un d'autre. C'est ce qu'il affirme. Mais quand c'est son correspondant espagnol, M. Plandiura, qui le lui demande comme un service, il est obligé de faire une « exception »[68]. Parfois, il réagit de manière touchante à la situation qu'il s'est faite : un correspondant belge lui demandant d'acheter un Chagall pour lui, il accepte mais l'implore de le faire enlever au plus tôt de sa galerie car il ne veut pas posséder, ne fût-ce que provisoirement, ce genre de toiles! Parfois aussi, il lui arrive des mésaventures regrettables avec des tableaux de peintres qu'il connaît mal, des Lenbach et des Sisley, par exemple, qui s'avèrent être des faux, ce qui ne manque pas d'entraîner des complications et des expertises. Curieusement, ce genre d'incident est fréquent quand Van Dongen est son entremetteur : soit les toiles sont contestées, soit les papiers d'origine font défaut, soit[69]...

Mais il lui faut passer par là pour continuer à payer ses peintres et, coûte que coûte, faire fonctionner sa galerie. Il n'est pas à court, les caisses ne sont pas vides mais il voit l'avenir d'un œil sombre et préfère s'y préparer.

En 1925, il dispose chez Gunzburg d'une avance de 334 153,60 francs pour lesquels il aura payé des intérêts de 6 624,85 francs[70]. L'année suivante il doit néanmoins solliciter une avance de 325 000 francs de la banque franco-japonaise, remboursable semestriellement par versements de 25 000 francs, avec des intérêts de 9 % par an[71].

L'argent attendu ne rentre pas toujours au moment prévu. Il tarde. Un dur apprentissage auquel il doit se faire désormais. Il ne s'agit pas tant des comptes clients que de l'affaire opposant son oncle d'Angleterre à l'administrateur-séquestre. En effet, Ludwig Neumann, qui se trouve également être un des partenaires financiers de Jacques de Gunzburg, est en procès avec l'Office des biens et intérêts privés qui a supervisé la spoliation. Il veut récupérer l'argent « prêté-investi » dans la galerie Kahnweiler en 1907. Hélas, Me Eugène Crémieux, l'avocat de Kahnweiler est formel : le Tribunal rejette leurs demandes à tous deux :

« Il considère qu'à défaut de justifications, les avances consenties à M. Kahnweiler ne doivent pas être considérées comme un prêt mais bien comme des libéralités, faites par des parents très fortunés à un neveu qui se trouvait dans une situation plus modeste[72]... »

Le Tribunal en veut pour preuve le fait que jusqu'à l'affaire du séquestre, Neumann n'avait jamais réclamé de remboursement. Un argument imparable. Le cher oncle n'en continue pas moins à aider son jeune neveu. Mais personne ne le sait, comme en témoigne avec candeur Armand Salacrou : il est persuadé que sa famille anglaise a coupé les vivres à Kahnweiler, le jugeant définitivement perdu et dévoyé, quand elle s'est aperçue que derrière sa vocation se profilaient des « horreurs cubistes, de la peinture d'hérétique » et non « les ombres de Fragonard et Chardin »[73]. Neumann est beaucoup plus intelligent que cela, fort heureusement.

Kahnweiler reste un marchand qui a des moyens mais ses manières, son train de vie, la façon dont il parle de l'argent n'ont rien d'ostentatoire. Il ne veut pas insulter l'avenir. Il a les peintres qu'il veut avoir, hormis la déception suscitée par Tanguy. Ceux qui sont partis ailleurs, chez Paul Rosenberg notamment, il ne les a pas retenus en surenchérissant. Par principe. Editeur depuis une dizaine d'années, il a fait preuve de son goût littéraire et de son flair pour découvrir de jeunes auteurs. Plutôt que de continuer à les publier à cent exemplaires numérotés et réservés aux bibliophiles, il pourrait fort bien développer cette activité de la galerie en lui donnant les structures d'une véritable petite maison d'édition. Il y pense depuis l'avant-guerre. Ce n'est pas innocemment qu'il a fait inclure dans les contrats une clause prévoyant que les droits seraient fixés d'un commun accord en cas de réédition. En 1926, il s'ouvre même en confidence de son projet à Marcel Jouhandeau quand celui-ci le prévient que Paulhan veut lui racheter les droits de deux de ses contes, *Brigitte* et *Ximenès*, pour les publier chez Gallimard. Kahnweiler refuse :

« On ne brade pas le fonds de commerce d'une future maison d'édition[74]. »

Mais elle ne verra jamais le jour. Soit que les circonstances économiques ne s'y prêtent pas, que la structure exigée soit trop lourde, ou que Kahnweiler ait compris qu'il peut rester un sourcier en littérature sans pour autant se lancer dans une aventure aussi périlleuse.

Il se refuse également à écrire, du moins à publier

ses écrits. Question de déontologie. Il est redevenu marchand, et juge que ce serait malséant. Par excès de scrupule. Aux yeux du public, l'auteur Kahnweiler est indissociable du marchand Kahnweiler. On ne change pas de casquette pour vanter ce que l'on vend [75].

Il pourrait aussi lancer une revue d'art mais s'y refuse pareillement. Il y en a déjà un certain nombre dont les excellents *Cahiers d'art* dirigés par Tériade et Zervos, un lieu d'expression tout sauf éclectique, plutôt partisan et élitiste. C'est là que Kahnweiler se retrouve le mieux. Il en est d'autres. Mais pour la plupart, elles sont éditées par des marchands de tableaux qui sont tombés dans le piège. En fait, leur revue est le catalogue à peine amélioré de leur galerie. Elle est éminemment publicitaire. Le phéno-mène n'est pas nouveau. Paul Durand-Ruel, déjà, avait fondé la *Revue internationale de l'art et de la curiosité* ainsi que *L'art dans les deux mondes*. Plus près des années 20, Paul Guillaume avait lancé *Les arts à Paris*, les Bernheim le *Bulletin de la vie artistique*, Léonce Rosenberg le *Bulletin de l'Effort moderne* jusqu'à Berthe Weill et son *Bousilleur*! Certains le font. Tant mieux pour eux. Mais pour Kahnweiler, quand on est marchand, cela ne se fait pas, voilà tout.

Ses peintres, il préfère les défendre à visage décou-vert. Daniel Henry, qui fut un temps son nom de plume, était à la limite un nom de guerre. C'est de plus en plus difficile. Ils n'y mettent pas toujours du leur. D'autres doivent être soutenus à bout de bras. Il y a aussi ceux dont Kahnweiler ne veut pas. Léonce essaie à tout prix de lui placer Metzinger! Le refus est immédiat, catégorique et sans appel [76]. Uhde, qui a remarqué André Lanskoy dès ses premiers envois au Salon d'Automne, est fasciné par ce peintre russe qui a combattu dans les rangs de l'Armée Blanche et qui a participé à la guerre civile de Crimée. Il lui a acheté des tableaux, Roger Dutilleul également, qui est vite devenu un de ses plus fervents amateurs. Mais malgré leur pression conjuguée, Kahnweiler ne veut pas de Lanskoy et c'est chez Bing que sa peinture est accueillie.

A un Lanskoy, il préfère sans hésiter un Kermadec. Il l'avait remarqué quand celui-ci, alors âgé de vingt et un ans, exposait aux Indépendants. C'était en 1921. Mais l'accoutumance prit du temps. Trois ans plus tard, il revoit quelques-uns de ses tableaux. Et trois ans plus tard encore, il se décide à aller chez lui, rue de Seine, pour lui faire signer un contrat d'exclusivité. Ce champion de tennis fait alors sa conquête par sa manière si personnelle de se situer dans les marges de l'abstraction sans jamais y verser. Kahnweiler avoue une attirance physique pour sa peinture. Il le tient alors pour un des quatre ou cinq grands peintres de la génération née autour de 1900. Mais il se reconnaît incapable de faire partager son émotion : elle doit venir spontanément chez chaque spectateur.

Kermadec veut peindre sa sensation et donner libre cours à sa personnalité. Réaliste, il l'est au point de ne peindre que ce qui l'entoure. Il lui plaît aussi car il abomine le trompe-l'œil, intègre les acquis de l'impressionnisme et du cubisme en ne songeant pas à les nier mais à les dépasser. Lui aussi, il donne à « lire » ses tableaux, en prenant garde de bien dissocier le dessin de la couleur, en superposant les lignes capricieusement mobiles à des formes colorées. Sa peinture est si fluide, si transparente qu'il donne l'impression de peindre à l'huile comme on peint à l'aquarelle. Kahnweiler n'hésite pas à le présenter comme « le plus grand coloriste depuis Matisse »[77], mais il faut reconnaître qu'il est peu suivi dans son enthousiasme.

Pareillement avec Togorès. Ce n'est pourtant pas faute d'avoir cru en lui. Il le porte vraiment à bout de bras. Son travail ne se vend presque pas. En 1926, Kahnweiler ne peut décemment lui assurer plus de 2 000 francs par mois. Il l'aide même à faire fructifier son petit capital en lui faisant acheter des rentes françaises à 6% par la charge d'André Simon. Quand le critique Florent Fels critique sévèrement sa production, Kahnweiler l'encourage plus que jamais :

« Etre attaqué par Fels, c'est une preuve de valeur... un pauvre type... un triste sire, un être venimeux... » lui dit-il en insistant sur le fait qu'il ne connaît rien à son œuvre.

Kahnweiler lui rapporte qu'il a observé le critique en pleine action à la galerie Simon : il ne demande jamais à voir l'œuvre d'un artiste dans son ensemble, ne se renseigne pas, ne feuillette pas l'album de reproduction. Kahnweiler va même jusqu'à user d'un langage qu'il abhorre :

« Vous tiendrez! Vous les aurez!... Et méprisez comme il convient les critiques, tous les critiques[78]! »

Togorès est réconforté. Kahnweiler est crédible. Ses encouragements et surtout ses compliments ont de la valeur, car il sait aussi critiquer durement, le cas échéant. Un mot de Kahnweiler le requinque aussitôt :

« Bravo! Bravo! Bravo! Fichet vient d'apporter les toiles. Je les aime énormément. On a une impression de libération en les voyant : c'est comme si vous vous étiez débarrassé d'une chape de plomb qui vous empêchait de respirer, de bouger. Et on sent la confiance, l'enthousiasme. C'est très, très bien. Je suis ravi, content et vous félicite de tout cœur. Il vous a fallu un courage admirable pour faire ce pas. Le voilà fait. Marchez, marchez : vous voilà de nouveau en route pour la destinée très haute à laquelle j'ai toujours cru pour vous. Je ne sais lequel des tableaux j'aime le mieux... Je les aime tous et j'en prendrai certainement un peu pour moi à Boulogne[79]. »

Il ne peut pas faire plus. Impossible d'aller plus loin. Si justement : Togorès voudrait plus d'argent. C'est non, clairement non. Car il ne vaut pas plus que 2 000 francs par mois en l'état actuel du marché. Mais s'il juge cette somme insuffisante, il le libérera de son contrat à la fin du mois. Bon prince, il est prêt à lui accorder 1 750 francs mensuels, pour les trois prochains mois, afin de l'aider à trouver une solution. Mais il n'ira pas au-delà.

Le prix des tableaux ne saurait être fixé par les besoins du peintre mais par leur valeur vénale, leur succès sur le marché. Kahnweiler reste intransigeant sur cette question plus que sur toute autre. S'il allait au-delà de la somme qu'il a fixée, il aurait la désagréable impression de trahir les intérêts dont il a la charge. Il s'en explique dans une lettre d'une clarté lumineuse, que l'on pourrait considérer comme le bréviaire du marchand :

« ... La peinture est une marchandise comme une autre. Elle a un prix selon la faveur dont jouit son auteur. Ce prix n'a rien d'artificiel, ou du moins il ne doit rien avoir d'artificiel si on veut que ce prix se maintienne et augmente même par la suite. Ici, comme pour toute marchandise, il y a la loi de l'offre et de la demande. Si la demande est faible, on ne peut augmenter le prix sous peine d'aller au-devant d'un désastre[80]. »

Togorès n'a visiblement pas les mêmes paramètres que lui. Il lui répond en évoquant le coût de l'habillement, le loyer de son appartement, l'augmentation du prix du châssis. C'est un dialogue de sourds qui ne peut aboutir qu'à une rupture. Quand elle sera consommée, Kahnweiler deviendra beaucoup plus critique sur sa peinture. Il regrettera même son choix. Mais il ne dira pas s'être trompé : c'est Togorès qui a dévoyé son art[81]...

Question d'orgueil. Il en est de même avec Derain au moment de leur rupture, avec la différence qu'il conserve intacte l'estime qu'il lui a toujours témoignée. Simplement, Kahnweiler juge qu'à l'issue d'une très belle période, il a lui aussi « dévoyé » son art après un voyage en Italie en versant dans une peinture de musée indigne de son génie.

Derain s'est déjà éloigné de Vlaminck. Depuis la fin de la guerre, il y a quelque chose de brisé entre eux. Leur peinture évolue différemment. Leur mode de vie aussi, l'un vit à Paris, l'autre reclus à la campagne. Depuis 1922, ils ne se voient plus. Après une amitié de vingt ans... Des médisances réciproques, complaisamment rapportées et déformées à l'un et à l'autre, en sont également la cause[82]. Ce divorce, c'est un des signes de la crise. Pour Derain, une page est définitivement tournée quand il décide de se séparer de Kahnweiler en 1924 :

« Monsieur Kahnweiler, en réponse à vos deux lettres, je ne puis vous dire autre chose que ceci : j'ai réussi à force de travail et de ténacité à me rendre entièrement libre de toute obligation envers qui que ce soit. Cette liberté, je ne la perdrai plus désormais, j'en suis jaloux au point de ne plus la compromettre dans aucune boutique ou groupe dans lesquels les amis d'hier deviennent les ennemis d'aujourd'hui. Tout ce que je pourrais faire, c'est à partir de l'année prochaine vous vendre quelques toiles si j'en ai à vendre. Bien à vous[83]... »

L'époque héroïque est vraiment loin. La guerre, la notoriété et la crise ont tout gâté. Mais Derain et Vlaminck le quittent, aussi, par hostilité au cubisme.

Avec Braque, la séparation ne se passe pas tellement mieux. Il a, peu ou prou, les prétentions financières de Picasso. Kahnweiler n'admet pas. Paul

Rosenberg propose trois fois plus que moi ? La porte est ouverte... Ils resteront amis jusqu'à la fin, mais sur le moment et pendant plusieurs années, l'amertume est profonde d'un côté comme de l'autre.

Avec Léger, cela se passe de la même manière ou presque. Depuis 1924-1925, depuis qu'il a exposé *La lecture* dans la galerie de Léonce Rosenberg, il n'est plus le même homme : « Il cessa d'être le peintre dont on parle pour devenir celui dont on achète la peinture »[84]. Quelques mois avant, on pouvait encore l'acheter pour rien ou presque à la vente Kahnweiler, à Drouot, ce « tubiste » toujours raillé par une certaine presse. Mais dès que Léonce a exposé puis vendu *La lecture* au baron Gourgaud, Léger s'est élancé hors du ghetto. Alors Léger va voir Kahnweiler :

« Paul Rosenberg m'offre le double de ce que vous me donnez.

– Je vais vous donner la même somme », lâche tristement le marchand.

Trois mois plus tard :

« Paul Rosenberg m'offre le double de ce que vous me donnez maintenant...

– Mon cher ami, je crois que c'est une grosse erreur de surfaire les prix de cette façon-là et je ne puis le faire. Allez chez Paul Rosenberg[85]... »

Ce que fait Léger. En peinture, comme en littérature, chez les marchands, comme chez les éditeurs, on tient compte de l'amitié, de la complicité et du chant des sirènes. Comment le créateur resterait-il de marbre au moment de sortir enfin du tunnel ? Kahnweiler s'arrange tout de même pour ne pas abandonner totalement Léger afin de le récupérer un jour ou l'autre. Il signe une convention triangulaire avec son confrère Paul Rosenberg et avec Léger pour se réserver notamment les petits formats. C'est difficile dans la mesure où il a peu de choses récentes de Léger à montrer aux amateurs. Mais un jour ce sera payant.

Gris, lui, sait résister à la tentation. Paul Rosenberg lui a également rendu visite avec un carnet de chèques entre les dents. Gris commence alors, en 1925, à vraiment se faire connaître dans le milieu international des collectionneurs. Le banquier suisse Raoul La Roche vient d'acheter à la galerie Simon, par l'intermédiaire d'Ozenfant, *Le Broc* pour 800 francs[86], et le docteur Reber, de Lausanne, a acquis une grande huile de 50 × 65, *Compotier, carafe et livre ouvert*\*

Mais Kahnweiler a encore du mal à l'imposer et pas seulement à des réfractaires chroniques comme Roger Dutilleul. Sollicité par le conservateur du Musée des Beaux-Arts à Zurich pour l'organisation d'une exposition internationale comprenant une trentaine d'artistes européens contemporains, il échoue à l'y infiltrer.

Un jour de 1925, sentant le moment propice, Paul Rosenberg se propose d'acheter toute sa production au prix fort. A l'objection attendue de Gris – son contrat, etc. – le marchand répond aussitôt :

« J'achèterais votre liberté[87] ! »

C'est mal le connaître. Ce qui choque le plus Kahnweiler, ce n'est pas la démarche. Elle est d'un homme avisé. C'est plutôt la piètre qualité des arguments avancés pour conquérir un homme de la valeur de Gris. Outre toutes les qualités qu'il loue depuis le début chez Kahnweiler, outre leur profonde amitié, il est un nouveau facteur qui a joué dans la décision.

Gris a récemment fait l'expérience de la totale franchise de Kahnweiler. Une franchise au risque de

---

\* Elle appartiendra plus tard au cinéaste George Cukor et sera vendue 185 000 livres (soit près de deux millions de francs) le 1er juillet 1987 à Sotheby's, Londres.

la cruauté, de la blessure d'amour-propre. Il y a peu
encore, quand il travaillait à Monte-Carlo aux décors
et costumes des spectacles de Diaghilev, il doutait
énormément de son art. Et Kahnweiler, à qui il avait
envoyé ses toiles, loin de le soutenir l'avait enfoncé.
Sincèrement et brutalement. Comme un ami qui dit
la vérité nue. Il lui avait tracé le portrait d'un
Diaghilev en démon, personnage éminemment néfaste à la peinture de son temps, dont les ballets
pouvaient déteindre sur l'œuvre entière d'un peintre.
C'était justement le cas. Kahnweiler ne lui avait pas
dissimulé qu'en recevant sa série de nus, il s'est
trouvé effondré. Pas bons. Il lui avait même écrit ses
réactions. Avant, quand il faisait une pomme, il ne
peignait que l'idée platonique de la pomme. Maintenant il fait une pomme rainette avec un trou de ver...
Et ces femmes! « On peut les décrire. »

Sous la plume de Kahnweiler, c'est une injure.
Elles sont fortes, musclées, situées aussi exactement
que possible. Bref cette série est une erreur. Autant
être franc. On ne sert pas de phrases aimables à un
ami saisi par le doute[88]. Gris n'oubliera jamais.

L'hiver 1927 s'achève. Tout semble morne, désespérément mélancolique. Dans ses lettres, Vlaminck
paraît découragé et amer comme jamais. Il ne vient
plus à Paris, ne travaille presque pas et se désintéresse
de l'art. Même la peinture perd tout intérêt à ses
yeux[89].

Masson est rentré du Midi avec ses nouvelles toiles.
Et en recevant une caisse pleine, Kahnweiler a une
intuition. Son art s'est régénéré, Masson est sorti de
l'impasse dans laquelle il s'était engagé lors de sa
précédente série. Avec une précipitation peu coutu-
mière, dans une hâte un peu fébrile, le marchand
déballe la caisse et s'érafle avec les clous et les
planches. Les doigts en sang, il sort les toiles une par

une. Ebloui. Quelle nouveauté, quelle liberté, quel lyrisme... Masson a vraiment quitté l'impasse pour une nouvelle route. Finis les symboles dits surréalistes, les couteaux, colombes et nuages. Ils avaient certes leur poésie et Masson, sur ce plan, avait plutôt précédé les surréalistes. Mais Kahnweiler jugeait qu'ils faisaient un peu trop « pont-aux-ânes du rêve ». La construction cubiste a fait place à une autre sorte de composition, aussi forte. Lui qui a les expositions en horreur, il se fait une raison quand cela en vaut le coup. C'est le cas. Il commande donc les cadres et accroche les toiles. Et il attend. Mais il ne se passe rien. C'est l'indifférence totale. La pire des sanctions. Pire que la critique malveillante ou la haine médisante. Les amis surréalistes de Masson ne se dérangent même pas. Le public non plus. Marcel Jouhandeau, dont le prochain livre *Ximenès Malinjoude* doit paraître incessamment aux éditions de la galerie Simon avec six eaux-fortes de Masson, Jouhandeau vient. Cela l'attriste. Il est déçu. Un des tableaux lui fait même penser à un Lurçat, c'est dire. Pis : l'écrivain craint dorénavant de voir son nom associé à une période de dissolution de l'art de Masson alors que Kahnweiler, lui, était persuadé que ses illustrations feraient du livre un monument.

« Quelle drôle de chose que l'art, lui dit Kahnweiler. Car enfin, l'un de nous deux doit avoir tort. »

Face à ces tableaux de Masson qui le fascinent, il se sent seul, désespérément seul. Il n'y a guère qu'un homme pour le soutenir alors dans cette conviction : Picasso[90].

C'est le moment que Tériade choisit pour interviewer le marchand en sa galerie. Cet important entretien est destiné à être publié sur plusieurs pages, dans un supplément à sa revue *Les Cahiers d'art*.

Suivons-le rue d'Astorg. L'astucieux critique décrit la galerie Simon comme un lieu qui, de prime abord, tient autant du bureau de la perception que de celui de la prévoyance sociale. Aucun passant ne se douterait de ce que recèle vraiment cette boutique. Il nous présente Kahnweiler comme un défenseur volontiers parternaliste avec « ses » artistes, assez héroïque dans sa constance, plutôt sportif dans sa manière de mener les affaires à leur terme. Il est l'homme d'un système : faire des prix à des tableaux qui n'en avaient pas quand il les a achetés.

Puis le marchand et le critique exécutent de conserve les figures imposées de ce genre d'exercice journalistique. Ils évoquent les Salons, les expositions, la critique, l'histoire de l'art, la situation de la peinture française en Allemagne, les marchands de tableaux parisiens, les grandes collections, les amateurs, l'avenir des prix... Mais c'est quand il parle de ses deux générations de peintres que Kahnweiler est le plus passionnant. En quelques mots, il dit le fond de sa pensée.

« Vlaminck... Quel beau peintre ! Il représente pour moi l'abondance. Il est le fleuve Nil qui fertilise les terres avec ses eaux.

– Vlaminck dans le groupe des peintres que vous défendez représente, exception faite de sa qualité de peintre, une tendance esthétique différente ? interroge Tériade.

– Je ne le crois pas tout à fait. Et puis j'achète aux peintres non d'après leurs théories, mais d'après leurs tableaux. J'aimais beaucoup les Derain d'autrefois. J'aime bien moins ce qu'il fait maintenant.

– Quant à Matisse ?

– Je pense le plus grand bien des Matisse 1905-1906. Son époque monumentale pouvait bien être un aboutissement. Il arrivait à pousser très loin un art purement décoratif, réduit à la surface plane et à l'aide seule de deux dimensions. »

Et la génération montante, celle née autour de 1900 ?

« Distinguez-vous des tendances nouvelles, un esprit neuf, parmi eux ?

– Oui, je vois un esprit poétique qui est un apport nouveau. Tenez, regardez dans cette peinture de Masson, ceci [et Kahnweiler montre la fluidité d'un nuage entourant une série de petites formes rondes], c'est d'un lyrisme que vous ne trouverez nulle part ailleurs. Le sentiment poétique, ici, est primordial. Dans l'armature retrouvée par le cubisme, les jeunes peintres introduisent un sentiment nouveau.

– Vous ne constatez aucune évolution dans l'œuvre même de Picasso, lors de sa dernière exposition surtout...

– Si, répond Kahnweiler, Picasso est l'artiste prodigieux qui, mécontent le lendemain de son œuvre de la veille, réinvente la peinture tous les jours. Quelque chose d'admirable que ce noble désespoir dont les fruits sont des chefs-d'œuvre. Le fait que j'ai confiance aux jeunes, vous pouvez le voir aux murs de cette galerie. »

Et les deux hommes font un tour du propriétaire. Tériade juge l'endroit d'une sobriété toute monacale. Max Jacob s'y sentirait aussi bien qu'à Saint-Benoît-sur-Loire...

« Vous pouvez constater que je n'ai pas de ligne unitaire, poursuit le marchand. Je prends partout, parmi les jeunes, ceux qui me semblent les véritables représentants de la peinture d'aujourd'hui ou de demain. Togorès représente le néo-classicisme. Le même esprit vous le trouverez chez le sculpteur Manolo. On pourrait peut-être y ajouter Juan Gris. L'Espagne ainsi nous fournira l'esprit d'ordre nécessaire. Certes, oui, dans le cubisme, Gris représente l'ordre, non un ordre flasque, mais bien la passion contenue par une volonté admirable. J'aime Fernand

Léger. Vous me parliez de théories. Certes tout le
monde vous parlera des théories de Léger mais ce qui
compte pour moi c'est l'éclat merveilleux, la liberté,
oui la liberté, de ses œuvres dont la force domine les
murs où on les accroche. J'aime la tendre ferveur de
Georges Braque, admirable et patient artisan de la
peinture. Masson aussi est un très grand peintre. Le
lyrisme nouveau exalte ses œuvres. Celles aussi de
Suzanne Roger, avec sa prodigieuse imagination plastique. Lascaux d'autre part est un tempérament
d'une fraîcheur et d'une sincérité tout à fait spontanées. Le sculpteur Laurens continue la tradition français de Jean Goujon... »

L'entretien est sur le point de s'achever quand un
visiteur pousse la porte de la galerie. C'est Picasso.

« Oh, comme vous êtes pâle, Kahnweiler, dit-il.

— Laissez-moi ! Je viens de passer une heure de
dangereux interrogatoire...

— Pourtant, reprend Tériade, vous avez dit du bien
de tout le monde.

— C'est encore ce qu'il y a de plus dangereux »,
tranche Picasso[91].

A Boulogne, les dimanches ont perdu de leur
saveur. De leur antique splendeur. Le dimanche, on
s'ennuie à nouveau à Boulogne, comme ailleurs. Les
rares joueurs de tennis ont du mal à trouver un
partenaire. Les amitiés se sont distendues. Kahnweiler l'avait prophétisé, il y a peu encore.

Les fidèles ne sont plus qu'un noyau, depuis un an
déjà : les Masson, les Leiris, les Lascaux. La famille
vraiment. On ne voit plus les Salacrou que de loin en
loin. Les Gris sont dans le Midi. Signe des temps : nul
ne danse, ni ne chante. On discute ferme, de tout et
tout le temps. Une soirée durant et même une partie
de la nuit, Masson et Salacrou se sont empoignés sans
discontinuer à propos de Dieu[92]. La morosité a gagné

le jardin de la rue de la Mairie. Bientôt, ce sera la tristesse et le chagrin.

Depuis des mois, Juan Gris va mal. Son état de santé ne cesse d'empirer. Ses crises d'asthme répétées sont de plus en plus douloureuses. De Hyères (Var), il garde le contact avec Kahnweiler mais ses lettres se sont raccourcies et durcies. Il travaille moins et ne parvient à dormir que grâce à la morphine. Sa correspondance avec son ami et marchand est le journal de sa descente aux enfers. Gris n'en peut plus. Il a besoin de cinq mille francs pour aller respirer, véritablement respirer un autre air, n'importe où ailleurs. Kahnweiler les lui envoie par retour de courrier avec un empressement qui émeut le peintre.

Les semaines passent et Gris étouffe. Il ne pense qu'à s'éloigner de la mer, à se retirer à quatre-vingts kilomètres de Nice, à 500 mètres d'altitude. Le pays basque l'attire mais il craint de ne pouvoir supporter un aussi long voyage. Lui, si discret, qui d'ordinaire ne se paie pas de mots, voilà qu'il évoque sa vie de martyre. En janvier 1927, il envoie un dernier message, un télégramme :

« Avons fait bon voyage, espérons amélioration, amitiés Gris. »[93]

Mais il est déjà trop tard. Bientôt, on le rapatrie à Boulogne. L'agonie est insupportable. Le dimanche dans son jardin, Kahnweiler peut l'entendre hurler. C'est lui qui reçoit les amis venus aux nouvelles. Gris, lui, reste étendu. Muet. Désormais, il râle. Un soir de mai 1927, Kahnweiler quitte son chevet pour aller dîner. Au moment de se mettre à table, Georges Gonzalez, le fils de Gris, entre dans la salle à manger, impromptu :

« Je crois bien que Jean est mort[94]. »

C'est fini. En quelques heures, au pied de son lit, les dimanches de Boulogne ressuscitent pour une veillée funèbre. En le dévisageant, Kahnweiler a le sentiment d'avoir déjà vécu cette scène. Il ferme les yeux : c'était il y a cinq ans... un dimanche avec les amis... Jean avait essayé de faire comme Antonin Artaud, d'incarner un personnage... il s'était allongé sur le divan, on avait éteint toutes les lumières pendant quelques minutes... puis on avait rallumé... mais Jean avait raté sa réincarnation. Il était toujours Gris, mais son masque donnait l'impression qu'il avait anticipé sa mort... effrayant [95].

Picasso est un des premiers à se rendre à son chevet. Il est effondré mais est-il sincère ? Gertrude Stein est choquée de sa présence et de ses effusions. Pas vous, pas ici ! après tout le mal que vous avez toujours dit de Gris [96]... Picasso parle de prémonition :

« J'avais fait un grand tableau noir, gris et blanc. Je ne savais pas ce que ça représentait, mais j'ai vu Gris sur son lit de mort, c'était mon tableau [97]... »

Les obsèques se déroulent un vendredi 13. A 11 h 45 on se réunit à la maison mortuaire. Puis le convoi emprunte l'avenue de la Reine pour rejoindre l'ancien cimetière de Boulogne où on va l'inhumer. C'est le premier deuil qui frappe les pionniers du cubisme. Gris avait quarante ans. Plus d'un critique malveillant, en mal de métaphore, voudrait y voir l'enterrement du cubisme.

Kahnweiler, Picasso, Lipchitz, Georges Gonzalez et Maurice Raynal mènent le deuil. Un marchand, un peintre, un sculpteur, un parent, un critique... Il ne manque que les amateurs et le public. Ils sont là, derrière. Nul n'aurait jamais cru que Gris avait tant d'amis. Perdue dans la foule, Gertrude Stein, intriguée, s'adresse à son voisin Georges Braque :

« Mais qui sont tous ces gens ? Il y en a tant et ils me semblent si familiers, mais je ne sais le nom d'aucun d'entre eux...

– Oh ce sont tous les gens que vous voyiez au vernissage des Indépendants et au Salon d'Automne, vous voyiez leurs figures deux fois par an, tous les ans, et voilà pourquoi ils vous sont si familiers[98]. »

Ni sermon, ni discours. Mais il y a beaucoup de couronnes. L'une d'elles plonge ses intimes dans la perplexité. Sur le ruban, on peut lire : « A Juan Gris, ses compagnons de lutte ». Qui cela peut-il être ? Pas les peintres, ils en attestent. Il n'a jamais été un militant politique de quelque organisation que ce soit. Alors ? Mystère. Un jour, on apprendra que Gris était franc-maçon, membre de la loge Voltaire du grand Orient de France[99].

Selon son vœu, Kahnweiler et Josette Gris détruisent les nombreuses esquisses et les calculs mathématiques qui lui servaient à préparer ses toiles. Lui-même avait l'habitude de les faire disparaître au fur et à mesure[100]. André Simon est subrogé tuteur de son fils, Georges Gonzalez.

Kahnweiler n'oubliera jamais Gris, l'homme le plus pur, l'ami le plus fidèle et le plus tendre qu'il ait connu. Le plus noble des artistes. Gris étant mort jeune, il a la conviction que sa peinture n'en sera que plus difficile à imposer. Il n'a pas eu le temps de connaître la gloire, il en a d'ailleurs assez souffert. Exactement comme Seurat, autre grand peintre injustement méconnu, mort à trente-deux ans.

Pour Kahnweiler, Gris restera la plus parfaite incarnation d'une peinture qui ne raccroche pas le spectateur, d'un classicisme aux antipodes du racolage. Il est l'accomplissement classique du cubisme car il est le peintre de l'unité et de l'homogénéité. Pas de fragments chez lui ni de pièces séparées. Son œuvre est construite, entière, autonome. Elle peut prendre la place qui lui revient, d'un bloc, dans l'histoire de l'art. Comme jadis Jean Fouquet, Le Nain, Boucher, Ingres ou Cézanne, il est le plus classique des modernes, celui qui a su concilier les deux pôles d'un même mouvement : le retour à la tradition et le renouvellement.

S'il lui apparaît comme le plus pur et le plus vrai des cubistes, c'est qu'il n'a pas pris ses distances avec le cubisme comme Léger, qu'il n'est pas un romantique fanatiquement autobiographique comme Picasso, qu'il n'est pas gravement intimiste comme Braque, mais qu'il a su placer le monde sensible dans l'homme. Par ses moyens, il a su enrichir cette écriture nouvelle que Kahnweiler défend avec acharnement. En transformant sa vision du monde extérieur, il a transformé le monde extérieur. De fond en comble, comme jamais depuis la Renaissance. Jusqu'à la fin de sa vie, Kahnweiler portera haut les couleurs de Juan Gris, l'homme et le peintre. Un maître modeste qui méritait mieux de son vivant [101].

Il est mort trop tôt, trop vite. Aux dimanches de Boulogne, on ne dansera plus le tango.

# 7.

## *Survivre à la crise*

### 1928-1935

La crise est là. Malgré son optimisme foncier, Kahnweiler s'y préparait. Désormais, il faut faire face. Le 25 octobre 1929, la bourse de New York s'effondre selon un schéma somme toute banal, puisqu'on en retrouve les mêmes manifestations dans la crise de 1882 en France et dans celle de 1907 aux Etats-Unis. Mais celle-ci sera plus longue et plus ample[1].

Des années de vaches maigres en perspective. Comment le commerce dit de luxe, auquel ressortit le négoce de l'art, pourrait-il ne pas en pâtir ? Vu du quartier La Boétie, c'est inévitable car ce marché est lié tant aux fluctuations monétaires, qu'à la prospérité économique des collectionneurs, les Américains au premier chef. Les petites galeries vont apprendre à vivre avec le spectre de la liquidation. Le marché est tellement ralenti que l'expert en peinture moderne de l'Hôtel Drouot, Me Bellier, se croirait revenu plusieurs années en arrière quand s'esquissait un enthousiasme pour le cubisme.

Kahnweiler a l'horrible impression que rien ne vaut plus rien[2]. Personne n'achète. A quoi bon fixer un prix aux tableaux... Prêt à s'installer dans une situation de crise de longue durée, il définit les contours de son attitude morale : rester soi-même, garder le cap, résister et prendre de la hauteur. Il faut demeurer ferme à son poste. Surtout ne pas se trahir, ne pas ruser avec soi. Il fait sien le mot de Fichte : « Il faut arriver à l'identité avec soi-même. » C'est un idéal prussien, certes, mais c'est le seul envisageable actuellement. Après tout, dans quelques siècles, tout cela ne fera que vingt lignes dans les manuels d'histoire alors que les œuvres, elles, resteront[3].

Dans son analyse politique de la situation, il renvoie capitalisme et communisme dos à dos. Le système soviétique est non seulement un capitalisme d'Etat, mais de plus, sur le plan spirituel, il représente un considérable nivellement[4]. A la limite, tant que cela se passe sur un plan strictement économique, il veut s'en désintéresser, tout en restant néanmoins très attentif aux moindres secousses boursières, par habitude et par intérêt. Mais si, sous quelque régime que ce soit, l'Etat s'arroge un droit moral sur le citoyen, alors il est d'avis qu'il faut se révolter. De son point de vue, cette crise est révolutionnaire car en Allemagne par exemple elle provoque une prolétarisation de la bourgeoisie autrement plus radicale que n'importe quelle révolution. Même à Paris, le prolétariat se fait *lumpenproletariat*.

En mai 1932, après l'assassinat du président Paul Doumer par un Russe blanc aliéné mental, la victoire de la gauche aux élections législatives et le renforcement inéluctable des nationaux-socialistes outre-Rhin, il formule de curieuses prévisions : les PC français et allemand vont s'effriter mais l'Allemagne, qui s'achemine vers une dictature militaire, saura également écarter Hitler, dès que nécessaire. La France, elle, se porterait mieux depuis quatre ans si les Soviétiques, par leur surenchère, n'avaient pas défavorisé l'apparition d'une Chambre de gauche[5]. Mais il ne voit pas ce qui freinera la dégringolade générale.

Tout le monde est logé à la même enseigne. De temps à autre, le moral revient. On parle d'une légère reprise. La possibilité d'une guerre franco-allemande paraît moins sérieuse. Le trafic semble redevenir normal dans les rues. C'est peu, mais il n'en faut guère plus pour se ressaisir. De toute façon, son analyse culmine toujours au même raisonnement : cette crise est celle du machinisme et Hindenburg et Tardieu finiront par bien s'entendre, non sur un plan idéologique, ce qui serait d'ailleurs sans intérêt, mais comme deux hommes d'affaires soucieux de préserver la pérennité de leur entreprise[6].

Gardons-nous de cette facilité gratuite qui consiste à juger avec le recul du demi-siècle. Ces opinions, Kahnweiler les exprime dans des lettres à son beau-frère Michel Leiris qui sillonne l'Afrique comme secrétaire-archiviste de la mission ethnographie Dakar-Djibouti. Les points de vue que celui-ci exprime sur la crise vue de Dakar ou Yaoundé sont tout aussi intéressants :

« ... j'ai une hâte énorme d'être en brousse, loin des Européens imbéciles et des nègres truqués. La vie de fonctionnaire, qu'on la mène à Paris, à Dakar ou même à Djibouti, est toujours une vie de fonctionnaire, c'est-à-dire le record de l'ennui[7]. »

Le jeune ethnographe se sent rassuré quand, par exemple, on lui parle d'un homme comme le gouverneur de Guinée qui, lui, ne fait construire aucune route, ne les estimant d'aucune utilité pour la civilisation, et qui se contente d'importer le plus grand nombre de charrues pour développer les cultures indigènes. Mais les hommes comme lui sont rares. Vue de Yaoundé, la crise a tout de même un effet : les gouverneurs des colonies se font désormais tirer l'oreille pour accorder des facilités :

« Vue de loin, la situation européenne me paraît plus que jamais insensée. Elle constitue en tout cas la preuve la plus accablante de l'inanité de notre civilisation[8]. »

La relève viendra peut-être du côté jaune. Car il n'y a rien à attendre de cette Afrique noire en raison du morcellement provoqué par les rivalités familiales ou locales et l'abâtardissement des techniques à cause de l'islam.

Quand un ethnographe et un marchand de tableaux méditent au-dessus du volcan...

A la galerie, il s'ennuie ferme. C'est le désert. Les heures d'ouverture (10 h 30-12 heures et 14 h 30-18 heures) sont largement suffisantes. Un jour, réalisant que le loyer est tout de même de 15 000 francs et que la taxe de luxe est de 12 %, il décide de se séparer de son factotum, Fichet. Cela fera toujours une charge de moins.

Les menus événements de la journée, ce sont parfois le rangement de tous les clichés que le photographe Delétang lui a remis en vrac et que Kahnweiler veut offrir aux peintres, ou l'inondation du sous-sol qui n'a heureusement pas atteint les huiles sur toile. Dans le déménagement hâtif, seuls les cadres et les vitres ont subi le sinistre. Le pire a été évité. L'assurance paiera[9].

Entre 1929 et 1933, la galerie Simon n'organise pas une seule exposition. L'activité éditoriale est elle aussi considérablement ralentie : juste des poèmes de Carl Einstein et *L'anus solaire* de Georges Bataille. Les autres attendront. On ne gave pas un public rétif. Son propre essai sur Gris, qu'il publie en 1929, en Allemagne, sous le pseudonyme de Daniel Henry, lui vaut un article très dur de Christian Zervos dans les *Cahiers d'art* qui le blesse infiniment et lui fait oublier les bons papiers. Le critique lui reproche en effet d'avoir écrit un panégyrique inspiré par Gertrude Stein, éliminé tous les aspects négatifs, « oublié » les études hostiles à Gris dans la bibliographie, expurgé l'ouvrage de tout ce qui pouvait nuire à la mémoire de

Gris et enfin reproduit uniquement des tableaux soigneusement choisis dans des collections privées pour faire de l'effet sur le lecteur[10].

Kahnweiler laisse passer. Il a d'autres priorités. Son courrier de relance des impayés est désormais formulé sur un ton plus expéditif, plus sec. L'heure n'est plus aux ronds-de-jambe. Avant, il révisait ses livres comptables semestriellement. Il le fait maintenant tous les mois, parce qu'il a le temps et qu'il y a urgence en la demeure. Il est toujours délicat de réclamer de l'argent à des amateurs. Mais Kahnweiler, poli et patient par tempérament, est de plus en plus ferme.

En clair, il a besoin d'argent. En 1927 encore, il refusait de mettre un Derain en vente à Drouot : « Pour des raisons de principe, je ne mettrai jamais un tableau m'appartenant à l'Hôtel. Trop de tableaux m'appartenant y sont passés malgré moi[11]... » La blessure du séquestre est loin d'être cicatrisée. Mais en 1932, évoquant le *Nu au chapeau* de Van Dongen et une nature morte cubique de Kisling qu'il a jadis déposés à l'étude de Me Bellier, il les voue sans hésiter au feu des enchères : « Vous voudrez bien ne pas racheter ces tableaux quel que soit le prix ateint, mais les vendre en tout cas[12] ! » Il en retirera 590 francs... Les temps changent et les mentalités s'adaptent. A New York il travaille dorénavant avec d'autres marchands : Sam Kootz et surtout Pierre Matisse, le fils du peintre, qui a sa galerie dans la 57e Rue, au Fuller Building. Il confie même à ce dernier l'exclusivité pour un an et pour l'Amérique des numéros 1 et 2 de toutes les sculptures de Laurens[13].

Du côté des collectionneurs aussi, il y a du changement.

« Il est évident que le salut est là : gagner de nouveaux amateurs », disait-il déjà en 1925[14]. C'est encore vrai, plus que jamais. Il faut mettre le pied à l'étrier à des gens qui n'ont encore jamais acheté de tableaux. Car si la crise de 1929 abat quelques belles fortunes, elle favorise également l'éclosion de quelques autres. De fameuses collections se montent alors, par des achats opportuns à l'Hôtel ou des transactions judicieuses auprès de grandes familles dans l'adversité. La peinture est pour certains un placement idéal en ce qu'elle le protège de l'inflation et le dérobe au contrôle de l'Etat [15].

Le pire avec la crise, c'est que même les riches ne paient plus. Pour Kahnweiler, c'est un nouvel apprentissage. En Suisse, le docteur Reber a trop emprunté aux banques. Elles réclament leur argent, ce qui l'oblige à vendre, mal, des pièces de sa superbe collection de cubistes [16]. A Paris, les aristocrates ont eux aussi des difficultés. La duchesse de Clermont-Tonnerre, qui devait lui acheter un dessin (*Tête de jeune fille*) et une huile (*Baigneuse au bras levé*) de Picasso pour 110 000 francs renonce et annule l'affaire. Kahnweiler s'accroche et propose le tableau seul pour 90 000 francs avec un acompte de 10 000 francs payable tout de suite. L'affaire est finalement annulée au téléphone malgré un engagement écrit de l'acheteur [17].

Avec la princesse de Bassiano, c'est plus délicat encore : elle lui doit 6 000 francs depuis trois ans et il ne parvient pas à recouvrer cette créance. Après maints essais infructueux, il se résout à passer l'affaire au contentieux. Il brandit même la menace du Tribunal civil et pour marquer sa bonne volonté propose, en attendant, des paiements échelonnés. Il menace, mais ne frappe pas [18].

Il a pour principe de toujours éviter l'affrontement définitif et irréversible car les bons clients du passé peuvent le redevenir quand la situation se sera améliorée. On n'insulte pas l'avenir. En cas d'insuccès, il préfère encore faire le dos rond et renoncer à toute poursuite. Malgré les exigences de la crise.

Tous les collectionneurs ne sont pas d'un commerce désagréable, il s'en faut. Les fidèles – Dutilleul, Richet, Gertrude Stein, etc. – le sont restés. Le docteur Roudinesco entasse tellement de toiles chez lui, dans tous les coins, que les patients accèdent difficilement à son cabinet[19]. Un jeune Anglais fortuné, Douglas Cooper, a l'intelligence et l'intuition de commencer à partir de 1931 une collection de cubistes en rencontrant non seulement les marchands parisiens mais les peintres, à une époque où leur marché est de plus en plus difficile, et les prix très bas. Alphonse Kann, lui, poursuit avec la discrétion et l'élégance dont il est coutumier la constitution d'une des plus belles collections. La rançon de son succès, c'est que sa maison de Saint-Germain-en-Laye ne tardera pas à être « inhabitable » : il se plaint en effet qu'elle soit régulièrement « pillée » par les directeurs de galeries et les conservateurs de musées. Il ne rejette pas les prêts pour des expositions, loin de là, mais il ne faut tout de même pas abuser[20]...

La crise est bien là. Signe des temps : un nouvel amateur, le vicomte de Noailles, décide d'attendre une amélioration de la bourse de New York avant d'acheter un tableau de Picasso, malgré le « règlement par tranches » que lui propose Kahnweiler. Il y en a tout de même pour 175 000 francs[21]...

L'argent, toujours. Le soir, dans son petit bureau au fond de la galerie Simon, Kahnweiler commence à s'angoisser. Les années 30 s'annoncent terribles. Il va devoir fréquenter un peu moins les ateliers et un peu plus les banques. Il faudra tenir. Dans les premiers jours de 1930, il est pris de vertige. Ces derniers temps par deux fois, il a dû demander à la banque franco-japonaise d'ajourner son échéance de 25 000 francs. Mais aujourd'hui une autre échéance,

très dure, se prépare. Au milieu de janvier, il ne
sait pas comment finir le mois. Certes, il attend
des rentrées importantes : 26 000 DM de Francfort, 18 000 francs d'une aristocrate désargentée,
15 000 francs d'un amateur de ses amis, familier des
dimanches de Boulogne, et autant du marchand
madrilène Marragall.

Ces sommes devraient être en caisse depuis longtemps déjà. Il sait qu'il peut compter sur Thannhauser car il paie régulièrement, à la date prévue, quelle
que soit la situation. Mais les autres ? Pour passer le
cap de ces quinze jours critiques, il n'a plus qu'un
recours : demander à son associé André Simon de
prêter 20 000 francs à la galerie pour deux semaines.
Les trois quarts de la somme serviront à payer le
terme et le reste lui évitera d'être à court. Demain,
c'est le 15. L'argent doit être versé à la banque.

« C'est seulement un moment dur [22]... »

Tout s'arrange. Il obtient un sursis de six mois.
Mais six mois plus tard, il est obligé de procéder à
une augmentation de capital. Et à la fin de l'année, il
doit à nouveau demander à la banque franco-
japonaise de remettre son remboursement à la suite
des autres échéances. Le discours qu'il tient à son
banquier est malheureusement simple : les ventes
sont nulles et les débiteurs reculent sans cesse leurs
paiements [23]. C'est un cercle vicieux dont l'implacable
logique procède surtout du jeu de dominos.

Les premiers jours de 1931 s'annoncent selon un
scénario identique à l'année précédente. Un sale goût
de déjà vu. A nouveau, il faut demander 25 000 francs
à André Simon. Kahnweiler a tout fait pour éviter ce
recours. Mais cette fois la situation est encore pire.
Pour couronner le tout, il reçoit une sommation sans
frais pour le paiement de l'impôt sur le revenu et dans
les cinq jours, il doit verser 10 000 francs au fisc,
encore dus sur la patente [24].

Cela ne s'arrêtera donc jamais! Une fois, deux fois, trois fois il demande, il implore de la banque un report de six mois pour ses échéances de remboursement. Sa situation est très délicate : il attend une très grosse rentrée d'argent d'un richissime collectionneur qu'il ne veut pas brusquer, car c'est un de ses meilleurs clients, et par tact, il se refuse à le nommer[25].

Accepté! Six mois de battement. Le sursis du condamné.

L'été 1932 est celui de tous les espoirs : non seulement les exécuteurs testamentaires de son oncle Sir Sigmund Neumann, récemment décédé, lui envoient 300 livres sterling mais de plus son autre oncle Sir Ludwig fait reporter sur son propre compte les 400 000 francs de solde débiteur de la galerie. Ludwig Neumann est un homme bien : quand il passe à la galerie avec une de ses amies, il plaisante, tant cette peinture lui paraît absurde[26]. Mais cela ne l'empêche pas d'aider son neveu à assumer sa vocation contre vents et marées. Kahnweiler n'oubliera jamais ce qu'il lui doit. A peine le prodigue parent a-t-il réalisé cette transaction que Henry Kahnweiler remet ses affaires au contentieux, ouvre un compte courant à la banque Louis Hirsch, demande un découvert, avec des intérêts débiteurs de 6 % par an, qu'il propose de niveler progressivement jusqu'au 1er janvier 1940 et aussitôt signe un chèque de près de 400 000 francs à l'ordre de l'oncle d'Angleterre[27]. Question de principe.

L'oncle et le neveu sont très attachés l'un à l'autre. Ils se respectent. Ils s'écrivent très régulièrement et les lettres de Kahnweiler suivent Sir Ludwig partout où il se trouve, au Carlton de Cannes, au Royal de Deauville ou au Ritz de Londres. Son neveu lui dit tout de manière argumentée et circonstanciée. Ses instants d'espoir et ses moments de découragement.

Il a autant besoin de ses conseils d'homme d'affaires avisé que de ses liquidités pour régler les intérêts bancaires.

Pendant des pages et des pages, il lui expose la nature si particulière de son commerce : ce qu'est une fin de mois dans le négoce de luxe, ce que cela peut signifier d'avoir beaucoup de tableaux en stock mais pas de trésorerie, ce que peut entraîner, pour l'avenir d'un peintre et la pérennité de son marché, de vendre toute sa production d'un coup (« ça casserait scs prix pour les dix ou vingt ans, autant balancer ses toiles dans la Seine »), ce qu'a d'incroyable une situation où l'on vend des tableaux aux Américains, aux Anglais, aux Allemandes et même aux ressortissants de la Bohême mais pas aux Français (« Rien ! »)... Il lui expose ses dilemmes. Il est hors de question de vendre à Drouot car cela provoquerait la panique chez les amateurs. Il est délicat de brusquer les « vieux » peintres de la galerie qui réclament une augmentation de leurs prix en dépit des réalités du marché. Très fier, pétri d'orgueil, Kahnweiler ne s'adresse à lui qu'en dernière extrémité. Seulement ces exceptions se répètent trop pour qu'elles puissent être l'exception qui confirme la règle. A combien de reprises ne lui a-t-il pas dit :

« C'est la denière fois... »

Il a honte. Ses requêtes sont poignantes. On sent qu'il s'est fait violence pour laisser son amour-propre de côté. Parfois, il envisage même de se retirer à Boulogne-Billancourt comme marchand en appartement, de manière à économiser au moins le bail. Parfois, il y croit plus que jamais.

Quand son oncle exprime des doutes sur l'intérêt commercial d'une telle entreprise, il lui donne des exemples concrets pour le convaincre du caractère hautement lucratif de ce métier : ainsi, récemment encore, il a revendu à un Américain pour

35 000 francs un Gris qu'il avait payé 2 000 francs, il y a six ans. Et en plus, il a réussi à lui placer pour 2 000 francs un Masson qu'il avait acheté 100 francs trois ans auparavant ! N'est-ce pas d'un bon profit ? L'oncle est sensible à ce genre d'arguments. Mais les deux hommes ne sont pas sur la même longueur d'ondes. Aux mêmes maux ils n'appliquent pas les mêmes remèdes. Neumann est d'avis qu'il doit en priorité réduire son stock, s'adapter à cette situation de crise en se mettant bien dans la tête que les bons payeurs d'antan se feront rarissimes, réduire sa dette bancaire, éponger les intérêts financiers... Kahnweiler, lui, cherche à obtenir un moratoire, faire rentrer l'argent qu'on lui doit et durer, dans un seul but de maintenir à flot la galerie pendant tout le temps que durera la crise.

Durer. C'est devenu une obsession. Il faut tenir coûte que coûte[28].

Tout ceci est secret. Nul n'en sait rien. Kahnweiler, discret par nature, l'est encore plus quand il s'agit des affaires de la galerie. Face aux artistes, sa mission n'en est que plus délicate. Désespérée même. Ils ignorent non seulement la situation économique de la France et du monde capitaliste, mais la situation personnelle de leur marchand. Les plus mal payés le considèrent comme un exploiteur. Pendant des années il a supporté. Dorénavant ce n'est plus possible. Ce n'est même plus une question d'amour-propre. Il ne peut plus, voilà tout. La crise précipite les grandes explications. Le louvoiement est devenu un luxe que nul ne peut plus s'offrir.

Il doit se résoudre à ne pas renouveler ses conventions avec des artistes qui lui sont chers tels que Eugène de Kermadec et Suzanne Roger. Ce n'est pas une annulation mais une suspension. Il peut leur prendre des toiles, mais en dépôt, uniquement. Plus de garantie d'achat[29]. Il n'a plus le choix. Cruelle séparation en attendant des jours meilleurs.

Avec Manolo, c'est un soulagement. Il a passé les bornes. Au point que Kahnweiler se demande s'il n'est pas devenu fou. Un jour, c'est le sculpteur qui veut rompre car le chèque qu'il attendait s'est égaré, un jour, il lui envoie d'Espagne son travail à grande vitesse (ce qui est beaucoup plus cher) à Boulogne et non rue d'Astorg; une autre fois il les déclare en douane « sans valeur artistique » ce qui est plus coûteux pour la galerie que si c'était déclaré « œuvres d'art » (dans ce cas il n'y a pas de droits de douane à payer, mais uniquement la taxe sur le chiffre d'affaires), un jour il les envoie bien rue d'Astorg, mais en août quand la galerie est fermée; enfin, il vend des œuvres directement aux musées de Madrid et de Barcelone sans en avertir son marchand[30]...

Cela suffit. Restons bons amis mais ne travaillons plus ensemble, cela n'en vaut plus la peine. Mais en son for intérieur, Kahnweiler est moins blessé par le préjudice matériel qu'il subit que par l'ingratitude et l'infidélité d'un artiste dans lequel il croit. Dans ces moments-là, il pense avec envie, du fond de son jardin de Boulogne où il passe ses vacances de l'été 1932 (finie l'Italie, la crise...), à Michel Leiris et au jeune peintre Gaston-Louis Roux qui est parti retrouver la mission Dakar-Djibouti sur le lac Tana :

« Ce sont des veinards, ces gens[31]... »

Avec Togorès, le divorce est tout aussi radical, à la même époque, entre la fin 1931 et le début 1932. Il ne comprend pas, tout comme les autres, ce qu'est la crise. Kahnweiler lui fait un dessin : l'autre jour à Drouot, on a vendu pour 4 000 francs un Utrillo qu'un marchand avait acheté peu avant à un de ses confrères pour 50 000 francs. C'est cela la crise.

Togorès ne comprend toujours pas que son marchand ait réduit sa mensualité de 3 000 à

2 000 francs. Alors Kahnweiler lui conseille de placer
son argent et de s'estimer heureux de disposer d'un
petit capital :

« Je connais bien des gens qui crèvent la faim
aujourd'hui après avoir eu des contrats splendi-
des [32]. »

Plusieurs mois s'écoulent, mais le peintre ne comprend toujours pas. Alors Kahnweiler décroche, car
en plus, il vient de faire une horrible constatation : ce
n'est pas un bon peintre. Onze ans après, il réalise
qu'il s'est trompé. Il ne l'admettra jamais, préférant
incriminer un changement de style et la décadence de
l'art de son poulain. Mais là, il doit bien reconnaître
que c'est mauvais. Il a reçu sa dernière série de
tableaux, les a vus et revus pour tenter de modifier
son impression première. Après tout ce n'est pas la
première fois qu'il émet des réserves sur sa peinture.
Il les a souvent réprimées pour croire à son évolution.
A chacune de leurs conversations, avec infiniment de
tact et de diplomatie, il a exprimé l'espoir que Togorès reviendrait un jour à la peinture forte et travaillée
qui était la sienne à ses débuts. Mais dorénavant ce
serait vain. En déballant les caisses, en regardant tout
minutieusement, depuis cette petite *Tête d'homme*
aux grandes compositions, il est envahi d'une
immense déception. Ce n'est plus l'heure de la dissimuler. L'atmosphère ne s'y prête pas :

« Je suis obligé de vous dire que je ne les aime
pas. »

Il se dit incapable de juger son travail, mais également impuissant à le défendre. D'autres marchands
pourraient le vendre. Mais pas lui. Plus lui.

« J'espère que vous trouverez d'autres débouchés
pour votre peinture et que nous resterons bons amis
sans faire des affaires ensemble. »

Leurs relations resteront donc affectueuses, mais le
peintre n'a toujours pas compris. Envoyant un client

à la galerie Simon quelques jours plus tard, il demande au marchand :

« Ne lui dites pas du mal de ma peinture, il pourrait m'aider...

– Mais je ne pense pas de mal de votre peinture, proteste Kahnweiler, je pense simplement que je ne suis pas l'homme qui peut la défendre[33]! »

Et puis, à quoi bon...

Avec Masson, la séparation est beaucoup plus douloureuse. Elle n'est que provisoire (1931-1933) mais Kahnweiler en souffre car il aime Masson et admire sa peinture. Il croit en lui et le dit volontiers aux collectionneurs :

« Masson est, j'en suis sûr, le peintre le plus important de la jeune génération. Il est au seuil de la gloire. Ses toiles ne sont pas encore chères[34]... »

C'est Masson qui prend l'initiative de la rupture. Pendant des mois, une rumeur insistante court dans le milieu des galeries : Masson s'apprête à « plaquer » la galerie Simon. A plusieurs reprises, elle revient aux oreilles de Kahnweiler qui passe vite de l'inquiétude à la nervosité. Il lui demande de démentir publiquement une bonne fois pour toutes. Mais Masson refuse car la rumeur est fondée.

Il veut effectivement reprendre sa liberté pour une simple et bonne raison : Paul Rosenberg lui offre plus d'argent. Malgré l'extrême sollicitude de Kahnweiler, il ne peut résister à l'argument de son rival. Alors Kahnweiler insiste : il est prêt à lui verser sa mensualité pendant un an encore ou même, s'il le souhaite, à lui payer chaque tableau au comptant en fonction d'un nouveau barème. Il est prêt à tout pour le garder, même aux sacrifices. En vain. Masson change de marchand. Le chant des sirènes a encore frappé. Kahnweiler est abasourdi. La tristesse l'envahit puis laisse la place au chagrin. Sa vie, c'est la galerie. Ses enfants, les peintres. Pour Masson plus que pour tout autre de sa génération, il a essayé d'être plus qu'un marchand. Quand il expose rue La Boétie, en 1932, Kahnweiler ne peut s'empêcher d'y aller voir. Il est déçu mais ne le montre pas, de crainte qu'on le taxe de jalousie. Visiblement, « son » Masson aspire dorénavant à figurer au Louvre et Paul Rosenberg lui monte la tête, en le faisant voisiner sur ces cimaises entre Corot et Delacroix. Il ne pense qu'à « réaliser », à faire de la « peinture » alors que son art, justement, vaut par sa spontanéité et son côté halluciné. Quel dommage...

Pendant trois ans, ils ne s'écrivent plus. Puis Masson revient petit à petit, tout seul. Il s'est rendu compte que Paul Rosenberg n'était qu'un marchand et que cela, alors que Kahnweiler est aussi un ami, un connaisseur et un homme avec lequel on peut parler peinture et pas exclusivement argent.

A partir d'août 1933, la galerie Simon lui signe un nouveau contrat de trois mois renouvelable selon lequel elle lui versera une mensualité de 3 000 francs en échange de son entière production de tableaux et de ses droits de reproduction. Il reste libre de travailler pour des ballets et d'exécuter des illustrations. La charge étant trop lourde pour le seul Kahnweiler eu égard à la situation, il trouve un partenaire en la personne de son confrère Georges Wildenstein. Mais ce n'est qu'un pis aller, faute de mieux, exigé par les circonstances. Bientôt, il aura Masson pour lui tout seul. Pour la vie. Car cette fois le peintre, qui aura le courage de regretter son geste, lui restera fidèle[35].

La crise agit comme un révélateur. Elle accule les hommes à un choix qu'ils avaient longtemps repoussé. Elle les met en situation de décider. D'engager leur vie plus avant. Dans la durée et même à moyen terme, le bilan n'est pas si négatif pour Kahnweiler.

On dirait que certains le quittent pour mieux le retrouver, qu'ils prennent des distances avec sa galerie pour mieux la rejoindre. Masson est là, à nouveau. Léger se rapprochera insensiblement quand il ne supportera plus l'interventionnisme de Léonce Rosenberg, qui va jusqu'à exiger de lui qu'il mette des cheveux sur la tête de femme dans *La lecture* car il est « toujours soucieux de ramener le modernisme d'une œuvre d'art dans les limites de la décence supportable pour ses clients »[36].

Comme d'autres artistes, dès que le bout du tunnel est en vue, Léger juge qu'il est temps de se passer des intermédiaires. Les amateurs peuvent acheter directement dans son atelier. Ainsi il est sûr de tout contrôler. Mais il en reviendra vite, lui aussi, pour s'en remettre un jour ou l'autre au marchand de ses débuts, celui qui lui a donné, comme à Masson, les moyens matériels de peindre à sa guise. Kahnweiler enrage de le voir ainsi perdre son temps. Un peintre ne vend pas : il peint. A chacun son office. Très au fait des perpétuels besoins d'argent de Léger, sans cesse tiraillé par les dépenses (femmes, voyages...) Kahnweiler n'admet pas que l'artiste sacrifie sa cote sur le marché, en passant bêtement de marchand à marchand. C'est du gâchis. Le marchand n'a qu'une maîtresse : sa galerie. Il ne conçoit pas que le peintre ait une autre maîtresse que sa peinture.

A ses yeux, il y a longtemps que les grands cubistes historiques sont aussi classiques que les peintres du Louvre[37]. Ils devraient agir en conséquence. Picasso lui-même se rapproche insensiblement de Kahnweiler. Lui aussi, lui le premier, il avait pris ses distances bien avant la crise, la notoriété aidant. Il vendait à tout le monde et à la galerie Simon. En 1929, Kahnweiler lui a même acheté un grand tableau pour 125 000 francs. Une somme[38]. Loin du tourbillon d'une vie faussement mondaine dont il a vite perçu la vacuité, Picasso tisse à nouveau des liens avec son marchand d'avant-guerre. Désormais, celui-ci lui rend visite de plus en plus souvent, à Boisgeloup, où il retrouve les Leiris, Braque, Christian Zervos. A nouveau, ils se parlent comme jadis. Et Kahnweiler en 1932 est bouleversé par sa peinture comme au temps du Bateau-Lavoir.

« Je voudrais peindre comme un aveugle qui ferait une fesse à tâtons », lui dit Picasso.

Puis il se lève, va chercher deux nus qu'il vient juste de terminer et les lui montre. Le choc. Kahnweiler est écrasé, ému. Quand il recouvre l'usage de la parole, il dit :

« Il semblerait qu'un satyre qui vient de tuer une femme aurait pu peindre ce tableau... »

Et il s'en va, abasourdi par cet érotisme de géant, ni cubiste, ni naturaliste, sans artifice aucun. Inclassable Picasso. Une fois encore, il lui a coupé le souffle et l'a laissé pantois. Le même jour, Kahnweiler se rend chez Braque. Mais là, la déception est grande. Visiblement il cherche à se renouveler, à sortir de sa routine :

« On dirait du Picasso de 1926, dilué, sans force[39]... »

Sans appel. Il est ainsi, Kahnweiler. Diplomate, plein de tact, mais dès qu'il s'agit de peinture, il a du mal à réprimer ses jugements, fussent-ils péremptoires. Mais avant de les formuler, il ouvre les yeux, tend ses oreilles qu'il a fort décollées, se renseigne. Pas seulement en peinture, en sculpture également. Pourtant, il est en l'occurrence armé d'un fort préjugé. Depuis plusieurs années déjà.

La crise est plus défavorable à la sculpture qu'à tout autre art plastique en raison du coût des matériaux. Il se souvient qu'avant-guerre, Modigliani, qui avait travaillé un moment dans l'ombre de Brancusi, avait dû y renoncer, parce que sa santé ne lui permettait pas la pratique de la taille directe, mais aussi, parce que c'était trop cher pour lui. Laurens lui-même doit pendant toute une période abandonner le bronze au profit de la terre cuite car ni lui, ni Kahnweiler n'ont les moyens de payer le fondeur. Mais comment expliquer aux amateurs que cela n'enlève rien aux qualités de l'artiste et que seule la fragilité du matériau est un véritable inconvénient[40]? Il y a plusieurs années déjà, Kahnweiler tentait de décourager Manolo tout en louant son travail :

« ... C'est dommage que vous soyez sculpteur. Si vous aviez été peintre, avec ce que vous faites vous seriez riche et célèbre : je vendrais ça comme des petits pâtés. Pour la sculpture, hélas, il y a si peu d'amateurs[41]... »

Mais ce jugement bien établi ne l'empêche pas pour autant, au plus fort de la crise, d'aller à la découverte de l'atelier d'un sculpteur dont les propos, quelques jours auparavant, l'ont intrigué. Il est très curieux de son art, car l'homme lui a plu. L'artiste devrait lui correspondre. Il se rend donc un jour rue Hippolyte Maindron, avec le même enthousiasme qui guidait ses pas vingt ans auparavant dans les ruelles de la Butte Montmartre. A l'adresse indiquée, il trouve porte de bois. Il n'y a personne. Tant pis. Il entre tout de même puisque l'atelier semble ouvert à tout vent. C'est désert. Seules les sculptures l'habitent. Il les regarde attentivement. Sa première impression est mitigée même s'il se dit prêt à la réviser immédiatement : c'est très fin, très sensible, élégant mais un peu mièvre. Il pense à Modigliani « comme nature »[42]. Dommage que le sculpteur n'ait pas été au rendez-vous. Il aurait peut-être expliqué. Ils se reverront souvent, car les passerelles entre eux ne manquent pas. Mais ce jour-là, Kahnweiler et Alberto Giacometti se sont ratés comme Kahnweiler et Klee avant guerre, rue Vignon. Ils se sont croisés sans se voir. Mais on ne récrit pas l'histoire.

Kahnweiler a désormais près d'un quart de siècle de pratique des peintres et du marché de l'art derrière lui. Il a gagné en assurance ce qu'il a perdu en capacité d'étonnement. Certains le mettent déjà sur un piédestal. Le collectionneur Alphonse Kann lui procure un immense plaisir en lui parlant déjà de « l'époque Kahnweiler », pour désigner les tableaux cubistes des années 1907-1914. Kahnweiler, que les honneurs et les compliments flattent mais que la flagornerie inquiète, est tout à la fois ravi d'être ainsi couvert de gloire et épouvanté. Il a l'impression d'être déjà mort[43].

Il se sent plus fort encore pour juger. Il parle en homme convaincu. La critique ? Vénale, sans conséquence, sans intérêt[44]. *Abstraction-création* ? Encore un groupe, un club, un clan qui s'autoconsacre comme *Cercle et carré*, comme d'autres dans le passé et d'autres à venir. L'exposition Matisse à la galerie Georges Petit ? Dans les limites d'un art de goût et d'arrangement comme celui-là, c'est splendide[45]...

Même quand il parle de littérature ou de cinéma, il s'affirme désormais avec plus de tranchant. Quand paraît le livre de souvenirs de Fernande Olivier, *Picasso et ses amis*, il est heureux de constater que le Bateau-Lavoir est entré dans l'histoire mais ne mâche pas ses mots lorsqu'on le questionne sur la véracité du portrait que l'auteur dresse de lui : un audacieux négociant juif, très méthode allemande, qui passe des heures à marchander pour fatiguer son peintre et lui soutirer des réductions de prix. Quand il comprend que ce qui pourrait paraître une qualité n'est pas un compliment sous la plume de l'auteur, il rejette l'ouvrage d'un revers de main méprisant[46].

Avec la même assurance il remet Freud à sa place,

notamment les prétentions ethnographiques de *To-tem et Tabou* qu'il juge être un ouvrage grotesque. La parution du livre de l'anthropologue anglais Bronis-law Malinovski, *La vie sexuelle des sauvages du nord-ouest de la Mélanésie* (1929) le comble, car il y descend en flammes les mauvais côtés du freudisme, en psychanalyste dissident et non en ennemi. Kahn-weiler n'en restera pas moins extrêmement méfiant à l'endroit de la psychanalyse, surtout quand les surréa-listes s'en empareront [47].

Par contre il n'hésite pas, dans le même élan, à prophétiser à Robert Desnos un grand avenir d'écri-vain, de même qu'à Malraux, dont il se dit très fier d'avoir été le premier éditeur. Après avoir reçu un exemplaire dédicacé de ses *Conquérants* dès leur sortie, il le remercie en termes chaleureux :

« C'est ce qui est paru de meilleur depuis des années... Très beau, d'une netteté admirable, sans vain pittoresque : tout là-dedans porte [48]. »

C'est avec un semblable enthousiasme qu'il décou-vre des extraits de l'*Adieu aux armes* dans la *Frank-furter Zeitung* d'autant que l'auteur, Ernest Heming-way, grand amateur de Masson, est un client de la galerie Simon [49]. Kahnweiler sort moins, pour dépen-ser moins et parce qu'il y a aussi moins à voir et à entendre. Mais il va tout de même au cinéma voir des films russes : *Le cuirassé Potemkine* – « très beau » – *La mère* – « très mauvais à quelques passages près d'une sentimentalité écœurante ». Il a beaucoup aimé *L'Opéra de quat' sous* de Pabst mais s'est dit déçu par *La vie en rose*, la nouvelle pièce de Salacrou à la Compagnie des Quinze, qui semble décidément sacri-fier à la vogue 1900 lancée par Paul Morand. Ce qui l'a le plus marqué, c'est vraiment la conférence d'Antonin Artaud à laquelle il a assisté en Sorbonne. Une conférence, si l'on peut dire car il s'agissait de la description lyrique d'un tableau de Lucas de Leyde, d'affirmations frénétiques sur la pourriture du théâtre actuel, d'une lecture du *Woyzeck* de Büchner, de vociférations et de cris que le « conférencier » conclut par une phrase qui dit tout :

« ... D'ailleurs les idées claires sont des idées mortes [50]. »

Deux cents... Il y a deux cents marchands de tableaux de toute sorte, à Paris, en 1930, alors qu'en 1911, l'*Annuaire de la curiosité et des beaux-arts* n'en recensait « que » cent trente [51] et qu'à ses débuts Kahnweiler les comptait sur les doigts des deux mains. Mais il ne faut pas s'y tromper. Ces chiffres révèlent le mouvement et non la prolifération.

Certaines galeries naissent quand d'autres, beaucoup d'autres meurent. Rue du Cherche-Midi, Jeanne Bucher se bat depuis 1926 pour continuer à exposer aussi bien des cubistes (Picasso, Braque...) que des surréalistes (Marx Ernst...), des peintres abstraits (Kandinsky...) et d'autres plus jeunes encore comme Charles Lapicque. Elle avait remarqué un tableau de ce dernier aux Indépendants. Pour lui permettre d'abandonner son métier d'ingénieur afin de se consacrer à son travail sur la couleur, elle s'associe à un dynamique et jeune marchand de la rue Bonaparte, Pierre Loeb, et partage avec lui les charges de son contrat. Un autre marchand très entreprenant, Etienne-Jean Bignou, qui vend des impressionnistes, des Dufy, des Lurçat, va de l'avant et outre sa galerie de la rue La Boétie, en ouvre une autre qui porte son nom à New York et s'associe à Londres à Reid and Lefèvre. Il s'internationalise quand la France est en panne.

Il y a aussi ceux que la crise anéantit à terme ou dans l'immédiat. Ce fut déjà le cas pour Durand-Ruel lors de la crise de 1882 et du krach de l'Union Générale, une banque qui de surcroît le commanditait. Cette fois, la crise vient progressivement à bout de la galerie de l'Effort moderne, laminant un peu plus Léonce Rosenberg, qui avait perdu son crédit moral et professionnel, après ses « expertises » des ventes Kahnweiler. Il lui reste Herbin, Metzinger, Valmier puis Chirico, Picabia... Malgré la baisse de sa cote personnelle, Léonce n'en a pas moins continué à écrire et publier ses pensées sur l'art. De fameuses maximes, tant frappées du bon sens le plus élémentaire qu'elles laissent sceptique jusqu'au plus débonnaire des amateurs :

« Ne pas changer c'est vieillir... Le talent étonne, le génie surprend... Il y a le vrai et le faux, mais beaucoup sont vrais dans le faux... Hors l'universel, point d'éternel... Quand l'art est le but, il n'est jamais le résultat... Telle époque, tel art... L'art évolue parallèlement à l'esprit humain... »

Si M. de la Palice était marchand de tableaux, il établirait sa galerie à l'enseigne de l'Effort moderne et s'installerait rue La Boétie. « Une œuvre cubiste n'est pas autre chose qu'un organisme né de l'accord de tous les organes. »... Et ce ne sont pas des phrases sorties de leur contexte mais, dans la plupart des cas, présentées comme des morceaux d'anthologie [52]. Racontant l'histoire du cubisme pionnier, il va même jusqu'à atténuer le rôle de Kahnweiler et se présenter comme le sauveur qui en quelque sorte se sacrifia pour reprendre les destinées du mouvement [53].

Théophile Briant, de même que Henry Bing ferment leur galerie. Katia Granoff aussi, mais pour la rouvrir un an plus tard sur la rive gauche. En ce temps-là, Christian Dior ne s'intéresse pas encore à la haute couture. Avec son ami Jacques Bonjean, il a ouvert une galerie en 1927 mais quelques années plus tard, quand son père perdra sa fortune dans le tourbillon, il se retirera et la galerie fermera.

Kahnweiler n'a ni la fortune, ni le stock, ni le

réseau d'un Georges Wildenstein qui, lui, ne s'intéresse pas du tout aux peintres mais exclusivement
aux tableaux[54]. Il n'est pas autant « homme d'affaires » qu'un Paul Rosenberg, ni aussi joueur qu'un
Josse Hessel. Il n'est pas aussi roué qu'un Paul
Guillaume qui obtient en 1930, en tant qu'éditeur et
critique d'art, et non en tant que marchand, une
Légion d'honneur que lui épingle Ambroise Vollard.
Pour Kahnweiler et ses amis, Paul Guillaume est bien
entendu l'homme qui a réussi à accaparer à son profit
quasi exclusif le collectionneur américain Albert C.
Barnes, ce qu'on ne saurait lui reprocher. Il est aussi
celui qui, parmi les premiers à s'intéresser à l'art
nègre, fait croire (à tort) qu'il s'agit d'ancien. Un
jour, Francis Carco et le journaliste Georges Charensol l'observant dans sa galerie en train de se baisser et
de frotter une de ces statuettes dans la poussière,
l'entendront répondre :

« Je lui donne des siècles[55]... »

Aux antipodes de Kahnweiler, c'est un marchand
qui tient la démarcation entre marchand et amateur
pour une fumisterie, héritée d'une vieille tradition
d'hypocrisie :

« Les seules collections particulières sérieuses d'aujourd'hui c'est-à-dire qui ne sont pas à vendre, sont
encore celles de quelques grands marchands. Si l'on
excepte les rares collections de rarissimes vrais amateurs, les autres sont de charmantes plaisanteries. Dès
lors, pourquoi contester à un marchand sa part de
gloire[56] ? »

Mais la crise, ce n'est pas que faillites et liquida-
tions. Hors de la sphère purement commerciale elle
s'inscrit aussi dans une atmosphère politique secouée
par la montée du nationalisme et de la xénophophie,
l'agitation des Ligues et la tension permanente. Dans
le quartier des galeries cela se traduit par un phénomène, jusqu'à présent latent, dont la résurgence ne

surprend personne. Passe encore qu'un partisan de la révolution « personnaliste et communautaire » comme Emmanuel Mounier veuille soustraire les artistes tant à « l'Académisme qu'au paysage parisien rongé par le trust capitaliste, les marchands de tableaux et l'homme riche »[57]. Ce n'est pas grave, c'est naturel, sans conséquence chez ces intellectuels, se dit-on. Ce qui est plus grave c'est l'antisémitisme.

Selon Pierre Loeb, à cette époque quatre grands marchands sur cinq sont juifs, de même que quatre grands amateurs sur cinq[58]. La prépondérance israélite ne fait alors de doute pour personne, du moins par le nombre sinon par le volume d'affaires. Wilhelm Uhde, qui fait la même constatation en ajoutant à ces deux catégories professionnelles celles des critiques et en élargissant le phénomène à l'Europe, s'en félicite. Il estime que sans les juifs, la peinture serait abêtissante, que grâce à leur goût et leur instinct les grands tableaux sont découverts et que grâce à leur argent ils entrent dans les musées[59].

Comme il fallait s'y attendre, le critique d'extrême droite Camille Mauclair prend la tête de cette nouvelle croisade qui vise à une épuration à peine dissimulée. L'entreprise n'est pas tout à fait utopique : elle n'a qu'une dizaine d'années d'avance. Il n'a de cesse de dénoncer l'Internationale du pinceau, cette école de Paris où les Français de souche sont minoritaires. Avant de dénoncer pêle-mêle ce qu'il appelle les barioleurs allemands, les propagandistes de l'art germano-juif, le soviet pictural et le rastaquouérisme artistique de Mittel-Europa, il a même le front d'écrire :

« Je ne suis nullement antisémite, mais ce n'est pas ma faute si la grande majorité des critiques et des marchands de l'avant-garde sont israélites, comme par hasard[60]... »

Dans ce concert haineux qui donne le *la* à une bonne partie de la presse réactionnaire, la seule surprise, détonnante, déroutante et somme toute rassurante, c'est celle que provoque un Louis Dimier politiquement marqué par l'Action Française, dont le slogan dit tout (« La France, la France seule ») mais qui dans le même temps reste cosmopolite dans ses goûts artistiques.

Mais ces surprises-là sont rares.

« Allô c'est Gustave. Nous sommes à Colmar...

« Mais qu'est-ce que tu fais en France ?

– On s'en va. Tout cela va mal finir.

– Mais pourquoi n'êtes-vous pas restés en Allemagne ? Vous n'avez rien à craindre. Et puis ta femme n'est pas juive[61]... »

1933. Désormais on donne du chancelier à celui que la TSF appelait Monsieur Hitler. Il est le maître outre-Rhin en attendant mieux. L'Allemagne est nationale-socialiste. Mais Kahnweiler, lui, est toujours allemand de cœur. Il admire son pays même quand son pays perd la tête.

Bien sûr, il est anti-nazi. Son pays c'est celui de Goethe, Schiller, Hölderlin et Wagner, pas celui de Goebbels et Goering. Mais il est persuadé que ces derniers et leur clique seront vite éliminés du pouvoir. Il croit au danger hitlérien mais pas à son avenir à court terme.

Aussi quand son frère Gustave l'appelle, il est incrédule, ne peut concevoir cette précipitation, cette panique. Sa réaction surprise et négative révèle également une autre crainte : l'arrivée de nouveaux juifs d'Europe centrale dans la société française. Cela ne pourrait que déstabiliser une situation chèrement acquise depuis un quart de siècle. Cela susciterait probablement un regain d'antisémitisme dont il ne voudrait pas faire les frais.

Finalement, Gustave Kahnweiler s'installe en Angleterre, à Londres, puis à Cambridge. Son arrivée provoque chez ses cousins Neumann, devenus des Newman très mêlés à l'aristocratie de l'argent et à la gentry, la même réaction qu'à Paris :

« Mais qu'est-ce que tu viens faire ici ? Reste en Allemagne, tu n'as rien à craindre d'Hitler[62]... »

Gustave Kahnweiler a quitté l'Allemagne en même temps que son associé Alfred Flechtheim mais ce dernier a choisi la Suisse, dans un premier temps. Les galeries Felchtheim ont dû fermer. De Paris, Henry Kahnweiler fait rentrer précipitamment bon nombre de ses tableaux qui se trouvent encore Outre-Rhin, des Gris, des Masson, des Léger. On n'est jamais trop prudent. Cette fois, il ne se fera pas spolier. Le spectre du séquestre de 14-18 l'obsède pendant toute la montée des périls et jusqu'au déclenchement de la Seconde Guerre mondiale.

Lui qui a tendance à calmer le jeu politique, il n'hésite pas dorénavant à prendre les devants. Une fois n'est pas coutume, les événements lui donnent raison. En quelques années, quatre cent dix-sept œuvres d'Oskar Kokoschka dites « dégénérées » sont confisquées par l'Etat[63]. L'Allemagne des autodafés commence à sérieusement inquiéter les milieux intellectuels européens. Au moment où Paris le critique Camille Mauclair dénonce en Gris et Uhde « des juifs » alors que le premier est catholique et le second issu d'une vieille famille protestante, à Berlin les SA mettent la culture au bûcher. Elle ne tardera pas à se réaliser, la prémonition de Henri Heine : quand on commence par brûler des livres, on finit par brûler des hommes...

Plus que jamais, Kahnweiler lit la presse allemande avec avidité. Il veut savoir. Plus que les nouvelles politiques au jour le jour, c'est l'attitude des créateurs qui l'intéresse. Pour des intellectuels comme Gottfried

Benn ou Martin Heidegger, c'est clair. Ils ne s'accommodent pas seulement du nouveau régime, ils le servent. Mais de toute façon, ces hommes ne comptaient pas parmi ses maîtres.

Il sait que Carl Einstein, poète d'avant-garde et esthéticien, se battra avec tous ses moyens. C'est un enragé à sa manière. Un homme entier, donc un homme rare. Et Robert Musil? Kahnweiler lui voue une grande admiration. Il l'a lu attentivement et le connaît donc sans l'avoir jamais rencontré. En juin 1933, quelques semaines après la création d'un ministère de l'Information populaire et de la Propagande confié à Joseph Goebbels, quand on réalise enfin que cet homme aura sous sa coupe l'ensemble de la culture, Musil envisage de ne plus vivre dans l'Allemagne nouvelle :

« Cela m'a déjà été suffisamment difficile dans l'ancienne », écrit-il[64].

A ses yeux, ce pays n'utilise les arts et lettres qu'à des fins de bluff idéologique. Cette situation, qui engendre une grave crise intellectuelle, le pousse à se poser une question cruciale : pour quels lecteurs doit-il poursuivre et achever l'écriture de son grand livre *L'Homme sans qualités*? Existent-ils seulement? Et où sont-ils? Déjà la censure lui a désappris à écrire des lettres. Alors les livres... Il choisit de continuer quand même, mais « comme quelqu'un qui s'engage sur un pont écroulé »[65].

Les artistes ne sont pas plus rassurés que les écrivains. Peu leur importe qu'Adolf Hitler soit un peintre-chancelier, passionné d'architecture colossale. Il suffit de lire son *Mein Kampf*. Tout y est. Et ce n'est pas équivoque : dégénérescence, désagrégation, désintégration... Tous les maux de l'Allemagne sont d'origine juive, rouge ou social-démocrate. C'est écrit, il n'est même pas nécessaire de lire entre les lignes :

« Théâtre, art, littérature, cinéma, presse, affiches, étalage doivent être nettoyés des exhibitions d'un monde en voie de putréfaction, pour être mis au service d'une idée morale, principe d'Etat et de civilisation... Le monde n'appartient qu'aux forts qui pratiquent des solutions totales, il n'appartient pas aux faibles, avec leurs demi-mesures[66]... »

Maladies, contamination, protubérances... Il recourt constamment au vocabulaire de la pathologie pour dénoncer « les extravagances de fous et de décadents que nous avons appris à connaître depuis la fin du siècle sous les concepts du cubisme et du dadaïsme »[67].

En octobre 1932 déjà, peu après que le NSDAP (parti national socialiste des travailleurs allemands) ait obtenu la majorité au Conseil municipal de Dessau, le Bauhaus était fermé. Son directeur le déménageait à Berlin où il devait être liquidé définitivement l'année de la prise du pouvoir par Hitler.

Il faut partir. Près de trente mille réfugiés choisissent la France. Kandinsky, qui avait pris la nationalité allemande en 1928, s'installe à Neuilly. Mais pour lui comme pour beaucoup d'autres réfugiés ce n'est qu'un pis-aller.

C'est le seul endroit où un homme comme lui peut envisager de vivre car c'est la capitale culturelle du monde. Mais il n'en ressent pas moins, durement, sa qualité d'« hôte toléré » car quinze ans après la signature du traité de Versailles, l'animosité anti-germanique est encore très prégnante dans la société française, sans parler des manifestations de xénophobie et d'antisémitisme latentes[68].

Tous ne s'y résolvent pas. Herwarth Walden, l'animateur de *Der Sturm*, choisit d'aller renforcer le bataillon déjà important des émigrés allemands à Moscou. Quant à l'homme d'affaires francfortois Robert von Hirsch, qui possède une des plus grandes réunions d'œuvres d'art, du Moyen Age au cubisme, il se replie sur Bâle avec sa collection. Du côté des historiens d'art et des conservateurs, le choix se porte plutôt sur l'Amérique et l'Angleterre. Ceux qui ont été révoqués de l'université, juifs ou pas, se décident dès 1933. Walter Friedländer, spécialiste de Claude Lorrain et de Poussin, quitte la faculté de Fribourg-en-Brisgau non pour la France comme on pourrait le penser, mais pour New York où il formera une génération d'historiens d'art. Par contre, Max Friedlander, chef du département de peinture au Kaiser Friedrich Museum de Berlin se tourne vers la Hollande, car il est un spécialiste reconnu de Dürer, Bruegel, Lucas de Leyde... Surtout le déjà fameux Institut Warburg déménage à Londres avec le responsable de sa bibliothèque, Fritz Saxl, et un autre Autrichien, Ernst Gombrich, futur maître de la psychologie de l'art, qui n'a que vingt-sept ans. Même chez les éditeurs d'art, on assiste à cet éclatement : le Hongrois André Gloekner est venu fonder *Hyperion* à Paris, imité peu après par son compatriote Aimery Somogy, tandis que l'Autrichien Horowitz créait *Phaidon* à Londres.

Les Allemands ne sont pas les seuls réfugiés de ce milieu à Paris. Onze ans avant, la prise du pouvoir par Mussolini avait également poussé des intellectuels vers l'exil, des hommes comme Lionello Venturi, professeur à l'université de Turin, qui avait abandonné sa chaire d'histoire de l'art pour n'avoir pas à prêter serment au régime et qui s'était réfugié à Paris pour le plus grand bonheur de l'histoire de l'impressionnisme.

Mais malgré tout, les Allemands sont les plus nombreux, les plus actifs, les plus remarqués car l'Allemagne était depuis des années « l'autre » grand centre d'étude et de diffusion de l'art. Dès leur arivée dans la capitale certains d'entre eux se rendent directement à la galerie Simon pour solliciter de l'aide. Kahnweiler les reçoit toujours. Pour eux, il est le type même de l'homme d'influence dans ce milieu si difficile d'accès. Il connaît les gens, les us et coutumes, les portes où frapper. On peut se recommander de Henry Kahnweiler. Sa carte de visite est une référence. Il n'abuse pas des recommandations mais sait en user avec efficacité, dût-il insister. C'est un excellent ambassadeur des réfugiés, qu'ils soient artistes, universitaires, amateurs ou marchands. Autrement plus crédible en tout cas que les piliers du Dôme.

Pour Paul Westheim, journaliste de talent, critique d'art réputé qui a longtemps dirigé le *Kunstblatt*, Kahnweiler s'entremet auprès de Malraux, directeur de collection chez Gallimard. Le réfugié, qui a autant besoin d'argent que de faire passer un message politique, veut écrire un livre sur les rapports qu'entretient le parti national-socialiste avec les Lettres et les Arts. Ce sera un document vécu sur la conquête du pouvoir par les nazis, dans les places fortes de la culture, illustré par des exemples précis, tels que la manière dont ils ont lutté contre le film *A l'ouest rien de nouveau*. Mais Malraux refuse le projet, au nom du comité de lecture des éditions Gallimard. Kahnweiler ne se laisse pas décourager pour autant et frappe à d'autres portes de la même maison : celle de Jean Paulhan, l'homme de la *Nouvelle Revue Française* et celle d'Emmanuel Berl, le rédacteur en chef de l'hebdomadaire *Marianne*. Une série d'articles à défaut d'un livre, ce ne serait pas plus mal. Paul Westheim n'est pas à proprement parler un de ses amis. Mais Kahnweiler a du respect pour lui, pour tout ce qu'il a fait en Allemagne, et à ce titre il aimerait bien lui « donner un coup d'épaule »[69].

Peu après, Kahnweiler, qui rencontre de plus en plus d'émigrés allemands, reçoit un metteur en scène qui prépare à Paris des représentations en français de

*Comme il vous plaira* de Shakespeare. Mais il ne trouve pas de peintre pour faire les décors. Kahnweiler lui présente Picasso, puis après mésentente, Elie Lascaux[70].

Parfois, le service rendu est tout à fait anodin aux yeux du marchand mais suppose pour le nouveau Parisien des difficultés considérables. Ainsi, quand tel haut fonctionnaire de la police de Berlin qui a dû s'enfuir sans un sou mais avec meubles et tableaux veut faire expertiser séance tenante un Pinturicchio pour le vendre, Kahnweiler intervient immédiatement auprès de son collègue (et partenaire dans l'affaire Masson) Georges Wildenstein[71].

De tous ceux qui ont dû quitter l'Allemagne, il en est un, outre son propre frère, avec lequel Kahnweiler entretient des relations suivies, un homme qu'il est prêt à soutenir plus que les autres si nécessaire : Alfred Flechtheim. Après la Suisse, le marchand choisit l'Angleterre. Mais il n'en reste pas moins européen, très tourné vers la France.

De tous les artistes qu'il avait exposés en Allemagne ou qui étaient sous contrat avec sa galerie, il en est un auquel il tient particulièrement. C'est Paul Klee. Il n'est pas question de le laisser tomber, dans leur intérêt bien compris à tous deux. Le travail du peintre s'en ressentirait. Pendant dix-sept ans, entre le début du siècle et la fin de la guerre, il avait souffert de devoir travailler sans entrevoir l'idée d'une indépendance financière tout en restant peintre. Puis il vit enfin le bout du tunnel en signant une convention avec la galerie Goltz de Munich et cinq ans plus tard avec celle de Flechtheim. Que faire dorénavant ? La solution s'appelle Kahnweiler. La galerie Simon prendra tout simplement la suite de la galerie Flechtheim dans la défense des droits de Klee et sa représentation exclusive.

Henry Kahnweiler y est tout à fait favorable malgré sa réticence de principe : il préfère s'occuper des artistes qu'il a lui-même découverts... Passée cette bouffée d'orgueil, il est ravi. Les deux hommes s'étaient dévisagés sans se voir, par excès de timidité, en 1912 à la galerie de la rue Vignon. Klee était de passage à Paris et s'était rendu à la galerie pour y voir des tableaux cubistes, entre une visite à Uhde et une séance de cinéma en couleurs, *Le Couronnement de l'empereur des Indes* (« en Britannicorama! » note-t-il dans son *Journal*). Ils s'étaient ratés mais devaient se retrouver pendant la guerre à Berne, chez leur ami commun le collectionneur Hermann Rupf. Les tableaux que Kahnweiler avait vus à cette occasion ne l'avaient pas totalement emballé, mais l'avaient intrigué car ils se situaient aux antipodes du cubisme. Puis très vite il avait appris à les lire et à les aimer.

Quand à la fin de 1933, Alfred Flechtheim et Hermann Rupf lui demandent d'être aussi le marchand de Klee, son accord est franc. L'homme lui plaît autant que l'œuvre. Il le tient pour le seul peintre qui, sans avoir habité à Paris, ait réussi à avoir une influence sur l'école de Paris. D'après lui, les surréalistes ont pu trouver en Klee des vertus qu'ils ne pouvaient trouver chez les cubistes :

« Il s'était abandonné entièrement à son génie capricieux à un moment où les cubistes avaient cherché le salut dans une discipline mentale rigoureuse. »

Rupf et Flechtheim n'ont pas eu à insister. Juste à informer. Car les points communs ne manquent pas entre Klee et son nouveau marchand. Outre la peinture, il y a la musique, au moins aussi importante pour l'un comme pour l'autre. Klee, qui est moitié allemand, moitié suisse par ses origines, a fait ses adieux à sa chaire de Düsseldorf dès 1933. Il est à Berne chez lui et il a dorénavant les moyens de son

indépendance. Entre l'Allemagne d'un Bauhaus promis à la démolition et la Suisse de son enfance, il
n'hésite pas.

Cet « exil » gêne un peu Kahnweiler qui reste
persuadé que pour convaincre Paris, il faut habiter
Paris. Ou la France. Il est le seul de la galerie Simon
en situation « irrégulière ». Tant pis. On s'y fera.
Kahnweiler rend alors sa première visite au peintre
chez lui, dans son petit appartement du quartier de
l'Elfenau. Klee peint dans son salon au milieu des
meubles, comme il le faisait déjà à Munich. Pour ses
invités, il joue de la musique de chambre, lui au
violon, sa femme au piano. Ils ont tous les deux
donné des concerts et participé à des orchestres.
Bach, Beethoven, Mozart...

Kahnweiler se sent bien dans cet étrange atelier,
chez cet homme étrange, qui écrit de la main droite
mais peint de la main gauche, a bien connu Schönberg à Munich mais préfère mille fois jouer du
Haydn, ne cherche pas à être moderne ou à innover,
se servant discrètement du passé comme du présent.
Ses écrits sont méthodiques, son existence rangée,
calme, ses tableaux jamais baptisés au coup par coup
mais une fois par mois lors d'un baptême collectif.

Un homme étrange et attachant. Kahnweiler ne le
sait pas encore, il ne le comprendra qu'un peu plus
tard, mais Klee commence là une longue descente
aux enfers. Quand le mal nazi se répand sur toute
l'Allemagne, un mal plus personnel l'envahit : les
prémices d'un sclérodermie. Quand la Wehrmacht se
jettera sur l'Europe, la maladie l'anéantira. Pendant
ces quelque sept années terribles, sa peinture sera de
plus en plus triste, angoissée.

De retour à Paris, Kahnweiler lui écrit et leur
correspondance fournie durera jusqu'à la fin, même
si le peintre n'est pas toujours en mesure de tenir la

plume. Les premiers temps, elle est souvent « esthétique ».

« Pour moi, écrit Kahnweiler, l'art de Mondrian et
consort est une décoration pleine de goût, mais pas
de l'art; il y manque cette expérience vécue première
qui réclame la durée et qui est fixée, rendue visible
pour les autres dans les tableaux. Chez vous, je sens
toujours l'expérience vécue derrière les formes... »

Mais très vite, le marchand est amené à parler
« marché » et « argent ». Il a lui-même acheté, pour sa
collection personnelle, outre des aquarelles, la célèbre
*Flèche dans un jardin*, car c'est cette huile sur toile
de lin qui l'a vraiment fait entrer dans l'univers de
Klee. Mais il a beaucoup de mal à imposer sa
peinture. Trop cher, trop cher, grommelle-t-il souvent. L'ensemble du marché est difficile, le climat est
défavorable à l'art en général, les rumeurs de guerre
ne sont pas faites pour arranger les choses... Soit.
Mais le prix des Klee peut paraître prohibitif à plus
d'un amateur et faire reculer sa décision. La plupart
du temps, c'est Klee qui le fixe, de manière très
précise et technique, et Kahnweiler s'emploie à le
baisser d'un tiers pour l'adapter au marché français.
Cela ne suffit pas. Obstiné comme rarement, le marchand se bat pour faire entrer ses tableaux au Jeu de
Paume et au musée de Grenoble et les fait voyager à
Copenhague, Bruxelles, Lucerne, Chicago, New York
ou Londres où ils triomphent souvent. Mais pas à
Paris. Il les montre, dans sa galerie, leur consacre
toute la place qu'ils méritent. En vain, croirait-on.
Mais comme il le dit lui-même, on ne peut pas forcer
les gens à regarder des toiles et encore moins à les
acheter. Son œuvre est difficile à situer pour le public
français, que ce soit par rapport au cubisme ou au
surréalisme. Les expositions attirent du monde,
entraînent un succès d'estime. Mais la critique est
mitigée – ce qui n'est pas très grave – et la vente

terriblement insuffisante – ce qui est très préjudiciable.

En d'autres temps, peut-être ses prix auraient été acceptables. Pour l'instant, c'est la crise[72].

Le fond de la crise, il l'atteint au printemps 1935. C'est le grand trou noir d'où beaucoup ne remontent pas. Plusieurs mois durant, il lui arrive même de ne pas vendre un seul tableau à un Parisien. Uniquement des étrangers[73]. Les Américains, de plus en plus nombreux à la galerie, veulent tout voir, mais achètent assez peu. Les expositions Masson et Klee ont rapporté plus de prestige que d'argent. La femme de Joseph Caillaux, l'ancien président du Conseil, a acheté deux eaux-fortes de Klee, *Les gorgones* et *Cygne dévoré par des tigres*[74]. Mais il en faudrait beaucoup comme elle... Pour compenser, Kahnweiler doit continuer à rendre service. Il sert de guide au conservateur du Musée royal des Beaux-Arts de Copenhague dans les ateliers de Matisse et Laurens et dans quelques galeries. Depuis longtemps, celui-ci cherche à acquérir un Braque mais trouve les prix de Paul Rosenberg trop élevés. Kahnweiler se fait fort de le mener directement dans l'atelier de l'artiste qui lui vend directement un *Guéridon* pour 30 000 francs, un sixième de la transaction lui revenant à titre d'intermédiaire[75].

Ce genre de petit profit est plus rapide et plus sûr que son apostolat ordinaire, ambitieux mais sans effet. Signe des temps : il a énormément de mal à vendre une intéressante curiosité historique sur laquelle tout amateur du cubisme devrait, en principe, se précipiter. Il s'agit d'un carreau de faïence que Picasso et Derain ont peint de concert en juillet 1914 à Montfavet, près d'Avignon. Ce très bel objet, monté avec goût, qui offre l'apparence d'une fresque, scelle la fin de leur amitié. Mais Kahnweiler a beaucoup de mal à la négocier au même titre qu'un tableau. Le marchand new-yorkais Pierre Matisse, à qui il le propose, ne se laisse pas convaincre[76].

La crise est même morale. Son mode de vie en a été naturellement affecté. Kahnweiler sort moins, dîne moins en ville, bien qu'il n'ait jamais été « mondain » même en période faste. S'il change sa voiture pour une Celtaquatre Renault, c'est qu'il y est contraint par l'état de la mécanique. Mais ses vacances sont un cauchemar. Finies l'Italie, la Suisse et bien sûr l'Allemagne. Il passe un été particulièrement douloureux en Bretagne, cloué dans un fauteuil à Trebeurden, après une sciatique pendant le premier bain de mer. Le second été de ces moroses années 30, il prend moins de risques et se contente de son jardin de Boulogne-Billancourt. En attendant que les affaires s'arrangent.

Pour l'instant c'est du ressort de la science-fiction. A la galerie, ils ne sont que deux : lui et sa belle-sœur Leiris. Ils font tout à deux. C'est le minimum. Kahnweiler se résout donc à faire des coupes sombres dans les mensualités versées aux peintres, André Masson par exemple. Précisant au marchand Pierre Matisse la manière dont il révise les conditions qui le lient à Masson (le prix de vente de ses toiles, notamment, est baissé d'un tiers), il lui expose ses motifs :

« Je pense en effet que la seule politique saine, à l'heure actuelle, est de vendre les tableaux de jeunes peintres aussi bon marché que possible, de façon à continuer un marché régulier, au lieu d'attendre le Monsieur-qui-paiera-plus-cher. Je suis sûr que le salut de ce commerce est là »[77].

Il n'empêche. S'il reste déterminé à ne pas se séparer de sa seule pièce de musée – la fameuse *Fête du vin* de Le Nain – à moins de 300 000 francs[78], il rompt ses liens contractuels avec des jeunes peintres, Gaston-Louis Roux par exemple, depuis peu à la

galerie Simon. Les termes de sa lettre de rupture sont
sans appel :

« J'ai quelque chose de bien triste à vous annoncer : je ne pourrai plus vous acheter de tableaux.
Vous vous doutez bien qu'il ne s'agissait plus d'affaires depuis longtemps, mais simplement de trouver
l'argent nécessaire aux achats. J'avais réussi jusqu'à
présent mais je n'y arrive plus. Je n'ai pas besoin de
vous dire que votre peinture n'est pas en cause : je
l'aime toujours autant, mais je ne pourrai plus l'acheter, ni la vôtre, ni celle des autres[79]. »

Quelques jours avant Noël 1933, le coup est dur à
encaisser. Le groupe des peintres de la galerie Simon
se réduit en peau de chagrin. Il est inversement
proportionnel au stock. Les quelques Gris et les
quelques Masson, que l'ami Rupf acquiert à bas prix,
lui permettent de se procurer d'indispensables liquidités et de maintenir ces peintres sur le marché. Mais
c'est maigre. Kahnweiler ne tiendra pas longtemps à
ce rythme-là. Car il lui faut non seulement survivre,
empêcher la galerie de péricliter tout à fait, mais aussi
préparer l'avenir. Un jour, cette terrible crise devra
bien se terminer. Avec quels peintres repartira-t-il ? Il
ne faudra pas les chercher à ce moment-là. Ce sera
peut-être trop tard. Il faut prendre les devants dès
maintenant. Après avoir tourné et retourné le problème en tous sens et pris l'exacte mesure de chacune
de ses facettes, il se résout à l'ultime solution de
secours : le syndicat d'entraide artistique.

Ce n'est pas une société secrète, ni une annexe
subversive de la CGT. Kahnweiler appelle cela « une
petite combinaison ». L'idée est assez simple : il s'agit
de proposer à des amateurs de s'engager ferme à
verser pendant un an une certaine somme destinée à
des achats d'œuvres de jeunes peintres. En échange,
les souscripteurs (car c'est bien de cela qu'il est
question) bénéficieraient d'avantages multiples et

avant tout de prix bon marché. L'intérêt pour les artistes et donc le marchand est également multiple : cela permettra aux peintres de continuer à peindre, au marché engourdi de remuer un peu et d'augmenter le mouvement des ventes de la galerie, quitte à diminuer le bénéfice immédiat du marchand.

L'idée fait son chemin petit à petit dans l'esprit de Kahnweiler. Il n'en parle, sous le sceau du secret, qu'aux jeunes peintres que cela pourrait concerner : Kermadec, Suzanne Roger, Gaston-Louis Roux, Masson[80]... Aux éventuels amateurs que cette formule originale d'« épargne-peinture » pourrait intéresser, de l'auteur dramatique Armand Salacrou au marchand Georges Wildenstein, il présente l'affaire dans toute sa simplicité sans s'embarrasser de calculs compliqués : chacun donne une somme chaque mois, la galerie la garantit et la redistribue aux artistes; à la fin de l'année chaque souscripteur a droit à un certain nombre de tableaux (à partir de 125 francs le numéro) en fonction de ce qu'il a versé; quant à la galerie Simon elle prend un pourcentage mais paie également sa mensualité comme les autres pour avoir des tableaux.

Un mécénat qui ne dit pas son nom? Kahnweiler récuse le terme car il déteste l'idée. De toute façon c'est à la fois plus simple, plus compliqué et plus original que cela.

L'idée lui est peut-être venue de l'expérience de l'association de « La Peau de l'ours » qui fit ses preuves avant-guerre. Peut-être... A moins qu'elle doive beaucoup à un auteur que Kahnweiler respecte infiniment : Robert Musil. En effet, celui-ci s'était trouvé sans revenus fixes après la suppression de son poste de conseiller au ministère des Armées (chargé de la réintégration des officiers dans la vie civile). Il vivait mal, de ses articles, de ses critiques et de ses livres. Pendant la crise, il a essayé de monter avec des amis, des lecteurs et son éditeur une association, le Fonds Robert Musil, qui recueillerait des cotisations permettant de financer l'achèvement de la rédaction de *L'Homme sans qualités*[81]. Si une petite communauté peut s'organiser pour permettre à un écrivain d'écrire, pourquoi ne le ferait-elle pas pour permettre à un peintre de peindre?

Le « Syndicat d'entraide artistique » est donc lancé grâce à l'obligeance de quelques amateurs, Alfred Richet, André Level, Alphonse Kann... Salacrou, par exemple, détient deux parts équivalant chacune à un versement de 2 000 francs par mois[82]. L'expérience est délicate, difficile à gérer car il faut sans cesse relancer les épargnants, mais elle prouve vite son efficacité. Tant et si bien que Kahnweiler songe à en faire bénéficier un peintre qu'il avait toujours tenu à l'écart de ses préoccupations : Joan Miro. Il se montrait même dédaigneux à son endroit malgré les avis très favorables de Michel Leiris et de Masson notamment. En avril 1935, il lui demande de but en blanc :

« Quelle est votre situation au point de vue affaires? Etes-vous libre ou avez-vous des engagements[83]? »

Il ne lui cache pas qu'il a des projets pour lui mais, sans lui en dire plus, exige le secret absolu. Nul ne doit savoir. Le secret... Une vieille manie de Kahnweiler renforcée par le travers cancanier d'un milieu où certaines informations en apparence anodines peuvent avoir d'importantes répercussions financières.

Miro à la galerie Simon... Ce n'est pas encore fait mais certains n'en reviennent pas. Kahnweiler doit vraiment croire à sa future cote, même s'il donne d'autres explications :

« Je verrai Miro à la fin du mois (de mai) et je tâcherai de le faire rentrer dans l'ensemble. Je crois qu'il serait excellent qu'il y participe de façon à ce

que nous groupions vraiment tous les peintres importants de la jeune génération [84]. »

Car on peut difficilement imaginer d'autres motifs
que purement commerciaux à sa démarche. Tout,
dans leurs relations, le confirme. Depuis le début.
Depuis la visite effectuée par Kahnweiler, il y a plus
de dix ans déjà, dans les ateliers de la rue Blomet et
sa moue dédaigneuse à la vue de ses tableaux. Tout
récemment encore en 1932, après avoir vu une
exposition à la galerie de Pierre Colle, il ne dissimulait
pas sa mauvaise opinion sur les deux peintres qui y
étaient en vedette : Dali « toujours pareil, appliqué,
maniaque, et selon moi, école des Beaux-Arts », et
Miro « très catalan, c'est-à-dire assez vulgaire, mais
dans l'esprit habituel. Des objets aussi, complètement
idiots [85] ». Quelques années avant, il en parlait comme
d'un « petit personnage » [86]. Quand Miro venait à la
galerie Simon et lui demandait de ses nouvelles,
Kahnweiler lui répondait avec une formule si sèche,
si lapidaire et si convenue que l'entretien ne pouvait
que se clore aussitôt.

A ses yeux, ce peintre fait preuve d'un manque
stupéfiant d'invention. Depuis des années il tourne en
rond. C'est lui faire trop d'honneur, d'après lui, de
croire, selon une idée répandue, que Miro imite Klee
alors qu'il s'inspire de Picabia, au détriment de son
propre style d'origine plutôt naturaliste [87]. A la
décharge de Kahnweiler, on pourrait imaginer que
Miro a évolué depuis l'après-guerre et que sa lente
métamorphose le convainc désormais. Il n'en est rien
car quelques mois encore avant de l'approcher, il le
jugeait comme un « petit peintre catalan réaliste, non
dénué de talent certes, mais qui doit à Masson d'être
devenu surréaliste ». Un petit peintre doué, mais qui
ignore ses limites et se lance dans des aventures qui
de loin dépassent ses forces [88]...

Déroutant Kahnweiler, qui propose à Pierre

Matisse de s'associer pour gérer l'affaire Miro[89] ! La crise l'oblige à s'enferrer dans des contradictions et des ambiguïtés dont il a toujours eu horreur. Un jeune homme le pousse à s'expliquer plus avant dans la correspondance longue et fournie qu'ils entretiennent, à partir de 1933 surtout. C'est un amateur londonien, Douglas Cooper, qui s'est associé au sein d'un triumvirat à F.H. Mayor et J.F. Duthie pour monter la petite Mayor Gallery, à Cork Street.

Kahnweiler connaît peu la peinture anglaise contemporaine, hormis Ben Nicholson, un artiste qu'il apprécie et qui n'oublie jamais de lui montrer son travail à chaque fois qu'il passe à Paris[90]. Mais c'est de « toute » la peinture et de l'ensemble du marché dont il débat régulièrement avec Cooper. Quand ce dernier lui annonce que quelques jeunes gens de Londres essaient de monter une revue entièrement dévouée à l'art abstrait, Kahnweiler trouve cela « cocasse ». Il prédit qu'il faudra lutter longtemps encore pour séparer le bon grain de l'ivraie et faire la différence qui s'impose entre peinture et non-peinture. L'art abstrait n'est pour lui qu'un cul-de-sac. S'il est vrai que les amateurs anglais n'aiment pas les cubistes, il suffit de s'armer de patience, ils y viendront. S'ils leur préfèrent Max Ernst, ce n'est tout simplement pas flatteur pour leur goût.

Sectaire ? Plutôt cohérent avec lui-même. Il dit et il répète qu'il ne défendra et ne vendra que la peinture qu'il aime, que ce commerce est peut-être difficile mais qu'il le fait tout de même vivre depuis trente ans et que de toute façon il ne sait pas, lui, vendre de grands morts. Et qu'on ne lui parle pas de mécénat ! Il n'y a rien de tel pour le pousser au cynisme et le forcer à se présenter comme un « exploiteur »[91]. Alfred Flechtheim a tort de désespérer de la profession : s'il est aussi pessimiste que Cooper veut bien le dire, c'est que la proximité de la Tamise ne lui réussit pas. Coupé de ses racines et du marché allemand qu'il connaît si bien, ce cher Alfred se laisse trop facilement abattre.

Kahnweiler, lui, s'y refuse de toute son énergie. Il n'est pas homme à transformer ses livres comptables en livres de chevet. Quand il rentre chez lui il oublie les impayés jusqu'au lendemain, fidèle à son habitude : la galerie d'un côté, la maison de l'autre. Il s'enthousiasme pour *La condition humaine*, qu'il juge « le meilleur livre » de Malraux[92]. Mais c'est véritablement la lecture d'un manuscrit de Georges Bataille, *Le bleu du ciel*, prêté par Michel Leiris, qui l'éblouit et l'émeut. C'est un texte beau, grave, déchirant, « la plus belle chose que j'aie lue depuis longtemps »[93]. Il a été son éditeur il y a peu pour *L'anus solaire*, illustré de pointes sèches de Masson. Mais cette fois, il se sent coupable d'avoir dû suspendre l'activité des éditions de la galerie Simon, pour des raisons financières. Pour compenser sa frustration, il s'empresse de recommander le manuscrit à Malraux afin qu'il le pousse au comité de lecture de Gallimard[94].

Ce n'est ni la première, ni la dernière fois qu'il fait appel à lui pour une cause noble : la diffusion de la vraie littérature. Pourquoi pas : Malraux a un nom, un poste d'influence et il dit volontiers qu'il n'oubliera jamais son premier éditeur. Kahnweiler lui a déjà chaleureusement recommandé le manuscrit du *Journal* de la mission Dakar-Djibouti que Michel Leiris a terminé après deux ans d'Afrique[95]. Malraux aussi sait user de recommandations auprès de Kahnweiler. Un jour il lui envoie des toiles d'Engel-Rozier à qui la NRF aimerait bien faire plaisir. Kahnweiler n'aime pas : c'est de la décoration, de la peinture sans authenticité. Il dira au peintre que les conditions économiques l'empêchent de... La crise a bon dos ?

C'est vrai. Mais le comité de lecture de Gallimard aussi[96]...

Quand il ne lit pas ou qu'il n'écoute pas de la musique, Kahnweiler va au cinéma. Mais c'est finalement pour mieux retourner vers les livres, car à chaque fois qu'il voit un film américain – il y en a de plus en plus – il est convaincu que le cinéma est encore dans une impasse[97].

La parution à New York, chez Harcourt Brace, du livre de Gertrude Stein, *The Autobiography of Alice B. Toklas*, le ravit et l'irrite. Il est content pour son amie car, à soixante ans, après trente ans d'écriture, elle voit enfin ses qualités reconnues. Le succès est énorme. Gertrude est prise dans le tourbillon des tournées de conférences et des sollicitations multiples. Kahnweiler, qui a été son éditeur à deux reprises, ne peut que s'en féliciter, même si ce livre-ci a tendance à éclipser ses autres livres. Mais il est courroucé, révolté même de ce que certains, de plus en plus nombreux, tiennent ces mémoires déguisés pour un vrai livre d'histoire et un témoignage capital sur les années héroïques du cubisme. Il n'est pas loin d'exprimer le même ressentiment que lors de l'affaire Apollinaire. Il y a trop d'erreurs, de détails certes, mais qu'il admet d'autant moins que Gertrude lui avait fait relire le manuscrit, avant publication. Comment a-t-elle pu maintenir qu'il avait fait fortune à Londres pendant plusieurs années avant d'ouvrir sa galerie rue Vignon ou que Wilhelm Uhde était un espion allemand en 1914, comme les ragots d'une certaine presse le laissaient croire à l'époque! C'est dommage. Mais leur amitié reste intacte.

Dans ces moments-là, Kahnweiler se retire dans son bureau, au fond de la galerie désespérément déserte, tel Zarathoustra dans la solitude de sa montagne. Convaincu d'avoir raison contre tous.

Ses meilleurs instants sont aussi les plus inattendus.

C'est un professeur de l'université de New York, Robert Goldwater, qui passe quelques minutes pour ne pas quitter Paris sans avoir salué « le fameux Kahnweiler » et qui reste finalement plusieurs heures, lui donnant, pour lui seul, une magistrale leçon d'histoire de l'art à l'usage des marchands-critiques. Mais c'est surtout Picasso avec lequel les liens se sont progressivement renoués depuis quelques années.

Il se fait moins rare dans la galerie de la rue d'Astorg. A tel point que dorénavant, Kahnweiler jette hâtivement ses paroles sur le papier à l'issue de chacune de ses visites. La peinture est leur principal, pour ne pas dire unique sujet de conversation. Quand ils sont ensemble, ils n'ont pas l'air de se préoccuper de ce qui se passe à l'extérieur.

« Qu'est-ce au fond qu'un peintre? s'interroge Picasso en février 1934, quand la place de la Concorde est encore rouge du sang des émeutiers. C'est un collectionneur qui veut se constituer une collection en faisant lui-même les tableaux qu'il aime chez les autres. C'est comme ça que je commence et puis ça devient autre chose[98]. »

Un peu plus d'un an après, leur bavardage amical est lié à l'actualité, mais elle est évidemment artistique : c'est une exposition italienne au Petit Palais. Picasso se dit épouvanté :

« Quel appel aux plus bas instincts! Vous aimez ça, vous? Vous admirez la gloire et les gros prix! »

Kahnweiler se justifie en défendant ses peintres italiens préférés. Le marchand est aussi mesuré dans ses propos que le peintre est excessif. Question de tempérament. Allons, allons, faisons la part des choses. Il rappelle que quand il était jeune, il méprisait la Renaissance et qu'avec l'âge il a appris le sens de la perspective historique, de la durée, et qu'il distingue mieux, dorénavant, ce qui compte dans la Renaissance. Un peu de hauteur, que diable! Mais Picasso ne se laisse pas démonter pour autant :

« Mais oui, vous, vous aimez acheter bon marché et vendre cher. C'est pour ça que vous admirez Caravage. Ah tous ces gens! Titien... Je donne toute la peinture italienne pour Vermeer de Delft. Voilà un peintre qui ne pensait qu'à dire ce qu'il avait à dire, sans songer à autre chose.

– Titien, je vous l'abandonne, concède Kahnweiler. Mais le Tintoret est quelqu'un, et Masaccio, Caravage... D'ailleurs des peintres comme Giotto, qu'en pensez-vous?

– Toute cette décoration, mais c'est horrible... C'est fait pour orner des églises, des appartements...

– Je pense que ce qu'il y a de plus important dans la peinture, c'est son action créatrice du monde extérieur », dit Kahnweiler.

Il se lance alors dans de grandes explications fidèles à l'esprit et même à la lettre de ses écrits théoriques de l'exil bernois, puis reprend :

« ... Oui, tout de même, Giotto ou Masaccio ou le Caravage ont renouvelé le monde extérieur. Même Vermeer n'est pas possible sans Caravage.

– Mais chez Vermeer, vous ne trouvez pas tous ces souvenirs de l'antiquité », enchaîne Picasso tout en moquant la fascination pour l'Italie qu'exprime Kahnweiler et en se dirigeant vers la sortie car tout de même le temps presse [99].

Dans ces années de vaches maigres qui lui laissent, hélas, beaucoup de temps libre pour converser à sa guise, Kahnweiler a deux interlocuteurs privilégiés parce que disponibles pour ce genre d'échanges informels à bâtons rompus; Picasso pour la peinture et Vlaminck pour la politique. Ses deux préoccupations du moment.

Vlaminck a cet avantage sur Picasso qu'il sait

parfois aborder les deux sujets indistinctement, et non pas l'un à l'exclusion de l'autre. Depuis des années, il n'a plus de liens commerciaux avec son ancien marchand. D'un commun accord, pourrait-on dire, tant Kahnweiler se sent étranger à l'évolution esthétique de ce peintre qui fut tout de même le premier à garnir les tristes cimaises de la galerie de la rue Vignon dans ses toutes premières heures. Cela ne s'oublie pas.

En 1934, après la conclusion du pacte germano-polonais, Vlaminck est convaincu que la guerre est proche. Pour les mêmes raisons qu'en 1914, résumées en deux propositions tout à fait limpides : la connerie et l'égoïsme humains. Dans ce débat serré, il a un atout : les événements lui ont déjà donné raison une première fois contre Kahnweiler, quelques années, quelques mois et même quelques jours avant que n'éclate la guerre entre la France et l'Allemagne.

« Ecoutez bien ceci, Kahnweiler, si les dirigeants étaient absolument certains et convaincus que la guerre est impossible et à tout jamais, dans l'état où se trouve actuellement le monde, la guerre étant la seule solution escomptée et possible, ils deviendraient fous ! Fous d'angoisse devant l'impossibilité d'arranger le pays afin qu'il puisse vivre en circuit fermé ou alors d'organiser le monde entier sur un mode égalitaire, fraternel et compter sur le désintéressement individuel et une bonne volonté réciproque[100] ! »

Exprimés non plus de vive voix mais dans de longues lettres très denses et ponctuées d'exclamations, ses arguments n'en ont que plus de force, d'impact. Malgré son caractère épistolaire, c'est un véritable dialogue qui s'instaure entre les deux hommes, l'un répondant à l'autre par retour du courrier. Ils sont d'accord sur les maux mais pas sur les remèdes.

Ce jour-là, c'est Kahnweiler qui reprend la parole et

il est décidé à ne pas la lâcher avant d'avoir dit ce qu'il a à dire :

« ... Mais oui, je me suis trompé en 1914. *Mea culpa*! Eh mais? Vous dirais-je que je n'en ai nul regret? Si j'avais été un « malin », peut-être aurais-je sauvé une partie de mes biens. Bien sûr j'aurais été un homme riche et je ne le suis pas. Mais je n'ai pas participé à ce que je considère comme un crime. Je crois que vous plus que quiconque êtes capables de penser que ce n'est pas rien. Et j'ai payé cette liberté de la perte de mes biens : c'est juste. L'avenir : je ne suis pas du tout plus optimiste que vous. La guerre, je la crois très possible. Il y a mille autres dangers presque aussi terribles que je vois. Le fascisme – qui sera notre ennemi le plus acharné à tous comme il est en Allemagne, qui nous empêchera – tous, vous aussi – de travailler, d'écrire, d'exposer. Je vois défiler à la rue d'Astorg les victimes de Hitler. Je vois tous les peintres allemands de valeur en exil (ils ne sont pas juifs mais peintres seulement). Les miens ont quitté l'Allemagne. Les galeries Flechtheim sont fermées et Flechtheim est à Londres. Et je ne vois pas du tout que cette évolution doive se borner à l'Allemagne [101]. »

Kahnweiler adresse un reproche fondamental à Vlaminck : son manque de rigueur dans l'exposé des problèmes. L'inventaire des maux est juste mais incohérent. Le peintre mélange tout, d'après lui : le cubisme et la musique nègre, Violette Nozière et Picasso... Il ne se rend même plus compte qu'aux yeux des observateurs d'extrême droite comme Camille Mauclair, il est, lui Vlaminck, bien plus solidaire de cette peinture qu'il ne le croit.

Le peintre et le marchand ne peuvent se rejoindre car le premier veut rationaliser à tout prix une situation que le second définit comme foncièrement anti-intellectuelle et anti-humaine. Il s'évertue à lui

faire comprendre qu'il ne suffit pas de se retirer loin
de Paris dans une thébaïde pour marquer des limites
avec le reste du monde. Vlaminck a fait partie non
d'un mouvement ou d'une école mais d'un certain air
du temps, il a été avant-guerre d'une sorte de famille
d'esprit qui se retrouvait dans quelques ateliers, des
lieux de vacances studieuses et une galerie, qu'il le
veuille ou non. Kahnweiler lui promet que le jour où
le fascisme sera victorieux en Europe, ce régime
rangera Vlaminck parmi les responsables de la décadence. Avec les autres. D'ailleurs cela a commencé
puisque, d'après ses informations, dans la nouvelle
Allemagne ses tableaux figurent en bonne place entre
ceux de Gris, Braque et Picasso parmi ceux qu'on ne
peut plus montrer. Plus qu'un avant-goût, c'est un
avertissement qu'il ne peut pas ignorer.

Vlaminck n'est naturellement pas d'accord. Surtout
pas solidaire. Pour se faire mieux comprendre, il use
d'une curieuse métaphore, mi-sportive, mi-mécani-
que.

« ... Je suis responsable du cubisme comme l'inventeur de la bicyclette peut être responsable du
moteur automobile. Dans l'invention de la bicyclette,
l'inventeur laissait une grande part à l'homme dans le
soin de faire avancer avec ses muscles cette machine.
La bicyclette est un instrument sportif, humain. Mais
l'auto? Dans l'auto, il n'y a plus rien d'humain, un
con, un homme bien portant, un malade peut aller
aussi vite que n'importe quel [*illisible*]. Le cubisme
c'est la peinture à la portée de tous. Suis-je responsable des divagations, des rêves, des cauchemars littéraires de ces petits messieurs? de leurs maladies et de
leur impuissance [102]? »

Vlaminck va même plus loin encore dans sa
démonstration. Il considère les émeutes du 6 février
1934, place de la Concorde, comme les chevau-légers
de « la grande féerie » qui se prépare. Son ton est de

plus en plus apocalyptique. Il s'exprime comme un homme qui s'apprête pour le Grand Jour. Il en est à se demander si l'urgence de l'heure ne lui imposerait pas de troquer ses pinceaux contre une plume. C'est d'ailleurs ce qu'il fait, publiant des écrits tels que *Tournants dangereux*, aussi noirs, sombres, pessimistes que les ciels de ses paysages sont plombés, lourds, prêts à s'abattre sur ces villages désespérément enneigés.

« Le malade, reprend-il en conclusion, voyez-vous et c'est cela qui est grave et inguérissable, c'est l'Homme lui-même! La terrible et juste punition qui se prépare le remettra d'aplomb, lui fera ravaler sa merde, son orgueil, sa vanité, sa vacherie et son hypocrisie. »

Kahnweiler est très impressionné. On lui a souvent dit que Vlaminck était en pleine crise de misanthropie. Il se rend compte que c'est bien plus grave que cela. Il n'attache même pas trop d'importance au post-scriptum : « Mes meilleurs clients, à l'heure actuelle, ce sont les Allemands (sic!). » C'est le ton et donc l'état d'esprit du peintre qui se sont dangereusement radicalisés jusqu'à une limite qu'il n'avait encore jamais atteinte. Les mots qu'il emploie ne sont plus ceux de la rancœur, de l'amertume ou même de la jalousie. La plaie est bien plus profonde. Elle n'est pas sans rappeler certains discours, certaines références qui font florès en Allemagne depuis que Hitler a pris le pouvoir. A croire que Vlaminck appelle de ces vœux une revanche dont il craint lui-même de mesurer les conséquences, inévitablement tragiques pour des gens qu'il a aimés.

Dans sa réponse, Kahnweiler cherche à justifier ses critiques antérieures. Il n'a jamais pensé à le rendre « responsable » du cubisme, seulement « solidaire », fût-ce contre sa volonté, ce qui n'est pas la même chose. Quant au marché des Vlaminck en Allemagne, il est lui, bien placé en tant que praticien, pour savoir qu'il est artificiel. Pas d'expositions, des achats clandestins, des placements financiers qui ne disent pas leur nom... Les gens qui font circuler ses toiles outre-Rhin ne représentent rien : ce sont des vendeurs sans foi ni loi, uniquement âpres au gain, qui sont prêts à tout pour réaliser une bonne affaire. Mais ce n'est pas cela qui compte d'après Kahnweiler.

« Ecrire, peindre. Cela seul a de l'importance quoi qu'il arrive. Nous mourrons tôt ou tard, d'une façon ou d'une autre, mais les œuvres resteront. Voilà pourquoi je préfère la République avec toutes ses tares : elle nous laisse libres au point de vue de l'esprit [103]. »

Cela ne fait guère de doute : Kahnweiler a choisi son camp. Celui de l'antifascisme. C'est la priorité. Le filtre obligé de toutes les décisions. La référence de toutes les références. Cela lui fera avaler un certain nombre de couleuvres comme à la plupart de ceux de ses amis, Malraux et beaucoup d'autres, qui se sont regroupés sous la bannière du « Comité de vigilance des intellectuels antifascistes ».

Même s'il est conscient que depuis le Traité de Versailles, Français et Anglais ont commis des erreurs, même s'il devine bien tout le profit que l'Internationale communiste essaie de tirer de cette situation, en France notamment, même si ce vaste mouvement est une auberge espagnole avec tous les dérapages et les manipulations qu'un tel flou suppose, il persiste à définir son attitude pour les années à venir en fonction d'un homme, un seul : Hitler. C'est l'homme à abattre. Le reste est secondaire. Il se moque bien de savoir si cela fait le jeu du communisme soviétique. Sa position n'est pas politique ni contingente mais « humaine ». Il en va des choses de l'esprit, tout simplement, et de l'avenir d'une civilisation.

Lui qui rencontre régulièrement des échappés du IIIe Reich triomphant, lui qui lit quotidiennement la presse allemande, il sait dans quel état étaient les arts et les lettres dans ce pays à la fin des années 20 et dans quelle misère morale ils se trouvent aujourd'hui, après deux ans de nazisme appliqué. Il est désormais convaincu que si l'Europe ne les arrête pas, ils l'anéantiront. La barbarie est aux portes, il faut le savoir et agir en conséquence. L'heure n'est plus aux compromis. La France et l'Angleterre sont les remparts de la démocratie en Europe, malgré tout. Dans une telle atmosphère il faut se réjouir du moindre signe, de ce qu'un chef du prestige de Toscanini refuse de retourner en Italie. Cela lui met du baume au cœur[104].

C'est un Républicain de raison. La France est un pays qui le laisse, lui et ses amis, libres d'aimer et de pratiquer la peinture, la philosophie, la poésie, la littérature qu'ils aiment. Alors il n'aura de cesse de répéter : vive la France ! Tant que cela durera[105].

# 8.

## *Advienne que pourra*

### 1936-1940

Vive la France faute de mieux... Le fameux rempart de la démocratie commence à montrer des signes de fébrilité. Le seul élément positif, ce n'est pas tant la chute du cabinet Laval, ni même la dissolution des ligues d'Action Française. L'agitation est toujours là. On croirait que la rue attend le moindre signe pour déclencher les affrontements. Kahnweiler, lui, place tous ses espoirs dans la publication du programme de Rassemblement populaire. Il reprend à l'envers l'antienne d'une certaine bourgeoisie : plutôt Hitler que le Front populaire.

La crise économique n'est certainement plus ce qu'elle était aux jours les plus noirs de 1931. Mais la plus grande incertitude règne toujours. Dans les galeries, il y a du monde. Nombreux sont les visiteurs mais rares sont les acheteurs[1]. Le syndicat d'entraide artistique commence à manifester des signes d'essoufflement. André Level et Alfred Richet sont toujours là, fidèles au poste, mais Alphonse Kann ne renouvelle pas sa souscription. Heureusement que André Lefèvre vient de payer ses 4 000 francs pour le trimestre écoulé[2].

L'affaire tient vraiment à un fil. C'est que les événements effraient les possédants français. Par contrecoup le syndicat se rétrécit en peau de chagrin. Salacrou n'a même pas répondu aux messages de

Kahnweiler lui demandant s'il en était toujours[3]. La partie va-t-elle cesser faute de partenaires ? Kahnweiler en sa galerie est plus que jamais déterminé à ne pas baisser les bras. Ce serait tirer le rideau de fer. Il se bat toujours pour placer son fameux « carreau Picasso-Derain », cherchant à convaincre des gens comme Alphonse Kann ou Georges Salle, et il lui adjoint un tableau de chacun des deux peintres de manière à constituer un ensemble historique cohérent[4]. En vain.

Pour relancer ses jeunes peintres, il suggère même à Malraux de proposer à Gaston Gallimard de réactiver sa série de petits livres sur « les peintres nouveaux ». Un mécène, dont il tait le nom (le goût du secret, toujours) serait prêt à financer des livres sur Beaudin, Borès, Kermadec, Lascaux, Suzanne Roger, Roux... Kahnweiler est d'une telle insistance que c'est à se demander s'il n'est pas le mécène en question, à moins qu'André Simon... En tout cas il achèterait ferme un certain nombre d'exemplaires de chacun de ces ouvrages dès parution. A nouveau, sa démarche est vaine, comme toutes ses démarches semble-t-il pour donner un semblant d'activité à sa galerie. Si Gallimard redémarre la collection, il la modifiera complètement. Mais pour l'instant, ce n'est pas à l'ordre du jour. La crise, là aussi[5].

Reste l'Amérique. Toujours elle. Bien qu'elle ait de facto le monopole de l'achat, en dollars et en grandes quantités, sur la place de Paris, Kahnweiler n'est pas prêt à modifier sa politique en fonction de cette situation. Son point de vue est immuable : ses tableaux ont une valeur intrinsèque, il n'est donc pas du tout disposé à les vendre à tout prix mais seulement à un prix qui lui permettrait de les remplacer en lui laissant un bénéfice :

« Ils valent aujourd'hui ce qu'ils valaient hier... » répète-t-il à ceux qui aimeraient le voir s'adapter[6].

Il refuse de changer de principes au gré de l'évolution de la situation. Quand on a une idée, on s'y tient.
C'est valable tant sur le plan strictement commercial
qu'esthétique. Quand tous autour de lui louent l'exposition Matisse, il jette un froid en tempérant leur
ardeur – « c'est toujours Matisse mais ce n'est pas
écrasant » – et en les invitant plutôt à aller faire un
tour du côté de la Bibliothèque du Sénat où l'on peut
dorénavant voir la décoration de Delacroix, qui est
autrement plus réjouissante[7].

Sa défense et illustration de la « vraie peinture » et
du cubisme authentique est toujours aussi véhé-
mente. Elle est en sommeil mais il en faut peu pour la
réveiller, dans toute son intransigeance.

Un jour du printemps 1936, une nouvelle venue de
Londres le met vraiment en colère. C'est un 1er avril
mais ce n'est pas une farce. Il paraît que la Mayor
Gallery, dont il suit les progrès grâce à ses relations
suivies avec un de ses animateurs, Douglas Cooper,
s'apprête à exposer des toiles des sous-produits du
cubisme, de Gleizes, Metzinger, Valmier, Herbin...
C'est Alfred Flechtheim qui lui a dit cela.

Sans hésiter, Kahnweiler prend sa plume pour leur
demander – « exiger » serait plus approprié – de n'en
rien faire. Il sait qu'il n'a aucun droit, mais il se sent
le devoir moral d'intervenir. Vu l'exiguïté de leurs
locaux, il leur avait toujours conseillé à titre de
correspondant et d'ami avisé, d'exposer la qualité au
détriment de la quantité. Ils n'ont donc rien compris ?
Bien sûr, sa requête est explicitée.

Il y a vingt-cinq ans, quand Braque, Picasso et
Gleizes, Metzinger et consorts formaient un tout dans
l'esprit public, il s'était battu pour les dissocier. Avec
le temps, les amateurs se sont finalement aperçus
qu'il y avait d'un côté de grands peintres, de l'autre
des suiveurs, de pauvres diables d'imitateurs qui, de
son point de vue, sont aux cubistes ce que les Maufra

et Loiseau sont aux grands impressionnistes. Le temps a fait son œuvre. Pour n'être pas voisin de cimaise, Kahnweiler avait refusé que ses toiles aillent aux Indépendants et au Salon d'Automne. Il avait fait école en Allemagne puisque son ami Flechtheim avait rompu avec Herwarth Walden quand celui-ci, dans sa revue *Der Sturm*, se laissait aller à mêler les quatre grands aux *ersatzkubisten*.

Aujourd'hui la vérité est admise, l'imposture dénoncée, la confusion et l'amalgame écartés. L'Angleterre est le seul pays à risque puisque l'art moderne y fait encore ses débuts. Elle a des excuses. Mais à quoi bon entretenir des rapports aussi ténus et confiants avec une galerie aussi jeune et prometteuse que la Mayor Gallery si c'est elle qui doit, la première, anéantir un aussi long et patient travail ! Kahnweiler est vraiment hors de ses gonds. Qu'on le comprenne. Peu lui chaud que Cooper et ses amis exposent des œuvres de Cocteau et Soutine, de Dali qu'il abhorre ou de Ernst qu'il juge sans grande importance. Ils sont ce qu'ils sont, c'est-à-dire eux-mêmes. Mais les sous-produits du cubisme, eux, ne sont que des imitateurs. En les exposant aux côtés des cubistes historiques, on trompe le public et pis encore on procède à un dangereux amalgame qui ne pourrait qu'être préjudiciable à « ses » peintres. Le public ne peut juger par lui-même. Il a besoin d'être guidé, ce qui donne sa vraie dimension à la responsabilité du marchand. Alors de grâce, renoncez [8] !

C'est notre affaire, rétorque en substance la Mayor Gallery, quelque peu heurtée par un interventionnisme dont Kahnweiler est si peu coutumier. Ses responsables veulent atténuer la portée de leur exposition, précisant que eux non plus ne portent pas ces peintres dans leur cœur, mais qu'ils veulent les faire figurer dans leur exposition pour de simples raisons historiques. Ils s'inscrivent dans une continuité chronologique qu'il serait vain et, à la limite, impardonnable de vouloir ignorer[9].

Il en faudrait plus pour que Kahnweiler renonce. Le ton monte d'un cran. Leur affaire, c'est aussi la sienne dans la mesure où il a la faculté de ne pas prêter les Gris et les Braque qu'on lui a demandés pour cette exposition. Le voisinage les abîmerait... Il a des principes qu'il entend respecter et faire respecter coûte que coûte. Si la galerie Simon et la Mayor Gallery doivent poursuivre leur collaboration, il est bon que cette dernière apprenne à les connaître. En attendant, elle se doit par conséquent d'écarter ces peintres. Il n'en démord pas[10]. Mais il est déjà trop tard. Les toiles sont là et prêtes à être accrochées. Elles existent tout de même, ainsi que leurs peintres : on ne va pas les passer sous silence! Les nier[11]!

Kahnweiler a perdu cette bataille qui lui tenait à cœur mais il s'offre un dernier baroud d'honneur. Non des menaces mais un sévère avertissement. A l'avenir, abstenez-vous d'un pareil mauvais coup, leur dit-il en substance. Vous devez cela au public. Comme vous n'êtes pas présent du matin au soir pour lui expliquer la différence entre Braque et Metzinger, il s'appuiera sur l'autorité de la galerie et procédera à un amalgame. La paresse visuelle fera le reste : tous cubistes! L'horreur... Allons! On n'accroche pas n'importe qui côte à côte, bras dessus bras dessous, sur les murs d'une galerie. Kahnweiler récuse catégoriquement l'argument selon lequel des critiques d'art ont déjà fait voisiner ces « vrais » et ces « faux » dans des livres : ils n'y connaissent rien, ils sont lâches et ignares pour la plupart. Il n'est que de se reporter aux meilleurs de cette corporation, des historiens d'art de la qualité d'un Carl Einstein, d'un Vincenz Kramar ou d'un Max Raphael : ils ont toujours su, eux, faire la part des choses. Ils ne s'y sont pas trompés et n'ont trompé personne.

Il aimerait leur faire avouer qu'en montant cette exposition, ils ont voulu faire plaisir à Léonce Rosenberg. Après tout, ces sous-produits, ce sont ses peintres et ses tableaux, et si Jacques Villon et Le Fauconnier en sont absents, c'est tout simplement que Léonce n'en a pas. Les dés sont jetés. Ce qui est fait est fait, mais Kahnweiler ne répond pas de Braque si ce dernier a vent de l'affaire. C'est une leçon pour l'avenir : ne montrez plus ces peintres !

« Vous démolissez mon œuvre en le faisant, et cela, je ne puis y consentir[12]. »

Mai 1936. Le Front populaire l'a emporté au second tour des élections législatives. Enfin... L'expérience Blum va pouvoir commencer : conventions collectives, congés payés, semaine de 40 heures, dissolution des ligues factieuses... Cela ne traîne pas, malgré les grèves. En moins d'un mois, c'est bouclé.

Henry Kahnweiler est comblé au-delà de toute attente. La France redevient un pays adulte. Quelques jours avant la victoire, il était consterné :

« La bêtise humaine est en ébullition à Paris, disait-il à Picasso. Les gens se voient déjà dépossédés et ruinés. Comme si les soixante-douze communistes allaient imposer leurs idées à un Parlement de plus de six cents députés[13]... »

Le citoyen Kahnweiler se réjouit donc, mais pas le marchand Kahnweiler. Le 7 mars, la dénonciation par Hitler du traité de Locarno (sur les réparations et la réconciliation franco-allemande) et sa décision d'occuper militairement la Rhénanie, ont arrêté net les affaires. A nouveau, on ne vendait plus. Du moins les Français n'achetaient plus.

Il n'y a aucune raison que cela reprenne maintenant, au contraire. Reste le marché étranger. En espérant qu'il tiendra malgré tout. Dans les tout premiers jours de juin, alors que la France vit à l'heure des occupations d'usines, de l'effervescence ouvrière et du risque de dérapage incontrôlé, Kahnweiler choisit d'oublier ces grèves qu'il réprouve car elles compliquent la tâche du gouvernement Blum. La situation est étrange et pleine d'imprévu, mais ce n'est que la surface des choses. L'arbre masque la forêt. Car les vrais problèmes qui attendent la France, tant sur le plan intérieur qu'international, sont autrement plus complexes et ne se règlent pas sous la pression de la rue. Alors il attend que cela passe et choisit d'oublier la situation en s'absorbant dans la lecture et le cinéma.

Avec Georges Bataille et sa femme, il va voir coup sur coup dans une salle de quartier, à Boulogne-Billancourt, deux films russes qui le laissent bouche bée : *La Jeunesse de Maxime* qu'il juge excellent, et un film d'Eisenstein sur le jour des morts au Mexique :

« Hallucinant. Absolument extraordinaire et splendide... Un des plus beaux films que j'ai vus depuis longtemps[14]. »

Quelques jours après, croyant s'éloigner des préoccupations bassement politiques, il y revient à grands pas, à son corps défendant, car dans la France de juin 36, tout est politique. Avec des amis, il assiste à deux soirées de conférences-débats exprimant le point de vue du communisme en art, organisées par la Maison de la Culture. Elles le choquent par leur intitulé même : « le réalisme et la peinture ».

Il laisse éclater sa colère auprès de Masson qui est tout aussi antifasciste que lui, mais n'a jamais douté des positions réactionnaires des Russes à l'endroit de la culture :

« Question mal posée, absurde sous cette forme, estime Kahnweiler en évoquant le titre de ces réunions. Mais on comprend où on veut en venir. D'ailleurs une exposition Courbet à la même saison le confirme. On conseille aux peintres de faire une peinture réaliste " genre Courbet "... Comme si cela avait un sens! Ce point de vue m'a toujours été en horreur et j'y trouve un esprit de petits bourgeois prétentieux. Peinture pour le prolétariat... Mais bon Dieu, le prolétariat vaut bien la bourgeoisie! Qu'est-ce que c'est que cette condescendance! Mais la plus belle peinture n'est pas trop belle pour le prolétariat! Les bourgeois non plus n'y pigent rien au début. Ceux qui sont sensibles, parmi les bourgeois, on les y amène. Pourquoi pas ceux qui sont sensibles parmi les ouvriers? J'ai fait pendant la guerre, à Berne, des cours dans l'espace d'Université populaire de l'Union des syndicats. J'ai parlé aux ouvriers du cubisme – entre autres – bien des fois, avec projections, etc. Je vous assure que je n'ai jamais vu un public plus attentif et plus satisfait : mais demander aux peintres de faire une peinture médiocre pour les médiocres, pour ne pas se donner la peine de défendre un art plus noble, quelle honte [15]! »

Kahnweiler est sans aucun doute élitiste en art. Mais il se singularise par rapport aux autres marchands et amateurs dans la mesure où ce principe ne concerne pas que l'élite de la bourgeoisie, mais également l'élite du prolétariat. C'est à cette aune qu'il faut mesurer son rejet de tout art de masse.

Juillet 1936 en Espagne. Le Front populaire est là-bas au pouvoir depuis plusieurs mois : républicains, socialistes, communistes, syndicalistes, tous unis contre le fascisme. Le nouveau président de la République, Manuel Azana, est impuissant à maîtriser l'extrême tension qui règne dans le pays. Il en faudrait peu pour que tout bascule dans la violence généralisée. L'occasion en est fournie par l'assassinat du député monarchiste Calvo Sotelo, le 13, qui provoque une émotion considérable. C'est le signal de la contre-révolution. Cinq jours après, c'est la guerre civile. La Seconde Guerre mondiale commence véritablement ce jour-là et non trois ans plus tard.

Le 13 encore, le jour même où Calvo Sotelo était tué, Miro écrivait à Kahnweiler en lui réitérant son invitation de venir en Espagne rejoindre Queneau et Leiris[16]. Maintenant, il n'en est évidemment plus question. Républicains d'un côté, franquistes de l'autre, le pays se lance dans la plus terrible des batailles car la seule véritablement fratricide.

Masson est en Catalogne. Il aimerait envoyer ses tableaux à Kahnweiler, qui l'en dissuade. Trop risqué, trop dangereux. Aucune compagnie d'assurance ne couvrirait les dommages d'une guerre civile, surtout en ce moment et particulièrement pour des envois effectués depuis l'Espagne. Les révolutions étant considérées comme des cas de force majeure, il n'y aurait aucun recours en cas de perte.

« Confiez-les plutôt à Georges Bataille au moment où il rentrera », lui conseille-t-il[17].

C'est effectivement plus prudent. D'autant que Kahnweiler attend ces toiles avec une impatience à peine contenue. Dorénavant, Masson est son peintre à part entière. Le 1er septembre, la galerie Simon a dû rompre le traité qui la liait à Georges Wildenstein, ce dernier étant de plus en plus refroidi par l'insuccès commercial de Masson. C'est mieux ainsi, même si la charge ne sera pas facile à assumer.

Se sentant plus libre de ses gestes, Kahnweiler organise au début décembre une exposition Masson « Espagne 1934-1936 », réunissant soixante-quatorze peintures, dessins, aquarelles et pastels. Il n'en revient pas : la galerie n'a pas connu une telle affluence depuis la fin de la guerre. C'est inespéré. Aragon qui exulte y côtoie Bernard Groethuysen, le germaniste du comité de lecture de Gallimard, les critiques René Jean et Paul Westheim y rencontrent les membres de l'ambassade d'Espagne à Paris. Il y a même une jeune Suédoise anonyme qui quitte l'exposition précipitamment, en pleurant à chaudes larmes, les traits ravagés, mais nul ne sait si c'est par émotion esthétique ou par dégoût devant tant de massacres [18].

Parmi les visiteurs de l'exposition Masson, il en est un qui s'attarde plus longuement que les autres, dans le bureau du marchand, après l'heure de la fermeture. C'est Picasso. Il vient bavarder. Une fois n'est pas coutume, les deux hommes parlent aussi politique. La guerre civile, bien sûr. Comment l'éviter, d'autant que Picasso se trouvera bientôt dans une situation irréelle, symboliquement nommé par le gouvernement républicain directeur du Prado, un musée vide puisque les collections en seront évacuées par mesure de sécurité...

Bien vite la conversation dévie sur le surréalisme. Kahnweiler a encore à l'esprit une récente lettre de Masson : « ... Picasso, et c'est bien son droit, fait l'éloge de la peinture de Dali depuis quelques années sauf devant vous. Qu'il défende ironiquement ou non cette peinture-là n'a pas d'importance : le mal est fait. En tous les cas, même saint Ignace n'a jamais été jusqu'à dire qu'il fallait défendre le faux pour aimer le vrai [19] ! »

Tartuffe, Picasso ? C'est plus compliqué, comme toujours avec les artistes d'exception. Kahnweiler, qui se refuse justement à schématiser l'attitude de ce peintre qu'il respecte plus que tout autre, adopte lui-même une position plus nuancée qu'avant. Désormais, l'union sacrée avec les surréalistes lui paraît envisageable sur le terrain littéraire. Mais sur le plan pictural, il n'en est toujours pas question. Quand il parle de faire front, il rejette pêle-mêle dans le camp d'en face aussi bien des « soi-disant abstraits » tels que Kandinsky ou Mondrian, des surréalistes de la catégorie des Dali et Ernst, les peintres de la légèreté et de l'éphémère de la veine d'un Christian Bérard, pour ne pas citer Cocteau lui-même[20]...

« J'ai vu l'exposition Rubens, lance Kahnweiler. Eh bien j'avais tort quand je pensais, d'après les photos, que ça me plairait. Et c'est vous qui aviez raison. Ça m'a beaucoup déplu.

– Bien sûr, je vous l'avais dit. Des dons, mais des dons qui servent à faire de mauvaises choses, ce n'est rien. Rien n'est raconté chez Rubens. C'est du journalisme, du film historique... »

Et Picasso de remuer les bras en de grands gestes circulaires :

« ... il croit peindre un gros sein en faisant comme ça... mais ce n'est pas un sein. Une draperie est comme un sein, chez lui tout est pareil[21] ! »

Ils se séparent. Kahnweiler sort son cahier et consigne la conversation. Comme à son habitude. Dehors il fait déjà nuit. La France de la dévaluation du franc et du suicide de Roger Salengro, abattu par la calomnie, s'apprête à passer son premier Noël de Front populaire.


Un soir de 1937, au restaurant Drouant. Les Rupf invitent les Kahnweiler pour les remercier de leur donner si souvent l'hospitalité. Inoubliable dans tous les sens du terme. Le marchand, depuis si longtemps installé dans la crise, en a perdu jusqu'au souvenir :

« C'était bon mais je dois dire que le prix m'a terrifié. Je ne suis plus habitué à voir dépenser tant d'argent pour boustifailler[22]... »

Pourtant, depuis que Léon Blum a annoncé « la pause » et qu'un emprunt de défense nationale a été lancé, les affaires semblent reprendre. La galerie Simon ne compte évidemment pas sur l'exposition Masson pour remonter la pente, même si des ventes substantielles ont eu lieu et que Kenneth Clark, directeur de la National Gallery de Londres, a acheté trois dessins et les *Ibdès d'Aragon* [23]. Le plus important reste le marché étranger, américain principalement. Un marchand new-yorkais de la 57e Rue, Nierendorf, s'est engagé à verser chaque année deux mille dollars pour des achats fermes d'œuvres de Klee. En échange, il obtient de Kahnweiler, consacré « manager » de Klee, qu'il lui donne en commission ses tableaux pendant trois ans en exclusivité [24].

Mais cela ne concerne que ce peintre, précisément. Car aux Etats-Unis, Kahnweiler entre en relation avec un marchand récemment installé pour lequel il va se prendre d'admiration et d'amitié, d'autant plus sincèrement qu'elles s'avèrent réciproques.

Il s'appelle Curt Valentin et il a trente-cinq ans. Il a pignon sur rue à l'enseigne de la Buchholz Gallery. On le dit très imaginatif et quelque peu porté sur la boisson. Mobilisé très jeune dans l'armée allemande pendant la guerre, il s'était finalement réjoui de sa situation quand sa garnison était postée à Charleville, la ville de Rimbaud. Il est ainsi, Valentin. Il faut le connaître et ne pas le juger sur les apparences, car il porte en lui un fond de profonde mélancolie, qu'il masque par des conversations légères [25]. De tous les correspondants et partenaires que Kahnweiler a eus à New York depuis trente ans, c'est celui qu'il aime et qu'il respecte le plus. Avec lui, il se sent toujours en terrain de connaissance, en parfaite entente. Ils ont la même idée de la peinture et la même conception de sa défense sur tous les fronts. Kahnweiler ne se fait pas prier pour le louer auprès des peintres :

« C'est un garçon qui travaille bien dans la tradition de Flechtheim, à savoir de ne s'occuper que de quelques peintres mais à fond. Il sait que le succès de la vraie peinture ne vient pas en un jour. Ce qu'il aime, il y adhère et ne lâche plus [26]. »

Ce n'est pas un hasard si Kahnweiler cite Flechtheim, un homme qu'il tient dans une semblable estime. Le cher Alfred vient de mourir. Sa succession est un véritable casse-tête pour la société d'avocats londoniens, qui a la lourde charge de la régler. Kahnweiler et lui possédaient beaucoup de tableaux en compte à demi, les Klee surtout. Le plus difficile est encore de leur expliquer qu'ils n'étaient pas seulement partenaires en affaires mais amis depuis 1909, ce qui suppose des liens à caractère commercial qui parfois, n'apparaissent dans aucune correspondance [27].

L'Espagne est à feu et à sang. Mais Kahnweiler est optimiste. La victoire des Républicains à Guadalajara, qui permet de dégager Madrid, lui fait croire à leur victoire prochaine. Franco, chef de la junte militaire, ne peut vaincre que si les Allemands lui fournissent massivement des armes et des hommes. On n'en est pas encore là. Si la France et l'Angleterre savent manœuvrer, la guerre civile ne dégénérera pas en conflit mondial.

« En tout cas, confie-t-il à un ami, pour ce qui est de moi, je ne pense plus à l'avenir politique depuis bien longtemps. Advienne que pourra... Et même s'il faut mourir, eh bien on mourra [28]. »

Pacifiste comme au premier jour de la première guerre, Henry Kahnweiler. Rien ne le fera changer. Pas une cause ne vaut la peine qu'il prenne les armes. Qu'on se le dise. Mais cela ne saurait atténuer pour autant son ardeur à défendre « la » cause, à sa manière :

« J'entends que toute manifestation antifasciste ne peut que me trouver son partisan », répond-il quand on le sollicite pour un projet d'exposition, à Londres, de peintres allemands bannis par le régime national-socialiste [29].

En avril 1937 à Paris, la lutte des Républicains

espagnols semble bien être la préoccupation majeure des artistes, supplantant dans l'ordre des priorités et des urgences, les persécutés de Berlin ou de Vienne. L'expressionniste Oskar Kokoschka a envoyé de Prague où il se trouve une affiche spécialement conçue à leur intention. Le critique d'art Christian Zervos et sa femme aident au sauvetage des œuvres d'art de la République espagnole. Quant à Kahnweiler, il envoie à Tristan Tzara, qui s'agite au nom du Comité pour la défense de la culture espagnole, des tableaux et des dessins de Gris, Borès et Manolo. Ils seront exposés en Scandinavie, le marchand ayant accepté d'abandonner son bénéfice de 33 % du prix de vente, pour le profit du Fonds d'aide à l'Espagne Républicaine[30].

Kahnweiler est très marqué par l'engagement d'un de ses amis dans cette lutte sanglante. Il s'agit du critique Carl Einstein et quand on le connaît on imagine sans peine que son engagement n'est pas symbolique. Il s'y est jeté à corps perdu, abandonnant ses articles en cours, les contrats qui lui imposaient de livrer plusieurs manuscrits et les projets qui devaient lui permettre de monter une maison d'édition. Il a tout laissé en plan et il est parti en Espagne. Kahnweiler s'y attendait. Einstein, l'homme qui a soutenu la révolution cubiste, car elle exprime la révolte de l'artiste contre l'ordre établi, le subversif qui avait toujours essayé d'échapper aux partis, l'ancien sympathisant de la révolution bolchevique et du mouvement spartakiste, le détracteur de la République de Weimar, Einstein ne pouvait pas ne pas s'engager comme volontaire dans la « colonne Durruti ».

Dirigée par un héros de légende, figure symbolique du mouvement anarchiste espagnol, la colonne forte de 3 500 hommes quittera le front d'Aragon pour se battre à Madrid. A sa tête, Buenaventura Durruti est celui qui hurle en cadence : « Nous n'avons pas le moins du monde peur des ruines... Nous allons

hériter de la terre... Nous portons un monde nouveau, là, dans nos cœurs, et ce monde grandit en
cette minute même[31]... » Carl Einstein est dans la
colonne. Kahnweiler est bouleversé par ses lettres,
frappées du sceau de l'authenticité comme jamais
aucun récit de guerre ne l'a été.

A Paris, l'heure est aux préparatifs de la grande
Exposition internationale. Le comité d'organisation,
qui veut créer l'événement, a chargé Fernand Léger
de trouver une idée. Il y a quelques mois, on l'a
décoré de la Légion d'honneur. Cela ne se sait pas,
car sa boutonnière n'en rougit pas souvent. Mais
Kahnweiler qui l'a appris fait remarquer non sans une
certaine amertume qu'il est le seul des peintres de la
rue Vignon à avoir accepté cette distinction[32].

Léger a une vieille idée pour l'Exposition internationale : repeindre la ville en couleurs. Il en avait déjà
parlé pendant la guerre, au cours d'une permission à
Montparnasse, avec Trotski, qui était emballé au
point d'évoquer un Moscou polychrome[33]! Aujourd'hui, il veut confier à trois mille chômeurs le
soin de repeindre sous sa direction les façades des
maisons du centre de Paris. Une rue verte, une rue
bleue, une rue jaune, Notre-Dame en tricolore, le tout
balayé par des projecteurs qui lanceraient leurs
rayons depuis un avion survolant la capitale. Curieusement, le projet ne sera pas retenu[34]...

Du côté du pavillon espagnol, on s'apprête aussi à
créer l'événement avec Picasso. Il était impensable
qu'il ne réagisse pas, à sa mesure, à la guerre civile.
Qu'il ne prenne pas date, dans son œuvre, de ses
heures les plus tragiques. *Les Peintures sauvages* que
Miro peint à cette époque en portent la trace et la
palette d'un jeune peintre français d'une trentaine
d'années, tout à fait bouleversé, Tal-Coat, se fait plus

violente, plus virulente pour donner à voir des *Massacres*.

Au début de l'année, le gouvernement républicain avait demandé à Picasso une grande peinture murale pour son pavillon. Il ébauche quelques études, lui qui dit souvent à Kahnweiler :

« En commençant [*une toile*] il faut avoir une idée, mais une idée vague[35]... »

Le 27 avril, l'aviation allemande se charge de préciser son idée. Elle bombarde pour le compte des nationalistes la ville sainte du pays basque espagnol. Guernica est assassinée : deux mille morts. *Guernica* sera le titre du tableau. Un cri contre la guerre. Il n'exalte pas les combattants mais pleure les victimes. Le taureau y figure l'invincibilité du peuple espagnol. Dans ce tableau, Kahnweiler voit aussi la première contribution de Picasso à la défense de la paix[36].

Nous sommes en juillet 1937 quand s'ouvre l'Exposition universelle. Au même moment, le scupteur Paul Belmondo, qui effectue un voyage outre-Rhin dans le cadre des relations France-Allemagne, peut voir d'autres tableaux de Picasso dans de tout autres conditions : chez des amateurs anti-nazis qui ont dû les cacher dans leur cave[37] !

A Munich, on peut assister à un curieux spectacle. Deux expositions parallèles. L'une présente l'art nouveau du IIIe Reich. Elle rencontre peu de succès, ne suscite presque pas de curiosité. L'autre, au contraire de ce que souhaitaient les organisateurs, ne désemplit pas. C'est l'exposition dite de l'art dégénéré. Les nazis, qui veulent le montrer pour l'édification des masses, ont procédé à des perquisitions dans les musées et les stocks des galeries : dix-sept Klee, cinquante-sept Kandinsky... Ils ont raté leur coup, mais le public est ravi. Depuis quatre ans il n'avait pas eu l'occasion de voir aussi bien rassemblés des tableaux de Ernst, Chagall, Beckmann, Kirschner, Otto Dix, Franz Marc... En voulant stigmatiser la culture judéo-bolchevique, le ministère de la Culture a bien fait les choses. Comme l'exposition est itinérante, elle s'arrête de moins en moins longtemps et les gardiens, postés aux endroits stratégiques, ont ordre de faire circuler, à chaque fois qu'un bouchon se forme dans la section semble-t-il la plus fréquentée, « Insultes à la femme allemande », où l'on peut voir *La Belle jardinière* de Ernst et d'autres nus[38].

Janvier 1938. Les affaires reprennent. Un peu. A la galerie Simon, les habitués peuvent voir une exposition des œuvres récentes de Klee. Parmi les visiteurs, il en est un qui se fait connaître de Kahnweiler. Il s'appelle Louis Carré et souhaite acheter un certain nombre de ces tableaux dont le prix oscille entre 1 800 et 7 500 francs « français ». Il faut préciser car il demande la liste des prix forts de ces œuvres. Kahnweiler la lui communique de bonne grâce, non sans lui préciser qu'il est obligé, lui, de payer l'artiste en francs suisses, sur le compte qu'il a à Berne[39]. Il comprend vite qu'il lui faudra dans l'avenir compter avec cet homme. Car Louis Carré vient d'ouvrir une galerie avenue de Messine en association avec Roland Balay, à l'enseigne de « Balay et Carré ».

Juriste de formation, fils d'un horloger-bijoutier qui se fit antiquaire à Rennes pour se spécialiser dans l'orfèvrerie médiévale, Carré, quarante et un ans, est l'auteur d'une thèse de doctorat en droit sur les corporations d'orfèvres et de deux ouvrages qui feront longtemps autorité : *Les poinçons de l'orfèvrerie française* XIVe-XIXe siècle (dit « le grand Carré ») et le *Guide de l'amateur d'orfèvrerie française* publié un an après, en 1929 (dit « le petit Carré »). Le personnage vaut qu'on s'y attarde. C'est un homme d'intuition, de méthode, de rigueur, maniaque de l'accrochage bien fait, du catalogue exhaustif, qui préfère se définir comme un éditeur d'art plus que comme un marchand, une appellation un peu vulgaire à ses yeux.

Bien qu'il soit un nouveau venu, ce n'est pas tout à fait un débutant. Ayant abandonné le barreau pour reprendre le commerce de son père en Bretagne, il le transféra rue du Faubourg-Saint-Honoré au milieu des années 20, puis insatisfait, se lança dans l'art africain, fréquentant beaucoup l'Hôtel Drouot, organisant la vente de la collection Breton-Eluard.

La peinture, il n'en a vraiment eu la révélation qu'après un choc en 1933, à l'issue d'une exposition Toulouse-Lautrec. Avec le même enthousiasme qu'il mit à étudier et défendre l'orfèvrerie française et l'art nègre, il se lance dans la peinture moderne. Il monte une exposition remarquée, dans le même temps, de sculpture grecque archaïque et se tourne vers le marché américain, qu'il juge le plus porteur. Voisin de Le Corbusier, Carré tient ce dernier pour le plus sensible et le plus inconnu des peintres cubistes. Poussé par lui, il se rend pour la première fois à la galerie Simon et achète coup sur coup des Gris découverts par hasard, posés contre le mur, par terre, et des Klee exposés. Ce n'est qu'un début dans un circuit très fermé et que l'on dirait saturé, mais il est encourageant. Le milieu compte un nouveau marchand, bien décidé à faire parler de lui[40].

Il faut une certaine audace pour se lancer sur le marché de l'art moderne en 1938. La situation économique s'est améliorée mais le commerce de luxe vit sur un équilibre précaire. Kahnweiler est optimiste. Il a l'impression sinon l'intime conviction que les peintres qu'il défend, en particulier, et leur peinture en général sont sur le point de triompher. Ils émergent du lot, le public les met à part, c'est bon signe. Outre l'Amérique, les Scandinaves et les Anglais commencent à les acheter sérieusement. Un signe très positif.

Depuis un an, un grand pas a été franchi, somme toute, grâce à sa politique de bas prix. La reprise est pour bientôt. Rien ne peut la remettre à plus tard. Tout va s'arranger « sauf complication guerrière »[41].

Justement. La guerre arrive. Le 12 mars, les troupes allemandes envahissent l'Autriche et Hitler l'annexe à l'Allemagne. A chaque bruit de bottes, tout est à reprendre. Le marché se referme à nouveau. Le ralentissement dans le volume d'affaires traitées est considérable. Kahnweiler, qui résilie son abonnement à son cher journal, le *Frankfurter Zeitung*, reste néanmoins optimiste. Il se fait une raison de tout, même du pire :

« Les gens qui vivent au pied du Vésuve s'habituent à y vivre et l'Europe a l'air de s'habituer également à vivre sur un volcan[42]. »

Hitler est là : on fera avec, en attendant de se débarrasser de lui. Après tout, il y a pire que la morosité du marché français : l'horreur de la guerre civile espagnole. Les plus récentes lettres de Carl Einstein l'ont vivement impressionné. Il est, lui, d'un optimisme sans commune mesure avec celui de Kahnweiler, d'autant que dans ce pays où le front est partout à l'intérieur, il n'a pas les moyens de se payer de mots. Il écrit de Barcelone au moment où est formé le premier gouvernement nationaliste. Mais il y croit dur comme fer : quand il en aura fini avec Franco, il réglera leur compte à Benito et Adolf ! Cet homme, qui lit Hölderlin entre les combats, lui fait prendre conscience que ce qui se passe en Espagne est exemplaire. Ses camarades montrent le chemin et veulent croire qu'ils annoncent l'écroulement des fascismes européens. Jamais Einstein, le rebelle à toute institution, n'a été de son propre aveu, aussi loin des chapelles littéraires, des ronds-de-cuir poétiques, des « sous-réalistes » comme il les appelle, des lâchetés du stylo... Au front, il pense à Juan Gris. Cet Européen dégoûté par l'indifférence de l'Europe, se bat en pensant qu'il le fait aussi pour la liberté d'expression de ses amis peintres. Il ne demande rien en retour. Ni gratitude, ni récompense. Mais seulement que Kahnweiler lui envoie « une petite *Ethique* » de Spinoza, un peu de Hardy ou de Valéry ou encore quelques fragments de Novalis. Pour se remonter le moral[43].

Au même moment, son compatriote Wilhelm Uhde est déchu de la nationalité allemande par les nazis. Ils lui reprochent de publier *Von Bismarck bis Picasso*. L'idée d'accoler ces deux noms sur la même couverture leur paraît un crime de lèse-majesté, sans parler du contenu du livre, apologie de la peinture « dégénérée ». Ce n'est pas un hasard si dans le même temps les autorités promulguent une loi autorisant la confiscation sans indemnité, au profit du Reich, d'œuvres « dégénérées » se trouvant dans des musées ou des collections particulières accessibles au public. Kirchner se suicide : six cent trente-neuf de ses œuvres lui ont été confisquées.

Tout ceci est certes dramatique mais pas désespéré :

« Les événements ont une bien sale gueule mais tant de choses se sont déjà arrangées », juge Kahnweiler[44].

Il veut calmer ses appréhensions alors que déjà les musées nationaux commencent à emballer certaines œuvres pour les mettre en lieu sûr, loin de la capitale. Pour les collectionneurs les moins portés à la panique, c'est un signe dont il faut tenir compte. Moins stratège que jamais, Kahnweiler conseille aux Lascaux de quitter Carquairanne pour se réfugier du côté de Brignoles ou d'Uzès : ils vivent non loin de Toulon, port de guerre, et il ne fait guère de doute que les avions italiens l'attaqueraient, car le danger vient de la frontière italienne[45].

1938 s'achève qui aura vu l'Espagne républicaine coupée en deux par l'offensive nationaliste, la chute du cabinet Blum, et Hitler mettre dans sa poche les ministres européens des Affaires étrangères réunis à Munich.

Déprime morale et dépression économique. A nouveau, on ne vend pas : crainte de guerre, crise boursière en Amérique, ralentissement du marché américain. Comment expliquer aux peintres que si leurs toiles ne se vendent pas, cela n'a rien à voir avec leurs qualités ? Comment signifier à Masson, autrement que de manière brutale, que si son exposition de Londres a été un échec, c'est que le vernissage a coïncidé avec l'annexion de l'Autriche par Hitler[46] !...

Kahnweiler a beaucoup de mal à faire entendre raison aux artistes. Il ne veut pas les brusquer. Surtout, ne pas se fâcher. S'ils partent, c'est qu'ils reviendront. Il faut donc éviter les situations et les attitudes trop tranchées, trop définitives, de celles qui marquent des points de non retour. La porte de la galerie Simon sera toujours ouverte. Masson en a fait l'expérience et d'autres le savent pertinemment. Kahnweiler continue tant bien que mal à leur assurer des mensualités de 2 500 francs (Masson, Borès) à 1 000 francs par mois (Kermadec). Pour voir venir. Pour ne pas décrocher totalement.

Mais si le marché de crise des années 30 a fait de la montagne russe, 1939 est pire encore. C'est une année impraticable : en quelques mois, Barcelone tombe aux mains des franquistes, les troupes allemandes pénètrent en Bohême, Madrid tombe enfin, l'Albanie succombe au coup de force italien, Allemands et Soviétiques signent un pacte de non-agression et il n'est question que d'une prochaine invasion de la

Pologne par la Wehrmacht... Comment dans ces conditions vendre des tableaux ! Même le marché suisse s'écroule. A Berne, Zurich et Bâle, on n'achète plus. *Enfant au clair de lune* est le seul et unique tableau vendu à l'exposition Borès, très réussie dit-on, qui s'est tenue à Berne. Encore faut-il préciser que c'est Hermann Rupf qui l'a acheté, par amitié pour Kahnweiler et dans l'espoir de lancer le mouvement. En vain[47]. En fait, la seule transaction importante qui se déroule dans ce pays neutre, que l'on croit généralement à l'abri des secousses ordinaires de l'Europe, est plutôt honteuse. On n'en est pas fier.

Elle s'est tenue fin juin sous les lambris du grand hôtel de Lucerne. Organisée par la galerie de Théodore Fischer, elle a vu la dispersion aux enchères publiques de quelque cent vingt-cinq pièces, tableaux et sculptures modernes, provenant des musées et collections allemandes. Rarement une vente aura ainsi senti le soufre. Le cramé plutôt. Car il ne se fait guère de doute pour les observateurs que ces œuvres sont celles qui, après le pillage, ont échappé aux flammes quelques mois plus tôt, dans la cour du poste central des pompiers à Berlin. Les nazis s'étant aperçus qu'une vente internationale rapporterait plus de devises à l'industrie de guerre qu'un autodafé symbolique, ils avaient décidé de brader leur « art dégénéré » en terrain neutre.

Malgré les précautions, l'affaire suscite un scandale. Cela fait sourire Kahnweiler : il y a une quinzaine d'années, la spoliation et la vente de ses propres tableaux par centaines n'avaient pas provoqué pareil émoi. Il est vrai que cette fois l'art moderne n'est pas seul en jeu et que les enchères de Lucerne prennent un tour plus politique et polémique. Plusieurs semaines avant l'ouverture de la première séance, il y a du boycott dans l'air. La destination du produit de la vente ne fait de doute pour personne. Aussi, le

marchand Fischer doit-il battre le rappel de ses
confrères européens. Il leur envoie une circulaire
démentant cette rumeur malveillante propagée à dessein depuis New York et précisant que le produit
servira aux musées allemands à acquérir d'autres
œuvres. Mais on n'est pas obligé de le croire[48].

Curieux destin vraiment que celui de ces toiles
sauvées de l'anéantissement : un bon nombre d'entre
elles finiront à l'Institute of Art de Detroit ou au
Museum of Modern Art de New York, placées là par
des émigrés allemands installés à New York qui les
avaient fait acheter à Lucerne[49] !

L'été 39 est, pour Kahnweiler, riche en événements
qu'il tient, à titre personnel, pour plus importants que
les « événements » qui agitent le commun.

Un soir de juin, il dîne avec Klee dans une auberge
campagnarde de Muri, non loin de Berne. Le marchand a compris : il sait le peintre condamné par une
sorte de sclérose en plaques et il sait que lui le sait.
Malgré son apparente bonne humeur, sa gaieté
même, à chaque bouchée de truite, il doit boire
abondamment pour avaler sans trop grimacer. Paul
Klee est pâle, le visage émacié, les yeux fixes, méconnaissable. Il sent la mort rôder. Les titres de ses
derniers tableaux sont particulièrement sombres, tragiques dans leur résonance. Maintenant, le bras est
atteint. Il ne tient plus le cher violon. Bientôt, le
pinceau et le crayon...

Kahnweiler est atterré, même s'il essaie de le
dissimuler. Il a du mal à dévisager son ami. Sur ses
toiles, les traits fins de jadis se sont mués en d'épais-
ses lignes. Son œuvre, qui gagne en rigueur puis en
sérénité, ne parle désormais que de la mort proche. Il
souffre pour lui. Il admire en lui le héros qui se fait
une arme de ce que le sort lui impose. Klee est à ses
yeux le peintre qui a su, entre autres choses, poser la
question fondamentale : « L'Art ne rend pas ce qui est

visible mais rend visible. » Il se refuse à le situer comme tant de critiques et d'historiens d'art, du côté des expressionnistes, du Bauhaus ou du surréalisme. Ces apparentements terribles, il les récuse car Klee est ailleurs, à part. Sa modestie naturelle, sa défiance des techniques de peinture, son côté frère ennemi du cubisme en font plutôt un « romantique éternel », une manière de Novalis.

Ils se quittent chaleureusement car Kahnweiler doit rentrer à Paris. C'est la dernière fois que les deux hommes se voient[50]. Dans le train du retour, il se souvient que dans les derniers tableaux de Gris, il n'avait décelé ni la douleur, ni l'angoisse malgré son avertissement :

« Les maladies durcissent la peinture[51]... »

Six ans que le mal ronge Klee. Six ans que le fléau gagne l'Europe...

Kahnweiler est homme à tenir compte de ces signes des temps. Le Vieux Continent tourne la page. Deux grandes figures emblématiques de son marché de l'art disparaissent coup sur coup.

A Londres, le génial Joseph Duveen, marchand jusqu'au bout des ongles, s'en va, mais il ne veut pas laisser sur cette terre une trace uniquement affairiste. Il a su se faire mécène, offrant des tableaux à la Tate Gallery et finançant des agrandissements de musées. D'ailleurs ce n'est pas Duveen qu'on pleure et qu'on regrette des deux côtés de la Tamise, mais Lord Duveen of Millbank, du nom de l'artère dominée par l'imposante Tate Gallery. C'est un peu comme si Georges Wildenstein, un de ses correspondants privilégiés en France, était devenu Monsieur Wildenstein de Rivoli, pour services rendus au Louvre et à la France...

Duveen, marchand de l'art le plus rare, le plus ancien et le plus cher, avait fondé une bonne partie de son succès sur la crédibilité et la notoriété de

Bernard Berenson, expert des plus respectés dans le domaine de la peinture italienne. Duveen en fit son conseiller trente ans durant. En 1987, quand une enquête révélera qu'un contrat tenu rigoureusement secret liait les deux hommes et que Berenson touchait 25 % du profit net des ventes de tableaux dont il garantissait l'authenticité, beaucoup à Londres s'en frotteront les yeux de stupeur[52]...

L'autre grand défunt est Ambroise Vollard. Un week-end de juillet, alors que sa Talbot noire décapotable roule sur la route de Pontchartrain, le chauffeur Marcel perd le contrôle du véhicule. La direction a cassé. Le marchand ne se retrouve pas comme prévu dans sa maison de campagne de Tremblay-sur-Mauldre mais à l'hôpital de Versailles :

« Un notaire... un notaire... »

Ce sont ses dernières paroles. Par superstition, il n'avait jamais revu son testament depuis... 1911. Il laisse quatre mille toiles en héritage à sa famille et aux Galéa à condition que les ventes ne se fassent que peu à peu, à raison de dix en dix ans, et que quelques tableaux soient donnés à la Ville de Paris[53].

Kahnweiler porte le deuil intérieur. Dix-sept ans après Paul Durand-Ruel, le tour de Vollard. Il a perdu les deux hommes dont il dira toujours :

« Ce sont mes seuls vrais maîtres. »

La guerre enfin. Les blindés de la Wehrmacht ont envahi la Pologne. Nul ne se demande plus s'il faut mourir pour Dantzig, car à Dantzig, on meurt déjà.

Londres et Paris se déclarent en état de belligérance avec Berlin. Les 158 000 hommes du corps expéditionnaire britannique débarquent en France quelques jours avant l'entrée des armées russes en Pologne, sa capitulation puis son dépeçage par les Allemands et les Soviétiques. La France mobilise, les Chambres votent les crédits militaires et le gouvernement dissout le Parti communiste et ses organisations. Nous sommes en septembre 1939 et Henry Kahnweiler, dans son petit bureau de la rue d'Astorg, est anéanti par la lecture des journaux. Désespéré. Cette fois c'est fini. Il ne croit plus à rien. Il est aussi pessimiste qu'un Thomas Mann dans ses moments les plus sombres.

« Je me sens bien vieux pour voir encore une guerre, dit-il, et je n'ai plus guère de goût à la vie[54]. »

Il n'empêche. Quelle que soit la tournure des événements il a pris les devants. Une spoliation suffit. Avec lui, l'histoire ne se répétera pas, ni ne bégaiera. Dès les derniers jours d'août, il a envoyé une quinzaine de tableaux de Gris à la campagne, en Limousin chez son beau-frère Elie Lascaux. Au vert, ils seront mieux. C'est risqué de les envoyer par colis postaux mais qu'importe. Le spectre du séquestre de 14-18 est bien vivace.

Affréter un camion devient un exercice compliqué. Les prix sont prohibitifs et les maisons de transport ne tiennent pas toujours leurs promesses tant la demande est grande. Kahnweiler se tient prêt et prépare cent cinquante-quatre tableaux, un paquet cacheté contenant des dessins et soixante-deux aquarelles de Klee, une caisse plus petite. Il est loin d'avoir vidé un sous-sol, naturellement. Mais ainsi il se rassure car les risques de dommages sont divisés.

« C'est un soulagement tout de même de penser que tout ce que je possède n'est plus à la merci d'un avion allemand », dit-il.

Le 20 septembre un camion est chargé. Direction : Saint-Léonard-de-Noblat, dans la région de Limoges. Dorénavant il ne reste qu'à attendre. Ou alors partir le plus loin possible jusqu'à la fin de la guerre, un jour lointain. Il préfère attendre sur place, placidement. Cinq années de monotonie bernoise lui ont laissé le souvenir amer de l'inactivité. Une fois suffit. Il veut encore croire que le nazisme peut être écrasé de l'intérieur, par une sorte de soulèvement. Sans quoi il ne donne pas cher de la peau de l'Europe nazifiée. La défense passive ne l'a pas encore appelé. Mais les alertes ne le précipitent pas à la cave. Pas question :

« J'aime mieux mourir dans mon lit, le cas échéant[55]... »

Pour l'instant, il faut tenir. Il dispose d'une certaine somme devant lui. Juste de quoi faire vivre les siens et quelques peintres pendant un certain temps. Mais il ne faudrait pas que la guerre dure.

Il ne s'aventure plus à formuler des pronostics. Ses erreurs de 1914 l'incitent à la prudence. Il préfère s'en remettre aux bulletins de la TSF, dont il tripote sans cesse les boutons, ou aux éditoriaux des journaux qu'il lit et relit comme s'ils allaient donner la solution du problème. Les quelques personnes de son entourage, dont le jugement politique a de la valeur, sont d'avis que la guerre peut se terminer à l'automne 40 au plus tard[56]. De Suisse même, Rupf se fait l'écho du secret espoir de ses compatriotes : c'est la France qui sauvera la civilisation et mettra fin à cet aventurier, ce gangster d'Hitler[57] !

L'espoir fait vivre. Mais par moments, Kahnweiler, qui a les deux pieds sur terre dès qu'il s'agit d'affaires, se demande si avec ses amis artistes, il ne ruse pas avec lui-même, s'il ne se berce pas d'illusions. Dans la gamme des mille et une nuances du pire, il dit avoir tout envisagé. Si l'extrême droite venait au pouvoir, il se refuse à croire qu'elle prendrait des mesures politiques et raciales dignes (si l'on peut dire) des nationaux-socialistes. Homme de gauche et républicain, il a confiance en la France sans songer un instant que les Etats et les gouvernements, comme les hommes, savent pratiquer l'abus de confiance.

Kahnweiler se ressaisit car il n'a pas le choix. Il y a peu encore, quand la mobilisation générale était une rumeur, Salacrou et Picasso qui lui rendaient visite rue d'Astorg l'avaient trouvé moralement au bord du précipice. Très calme et maître de lui, après avoir évoqué des récits d'internés des camps de concentration, il leur avait dit des nazis :

« Si ces gens réussissent, je sais que quand même dans deux cents ans, on découvrira ce que nous avons aimé. Mais pour moi c'est fini. Pour moi, je n'ai qu'à mourir. J'aime mieux mourir[58]... »

Passé le choc, il remonte la pente. Ses nerfs tiennent à peu près mais il souffre d'insomnies. Ses nuits blanches, il les consacre à la lecture, à la réflexion, à l'écriture. Kahnweiler prend la mesure du temps comme si le temps lui était compté. On dirait qu'il cherche le recul et se prépare à un entracte méditatif. Il s'exprime avec la retenue et le scepticisme de l'historien d'art prudent qui s'apprête à fixer ses idées et réflexions. Peut-être sent-il qu'un nouvel exil s'annonce, aussi long que le précédent ? Toujours est-il qu'il jette sur le papier des notes, à peine l'ébauche, d'un livre qu'il voudrait écrire sur « l'évolution de la peinture de 1914 à 1939[59] ». Il tournerait autour de quelques questions fondamentales : Pourquoi la grande leçon du cubisme n'a-t-elle pas porté ses fruits ? Pourquoi la génération des peintres nés autour de 1900 a-t-elle admiré le cubisme sans le suivre entièrement, ni même sans le comprendre entièrement[60] ?

Il en est que la guerre révolte, d'autres qu'elle déprime. Elle est pour lui la source d'un immense chagrin. Lui qui a été naturalisé français en 1936, il se sent impuissant et tellement éloigné de la logique de ceux qui s'annoncent comme les nouveaux maîtres de l'Europe. Rarement ses valeurs, qu'il tient pour les valeurs sacrées de l'homme, auront été ainsi bafouées avec une rage, une hargne, une cécité qui le laissent sans voix. Si Tristan Bernard le voyait dans cet état, il le dirait certainement déçu de la nationalité allemande.

Dorénavant, quand il écrit à son frère Gustave, à Cambridge, à son ami Rupf, à Berne, ou à son cousin fourreur à Londres, Henry Wolf, c'est en français et non plus en allemand, censure oblige. Les gens qu'il rencontre quotidiennement et ceux dont on lui parle paraissent tous être des cas. Comme si la guerre avait rendu exceptionnelle la situation de chacun.

Picasso, qui hésite entre rester à Paris ou retourner travailler à Royan, est déprimé, aigre, sarcastique, dans un très mauvais état d'esprit. Tout le contraire de Masson chez qui Kahnweiler a passé le dimanche à Lyons-la-Forêt : il est d'excellente humeur et ne pense qu'à peindre[61]. Hans Arp raconte qu'en arrivant à Londres, il a vécu dans une atmosphère surréaliste. Il s'y rendait pour une exposition et les murs de la capitale lui disaient que sa galerie lui avait organisé une excellente publicité. Son nom était partout. Mais il comprit vite que pour l'Anglais-de-la-rue, prompt à se réfugier dans les abris antiaériens à la moindre alerte, les lettres ARP signifiaient plus prosaïquement : « Air Raid Protection ». Dommage[62]...

Un matin, c'est Alice Toklas et Gertrude Stein qui appellent Kahnweiler en toute hâte :

« Viens vite nous aider ! »

Elles effectuent un passage éclair à Paris pour récupérer leurs tableaux et les emmener à Bilignin où ils seront plus en sécurité. Kahnweiler se rend aussitôt rue Christine où les deux femmes vivent provisoirement. Il arrive à temps : dans le couloir, Alice est accroupie sur le portrait de Mme Cézanne, un pied sur le cadre, essayant désespérément de désenclaver la toile. Kahnweiler, adepte d'une manière moins violente, use de ses mains expertes pour résoudre le problème. C'est la seule fois qu'elles veulent emporter avec le fameux portrait de Gertrude par Pablo.

« Vous devriez prendre aussi ces petits Picasso, suggère-t-il. Ils sont faciles à cacher et ne tiennent pas de place... »

Mais elles refusent. Gertrude et Alice ont confiance, elles. Les événements et le hasard leur donneront raison : quatre ans plus tard, elles retrouveront les tableaux à leur place [63].

Kahnweiler est disponible, surtout quand les temps sont graves. Amis et amateurs savent qu'ils peuvent frapper à sa porte, qu'il s'agisse de trouver un transporteur, de dédouaner des tableaux, de contacter un expert. Il prête main-forte sans mesurer son aide. Parfois, les appels prennent un tour tragique. En novembre, il se dépense sans compter pour Paul Westheim devenu un des rédacteurs du *Paris Tageszeitung*, un journal antinazi paraissant en langue allemande. Il est toujours en France mais interné dans un camp comme d'autres étrangers. Cet homme, qui fut un des premiers à être déchu de sa nationalité par les nazis, milite depuis trente ans pour l'art français. Il faut le sauver, le sortir de là. Kahnweiler demande donc à un certain nombre d'artistes et de personnalités d'écrire au 6e bureau du ministère de l'Intérieur pour hâter sa libération. C'est bien le moins qu'ils puissent faire pour lui, quand on sait ce qu'il a fait pour eux, pour leur art et sa diffusion outre-Rhin [64].

Ne serait-ce que pour ce genre de mission, il veut garder sa galerie ouverte. Au moment où certains de ses pairs songent sérieusement à baisser le rideau en raison du chômage technique auquel la situation les contraint, il veut, lui, plus que jamais monter la garde rue d'Astorg pavillon haut. Cela n'a peut-être pas beaucoup d'effet pratique, mais il croit fermement à la valeur morale de cette permanence des idées et des hommes. Tous ses amis l'y encouragent, plus encore ceux qui vivent à la campagne et considèrent la galerie Simon comme leur point de chute. Ils disent trouver une sorte de réconfort parmi ces tableaux[65]. Elle est véritablement la plaque tournante des compagnons de passage, des collectionneurs en tournée et des peintres en permission.

L'hiver est là. Kahnweiler est moins présent dans ses locaux. Malgré la routine bureaucratique et les tracasseries administratives, il semble vouloir liquider avec plus de désinvolture ses obligations paperassières. Désormais il ferme à 17 heures quand il fait nuit. Quelques fidèles passent, toujours aussi régulièrement, les Alphonse Kann, André Lefèvre, Roger Dutilleul. Ils achètent quelques Klee et des petites choses. On croirait qu'ils viennent plutôt vérifier que « leur » marchand est fidèle au poste. Qu'il tient bon. Mais la lumière allumée dans les locaux de la rue d'Astorg ne leurre personne. Rien ne marche. Le syndicat d'entraide artistique a vécu. Ce n'est pas uniquement en raison de la dispersion des protagonistes. Depuis des mois, le cœur n'y était plus. Ce qui était adapté aux temps de crise ne l'est plus aux temps de guerre.

L'incertitude est totale. Kahnweiler sait que dans les semaines à venir, il n'a rien à attendre de son commerce. Rien. Au-delà, il ne voit que le néant. C'est à se demander même si les transactions seront encore envisageables avec les Américains et les Scandinaves, ses deux dernières bouées de secours. Le jour où ces marchés lui fermeront leurs portes par nécessité, ce sera vraiment la fin[66]. En attendant, il faut hâter ses envois à destination de New York afin qu'ils ne ratent pas l'embarquement dans les derniers bateaux américains. Ce sont des œuvres en commission. Autant de bouteilles à la mer. Mieux que rien. Il craint que bientôt cela ne soit même plus possible : les navires battant pavillon américain vont certainement cesser de fréquenter les ports français et il ne pourra recourir aux autres, la guerre ayant fait grimper leur taux d'assurance à 6 % de la valeur de la marchandise transportée !

Plus que jamais, sa galerie est celle de deux générations de peintres. Les « vieux », ceux de la génération héroïque du cubisme, viennent bavarder régulièrement, ils ont du temps de libre. Leur notoriété motive encore les marchands américains. Mais les « jeunes », nés au début du siècle, sont dédaignés. Trop difficiles à vendre. Ils ne sont même pas là pour se défendre car beaucoup sont en âge d'être mobilisés.

Kahnweiler, qui souffre depuis peu d'hypertension, se raccroche au moindre espoir : on lui a demandé des Kermadec en Suède mais ils risquent fort d'être torpillés. L'agression contre la Finlande par les troupes soviétiques lui ôte toute illusion. Ses confrères ne sont guère mieux lotis. Pour tous, les affaires sont misérables. Certains en sont à chercher des « occasions », des petits Renoir au-dessous des cours ou alors de grands tableaux cotés mais leurs propriétaires ne sont plus décidés à les lâcher, ce qui désespère les courtiers[67].

Du fond de cette misère morale et commerciale, au plus noir de ce 1939 qui n'en finit pas, il se raccroche à quelques rares satisfactions : les tableaux d'André Masson et les livres de Michel Leiris.

La peinture de Masson a su conserver ses amateurs, les fidèles de la galerie et d'autres plus récents, tel le docteur Jacques Lacan enthousiasmé par sa *Mythologie de la nature,* qui vient d'acheter son petit *Fil d'Ariane*[68]. Kahnweiler, qui lui rend souvent visite à Lyons-la-Forêt, n'hésite pas à être franc avec Masson. Quand il aime sa peinture, il le lui dit. Quand il l'apprécie moins, également. Ce jour-là, de retour à Paris, il ne peut réprimer en lui le besoin de lui faire savoir ce qu'il pense de ce qu'il vient de voir. Ces tableaux « métaphysiques » sont certes nécessaires à son œuvre mais il leur manque quelque chose, un élément qui gagnerait à s'y intégrer. Et pourtant :

« Vous y avez mis beaucoup de choses. Comme disait Goethe à propos du second Faust : qu'est-ce que j'ai *hineingeheimnist* (fourré de mystères là-dedans) ! »

Autrement dit, pour y entrer, le spectateur a besoin d'une explication, ce qui n'était pas le cas avec *Le Labyrinthe* : il pénétrait tout naturellement dans le mythe. Sans qu'on lui fournisse de clé. Cela dit, Kahnweiler n'est sûr de rien et reconnaît de lui-même qu'un second examen de la série modifierait peut-être son impression et son jugement[69]. Mais Masson le connaît suffisamment pour savoir le prix qu'il faut attacher à ses opinions, fussent-elles révisables.

Michel Leiris le sait tout aussi bien. Kahnweiler est son beau-frère, son éditeur, son ami. En dépit des circonstances, il réussit à lui éditer à la galerie Simon son *Glossaire, j'y serre mes gloses*, illustré par des lithographies de Masson. Ce recueil poétique est un véritable catalogue de mots déviés de leur sens commun ou originel. Leiris y concasse le vocabulaire courant, lui brise les reins pour le recréer à sa manière, qui est celle d'un authentique poète et créateur. Par le moyen du calembour et du jeu sur les mots, il dissèque les phrases en surréaliste, à partir d'un présupposé qui dit tout : « Une monstrueuse aberration fait croire aux hommes que le langage est né pour faciliter leurs relations mutuelles. » Les pages de Leiris semblent seules capables d'arracher Kahnweiler à la torpeur ambiante. Ses textes sont une réjouissance pour l'esprit, abêti par la propagande de

guerre, les nouvelles et les jugements à l'emporte-
pièce de ceux qui monopolisent la parole.

Cette année-là, Michel Leiris publie un autre livre,
chez Gallimard, mais que Kahnweiler a également le
privilège de découvrir en manuscrit. C'est *L'âge
d'homme*, quelque chose de l'ordre de l'écriture mais
qui par sa puissance, son authenticité, s'inscrira bien
au-delà. Précédé de deux pages intitulées *De la littérature considérée comme une tauromachie*, il est
dédié à l'ami qui en est à l'origine, Georges Bataille.
L'auteur y parle de lui-même, tout simplement, pourrait-on dire en résumant. Mais il le fait par le biais
d'une mise en scène de ses fantasmes à travers des
figures mythologiques. C'est une psychanalyse sans
fin, celle d'une expérience vécue, un récit a-chronolo-
gique, vierge de noms et presque de repères. Que
signifie l'acte d'écrire ? La question est aussi vieille
que l'écriture. Mais Leiris, qui la tient pour le remède
de son mal-être, veut risquer sa vie à la raconter sans
phare. Rarement on n'a été aussi loin dans la vérité
autobiographique. A aucun moment un écrivain
n'aura, avec un tel acharnement héroïque, reculé les
limites de la confession.

Kahnweiler est touché par ce livre, comme par tout
ce qui vient de Michel Leiris, malgré sa vieille
défiance à l'endroit de la psychanalyse.

Il s'absorbe dans *L'âge d'homme* pour mieux
s'éloigner de l'âge de pierre auquel les ennemis de
l'art « dégénéré » aimeraient le ramener, lui et les
siens. Il fait très froid à Paris, en ce début d'année 40.
Certainement moins qu'à la frontière russo-finlan-
daise où les combats se poursuivent, mais cela ne le
console pas pour autant.

Le soir et les fins de semaine, il a décidé de ne plus
bouger. Les rares exceptions à cette nouvelle règle, il
les a regrettées : le film était quelconque et la pièce de
Salacrou un peu décevante eu égard au succès qu'elle

rencontre. Kahnweiler a enfin trouvé son nirvâna à Boulogne : assis sur le divan de la bibliothèque, toutes fenêtres, tous rideaux, tous volets clos[70]. C'est la meilleure position pour rester sourd à la barbarie qui s'annonce et s'étourdir dans une lecture passionnée des romans anglais. Dickens pour oublier la misère des temps... Quand il le lâche, c'est pour retrouver Manon Lescaut, Werther, Fabrice, ses héros de toujours, de ces personnages qui, selon lui, permettent au vrai roman de survivre car ils s'incorporent à leur époque et vivent une vie bien plus forte que les grands hommes[71].

Au moins, cette réclusion volontaire a-t-elle le mérite de lui faire découvrir un écrivain dont il ne savait rien, dont il n'avait rien lu jusqu'à présent : Anthony Trollope.

« C'est un des plus grands romanciers de tous les temps[72] ! » répète-t-il avec des débordements d'enthousiasme dont il est peu coutumier.

*Le Pasteur, Les tours de Barchester, Le Docteur Thorne, La cure de Franley, La dernière chronique de Barset...* Il veut lire tout ce qu'a publié cet écrivain du XIXe siècle. Ses livres s'inspirent plus de la vie ecclésiastique à l'ombre de la cathédrale de Salisbury que de sa propre expérience d'inspecteur de l'administration des Postes. Mais ce n'est pas cela qui a attiré Kahnweiler dans son œuvre. Ce maître du provincialisme anglais a réussi à faire de sa province un lieu imaginaire peuplé de personnages qui portent en eux la société, le monde, l'histoire, à travers des situations assez fortes pour être intemporelles. Cette découverte, qui est de l'ordre de la révélation, le pousse même à envisager sérieusement la rédaction d'un essai tout entier consacré à l'art de Trollope.

Il n'en fera rien, naturellement. Kahnweiler n'arrive même pas à jeter sur le papier, en désordre, ses notes et réflexions éparses sur l'évolution de la pein-

ture des vingt dernières années. Il a commencé mais
bute sur un vieux dilemme :

« Je suis marchand de tableaux, je connais tous les
peintres et je suis l'ami de certains, ce qui rend très
difficile l'expression franche de la pensée. Quand elle
est élogieuse, on a l'air de faire de la publicité à sa
galerie et quand elle est critique, on chagrine des
amis[73]... »

Début et fin de ses mémoires. Il pose la plume. De
toute façon, il n'a pas la tête à cela. Quand on vit
inconsciemment dans l'attente du prochain communiqué, on peut travailler, mais non réfléchir.

Et encore, travailler... S'il est une profession incon-
grue dans la France de 1940, c'est bien celle de
marchand de tableaux. La peinture, les gens pensent
à tout sauf à cela. Même les spéculateurs ont d'autres
préoccupations. Il ne faut pas se leurrer avec le
marché américain. Quant au suédois, il bat de l'aile
déjà.

Olson, le marchand de Stockholm, se flatte de
pouvoir exposer les jeunes peintres de la rue d'Astorg
contre vents et marées. Kahnweiler, lui, ne se
demande même plus s'ils vont plaire ou s'ils se
vendront, mais si les tableaux atteindront leur destination « sains et saufs ». De toute façon, depuis que la
Suède a, elle aussi, institué un contrôle des changes,
les Suédois n'achètent presque plus de tableaux. Cela
se conçoit aisément, ils ont d'autres soucis. Des
milliers de jeunes s'étant portés volontaires pour aider
les Finlandais, le pays est menacé d'une attaque
allemande. Olson, qui en est convaincu, n'en poursuit
pas moins ses accrochages avec la même bonhomie
que son ami Kahnweiler, à des milliers de kilomètres
de là[74].

L'homme de la galerie Simon n'a vraiment pas un
sens politique très pointu. En avril, quand les troupes
allemandes envahissent le Danemark et la Norvège, il

veut encore croire qu'Hitler sera défait[75] ! Seul Rupf, qui réalise seulement maintenant l'ampleur du drame qui se noue, réussit à lui ouvrir les yeux. Une à une, il dissipe ses dernières illusions avec une brutalité fraternelle. Non Heini, il n'y a pas deux Allemagnes mais une seule, unie et solidaire derrière le Führer ! Non Heini, il n'y a pas là-bas d'opposition silencieuse capable de tenter un coup de force qui renverserait la situation au profit de la démocratisation !

Tout cela est fini depuis longtemps. La Suisse est pleine d'émigrés allemands installés de fraîche date. Ils parlent, ils racontent ce qu'ils ont vu et ce qu'ils ont vécu, et leurs récits sont effarants. Cela dépasse l'entendement : la répression, les camps, les persécutions, la propagande... Nous sommes dans l'œil des barbares. On ne peut plus louvoyer.

Atterré, Kahnweiler. Il ne dit pas « Hitler » mais « le fou furieux ». Rupf, lui, pousse plus loin son analyse :

« Quand on pense que les Grecs ont fait à Athènes il y a 2 500 ans la première démocratie et que l'Allemagne vit aujourd'hui sans constitution, sans aucune liberté[76]... »

Kahnweiler devra s'y faire, même si c'est douloureux : son Allemagne a vécu.

Le quartier de la Madeleine ne lui a jamais paru aussi triste. Paul Rosenberg, qui a déjà ouvert une galerie à Londres il y a deux ans avec J. Helft, va s'installer définitivement à New York. Uhde a lui aussi déménagé ses tableaux, échaudé par l'expérience de son séquestre en 14-18. Cette fois il a vu juste. Son appartement de la rue de l'Université sera un des premiers à être saccagé par les nazis à leur arrivée. Peggy Guggenheim fait, elle aussi, ses paquets. Sa collection est très importante et il est hors de question de déménager les tableaux (Gris, Magritte, Miro, Léger, Klee...) et les sculptures (Laurens, Moore, Giacometti...) avec une désinvolture de chauffeur-livreur. Fernand Léger lui a dit que le Louvre les abriterait dans un endroit sûr, quelque part en France. Mais le Musée juge, en dernier ressort, qu'ils ne sont pas prioritaires, que cette peinture ne vaut pas d'être sauvée... La collection Guggenheim trouve finalement refuge dans la grange d'un château près de... Vichy, grâce à Maria Jolas, une amie[77].

Kahnweiler a lui aussi pris ses précautions en Limousin. Mais il s'accroche à son mât de vigie.

« Je ne voudrais pas partir s'il y a la moindre possibilité de rester », écrit-il à Picasso le jour où commence la bataille de France[78].

S'il n'en reste qu'un... Il a cru en l'Allemagne jusqu'au bout. Il croira en la France jusqu'à la dernière seconde. C'est de l'acharnement thérapeutique. Cette attitude, commercialement suicidaire car les charges de la galerie lui coûtent, n'est motivée que par un sens aigu du devoir et de la fidélité. Son activité à l'exportation est désormais tout à fait nulle. Même si les marchands new-yorkais réussissent à vendre ses tableaux, il est impossible de transférer l'argent, le gouvernement américain ne tardant pas à bloquer les avoirs français.

Curieuse atmosphère, émaillée de choses vues et de choses sues qui sont bien dans l'air du temps. L'historien d'art Pierre Francastel met la dernière main à un livre dénonçant les falsifications racistes des nazis en peinture. Mais la parution de *L'histoire de l'art, instrument de propagande germanique* est finalement différée de quelques années « en raison des événements »[79]... Le collectionneur Marie Cuttoli a récemment apporté un Gris pour le faire expertiser. Mais il faut croire que la drôle de guerre a donné des ailes même aux plus médiocres des faussaires, car cette copie d'un papier collé est purement faite à la gouache, sans même ce fameux papier de tenture imitant le faux bois si caractéristique de l'original. Même là, les traditions se perdent[80]... Les peintres, eux, sont tout au camouflage. Là-haut, dans un avion, Charles Lapicque survole la France avec Saint-Exupéry, étudiant la lumière et la perception du bleu et du rouge au cours de multiples vols de nuit[81]. Plus bas, Fernand Léger essaie de faire pression sur son ami Huisman, de la direction des Beaux-Arts, pour que les camoufleurs soient choisis parmi les « bons » peintres :

« ... Je pense que tu as ton mot à dire dans cette commission de camouflage. N'oublie pas que l'IMA-GINATION est beaucoup plus du côté des « moder-nes » que de la rue Bonaparte[82]... »

Plus prosaïque, l'organisation militaire du camou-flage s'adresse au général Gamelin en des termes merveilleusement équivoques : elle ne parle pas de peintres mais d' « éléments d'exécution » et qualifie leur travail de « tâche »[83] !

10 mai 1940. On se bat sur la Meuse. Bientôt, le front français va rompre sous le choc du rouleau compresseur. Kahnweiler renonce en conséquence à rendre visite à Masson à Lyons-la-Forêt, et à Braque à Varengeville :

« Je crois que ce n'est pas du tout le moment de se promener sur les routes », dit-il[84].

Doux euphémisme. Il craint pour la galerie et préfère ne pas trop s'en éloigner. Mais cela ne l'em-pêche pas de conseiller à tous les artistes qu'il rencon-tre de s'éloigner le plus loin possible de la capitale :

« Un peintre n'est pas comme un commerçant qui a ses affaires à un endroit donné et veut y res-ter[85]... »

Le front français n'a pas pu résister sur la Somme, l'Aisne et la basse Seine. Rouen est tombé. Le 11 juin, le gouvernement français est à Tours. Paris ville ouverte. Elle n'a jamais paru aussi calme. Kahnweiler est soudainement très serein. Cette quiétude lui paraît magnifique. Ni lui ni les siens n'ont eu à souffir du dernier bombardement. Désormais, il fréquente la cave. On y étouffe, c'est vrai. Les moins claustrophobes supportent mal. Mais on est entre survivants. Au-dessus, le spectacle est souvent très moche. Plus fataliste que jamais, il a fait sien un mot d'André Maurois : pour chacun en particulier, il n'y a pas plus de chances d'être atteint par une bombe que de gagner le gros lot à la loterie[86].

Pourvu que Masson n'ait pas eu de problème. Il avait prévenu de l'arrivée prochaine de ses toiles. Et rien n'arrive. En fait, elles sont en sécurité et attendent Kahnweiler dans un lieu que nul ne soupçonnerait : Masson ayant quitté Lyons-la-Forêt puis Rouen en catastrophe après mille péripéties et craignant de ne pas trouver de taxi après minuit dans Paris désert, il a tout simplement mis ses tableaux à la consigne de la gare Saint-Lazare[87].

Paris, le 12 juin à 6 heures du matin. La radio a annoncé que l'armée française battait en retraite sur tous les fronts. Cette fois, c'est bien fini. Il n'y a plus de galerie car il n'y a plus de pays. Les Kahnweiler quittent Boulogne. Ils auront attendu jusqu'au dernier jour. La voiture est pleine à craquer. Cap sur le Limousin.

Il n'est pas question de faire comme tout le monde. S'il prend la route nationale 20 qui mène à Limoges, Kahnweiler est sûr de se retrouver avec le flot des réfugiés. Après deux heures de trajet, il parvient non sans mal à la Croix-de-Berny, encombrée par la noria des ambulances, la théorie des voitures coiffées de matelas, les landaus surchargés. Il quitte la France de la débâcle pour se frayer un chemin par les petites routes de campagne. La Ferté-Allais, Malesherbes, Sully, Bourges, Guéret... Enfin Saint-Léonard-de-Noblat (Haute-Vienne). Encore quelques kilomètres et ce sera « Le Repaire, l'Abbaye », la maison des Lascaux.

La nuit tombe. Ici, le calme est total. On est en retrait, loin du monde. Il n'y a même pas de réfugiés qui, à court d'essence, couchent n'importe où. Demain les Allemands entreront dans Paris.

Il lui faut quelques jours pour se ressaisir. Pétain demande les conditions d'un armistice. Churchill annonce à son peuple de mauvaises nouvelles en provenance de France. Il leur promettra des larmes, de la sueur et du sang. Kahnweiler est consterné. Il cherche à comprendre la défaite. Comment a-t-on pu arriver à un tel dénouement ? Impuissant à percer une situation qui le dépasse totalement, il fait partager ses doutes à ses amis dispersés :

« L'avenir est bien difficile à imaginer... »

# ENTRACTE

*L'exil intérieur*

(1940-1944)

« Le paradis à l'ombre des fours crématoires. »

Cette formule terrible, Kahnweiler en usera à maintes reprises pour évoquer ses quatre années d'exil intérieur. Quatre ans d'occupations dans la campagne française. Le mot est certainement provocateur, mais il n'en recouvre pas moins la réalité quotidienne de sa guerre à lui. Son *curriculum vitae* le désignait pourtant pour figurer parmi les victimes de choix : origines juives, insoumission pendant la première guerre, abandon de la nationalité allemande, antinazisme affiché, propagandiste de l'art dégénéré... De quoi continuer un volumineux casier judiciaire à la Gestapo.

Il s'en sortira malgré tout. Pendant quatre ans, il va réfléchir, lire, écrire et respirer l'air frais du Limousin puis du Lot.

La guerre, il n'y a rien de tel pour se refaire une santé. Eu égard à sa situation, cela se conçoit. Le repaire est un lieu-dit situé à trois kilomètres de Saint-Léonard-de-Noblat. C'est l'endroit le plus proche pour effectuer le ravitaillement, des journaux aux produits d'entretien. Comme l'essence est rare, il n'utilise sa voiture que pour les courses de première nécessité, le transport du charbon par exemple. Aussi s'impose-t-il tous les jours six kilomètres de marche, ne fût-ce que pour se tenir informé des événements en France et dans le monde. Il passe la moitié de la journée dehors, coupant à travers champs, bavardant avec les Miauletous (c'est ainsi qu'on appelle les habitants de Saint-Léonard) en dépit de leur torpeur devant les événements.

L'automne est magnifique dans ce pays. Mais l'hiver paraît rude. Il serait présomptueux de vouloir se réchauffer au soleil. Le vent est coupant, tout est gelé. Mais on se sent tout de même mieux qu'à Boulogne-Billancourt, particulièrement sinistre et désert depuis le bombardement meurtrier des alliés en mars 1942.

Souvent l'après-midi, il s'attarde à la bibliothèque municipale, recroquevillé sur des livres qu'il n'aurait pas eu l'occasion de découvrir en d'autres circonstances, qu'il s'agisse d'ouvrages sur les origines du christianisme (un sujet qui le passionne de plus en plus), les origines de l'Europe ou du Limousin, celui d'un troubadour du Moyen Age notamment, Bertrand de Born, qu'il déchiffre à peu près mais que les jeunes gens de la bibliothèque ne comprennent pas, car le patois leur est désormais étranger.

Le soir, il s'abrutit à écouter la radio ou ce qu'il en reste. Elle semble utiliser une nouvelle langue, codifiée par les censeurs. Celle de Londres, plus proche de son cœur, ne fait pas non plus dans la nuance. Dans les deux cas, les ondes se sont adaptées à l'air du temps : la guerre. L'information est une arme de la propagande. Seule la musique résiste à cette métamorphose mais les concerts sont difficiles à capter dans de bonnes conditions d'écoute.

Kahnweiler est alors obligé de se rabattre sur la bibliothèque de ses hôtes, les Lascaux. Elle est fournie, variée, intelligente. Mais les événements l'ont assommé et il se sent incapable de fournir un effort de réflexion ou même de concentrer son attention plus d'une heure.

Alors il parle et on l'écoute.

Ce n'est pas tout à fait la compagnie des dimanches de Boulogne mais presque. Gris est le grand absent. Ici, on ne verra pas non plus Léger ni Masson, qui se sont exilés en Amérique, ni Picasso, ni Braque qui restent travailler à Paris, ni Klee, mort le 29 juin. On ne reverra pas non plus Carl Einstein. Jamais plus. Quand un ami lui a appris la nouvelle de sa mort, Kahnweiler a refusé d'y croire. Il a demandé confirmation un peu partout. C'était pourtant vrai. En 1940, au printemps, Einstein le rebelle lui avait dit :

« Si la Gestapo est à mes trousses, je me fous à l'eau. »

C'est exactement ce qu'il a fait en juillet. Interné dans un camp français du Sud-Ouest, à Gurs, comme tant d'autres étrangers, il avait été libéré pendant l'invasion. Mais comme il n'arrivait pas à trouver le joint pour s'embarquer vers les Etats-Unis et qu'il n'était pas question pour cet ancien volontaire de la colonne Durruti de se réfugier dans l'Espagne de Franco, il s'est ouvert les veines et jeté dans le gave de Pau. Par désespoir. Son suicide fait moins de bruit que celui du chirurgien Thierry de Martel, le jour de l'entrée des Allemands à Paris, mais il touche plus Kahnweiler. Jamais il n'oubliera Carl Einstein. Leur amitié avait trente ans. Il savait que son opinion n'était pas partagée, mais il n'en tenait pas moins Einstein pour un des plus grands écrivains de langue allemande et l'historien d'art le plus important de sa génération[1]. Un jour, bien plus tard, sur sa tombe à Boeil-Bezing dans les Pyrénées-Atlantiques, il fera apposer une plaque évoquant le poète, l'historien et « le combattant de la liberté ».

Le Repaire est probablement le lieu-dit le plus intellectuel du Limousin. C'est là qu'on trouve la plus forte densité d'écrivains, de poètes et d'artistes au mètre carré. L'un d'entre eux le surnomme d'ailleurs « le sanctuaire » et baptise Kahnweiler « le sage »[2].

Raymond Queneau et sa femme Janine, Michel et Louise Leiris, les Lascaux, André Beaudin, Georges Limbour, Georges-Emmanuel Clancier, Suzanne Roger, Patrick Waldberg, Georges-Henri Rivière, Jacques Baron, Frank Burty-Haviland. Certains vivent là à demeure, d'autres restent quelques jours, d'autres encore ne font que passer.

Tous ces citadins, plutôt habitués aux cafés de Montmartre et de Montparnasse deviennent des campagnards enragés. Kahnweiler fait figure de patriarche, par la sérénité qui se dégage de sa personne. Il n'a que cinquante-six ans au début de l'Occupation. Mais quand il parle, c'est toujours en philosophe.

« La science et la subtilité de Kahnweiler parvenaient à chasser pour un moment l'angoisse de ce temps », se souvient Clancier[3]. Il semble avoir transporté son univers dans ce coin perdu de la Haute-Vienne, ses amis et même ses tableaux puisque ceux de Gris, Picasso, Masson font de l'Abbaye « un insolite et merveilleux musée en plein champ »[4].

Dans la journée, la petite troupe joue à tailler des cannes, parcourt le village à l'affût de vestiges d'art roman, s'enfonce pour de longues promenades dans la vallée du Tard à travers sentiers et châtaigneraies. Et on parle, on parle... Queneau se passionne pour la chiromancie, Michel Leiris, qui fait souvent l'aller et retour à Paris, évoque les nouveaux livres de Simone de Beauvoir *(L'invitée)*, de Louis-René des Forêts *(Les mendiants)* ou Maurice Blanchot *(Aminadab)*. D'autres rendent compte des manuscrits récemment soumis au comité de lecture de Gallimard, de la vie littéraire parisienne sous la botte, des expositions, de l'évolution de la situation sur le front de l'Est.

Georges-Emmanuel Clancier, un poète limougeaud de vingt-six ans, introduit dans la bande par Elie Lascaux et Raymond Queneau, découvre ce monde en même temps qu'il fait la connaissance de Kahnweiler. Il est frappé de ce que l'angoisse qui sourd des conversations politiques se calme dès que le cercle se reforme autour du marchand. Que ce soit dans le salon de l'Abbaye, en rase campagne ou à l'auberge de M. Petitjean (ses vol-au-vent! son massepain! son vin blanc!), quand il parle, c'est la paix, soudainement. Il s'exprime avec distance par rapport aux événements, ou plutôt avec une certaine hauteur. Il n'évoque jamais l'imminence d'un retour à Paris. On dirait qu'il s'est installé dans la longue durée[5].

Quand il ne parle pas, il écrit. Pour l'instant, il n'est pas question pour lui de s'attaquer au grand livre qu'il veut consacrer à son cher Juan Gris. Ce n'est pas l'envie qui lui manque mais les notes. Elles sont restées à Paris. Sans elles, il se sent incapable de rédiger une seule ligne sur la peinture[6]. Non qu'elles soient d'indispensables béquilles à sa réflexion : il en a plutôt besoin comme d'un stimulant.

Vidé par le chagrin que lui a causé la mort de Carl Einstein, abruti par la marche sanglante de l'histoire, il ne peut qu'écrire, dans un premier temps, ses sentiments sur la vie et la mort, la religion et la philosophie, et l'air du temps. Il les étale à sa manière, toute de réserve sensible, dans des dizaines de lettres, longues et denses, échangées avec quelques amis chers tels que Marcel Moré ou le musicologue, compositeur et chef d'orchestre René Leibowitz. Il s'y révèle tel qu'en lui-même, animé du seul but qui soit non contingent : arriver à l'identité avec soi-même. Il veut croire, lui aussi, mais à des valeurs transcendantales qui relèvent tant d'une conscience éthique que d'une conscience logique et esthétique. Des valeurs auxquelles il veut adhérer par libre consentement, ainsi qu'il l'écrit à Moré, le plus philosophe des fondés de pouvoir à la Bourse de Paris...

« C'est cette adhésion seulement qui nous permet d'arriver à l'identité avec nous-mêmes et, partant, avec Dieu. C'est dans cette union qu'il me semble, notamment devant l'œuvre d'art, que je ressens – oh bien faiblement, mais enfin que je ressens tout de même – un peu ce que doivent sentir les saints dans leur union... avec Dieu.

Par la contemplation de l'œuvre d'art à laquelle nous accédons par notre soumission à la valeur « beauté » nous échappons momentanément à l'isolement dans lequel nous sommes enfermés le reste du temps. Nous nous unissons à l'humanité, au tout, à Dieu.

Vous sentez combien une telle conception s'oppose à ma conception bassement hédoniste de l'œuvre d'art, combien le petit chatouillement nerveux provoqué par le jazz est indigne d'être comparé à cette union. (...)

Où le désaccord apparaît malheureusement c'est dans votre conception de l'histoire. Avec la meilleure volonté du monde, je n'arrive pas à envisager comme une tragédie divine ce qui ne me semble qu'une misérable comédie dont les événements actuels nous offrent un spécimen bien sinistre, et votre exemple – le sort du peuple d'Israël – ne fait que me confirmer dans cette idée. Je ne puis croire que Dieu se servirait des indignes tours de passe-passe de bateleurs abjects pour faire sentir sa volonté[7]. »

L'histoire lui apparaît comme une suite incohérente d'événements dangereux qui mènent inéluctablement à l'anéantissement dans le grand tout. Kahnweiler voit le monde comme un ensemble de peuples qui s'entre-déchirent au nom de la bêtise et de la méchanceté. Surtout, il se refuse à constater un progrès dans tout changement, qu'il s'agisse de la peinture de Picasso par rapport aux dessins des grottes de Lascaux ou de la pensée de Kant par rapport à celle d'Héraclite. L'humanité change mais n'en devient pas meilleure pour autant. Sa mission, son devoir, il les définit dès lors avec le plus grand pragmatisme : l'humanité ayant constitué un « trésor » fait de livres, d'œuvres d'art et de témoignages, il entend, lui Kahnweiler, travailler de son mieux pour augmenter le trésor. Tout en sachant que jamais les hommes n'ont été aussi près du gouffre qui, à la moindre culbute, engloutira l'humanité et son trésor avec.

De son propre aveu, ce sont là des pensées hâtives, sorties d'un cerveau desséché. Elles n'en sont pas moins révélatrices non d'un noir pessimisme, non de l'aigreur ou de l'amertume, mais de la déception. Kahnweiler est un homme déçu des hommes. Il lui faudra des mois pour remonter la pente et retrouver intérieurement la maîtrise, l'assurance et la sérénité de jeune Vieux Sage que ses amis louent en lui.

Les horreurs de la guerre, dont il reçoit des échos assourdis, lui font prendre la mesure de toute chose. Elles rendent sa misère morale toute relative, de même que les appels à l'aide d'un désespéré auquel il s'est attaché depuis vingt ans : Antonin Artaud. De Ville-Evrard, le poète gagné par la folie lui écrit : « ... vous savez la bataille horrible que je mène ici contre le mal dans l'état de douleur affreuse où me mettent les mutilations nocturnes et diurnes des Initiés. Il faut finir car je n'en puis plus. Et je ne doute pas que, dès le reçu de cette lettre, vous ne balancerez pas une minute pour tout quitter et me suivre avec toute votre famille et que vous allez venir me

voir tout de suite comme on vient voir un ami malade
avec qui l'on va partir pour un voyage définitif[8]. »

De telles paroles glacent le sang. Elles obligent à la
prudence dans le choix des mots. Il ne faut pas plus
parler d'« anéantissement de l'humanité » à un
homme comme Artaud qu'il ne fallait parler d'enfer à
un Max Jacob :

« L'enfer ? Mais je l'ai vu ! Je l'ai vu ! »

Au Repaire, la vie s'écoule au rythme des saisons.

Pendant ce temps, à Paris, l'Occupation semble
n'avoir rien changé aux habitudes, ou si peu. Les
peintres qui ne sont pas partis continuent à peindre et
les marchands à exposer. On ne peut pas dire que
cette activité soit vraiment dans le collimateur de
l'occupant. On a même l'impression qu'il s'en fiche.

A la section « Propagande » de l'état-major allemand, il y a des départements distincts pour la
littérature, le théâtre, la presse, la radio. Et la peinture ? Ce n'est pas suffisamment important. Bien sûr,
pour monter une exposition, le visa de la censure est
nécessaire. Il faut en principe lui soumettre le catalogue et, quand le censeur ne veut pas d'un artiste ou
d'une œuvre, il biffe le nom ou le titre. Simplement, il
ne faut pas abuser de sa bienveillance. Il convient de
ne pas favoriser l'art dégénéré vomi par *Mein Kampf*.
Les directeurs de galeries sont donc implicitement
invités à éviter, tant dans le choix des peintres que
des œuvres, tout ce qui pourrait être qualifié de
marxiste, pacifiste, judéo-bolchevique, expressionniste, abstrait... Mais cette autocensure qui ne dit pas
son nom est très laxiste : durant toute l'Occupation,
des tableaux cubistes de Picasso et Braque, sans
parler d'adeptes d'un art plus « subversif », seront
exposés aux quatre coins de Paris, sans publicité ni
tapage, même s'ils n'ont pas droit à des expositions
particulières. En somme, les acteurs les plus auda-

cieux du marché de l'art parisien ont moins à craindre des foudres de la *Propaganda*, qui a d'autres
chats à fouetter du côté de la littérature, que de la
vigilance et de la surenchère de la presse collaborationniste si prompte à dénoncer les déviants[9].

Les deux hommes qui, tant du côté français que du
côté allemand, ont officiellement la haute main sur ce
domaine, ne sont pas bien dangereux. Louis Haute-
cœur, nommé par le maréchal Pétain à la tête du
secrétariat général aux Beaux-Arts, est un modéré.
Que ce soit à Paris rue de Valois ou à Vichy en l'hôtel
Lucerne, cet ancien conservateur en chef du musée
du Luxembourg a donné la consigne de faire respecter la tradition dans l'art français, en conformité avec
la Révolution nationale. Quant au comte Franz Wolff-
Metternich, qui dirige le service de protection artistique créé par l'administration militaire allemande, il
s'emploie surtout à limiter les dégâts causés sur ses
plates-bandes par des services concurrents. Jean Cassou tient cet historien d'art, spécialiste de l'architecture médiévale, pour « un collègue et un homme
parfait »[10], c'est dire.

Somme toute, tout serait pour le mieux dans le
meilleur des mondes artistiques si l'occupant allemand et ses relais français ne s'ingéniaient à faire
strictement respecter un principe auquel ils sont
également attachés : la déjudaïsation des galeries et
des collections.

Vingt ans plus tôt, on lui avait tout pris parce qu'il
était allemand. Aujourd'hui, on veut tout lui prendre
parce qu'il est juif.

Allemand, Kahnweiler l'est encore par toutes ses
fibres, en dépit de sa francophilie. Mais juif ? Intellectuellement il s'est toujours plus intéressé au christianisme qu'à la religion de ses ancêtres. L'antisémitisme, il ne l'a aperçu que de loin en loin au lycée de

Stuttgart ou dans les réflexions de quelque courtier aigri à Drouot. Mais il n'a pas eu à en souffrir véritablement. Si pour certains, la France est le pays qui a honteusement traîné un Dreyfus dans la boue, elle reste pour lui le pays qui a eu le courage de le réhabiliter.

La haine du juif, il ne l'a vraiment découverte qu'en 1936, au moment du Front populaire, quand les pamphlétaires de la presse d'extrême droite – *Gringoire* et l'*Action Française* en tête – dénonçaient dans le cabinet Blum un consistoire rouge ou un Sanhédrin socialiste, et que le député Xavier Vallat se lamentait à la Chambre de ce qu'un vieux pays gaulois soit désormais gouverné pour la première fois par un talmudiste à binocles. Quelques jours après le suicide de Roger Salengro, Kahnweiler confiait à Max Jacob :

« Je ne savais pas que j'étais juif. On ne me l'avait jamais dit, tout au moins, le fait d'être juif m'avait semblé sans importance, car je ne crois pas aux '' races ''. On vient de m'apprendre que j'avais tort, que j'étais juif et qu'il y avait des races... Ça ne me fera pas devenir '' patriote '' mais je n'ai pas le goût du martyre, j'ai l'intention de me défendre et de rendre les coups. Pour le faire, le meilleur moyen me paraît de soutenir ceux qui considèrent que je ne suis pas différent d'eux : les partis de gauche, le Front populaire, et de lutter avec eux contre notre ennemi commun, le '' fascisme '', pour lui donner le nom qu'on lui donne d'habitude[11]. »

Quatre ans après, le fascisme est là. Victorieux et installé. La France est allemande. En octobre 1940, Vichy s'empresse de promulguer des lois qui achèvent de dissiper les dernières illusions de Kahnweiler, le républicain obnubilé jusqu'à l'aveuglement par les principes et les valeurs hérités de 1789. C'est le statut des juifs, leur exclusion de la société, leur bannissement des grands corps de l'Etat, du barreau, de la magistrature... Bientôt, un commissariat aux questions juives est créé, de manière à donner son cadre administratif au racisme enfin légal. Camille Mauclair, qui dans les années 30 estimait que le visage de Montparnasse et de Montmartre appelait la rafle, est comblé au-delà de toute espérance.

Tout est prêt pour le pillage.

Dès le 30 juin 1940, soit cinq jours après l'entrée en vigueur de l'armistice, Hitler ordonnait la saisie des collections d'art en France, celles dont les propriétaires étaient juifs, en priorité. Sa décision, prise après la lecture d'un rapport de son ministre des Affaires étrangères, récusait le terme d' « expropriation », lui préférant celui de « transfert ». Elle était officiellement motivée par la nécessité d'obtenir un gage dans les négociations de paix [12].

Deux semaines plus tard, l'administration allemande en France faisait publier une ordonnance interdisant tout changement de place, modification, transfert de propriété de tout objet d'art mobile sans autorisation écrite, et obligeait les collectionneurs à déclarer tout objet d'art d'une valeur supérieure à cent mille francs. Dans le même temps, l'ambassadeur allemand Otto Abetz, un ancien professeur des Beaux-Arts, transmettait une note précisant les noms et adresses de quinze marchands de tableaux israélites à perquisitionner d'urgence.

Toute cette politique de spoliation sera explicitée dans deux rapports signés du Dr Kümmel, directeur général des musées allemands. L'un est daté du 18 septembre 1940, l'autre du 20 janvier 1941. Les Français concernés, du plus anonyme des amateurs aux hauts fonctionnaires de la direction des Beaux-Arts, ne les connaîtront qu'après la guerre. Il s'agit de documents confidentiels, de mille pages environ, tirés à cinq exemplaires uniquement. Ces textes, véritable charte culturelle des nazis en occupation, avaient été commandés par Joseph Goebbels, le ministre de l'Information et de la Propagande, afin de présenter le pillage du patrimoine français comme une entreprise de sauvegarde. Ces chefs-d'œuvre étant visiblement en péril, il s'agissait de les déménager en Allemagne pour les protéger. Le secret était nécessaire pour que, à une époque où la France est encore divisée en deux zones, des gens comme Kahnweiler, réfugiés en zone libre avec leurs tableaux, ne tentent pas d'envoyer leurs collections outre-Atlantique, outre-Manche ou ailleurs encore. Le secret était une condition impérative pour arriver à réunir un patrimoine artistique que l'avance de la Wehrmacht en Europe avait quelque peu disséminé aux six coins de l'Hexagone. Il fallait également éviter de heurter trop brutalement le nationalisme des Vichyssois et de certains collaborationnistes, plus français qu'européens quoi qu'ils en disent.

Ces rapports recommandaient trois types de démarches et d'enquête : la récupération de tout objet d'art pris par les Français pendant la Première Guerre mondiale ou échangé lors d'une transaction; la recherche de toute œuvre d'art se rattachant peu ou prou à l'histoire du Reich depuis le XV siècle; enfin la confiscation des biens appartenant à des israélites et des francs-maçons [13]. L'organisation militaire allemande étant certes nazie mais, avant tout, allemande, militaire et organisatrice, elle tenait à exciper de la « légalité » de ses démarches. Dans les deux premiers cas, elle agira parfois par un système de compensation, d'échange ou même d'achats, que l'on dirait en bonne et due forme si les prix des transactions n'étaient pas disproportionnés avec la valeur vénale des objets en question. Dans le troisième cas, elle poussera la perfidie jusqu'à saisir les collections israélites au nom de « la sauvegarde des biens sans maîtres ». Forcément puisqu'ils avaient eux-mêmes pris soin de les emprisonner ou de les déporter auparavant...

Novembre 1940, sur la terrasse des Tuileries, au Jeu de Paume. Les soldats allemands empilent des caisses et des caisses de tableaux, amenés par camions d'un peu partout. Ebullition, regain d'activité, fébrilité. On attend Hermann Goering, maréchal du Reich, chef suprême de l'économie de guerre et collectionneur. Pour lui, on va accrocher les tableaux des collections spoliées afin qu'il fasse son choix. Une véritable exposition personnelle. Sur deux étages, on croirait un vernissage bien parisien, n'était le caractère hétéroclite de cette réunion. Les modernes, on les a mis dans une pièce à part, au fond, pour que l'art dégénéré ne contamine pas l'art sain ! On sortira les tableaux pestiférés pour les échanger à des marchands allemands, français, hongrois, hollandais contre cette peinture italienne du XVIIIe siècle qui plaît tant au Maréchal de l'Air. La galerie de Paul Rosenberg, rue La Boétie, a, à elle seule, « fourni » quelques deux cents tableaux...

Voici Goering enfin. Il est en civil. Pachydermique, enveloppé dans un pardessus qui touche presque le sol, coiffé d'un feutre. Dans la main droite, une canne dont il se sert pour montrer les détails d'un tableau. Dans la gauche un imposant cigare. A ses côtés, Andreas Hofer, son expert en matière d'art, conservateur de ses collections, et des officiers en grand uniforme.

Impressionnant. Goering regarde longuement pièce par pièce. Il y en a trop et les murs ne sont pas assez grands. Il reviendra dans deux jours pour continuer sa visite, jouant au connaisseur, discutant volontiers des mérites comparés de tel ou tel artiste [14]. Quand on l'interroge sur ses goûts, il cite volontiers Cranach

dont il possède cinquante-deux œuvres, Corot, Delacroix, Ingres. Le Führer, pour les collections duquel il
choisit également des tableaux, a des goûts plus
larges puisqu'il ne cache pas son admiration pour
Derain[15]. Goering, lui, assure que la peinture
moderne lui fait horreur, de même que les impressionnistes. Mais l'inventaire révèle que ses déclarations de principes sont battues en brèche par la réalité
du choix qu'il effectue pour sa propre collection : il y
a bien *Femme dans un parc*, de Watteau, *La petite
fille au volant*, de Chardin, *La fillette au Bouddha*,
de Fragonard mais également des *Baigneuses* de
Cézanne, *La Seine*, *La femme à la rose* et un *Nu
couché* de Renoir, et même, comble de l'horreur
pour un homme comme lui, *La place du Carrousel*
de ce juif de Pissarro[16] !

Goering n'est pas le premier puissant de ce monde
à collectionner les armes à la main. Avant lui, d'autres maréchaux (Villars, Saxe, Lowendal...) avaient
eu cette détestable habitude. Le maréchal Soult, un
des préférés de Napoléon, nommé major-général de
l'Armée d'Espagne qui avait organisé la conquête de
l'Andalousie en 1810, avait également supervisé à son
profit la razzia dans les couvents de moines à Séville.
Avec l'aide de Frédéric Quillet, un ancien rabatteur
du marchand Lebrun, Soult vola (il n'y a pas d'autre
mot) près de mille deux cents tableaux, des Murillo,
des Zurbaran... A Paris, il devint l'homme qui détint
la plus prestigieuse collection de peinture espagnole,
exposée en son hôtel de la rue de l'Université. Ses
rivaux n'étaient autres que son ancien aide de camp
ainsi qu'un général, deux « collectionneurs » qui
avaient également participé à la conquête de l'Andalousie à ses côtés[17].

Cela n'excuse, ne justifie, ni ne banalise les exactions d'un Goering mais évite de considérer le pillage

des œuvres d'art en territoire occupé comme une exclusivité nazie.

Aryanisation... Un néologisme de plus, particulièrement affreux, à l'actif de l'Occupation. Il s'agit de déjudaïser les entreprises dont les propriétaires sont des israélites français. Dans un premier temps, on les exproprie pour les remplacer par un administrateur provisoire puis, dans un second temps, les Allemands tâchent de faire nommer à la tête de la société quelqu'un qui leur soit acquis, afin de mieux faire entrer des capitaux allemands dans l'affaire.

Dans le quartier des marchands de tableaux, l'aryanisation bat son plein. Rue La Boétie, la galerie de Paul Rosenberg est administrée par Octave Duchez. Bernhein Jeune sera revendu à un antisémite notoire qui n'est autre que le chef de cabinet de Darquier de Pellepoix, commissaire aux questions juives de sinistre mémoire. Il a payé la galerie deux millions de francs alors que les experts l'estimaient à quinze millions[18]. Désormais, sur un papier à en-tête, le nom de Bernheim Jeune a été biffé et remplacé par le tampon « Nouvelle dénomination : Saint-Honoré Matignon ».

Dans la galerie de Georges Wildenstein, c'est un de ses anciens employés, Roger Decquoy, qui a été nommé. Cet homme, intermédiaire notoire d'un certain nombre d'acheteurs allemands (marchands, amateurs, musées), dòit jurer ses grands dieux au commissariat aux questions juives qu'il n'a pas partie liée avec l'ancien propriétaire. Mais le problème en l'occurrence n'est pas tant de mettre la galerie à son nom : la cession de parts s'avère délicate car le commissaire aux comptes s'avoue incapable de chiffrer le stock, même de manière approximative, la somme de 9 654 455,65 francs apparaissant dans l'actif, ne représente en fait que le chiffre comptable d'achat[19]. Le sous-sol de Wildenstein, marchand des plus dynamiques, est encore mieux garni que les experts allemands ne l'auraient imaginé.

Un autre marchand, Martin Fabiani, a quitté la France au moment de la débâcle, s'est réfugié ensuite au Portugal, le coffre de sa voiture plein de tableaux, puis il a passé quelques mois à Nice, avant de refaire surface à Paris. A la demande d'un confrère israélite, il reprend sa galerie avenue Matignon, la fait fonctionner et quand le propriétaire rentrera d'Amérique à la Libération, il la lui rendra[20]. Fabiani n'en restera pas moins un des marchands de tableaux qui aura fait le plus d'affaires à Paris sous la botte.

Louis Carré, lui, devant quitter ses locaux de l'avenue de Messine en vertu d'arrangements anciens et ne pouvant récupérer ses fonds bloqués aux Etats-Unis par un décret de Roosevelt, propose à un confrère, André Weil, « en villégiature à la campagne » contre son gré, de lui succéder dans sa galerie de l'avenue Matignon pendant la durée des hostilités. Il le représentera pour la vente quotidienne de son stock et assurera les frais de l'entreprise selon une formule juridique à déterminer. Il pourra monter des expositions de peintres français contemporains dans le goût classique[21]. Carré passera également, comme Fabiani, pour un des marchands prospères de cette période difficile. Après-guerre il dira qu'une fois démobilisé, en 1940, il avait hésité à s'exiler : « J'ai cru que je pouvais être utile à certains artistes. Je serais peut-être parti si je n'avais pas vu que Picasso restait en France »... Pour se décider, il consulta le fakir Hadji, qui est fakir comme Mollet était baron. Hadji, qui deviendra éditeur d'art, lui dit : « Je ne vous vois pas sortir de France[22]. » C'est ainsi que pendant l'Occupation, Louis Carré a pu exposer avec succès, « car le contrôle était assez libéral », Maurice Denis, Dufy, Matisse, Maillol, Roussel, Rouault, Vuillard, Dominguez, mais pas Léger, qui avait choisi l'Amérique. Dans le même temps, il achètera l'atelier de Villon et le prendra sous contrat. On comprend qu'il considère 1942 comme une année « formidable » et une année « faste ».

Il est vrai qu'après l'effondrement de la défaite, beaucoup de jeunes artistes français se ressaisissent. Les expositions se mutliplient et certains vernissages sont très courus. Elles sont révélatrices de l'air du temps. Elles exaltent le pur visage de la France (*Le paysage français de Corot à nos jours* à la galerie Charpentier), la paysannerie (galerie La Boétie), la jeune peinture de tradition française à travers vingt artistes, de Bazaine à Tal Coat en passant par Lapicque, Pignon et trois poulains de Kahnweiler : Borès, Beaudin et Suzanne Roger (galerie Braun), l'art des peintres militaires allemands en permission (galerie Bernheim Jeune). Chez Jeanne Bucher on peut voir exposés des Léger, des Laurens et même Miro et Ernst, mais les autorités allemandes lui feront tout de même décrocher les gouaches et peintures de Kandinsky. On inaugure la galerie de France.

Au service Otto, dit encore « le bureau Otto », Gestapo économique qui régente le marché noir, il y a même une section spécialisée dans le trafic des œuvres d'art. On apprendra bien plus tard, après la guerre, que ce n'était qu'une activité de couverture pour les services de contre-espionnage reliés à l'Abwehr, mais une couverture particulièrement lucrative en ce qu'elle fournissait à ses agents des liquidités importantes à usage immédiat. Du côté des services allemands officiellement chargés de la spoliation, on dresse une liste de 79 noms et adresses des plus grands collectionneurs juifs, dans laquelle les Rothschild sont cités à neuf reprises[23]. Paul Rosenberg en est, naturellement, mais pas son frère Léonce. Il n'a pas cet « honneur » qui attesterait, au moins, de sa réussite. Depuis que Louis Carré a refusé de prendre son stock en dépôt mais seulement, le cas échéant, les toiles négociables, il semble attendre la fin de la guerre[24]. Un visiteur qui l'a rencontré à Paris, dans son grand local sans chauffage, le col de pardessus relevé et l'œil toujours vif, le décrit comme étant « serein malgré les événements si dangereux pour lui; il attendait, en lisant Platon, la suite de son destin[25]. »

Et la galerie Simon? Et Henry Kahnweiler?

André Simon a fui les lois raciales en se faisant oublier du côté de la Bretagne. Il faut à tout prix éviter l'aryanisation de la galerie. Surtout, plus de séquestre! que celui-ci soit français, comme vingt ans auparavant, ou allemand comme c'est de mise dorénavant, Kahnweiler n'en veut plus. D'accord avec sa belle-sœur Louise Leiris, aidé et conseillé par deux des plus fidèles clients et amis de la galerie, André Lefèvre et Alfred Richet, il décide après maintes discussions que le seul moyen de réouvrir la galerie dans les meilleures conditions, c'est de la faire racheter par Louise Leiris. Etant catholique, berrichonne et solvable, elle ne doit pas rencontrer d'obstacle.

Au début de l'été 1941, elle se présente donc au commissariat aux questions juives pour déposer sa candidature. L'affaire semble conclue quand une lettre anonyme remet tout en question.

« C'est la belle-sœur de Kahnweiler », peut-on lire dans cet assemblage de caractères d'imprimerie découpés à la hâte dans le journal.

Mais elle ne se démonte pas pour autant. Refusant de perdre la partie en raison d'un lâche acte de délation, elle retourne plaider sa cause au commissariat aux questions juives :

« C'est vrai, reconnaît-elle, je suis la belle-sœur de Kahnweiler. Mais je suis ce que vous appelez une aryenne et je travaille dans cette galerie depuis 1920 c'est-à-dire depuis vingt et un ans. Qui d'autre que moi la rachèterait ?[26] ? »

Ses propos sont vérifiés, recoupés et ses possibilités financières contrôlées. Un acte sous seing privé est enregistré le 16 juillet 1941 et reçu dix jours plus tard devant Me Oudard, notaire. La galerie Simon avait un capital de 240 000 francs. Louise Leiris l'achète sans droit au bail pour 73 460 francs en tout[27]. Le séquestre est levé mais Kahnweiler, prudent, laisse les tableaux en Limousin.

La galerie, qui porte désormais le nom de Louise Leiris, (c'est le troisième et dernier changement de nom social pour Kahnweiler depuis le début de sa carrière) peut à nouveau fonctionner plus ou moins normalement.

Pendant la guerre, la peinture est à nouveau considérée comme une valeur refuge. L'inflation de faux modernes en circulation en témoigne. L'Hôtel Drouot marche très bien. Les cours se maintiennent : 100 000 francs en moyenne pour une toile cubiste[28]. En novembre 1942, à la veille du débarquement allié en Afrique du Nord, une nature morte de Picasso y est vendue 32 500 francs[29].

A la galerie Louise Leiris, Roger Dutilleul, fidèle parmi les fidèles, achète des Borès, des Kermadec et pour près d'un million de francs d'œuvres diverses de Picasso. Son neveu Jean Masurel, qu'il a initié à la peinture, y achète *17 épices*, une huile sur soie de Klee. Le marquis de Pomereu acquiert deux Picasso, *L'araignée de mer* et *Les soles*, pour 300 000 francs[30].

Mais peut-on vendre aux Allemands ? La plupart des marchands diront après coup s'y être refusés. En fait, la question ne se pose pas dans ces termes. D'une part, nombre d'officiers allemands (Ernst Jünger, Gerhard Heller pour ne citer que les plus connus) fréquentaient les milieux artistiques et intellectuels plus volontiers en civil qu'en uniforme. La présence allemande dans une galerie n'était donc pas immédiatement détectable. D'autre part, et c'est le plus important, des courtiers français achetaient en galerie pour le compte de clients allemands, marchands ou collectionneurs. Ce nouvel aspect du marché a d'ailleurs favorisé l'apparition d'un grand nombre d'intermédiaires plus ou moins douteux. Des marchands diront n'avoir pratiquement jamais vu d'Allemands dans leur galerie mais ne jureront pas du destin des tableaux vendus à des courtiers français... Pour pouvoir refuser des tableaux demandés par les Allemands le cas échéant, Louise Leiris avait été jusqu'à changer les titres sur les étiquettes.

Georges-Henri Rivière se souvient y avoir vu des Picasso exposés[31]. Mais dans sa correspondance de l'époque, Kahnweiler se garde bien d'employer le mot, préférant écrire que la galerie « montre » et vend Léger, Masson, Klee, Braque et Picasso surtout.

Depuis le Limousin, Kahnweiler est constamment en rapport avec ce dernier par le truchement des Leiris qui le voient tous les jours. Il a des nouvelles de vive voix, à chacune de leurs navettes entre l'Abbaye et la rue d'Astorg. C'est plus sûr que des lettres, en un temps où la censure postale décachète tout sans vergogne. Il ne faut surtout pas rompre le contact. La concurrence, omniprésente, est plus dangereuse que dans les années 30, car une nouvelle race de marchands a fait son apparition à la faveur de la « réorganisation » du marché. Ils ont souvent de l'entregent et des moyens. Picasso est comme tout le monde : il a besoin d'argent, quelles que soient la profonde amitié qui le lie aux Leiris et l'estime qu'il porte à Kahnweiler.

Picasso peint autant sous l'Occupation que pendant l'entre-deux-guerres, si ce n'est plus. « Il n'y avait rien d'autre à faire », dira-t-il. Gardons-nous d'en faire un héros de la Résistance pour la raison qu'il coulait ses sculptures dans le bronze au moment où l'occupant déboulonnait les statues en bronze et les faisait fondre pour son industrie de guerre. Ses natures mortes des années noires ne sont pas plus une dénonciation de la famine que l'*Antigone* d'Anouilh n'est un appel à la Résistance. En mai 1942, quand on vend ses tableaux à Drouot, l'événement est annoncé par un placard publicitaire dans *Je suis partout*. Il publie des dessins et illustrations dans des ouvrages littéraires, fait les honneurs de son atelier à Jünger et Heller, est exposé un peu partout dans Paris, même s'il n'y est pour rien, et il travaille, lui l'auteur de *Guernica*, le propagandiste des Républicains espagnols[32]. Ce n'est pas la moindre des contradictions de Picasso et des autorités allemandes. A moins que la réalité soit plus pragmatique.

Quand on est un peintre de sa dimension, on ne cesse pas de peindre. Parce qu'on ne sait rien faire d'autre et qu'il n'y a rien d'autre à faire. Quand on occupe la France et qu'on veut faire croire à l'étranger que les Arts, les Lettres et la vie parisienne n'ont jamais été aussi épanouis que sous la botte, on n'arrête pas Voltaire.

Tel homme, tel peintre, dit souvent Kahnweiler. De fait, aucun des artistes dans lesquels il croyait et croit toujours ne l'a humainement déçu. Aucun ne s'est laissé tenter par la main hypocrite tendue par les barbares. Par contre ceux qui, à ses yeux, ont déjà trahi la peinture vont « trahir » à nouveau[33].

En 1941, la Propaganda Staffel a l'idée d'emmener des artistes français en tournée confraternelle en Allemagne. Elle a tout à gagner à montrer aux observateurs que, malgré la guerre et l'Occupation, la coopération (doux euphémisme pour collaboration) artistique européenne est une réalité des deux côtés du Rhin. Quant aux Français sollicités pour participer à cette équipée, on leur a dit qu'ils n'auraient qu'à visiter quelques ateliers de Berlin ou Munich pour qu'en échange des artistes français prisonniers soient libérés. Cinq sculpteurs, parmi lesquels Paul Belmondo et Charles Despiau, et sept peintres, parmi lesquels Derain, Vlaminck, Van Dongen, Dunoyer de Segonzac, sont du voyage.

A Paris, dans les milieux concernés, l'émotion est considérable. Exposer sous la botte est une chose, se prêter complaisamment à la propagande de l'ennemi, quand celui-ci occupe votre sol, est jugé pour le moins déplacé. Cette initiative malheureuse est inopportune. Du côté des résistants, la réaction est beaucoup plus radicale, puisqu'à la suite de cette action touristique, Derain est inscrit sur la liste noire des « collabos » à abattre ou à juger sans tarder à la Libération, une liste publiée dans le magazine américain *Life*[34].

Kahnweiler est révolté. Ils n'auraient pas dû... Ce qui le touche plus encore, c'est que trois des sept peintres concernés soient les trois premiers dont il ait accroché les toiles aux murs de sa galerie en 1907. En trente-cinq ans, on évolue certes, mais tout de même. A Saint-Léonard-de-Noblat, où il achète les journaux tous les jours, il ne dédaigne pas la presse la plus collaborationniste, ne fût-ce que pour s'informer de la mentalité des nouveaux maîtres. Les critiques d'art qui tiennent le haut du pavé se répandent même en librairie. Celui de *Je suis partout*, Lucien Rebatet, publie *Les Tribus du cinéma et du théâtre* puis *Les décombres*, dans lesquels il ensevelit volontiers les défenseurs de l'art moderne. Celui de *Paris-Soir*, Fritz René Vanderpyl, publie *L'Art sans partie, un mensonge : le pinceau d'Israël*, tandis que dans la prestigieuse revue *L'Illustration*, Henri Bouchard se penche sur « La vie de l'artiste dans l'Allemagne actuelle ».

L'ouvrage de John Hemming Fry, *Art décadent sous le règne de la démocratie et du communisme*[35], est bien dans l'air du temps. Il condense les haines recuites et les plus médiocres rancœurs des années noires. L'auteur croit avoir trouvé les preuves d'une décadence esthétique aux Etats-Unis, dans le Museum of Modern Art de New York et le bas niveau intellectuel des mécènes, en Angleterre dans la défense par l'establishment du *Christ aux liens*, commandé par les autorités au sculpteur Epstein pour être installé dans Hyde Park, et en France enfin dans la déification de Cézanne « par des charlatans névrosés », une expression censée désigner tant les marchands que les amateurs du peintre d'Aix : « La cause principale du chaos en France est que l'esprit français est empoisonné par les miasmes d'une idéologie d'origine juive[36] », écrit-il. Il est d'avis que seules la guerre et la tyrannie peuvent stimuler l'art avec bonheur si l'on en juge par les antécédents : la Renaissance italienne, le conflit entre Perses et Athéniens, l'art égyptien... On ne sera pas étonné d'apprendre que ce livre, qui devait paraître originellement en juin 1939, a été « empêché », par la censure française, celle-ci ayant alors exigé de l'auteur qu'il supprime au moins sa conclusion. Mais il paraîtra dans son intégralité quand le censeur sera allemand.

Ces idées-là, les kiosques et les librairies en sont pleins.

Kahnweiler n'est ni déçu, ni surpris : il ne se faisait guère d'illusions sur toute une partie de la corporation, qu'il s'agisse des artistes ou de leurs critiques. Mais les autres ? Tout de même : se rendre en goguette en Allemagne au moment où un décret exclut les artistes juifs des prix et des bourses de voyage, alors que le Petit Palais présente une exposition de bustes d'Hitler en simili-bronze et que cent mille ouvriers français s'apprêtent à partir pour l'Allemagne dans des conditions de séjour tout autres...

Son indignation est au zénith peu avant le début de l'été 1942. A l'Orangerie, on inaugure avec tambours et trompettes une exposition consacrée au sculpteur Arno Brecker.

En 1924, lors de son premier voyage à Paris, Brecker avait rendu visite à Kahnweiler rue d'Astorg pour lui montrer son travail; quelques années plus tard, aidé par Alfred Flechtheim, il exposait au Salon d'Automne, et en juin 40, il était sur l'esplanade du Trocadéro, dans Paris désert, aux côtés du Führer... Les Français du fameux voyage en Allemagne sont présents au vernissage, Mais le plus terrible, c'est, quelques jours après l'éloge de Brecker prononcé par Robert Brasillach au Théâtre des Arts Hébertot, un titre et une signature qui éclatent à la « une » de l'hebdomadaire *Comoedia* : « Salut à Brecker » par Jean Cocteau :

« Je vous salue, Brecker. Je vous salue de la haute patrie des poètes, patrie où les patries n'existent pas, sauf dans la mesure où chacun y apporte le trésor du travail national...[37] »

Quelques jours plus tard, Kahnweiler est abasourdi par une nouvelle imprimée par tous les journaux : l'obligation pour les juifs résidant en zone occupée de porter une étoile jaune cousue sur la poitrine. Retour au Moyen Age. Atterré, il n'est pas au bout de ses désillusions quand, dans sa livraison du 6 juin 1942, *Comoedia* publie un nouvel article de Vlaminck, un de plus contre les méfaits du cubisme. Mais celui-ci, à la différence des précédents, s'en prend directement et nommément à Picasso : l'ancien fauve montre les crocs et le traîne dans la boue, le traitant d'impuissant, de plagiaire et le rendant responsable de la décadence de la peinture française.

Ce n'est même plus révoltant. C'est plutôt triste. Il y a huit ans, les lettres que Vlaminck envoyait à Kahnweiler lui laissaient craindre le pire. Désormais, le pire est advenu. Comment, dans l'avenir, quand la paix sera revenue, comment oublier cela?

Le Repaire un soir de 1942. Henry Kahnweiler a passé la journée à lire et à marcher. A nouveau, il se retrouve seul à sa table de travail. Il a beaucoup écrit aujourd'hui mais il s'est contenté d'entretenir sa correspondance, mystique et chrétienne avec Marcel Moré, philosophique avec Hermann Rupf, musicologique avec René Leibowitz; d'une écriture fine et serrée sur des cartes postales plutôt que sur du papier à lettre.

Et « le » livre? En panne.

Kahnweiler reste bloqué. Au bout d'une ou deux pages, ce qu'il a écrit lui paraît « crétin »[38]. Ne disposant pas de ses fiches et de ses notes, il craint que sa mémoire ne le trahisse. Il est sec, désespérément sec. Cela fait tout de même vingt ans qu'il n'a pas pris la plume pour composer un recueil de cette envergure. Gris est mort et le cubisme appartient déjà à l'histoire. On ne traite pas un tel sujet par-dessus la jambe, en l'expédiant avec une plaquette illustrée. Il faut être ambitieux ou s'abstenir.

Il pourrait écrire sur l'actualité et les sentiments qu'elle provoque en lui. Cela ne l'inspire pas. Il décèle bien dans le sociétariat aux Salons connus une des manifestations chères au corporatisme du maréchal Pétain. Mais vingt lignes y suffiraient. Quant au reste, la vanité et l'agitation des hommes lui donnent plus que jamais le sentiment de la petitesse de l'Homme, non par rapport à Dieu mais vis-à-vis de l'univers[39].

Alors, parallèlement à ce livre sur Gris qui s'annonce mal, Kahnweiler essaie d'en mettre un autre en chantier sur les bases de l'art moderne. Cela viendra peut-être mieux.

Son ami René Leibowitz a le privilège d'en suivre pas à pas, à travers leur correspondance, l'évolution et la bonne marche. Au départ, il entend élucider les causes du prétendu hermétisme de la peinture moderne et de la scission entre l'Art officiel et l'Art libre[40]. Kahnweiler veut montrer ce qu'a d'insolite l'évolution de la peinture moderne : sa variété, sa fausse obscurité, son éclectisme (nègres, primitifs...), son hypothétique décadence... Il lui faut tout d'abord partir d'une définition précise tant de la peinture, de la sculpture, que de l'architecture pour démontrer la nécessité de cette évolution. Les véritables raisons de ce fossé entre les « modernes » et les « académiques » ne sont pas, de son point de vue, celles qu'on croit généralement. Affirmer que les modernes sont en avance sur leur temps ne relève pas de l'explication mais du jugement de valeur. Il faut rechercher très loin dans l'histoire les sources de cette nouvelle conception du monde.

A ce stade de son raisonnement, Kahnweiler bute toujours sur le même écueil : les sources. De ce coin perdu du Limousin, il ne peut accéder aux textes qui lui permettraient de donner une assise plus « scientifique » à sa démonstration. La bibliotèque municipale recèle des ouvrages certes intéressants telle l'*Histoire de la conquête normande* par Augustin Thierry, mais ils sont un peu éloignés de ses préoccupations immédiates. Il n'y a rien sur l'art et de toute façon, les livres les plus anciens sur les grandes civilisations sont au mieux contemporains de la fondation de la bibliothèque, soit 1880. C'est insuffisant. Ainsi, à son corps défendant, son ébauche de livre sur les origines de l'art moderne prend ce tour autobiographique qu'il voulait justement éviter, ce côté « gâteux » qu'il a si souvent reproché à bon nombre d'écrivains d'art.

Il pose la plume. Son travail ne le satisfait pas, il n'arrive pas à se concentrer, il a la désagréable impression de se répéter. Au même moment, deux historiens, appelés à devenir les figures les plus marquantes de l'école historique française, écrivent chacun un maître livre, de mémoire, privés de leurs notes, de leurs papiers et archives, de leurs chères références. Marc Bloch, un résistant qui sera fusillé par les Allemands, définit dans la clandestinité sa conception de sa discipline dans *Apologie pour l'histoire ou métier d'historien*, tandis que dans un stalag à Mayence puis Lübeck, Fernand Braudel se consacre à *La Méditerranée et le monde méditerranéen à l'époque de Philippe II*. Mais Kahnweiler, lui, n'est pas un universitaire. De son exil bernois il y a vingt ans, il n'avait pas pris le temps de la réflexion et de l'écriture. Il manque d'entraînement.

Un temps, il songe de nouveau à l'essai qu'il voulait écrire sur le romancier anglais Anthony Trollope. Mais René Leibowitz le décourage, qui veut lui faire découvrir plutôt Faulkner. Alors il envisage de renouer avec son activité principale en écrivant un livre sur le surréalisme et un autre sur Masson qui seraient des ouvrages iconoclastes, montrant que Klee est le précurseur, et Masson le vrai maître, et que « l'attirail freudien », des surréalistes est un leurre, l'inspiration étant à chercher plutôt du côté de Kierkegaard[41].

Autant de projets, autant de faux prétextes qui le ramènent inéluctablement à Gris. Racine disait : quand mon plan est fait, ma pièce est faite. Quand Kahnweiler tient enfin son plan, il sait qu'il a enfin son livre. En associant son nom à celui de son ami, il adopte la démarche de Baudelaire et Fénéon avec Delacroix et Seurat. S'il parvient à ses fins, on parlera longtemps du Gris de Kahnweiler. Seulement, à la différence de ses prédécesseurs, il ne va écrire ni une

monographie, ni une biographie, mais un ouvrage
d'un genre hybride. Ses Mémoires en quelque sorte, à
travers la vie de Gris, sa geste et le récit de leur
amitié. Chronologiquement, cela coïncide parfaitement puisque Gris arrive à Paris peu avant Kahnweiler, qu'il est indubitablement un des quatre mousquetaires du cubisme et qu'il meurt à la veille de la crise
qui devait marquer une rupture dans l'histoire du
marché de l'art. Sa vie de peintre, c'est vingt ans de
la vie de marchand de Kahnweiler. Les vingt années
les plus denses et les plus mémorables. Après-guerre,
quand il publiera son livre et qu'une critique le jugera
quelque peu « fourre-tout », Kahnweiler revendiquera
ce jugement en reconnaissant qu'il avait voulu y
mettre tout ce qu'il avait à dire sur la peinture,
n'étant pas sûr de survivre à la guerre.

Son plan est simple. Trois parties : l'homme, l'œuvre et les écrits. Se sentant capable d'exposer et
d'analyser la peinture de Gris sans notes, avec sa
seule conscience esthétique et son expérience, il attaque donc le manuscrit par le milieu. L'homme Gris, il
s'y consacrera ensuite, dans son élan. Quant aux
écrits, ses lettres et conférences, ce sera pour plus
tard, s'il a la chance de vivre dans une France
libérée.

Ce livre, Kahnweiler y est tout entier. En le lisant,
on croirait l'entendre. Ce sont ses mots, ses tournu-
res, ses références néokantiennes, sa culture cosmopolite, ses coups de patte, ses admirations et ses
haines. Sans aller jusqu'à dire qu'il aurait pu tout
aussi bien écrire une « Autobiographie de Juan Gris »
à la manière de celle d'Alice B. Toklas par Gertrude
Stein, force est de constater que cet ouvrage nous
renseigne autant sur le peintre que sur le marchand.
La première phrase de cette partie évoque la polémique qui a entouré la naissance du cubisme, la dernière est une citation d'Hölderlin. Entre les deux, on

trouve pêle-mêle des citations du sinologue Marcel Granet, les *Calligrammes* d'Apollinaire, un parallèle esquissé entre le cubisme qui brise la perspective et la lumière, et la musique dodécaphonique qui brise la série, le cubisme n'étant pas plus une affaire d'optique que la musique atonale n'est une affaire d'acoustique; le style Empire et le Bauhaus, l'écriture du tableau et son architecture, les poèmes lyriques de Heine et le *Livre de peinture*, de Cennino Cennini, le *Tristan* de Gottfried de Strasbourg et la notion de sacré dans l'art plastique...

Dans ces pages denses, écrites dans une langue sobre et classique, on retrouve le Kahnweiler de *La montée du cubisme* et autres écrits de la première guerre, mais enrichi par l'expérience, le recul, la maturité. En vingt années d'activité commerciale et d'« inactivité » intellectuelle, sa pensée s'est peut-être figée, elle n'a guère évolué, mais elle gagne en épaisseur et son texte en consistance. Cette deuxième partie, consacrée en principe à l'œuvre de Gris, est la plus riche. Kahnweiler y expose, plus clairement que jamais, sa définition du cubisme. Il apparaît comme la volonté de représenter des objets avec un souci de réalisme du durable, alors que l'impressionnisme était un réalisme du fugitif, de l'éphémère, de l'instable. Sous la plume de Kahnweiler, ce qui est « durable » c'est ce qui n'est pas habit d'époque. Le peintre cubiste veut représenter les formes colorées du monde extérieur, figurer précisément le volume, l'épaisseur des solides et non l'espace. La lumière, il s'en méfie. Il a encore en mémoire les « dégâts » qu'elle a causés sur certaines toiles impressionnistes, les va-et-vient de Monet sur le motif, son chevalet sur le dos, à la poursuite de ses métamorphoses et de ses cache-cache avec les nuages. Pour le peintre cubiste, la lumière est avant tout un moyen. A la lumière nécessairement changeante, il substitue une lumière inventée mais moins éphémère, et à l'apparence d'une forme, sa qualité intrinsèque. A la perspective aérienne et linéaire de la Renaissance, un espace clos et limité doté d'un fond fixe et peu profond qui mettra les corps et les objets en valeur.

Certaines de ses intuitions, en germe dans son esprit depuis les années 20, Kahnweiler les radicalise dorénavant. Il s'évertue à montrer que, contrairement à une idée répandue, Picasso, pas plus que Braque, ne s'est inspiré de la sculpture africaine; s'il y a bien une similitude entre ces deux arts, leur développement fut autonome, malgré la confusion entretenue par la ressemblance entre certains visages cubistes de Picasso et des masques nègres. En tout cas, Kahnweiler récuse toute influence, concédant du bout de la plume que l'étude de l'art nègre a pu leur être utile.

De même, il est convaincu que le cubisme ne saurait être un mouvement isolé et qu'il convient de l'analyser en tenant compte de l'évolution de la littérature, du théâtre, de l'architecture et surtout de la musique à la même époque. Elle est générale et il serait vain non seulement de séparer du bloc l'un de ces arts, mais encore de le réduire à une expression de l'air du temps. Pour Kahnweiler, les prémices de cette révolution sont décelables dès la fin du XIXe siècle quand le système de la peinture traditionnelle s'effrite sous les coups de boutoir des impressionnistes et qu'en musique le système tonal résiste mal, déjà, aux assauts de Wagner, Richard Strauss, Mahler, Debussy... Ces deux dogmes subissent de plus en plus d'entorses jusqu'à l'apparition de deux génies, Pablo Picasso et Arnold Schönberg.

Kahnweiler se départit volontiers du ton égal qui court tout au long de son livre, qu'il s'agisse d'encenser les hommes qui ont su apporter d'heureux et décisifs bouleversements dans la structure de leur art, ou que cela concerne Cézanne, « le grand architecte de la couleur », ou le douanier Rousseau, traité avec dédain d'arrangeur de « surfaces peintes », et surtout de Gauguin. Il ne fait aucun doute à ses yeux que cet homme est dangereux. C'est le grand responsable du détournement, tant de l'impressionnisme que du fauvisme. Tout en lui reconnaissant « un talent incontestable et une volonté noble » (ô perfidie!), Kahnweiler lui reproche d'avoir dénaturé le message de Cézanne, d'avoir donné dans le pittoresque et l'exotique en habillant d'oripeaux ses personnages au gré de ses voyages, bref d'avoir amené une peinture prometteuse dans le cul-de-sac de l'ornementation, le pire de tous les maux. Quand Cézanne faisait l'effort de respecter, dans les moindres détails, la composition du tableau et de transmettre son émotion intacte, Gauguin s'évertuait à séduire le spectateur en adaptant sa peinture pour lui être agréable. Il s'agit avant tout de plaire, d'être agréable à l'œil, de décorer adéquatement une pièce. Le peintre devient alors implicitement l'employé de l'architecte d'intérieur et son élément un élément de mobilier parmi d'autres. Si Gauguin avait limité son influence à l'école de Pont-Aven, aux Nabis, et à la période bleue de Picasso, ce serait un moindre mal. Mais Kahnweiler retrouve le prolongement naturel de sa démagogie dans l'abstraction et c'est bien la raison pour laquelle il est décidé à l'accabler tant que les conséquences de ses méfaits se feront sentir.

On comprend mieux que pour écrire cette partie théorique de son livre, Kahnweiler n'ait pas eu besoin de ses fiches. Ce qu'il veut dire sur la peinture, celle de Gris et celle des autres, il l'a en lui.

1943. Choses vues, sues ou entendues dans une France désormais débarrassée de la fiction des deux zones. Félix Fénéon, l'anarchiste de chez Bernheim-

Jeune, grabataire depuis cinq ans, veut léguer sa collection de tableaux à la Russie. Décidément, c'est une idée fixe. Mais cette fois, les obstacles sont administratifs. Place Vendôme, une exposition Fautrier inaugure la toute nouvelle galerie de René Drouin.

Au Salon d'Automne, toute une salle est consacrée à Braque, avec vingt-six peintures et neuf sculptures. Parmi les visiteurs, un officier-écrivain de l'armée d'occupation, Ernst Jünger. Emu par les lignes courbes et la richesse des bleus, il a le sentiment d'émerger du nihilisme. Sortant son petit carnet de sa poche, il note pour son *Journal* : « On a l'impression que les peintres, comme d'ailleurs tous les artistes, continuent instinctivement à créer, au milieu de la catastrophe, comme les fourmis dans une fourmilière à demi détruite [42]. » En juin, à Nice, la galerie Romarin ferme ses portes après quelques mois d'existence. Son propriétaire était un homme sympathique et discret. Révoqué comme préfet, il s'était fait officiellement agriculteur puis marchand de tableaux, renouant avec son ancienne passion pour le dessin et la caricature. Romarin, le nom de sa galerie, était d'ailleurs le pseudonyme qu'il utilisait quand, tout en étant préfet, il dessinait dans les journaux. Ces derniers mois, on l'a souvent vu à Paris chez la plupart des marchands, Pétridès notamment, avec lesquels il a entretenu une correspondance d'affaires régulière. Ses premiers accrochages à Nice, il les a réalisés grâce à sa collection personnelle, très éclectique, puisqu'on y trouve des dessins, des gouaches et des peintures de Picasso, Renoir, Chirico, Valadon, Rouault. Aujourd'hui, sa galerie a fermé. Nul ne sait pourquoi. On ne l'a plus revu. Quelques jours après, il devait trouver la mort dans des conditions mystérieuses. Bien plus tard, quelques-uns sauront que son activité de marchand de tableaux n'était qu'une couverture justifiant ses nombreux déplacements pour le compte de la Résistance. Il s'appelait Jean Moulin[43].

Pendant ce temps, au Repaire, la vie continue. Ecriture et marche à pied. La guerre est loin. Les exigences du ravitaillement la rappellent, mais les fermiers alentour sont accueillants et bien approvisionnés.

Un matin, Michel Leiris effectue spécialement le trajet depuis Paris pour prévenir les Kahnweiler :

« Tous nos amis disent qu'on va vous arrêter un jour ou l'autre. Il faut vous en aller. Nous avons trouvé pour vous un refuge dans le Lot-et-Garonne chez des amis, il faut y aller.

– D'accord. »

Puis, après un instant de réflexion, il se ravise :

– Non, je ne partirai pas, nous sommes heureux ici. Advienne que pourra[44]. »

Il ne changera pas. Pourtant, il sait que le pays est livré aux exactions des polices politiques allemande et française, aux hommes de main des partis de la collaboration, à la politique des otages et aux rafles antijuives. Mais Kahnweiler est fataliste. Il est là depuis bientôt trois ans et rien de fâcheux ne lui est arrivé. Pourquoi partir ?

A Paris, dans son appartement du quai des Grands-Augustins où il vient d'emménager, Leiris a des raisons d'être inquiet. Pour son beau-frère plus que pour lui-même. Compagnon de route du Parti communiste, il n'en a été membre que pendant six mois en 1926, quand les surréalistes y adhéraient en bloc. Il fréquente les milieux littéraires et artistiques proches de ce courant mais ce n'est pas cela qui a déclenché une enquête de police sur sa personne : Leiris, Leiris... Ne serait-ce pas une transformation de Lévis ? lui a-t-on demandé avant de le laisser en paix[45]. Si les enquêteurs français avaient été un peu moins obsédés par la chasse aux juifs, demi-juifs et quarts-de-juif, ils auraient découvert ce que Picasso et quelques autres savent, mais taisent : à savoir que Michel Leiris cache chez lui Laurent Casanova, trente-cinq ans, un collaborateur direct de Maurice Thorez avant la guerre. Fait prisonnier en 1940, évadé, clandestin à Paris depuis mars 1942, il représente la direction du Parti au comité militaire national des FTP (Francs-Tireurs Partisans). C'est Casanova, sûr de ses informations, qui lui a dit :

« Votre beau-frère Kahnweiler, il ferait mieux de partir[46]. »

Sans même demander son approbation, Leiris se met donc en quête de faux passeports. En raison de ses initiales, sur ses chemises, notamment, le pseudonyme de Daniel-Henri Kersaint est choisi. C'est un autre militant communiste, Francis Cohen, qui lui procure les faux papiers. Quand Michel Leiris les lui remet, Kahnweiler les prend d'un air résigné :

« Si cela peut vous faire plaisir[47] ! »

Son légendaire optimisme relève désormais de l'inconscience. Vichy lui a d'ores et déjà retiré la nationalité française généreusement accordée par la IIIe République, la France vit à l'heure de l'étoile jaune, de la rafle du Vél'd'Hiv' et des déportations. Lui continue à croire à sa bonne étoile. Pour l'affoler, il faudrait un sérieux avertissement. Justement...

Fin août 1943 au Repaire. Jeannette Druy, une jeune fille engagée il y a quelques mois par les Leiris pour aider aux travaux domestiques, lit sous un arbre, en plein après-midi. Soudain, sortis d'on ne sait où, deux inconnus en costume bleu marine s'adressent à elle avec un fort accent. De toute évidence, des Alsaciens engagés dans l'armée allemande :

« Savez-vous où se trouve M. Kahnweiler ?
– Il est sorti. »

Ils n'en demandent pas plus et s'en vont. Quand tout le monde rentre de promenade ou de corvée de ravitaillement, elle raconte cette visite impromptue.

Pas de panique. Après tout, ce ne sont que des civils. Mais en pleine nuit, à 4 heures, on frappe violemment à la porte. Ils sont de retour, en uniforme cette fois. C'est la Gestapo. Nul ne les a entendus arriver. Ils ont pris soin de laisser leur voiture, tous phares éteints, sur le bas-côté de la route. Les Leiris et les Kahnweiler sont immédiatement enfermés dans le salon. Pas d'interrogatoire mais des questions très pratiques.

« Est-ce que M. Kahnweiler cache des toiles ? Et des armes ?

– Non, il n'y en a pas. »

Ils fouillent partout pendant près de trois heures. Ils vont même inspecter le puits. Une lettre anonyme, dont on saura plus tard qu'elle était de la fille d'un fermier du voisinage, par ailleurs la maîtresse du chef de la Gestapo de Limoges, prétendait que Kahnweiler cachait des armes pour les maquisards. Ils trouvent naturellement quelques tableaux cubistes, les ignorent et raflent l'argent et les bijoux. Même la montre de Kahnweiler ! lui qui a pourtant l'habitude, depuis toujours, de la mettre sous son oreiller avant de s'endormir.

« Vous nous avez menti ! »

Ils sont furieux mais ils ne sont pas venus pour rien. Ils s'en vont les poches pleines. Nul doute qu'ils reviendront très bientôt.

Cette fois, Kahnweiler a peur. La lettre de dénonciation, cette brutalité, cette atmosphère tendue, c'est plus que mauvais signe. Il avait pris soin de mettre ses plus importants tableaux à l'abri, chez un hobereau local. Mais les autres... A défaut de s'y intéresser, la soldatesque aurait pu les défoncer dans un accès de mauvaise humeur.

A l'aube, Kahnweiler fait ses valises et, accompagné de Michel Leiris, se rend chez le docteur Barrière, maire de Saint-Léonard-de-Noblat. Il a toujours été très correct avec eux. C'est le moment d'exprimer de la reconnaissance. Kahnweiler lui fait ses adieux et le prévient de son heure de départ. Par correction. Ainsi, le maire attendra le laps de temps nécessaire pour avertir les autorités, ainsi qu'il y est tenu.

Le soir, les Kahnweiler se rendent à Limoges chez une nièce d'Elie Lascaux. A 4 heures du matin, ils la quittent et prennent le train en rase campagne, à contre-voie, et non dans une gare pour éviter le contrôle. Après une brève escale chez des amis à Agen, ils atteignent enfin Lagupie, un hameau entre Marmande et la Réole, dans le Lot-et-Garonne. Ils y sont accueillis les bras ouverts par les Petit, un couple d'agriculteurs dont Michel Leiris a fait la connaissance en traversant la France après sa démobilisation, en 1940. C'est chez eux qu'il avait entendu parler pour la première fois d'un officier français qui, à la radio de Londres[48]... Kahnweiler peut s'estimer heureux. Le peintre allemand Otto Freundlich, qui comme lui vivait à Paris dès avant 1910, n'a pas eu sa chance. Arrêté à Saint-Martin-de-Fenouillet, il a été interné à Drancy puis déporté en Pologne au camp de Lublin-Maïdanek d'où il ne reviendra pas.

Après le Limousin, la Gascogne. Pour Kahnweiler, la partie de campagne continue. Le « paradis à l'ombre des fours crématoires ».

Paris 1944. Une ville, deux mondes. D'un côté, on peut voir des Kandinsky, Staël, Magnelli à la galerie Jeanne Bucher ou aux cimaises d'une petite galerie près de la Seine, L'Esquisse. Quai des Grands-Augustins, dans le nouvel appartement des Leiris, on donne à volets fermés une représentation unique et exceptionnelle de la pièce de Picasso *Le désir attrapé par la queue*, avec Camus, Sartre, Dora Maar, Queneau, Simone de Beauvoir, et dans le public, Braque, le photographe Brassaï, le docteur Lacan... D'un autre côté, dans *Je suis partout*, le critique Lucien Rebatet dénonce le complot des peintres résistants tandis que son confrère Camille Mauclair publie en librairie *La crise de l'art moderne*. Il est satisfait, le marché est enfin aseptisé : plus de juif à l'horizon, que ce soit parmi les marchands, les peintres, les critiques et même les collectionneurs. Il est d'avis que cette épuration doit être poursuivie : « Alors on pourra rouvrir des débats esthétiques avec des hommes informés et courtois, entre honnêtes Français[49]. »

Cette année-là, Kandinsky, Maillol et Mondrian meurent. Mais les deux disparitions qui touchent le plus Kahnweiler seront sans aucun doute celle de Robert Desnos, qui ne reviendra pas du camp de Terezin (Tchécoslovaquie) où il a été déporté, et celle de Max Jacob.

La nouvelle de la mort de Max, comme celle de Carl Einstein quatre ans plus tôt, le laisse sans voix. Il est mort comme il a vécu. En parfaite identité avec lui-même. Dans son monastère de Saint-Benoît-sur-Loire, il était le seul à avoir cousu une étoile jaune sur sa robe. Par fidélité à ses origines, par solidarité avec les persécutés, dans un geste parfaitement chrétien. Son arrestation en février et son internement au camp de Drancy provoque une grande émotion chez ses amis. Cocteau et quelques autres parmi les mieux introduits dans les milieux culturels allemands, tentent de faire jouer leurs relations mais il est déjà trop tard. Max-le-très-chrétien tombe malade à Drancy en raison des conditions d'hygiène. Il meurt dans les bras de détenus juifs promis à la déportation.

Paris, 1er août 1944. Deux mois après le débarquement allié en Normandie, alors qu'Avranches vient d'échapper à l'occupant après de durs combats et que les Soviétiques sont sur la Vistule, les passants peuvent assister à un curieux spectacle sur la terrasse des Tuileries. Des soldats de la Wehrmacht entassent dans leurs camions quelque cent quarante-huit caisses sur lesquelles ont peu lire : Braque 29, Foujita 25, Picasso 64, Vlaminck 11... Il y a aussi des Manet, des Dufy, des Cézanne... On les emporte à la gare. Direction : non pas l'Allemagne où ces « dégénérés » sont interdits mais la Tchécoslovaquie. Ils seront entreposés dans un château avec d'autres biens saisis dans les territoires occupés. Puis on les négociera au plus tôt avec des marchands étrangers, afin de procurer des devises à l'économie de guerre du Reich.

Le 2 août, les scellés sont posés sur cinq wagons. Le convoi a pris du retard, le mobilier ancien étant plus difficile à charger sans dégât, d'autant que les soldats n'ont vraiment pas des âmes de déménageurs, surtout dans les moments de déroute.

C'est un véritable musée sur roues qui s'ébranle enfin. Mais pendant plusieurs semaines, les cheminots de la Résistance-Fer mettent tout en œuvre pour le retarder : attentats, déraillement, sabotage, grève du zèle... Ces tableaux ne doivent surtout pas quitter la France. Coûte que coûte. Il faut tenir jusqu'à l'arrivée d'un groupe de l'armée Leclerc qui reprendra les choses en main. Si le train passe, son précieux chargement sera détruit par un bombardement allié. Enfin le commando arrive. A sa tête, un certain Rosenberg. Juste retour des choses. Dans le train libéré, il y a un grand nombre de tableaux volés par l'occupant dans la galerie de son père, Paul Rosenberg, exilé à New York [50].

Octobre 1944. Après quatre ans à la campagne, les Kahnweiler rentrent à Paris. A Paris et non à Boulogne. En emménageant en 1942 sur les rives de la Seine, quai des Grands-Augustins, les Leiris ont naturellement pensé à eux. Parents autant qu'amis, les deux sœurs et les deux beaux-frères continueront à partager le même toit après-guerre, comme entre les deux guerres. Louise Leiris a reconstitué leur chambre avec les mêmes meubles et les mêmes tableaux, exactement comme à Boulogne. Un temps, Kahnweiler avait envisagé une certaine indépendance. Mais il y renonce vite. L'état de santé de Lucie, sa femme, ne fait qu'empirer. Il la sait condamnée par le cancer et n'imagine pas, dans la pire des éventualités, pouvoir continuer à vivre sans elle, dans la solitude.

Le 6, à l'inauguration du premier Salon d'Automne de la France libérée, Kahnweiler et Roger Dutilleul tombent dans les bras l'un de l'autre et s'embrassent chaleureusement. Picasso fait l'événement. A deux titres : il expose soixante-quatorze toiles, et quelques agités éprouvent le besoin d'en décrocher quelques-unes quand ils ne les maculent pas. D'après Kahnweiler, qui hausse les épaules, ils en ont moins après le peintre qu'après le héros de la résistance communiste. Car Picasso vient en effet d'adhérer officiellement au « Parti des fusillés », lequel s'empresse de lui tresser des couronnes de héros, ce qui l'agace profondément. Il est vrai que pendant la guerre il n'a pas brillé par son activisme clandestin. Nul ne songerait à le lui reprocher, lui-même ne s'étant jamais fait passer pour résistant, si le PC ne s'évertuait à transformer l'homme en monument. Bien que Picasso ait eu déjà avant-guerre un faible pour la casquette de l'ouvrier, Man Ray n'en considère pas moins son adhésion comme « une plume au chapeau du Parti »[51].

C'est ainsi que l'homme des *Demoiselles d'Avignon* se retrouve à diriger des réunions du Front national des arts (section peinture, sculpture, gravure) et à recommander l'arrestation de certains artistes et critiques d'art ayant sévi sous la botte. Même si cette requête est nuancée peu après, les accusés s'étant défendus devant leurs pairs[52], Kahnweiler se désole de voir Picasso embarqué dans cette galère. Les commissions et les bureaux politiques, ce n'est pas fait pour un peintre, surtout pas pour un artiste de son génie. Il a mieux à faire, travailler par exemple. Le marchand a le sentiment d'être rentré à Paris quelques semaines trop tard pour l'empêcher de s'engager au Parti. Quand il a retrouvé Pablo, sa décision était prise. Aragon et Eluard avaient déjà fait le nécessaire.

Picasso militant politique, communiste de surcroît! Quelle blague... L'homme s'est toujours situé aux antipodes de la discipline et du dogme, quels qu'ils fussent. Son œuvre est là qui le prouve. Quand il a quelque chose à dire, il le peint et cela donne *Guernica*. Nul besoin d'en parler au secrétaire général. Plus tard la situation atteindra le comble de l'absurde quand Picasso sera porté au pinacle par la Direction, au moment même où le Parti célébrera officiellement une peinture tout à fait contraire à la sienne, tandis qu'en Union soviétique, ses tableaux resteront un temps confinés dans les caves des musées.

Certes, Kahnweiler ne lui dénie pas sa qualité d'homme de gauche et même plus. Il n'oublie pas l'échange qu'ils avaient eu peu après *Guernica* :

« Il me semble que vous êtes maintenant tout à fait communisant? lui avait-il demandé.

– Et qui donc est venu au secours de mon pays? Les Russes... » avait répondu le peintre[53].

De là à se laisser consacrer héros d'un parti de masse prônant la dictature du prolétariat, il y avait un grand pas. Il eût préféré qu'il s'abstînt de le franchir. Ce vœu n'est pas d'un anticommuniste professionnel mais d'un marchand de tableaux passionné par le travail des peintres.

Entre les deux guerres, quand Picasso vivait rue La

Boétie et que Kahnweiler officiait rue d'Astorg, cette proximité favorisait des rencontres quasi quotidiennes. A nouveau ils vont pouvoir recommencer car si Kahnweiler vit maintenant quai des Grands-Augustins, Picasso, lui, a son atelier rue des Grands-Augustins. En rentrant déjeuner chez lui, le marchand prend l'habitude de passer saluer son ami presque tous les jours, pour bavarder comme avant. Pour parler, simplement, du seul sujet qui leur tienne également à cœur : la peinture.

La conversation est toujours très débridée, même si en rentrant chez lui, Kahnweiler y met bon ordre au moment d'en fixer les principaux traits sur le papier. Après quelques méchancetés sur Tintoret, Picasso est plus amène avec Monet, dont il juge le rôle peut-être plus important que celui de Cézanne. Après tout, c'était une nouveauté, ses fameuses ombres violettes. Kahnweiler n'est pas d'accord qui persiste à penser que Monet incarne la fin d'une époque et Cézanne le début d'une autre. C'est lui, le peintre d'Aix, qui a fait la révolution pas l'autre. Et quand Picasso lui attribue la responsabilité de l'art abstrait, Kahnweiler brandit immédiatement le nom de Gauguin comme un exorciste la crucifix et la gousse d'ail face au vampire.

« Tout de même, reprend Picasso, vous ne nierez pas que Cézanne avait de la peinture une conception comme le peintre X ?... »

Rien à faire. Kahnweiler défend « son » Cézanne pied à pied, bec et ongles. Tout de même ! Quelle audace pour l'époque, ces blancs sur la toile... Mais Picasso ne s'en laisse pas conter :

« Attention, c'est là simplement une technique d'aquarelliste. Il voulait garder, comme dans une aquarelle, son support inchangé et échafauder làdessus sa combinaison de couleurs. »

Certes, concède le marchand avant de lui retourner

son argument. C'est là qu'est l'audace : employer la technique de l'aquarelle pour la peinture à l'huile... Ce n'est pas un dialogue de sourds mais une conversation entre deux talmudistes de soixante et soixante-trois ans qui parlent, non pour se convaincre mutuellement, mais pour le plaisir de frotter leurs intelligences.

Quelques jours après, le 9 novembre, l'entretien dans l'atelier reprend. A bâtons rompus, comme il se doit entre deux vieilles connaissances. Cette fois, ils évoquent les spectateurs qui n'aiment pas ses figures mais s'extasient devant ses récents paysages. Picasso tient son explication :

« Bien sûr, ils sont exactement comme mes nus et mes natures mortes, mais dans les figures, les gens voient le nez de travers tandis que rien ne les choque dans un pont. Mais ce '' nez de travers '' je l'ai fait exprès. Vous me comprenez : j'ai fait de façon qu'ils soient obligés de voir un nez. Plus tard, ils ont vu ou ils verront qu'il n'est pas de travers. Ce qu'il ne fallait pas, c'est qu'ils continuent à ne voir que les '' jolies harmonies '', les '' couleurs exquises ''. »

Des conversations comme celle-ci, il y en a encore beaucoup d'autres, durant ces lendemains de fête, quand la France, toute à la joie de la Libération, oublie presque que la guerre n'est pas finie. Et à chaque fois, Kahnweiler se précipite à son domicile ou à sa galerie pour fixer ces notes pour l'histoire, qu'il s'agisse de réflexions sur le côté expressionnistes de Grunewald ou des mérites comparés des dessins de Raphaël et de la fermeté du trait d'un Cranach[54].

Dehors, la réalité est moins amène. La France vit à l'heure des règlements de compte. A l'épuration des années noires succède l'épuration de la Libération. La société n'en finit plus de s'aseptiser. Mais les résistants qui veulent remettre les pendules à l'heure pour reconstruire une France plus saine ont au moins ce mérite de le faire dans un pays libre de toute occupation étrangère. Même si certains accusés répondent en fait de délits d'opinion, même si la République n'est pas très fière de la manière expéditive dont l'ancien président du Conseil Pierre Laval a été expédié *ad patres*, même si dans certaines régions comme le Limousin, cher au cœur de Kahnweiler, les maquisards ne se sont pas toujours très bien tenus au lendemain de la victoire, cette épuration n'est rien en regard de la saignée, de la honte et du déshonneur provoqués par l'épuration des années noires.

Kahnweiler la trouve plutôt lente et même assez douce. Après tout, interdire d'exposition les peintres qui avaient jugé bon de faire du tourisme en Allemagne, c'est un moindre mal. Cela ne porte pas trop à conséquence. De même que les écrivains bannis ne vont pas tarder à republier leurs œuvres dans les grandes maisons d'édition parisiennes, les artistes sauront vite refaire surface[55].

Dans le quartier des galeries, nombre d'exilés sont revenus prendre possession de leurs murs et de leur stock ou de ce qu'il en reste en attendant qu'une commission de recherche récupère en Allemagne les œuvres spoliées. Quelques marchands, qui ont particulièrement prospéré pendant la guerre, ne dissimulent pas leur inquiétude. Les rumeurs vont bon train. On dit que Martin Fabiani vient de monter une exposition des tableaux d'un certain Churchill tandis que le directeur de la galerie Charpentier se serait mis à renflouer les caisses du Parti[56]. Il est vrai qu'ils ont tous deux beaucoup à se faire pardonner. Quant à Louis Carré, ses propres déclarations spontanées devant une commission d'enquête ont simplement donné lieu à une taxation. Mais le comité de confiscation des profits illicites classera son dossier, jugeant qu'il n'y avait « pas de trace de collaboration avec l'ennemi en matière de commerce de tableaux », après examen de ses livres comptables[57].

En fait, ce que le milieu aura le plus à craindre dans les années à venir (car le cours judiciaire de l'épuration durera cinq ans), ce sont deux textes confidentiels, d'autant plus gênants que nul n'en connaît exactement le contenu.

Le premier, dit « rapport Rousseau », est un rapport effectué par Théodore Rousseau Jr pour le compte de l'armée américaine et de l'OSS (les services de renseignements qui devaient donner naissance à la CIA). Cette enquête sur le marché de l'art parisien dans ses relations avec l'occupant sera jointe par la suite aux archives Goering de l'université de Stanford. Il établit que presque tous les marchands ont vendu aux Allemands, la plupart de manière indépendante, sans esprit de corps, ni volonté de collaborer. Seule une minorité de directeurs de galeries leur a tendu la main, dans un esprit militant, ce qui correspond bien, somme toute, à la configuration des Français sous l'occupation. Parmi ceux qui ont le mieux travaillé, le rapport cite les noms de Martin Fabiani, Louis Carré et Allen Loebl, un juif français « protégé des lois raciales par Goering »[58].

On retrouve deux de ces noms – ceux de Fabiani et Loebl – dans un autre texte important : le procès-verbal d'interrogatoire d'un certain Rochlitz par la cour de justice de la Seine, dans le cadre du Tribunal militaire international des grands criminels de guerre. Cet homme, un Allemand qui avait ouvert une galerie de peinture ancienne, rue de Rivoli dès 1936, a naturellement continué pendant la guerre. A ce titre, il entretenait des relations suivies avec Lhose, le courtier privilégié de Goering, sa tête chercheuse dans les collections à spolier et les galeries au stock réputé. Il est formel : « Parmi les marchands parisiens ayant beaucoup travaillé sous l'occupation, je puis citer Loebl considéré comme le plus actif[59]. »

Quoi qu'il en soit, le marché de l'art parisien supportera l'épuration dans trop de dommages. Mais si dans les Lettres, elle sera plus sévère avec les écrivains qu'avec les éditeurs, dans les Arts, elle fera preuve d'une égale mansuétude pour les peintres et les marchands. A l'indifférence de la Propaganda Staffel succède celle des résistants au pouvoir, préoccupés surtout, à l'instar du général de Gaulle, du redémarrage économique d'une nation exsangue. Quoi qu'en dise Picasso épurateur : « Non, la peinture n'est pas faite pour décorer les appartements, c'est un instrument de guerre offensive et défensive contre l'ennemi[60]. »

1945. La guerre s'achève enfin. Une grande partie de la collection de Bernard Koehler disparaît dans le bombardement de Berlin. Sous les décombres, on découvre une trentaine de toiles de Klee... Dans le sillage de l'Armée Rouge, trois peintres soviétiques qui signent sous le pseudonyme commun de Koukrynisky, visitent les souterrains de la capitale du IIIe Reich. A leur retour, ils peindront une grande toile sobrement intitulée *La Fin*, dans laquelle ils imaginent les derniers instants d'Hitler retranché dans son bunker... Bientôt, une cargaison de quelque neuf mille tableaux quittera l'Allemagne pour les Etats-Unis, confisqués en vertu des accords de Potsdam[61]...

Rue d'Astorg, Henry Kahnweiler a repris son bureau à la galerie Louise Leiris (et non plus Simon). Les affaires reprennent, les Américains sont de retour et ils n'ont pas l'intention de payer les tableaux avec du chocolat et des cigarettes. Kahnweiler est convaincu comme jamais que la génération cubiste est constituée de peintres qui sont dorénavant des classiques de l'art moderne. En termes purement commerciaux, il convient de les considérer comme les impressionnistes il y a vingt ans[62].

Très vite il renoue ses contrats épistolaires avec les marchands étrangers, Curt Valentin à New York ou Thannhauser en Allemagne. Ce dernier est pour le moins surpris, ayant proposé à Kahnweiler de lui envoyer ce qui lui manque (livres, dessins...) de recevoir en retour une liste d'une tout autre ambition : huile, sardines, corned-beef[63].

Privé pendant quatre ans, Kahnweiler a soif de découvertes surprenantes. Mais il est plutôt déçu dans l'ensemble. L'exposition des œuvres de Pignon, Gischia et quelques autres lui paraît « du néo-fauvisme décoratif de mauvais aloi », la représentation du fameux *Huis-clos* de Sartre révèle une pièce « réussie » mais *Le Malentendu* de Camus l'est « un peu moins ». La presse, d'*Action* aux *Lettres Françaises* en passant par *Carrefour* n'est « pas encore au point ». Il n'y a guère que les concerts de René Leibowitz qui emportent son enthousiasme, même si sa direction d'œuvres de Schönberg, Webern, Berg donne une fois de plus à la critique l'occasion de « débiter les mêmes âneries que d'habitude »[64]. Peu importe. La vérité est en marche et rien ne l'arrêtera.

A tous ses correspondants qui, de par le monde, n'ont de cesse de reprendre contact avec lui, Kahnweiler loue sans relâche le courage de Louise Leiris. Sans elle, la galerie aurait été perdue. Il ne lui marchande pas son admiration. Mais bientôt, son cher courrier, qu'il tient avec une égale rigueur depuis près de quarante ans maintenant, se teinte de sombre, puis de noir. De partout affluent les condoléances. Le 14 mai 1945, Lucie Kahnweiler succombe à la maladie après d'horribles souffrances. A ses amis de l'étranger qui veulent le consoler, il écrit sa peine.

Plus que de la peine, un profond chagrin. Plus que du chagrin, une immense détresse. Il est inconsolable. Quarante ans durant, ils ne s'étaient jamais quittés malgré les tourmentes. De cette disparition, il ne se remettra jamais. Il refusera de retourner à Saint-Léonard-de-Noblat, un lieu par trop associé aux trois années de bonheur qu'il y avait passées avec elle. Longtemps, il ira se recueillir tous les dimanches sur sa tombe, tout près de laquelle sera ensevelie un an après Gertrude Stein.

A la veille de l'été 1945, la fin de la guerre et la disparition de sa femme lui font tourner la page. Henry Kahnweiler a soixante et un ans. Quand d'autres songent à la préretraite, il commence une nouvelle vie et se met dans la peau d'un autre homme. Celle d'un marchand de tableaux consacré qui a le privilège d'entrer de son vivant dans l'histoire.

# III

# LA CONSÉCRATION

*1945-1979*

# 9.

## *Le maître reconnu*

### 1945-1979

Un homme de petite taille, le crâne rasé, les oreilles fortement décollées, les jambes arquées. Pendant la conversation, il écoute tout en faisant tinter des pièces de monnaie dans sa poche. Quand son interlocuteur évoque la possibilité d'une remise spéciale, il sourit, secoue la tête de gauche à droite avec une moue qui, dans toutes les langues du monde, a la même signification. Sans appel. Ce ne serait pas convenable. Venant d'un homme à principes, ce geste de générosité serait interprété comme un signe de faiblesse.

L'entretien se poursuit dans un des meilleurs restaurants de Paris. L'homme consomme des mets délicats à grande vitesse. Quand son invité, qui a quelques longueurs de retard dans la course au dessert, l'interroge sur cette précipitation, l'homme, tout d'abord stupéfait, sourit en évoquant sa jeunesse :

« Au début du siècle, quand j'ai ouvert ma galerie, j'étais seul. Je ne fermais pas à midi. J'étais donc obligé de prendre mes repas – un franc, trois plats plus le vin – aussi rapidement que possible. Je n'ai jamais pu me débarrasser de cette habitude. »

Nous sommes à Paris au début de l'été 1949. Cet homme, c'est Henry Kahnweiler. Son visiteur, c'est Michael Hertz, un Allemand qui deviendra un des plus importants marchands d'estampes de son pays.

C'est la première fois qu'il rencontre Kahnweiler[1]. Au début de l'entretien, il est un peu déçu. On dirait un banquier. A la fin, il est convaincu. Kahnweiler est vraiment devenu un personnage de légende.

Après quatre décennies de pratique quotidienne du marché de l'art et de fréquentation des artistes, à peine interrompue à deux reprises par des « événements-indépendants-de-notre-volonté », Henry Kahnweiler peut enfin se donner les moyens de ses ambitions. Il a la faculté d'être tout à fait lui-même, qualités et défauts mêlés. Sa réussite lui permet enfin de tous les assumer. Certains sont même tellement impressionnés qu'ils en sont prêts à faire passer ses erreurs et ses oublis par pertes et profits. Il leur faudra du temps avant d'oser traiter Henry Kahnweiler avec la même exigence que le commun des hommes de l'art.

Son portrait, tel qu'on a pu l'ébaucher dans les premières années du siècle, est intact. Mais désormais, il est définitif, achevé. L'esquisse s'est muée en des traits plus vigoureux.

Ses qualités ? Fidélité aux autres, identité avec soi-même, intuition, faculté de saisir le meilleur de l'époque, autonomie, fierté, intelligence acérée, culture exceptionnellement diverse et internationale, attention aux autres, simplicité hostile à toute ostentation, suite dans les idées, entêtement, horreur du gaspillage et des mondanités, soin de sa personne, haute conception de son métier et de sa mission, défiance vis-à-vis de l'Etat et du mécénat en art.

Ses défauts ? La même chose, diraient certains. En tout cas inflexibilité, orgueil, puritanisme, manque d'humour ordinaire, sectarisme, dogmatisme, élitisme, défiance du public.

On ne juge pas un homme, on apprend à le connaître. S'il est vrai, comme le disait Malraux, qu'une biographie n'est qu'un misérable petit tas de

secrets, on peut livrer en vrac ces quelques anecdotes
à la sagacité du lecteur.

Kahnweiler a toujours voulu séparer sa gloire de sa
maison. La distinction lui paraissait fondamentale. Un
jour, il s'est véritablement mis en colère quand un
visiteur, quai des Grands-Augustins, a été assez incon-
gru pour lui demander le prix d'un tableau accroché
au mur... Devenu riche, ses seuls luxes étaient les
voyages dans les meilleures conditions, les meilleurs
restaurants, les plus grands hôtels, au volant d'une
Ford puis d'une Mercedes... Très sollicité par les
conservateurs, il n'aime pas donner des toiles aux
musées. C'est la limite de sa générosité. Trop marqué
par le séquestre de 14-18, impressionné par les spolia-
tions de 40-44, il estime avoir suffisamment donné à
l'Etat quand celui-ci ne lui demandait pas son avis...
Dînant à New York chez les Rockefeller avec les
administrateurs de leur fondation, il suggère à son
collaborateur Maurice Jardot d'enlever sa montre-
bracelet car, avec un smoking, il convient de porter
une montre-gousset. Quand celui-ci lui fait remarquer
que nul, à cette table, n'a visiblement ce sens des
usages, Kahnweiler lâche : « C'est qu'ils ne savent
pas... »

En 1946, il assigne devant un tribunal les éditions
*Les Cahiers d'Art* qui ont reproduit des œuvres de
Picasso sans lui en demander l'autorisation et naturellement sans lui verser de droits. *Les Cahiers d'Art*
peuvent exciper de ce que le droit de reproduction
leur a été accordé de vive voix, amicalement et
gratuitement, par le peintre lui-même, le tribunal
n'en a cure, Kahnweiler produisant le contrat signé
en 1912 avec Picasso. Il gagne. Question de principe.

Même un homme de légende est fait de petits et de
mauvais côtés. Encore qu'avec Kahnweiler, tout est

une question de point de vue. Après-guerre, il est,
plus qu'une personnalité, un personnage. Sa peinture
existe enfin, totalement, car elle est conquérante. Il
est dans le monde de la peinture moderne, comme
Gide en littérature, le « contemporain capital ».

On ne prête qu'aux riches. Au lendemain de la
Libération, quand la presse annonce que « le parti
existentialiste va ouvrir à Paris une véritable université pour laquelle des fonds importants auraient déjà
été réunis », elle cite Jean-Paul Sartre comme recteur,
et Merleau-Ponty, Simone de Beauvoir, Raymond
Aron et... Henry Kahnweiler comme professeurs[2].
Quand une jeune historienne d'art, Dora Vallier,
montre à Kahnweiler l'entretien qu'elle a réalisé avec
Braque pour la revue *Les Cahiers d'Art*, et qu'il la
félicite, elle est comblée au-delà de toute espérance :
« ... quel était l'avis qui pouvait compter le plus[3] ?... »
Quand la revue d'art *L'Œil* lance son premier numéro
et qu'elle cherche un morceau de choix pour ce
démarrage historique, son directeur Georges Bernier
réalise un long entretien avec D.H. Kahnweiler sous
le titre « Du temps que les cubistes étaient jeunes »[4].
Quand l'hebdomadaire *Carrefour* publie une importante galerie de portraits de ceux qui sont « le
Tout-Paris de la peinture », il met en scène Jean
Dauberville-Berneim, David (galerie Drouant-David),
Raymond Nacenta (galerie Charpentier), Pierre Durand-Ruel, Louise Leiris, Denise René, Aimé Maeght,
Gildo Caputo (galerie de France), Spitzer (éditeur
d'art) et distingue Kahnweiler comme celui qui,
aujourd'hui, « occupe une place éminente sinon pré-
éminente parmi ses confrères »[5].

Il n'en reste pas moins, dans les années 50 déjà, un
marchand atypique, une sorte de dinosaure, car
quand la *Revue d'esthétique* publie un « Essai sur
l'esthétique spontanée du marchand de tableaux »,
l'article signé de M. Guicheteau a ceci de remarqua-

ble qu'on n'y retrouve en rien les caractéristiques de Kahnweiler, ni de sa vie, ni de son œuvre; on peut même dire qu'elles portent témoignage contre la démonstration du philosophe[6].

Il n'en a cure.

Cela a toujours été son attitude. Plus encore depuis qu'il se sent assez fort pour marteler, haut et fort, ses goûts et ses exclusives. Passé l'effet de surprise, quelques-uns oseront le dire sectaire et dogmatique, enfermé dans son système, pétri d'orgueil. Sa défense reste inchangée : quand on a une idée, on s'y tient. Celui qui s'éloignera de cette ligne de conduite se condamnera inéluctablement à épouser les modes et à faire preuve de dilettantisme, d'amateurisme, d'inconséquence.

« Le mélancolique se soucie peu du jugement des autres, de ce qu'ils tiennent pour bon et pour vrai; il ne se fie qu'à son propre discernement. Il est d'autant plus malaisé de le convertir à d'autres pensées que ses mobiles prennent le caractère de principes, et sa constance, parfois, dégénère en entêtement. Le changement des modes le laisse indifférent. »

Ces lignes sont d'Emmanuel Kant. Elles ont été retrouvées dans ses *Observations sur le sentiment du beau et du sublime* par Maurice Jardot, un homme qui a travaillé trente ans aux côtés de Kahnweiler. Il les lui applique en suggérant toutefois de remplacer le premier mot « mélancolique » par « grave ».

Entêté, péremptoire, catégorique, il l'est sans aucun doute. Les exemples abondent. Quand à Drouot on disperse les dessins que Gris avait faits dans la presse satirique avant de se consacrer entièrement à la peinture, Kahnweiler persiste à les traiter par le mépris, comme des besognes mercenaires sans aucun intérêt artistique... Quand Jean Paulhan publie *Braque le patron* (1946), il partage sa colère avec Picasso, les deux hommes considérant ce livre

comme de la « littérature », terme pris dans son
acception la plus péjorative, du sous-Apollinaire,
fondé sur une erreur de chronologie, *Les Demoiselles
d'Avignon* étant antérieures d'un ou deux ans à *La
Route à l'Estaque*. Braque le patron... Et pourquoi
pas Matisse notre maître à tous! Là, ils s'étrangle-
raient, Picasso en raison de son sens aigu de la
rivalité, Kahnweiler par solidarité et par conviction
personnelle... Quand Aimé Maeght prépare en 1946
une grande exposition d'ensemble sur les peintres
surréalistes et qu'il sollicite la collaboration de Kahnweiler, celui-ci refuse formellement, ne souhaitant pas
donner sa caution à une expression – « peinture
surréaliste » – qui prête à confusion, et à un mouvement dont il se désolidarise en dépit de ses liens avec
des hommes comme Michel Leiris et André Masson[7]... Quand Ipoustéguy hésite encore entre la peinture et la sculpture, Kahnweiler qui aime surtout ses
dessins, le prévient : « Réfléchissez bien. La sculpture
ne s'est jamais vendue. Les amateurs dès le départ
ont préféré acheter des masques nègres. Venez voir
dans ma cave. Elle regorge de Laurens, de Manolo,
de Beaudin. Je ne leur ai jamais trouvé d'acquéreur...
N'oubliez pas que vous deviendrez sculpteur à vos
risques et périls. » Il avait peut-être raison en 1952[8]...
Quand il est chargé d'organiser avec Douglas Cooper
une grande exposition cubiste à la Biennale de
Venise, il y fait bien figurer les quatre grands –
Picasso, Braque, Gris et Léger – mais refuse obstinément de laisser entrer les œuvres de « Metzinger et
consorts », jugeant que tout ce qui s'est fait de valable
depuis 1920 prend son origine chez les cubistes
historiques ou chez Paul Klee, mais certainement pas
chez Gleizes, La Fresnaye...

On l'aura compris, Kahnweiler ne donne pas des
avis mais des verdicts. Il n'opine pas, il tranche. C'est
un homme qui sait écouter. Mais en art le compromis

lui est une notion étrangère. En un sens, cette intransigeance lui fait honneur. Elle ne se module ni ne se
tempère en fonction des hommes ou de leur pouvoir.
Face au même motif de dédain (Gauguin, Kandinsky,
Metzinger...), son attitude est inchangée, qu'il
s'agisse d'une petite galerie ou d'une grande institution.

Ainsi en 1953 quand le commissaire de la grande
exposition cubiste du Musée national d'Art moderne
à Paris veut y faire figurer également les « sous-
produits » et autres « suivistes », Kahnweiler fait front
avec la même vigueur qu'avant-guerre, dans la polémique qui l'opposa à la petite Mayor Gallery londo-
nienne.

Ainsi parlait Kahnweiler!

Michael Hertz, le marchand d'estampes, voit également du Zarathoustra en lui. C'est que ses « excom-
munications » ne concernent pas seulement le surréalisme et l'abstraction mais aussi, par exemple, les
périodes bleue et rose de Picasso, qu'il juge inférieu-
res, dans la qualité artistique, à son cubisme. Au fil
d'innombrables conversations avec lui, Hertz est
convaincu que Kahnweiler est prêt à tout pour donner son avis.

« Je discutais avec lui, se souvient-il, le prix d'une
œuvre magistrale de 1938, *Le Labyrinthe*, [d'André
Masson] que je voulais vendre à un certain musée en
Rhénanie. Il n'y avait pas dans le commerce une
œuvre de cette période et de cette qualité. D'autre
part le prix indiquait que l'objet devrait être bradé à
l'acheteur potentiel de la galerie Louise Leiris. Quand
je fus d'accord, Kahnweiler dit avec une expression
inquiétante : « Vous ne voulez pas proposer ce
Masson à un musée, c'est un mauvais tableau! » Sa
volonté de donner son avis en matière artistique était
si forte qu'il n'hésitait pas à torpiller une vente de son
propre stock et cela en tant que marchand[9]! »

Sectaire, Kahnweiler ne l'est pas seulement vis-à-vis des œuvres, des écoles ou des mouvements qu'il méprise, mais également des hommes qui ne partagent pas sa passion dévorante pour la peinture. Michael Hertz n'oubliera jamais le cuisant échec qu'il essuya, le jour où il prit l'initiative de présenter Kahnweiler à C.G. Heise. C'était à l'ouverture de la Documenta II. Ces deux hommes de l'art étaient probablement les plus connus et les plus prestigieux qui se trouvaient, ce jour-là, dans l'enceinte de l'exposition internationale d'art moderne, à Kassel. C.G. Heise avait manifesté le souhait de faire la connaissance de Kahnweiler. Hertz s'était naturellement entremis, connaissant bien l'un et l'autre. Il avait pris soin de rappeler à Kahnweiler le passé de son interlocuteur, chassé par les nazis de son poste de directeur du musée de Lübeck. Rien n'y fit. Kahnweiler se détourna au bout de quelques secondes de cet homme qui avait toujours refusé de s'intéresser au cubisme et à Picasso [10].

Expert, écrivain d'art, voyageur-conférencier... Après-guerre, Kahnweiler n'est plus seulement le marchand des cubistes mais leur ambassadeur. De nouvelles fonctions qui prolongent naturellement son apostolat, son sacerdoce, la mission qu'il s'est dévolue.

Il paraît que Marcel Duchamp se considérait comme le coauteur de tous ses tableaux à 50 % avec celui qui les regardait. Kahnweiler, lui, n'irait pas jusqu'à se croire le coauteur des tableaux de ses peintres, mais à tout le moins, comme le principal témoin de leur naissance. A ce titre, il est de plus en plus consulté au titre d'expert, plus informel et plus pragmatique que les experts en titre. Il se montre d'une grande prudence. Face à la toile contestée, il est humble parmi les humbles, évite de se montrer péremptoire, adoptant ainsi une attitude aux antipodes de son assurance de marchand consacré. Quand il est pris d'un doute ou que l'authenticité d'une peinture lui paraît fort improbable, il préfère s'écarter et se déclare incompétent. Quand il est plus sûr de lui, il suggère mais ne tranche pas. L'expertise n'est pas son métier et il nourrit une vieille méfiance pour les experts de métier qui, dans certains cas, se sont eux-mêmes consacrés, et attribué ce titre impressionnant. Nombre d'entre eux étant également des marchands – donc juge et partie – leur double allégeance ne peut qu'être insupportable à un homme qui, comme lui, est attaché à la déontologie au point d'avoir longtemps différé la publication de ses écrits.

L'œil de l'expert, comme le nez du parfumeur, ne se fabrique pas. C'est le travail d'une génération, d'une vie, d'une lignée. Depuis le XVIIIᵉ siècle, l'expertise en attribution était plutôt l'apanage du marchand, tandis que l'appréciation et le discours esthétique sur la peinture étaient ceux de l'honnête homme ou de l'amateur éclairé[11]. Cette traditionnelle séparation entre l'esprit et la main s'estompe progressivement grâce notamment à quelques rares personnalités du type de Kahnweiler qui sont capables d'être à la fois marchand et analyste de leur art. Ce sont des hommes de l'art complets, comme on le dirait d'un athlète complet, apte à toutes les disciplines du stade, ou du temps de la Renaissance, d'un artiste complet qui passerait avec une égale maîtrise de la peinture et du dessin à la sculpture.

Kahnweiler jouit d'une grande mémoire visuelle. Ayant beaucoup lu et souvent voyagé en Europe, il a une connaissance intime des galeries et musées du vieux continent. Quand il voit un tableau, s'il l'estime assez important pour être mémorisé, il le photographie dans sa tête et ne l'oublie pas. C'est un catalogue vivant. Il est rare qu'on évoque devant lui une œuvre qui compte à l'Alte Pinakothek de Munich ou une remarquable fresque d'une minuscule chapelle florentine sans qu'aussitôt, il la localise avec précision.

On le consulte toujours pour les mêmes artistes : Picasso, Gris, Léger, Laurens, Masson généralement. Quand en 1959, Heinz Berggruen, le grand marchand de la rue de l'Université, a le sentiment d'avoir payé un million de francs pour une gouache de Léger qui n'en serait pas une (*Les machines à écrire*) c'est à Kahnweiler qu'il s'adresse[12]. Dans une œuvre attribuée à Léger, il peut voir tout de suite si les formes, trop lourdes ou trop molles, se composent mal, si le dessin manque de fermeté. Mais l'élément décisif reste l'examen de la signature qui, comme la dédicace, est souvent laborieuse et appliquée[13]. Bien entendu, vis-à-vis de Léger il n'a, après sa mort, ni la qualité d'ayant-droit ni celle d'expert. Mais son opinion prédomine. Un jour, il se rend à Drouot en compagnie de Maurice Jardot pour voir de plus près une de ses gouaches qui, sur le catalogue, l'a intrigué. Elle lui paraît douteuse. Une fois en mains, il la retourne aussitôt pour examiner la signature et la dédicace. Il ne reconnaît pas l'écriture, ce qui ne fait que renforcer ses soupçons. N'étant pas mandaté pour intervenir légalement, il reste coi. Mais comme un commissaire-priseur lui demande son avis, il répond que cette gouache ne lui plaît pas et que la galerie Louise Leiris ne prendra pas part aux enchères, un avis que l'homme au marteau d'ivoire tient aussitôt pour une expertise[14]. De même, en visitant une exposition Picasso avant une vente, il s'interroge sur l'authenticité du n° 22, *Le journal,* un dessin que le catalogue attribue à Picasso, et écrit au commissaire-priseur Alphonse Bellier ainsi qu'à l'expert Pacitti pour simplement les prévenir : « J'ai des doutes[15]... » Mais quand son avis ne doit pas l'engager publiquement, il se montre volontiers péremptoire, surtout si on le met en concurrence avec celui d'autres « experts ». Question d'orgueil. Son frère Gustave n'oubliera jamais cet échange à propos d'un dessin de Picasso qu'il venait d'acheter :

« Je l'ai montré à Christian Zervos, dit Gustave, et d'après lui c'est un faux.

– Fais voir... Non, il est authentique.

– Ah bon. Mais alors lequel de vous deux a raison?

– Moi naturellement », répondit Kahnweiler sur un ton glacial [16].

Il veut bien rendre service et il est flatté qu'on sollicite son avis. Mais il ne faut pas abuser. Un jour, on lui demande de témoigner dans un procès portant sur un faux Picasso. Il se rend de bonne grâce, avec une exactitude toute germanique, à la convocation au Palais de justice. On le fait attendre plusieurs heures dans le vestibule et quand on l'invite enfin à se présenter à la barre, la coupe est pleine. Non seulement le tableau est une copie lamentable, d'une affligeante médiocrité, même pour le plus néophyte des amateurs, et Kahnweiler ne se prive pas de le dire, mais de plus l'affaire n'a rien d'artistique. Elle est tout à fait politique puisqu'il s'avère que ce tableau fait partie d'un trafic de faux organisé pour son propre compte depuis Madrid par l'ancien dirigeant fasciste belge, l'homme de Rex, Léon Degrelle [17]. On est vraiment loin de Picasso.

Parfois, Kahnweiler doit également lutter contre certains de ses propres peintres, ceux qui perdent volontairement la mémoire. Ce fut le cas avec Vlaminck, qui un jour déclara fausse une toile qu'un expert avait authentifiée comme étant de sa palette et de son pinceau. Désespéré, l'expert appela Kahnweiler à son secours car le tableau datait du temps de la rue Vignon. Il n'y avait guère de doute : Vlaminck en était bien l'auteur, même si cette peinture appartenait à une époque sur laquelle il avait tiré un trait.

« Qu'est-ce que cela signifie ? Qu'est-ce qui te prend ? » lui demanda Kahnweiler.

Après quoi, le peintre passa aux aveux complets[18].

Parfois, Kahnweiler aime bien provoquer, ce qui ne manque pas d'étonner son entourage, plutôt habitué à ce qu'il considère l'art et les artistes avec beaucoup de sérieux. Au cours d'un débat public en présence de critiques, de commissaires-priseurs et de peintres, alors que chacun échafaude qui des concepts esthétiques, qui des théories scientifiques pour vaincre la prolifération des faux sur le marché, Kahnweiler fait sensation en disant simplement avec sa bonhomie habituelle :

« Moi, j'ai un truc. Je photographie tous les tableaux que j'achète, dans l'atelier du peintre[19]. »

Quand il est question de l'œuvre du douanier Rousseau et que ses interlocuteurs citent respectueusement les noms de quelques experts connus, il sourit et lance :

« Je ne connais qu'un expert vrai pour les œuvres de Rousseau, c'est Picasso ! »

Ce n'est pas une boutade puisqu'un jour il lui fera expertiser sur photo une peinture du Douanier pour le compte du musée d'art moderne de Munich, lui aussi plus confiant dans l'œil de Pablo que dans les rayons X[20].

Kahnweiler est ainsi : il adore donner son avis, quel que soit l'enjeu. Il prend facilement la plume pour dénoncer ce qui ne va pas, faire part de ses doutes, exprimer sa surprise, dans le seul but d'améliorer ce qui doit l'être ou de rendre à César ce qui lui appartient. Ainsi en visitant une belle exposition Poussin à la Bibliothèque nationale, il constate qu'on ne peut réellement bien voir que quatre tableaux. Pour espérer entrevoir un coin de chacun des autres, il faut s'accroupir : le contre-jour et le vernis gâchent tout. L'accrochage est à revoir et il le fait savoir aussitôt à l'administrateur général, Julien Cain[21].

Bien entendu, son œil expert est le plus souvent sollicité pour des affaires d'importance, autrement dit des controverses dans lesquelles l'attestation ou l'avis de l'expert peuvent entraîner une augmentation importante de la valeur marchande de l'œuvre[22]. Il en faut beaucoup pour le faire sortir de sa réserve en pareilles circonstances. Quand l'abus est manifeste, que la mauvaise foi est patente ou que son propre rôle historique de témoin capital est implicitement mis en cause, il sort de ses gonds, et exceptionnellement, s'engage plus avant. C'est le cas en juillet 1954, quand éclate l'affaire Chtchoukine. Une histoire assez ahurissante, à l'enjeu financier considérable.

Profitant de ce que les musées soviétiques ont prêté trente-sept toiles de Picasso à la Maison de la Pensée française, à Paris, pour les y exposer, la fille du célèbre collectionneur, Irène Chtchoukine de Keller, qui vit à Neuilly, saisit la justice française. Elle demande tout simplement le séquestre des tableaux, son avocat se fondant sur le fait que Serguei Chtchoukine avait été dépossédé de sa fameuse collection au lendemain de la révolution russe. Puisqu'elle a été nationalisée contre son gré, qu'on la dénationalise contre le gré des autorités soviétiques! Le juge des référés est dans l'embarras. La question est délicate. Il lui faut apprécier si « le fait d'exposer en France aux regards du public des tableaux acquis depuis plus de trente ans par un Etat étranger, d'un de ses nationaux et sur son territoire, suivant un mode d'acquisition reconnu par la législation de cet Etat », si ce fait « porte à notre ordre juridique un trouble

d'une gravité suffisante pour qu'il soit urgent d'y
mettre fin ».

Le juge forme une ordonnance de renvoi, se
déclare incompétent, mais pour éviter les incidents
l'exposition, très attendue, est fermée. Kahnweiler est
indigné au-delà de toute expression. Il n'y a pas de
jurisprudence dans ce genre d'affaires et de son point
de vue, il ne faut surtout pas qu'il y en ait une. Un
précédent serait très préjudiciable, non pas tant sur le
plan matériel mais d'un point de vue psychologique :
plus personne n'oserait prêter des œuvres d'art à des
musées, des salons ou des galeries en France. Ce
serait d'autant plus scandaleux qu'en l'espèce, la fille
de Chtchoukine est effrontément gourmande : elle
réclame même des tableaux qui n'appartenaient pas
au collectionneur. Kahnweiler, qui connaît son dossier, cite catégoriquement *La Femme à la guitare*
qu'il avait lui-même vendu à Gertrude Stein et *La
jeune fille à la boule* qu'il avait cédé à Ivan Morozoff.
Au-delà de ces détails techniques, il s'emploie, dans
une interview, à mettre en avant une question de
principe sur laquelle nul ne devrait transiger :

« Depuis quand, demande-t-il, conteste-t-on à un
pays la propriété de son patrimoine artistique et
littéraire ? Si l'on n'y met pas bon ordre, tous les
échanges culturels deviendraient vite impossibles : les
Français par exemple ne pourraient pas envoyer en
Italie une exposition des trésors de nos musées de
peur de les voir revendiquer sous prétexte que Napoléon les a ramenés en France ! »

Refusant d'emblée de placer le débat sur le terrain
politique et de considérer la nature du régime en
question, Kahnweiler monte au créneau comme
jamais auparavant. Sachant que son témoignage est
décisif car il fut le marchand privilégié de Chtchoukine, il s'offre de lui-même à participer à une confé-

rence de presse, qui se tient au plus fort du scandale.

« C'est moi qui ai vendu les tableaux à Serguei Chtchoukine, dit-il. Il m'avait bien fait connaître son intention de les léguer aux musées de Moscou. La Révolution a seulement avancé la réalisation de son désir.

– Pourquoi, demande un journaliste, s'il était tellement attaché à son pays, M. Chtchoukine n'y est-il pas demeuré lui-même ?

– Sans doute n'était-il pas rassuré pour sa personne... La revendication de Mme Irène Chtchoukine de Keller est de la plus haute fantaisie. Elle compromet l'avenir des relations culturelles entre les Etats[23]. »

Kahnweiler est entendu. Son témoignage porte, la presse en fait ses titres car il n'est pas seulement du fournisseur de Chtchoukine mais d'un homme qui a, lui aussi, été spolié par l'Etat. C'était la même époque mais pas exactement dans les mêmes conditions.

C'est un homme qu'on écoute car il est déjà un personnage de légende et parce que, depuis la Libération, il multiplie les publications. Qu'il traite d'esthétique, de peinture cubiste ou plus particulièrement de la place de tel ou tel peintre dans l'histoire de l'art moderne, il semble avoir rangé au magasin des accessoires son vieux principe déontologique (un marchand ne fait pas la promotion de ses artistes.) Plus de pseudonyme transparent ! Dorénavant il écrit à visage découvert car sa signature n'est plus seulement celle d'un marchand de tableaux de la rue d'Astorg à Paris.

Dès 1946, à New York, le jeune historien d'art John Rewald, qui s'apprête à publier son *Histoire de l'impressionnisme*, et William Lieberman, le secrétaire d'Alfred H. Barr au Museum of Modern Art forment le projet de traduire en anglais sa *Montée vers le cubisme*. Ils le considèrent comme un document historique et veulent absolument le faire connaître au public américain[24].

La fin de la guerre a très vite marqué le retour de Kahnweiler dans le milieu de l'art. Eu égard à son cosmopolitisme, il ne saurait être qu'international. Il est hors de question de se limiter à la France. Il ne l'a jamais fait, ce n'est pas maintenant qu'il va commencer. L'Hexagone est trop petit, trop étroit d'esprit. En novembre 1945, c'est à Londres, dans la revue *Horizon*, qu'il publie un bilan de la peinture telle qu'on peut la voir à Paris. Kahnweiler y développe trois idées qui lui sont chères. D'abord, il ne constate aucune révélation depuis cinq ans. Rien. Ni les débuts de Nicolas de Staël, ni ceux d'Atlan, ni... Cela dit, il se garde de tout jugement et de toute association abusive entre la décadence artistique et la décadence politique. Ensuite, il ne peut s'empêcher de vitupérer les abstraits, et autres décorateurs de surfaces planes. Enfin, il se refuse, comme l'air du temps y incline, à considérer que New York est devenu la nouvelle Alexandrie, métropole d'un art international qui aurait supplanté la capitale de la vieille Europe. Il cite volontiers les lettres des exilés qui de leur propre aveu ne pensent qu'à rentrer. Kahnweiler a l'intime conviction qu'après une éclipse due à la guerre et aux urgences de la Libération, Paris redeviendra tôt ou tard la grande capitale artistique qu'elle fut, que les peintres français et étrangers reviendront s'y fixer et que l'aventure américaine n'est qu'un épisode. Il a confiance, plus encore depuis qu'il a vu la France profonde résister pendant quatre ans. Cela prendra peut-être du temps, dix, vingt ou trente ans, mais qu'importe. Ce n'est rien dans la vie d'une nation, c'est infime, quand on a la durée pour soi.

Cet article sera suivi de plusieurs autres : « Faut-il

écrire une histoire du goût ? » *(Critique)*, « A propos d'une conférence de Paul Klee » *(Les temps modernes)*, « Mallarmé et la peinture » *(Les Lettres)*, « L'art nègre et le cubisme » *(Présence africaine)*, « Le véritable Béarnais » *(Les Temps modernes)*, « Le sujet chez Picasso » *(Verve)*. Dans « Rhétorique et style dans l'art plastique d'aujourd'hui » *(Cahiers du Sud)*, Kahnweiler défend l'idée selon laquelle la rhétorique cubiste a permis à la peinture d'aujourd'hui d'exister, mais il se refuse pour autant à abaisser celle-ci : « Ce n'est pas amoindrir Masaccio ou Piero della Francesca que de constater que sans Giotto ils seraient impensables. » Dans « La place de Georges Seurat » *(Critique)*, il s'emploie à montrer que ce grand peintre est mort trop jeune pour avoir pu prouver qu'il était aussi grand que Cézanne : il n'a pas eu le temps de se débarrasser des méthodes de l'école des Beaux-Arts et d'agrandir sa production.

La plupart de ces articles seront réunis dans un recueil édité en 1963 sous le titre de *Confessions esthétiques*. Kahnweiler en publiera d'autres, ainsi qu'un important essai sur *Les sculptures de Picasso* avec des photographies de Brassaï. Mais « le » livre de Kahnweiler, celui qui rassemble les éléments épars d'une esthétique ébauchée depuis les réflexions de la première guerre, est incontestablement son *Juan Gris, sa vie, son œuvre, ses écrits*, publié en 1946 et dédié à la mémoire de sa femme.

Gaston Gallimard en est naturellement l'éditeur. « Naturellement » pour plusieurs raisons. D'abord parce que dans l'image du public, Gaston est à la littérature ce que Henry est à la peinture. Ensuite, c'est une maison prestigieuse dont le comité de lecture et le catalogue comprennent de nombreux amis de la galerie, de Raymond Queneau à André Malraux. Gallimard et Kahnweiler se connaissent depuis le début des années 20, le premier ayant racheté au second les droits de publication en édition courante du *Saint Matorel* de Max Jacob[25]. A cette occasion, le grand éditeur de la rue Sébastien-Bottin avait pu s'apercevoir que le marchand de la rue d'Astorg lisait les contrats à la loupe puisqu'il lui avait fait ajouter une clause « oubliée » relative aux droits de traduction. Ils sont tous deux rusés en affaires.

Le 6 mars 1945, quand il s'agit de signer le contrat du *Gris*[26], Kahnweiler accepte, comme tout auteur, que ses droits s'élèvent à 10 % jusqu'à 10 000 exemplaires, et à 12 % au-delà. Mais comme bien peu ont osé le faire dans cette vénérable maison, il se montre plus avisé que Gaston : d'une part il fait annuler l'article X relatif au droit de suite imposant à un auteur de publier ses prochains livres chez le même éditeur, une initiative pour le moins audacieuse de la part d'un marchand qui a toujours été intransigeant avec ses artistes sur les questions d'exclusivité, de droits de suite en quelque sorte; d'autre part il fait préciser en additif qu'il se réserve la possibilité de négocier lui-même les droits étrangers du livre, et que, le cas échéant, la répartition entre l'auteur et l'éditeur sera non pas de 50/50 mais de 60/40.

A marchand, marchand et demi. La rencontre entre Gallimard et Kahnweiler, c'est le choc courtois de deux monstres sacrés du haut commerce des Arts et Lettres.

La parution du *Gris* est un événement. Ce livre sérieux, didactique, composé avec application, ce qui n'empêche pas quelques belles envolées lyriques ou polémiques, Kahnweiler, l'a écrit en mémorialiste. Il y est tout entier, dans ses qualités et ses contradictions. Outre les passages biographiques ou analytiques strictement consacrés à Juan Gris, il en est d'autres que l'auteur utilise pour faire passer tout ce qu'il a à dire sur la peinture. Cela permet d'opportunes mises au point. Car ceux qui lisent ou qui écoutent Kahnweiler depuis un quart de siècle en ont presque oublié ses conceptions des problématiques apparemment les plus simples : Qu'est-ce qu'un peintre ? Qu'est-ce que peindre ? Qu'est-ce qu'une grande peinture ?

Pour lui, le peintre est un individu qui éprouve le besoin de fixer son émotion de manière urgente. Kahnweiler emploie le terme « émotion » même s'il lui substitue le plus souvent son équivalent allemand d' « erlebnis » qui est plus proche encore de l'expérience vécue, à la source de toute œuvre d'art. En fixant son émotion sur une surface plane, le peintre en fait une image plastique transmissible aux hommes. Volontiers pédagogue, très allemand dans son goût de la démonstration, Kahnweiler divise l'acte de création en plusieurs étapes : l'émotion intérieure, l'image mentale floue aux contours imprécis, la volonté de préciser puis de concrétiser, la lutte intérieure suscitée par tout véritable acte de création, la matérialisation en une image extérieure sur une surface plane, enfin la lecture de cette image. La peinture ayant un rôle biologique de création du monde, le peintre s'exprime grâce à un ensemble de signes. Cette peinture étant une écriture, le spectateur la lit. S'il la comprend, c'est qu'il a identifié le signe avec la chose signifiée. En ce sens, d'accord avec Masson auquel il emprunte la formule, Kahnweiler estime que la « grande » peinture est une peinture où les intervalles sont chargés d'autant d'énergie que les figures qui les déterminent.

Naturellement, il ne saurait être question pour lui d'expliquer la peinture sans tracer de parallèle avec la musique. Evoquant l'art de Gris lui-même, il emploie le terme de « polyphonie » pour définir la structure de certains de ses tableaux et celui de « contrepoint » pour qualifier sa méthode car elle vise, elle aussi, à conduire simultanément des lignes mélodiques indépendantes. Se référant sans cesse à Arnold Schön-berg, un musicien qu'il place très haut puisque, de son point de vue, il domine son siècle, il établit une similitude plus totale encore entre musique et pein-ture, du moins dans l'approche que le débutant peut en avoir. La première fois qu'il écoute une symphonie moderne ou qu'il voit un tableau d'avant-garde, il n'y comprend rien si aucune accoutumance ne l'y a préparé. En fait, il n'a rien vu et rien entendu. Il ne verra et n'entendra que quand il aura reproduit, ou plutôt reconstitué en lui les images et les sons. C'est là une vieille idée qu'il creuse depuis près de trente ans et dont il ne se déprendra jamais : la peinture n'existe que dans la conscience du spectateur, par sa commu-nion avec le peintre et l'émotion qu'il a voulu trans-mettre.

Kahnweiler s'offre même le luxe de reconnaître ses erreurs passées. Lui qui a la dent dure avec ses pairs, qu'ils soient critiques ou historiens d'art, il accepte de se livrer à une petite autocritique concernant un point de chronologie. En 1920, dans ses écrits théoriques, il avait placé en 1907 la borne-frontière de l'histoire de l'art à cause des *Demoiselles d'Avignon*. Sans pour autant dénier la prépondérance du tableau dans l'his-toire de la révolution cubiste et, partant, dans celle de l'art moderne, il est d'avis que la véritable borne-frontière doit être déplacée de quelques années jusqu'à 1913. On passe alors de ce qu'il appelle « le cubisme analytique », une peinture empirique où l'artiste multiplie les renseignements sur ce qu'il peint, au « cubisme synthétique », qui rassemble tout le savoir du peintre sur un objet en un emblème unique. Cette transition, cristallisée par deux formu-les qui passeront à la postérité, marque le moment où l'on rompt véritablement avec l'esprit de la Renais-sance et où l'on renoue avec la peinture du Moyen Age, mais avec d'autres moyens et dans un tout autre but. Selon Kahnweiler, c'est bien là, en cet instant privilégié de 1913 où l'ensemble de la société intellectuelle et artistique est en pleine mutation, que l'on assiste à la naissance d'une peinture conceptuelle.

Le livre est très bien accueilli tant par le public que par la critique, en France comme à l'étranger. Certains osent à peine émettre des réserves sur l'explication de l'œuvre de Gris par celle de Husserl... Mais Kahnweiler est trop respecté, il en impose trop par son autorité et son aura, pour que quiconque ait assez d'assurance et d'arguments pour s'affronter à lui. Même en privé, les réactions critiques sont rares. Il n'y a guère que le sculpteur Jacques Lipchitz, que Gris lui avait présenté à son retour de l'exil bernois, qui exprime son désaccord dans une longue lettre de près de vingt pages. Il ne peut admettre que la paternité de la sculpture cubiste soit totalement attribuée aux peintres cubistes :

« ... Je ne prétends pas pour ma part avoir découvert le cubisme. Je dis seulement que je suis un de ceux qui ont aidé à l'édifier, à le clarifier, (je n'ai par exemple sur ma conscience aucun portrait cubiste, hérésie suprême) et je continue à le bâtir... Je tiens seulement à vous montrer comment les choses se sont entremêlées et à noter le caractère très hasardeux de la pensée que vous avez formulée touchant à la création de la sculpture cubiste[27]... »

En fait, les créateurs concernés semblent les mieux armés, tant historiquement que psychologiquement, pour l'affronter. Mais il faudra attendre de longues années pour que son esthétique, son rejet de l'abstraction et son découpage chronologique de l'histoire du cubisme soient sérieusement contestés. Quand le temps aura fait son œuvre, qu'une nouvelle génération d'historiens d'art se sera levée et que la recherche sur la peinture moderne aura progressé, certains battront en brèche ce qu'ils considèrent comme des erreurs de jugement : le caractère inachevé des *Demoiselles d'Avignon*, l'idée que les cubistes ont essayé de définir avec précision leur position dans l'espace quand ils peignaient des objets, le rejet de la décoration[28]...

En attendant, Henry Kahnweiler règne. Son prestige est au plus haut. Ses livres et ses articles sont traduits. Et il n'hésite pas à porter la bonne parole du cubisme triomphant partout où on l'y invite. Les sollicitations ne manquent pas. Le marchand-expert-historien d'art peut désormais s'enorgueillir d'un nouveau titre : celui de conférencier au long cours.

Les voyages vont désormais occuper une partie non négligeable de son temps. Il faut dire qu'avec lui, les organisateurs jouent sur du velours : il adore parler en public, raconter pour la énième fois l'épopée héroïque du cubisme, défendre sa conception de la vraie peinture devant des auditoires nombreux et attentifs. Si la flagornerie l'indispose quelque peu, il est suffisamment orgueilleux et prosélyte pour passer outre, le cas échéant, et accepter presque toutes les invitations.

Kahnweiler, intellectuel d'une grande curiosité, jamais assouvie, a toujours eu le goût du déplacement. Sa culture européenne et son trilinguisme l'ont très tôt poussé à bouger avec facilité. Au début du siècle, quand il travaillait à Londres dans les affaires de son oncle, il se rendait volontiers un week-end sur deux à Paris pour des expositions. En ce sens, les conférences à l'étranger lui sont aussi un alibi et un prétexte. Car cet homme de devoir qui a toujours eu horreur de perdre son temps (« to spend his time » comme disent plus justement les Anglais avec cette nuance de gâchis et de gaspillage économique), n'a jamais aimé le caractère gratuit des vacances et du tourisme. Cela lui donne le sentiment désagréable d'un manque-à-gagner intellectuel.

Le marchand Michael Hertz, qui a assisté à un certain nombre de ses conférences en Allemagne et en Autriche, en a conservé un souvenir prégnant : « ... le charme, la magie et le sens de la mise en scène avec lesquels il savait évoquer, comme si c'était la première fois, le tas de cendre devant le misérable petit poêle de fonte dans l'atelier de Picasso, rue Ravignan, à côté de l'imposante toile des *Demoiselles d'Avignon*[29]... »

Il n'oubliera pas non plus le côté terriblement « Europe centrale » de Kahnweiler, un homme pour lequel la chute de la Monarchie du Danube avait été le grand malheur de ce siècle. Un jour, dans cette Autriche qu'il affectionnait tant, après une visite de trois jours et quelques conférences à Vienne, ils se rendent tous deux à la réception de l'hôtel Sacher pour régler la note. Le directeur de l'établissement insiste pour les considérer comme ses hôtes. Mais Kahnweiler ne veut rien savoir. Le directeur non plus qui se refuse à faire payer l'éminent personnage. Alors Kahnweiler tranche le nœud gordien en le remerciant pour l'hébergement mais en se montrant intraitable pour régler les notes de restaurant et de téléphone :

« L'Autriche est un pays pauvre, nous ne pouvions accepter ça... » murmure-t-il à l'oreille de Hertz[30].

Ses premiers voyages d'après-guerre, il les effectue naturellement en Europe. En Angleterre, mais surtout en Hollande où il veut autant faire des conférences que renouer ses liens des années 30 avec les galeries d'art. En y retournant par la suite à plusieurs reprises, il se dira convaincu que la jeune galerie d'Eendt, qui fait beaucoup pour la promotion de l'art moderne, a du travail en perspective : la visite du musée de Rotterdam lui donne en effet l'impression qu'entre Claude Monet et Poliakoff, il n'y a rien eu...

Certes, les musées regorgent de belles œuvres de l'école hollandaise, mais pour ce qui est de l'art moderne, c'est un pays qui « fait lamentablement province ». Si l'on en juge par les cimaises qui lui sont consacrées, il n'y a que deux catégories de peintres : les académiques, plutôt « piteux », et un quarteron d'émules de Mondrian qui se veulent d'avant-garde et font de l'abstrait avec une absence totale d'imagination. En fait, il n'y a guère que l'architecture à sauver dans ce pays[31].

Il se rend également plusieurs fois à Stockholm pour inaugurer des expositions (une activité qui va souvent de pair avec les conférences) et bavarder d'abondance avec son vieil ami Olson, le marchand de la galerie Franco-Suédoise. Après plus de trente ans de rapports personnels et de relations d'affaires très serrées, ils décident solennellement, d'un commun accord, de se tutoyer !

A Vienne, Kahnweiler est reçu avec tous les égards dus à son rang. En plus du traditionnel circuit musée-exposition-conférence, il doit présider un dîner à l'Institut Français, assister à un concert Wagner et Mozart à l'Opéra (la plus agréable des obligations) et le lendemain dîner chez le général Bethouart, haut-commissaire français en Autriche. Au cours d'une conférence sur Picasso qu'il donne à l'Albertina, l'un des plus importants cabinets de dessins et d'estampes du monde, il est comblé au-delà de toute espérance lorsque le professeur Benesch le présente non seulement comme un historien d'art (ce qui est assez commun) mais surtout comme le symbole de cette race de marchands qui ont pris le relais et assumé le rôle des mécènes d'autrefois, disparus au XIXe siècle avec la révolution industrielle et le développement économique. Sur le moment, il est flatté. Puis cette remarque le fait réfléchir à son statut dans la société[32]. C'est que désormais il n'est plus seulement un marchand de tableaux.

En 1949, Kahnweiler se rend pour la première fois de sa vie aux Etats-Unis. Il est invité pour une tournée de conférences dans des instituts d'art à New York, Chicago, Harvard, Yale... Mais c'est par Washington qu'il commence sa visite. Son guide, Meyer Schoenthal, l'emmène en priorité, à sa demande, chez ses amis, les Henry Stern, avant d'aller visiter les principaux musées et les quelques galeries qui comptent. La présence de Kahnweiler fait la « une » des quotidiens des grandes villes où il séjourne. Il impressionne beaucoup les chroniqueurs par son enthousiasme intact et la lucidité de ses analyses. On salue son courage, son opiniâtreté face à ses détracteurs parisiens de l'époque héroïque. Il est présenté un peu partout comme l'ambassadeur de l'avant-garde, le champion de son époque, un homme de qualité, un honnête homme dont la foi et la force de conviction sont d'autant plus remarquables qu'elles sont plutôt rares chez les marchands de tableaux[33].

Tous ces voyages, toutes ces escapades de conférencier le comblent car ils sont une manière de consécration. Il est le héros du jour. A travers lui, ce sont « ses » peintres et « sa » peinture qu'on honore. Enfin. Mais de toutes ces pérégrinations, il en est une qui revêt une importance particulière : celle qui le ramène, pour la première fois depuis la fin de la guerre, en Allemagne.

Depuis la Libération, un certain nombre d'intellectuels ou de créateurs juifs originaires d'Europe centrale, désormais installés un peu partout en Europe ou aux Etats-Unis, récusent l'Allemagne et les Allemands de toutes leurs forces. Certains, d'expression allemande, décident de ne plus jamais écrire ou parler dans la langue de Goethe qui fut surtout celle d'Hitler. Le pianiste Arthur Rubinstein accepte de jouer à la frontière hollandaise, dans une salle entièrement louée par des jeunes Allemands, mais refuse catégoriquement de se produire en Allemagne : « Il faut montrer un certain respect pour les morts, explique-t-il. Dans ce pays, il y a encore une masse de survivants du nazisme qui ont certainement fait quelque chose pendant la guerre. » Gustave Kahnweiler, le propre frère d'Henry, ne retournera pas sur les lieux de son enfance avant d'avoir obtenu la citoyenneté britannique en 1948, et c'est avec un passeport de Sa Majesté qu'il foulera la terre de son pays natal. La correspondance même d'Henry Kahnweiler, avec un certain nombre de marchands américains d'origine allemande, change : dorénavant, même leurs lettres personnelles sont impérativement écrites en anglais.

Kahnweiler, lui, s'en moque. Il n'est pas le seul puisque Eugen Kolb, le directeur du musée de Tel Aviv, continue également à lui écrire en allemand. Il s'en moque car il reste fidèle à ce qu'il a été : allemand de culture, européen par choix, cosmopolite par tempérament. Il se refuse à identifier au nazisme la nouvelle Allemagne issue des décombres. Il rejette l'idée d'une responsabilité collective du peuple allemand. Mais il n'en est pas moins conscient des problèmes que cela pose. Michael Hertz, en lui rendant visite pour la première fois en 1949, rappelle qu'en ce temps-là encore, quand un Allemand voulait approcher un juif en Europe, il avait intérêt à se munir d'une lettre de recommandation[34]. Kahnweiler lui-même, se rendant bien plus tard (en 1964) à Prague pour y donner une conférence, demandera à la prononcer en français, même si peu de Tchèques le comprennent, plutôt qu'en allemand, craignant que l'intonation de la langue germanique ne choque dans un pays qui eut tant à souffrir du nazisme[35].

Au milieu de l'été 1947, il décide qu'il franchira le Rubicon. Il est, avec le sociologue Raymond Aron, qui fit une conférence à l'université de Francfort en 1946, un des très rares intellectuels juifs français à violer le tabou et à se rendre à la rencontre des auditoires allemands outre-Rhin. Cette décision est une des raisons de ses différends orageux avec son ami l'historien d'art Douglas Cooper, qui a assuré l'édition anglaise de son *Gris*, l'autre motif de désaccord étant le sale caractère, la médisance pour ne pas dire la méchanceté de Cooper. Celui-ci lui reproche avec véhémence son opportunisme, sa complaisance pour ce pays et ce peuple qui ont inventé et propagé le fléau nazi en Europe. « Vous voulez faire des affaires avec eux alors que les crématoires sont à peine froids ! » Ce qui touche le plus Kahnweiler dans cette attaque, c'est encore le soupçon d'opportunisme. Il est vrai qu'outre-Rhin on cherche par tous les moyens à redorer le blason plutôt ensanglanté de la nation, en attirant des personnalités prestigieuses et en déroulant le tapis rouge si besoin est. Et il est vrai que Kahnweiler y est sensible.

L'occasion de ce retour au pays natal lui est fournie par un jeune inspecteur des Monuments Historiques français plein d'enthousiasme dont il s'apprête à faire la connaissance. Maurice Jardot est alors responsable des Beaux-Arts à la délégation pour le gouvernement militaire du pays de Bade. Fribourgeois depuis deux ans, il veut amener les jeunes Allemands à l'art moderne, leur faire découvrir la qualité et la diversité de la peinture française, et réparer le tort fait à leurs aînés par la propagande contre « l'art dégénéré ». Jardot souhaite organiser une grande exposition, plutôt ambitieuse, qui montrerait l'évolution de cette peinture à travers les quatre grands cubistes, et Rouault, Matisse et Chagall principalement, sept peintres en tout. Ne connaissant aucun de ces maîtres, n'ayant rencontré Léger qu'une fois, il a besoin de Kahnweiler, notamment pour retrouver les anciennes toiles de Braque et de Picasso. Très impressionné par le sérieux qui se dégage de toute cette entreprise et la manière dont elle est présentée, le marchand décide de l'aider. C'est ainsi qu'en octobre 1947, Kahnweiler donne deux conférences en allemand et en Allemagne, l'une pour les étudiants de l'université de Fribourg, l'autre, parmi les tableaux de l'exposition, devant une foule tout aussi nombreuse et réjouie[36]. Il y en aura d'autres mais celle-ci est sans aucun doute la plus chargée de symboles.

Dorénavant, on l'appelle le marchand des marchands.

C'était inévitable. Officiellement, Henry Kahnweiler est le directeur technique de la galerie Louise Leiris. Pratiquement, les initiés savent qu'il en est l'âme et que, de surcroît, le principe de l'exclusivité qu'il a toujours défendu l'a transformé en une manière de grossiste. Toute galerie qui veut acheter de récentes toiles de Masson est obligée de passer par lui. Léger, il le partage avec la galerie d'Aimé Maeght. Il en est de même pour Braque car Kahnweiler estimait qu'il demandait trop d'argent; trop cher pour être entièrement chez lui. Et puis il y a surtout Picasso qui est tout à fait revenu chez Kahnweiler. Désormais, quand un visiteur, marchand ou collectionneur, le visite dans son atelier et veut lui acheter quelque chose directement, il ressert immanquablement le même leitmotiv :

« Pour ça, voyez avec Kahnweiler! »

Toute transaction doit passer par lui.

Au début, juste après la guerre, cela n'a pas été sans mal. Le marché parisien ne se suffisait pas à lui-même. Les affaires avec l'étranger avaient pris encore peu d'extension. Certes, le change en permettait quelques-unes, mais les formalités bureaucratiques freinaient l'élan. L'exportation restait un problème paperassier. Même pour les Américains, un million de francs paraissait une somme élevée pour un Picasso de format 35 × 27 cm[37]. Pour Kahnweiler, le problème le plus immédiat n'était pas de vendre mais d'acheter, non pas à la deuxième génération de ses peintres, celle de Masson, mais aux « vieux », aux anciens de la maison, les Braque et les Picasso. Ils étaient déjà suffisamment riches pour n'être pas obligés de vendre. Ils étaient difficiles à décider. Dans son entreprise de séduction, le marchand n'était vraiment pas aidé par le fisc, l'administration des impôts étant très rapace avec les peintres quand ils vendaient et plutôt indifférente quand leurs toiles restaient au fond de l'atelier.

Mais très vite, à partir de 1947, la situation s'améliore. Non seulement Kahnweiler a l'exclusivité de Picasso, ce qui suffirait déjà à faire tourner une galerie eu égard à l'intense production de cet artiste, mais il devient également l'éditeur de ses lithographies, Mourlot en assurant le tirage (cinquante épreuves)[38]. De l'avis de Michael Hertz, spécialisé dans le commerce des estampes de Picasso en Allemagne, au début ce sont bien les musées, les galeries et les collectionneurs privés de son pays qui en ont été les principaux clients, compte tenu de la passion traditionnelle des Allemands pour la gravure et le désintérêt manifesté par les autres marchés : la France, comme toujours, attend les legs, l'Angleterre dort et les Etats-Unis, malgré les efforts désespérés de Curt Valentin, sont en la matière *terra incognita* ou presque, si l'on en juge par le volume de son stock d'estampes de Picasso découvert dans sa galerie à sa mort en 1954[39].

Mais à partir des années 50, tant pour les peintures que pour les estampes du maître, Kahnweiler instituera un petit cérémonial rue d'Astorg auquel tous se plieront de bonne grâce. A chaque arrivage important de l'atelier, il réunit l'élite des marchands à jour fixe, tous à la même heure. La vente est très rapide, elle ne dure parfois que quelques minutes. Etant donné la concurrence, chacun n'a souvent que quelques secondes pour demander le prix et prendre sa décision[40].

Kahnweiler vend à qui il veut. Il a ses préférences, qu'il s'agisse d'amis, de confrères fidèles ou plus simplement d'acheteurs à qui il veut faire plaisir ponctuellement, par compensation, en liaison avec une autre affaire, ou pour toute autre raison. Chez lui un prix est un prix. Cela ne se discute pas et cela se sait. On ne marchande pas, il en a horreur. Quand il donne un prix, il ne le surélève pas pour le baisser ensuite. Le prix, qu'il fixe de concert avec Louise Leiris, puis avec Maurice Jardot un peu plus tard quand celui-ci entrera à la galerie, le prix est établi à partir du prix d'achat, de la cote, de l'intuition, du nez. Son prix, c'est ce qui lui paraît correct. C'est donc le prix à payer sans discussion. En principe, si le crédit est accepté, les réductions sont exclues, excepté aux professionnels : les marchands ayant pignon sur rue obtiennent systématiquement 20 % de réduction sur le prix public, les marchands en appartement un peu moins et les courtiers moins encore. C'est normal, chacune de ces catégories de marchands ayant à assumer différemment les frais de leur commerce. Il n'y a pas de raison de traiter sur un plan d'égalité celui qui paie des frais de patente et de bail et celui qui s'en passe. Les vieux amis de la maison, qui ne sont pas des professionnels, obtiennent eux aussi une petite réduction mais cela reste tacite. On n'en parle pas. Ceux qui ont l'indélicatesse de la réclamer sont sûrs de ne pas l'obtenir. Une amie de Douglas Cooper, étant venue avec la détermination de payer le prix fort pour un Picasso, est repartie les mains vides car elle exigeait une petite réduction. Pour le principe. Kahnweiler la lui a énergiquement refusée. Pour le principe[41].

Au faîte de sa puissance, il a comme jamais les moyens d'appliquer sa politique. Il n'a aucune raison de s'en priver.

1956. Kahnweiler a soixante-douze ans et plus d'un demi-siècle d'expérience professionnelle. Il n'a pas changé. Fidèle à ses habitudes, il ferme la galerie entre midi et 14 h 30 et rentre déjeuner à la maison à moins que la présence d'un visiteur de marque le pousse à réserver, non loin de là, une table chez Lucas-Carton. Il ne fume toujours pas, il est toujours aussi têtu, intransigeant et organisé. Sa priorité du matin reste, aujourd'hui comme jadis, de répondre aux lettres par retour de courrier.

Il n'a pas changé mais il fatigue un peu. L'âge est là. Ses genoux supportent de plus en plus difficilement le poids de son corps. L'ouïe se fait un peu plus faible. Mais intellectuellement, il est intact. Seulement, avec Louise Leiris, ils ne peuvent plus assumer comme avant la direction de la galerie. Le volume d'affaires est trop important. Depuis dix ans, le travail bureaucratique a été quintuplé, notamment par le commerce des lithographies de Picasso. Après Jeanne Chenuet, une jeune femme, Jeannette Druy, avait été engagée pour aider à l'administration, aux factures, aux étiquettes. Mais dorénavant, la direction même de la galerie doit être étoffée. Kahnweiler en est plus que conscient, surtout depuis l'organisation de l'exposition Gris à la Biennale de Venise, qui l'a physiquement épuisé. Le travail quotidien rue d'Astorg lui paraît de plus en plus « infernal » mais il est néanmoins « content et soulagé » car il croit avoir trouvé le collaborateur idéal, ainsi qu'il s'en ouvre à Picasso[42].

Il l'observe depuis longtemps. Depuis cette fameuse exposition à Fribourg en 1947, très exactement. Il a appris à le connaître et à l'apprécier. C'est préférable, étant donné l'importance qu'il compte lui donner dans la galerie : le titre de directeur-adjoint et la qualité de membre associé au sein du triumvirat de direction. Tout ce qu'il sait de lui l'incline à penser qu'en l'engageant, il ferait le bon choix. Comme souvent, Kahnweiler agit ainsi par intuition, mais elle s'appuie sur une somme de connaissances.

Maurice Jardot, quarante-cinq ans, est originaire d'un petit village de l'Est. Issu d'une famille de paysans et de commerçants, fils du maire d'Evette, il était destiné à devenir ophtalmologiste. Se sentant plus attiré par le dessin, il prend des leçons à Belfort puis monte à Paris et en 1929 s'inscrit à l'Ecole nationale supérieure des Arts décoratifs. Licencié en histoire de l'art, professeur de dessin à Arras, pion à Janson de Sailly puis à Romorantin, il devient par concours inspecteur des Monuments historiques pour les objets mobiliers. A la fin de la guerre il ne demande qu'à découvrir l'art allemand, et il est nommé en Allemagne pour y faire de la « récupération ». A Karlsruhe puis à Fribourg, il se retrouve responsable des affaires culturelles au sein de la Délégation du gouvernement militaire pour le pays de Bade. Fasciné par Léger auquel il se liera d'amitié, très attiré par certains expressionnistes tel Max Beckmann, c'est lui qui monte l'exposition des grands maîtres de l'art français contemporain, deux ans après la fin de la guerre, en Allemagne, ce qui n'est pas une mince prouesse. A son retour en France en 1949, il prend la direction commerciale de la Caisse nationale des Monuments historiques.

Commissaire de l'exposition Picasso à la Biennale de São Paulo en 1953, il rencontre régulièrement Kahnweiler. Les deux hommes tissent des liens d'ami-

tié au fil des manifestations artistiques, l'une d'entre
elles notamment qui impressionne vivement le marchand : la grande exposition Picasso que Maurice
Jardot organise en 1955 à Paris pour le cinquantième
anniversaire de l'installation du peintre à Paris. Il
réussit en effet à réunir quelque cent quarante-six
œuvres, grâce au soutien des musées et collections
étrangères et surtout grâce à l'appui du peintre et de
son marchand. Comme deux ans avant, à São Paulo,
il peut exposer *Guernica*. Picasso lui prête même les
quinze tableaux qu'il vient de terminer d'après *Les
Femmes d'Alger* de Delacroix et qui seront tous
achetés par le collectionneur américain Victor Ganz.

Maurice Jardot, qui va devenir un homme clé de la
galerie Louise Leiris, est quelqu'un de très discret,
rigoureux, pudique, exigeant, direct, également capable de débordements lyriques dès qu'il est question
des peintres qu'il aime et de la peinture qu'il défend.
Un soir de 1956, Kahnweiler l'invite à dîner et lui
propose d'entrer à la galerie, sans même parler
d'argent ou de salaire. Comme cela, tout simplement.
Pour lui, sa décision est prise depuis l'exposition
Picasso de l'année précédente.

L'arrivée de Maurice Jardot en juillet pose un
problème auquel Henry Kahnweiler et Louise Leiris
pensaient depuis longtemps tout en en repoussant le
spectre : le manque de place. Il n'y a pas un endroit
de libre pour le moindre petit bureau supplémentaire.
La galerie de la rue d'Astorg n'est plus adaptée à son
importance internationale. Sa surface est très réduite,
tout le stock est au sous-sol. A chaque fois qu'on veut
montrer une toile, il faut aller l'y chercher, ce qui est
plus périlleux encore quand il s'agit d'un bronze.
Même le sous-sol est désormais insuffisant. Certains
tableaux de Gris sont inaccessibles car ils restent
bloqués tout au fond par des centaines d'autres!

Depuis la Libération, Kahnweiler avait pensé à

maintes reprises à déménager, mais il n'avait pas vraiment cherché. Malgré l'encombrement de plus en plus préoccupant des sculptures, il ne pouvait oublier le mot fameux de Manolo. Jadis celui-ci lui avait promis – à sa manière – une grande sculpture de femme. Quels ne furent pas la surprise et le courroux de Kahnweiler quand il la reçut enfin : elle ne mesurait pas 1,20 m... Manolo, qui avait réponse à tout, se justifia aussitôt : « C'est vrai qu'elle est petite, mais elle est assise. Attendez qu'elle se mette debout et vous verrez ! »

Au cours d'une visite au musée Camondo, rue de Monceau dans le 17e arrondissement, Maurice Jardot s'aperçoit qu'un immeuble moderne est en construction, à deux pas du parc, sur l'emplacement d'un ancien hôtel Rothschild. Il se renseigne. On peut acheter sur plan et le rez-de-chaussée, très bien agencé, vaste, bien éclairé par des fenêtres donnant sur des jardins, conviendrait tout à fait. Kahnweiler accepte non sans avoir auparavant écarté une autre proposition rue de l'Abbaye. Elle était rédhibitoire pour deux raisons : il ne veut pas ouvrir une galerie sur la rive gauche et de plus se refuse à ce qu'elle ait une vitrine sur la rue. « Je veux qu'on se déplace pour venir chez moi, je ne veux pas qu'on entre en passant devant », dit-il à Maurice Jardot.

L'inauguration de la galerie rue de Monceau a lieu en mars 1957. C'est un franc succès, par son affluence et par les nombreuses réactions qu'elle suscite. Les visiteurs essuient vraiment les plâtres puisque, alentour, c'est encore un chantier. La date choisie est lourde de symboles. Elle marque à la fois le cinquantième anniversaire des débuts de Kahnweiler, de sa première rencontre avec Picasso, de la naissance du cubisme et, avec quelques mois de retard, des soixante-quinze ans de l'auteur des *Demoiselles d'Avignon*.

Il a voulu frapper fort. En septembre 1956, il avait prévenu Picasso qu'il voulait lui acheter le plus de tableaux possibles, quitte à ne plus les montrer par la suite. Mais il les lui fallait impérativement pour l'inauguration de la galerie, et il voulait que ses dernières œuvres soient particulièrement réussies afin que leur éclat rejaillisse sur la nouvelle galerie[43]. Il y en aura cinquante, toutes de la période 1955-1956. Maurice Jardot assurera avec minutie l'accrochage et Kahnweiler signera la préface au catalogue.

1957 est vraiment une date. Au moment où le grand marchand de ce siècle fête à Paris les cinquante ans de sa galerie, à New York dans la 77e Rue, un homme d'affaires originaire de Trieste, Léo Castelli, en qui certains verront plus tard le Kahnweiler de la peinture contemporaine, ouvre une galerie qui sera celle de De Kooning, Pollock, Rauschenberg, Johns...

De tous les articles auxquels l'inauguration de la rue de Monceau a donné lieu, le plus significatif est peut-être celui d'Alexander Watt car celui-ci pose à Kahnweiler la vraie question : si vous aviez vingt-cinq ans aujourd'hui et que votre famille vous donnait un peu d'argent, que feriez-vous ? La même chose, répond Kahnweiler, en substance. Pour lui, Paris est restée la capitale artistique qu'elle était au début du siècle. Quant à sa philosophie de marchand, elle est identique. Abstraction ou pas, sa conception de sa mission n'a pas bougé : il faut soutenir les peintres, défendre leur peinture, les décharger des problèmes matériels, être leur ami... Toutefois il concède que techniquement ce serait un peu plus compliqué qu'avant la Première Guerre mondiale. La mondialisation du marché, l'apparition d'une nouvelle race d'amateurs, la prolifération des galeries, des peintres et des tendances, la spéculation ont quelque peu bouleversé les règles du jeu[44].

A part cela, rien n'a changé.

« On ne se refait pas, dit-il à Masson, j'aime encore plus les hommes que les tableaux, et ce qui m'émeut, c'est de voir un progrès constant vers l'identité avec vous-même, vers la réalisation complète de votre personnalité[45]. »

On ne se refait pas... Aux expositions, colloques, théories et critiques de tous les experts de la peinture contemporaine, Kahnweiler préfère mille fois se promener en voiture avec son cher Masson dans les gorges du Verdon et voir celui-ci s'arrêter brutalement sur le bas-côté, extraire un carnet et un crayon de sa poche et dessiner le spectacle fascinant d'un épervier en plein vol :

« Ah je voudrais faire un tableau où l'on voie les Gorges comme l'épervier les voit », murmure-t-il.

Cette réaction impulsive de Masson est pour Kahnweiler le signe que le cubisme a gagné. Il a tout bouleversé. Car pour qu'un artiste du XX<sup>e</sup> siècle renonce intuitivement à la vision humaine des impressionnistes, il a bien fallu inventer une écriture nouvelle. Entre Monet, disposant plusieurs toiles dans les champs devant les meules de foin, changeant de toile toutes les deux heures, et se livrant à une appréhension quasi scientifique de la lumière, et Masson prêt à décoller, essayant de se mettre dans l'oculaire d'un oiseau en vol pour transmettre son émotion devant un fait du monde extérieur, il a fallu véritablement dérégler toutes les données traditionnelles de la peinture. Entre ces deux hommes, il y a un monde : le cubisme[46].

Rien n'a changé. A ceci près qu'il est à l'âge où le carnet d'adresses, devenant un cimetière, appelle les ratures. Depuis la Libération, Manolo (1945), Wilhelm Uhde (1947), Derain (1954) sont morts. Le cher Laurens (1954) aussi en qui il voyait un nouveau Jean Goujon. Mécontent de ce que la Biennale de Venise ne lui ait pas accordé en 1950 le grand prix de la sculpture, Kahnweiler avait participé à un banquet à Paris avec cent soixante personnalités des Arts et des amis et admirateurs de l'artiste pour protester contre le forfait dont s'était rendu coupable le jury. Matisse, grand prix de la peinture, l'avait généreusement partagé avec lui. A l'heure des toasts, Kahnweiler avait loué la modestie de Laurens et son art, « de la grande sculpture », c'est-à-dire une sculpture dans laquelle les vides comptent autant que les pleins, une œuvre cohérente, intègre et sensuelle[47].

Disparu également un autre homme qui lui était très cher : Curt Valentin. Durant tout l'été 1954, Kahnweiler sera assombri par cette pensée. Depuis des années, son correspondant à New York manifestait presque tous les jours son attention et sa gentillesse en lui envoyant un petit mot, un catalogue, une coupure de presse, une revue... Ils aimaient la même peinture et cela aurait déjà suffi à cimenter leur amitié pour la vie. L'enterrement avait eu lieu dans la petite ville italienne de Pietrasanta. Kahnweiler avait été chargé de l'éloge funèbre. La gorge nouée, il ne parvenait pas à oublier tout ce que fut cet homme, qui s'était fait ensevelir avec une sculpture de Picasso, une figurine en bronze qu'il avait toujours sur lui[48].

Mort, Fernand Léger (1955). Brutalement à l'âge de soixante-quatorze ans. Kahnweiler n'est pas seulement attristé par la nouvelle. Il est révolté car Léger est mort sans que l'Etat lui ait commandé une grande décoration. Georges-Henri Rivière en avait bien exprimé l'intention pour son nouveau musée. Trop tard[49]. Kahnweiler, lui, avait eu juste le temps de lui faire exécuter une peinture murale dans la salle à manger de sa maison de campagne.

Kahnweiler est abasourdi car il ne s'attendait pas à la disparition de cet homme dont la peinture avait réussi, mieux que toute autre, à se situer nettement « à la jonction d'une morale et d'une esthétique »[50].

Fernand Léger, pour Kahnweiler, doit être mentionné aux côtés de Braque et Picasso comme un de ceux qui avaient frayé la voie au cubisme. Stimulé par leur travail, il avait suivi son propre chemin pour parvenir à d'autres résultats. De leur première rencontre, en 1910, à la fin de sa vie, Kahnweiler se battra sans relâche pour que Léger, plus que tout autre, ne soit pas taxé abusivement d'« abstrait », un lieu commun que d'aucuns resserviront longtemps à intervalles réguliers. L'expérience visuelle lui sert toujours de point de départ, même s'il en est parfois éloigné, même s'il a dû souvent désorienter le spectateur en lui transmettant des structures de forme qui ne correspondaient plus à l'événement visuel dont elles émanaient. Lui aussi, il saisit le monde extérieur en trois dimensions mais avec d'autres moyens que Braque ou Picasso. Ses formes sont simplifiées et rendues plus grossières. Qu'il s'agisse du cylindre, de la sphère, du cube ou de toute autre forme fondamentale, la lumière n'est utilisée que pour les faire mieux surgir jusqu'à supprimer les détails de l'objet[51].

Aux yeux de Kahnweiler, ce qui différencie le plus Léger des cubistes orthodoxes, ce sont les libertés qu'il prend dans le refus de l'imitation littérale. Il a considérablement libéré la peinture en dissociant le dessin de la couleur. Il veut être efficace et fait en sorte que son tableau domine le mur sur lequel il est accroché :

« Son » Léger, c'est aussi bien celui de *La Couseuse*, des *Constructeurs* que de *La Grande Parade*. Mais celui qui l'a peut-être le plus touché dans les dernières années de sa vie, c'est le Léger des vitraux réalisés pour la petite église de campagne d'Audincourt. Kahnweiler y avait passé une heure inoubliable dans le recueillement, à se demander comment un peintre communiste et athée avait pu donner une œuvre aussi accomplie sans choquer le sentiment religieux. Convaincu qu'elle marquait la renaissance du vitrail et que l'on n'avait rien fait de tel depuis le XVᵉ siècle, il dira au père Couturier avoir été plus ému dans son église décorée par Léger, que dans la cathédrale de Chartres. Evoquant la tunique sans couture de Jésus et les cinq plaies, il confie y sentir une allégresse, une paix qui fait oublier le petit pays industrieux, le ciel gris et la lumière terne des environs. Ces marteaux et ces tenailles, le calice et l'échelle, ce sont bien, vraiment, les instruments de la passion du Christ [52].

Avant de mourir d'un infarctus, Léger se sentant fatigué aurait dit à sa femme, en prenant ses mains :

« Ne crois à personne et ne travaille avec personne d'autre que M. Kahnweiler, j'ai une confiance entière en lui, c'est lui qui m'a découvert, m'a encouragé, m'a fait mon pemier contrat, c'est lui qui m'a sauvé de la faim... grâce à Kahnweiler, je suis Fernand Léger... »

Puis, après avoir repris son souffle :

« Si tu as quelque difficulté, ne prends aucun avocat, demande conseil à M. Kahnweiler [53]... »

A l'heure du souvenir, Kahnweiler ne pourra réprimer la stupeur qui fut la sienne en apprenant cette disparition :

« Il paraissait taillé pour vivre vieux. La mort a abattu d'un coup ce chêne normand. On n'a pas l'impression que son œuvre était terminée [54]. »

Celle de Gris non plus ne l'était pas. Des quatre grands de l'époque héroïque, il reste encore Braque. Kahnweiler continuera à entretenir des relations amicales avec lui jusqu'à sa mort, en 1963, bien qu'elles n'aient jamais été aussi profondes et entières que celles qui le liaient à ses artistes préférés de la rue

Vignon, de la rue d'Astorg ou de la rue de Monceau.

Enfin, il reste Picasso. Celui qui domine son siècle et, partant, la vie de marchand d'Henry Kahnweiler.

# 10.

## *Kahnweiler et Picasso*

### 1945-1979

« Vous venez pour me charmer ou pour m'emmerder ? »

Picasso vient de répondre au téléphone à Kahnweiler qui annonce sa visite pour le lendemain[1]. Curieux couple que celui-ci. Ils pourront fêter leurs noces de platine : plus de soixante-cinq ans de vie commune, avec des hauts et des bas, des interruptions et des retrouvailles, des moments de grande colère et des instants de sincère amitié.

Les deux hommes sont très différents par leur origine, leur tempérament, leur culture, leur manière de vivre. Ils sont même aux antipodes l'un de l'autre, par certains côtés. Pourtant si on considère leurs rapports sur le long terme, force est de constater qu'ils n'ont pas réussi à se quitter malgré les vicissitudes de leur siècle et de leur milieu. Ce ne sont pourtant pas les occasions qui ont manqué.

Le plus extraordinaire est encore que leur relation ait pu perdurer alors que l'un (Kahnweiler) est resté figé dans ses principes, fidèle à sa ligne de conduite jusque dans les moindres de ses contradictions, alors que l'autre (Picasso) n'a pas cessé d'évoluer et de changer, superposant de nouvelles contradictions aux plus anciennes[2]. Des deux, le peintre est sans aucun doute le dominateur et le marchand le dominé. Picasso fascine mais il n'est pas, lui, fasciné. Simplement intéressé, amusé, attaché, séduit, mais pas fasciné.

Cela date de leur première rencontre. A l'époque du Bateau-Lavoir déjà, leurs amis avaient remarqué le sens du sérieux de l'Allemand et le sens de l'humour de l'Andalou. L'un voulait les entraîner au concert tandis que l'autre essayait toujours de les attirer au cirque Médrano. L'un a tendance à considérer les choses de l'art avec gravité tandis que l'autre n'hésite pas à les traiter au second degré. Un jour, Picasso lui téléphone pour lui annoncer :

« J'ai acheté la montagne Sainte-Victoire! »

Aussitôt, Kahnweiler lui demande de quel tableau de Cézanne il s'agit exactement, incapable d'imaginer que Picasso venait d'acheter un vrai paysage de Cézanne : le château de Vauvenargues, au pied de la fameuse montagne, et ses terres, non loin d'Aix[3].

Il a toujours considéré qu'un grand peintre devait être nécessairement un grand homme. Tel homme, tel peintre, est une des maximes préférées de Kahnweiler. « Des dons techniques s'arrêteront toujours court, dit-il, à un moment donné, si l'homme est mesquin, petit. Picasso, lui, est un grand homme[4]. » Il a changé. Dorénavant, quand il parle de lui, il use et abuse des superlatifs, jusqu'à enlever toute crédibilité à certains de ses jugements. Trop, c'est trop. Picasso lui-même confiera en être gêné, embarrassé par l'aspect excessivement laudateur des conférences que Kahnweiler prononce à son sujet. Le Picasso de Kahnweiler est vraiment le seul et unique peintre qui domine son siècle et de très haut. Ses articles, préfaces et discours en sont plus que l'illustration, la démonstration.

C'est un peintre qui à l'égal des plus grands – Rembrandt, le Titien, Tintoret... – ne fléchit pas vers la fin de sa vie mais au contraire se situe dans la force de son art en entrant dans la force de l'âge. Il travaille quand il veut, n'obéissant qu'à son inspiration[5].

C'est un artiste complet qui peut tout faire à la manière des artistes complets de la Renaissance. Dessin, peinture, sculpture, gravure, céramique... Il a touché à toutes ces formes d'expression avec autant de génie créateur, la même imagination, la puissance d'invention qu'il a mis dans ses toiles les plus célèbres. Jusqu'au XVIIe siècle, rappelle Kahnweiler, le peintre était un artiste complet. Puis à partir du Caravage, à quelques exceptions près le peintre n'est plus qu'un peintre. Il se consacre à l'étude de la lumière pour elle-même au détriment des formes. La sculpture de peintre réapparaît au XIXe siècle avec Daumier, Degas, Renoir... Picasso, après les fauves, renoue avec la tradition mais s'il reste bien, avant tout, un peintre, il ne veut pas se limiter aux surfaces planes[6]. Et si on constate que l'artiste complet qu'il fut incontestablement avait tout essayé sauf l'architecture, Kahnweiler reconnaît qu'il n'a rien construit mais souligne qu'il a peint des tableaux figurant des maisons telles qu'il se les imaginait, des maisons qui seraient sculpture, tête de femme[7]...

C'est un homme qui ne pense qu'à travailler, qui ne vit que pour le travail et plus encore depuis qu'il a pris de l'âge. Il ne reste jamais sans rien faire.

C'est un peintre qui est tout, sauf ironique. Cet aspect de sa personnalité, Kahnweiler dit n'y avoir jamais cru. Pour lui, tout son art est confession. Dans les dernières années de sa vie, sa peinture est devenue de plus en plus narrative. Ses toiles racontent des histoires, quitte à recourir à l'anecdote. Cela dit, sur la longue durée, il ne fait guère de doute pour Kahnweiler que l'art de Picasso est essentiellement autobiographique. Encore reste-t-il à déceler ce qui donne son accent de vérité à cette confession perpétuelle. Kahnweiler croit avoir trouvé la clef dans le côté direct de son récit, Picasso se préoccupant moins, en fait, du passé et de l'avenir que du présent. C'est un peintre de l'instant présent et sa disponibilité confère à l'œuvre à naître une spontanéité que l'on ne retrouve chez aucun autre artiste. Il part d'une idée vague puis élabore son projet en le réalisant, quitte à modifier de fond en comble son idée initiale. Il sait comment il commence mais il ignore tout de la fin. Cette disponibilité, que d'aucuns qualifieraient de naïveté, explique la diversité de son art. Elle correspond moins à une volonté délibérée de faire du neuf qu'à cette liberté totale avec laquelle il s'abandonne à son démon[8].

C'est l'homme d'une peinture qui sera un jour comprise par tous car ce n'est plus depuis longtemps une peinture de laboratoire. Il est le contraire d'un théoricien. Son art est le plus humain qui se puisse concevoir. Il n'a jamais fait autre chose que d'écrire son amour sur ses tableaux. Sa vie sentimentale agitée y est tout entière inscrite, avec ses joies et ses tourments. Ceux qui ne voient dans ses toiles qu'une surface colorée et ceux qui y voient un sujet se trompent pareillement. Ils sont autant dans l'erreur que ses détracteurs les plus primaires. Un tableau n'existant vraiment qu'à partir du moment où le spectateur accepte de collaborer avec le peintre en vibrant à l'unisson et en retrouvant son émotion, le spectateur qui admire un de ses nez tordus est aussi naïf que celui qui le critique. Dans les deux cas, ils font appel à leur mémoire pour identifier ce qui est seulement un signe plastique. Certes, de ces deux attitudes, la plus naïve est encore la plus louable car, face à un tableau, la contemplation exempte de lecture est l'attitude la plus stérile de toutes. Pour Kahnweiler, le mieux est encore d'envisager l'attitude de Picasso sous un angle moral : le respect des autres hommes. Il cite, à l'appui de sa démonstration, ces mots du peintre au début des années 50 : « Tout de même, ce n'est peut-être pas si mal que ça, ce que nous avons fait... En tout cas, il n'y a plus de trucs. Il y a le peintre tel qu'il est. Auparavant, il y avait les trucs au plus. » Et Kahnweiler de conclure : « Ce sont ceux qui voient le peintre tel qu'il est, qui voient juste[9]. »

Tel est le Picasso de Kahnweiler.

Le plus étonnant est qu'il ne lui ait jamais consacré un livre important, comme il le fit pour Gris. Le premier est le peintre qu'il admirait le plus, le second celui auquel il était sentimentalement le plus attaché. Mais cela n'explique pas tout. Picasso était un trop gros morceau pour lui. Trop grand. Trop impressionnant. Il s'y serait peut-être perdu : pareille mésaventure était déjà arrivée à d'autres historiens d'art de qualité, comme en témoigne l'immense bibliographie internationale dont Picasso est l'objet.

Juan Gris était le peintre qui à ses yeux incarnait le mieux, dans la permanence de son art, non seulement l'évolution du cubisme mais aussi l'esprit Kahnweiler. Ils avaient en commun le classicisme, la sobriété, la pudeur. Son œuvre collait parfaitement à ses conceptions esthétiques. Elles en étaient la meilleure illustration. Tout, jusque dans la fidélité de Gris à Kahnweiler, confortait son idéal du peintre et du marchand. La vie et l'œuvre de Picasso n'autorisaient pas une telle complicité, une symbiose si parfaite. Picasso s'était éloigné de lui pendant quelque temps. Ils avaient souvent eu des mots. Ils étaient plus d'excellents partenaires que de très bons amis. Et tout, dans son œuvre, ne plaisait pas au marchand. S'il lui avait consacré un ouvrage total, il n'aurait pu taire ses réserves, ses réticences, ni même ses critiques à l'endroit de sa période bleue ou de sa période naturaliste, celle du portrait d'Olga et des années 20, qu'il aimait moins que les autres. Par compensation, pour se faire pardonner, Kahnweiler aurait été peut-être tenté d'en rajouter encore dans la louange de son Picasso préféré, se montrant aussi hagiographique que dans ses conférences et oubliant les mauvais côtés du personnage : son égoïsme, son caractère dur, difficile et imprévisible.

Quoi qu'il en soit, il n'y aura pas de « Pablo Picasso, sa vie, son œuvre », par Henry Kahnweiler. Il manquera toujours un titre dans les bibliothèques d'art à l'imposant rayon « Picasso ». Le peintre, déçu, en concevra une certaine amertume. Dans le même ordre d'idées, au cours des années 60, le record du tableau le plus cher vendu par la galerie Louise Leiris sera détenu non par Picasso mais par Léger pour son *Adam et Eve* cédé un million de nouveaux francs à un marchand allemand qui l'achetait pour le compte de la Kunstsammlung Nordrhein-Westfalen de Düsseldorf.

Il y a des choses qui se s'oublient pas, même quand on est l'homme qui donne son nom au siècle.

Pour Picasso, il y a trois Kahnweiler : le marchand, l'ambassadeur et l'interlocuteur. Trois fonctions que celui-ci assume totalement de manière également privilégiée.

Depuis le temps, leur numéro est très au point. L'un crie, l'autre se bouche les oreilles, ils s'amusent bien. L'entente est tacite comme elle peut l'être entre deux vieux comédiens après des années de tournée sur tous les tréteaux de province. « Cette pièce à deux personnages est leur meilleure création commune », dira l'un des biographes du peintre [10].

Chacun joue dans son registre. Kahnweiler se plaint toujours de n'avoir pas assez de tableaux et de ce que Picasso veut les lui faire vendre trop cher. Il lui reprochera parfois de donner des petites choses ou de vendre directement, à deux reprises : à la Tate

Gallery (Londres) et à la Neue Staatgalerie (Munich). Ce sont des entorses à leur contrat d'exclusivité. Un contrat purement verbal, soulignons-le, car hormis les conventions d'avant la Première Guerre mondiale, ils se sont toujours contentés, depuis, de la parole pour officialiser leur association.

Picasso, lui, se plaint de ce que son marchand soit... un marchand. Il s'est toujours méfié de la corporation. Par instinct vis-à-vis des gens en général, et par expérience. Depuis ses premiers pas dans le milieu de l'art, à Paris au début du siècle, il est convaincu que le but essentiel d'un marchand de tableaux est de flouer les peintres qu'il représente. Avec Kahnweiler, il se comporte apparemment comme jadis avec son compatriote Manach, le premier marchand du temps de la période bleue. Apparemment. Car ses coups de colère semblent éclater pour le principe. Il n'est pas plus dupe que Kahnweiler. Ils sont d'accord sur le fond : ils ont besoin l'un de l'autre, même s'il est entendu que Picasso n'aurait aucun mal à retrouver un marchand tandis que Kahnweiler, lui, n'aura jamais plus d'autre Picasso.

« Exploiteur! » Le mot est prononcé parfois, au second degré. Kahnweiler s'en fiche. Fidèle à son habitude, il laisse parler et fait le gros dos en attendant que l'orage passe. Sa patience légendaire, c'est son atout. Son défaut, mais il n'y peut rien, c'est qu'il est des très rares témoins vivants de l'ancienne misère de Picasso. Pour lui, le Bateau-Lavoir, ce n'est pas un folklore mais une réalité. De l'histoire ancienne, certes, mais que Picasso n'aime pas qu'on lui rappelle. Kahnweiler s'en garde bien mais quand ils évoquent certaines toiles de la période héroïque, on peut voir dans la lueur de son regard les ateliers de fortune de la place Ravignan et ce n'est pas un souvenir agréable.

Françoise Gilot, qui fut la femme de Picasso de

1946 à 1953, a assisté à de nombreuses scènes entre les deux hommes. Elle a constaté qu'il parvenait à imposer ses vues – c'est-à-dire ses prix – à certains, mais pas à Kahnweiler. Ce dernier l'emporte toujours au finish. Il l'a à l'usure.

« Oh ce Kahnweiler! soupire-t-il devant elle, il est terrible. C'est mon ami et je l'aime beaucoup, mais vous allez voir, il va m'avoir parce qu'il va m'ennuyer jour et nuit. Je dirai non et il continuera de m'ennuyer un jour de plus. Je continuerai à dire non et il persistera un troisième jour. Alors je penserai : mais quand donc va-t-il me laisser tranquille? Que puis-je faire pour me débarrasser de lui? Je ne peux supporter l'idée qu'il m'assomme une quatrième journée... Et il réussira à paraître si triste, si ennuyé de lui-même, que je me dirai : je n'en peux plus. Il faut que je m'en débarrasse. Et à la fin je lui vendrai des toiles pour qu'il s'en aille [11]. »

Encore la comédie? On peut le croire, au ton. Mais elle recouvre une certaine réalité. Il est vrai que Kahnweiler est insistant. Il ne bouge pas tant qu'il n'a pas obtenu ce qu'il veut, ce qu'il est venu chercher. Immuable. Un roc, doux, compréhensif et patient, mais un roc tout de même. Quand Picasso est à Paris, cela se passe sans problème. Kahnweiler s'installe pour la matinée dans son atelier et un peu plus longtemps si nécessaire. Mais quand Picasso est dans le Midi, il s'installe. Carrément. Picasso ne peut rien contre sa force d'inertie et sa passivité [12].

Kahnweiler garde son calme. Exploiteur du Bateau-Lavoir, lui?

« Non, non... » répond-il tout simplement en remuant la tête.

Sans éclats, sans acrimonie. Sachant qu'il ne peut avoir le dernier mot en tout avec un homme comme lui, il le laisse souvent « gagner » leurs controverses artistiques et esthétiques pour être sûr de l'emporter en affaires. Après tout il est d'abord venu chercher des toiles.

Parallèlement, il s'emploiera souvent à dégonfler la réputation de rapacité que Picasso lui fait. Je ne marchande pas, j'ajuste les prix, dira-t-il en substance à Fernande Olivier, la compagne des temps héroïques, qui l'avait durement croqué, dans ce sens-là précisément, au fil des pages de son livre de souvenirs :

« Mes possibilités étaient relatives, explique-t-il, et les amateurs très rares. Si j'avais payé plus cher, je n'aurais jamais rien vendu. D'année en année, à mesure que la cote de Picasso a monté, je me suis toujours efforcé de lui donner davantage[13]... »

A Picasso lui-même, qui se plaît à moquer sa gestion de la galerie, Kahnweiler met les points sur les *i*. L'entendant un jour railler l'entrée d'un jeune peintre, Rouvre, parmi « ses » artistes, Kahnweiler ne peut s'empêcher de lui répondre :

« C'est entendu, je joue à la poupée. [*C'était l'expression utilisée par Picasso.*] Maintenant vous allez m'expliquer quelque chose : si quelqu'un comme moi ne prend pas Rouvre, qui le prendra? Vous savez comme moi que, pour un très jeune marchand, il serait bien difficile de débuter comme j'ai débuté. D'ailleurs Rouvre, maintenant, qui est-ce qui lui donne à vivre? Ce n'est pas moi, c'est vous. C'est avec les bénéfices de vos tableaux que je peux me permettre de prendre un jeune peintre[14]... »

Françoise Gilot (dont le témoignage, intéressant, doit être cependant utilisé avec précaution) a cru déceler dans l'attitude de Picasso avec les gens un comportement de toréador. Quand il est question d'affaires, il se croit dans l'arène et n'hésite pas à agiter la muleta. Et pour un marchand, la muleta c'est un confrère. De ce curieux procédé, Kahnweiler aura à souffrir à deux reprises, juste après la guerre, avant d'être véritablement le maître du terrain.

Au lendemain de la Libération, Picasso triomphant n'a encore accordé l'exclusivité de sa production à personne. Il vend à plusieurs marchands en même temps, deux en particulier : la galerie Louise Leiris et celle de Louis Carré. Rue des Grands-Augustins, il arrive que Kahnweiler et Carré fassent antichambre en même temps. Plus qu'une épreuve, c'est un calvaire car Picasso aime bien faire entrer Carré en premier, laissant Kahnweiler souffrir pendant de longs moments, seul avec son angoisse. Quand le marchand sort enfin, Kahnweiler le dévisage longuement, guette un sourire ou une déception à la commissure des lèvres pour deviner s'il l'a emporté ou pas. Comme Carré est lui aussi un comédien, qu'il joue et triche, surtout quond il n'a pas réussi à obtenir de tableau, Kahnweiler n'est pas au bout de ses peines. Il en est malade, si l'on en croit Françoise Gilot, qui semble observer ce petit monde avec curiosité :

« J'ai vu quelquefois la figure de Kahnweiler devenir cendreuse à ce spectacle. Il n'y pouvait rien. C'était plus fort que lui. Ce n'était pas seulement une jalousie professionnelle. Je crois vraiment que Kahnweiler éprouvait une espèce de sentiment possessif pour Picasso et pour son œuvre, en plus de l'intérêt normal du marchand de tableaux [15]. »

Il est vrai que le stratagème usait Kahnweiler, alors peu disposé à endurer une pareille épreuve. Il était affaibli par la disparition de Lucie, découragé par l'assurance et la prestance de Louis Carré, de treize ans son cadet, dégoûté par la cruauté de Picasso, bien qu'elle ne fût pas du pur sadisme. En mettant sa patience à rude épreuve, le peintre espérait bien lui enlever quelques-unes de ses défenses pour l'amener à composer, autrement dit à lui faire augmenter le prix de vente de ses tableaux, une décision à laquelle

Kahnweiler se refusait tant que le marché n'aurait pas meilleure mine, surtout le marché américain, quelque peu échaudé par la récente conversion de Picasso au communisme.

C'est à cette époque qu'intervient l'affaire Kootz, second et dernier grand bras de fer entre Kahnweiler et Picasso après-guerre, avant que leurs rapports ne prennent un rythme de croisière.

L'incident se situe entre la fin de 1946 et le début de 1947. Louis Carré a du mal à vendre ses Picasso. Quant à Kahnweiler, il les maintient à un prix qu'il juge correct. C'est alors qu'un marchand américain se présente chez Picasso. Il s'appelle Samuel Kootz. Il a tout pour déplaire à Kahnweiler : un gros cigare, des dollars plein les poches, l'allure et le langage d'une caricature de marchand new-yorkais et en plus il vend de la peinture abstraite !

Que se sont-ils dit au cours de leurs conversations rue des Grands-Augustins ? Nul ne le sait exactement. Toujours est-il que Kootz réussit à acheter quelques tableaux à Picasso, directement, en évitant tout inter-médiaire, ce qui laisse estomaqués tant Carré que Kahnweiler. Certes ce n'est pas vraiment la première fois. Mais il avait pour règle de renvoyer automati-quement les acheteurs sur les galeries de Carré et Kahnweiler.

Comment Kootz a-t-il réussi ? Au culot, tout simple-ment. Un jour il est arrivé avec une Oldsmobile neuve et en échange des clés, il a pris une nature morte. Kahnweiler est abasourdi du procédé. Il est encore stupéfait que Picasso ait accepté. Faut-il qu'il soit machiavélique pour faire ainsi enrager ses mar-chands ! Il ne devrait pourtant pas ignorer ce qui se dit à New York, à savoir que l'Américain veut mettre des Picasso dans sa galerie pour attirer plus de clientèle et faire vendre ses peintres d'avant-garde.

Picasso, lui, ébloui dans un premier temps, use de la circonstance pour faire monter les enchères.

Kahnweiler veut une explication. Il l'aura mais elle sera brève :

« Maintenant, j'ai un marchand qui peut payer mes prix, affirme Picasso.

– Parfait. Il en a peut-être les moyens. Moi je ne peux pas[16]. »

L'incident est clos. Il ne reste plus à Kahnweiler qu'à s'occuper des lithographies de Picasso. Après des moments de profond découragement, de tristesse et d'amertume, il reprend le dessus et décide de ne plus lâcher le morceau. Il retourne rue des Grands-Augustins et cette fois ne demande pas d'explications mais laisse exploser sa colère comme jamais auparavant. Il s'autorise ce qu'il n'aurait jamais osé avant, ni avec lui, ni avec un autre : il l'engueule :

« Etes-vous donc devenu fou ? » crie-t-il[17].

Le peintre est plutôt confus. Il dit ne pas comprendre lui-même pourquoi il a fait cela. On fait des choses parfois sans en connaître la raison... L'humeur du jour peut-être. Il avoue son impuissance.

Kahnweiler a bien l'impression qu'il a marqué un point. Depuis quarante ans qu'ils se connaissent, c'est la première fois qu'il se met dans un tel état mais cela en valait la peine. Tout n'est pas joué pour autant. Début 1947, Kahnweiler a des nouvelles de l'exposition Kootz à New York par son ami et partenaire Curt Valentin. Un beau succès en vérité car Kootz a même vendu sept des neuf Picasso qu'il avait accrochés. Et ce n'est pas fini : Kootz a rencontré Valentin dans la rue à New York et lui a annoncé qu'il s'apprêtait à retourner à Paris pour acheter d'autres toiles à Picasso[18].

Il faut prendre les devants. Kahnweiler retourne donc aussitôt rue des Grands-Augustins. L'explication est orageuse car le peintre ne cache pas son intention de recommencer. Cette fois, Kahnweiler maintient son bras de fer. Il ne lâche pas prise. Alors Picasso en vient aux arguments de consolation; il l'assure que ce qu'il vend à l'Américain atteint un prix tellement élevé qu'il sera même supérieur au prix de vente-clients dans une galerie. Mais Kahnweiler n'en est pas réconforté pour autant. C'est une question de principe sur laquelle il n'est pas prêt à transiger. Alors le peintre joue au naïf :

« Je ne vois pas pourquoi je ne vendrais pas à Kootz...

– Il est très imprudent, explique Kahnweiler, de vendre à un homme qui est capable de revendre bon marché plus tard s'il a besoin d'argent très vite. Et de toute façon c'est injuste vis-à-vis des vieux amis. »

La conversation en reste là. Elle reprend un peu plus tard, en début de soirée, quand Picasso passe à la galerie :

« Pour ce qui est des vieux amis, dit-il, c'est une bonne leçon pour Rosenberg et Dudensing... »

Kahnweiler n'a plus le cœur à plaisanter sur l'infortune des anciens marchands de Picasso. Il est trop déçu. Peu après, quand Kootz se présente chez Picasso, il est là. Même s'il constate que le peintre fait patienter l'Américain deux heures dans l'antichambre, cela ne l'amuse plus. Picasso continue à se dire désolé et confus, il avoue se sentir coupable, mais d'un autre côté il continue à vendre à Samuel Kootz. Cette fois, Kahnweiler est vraiment dégoûté par ses méthodes et ne se gêne pas pour le lui dire. Il est d'autant plus amer qu'il a eu plus d'influence sur Braque : Kootz a aussi voulu lui acheter directement des toiles et Braque, se rangeant aux arguments de Kahnweiler, a refusé[19].

Puis Picasso cessera ce petit jeu, quand il estimera qu'il a assez duré. Kahnweiler, qui a dorénavant l'exclusivité de sa production, a été mis à rude épreuve. Il n'oubliera pas cet épisode. « Ne recommencez plus jamais cela », lui dira-t-il pour n'en plus reparler. Il n'oubliera pas non plus Samuel Kootz. En 1963, quand de nombreux marchands américains se mettront sur les rangs pour acquérir de nouveaux Picasso très attendus, Kahnweiler vendra à Knoedler et Saidenberg mais refusera de vendre à Kootz, quitte à ce que la galerie Louise Leiris y laisse un bénéfice. Pressé par Picasso d'expliquer sa décision, il se justifiera en constatant que cet homme faisait du tort à l' « affaire Picasso » en liquidant régulièrement à bas prix ce qu'il n'arrivait pas à vendre immédiatement [20].

On comprend mieux pourquoi un journaliste, l'interrogeant sur ses relations avec Picasso, lui a demandé si, avec lui, il en avait vu de toutes les couleurs, au propre et au figuré. Mais Kahnweiler, qui a toujours voulu juger les rapports humains sur le long terme, préfère passer par pertes et profits les petits incidents de parcours :

« Il a été d'une loyauté absolue. La vie nous a séparés deux ou trois fois : guerres, etc. Mais il faut répéter une chose : si aujourd'hui Picasso passe entièrement par moi en tant que marchand et ne vend à personne d'autre, ni amateur ni marchand, c'est tout de même un exemple de fidélité admirable ! Car enfin il n'a pas besoin de moi, fichtre non ! Il pourrait fort bien se passer de moi. Je lui en sais gré. Je n'ai vraiment rien à lui reprocher [21]. »

Toujours cette volonté de gommer les aspérités, d'aplanir les paysages à problèmes, d'éviter les questions à hauts risques. Avec Picasso plus qu'avec tout autre, Kahnweiler est le grand atténuateur. On ne se refait pas.

Dorénavant, il est maître de l'affaire-Picasso, comme il disait à l'époque héroïque, du temps de Chtchoukine et Morozoff, quand ladite affaire ne tenait qu'à quelques amateurs fidèles et déterminés. Le peintre et le marchand continuent à jouer au chat et à la souris mais se « disputent » plus pour des raisons stratégiques que pour des questions d'argent. Picasso lui fait – enfin! – confiance et c'est l'essentiel.

Il a les mains libres car sa loyauté ne faut aucun doute. C'est vraiment à partir de ce moment-là, au début des années 60 que Kahnweiler devient ce que les gazettes appellent communément « un homme riche », autrement dit quelqu'un dont la fortune ne fait aucun doute, même si nul ne peut l'évaluer précisément.

Désormais avec Picasso, son attitude de marchand est très simple. Il lui achète tout ce qu'il veut bien lui vendre. Les discussions serrées reprennent quand Kahnweiler estime que Picasso conserve trop de choses chez lui et qu'il ne lui vend pas assez d'œuvres récentes. Il n'en reste pas moins qu'il en donne beaucoup car sa production est, par son volume, stupéfiante. Un jour, il consentira à vendre une centaine de tableaux d'un coup. Quelques années plus tard, à Mougins, à l'heure du dîner, au moment de passer à table, Picasso lâchera nonchalamment devant Michel Leiris et Maurice Jardot :

« Aujourd'hui, j'ai peint sept tableaux... [22] »

Cela ne pose aucun problème de trésorerie à la galerie car de toute façon les acheteurs se bousculent dès l'arrivée des toiles. Sans publicité ni propagande particulières. Le bouche à oreille y suffit. La rumeur se répand aussitôt dans le milieu.

A l'occasion de ses quatre-vingts ans, un chroniqueur chargé de résumer la vie et l'œuvre de Henry Kahnweiler en quelques mots, trouve ces trois formules : doyen des marchands de tableaux en Europe, premier imprésario du cubisme, ambassadeur personnel de Picasso dans le monde[23].

Tout à fait cela. Cette troisième facette de Kahnweiler est son activité la moins connue. Il est véritablement son ministre plénipotentiaire, ce qui correspond exactement à l'idée qu'il s'est toujours faite de sa mission. Mais le plus intéressant est moins la manière dont il représente Picasso dans le monde que la façon dont il représente le monde auprès de Picasso.

Il est le filtre, l'indispensable tamis qui évite à un homme aussi sollicité d'être sans cesse harcelé. Kahnweiler lui écrit beaucoup. Il ne se passe pas de semaine qu'il ne lui envoie une lettre, généralement assez longue et détaillée, commençant toujours par « mon bon ami ». Picasso, lui, n'a jamais aimé écrire. Il n'a pas changé. Soit il répond de sa main, à « mon bon ami », lui aussi, mais de manière beaucoup plus lapidaire pour ne pas dire télégraphique, soit il fait répondre plus précisément par sa femme. Les lettres de Kahnweiler sont, comme d'habitude, tapées à la machine, et le développement du récit épistolaire semble obéir à un plan, un rythme, une organisation qui relèvent plus d'un genre littéraire que d'une manière spontanée. Quand Picasso répond, il écrit un peu n'importe comment, à la plume, au fusain, à la gouache parfois, sur n'importe quel support, y compris des revers de factures. Les enveloppes plus encore que les lettres sont des spécimens intéressants. Toute la surface en est couverte. Kahnweiler y est parfois désigné sous la lettre K ou les initiales DHK suivies du nom de la galerie, de l'adresse et de la ville parfois écrits avec des crayons de trois couleurs différentes quand ce n'est pas au pinceau. Au dos de l'enveloppe on lit souvent : « Envoi Picasso. Cannes. (A.M.) » agrémenté d'un dessin. Si le facteur savait...

Il y a toujours quelqu'un, quelque part dans le monde, qui a un projet, une idée, une proposition à soumettre à Picasso. La plupart sont farfelues ou ont très peu de chance d'aboutir, quelques-unes sont sérieuses. Depuis longtemps déjà, le peintre ne bouge plus de Mougins. Il ne vient plus à Paris et ne connaîtra jamais la galerie Louise Leiris de la rue de Monceau inaugurée en 1957, celle qu'on appelle « la maison de Picasso ». Kahnweiler est un des très rares hommes qu'il prenne au téléphone, même quand il est en plein travail, à l'atelier. D'une manière générale, son marchand est l'homme à qui il parle alors qu'il ne parle à presque plus personne. Il en devient donc l'intercesseur obligatoire et inévitable.

Il s'entremet sans cesse. Par souci d'honnêteté, par excès de scrupule, il tâche de tout lui transmettre. Les premières années, il essaie de ne pas peser dans la balance, esquissant à peine son opinion personnelle : « Cette gouache ne me plaît pas du tout mais je vous l'envoie parce que le propriétaire insistait pour que je le fasse... » ou encore : « Je crois que cela vaut la peine de la recevoir... » Progressivement, Kahnweiler s'engage plus avant et prend résolument parti tout en convenant que la décision finale est naturellement du ressort de Picasso. Quand Hélène Weigel, la veuve de Brecht qui dirige le Berliner Ensemble, à Berlin-Est demande au peintre un portrait de Shakespeare, Kahnweiler n'a pas de mots assez forts pour louer ses immenses qualités de femme, d'actrice, d'organisatrice[24]... Mais à partir de la fin des années 60, quand les sollicitations se feront véritablement quotidiennes et internationales et que Picasso ne pourra même plus se permettre de donner un dessin à un ami, Kahnweiler sera plus interventionniste. Il transmettra mais donnera un avis ferme et catégorique, quitte à laisser toujours une porte ouverte : « C'est complètement idiot mais de toute façon je trouve que ces gens ont du culot... » Tout dépend aussi de la qualité du demandeur. Ainsi en 1965 quand André Malraux, ministre des Affaires culturelles, se met en tête de confier à Picasso la décoration de la façade extérieure de la nouvelle faculté des Sciences, en construction sur les bords de Seine à l'emplacement de la Halle aux Vins, Kahnweiler juge l'idée complètement folle (1 300 mètres de longueur × 2,20 m de hauteur!) mais transmet, sûr de la réponse. Après tout, cela part d'une bonne intention et puis cela vient de Malraux [25]...

Les sollicitations les plus diverses, d'un inégal intérêt, pleuvent de partout. C'est une organisation antiraciste qui veut un chèque de soutien ou un ami éditeur qui aimerait bien un dessin. C'est Nelson Rockefeller qui souhaiterait que Picasso lui exécute (en 1967) deux sculptures de plus de deux mètres d'après ses dessins du *Minotaure* (de 1928!). Kahnweiler est aussi interloqué qu'Alfred Barr, l'homme du Museum of Modern Art de New York, qui lui a communiqué la proposition mais à son tour il transmet tout de même [26]. C'est une institution américaine qui veut monter un Musée Picasso ou encore le gouvernement polonais qui aimerait faire de 1968 l'année Picasso en souvenir de sa visite. C'est *Le Nouvel Observateur* qui aimerait que Picasso réalise la couverture de son numéro de Noël 1967 et se propose ensuite de mettre le dessin aux enchères parmi ses lecteurs, une idée que Kahnweiler trouve particulièrement « effrontée ». C'est une association humanitaire qui apprécierait son soutien financier, un mouvement de jeunes qui aimerait avoir un dessin pour son nouveau journal, un Japonais de passage à Cannes qui aimerait le rencontrer pour lui parler d'un projet d'exposition à Tokyo, Jean-Marie Drot qui souhaiterait l'interviewer dans le cadre d'un film sur Apollinaire, un éditeur de musique qui lance une

symphonie Picasso et trouverait astucieux de vendre
six lithographies grand format avec l'enregistrement,
un critique suédois qui veut absolument rencontrer le
Maître pour lui consacrer un livre et s'imagine qu'il
va pouvoir s'installer plusieurs jours dans son atelier[27]. C'est...

Cela n'arrête jamais.

Kahnweiler s'emploie à faire le tri. Du moins
aide-t-il Picasso à isoler ce qui est prioritaire et
sérieux du tout-venant. Surtout, il tient l'ermite au
courant de l'évolution de la galaxie Picasso. Il est son
antenne dans le siècle.

Il y a d'abord les expositions Picasso en France et
dans le monde. Elles se multiplient. Si le peintre n'y
assiste presque jamais, il veut néanmoins savoir ce
qui s'y dit, ce qui s'y fait, ce qui s'y vend. Kahnweiler
est son agent de renseignements. Il lui envoie catalogues et photos, notamment quand de grandes manifestations lui sont consacrées, comme c'est le cas au
Grand et au Petit Palais à Paris en 1966-1967. Souvent, les mêmes « petites choses » touchent le peintre
et le marchand. Quand, pour ces deux grandes expositions justement, le catalogue est en retard et que
l'imprimeur doit implorer son comité d'entreprise qui
répond : « Oui, pour Picasso nous ferons des heures
supplémentaires... » cela le touche infiniment plus
que les démonstrations d'admiration des notables du
monde de l'art[28]. Quand Picasso se plaint de ce que
son grand tableau exposé à l'Unesco soit, paraît-il,
d'un accès difficile à cause de la passerelle qui se tient
devant, Kahnweiler se rend tout exprès sur le chantier et le ramène à la raison :

« D'abord, elle est à quinze mètres du tableau. Et
puis c'est tant mieux : quand on monte dessus, on
peut voir le tableau différemment, de haut[29]... »
Quand en 1960, Roland Penrose organise à la Tate
Gallery de Londres la plus complète exposition jamais

réalisée sur lui, Kahnweiler s'y rend naturellement et lui fait un véritable compte rendu d'envoyé spécial : le nombre des salles, la distance entre chaque tableau, l'ordre chronologique de l'accrochage, l'identité des marchands que Sotheby's avait eu la bonne idée de réunir au même moment pour quelques grandes ventes, la *party* qui a été donnée sous une tente dressée devant la Tate avec paëlla, danseuses espagnoles et critiques d'art à court d'éloges... Tout y est[30].

Cette fonction d'agent d'information, il la remplit en permanence, même quand il n'y a pas d'exposition en vue. A chaque fois qu'il donne une conférence à l'étranger et qu'il visite une galerie ou un musée, le premier geste de Kahnweiler est d'acheter des cartes postales reproduisant les principaux tableaux que recèle l'endroit, pour les expédier à Picasso. Il le tient même au courant de ce qui pourrait l'agacer. Quand paraît *The burning man* d'un certain Longstreet, un livre-à-clés qui lui paraît tout à fait saugrenu, Kahnweiler lui en fait part en précisant qu'il s'agit de la vie intime et indiscrète d'un peintre nommé Julio Diaz Navarro (Picasso en fait) et de son monde, de Max Jacob (cité sous son propre nom) à Gertrude Stein, plutôt maltraitée, en passant par un certain Fogel qui n'est autre que Kahnweiler lui-même. « C'est une lecture franchement pénible », lui confie-t-il comme pour la lui éviter tout en tenant à lui en signaler l'existence[31]. Il lui raconte également son émotion à la projection privée d'un film sur sa vie et son œuvre – « Cela fait soixante-cinq ans que j'ai eu le bonheur de vous rencontrer »[32], – et la lui fait partager. Mais d'un autre côté, tout en le tenant au courant de l'évolution de l'affaire, il ne parvient pas à l'influencer dans son attitude vis-à-vis du livre *Vivre avec Picasso*, que son ancienne femme Françoise Gilot a écrit avec un critique d'art américain, Carlton Lake.

Picasso est furieux du contenu, blessé dans son orgueil. Elle en dit trop, beaucoup trop et de son point de vue, c'est loin d'être toujours exact, comme jadis le *Picasso et ses amis* de Fernande Olivier. Kahnweiler est d'avis de faire le gros dos, et il s'y entend. Mais comme la plupart des autres membres de l'entourage du peintre préfèrent protester et même signer une pétition, il les rejoint. Là où l'indifférence feinte aurait été la meilleure stratégie, il n'y a plus désormais que publicité pour un livre honni. Picasso lui-même a une réaction d'amour-propre et abonde dans le même sens au lieu de laisser les événements se tasser. Il se retrouvera ainsi dans une position de victime, une attitude aux antipodes de son tempérament.

Il ne pardonne pas, Picasso. Dix ans auparavant, déjà, quand Françoise s'était remariée avec le peintre Luc Simon peu après l'avoir quitté, il s'était mis dans une grande colère, notamment pour des questions d'héritage[33]. Françoise Gilot étant également un peintre sous contrat à la galerie Louise Leiris, il avait exigé et obtenu de Kahnweiler qu'il annule aussitôt le contrat et se débarrasse de cette artiste[34]...

Grandeur et servitude du marchand – pas comme les autres – d'un peintre comme nul autre... Mais l'essentiel de leurs rapports n'est pas inscrit dans ce genre d'incidents. L'essentiel est encore et toujours de nature commerciale et artistique.

Kahnweiler est l'ambassadeur des missions difficiles auprès de Picasso. Il en est deux notamment qui occupent en permanence une bonne partie de sa correspondance : la signature et l'authentification.

Entre 1908 et 1914, à l'époque pionnière du cubisme, Picasso avait l'habitude, de même que Braque et Gris, de signer ses peintures et dessins sur le revers et non sur l'avers. La signature ne tenait pas dans l'ensemble du tableau, elle en cassait l'architecture, dérangeait la construction, ébranlait la composition. Du moins était-ce la raison avancée par les peintres même si, pour sa part, Kahnweiler était convaincu qu'ils cherchaient plutôt à rendre l'exécution de leur travail plus impersonnelle[35]. Toujours est-il qu'après la Seconde Guerre mondiale, quand il deviendra son marchand exclusif, Kahnweiler sera sans cesse sollicité par des collectionneurs lui demandant d'intercéder auprès du Maître pour qu'il signe ses anciennes œuvres sur le bon côté de la toile. Pour l'amateur, une telle démarche se conçoit, ne fût-ce que pour des raisons commerciales, de manière à augmenter la valeur vénale de son bien; quand on acquiert un Picasso on aime autant que cela soit écrit dessus...

En 1949, Justin Thannhauser s'adresse à Kahnweiler pour lui exposer une affaire assez ahurissante. Un de ses clients qui possède *Partition, bouteille de porto, cartes à jouer, guitare*, une œuvre de 1917, est venu le voir furieux. Il a lu en effet dans le catalogue raisonné de Christian Zervos que Picasso avait peint ce tableau une nuit de bombardement, *par-dessus* un tableau de Modigliani représentant un garçon. Il l'a donc fait examiner aux rayons X mais cela n'a rien donné. Donc... il n'en veut plus! Le marchand a demandé ses sources à Zervos qui a immédiatement cité Picasso. Aussi Kahnweiler lui expose-t-il à son tour l'affaire en le priant de la tirer au clair une fois pour toutes mais non sans préciser *in fine* :

« Je ne me charge pas d'expliquer la psychologie de cet amateur que je trouve étrange[36]... »

L'authentification des tableaux contestés est une mission autrement plus délicate car elle est d'un enjeu financier souvent très important. Kahnweiler sait à quoi s'en tenir depuis un incident qui remonte aux années 30. Picasso, à qui il avait conseillé de porter plainte, lui avait répondu :

« Comment voulez-vous, je ne peux pas. Je sais bien ce qui va arriver. Je serai chez le juge d'instruction, on introduira le criminel, menottes au poing, et ce sera un de mes amis[37]... »

Au-delà de la boutade (qui n'en est peut-être pas une) il faut bien comprendre que Picasso a horreur de s'occuper du « service après-vente ». Cela ne l'intéresse pas, il a mieux à faire :

« J'ai fait le tableau, ça suffit. Je ne peux m'occuper du reste », lui dira-t-il un jour catégoriquement[38].

De toute façon, c'est bien ainsi que l'entend Kahnweiler. Le reste, cela a toujours été pour lui. Mais s'agissant des faux, le peintre ne peut se dérober. D'ailleurs, il finit par accepter de bonne grâce. Il faut dire que plus un artiste prend de la valeur, plus les faux abondent et qu'après-guerre, les faux Picasso prendront une proportion considérable.

Pour Kahnweiler, les experts près les tribunaux ne sont pas crédibles. Il est très critique à leur endroit et les tient pour « des Prix de Rome incapables d'expertiser quoi que ce soit de la peinture moderne »[39]... A ses yeux, le marchand historique d'un peintre est beaucoup mieux placé, comme le fut Zborowski par rapport à l'œuvre de Modigliani par exemple. Le marchand a bien connu le peintre, il a souvent assisté à l'œuvre-en-train-de-se-faire et il possède parfois une documentation de première main, qui pourra être utilement complétée par cet indispensable instrument de vérification qu'est le catalogue raisonné. Quand le marchand n'est plus de ce monde, le peintre est, à son avis, le meilleur juge. A condition bien entendu qu'il ne soit pas de mauvaise foi. Qu'il ne dise pas, comme Picasso lui-même à propos d'un de ses tableaux restauré à plusieurs reprises :

« Il n'est plus de moi ! »

Ce « plus » à la place de « pas » a plongé le

marchand new-yorkais Saidenberg et le commissaire-priseur de Parke-Bernet dans une grande perplexité : le mot de Picasso ayant été maintes fois répété, il était donc question de retirer le n° 86 du catalogue de la vente de décembre 1961. Mais était-ce un faux pour autant ? Dans l'ordre de la mauvaise foi, on a vu pire, notamment chez les marchands, Hessel pour ne pas le citer, qui avait l'habitude de décourager les vendeurs et qui pour leur faire baisser leurs prix, décrétait d'emblée que leur tableau était faux puis, mis devant l'évidence, concédait :

« Ce n'est pas un faux mais c'est tout juste[40]. »

A chaque fois qu'il est pris d'un doute, Kahnweiler envoie une photo de l'œuvre contestée à Picasso ou la lui apporte en mains propres. Le marchand est, quant à lui, assez prudent dans le choix des mots : « Je le crois vrai », ou : « ça ne me plaît pas beaucoup... » sont ses expressions favorites. Même quand il n'y croit pas du tout, il transmet. Ce fut le cas en 1960 quand deux Espagnols lui apportèrent deux tableaux du père de Picasso représentant des pigeons et datés de 1892. Ils voulaient les vendre à son fils. Dans le fond on apercevait la plaza de la Mercede à Malaga. Ils étaient signés F. Ruiz Blasco. Dubitatif, Kahnweiler l'est plus encore quand ils demandent 500 nouveaux francs pour les deux toiles, ce qui est dérisoire, puis quand quelques heures après ils le rappellent pour dire qu'ils se sont trompés et qu'ils en demandaient en fait 50 000 francs qui est alors beaucoup trop élevé. Mais par acquis de conscience, Kahnweiler transmet tout de même l'affaire à Picasso qui sera seul juge des suites à lui donner[41].

Au fur et à mesure, les faux vont devenir tellement nombreux et si grossiers que Picasso prendra l'habitude de les juger de plus en plus rapidement, parfois d'un simple coup d'œil à la signature bien qu'elle ne soit pas, en l'occurrence, l'élément le plus important :

« Si on les montrait à la BNCI, le caissier dirait qu'ils sont faux ! » lancera-t-il un jour[42].

Quant à Kahnweiler, il lui suffira bien souvent de retourner le dessin pour y lire, sur une étiquette au dos, l'adresse d'une quelconque « Modern Art Gallery » new-yorkaise et l'énoncé d'un soi-disant pedigree pour comprendre. Les faussaires vont même parfois jusqu'à proposer plusieurs copies identiques du même original ! C'est à désespérer. Mais Kahnweiler a sa politique : celle de la répression. Si l'on ne sévit pas, ils continueront et abîmeront le marché. Il faut prendre des dispositions judiciaires si l'on ne veut pas que clients et amateurs aient eux-mêmes à le faire. Mais Picasso a également sa philosophie. Elle est la même après-guerre qu'avant-guerre. Il ne veut rien savoir :

« Je souhaite ne pas être emmerdé : les juges, la police tout ça[43]... »

L'ambassadeur de Picasso dans le monde est aussi, de fait, un de ses interlocuteurs privilégiés, parmi lesquels on compte aussi Michel Leiris et quelques autres encore, mais Kahnweiler est le seul qui bavarde régulièrement avec lui depuis 1907.

Leur dialogue, qui a certes été interrompu plusieurs fois, mais qui a toujours repris, s'établit sous trois formes : les lettres, le bavardage impromptu et la conversation dans l'atelier. Depuis longtemps, Kahnweiler a l'habitude de se précipiter à la galerie ou chez lui pour noter le plus fidèlement possible ce qu'il vient d'entendre, avec les détails, les intonations de voix, les inflexions et les choses vues. Il se conduit comme un excellent reporter. Mais il ne semble pas faire le tri et, comme dans les journaux intimes, des pensées profondes y côtoient souvent des réflexions d'une grande banalité.

Chaque parole de Picasso a pourtant de l'importance pour la bonne raison qu'elle est rare. Il n'a rien écrit, ni article ni livre. Que des poèmes et une pièce. Il refuse obstinément de donner de véritables interviews. Dans ce désert littéraire et journalistique peuplé d'innombrables œuvres d'art, Kahnweiler n'est plus seulement son marchand mais son interprète. C'est ès qualités qu'on le lit, lui, l'homme qui a parlé à l'homme qui refuse de parler. En privé, Picasso sait être bavard. Mais dès que le micro d'un magnétophone apparaît, il se ferme comme une huître et tourne le dos. Ce peintre dont il dit qu'il a recréé la grammaire et la syntaxe de l'art, Kahnweiler va s'attacher à fixer chacun de ses mots en autant de paroles historiques. Il faut dire que son sens de la formule facilite bien les choses. Certaines sont célèbres : « Défense de parler au pilote... Je ne cherche pas, je trouve... C'est parce qu'on ne réussit pas à imiter un Maître qu'on fait quelque chose d'original », etc. D'autres le sont moins : « Chaque peintre voudrait bien être Van Gogh mais combien parmi eux consentiraient à se couper une oreille si tel était le prix qu'il faudrait payer[44] ? » Kahnweiler ne se contente pas de rapporter, transmettre ou retranscrire. Souvent, il décode aussitôt pour éviter tout malentendu. Ainsi en 1937, Picasso était passé un jour à la galerie et avisant un tableau de Suzanne Roger, avait dit :

« Tout de même ses vieilles toiles étaient bien mieux. Je n'aime pas tous ces perroquets... D'ailleurs j'ai justement décidé, moi, que je ne ferais plus de perroquets. »

Aussitôt après son départ, le marchand avait tapé sur sa machine ces réflexions, en les datant soigneusement mais en précisant toutefois : « Bien entendu, il n'y avait pas de perroquets dans la toile. Picasso entendait par là des couleurs éclatantes[45]. »

Ecoutons-les s'entretenir, après-guerre, avec leurs trois modes d'échange privilégiés. Epistolaire tout d'abord. Nous ne disposons que des lettres de Kahnweiler mais elles sont si bien « organisées » qu'elles reprennent tous les éléments de leur débat. Aujourd'hui, ils parlent du Caravage, un de leurs principaux points de discorde. Kahnweiler soutient que c'est un grand peintre et qu'il devrait plaire à Picasso justement parce que c'est dans son œuvre que s'est manifesté pour la première fois ce « réalisme espagnol » qui lui est cher, avec les pieds sales de saint Mathieu et les jambes nues de la Vierge mourante qui lui étaient tant reprochés à l'époque. C'était cela qui choquait et non son traitement de la lumière. Picasso ne veut rien entendre. De toute façon, il n'aime pas trop la peinture italienne. Il ne démord pas de son antienne :

« Le Caravage c'est un photographe d'art. Un projecteur à droite, un projecteur à gauche... »

Kahnweiler non plus ne lâche pas prise. Sans le Caravage et le bouleversement qu'il a apporté, Velazquez, Zurbaran, Murillo, Ribera n'auraient pas peint comme ils ont peint :

« Les vrais peintres n'ont plus jamais peint comme avant Caravage. Je crois bien que c'est le plus gros éloge qu'on puisse faire d'un peintre. Après Picasso aussi, la peinture est autre qu'auparavant... »

Rien n'y fait. Ni l'un ni l'autre ne renonce à son point de vue, ni même ne l'atténue. Mais Kahnweiler ne s'avoue jamais battu. Il garde espoir. En visitant un jour un musée à l'étranger, fidèle à son habitude, il lui envoie des cartes postales reproduisant des Velazquez avec, écrit au dos : « Vous ne croyez pas que tout de même votre ennemi Caravage est pour quelque chose dans le réalisme espagnol[46] ? »

Nous voici un jour de juin 1946 sur le trottoir de la rue de Téhéran, à Paris. Kahnweiler et Picasso bavardent à bâtons rompus en sortant d'une exposition Lipchitz à la galerie Maeght. Ils parlent du charme et de la décoration, de Michel-Ange et de son *Jugement dernier*, avant d'en venir inévitablement au cubisme. Kahnweiler « sent » bien Picasso, surtout en ce moment, car il prépare le texte d'une conférence qu'il doit bientôt prononcer sur lui à Stockolm. Il est vraiment dans le sujet. Il est convaincu que pour Picasso, seul le cubisme a pu produire une peinture honnête, une peinture qui ne se conçoit que sous la forme d'une écriture inventant des signes et non essayant d'imiter. Il s'ouvre de son impression auprès du peintre.

« Vous devriez dire ça dans votre conférence de Stockholm, répond celui-ci. Vous devriez dire la vérité sur le Louvre puisque vous la savez. Des prostituées, de jolies prostituées, mais rien que ça. Ce n'est que le cubisme qui a fait de la peinture.

– C'est bien scabreux, reprend Kahnweiler. Vous avez lu le manuscrit de mon livre sur Gris. Vous savez que je dis tout cela mais de façon prudente. Autrement j'aurais l'air de Marinetti voulant brûler le Louvre...

– Mais qu'est-ce que ça fait ? Il faut se salir pour faire quelque chose. Il faut se traîner dans la boue. »

Comme toujours, Kahnweiler veille à replacer tout jugement sur la peinture dans la perspective de l'histoire de l'art.

« Masson a raison de son point de vue, dit-il, de soutenir que le cubisme a peint un monde de carton mais il a tort historiquement. Bien sûr, seule la peinture de notre temps est vraie, honnête parce que lyrique, parce que débarrassée de devoirs étrangers à sa vraie nature, devoirs qu'on a attribués à présent à la photographie, au cinéma; mais à d'autres époques, il n'en va pas de même et son rôle antérieur " figurateur du Mythe ", puis son rôle historiographique, justifient et expliquent son aspect d'auparavant. »

Picasso, qui semble réagir comme s'il avait entendu mais pas écouté, revient à son propos antérieur pour l'expliciter : « Oui, on peut jouir en couchant avec une prostituée mais il faut toujours se rendre compte que c'est une prostituée. »

Puis le bavardage se poursuit sur Gris au fil de la promenade dans cet arrondissement paisible. Ah Gris!... Un sujet de discorde entre eux. L'un l'aime, l'autre pas. Cela dure ainsi depuis un demi-siècle. Sur ce plan ils n'ont guère évolué. S'il n'était pas mort si jeune, qu'aurait-il donné? Enfin de grands tableaux?

« ... il aurait abouti à un aspect de plus en plus naturel, estime Picasso, les choses se seraient redressées. »

Kahnweiler s'insurge, naturellement. C'est vraiment un discours de néophyte, d'anti-cubiste primaire qu'il lui tient là! Picasso se reprend :

« Je veux dire que les spectateurs les auraient vues droites.

– C'est ce que voulait Gris, en effet. »

Ils sont enfin d'accord. L'armistice est provisoirement signé sous les arbres de l'avenue de Messine. Cela n'empêche pas Picasso de repartir en guerre, de plus belle, contre les peintres dont les tableaux sont accrochés au Louvre. Du geste, à l'aide de grands mouvements, il dessine des ronds dans l'air pour figurer un bras ou une jambe :

« Ils n'ont qu'un nombre restreint de signes... Ils font comme ça... Qu'est-ce qui reste chez eux : le charme, c'est tout. Le charme de la prostituée[47]. »

Il aura toujours le dernier mot. Kahnweiler le lui

abandonne volontiers pour être sûr de l'avoir en affaires. Vieille tactique.

Une matinée de janvier de 1955, dans l'atelier de la rue des Grands-Augustins, à deux pas du domicile de Kahnweiler. Plus que du bavardage, une véritable conversation.

Ce jour-là, le peintre veut lui montrer une nouvelle toile, très grande (100 × 160 cm environ) de sa série des *Femmes d'Alger* d'après Delacroix. Kahnweiler est frappé de ce que celle-ci est, à la différence des autres, très dessinée et en noir et blanc. Faute de mieux, il aimerait la qualifier de cubiste. Il est emballé.

« Moi, j'ai l'impression que personne n'aimera plus ça », craint Picasso.

Malgré les paroles rassurantes de son marchand, il semble découragé :

« Autrefois, lui dit-il, quand vous achetiez ces choses-là, avant 14, oui. Mais après, nous-mêmes – je veux dire Braque et moi – nous avons induit les gens en erreur avec ce que nous avons fait... Vous-même, si vous aviez à choisir entre ce tableau et d'autres, plus faits, vous préféreriez les autres. Oh je comprends bien, commercialement vous auriez raison... Bien sûr, les amateurs préféreront les tableaux très empâtés, toujours... »

Kahnweiler proteste de bonne foi. Les amateurs ont changé. Ils n'achètent plus avec leur argent de poche et en achetant n'ignorent pas qu'ils devront peut-être un jour revendre. Dans cette éventualité, un tableau très « fini » obtiendra certainement un plus haut prix à Drouot.

« C'est vrai, reconnaît Picasso. J'ai acheté mon Cézanne de l'Estaque que je ne trouve pas aussi beau que mes autres toiles de lui, ou même des aquarelles à peine faites, mais je l'ai acheté tout de même,

voulant posséder un Cézanne de cette espèce. Et je
sais bien que c'est toujours celui-là qui sera payé le
plus cher. Mais ce qui me semble c'est que les gens
ne comprennent plus les intentions. Ils ne savent plus
apprécier la qualité d'une ligne qui s'infléchit en
rencontrant une autre.

– Vous avez certainement raison, admet Kahnweiler, mais il me semble qu'il en a toujours été ainsi. Au
fond est-ce vraiment nécessaire que les amateurs
comprennent cela? Ce qui compte, il me semble,
c'est l'amour. S'ils aiment une toile, si elle les émeut,
voilà qui est important [48]. »

Dialogues de sourds? Non pas. Pendant tant d'années ce serait impossible. Ils s'entendent mais rien ne
dit qu'ils s'écoutent toujours. On a le sentiment que
quand l'un s'exprime, l'autre ne se préoccupe que de
suivre sa propre idée et de préparer sa réponse. Quels
que soient les sujets abordés, les deux hommes portent de toute façon l'un sur l'autre, depuis le début,
un jugement sans appel : Kahnweiler se méfie de la
« culture » du peintre, tout instinctive, débridée et
fondée sur un autre système de références, tandis que
Picasso ne cache pas sa méfiance et sa défiance à
l'endroit des théoriciens en général et des historiens
et critiques d'art en particulier, qui s'emploient à
mettre sous étiquette, en fiches et en dogmes, le génie
créateur des artistes.


Saint-Hilaire. Avril 1973. Kahnweiler achève sa
sieste de l'après-midi dans sa maison de campagne.
De loin il entend à plusieurs reprises les échos assourdis de la sonnerie du téléphone. Louise Leiris a
répondu.

« Qu'est-ce que c'était? demande-t-il.

– Picasso est mort [49]. »

Une crise cardiaque après un œdème au poumon.
Kahnweiler a été prévenu juste après la famille. Il est

anéanti. Longtemps, il s'était refusé à imaginer que Picasso disparaîtrait. Il ne veut voir personne. Ni articles, ni interviews.

C'est la fin d'une espèce d'amitié qui aura duré soixante-six ans. Le marchand s'était tellement identifié à « son » peintre que six ans plus tard, quand il mourra à son tour, un journaliste pourra écrire : « Avec Kahnweiler, c'est Picasso qui nous quitte une fois de plus [50]. »

# 11.

## *Sus à l'abstraction!*

### 1945-1979

« Abstrait ou non ».

Ces trois mots, Kahnweiler voulait les faire inscrire sur la bande destinée à entourer son livre *Confessions esthétiques* lors du lancement en 1963. Le projet était de lui, pas l'idée. Finalement, tant l'éditeur Gaston Gallimard que son responsable des « Essais », Michel Mohrt, y renoncèrent. Trop ambigu. Pas assez explicite. Mais pour Kahnweiler, c'était clair dans son esprit. L'abstraction, c'est non. Un non définitif et sans appel. Un refus esthétique qui, martelé depuis des décennies, confine à la haine.

Le mot n'est peut-être pas trop fort, même s'il étonne s'agissant d'un personnage aussi serein et maître de ses sentiments. Sa « force de haïr », qu'un marchand comme Michael Hertz avait constatée avec effarement, on peut l'attribuer à plusieurs facteurs. Henry Kahnweiler est quelqu'un qui a toujours pris l'art et les artistes au sérieux. Son absence d'humour dans la vie de tous les jours est encore plus remarquable dans les rapports qu'il entretient avec la peinture. Avec lui on ne saurait badiner sur un tel sujet. De plus, il a toujours estimé qu'un authentique marchand se signalait par sa faculté de refus et de rejet, et non par ses complaisances. C'est la raison pour laquelle il a toujours mis très haut des hommes comme Durand-Ruel et Vollard, et au plus bas de la corporation ceux, nombreux, qui accrochent sur leurs cimaises à peu près tout ce qu'on leur propose. A ce stade-là, il n'est même plus question de choix mais de sélection, un terme compris avec toute l'intransigeance et la dureté qu'il suppose.

Henry Kahnweiler est un homme qui pratique l'exclusion avec bonhonmie. Mais comme, pour beaucoup, il est une sorte de pape de la peinture moderne, ses mesures ont valeur d'excommunication. Il s'en moque. Ayant toujours observé cette ligne de conduite, il ne fait que continuer. Simplement, au lieu de s'atténuer avec l'âge, le phénomène a pris au contraire de l'ampleur. C'est que Kahnweiler a dû, inconsciemment peut-être, prendre le contre-pied de la nouvelle physionomie du marché de l'art telle qu'elle s'est précisée entre les années 50 et les années 70. Les écoles, étiquettes, mouvements, tendances et sous-tendances se sont multipliés. Les galeries se comptent dorénavant par centaines et les peintres par milliers. Plus qu'une inflation, c'est une invasion. Dans ce tohu-bohu, les modes se font et se défont à grande vitesse. Un jeune peintre se retrouve avec une cote, des enchères à Drouot, des amateurs et des catalogues flatteurs avant même d'avoir eu le temps d'ébaucher son art. Bien souvent, il s'estompe aussi vite qu'il s'est imposé.

A qui la faute? Sans entrer dans une analyse trop complexe des fluctuations du marché, Kahnweiler l'attribue d'abord aux fabricants de fausse gloire. On y trouve bien entendu en bonne place certains marchands, dont la conception du métier est aux antipodes de la sienne. On y découvre également une corporation qu'il voue aux gémonies depuis ses débuts, à quelques rares exceptions près : les critiques d'art. « Lâcheté » est un mot qu'il emploiera en permanence pendant des décennies pour les désigner. Avec des variantes toutefois, de « l'horrible lâcheté »[1]

à « l'infâme lâcheté »[2]. D'après lui, ils sont terrifiés à
l'idée de figurer dans le sottisier de l'an 2000. Ils sont
hantés par un spectre : la découverte publique, à la
fin de leur carrière, qu'ils ont pu ne pas apprécier la
peinture de leur temps, qu'ils ont raté un grand
artiste. Ce que Kahnweiler leur reproche par-dessus
tout, ce n'est pas tant leur ignorance de l'histoire de
l'art (il s'est fait une raison) que leur sensibilité au
« syndrome de Wolf », du nom de ce critique du
*Figaro* qui jadis parlait de Monet comme d'un vulgaire barbouilleur. Plus il les lit, plus il regrette le
temps où les critiques étaient virulents, absolutistes,
polémistes, excessifs même. C'était, à tout le moins,
le signe d'une passion et d'un engagement complets.
Alors que de nos jours :

« Ils ont peur qu'on dise un jour la même chose
d'eux s'ils écrivent du mal d'X ou Y qui tient le haut
du pavé actuellement. Au lieu d'avoir le courage de
s'y opposer. J'aimerais beaucoup mieux, même, des
gens dont je ne partage pas les idées mais qui
défendraient leur opinion mordicus. Sans compromis-
sion aucune[3]. »

Il est, lui, le marchand de deux générations de
peintres. Celle de Picasso et celle de Masson. Il ne
veut pas trop s'aventurer au-delà, même s'il tente
quelques incursions dans les années 60 avec des
jeunes comme Sébastien Hadengue (né en 1932) et
avant lui avec Yves Rouvre, signalé par Masson. Il
estime qu'on ne comprend bien que sa propre génération et exceptionnellement celle qui suit. Surtout il
garde en mémoire un mauvais souvenir : les quelques
peintres détestables – « la menue monnaie de
l'impressionnisme » – que Durand-Ruel avait pris
à la fin de sa vie pour n'avoir pas su décrocher à
temps[4].

Aimé Maeght juge que c'est porter des œillères que
de réagir ainsi, ses propres critères de choix étant il

est vrai beaucoup plus simples : « On aime d'abord, les bonnes raisons viennent après[5]. » C'est justement cet éclectisme, si proche par bien des côtés du pire des dilettantismes, que Kahnweiler a toujours voulu combattre. Passe encore qu'un grand collectionneur comme son ami Roger Dutilleul décide de prolonger sa réunion de cubistes historiques par des Lanskoy puis après-guerre par des Staël ou des Bernard Buffet. Mais un grand marchand ne saurait ainsi dévier de sa ligne. Une galerie n'est pas un fourre-tout, ni un dépotoir. Quand on expose des toiles, on les assume et on les défend comme si on en était le coauteur.

Après-guerre, la géographie des galeries parisiennes évolue avec, tant rive gauche que rive droite, la naissance ou l'expansion de la galerie de France, celles de Louis Carré, Aimé Maeght, Denise René, Heinz Berggruen, Daniel Cordier, René Drouin... Si l'abstraction est née dans les vingt premières années du siècle, elle n'existe véritablement sur le marché de l'art parisien qu'au lendemain de la Seconde Guerre mondiale. C'est la raison pour laquelle Kahnweiler, loin de s'en désintéresser ou de se retrancher dans une superbe indifférence, l'attaque de plus belle. De toute façon, le voudrait-il qu'il ne pourrait l'éviter.

Les galeries en sont pleines et les Salons plus encore. En 1946, au moment où se tient à Paris le Salon des Réalités nouvelles, le premier à rassembler un millier d'envois non figuratifs du monde entier et à marquer ainsi le démarrage officiel de l'abstraction dans le grand public, Kahnweiler se cabre. Il refuse de prêter des tableaux pour une exposition d'art abstrait et de peintres non figuratifs qui doit se tenir à Liège. Il n'y consentirait, à la rigueur, que si l'intitulé en était modifié. Il est clair qu'à ses yeux, on ne saurait trahir les peintres de la galerie Louise Leiris en les amalgamant sur des cimaises, donc dans l'esprit du spectateur, avec des abstraits auxquels rien ne les rattache[6].

En 1959, se promenant par curiosité à la Biennale de Paris, première manifestation internationale de jeunes artistes de vingt à trente-cinq ans, il se détourne vite des tableaux exposés, abstraits ou tachistes pour la plupart, afin de mieux observer les spectateurs. Il est frappé par leur passivité. Certains aiment, d'autres pas. Mais il n'y as pas de conflit. Nul ne se révolte ni ne se scandalise. Leur seule réaction est de stationner devant le tableau ou de passer leur chemin. Cela le confirme dans son impression première, qui date tout de même d'avant la première guerre : cette peinture, que tout le monde accepte peu ou prou, ne donne rien à lire car elle n'est pas une écriture[7].

Mais il lui faudra attendre le spectacle de la Biennale de Venise en 1966 pour avoir l'occasion de lever les bras au ciel. Il trouve cette exposition ridicule et puérile. Surtout, il lui paraît délirant que certains, de plus en plus nombreux, y voient un quelconque rapport avec l'art :

« ... quant au parc d'attractions appelé Biennale, il est très réussi en tant que tel. Les enfants s'y amusent comme des fous car il y a des douzaines et des douzaines d'appareils qui fonctionnent en appuyant sur des boutons et il y a des lumières qui s'allument, des boules qui sautent, des petits tas métalliques qui se mettent à trembler, des miroirs convexes et concaves qui se tortillent, des trous où on enfonce un doigt, ce qui provoque des sensations rares comme si on touchait du velours ou du papier de verre... Il y en a un qui vous salit le doigt de couleur rouge. Il est vrai qu'un chiffon est là pour vous essuyer. Evidemment, je ne vois pas ce que tout cela a à voir avec la peinture et la sculpture[8]. »

C'est à Picasso qu'il fait ce compte rendu atterré de ses cinq jours passés à Venise. Heureusement qu'il y avait la rétrospective Morandi : « Vous vous souvenez, c'est le peintre qui faisait des petits flacons. » Un petit maître, certes, mais c'est un peintre, une espèce en voie de disparition s'il en juge par l'exhibition de la Biennale.

La faute à qui ? A côté de certains marchands et critiques qu'il fustige plus par habitude que par conviction, Kahnweiler s'en prend en permanence à quelques peintres avant de démontrer la vacuité de l'art abstrait. Toujours les mêmes.

Paul Gauguin avant tout. C'est le mal absolu. Le grand coupable. C'est lui le vrai point de départ de la peinture ornementale, décorative, plaisante, pittoresque, exotique... Puis vient Kandinsky, non seulement décorateur mais également géomètre dans les dernières années de sa vie. Peu lui chaut que le peintre ait lui-même préféré l'expression d'« art pur » à celle d'« art abstrait » et qu'il tienne lui aussi l'épithète « décoratif[9] » pour une insulte. Kahnweiler estime que tout son art est faux car il est parti d'un malentendu. Il n'a rien compris ni au cubisme ni au fauvisme ni même à l'impressionnisme. Il en veut pour preuve les notes de Kandinsky dans son *Journal* à la date de 1909, selon lesquelles les meules de foin de Monet « étaient vraiment un tableau abstrait ». Quant on sait le mal qu'il s'était donné pour capter la lumière et faire de sa toile la plus naturaliste qui soit... « Kandinsky était un homme très distingué, se souvient Kahnweiler, que j'aimais bien, un brave peintre russe qui faisait déjà de la mauvaise peinture en Russie puis à Munich[10]. »

Généralement, quand il s'en prend à lui, c'est que

Mondrian n'est pas loin. Lui aussi, un coupable. Lui aussi il ne fait pas de la vraie peinture mais de l'ornementation. Il s'est surtout mépris sur le sens du cubisme. Il fait une pseudo-peinture inachevée car impuissante à élaborer les signes d'une écriture. Au stade où il a dû s'arrêter – car il lui était virtuellement impossible d'aller au-delà – Mondrian s'est confiné dans la décoration, l'agréable, alors qu'il avait l'ambi-tition d'atteindre le Beau :

« Elle [*cette peinture*] est hédoniste, en dosant ses proportions, ses couleurs, pour plaire au spectateur. Elle n'a pas d'action, pas de rayonnement, n'est que surface colorée, sans au-delà aucun. De vagues spécu-lations pseudo-pythagoriciennes ne changeront rien à cette évidence. Cette tentative enfin est d'autant plus artificielle qu'elle n'a aucun fondement. Elle ne part pas de l'émotion vécue – comme la peinture – mais elle n'est pas non plus – comme le vrai ornement – ou bien stylisation, ou bien emblème figé, ayant perdu son sens[11]. »

Kahnweiler est sans pitié, ce qui est la moindre des choses pour un homme qui reproche ses mollesses et ses complaisances à la critique installée. Hartung ? « Ce sont des exercices de plume et de pinceau. Il fait des bâtons, pas des phrases[12]. » Calder ? Il n'a rien inventé. Il n'a fait qu'exécuter ce que Picasso avait imaginé dès 1910 : des sculptures mues par un mécanisme. Soit. Mais Picasso ne les ayant pas réali-sées, comment Calder aurait-il pu les copier ? Dans son livre sur *La montée du cubisme* (1920), Kahnwei-ler portait témoignage de l'invention de Picasso[13]... Et Jacques Villon ? Un peintre estimable selon lui en raison de son talent, de son goût et de son intelli-gence. Mais sa peinture ne peut frayer une voie nouvelle, car son entreprise visant à opérer une fusion entre impressionnisme et cubisme est vouée à l'échec[14]. Et l'expressionnisme abstrait, l'*action pain-*

*ting* américaine? « Une infâme peinture qui est d'ailleurs de descendance européenne », dit-il en faisant allusion à l'influence des peintres du vieux continent qui s'exilèrent au Nouveau Monde pendant la guerre, Masson en particulier. Bien que Pollock ait reconnu sa dette, Kahnweiler juge sa peinture et celle de ses amis inintéressante, toutes leurs expériences, qui n'ont de nouvelles que le nom, ayant déjà été tentées tant par les cubistes que par les surréalistes. De la mauvaise copie, de la décoration. Bref « de la déliquescence absolue »[15].

Sévère, Kahnweiler! Sectaire même. Certains lui reprochent de porter des œillères.

Disons plutôt : entier et cohérent avec lui-même. Ses refus reflètent exactement son esthétique. Leur véhémence correspond à son tempérament profond. Il ne juge pas, il tranche avec la détermination et la rigueur héritées de ses maîtres du lycée de Stuttgart, aux antipodes de tout hédonisme. On peut le considérer comme un homme borné ou comme un homme qui a de la suite dans les idées, c'est selon.

« Des gadgets de toutes sortes sont présentés à des amateurs crédules, à une critique terrorisée qui se veut « à la page » et n'ose plus s'attaquer à qui que ce soit, de peur de se tromper. Des jouets optiques ou électriques, des moulages sur nature, des échantillonnages de peintres en bâtiment sont présentés comme œuvres d'art. J'ai toujours envie de demander aux thuriféraires de ces pauvretés : Croyez-vous que c'est la même chose que Rembrandt? Car je suis convaincu que l'essence de l'art est une et qu'un Picasso est la même chose qu'un Rembrandt, c'est-à-dire une émotion que l'artiste a vécue et qu'il donne en partage au spectateur[16]. »

Alors, la faute à qui? A des marchands, à des critiques, à des artistes... et puis à la nouveauté pour la nouveauté, l'attrait du neuf, l'épate-bourgeois.

Jadis, rappelle-t-il, on ne cherchait pas à se démarquer des autres à tout prix. On se contentait d'apporter ce qu'on croyait manquer. Alors qu'aujourd'hui c'est « un concert de braillards dont chacun s'efforce de crier plus fort que les autres ». Kahnweiler est convaincu (il s'exprime en 1969-1971) qu'un jour on mettra toute cette pseudo-peinture à sa vraie place. Dans des caisses au fond des caves des musées. Bien placée à côté des peintres académiques du XIXᵉ siècle. Leur point commun? L'État les a choyés. Le recul des temps permettra de séparer le bon grain de l'ivraie. En attendant, la production contemporaine est « d'un intérêt sociologique considérable mais demeure étrangère au domaine esthétique[17] ».

Tout ne vaut pas d'être montré. A ceux qui en douteraient, il rappelle que de tous les tableaux qu'il avait pu voir au Musée du Luxembourg dans les premières années du siècle, il ne reste que ceux de la fameuse salle Caillebotte. Les autres, alors encensés par la critique, les marchands et le public, sont désormais à leur vraie place. A la cave.

Son hostilité est si violente, irréversible et permanente qu'on en vient à se demander ce qu'est l'art abstrait pour Kahnweiler. Que met-il exactement sous cette épithète qu'il tient pour une insulte?

Il faut bien comprendre que pour lui, l'art ne peut être que figuratif. Cela ne signifie pas pour autant que le peintre doive se substituer à l'appareil photographique. Au contraire. On n'attend pas de lui qu'il reproduise l'objet mais qu'il nous le donne à lire à travers des signes qu'il aura au besoin inventés pour nous transmettre son émotion. La création d'un nouveau langage c'est justement la marque du génie d'un grand peintre. Après un apprentissage, une accoutumance, certains contemporains du peintre sauront le lire. Or la peinture abstraite ne s'appuyant pas sur des signes ne donne rien à lire[18].

Certes, Kahnweiler concède que ces peintres-là écrivent eux aussi. Mais avec des bâtons, pas avec des signes. Si ces bâtons pouvaient se lire, ils constitueraient une écriture. Or ils ne se lisent pas, ils se regardent plus ou moins agréablement. Il est lui-même plus sensible aux qualités des dessinateurs qu'à celles des coloristes. Mais il estime que déjà le dessin au trait est une sorte d'abstraction car par une simple ligne, par le blanc et noir, l'artiste rend compte d'une réalité colorée à trois dimensions [19].

Deux mots reviennent sans cesse, sous sa plume ou dans sa bouche, pour clouer les abstraits au pilori : académique et décoration.

A ses yeux, l'académisme moderniste d'aujourd'hui (1958) vaut bien celui des Salons de jadis. A la différence toutefois qu'en ce temps-là, on voulait séduire par de jolis sujets, notamment des effigies de dames nues, alors que de nos jours on compte sur l'objet-tableau lui-même pour plaire [20]. Pressé par l'historien d'art Meyer Shapiro de donner une définition, Kahnweiler propose celle-ci : un art académique est un art qui se sert de formes prises ailleurs en les employant soit à contresens soit en leur enlevant tout sens [21]. La meilleure preuve que l'art abstrait est académique et officiel, il la voit dans le fait que l'Etat le protège, et que les gouvernements organisent et financent ses expositions. Et pour cause : c'est une peinture aussi rassurante et hédoniste que celle des Bouguereau et autres maîtres du Salon des Artistes français. Les anciens arrangeaient les formes du corps humain, les modernes arrangent les couleurs, dans les deux cas ils font dans le « charme ». Mais ils ne sauraient créer des conflits. La seule issue, Kahnweiler la voit dans la génération suivante, celle des enfants des abstraits et des tachistes. Il veut croire que ceux-là se révolteront contre leurs pères de la même manière que les cubistes s'étaient retournés contre les impressionnistes[22].

Son autre antienne, c'est la décoration, mère de tous les vices. Quand on lui demande ce qui la distingue de la « vraie » peinture, il répond qu'il voit bien dans les deux cas des surfaces planes recouvertes de couleurs assemblées dans un certain ordre, mais que la décoration n'existe que sur cette surface tandis que le tableau naît dans la conscience du spectateur « lettré » qui le reconstitue en le lisant, comme il le ferait d'une page imprimée[23].

Pour lui, il y a décoration là où l'on voit cette « pétrification ornementale qui se manifeste dès qu'il n'est plus question de fixer une émotion, mais de reproduire un symbole stéréotypé, qui finit par se vider de son contenu pour devenir un aspect, un objet agréables »[24]. C'est le niveau zéro de la démagogie artistique. Le phénomène ira en s'aggravant puisqu'en 1969 il pourra dire : « je vois de mieux en mieux la nullité absolue, le vide grotesque de cette pauvre décoration murale »[25].

Il tient l'abstraction pour une pure calligraphie qui a échoué à devenir une véritable écriture avec une signification propre. La preuve qu'elle n'est que décorative selon lui, c'est que quand on regarde la toile, elle reste au mur. Elle ne peut décoller car le spectateur n'ayant aucune intervention sur cette surface plane, aucune relation qui serait de l'ordre de la conscience esthétique, elle ne peut être transformée sous son regard. Alors qu'un tableau cubiste, par exemple, bouge, évolue, observe une mutation quand le regard du spectateur se pose sur lui, et il se forme vraiment dans sa conscience. L'erreur de départ vient de ce que le nombre de sous-petits maîtres de l'abstraction ont confondu l'aspect du cubisme avec ses buts. Certains se sont arrêtés à ses formes géométriques, persuadés d'avoir ainsi saisi l'alpha et l'oméga de l'œuvre. D'autres se sont attachés au désordre apparent. D'autres enfin à ce qu'ils croyaient être sa déconstruction. Dans tous les cas, ils se sont fourvoyés et ont persévéré pendant des décennies dans une mauvaise voie. Car pour Kahnweiler un tableau dit non figuratif est un non-sens. La peinture étant ce qui forme le monde extérieur des hommes, ce n'est que grâce à elle que nous voyons. Méconnaître cette vérité, c'est s'engager inéluctablement dans la décoration. Un métier, certes, mais qui n'est pas celui du peintre[26].

PPA. Une nouvelle école? Non pas. Ce sont tout simplement les initiales de Peinture Prétendument Abstraite. C'est ainsi que Kahnweiler aimerait désigner cet art qu'il exècre, s'il était sûr d'être compris, à la manière des catholiques du XVIe siècle qui dénonçaient la RPR (religion prétendument réformée)[27]...

De tous ses vœux, il en appelle la disparition car d'après lui l'abstraction a non seulement dénaturé le cubisme en en faussant le sens, mais elle a de plus détourné de la vraie peinture les gens les mieux intentionnés[28]. Il n'a pas changé d'avis sur le sujet, qu'il s'exprime avant ou après guerre ou même dans les années 70. Au contraire : il se montre de plus en plus imprécateur et intransigeant car il a la conviction que l'évolution de cet art lui donne raison. Aux incrédules et aux sceptiques, il ne cesse d'assener comme à grands coups de marteau le mot de Braque qu'il a fait sien : « se souvenir que la peinture n'est pas un art à tout faire ».

Si un nouveau musée d'art moderne était créé dans les années 60 et que la direction lui en était confiée, on se demande sur quels critères il le concevrait. Au cours d'une enquête, l'hebdomadaire *Les Lettres*

*Françaises* lui a justement posé la question. Son musée idéal lui ressemble tout à fait.

La sélection y serait impitoyable et le deviendrait de plus en plus tant que le nombre des peintres irait en s'accroissant et que les grands artistes se feraient de plus en plus rares. Ce serait le seul moyen d'éviter que nombre de toiles achetées chaque année par l'Etat ne finissent à la réserve, comme c'est le cas de plus en plus souvent. Chaque génération de conservateurs se croit, pour les achats, plus perspicace que la précédente, mais elle ne sait pas toujours déceler les masques de l'académisme : « Un avant-gardisme à tous crins cache bien souvent une absence totale d'intervention plastique. » Kahnweiler formule une proposition révolutionnaire dont il est lui-même persuadé qu'elle n'aurait aucune chance d'être retenue. L'Etat ne devrait jamais acheter d'œuvres d'artistes jeunes : « En fixant comme limite soixante ans par exemple, on réduirait en tout cas le nombre de navets puisqu'on pourrait se guider sur l'œuvre de toute une vie, sur la réputation, la gloire même de l'artiste. » Ainsi, on aurait au moins l'assurance d'une qualité moyenne. Ce serait indispensable en un temps où la prolifération des galeries et des Maisons de la Culture a tué jusqu'à l'idée d'un véritable Salon des refusés. Les collections privées, en retenant des chefs-d'œuvre en France et en les léguant souvent à des musées, agiraient comme un filtre nécessaire. Avec l'argent qu'il n'aurait pas gaspillé dans des achats inutiles de jeunes peintres, l'Etat se rendrait acquéreur d'œuvres importantes et d'œuvres clés, dans des ventes ou de gré à gré. Et tant pis si certains ont toujours l'impression de rater le coche, de passer à côté du génie méconnu. La mode y perdrait ce que l'histoire de l'art et le patrimoine y gagneraient[29].

Assaut en règle contre l'abstraction et ses succédanés, attaque permanente contre la critique, ignorance systématique des jeunes peintres, défiance vis-à-vis de l'Etat... On l'aura compris : Kahnweiler ne cherche pas à se faire des amis. On ne saurait, mieux qu'il ne le fait, ramer à contre-courant d'une époque. Il faut dire que depuis 1907, il a de l'entraînement.

En 1969, au cours d'un entretien long et approfondi que Pierre Cabanne réalise à l'intention de *Lectures pour tous*, il est quelque peu poussé dans ses retranchements :

« Ce que je trouve extraordinaire, s'étonne le critique, c'est que depuis la guerre, depuis vingt-cinq ans, vous n'avez découvert qu'un seul peintre*!

– C'est qu'il n'y en avait qu'un, répond tranquillement Kahnweiler. Voyez le XIXᵉ siècle en France. Combien y a-t-il eu de grands peintres avant les impressionnistes? Vingt-cinq? Pourquoi voudriez-vous que ça continue toujours, il n'y a pas de raison. »

Pressé de citer de grands peintres depuis Picasso et Braque, il donne les noms de Masson, Beaudin, Kermadec, non sans préciser que ces deux derniers restent injustement ignorés du public. Cette remarque lui attire inévitablement la question qui s'impose, la plus gênante :

« Si je comprends bien, il n'y a pas de grands peintres en dehors de ceux de votre galerie?

– Cette question pourrait me ridiculiser... Mais si on la pose autrement, en disant : Vous n'avez jamais acheté que des gens que vous considériez comme des grands peintres, alors elle devient raisonnable. »

Dans le même élan, toujours aussi habile malgré ses quatre-vingt-cinq ans, il évite l'autre piège tendu par son interlocuteur. Non, il ne serait pas touché par

---

* Sébastien Hadengue, né en 1932, entré à la galerie en 1960 et dont Kahnweiler dira à Michel Leiris : « C'est une nouvelle conception de l'espace. »

des peintres qui aujourd'hui feraient comme les fauves et les cubistes. Ceux-là s'expliquaient par leur
époque, leur peinture avait une signification qu'elle
ne pourrait avoir aujourd'hui. Et puis :

« Je ne sais pas d'avance ce qui pourrait me
toucher. Heureusement ! »

# 12.

## *Un sage qui ne doute pas*

### 1945-1979

Un dimanche comme les autres dans les années 70. La propriété s'appelle Le Prieuré. Elle jouxte le village de Saint-Hilaire, en Seine-et-Oise, près d'Etampes. De l'ancien prieuré de femmes, il ne reste que la chapelle gothique au toit effondré. La maison, une belle bâtisse bourgeoise recouverte d'ardoise, a été construite sous le Directoire. La terrasse devant le rez-de-chaussée donne de plain-pied dans le salon. Plus loin on aperçoit un corps de ferme avec maison d'habitation et bâtiment d'exploitation. Chênes et pins, sapins et bouleaux, gazon et buissons. Une résidence secondaire comme une autre. A ceci près que devant la chapelle envahie par le lierre, une immense sculpture en ciment de Picasso étend ses bras étranges, annonçant au visiteur le singulier esprit des lieux.

Nous sommes chez Henry Kahnweiler. C'est là que rituellement, deux jours par semaine, du samedi après-midi au lundi matin, il prend la mesure du temps. Là qu'il réfléchit, là qu'il écrit. L'invité qui y pénètre pour la première fois pourrait être surpris par le cadre et l'ameublement. Ils sont aussi traditionnels que l'étaient ses appartements successifs, à Paris et Boulogne depuis 1907. A croire que l'esprit de l'art moderne n'a pas soufflé partout avec la même puissance. Il aurait pu, comme le fit Louis Carré à

Bazoches avec l'architecte finlandais Alvar Aalto, se faire construire une maison d'avant-garde et, en tout cas, plus personnalisée. Sa vieille amitié avec Le Corbusier et l'admiration qu'il lui témoignait (à l'architecte, pas au peintre) l'y prédisposaient. D'autant que ces sentiments étaient réciproques. Mais il n'en fera rien. A chaque fois qu'on lui a posé la question, il l'a éludée. Comme si la vérité l'embarrassait : en architecture, il préfère l'ancien.

Le Prieuré, qui appartient à la galerie Louise Leiris, est un endroit aux antipodes d'un musée, d'une fondation ou de quelque autre de ces lieux où l'art est figé. Il ne fait pas non plus penser au « château des cubistes », cette demeure du XVIIIe siècle à Castille, dans la plaine du Gard, que le collectionneur Douglas Cooper avait entièrement consacrée à sa passion dévorante avec un sens stupéfiant de l'organisation : quelque deux cents tableaux en grande partie historiques, une dizaine de pièces, un peintre par pièce[1]...

Un habitué de Saint-Hilaire, l'écrivain Georges Limbour, dont Kahnweiler édita les poèmes illustrés par Masson, *Soleils bas* (1924), *Le calligraphe* (1959) et *La chasse au mérou* (1963), a trouvé les mots justes pour décrire les lieux : « C'est une maison pour vivre, mais où l'on rencontre des tableaux... Au lieu que nous allions vers eux pour les inventorier et juger, ils se présentent à nous, à un moment inattendu, au hasard de nos pas et détours dans la maison, à la manière d'apparitions. Certains paraissent guetter notre passage en des recoins où l'éclairage est propice. C'est cela vivre avec des tableaux : ils interviennent au milieu de notre activité, surprennent l'attention, nous adressent inopinément la parole[2]. »

Il faut dire que si Kahnweiler est un marchand qui n'a jamais été passionné par les problèmes d'accrochage, cela se voit encore mieux à la campagne qu'à la galerie où Maurice Jardot y veille méthodiquement.

Car à Saint-Hilaire, les œuvres sont véritablement dispersées.

Suivez le guide. Nous sommes au rez-de-chaussée de cette maison à étage. Voici le fameux *Portrait de Madame D.H. Kahnweiler* (1921) par Derain. Dans le salon, au-dessus d'une commode en bois fruitier on peut voir une Nature morte (1909) de Picasso, une gouache (1912) de Léger, un Paysage (1907) de Braque et un Papier collé (1916) de Arp, un des rares artistes (peut-être le seul) exposés ici qui ne soit pas de la galerie. Un peu plus loin, au-dessus d'une semblable commode arborant de belles ferrures, on reconnaît une peinture de Gris et une sculpture de Laurens. Dans un angle du salon, sur la cheminée repose une terre cuite (1926) de Laurens au-dessus de laquelle un grand miroir ovale reflète une peinture (1936) de Picasso.

Nous sommes maintenant dans la bibliothèque. Derrière la grande table de travail encombrée de piles de papiers, le mur est entièrement recouvert par des rayonnages, de haut en bas, auxquels une échelle de bois permet l'accès. Sur les autres pans de mur, il y a un paysage (1961) de Beaudin et un nu (1933) de Kermadec. Dans un coin, au-dessus d'un classique canapé de cuir noir, l'imposant *Printemps* (1956) de Picasso et un peu plus loin un paysage (1952) de Masson, près d'une table dont les carreaux de céramique ont été dessinés par Picasso et le piètement de fer forgé est de Diego Giacometti.

La salle à manger est sobre, paisible, largement éclairée par une lumière naturelle très sereine. Un Klee de 1929 y côtoie un Picasso de 1953. Les deux toiles encadrent une sculpture en pierre de Laurens qui date de 1920. Mais ce qu'il y a de plus remarquable dans cette pièce, c'est, bien sûr, juste au-dessus d'un bahut de bois fruitier qui s'interdit tout objet pour l'occasion, la peinture pure et flottante que

Léger exécuta directement sur le mur peu avant de mourir. Enfin, dans le grenier aménagé en salon, un grand Picasso de 1965 est accroché au-dessus du clavecin, derrière l'autoportrait à la pipe, de Vlaminck (1910) posé sur un chevalet.

Dehors, dans le jardin et devant la façade, l'immense sculpture (540 × 500 cm) en ciment et galets de Picasso occupe le terrain avec un portique et une sirène en terre cuite (1945) de Laurens[3].

Des trésors, dirait-on. Kahnweiler, tout en se disant préoccupé par les mesures à prendre, ne s'attachera jamais véritablement à assurer la sécurité des lieux. Advienne que pourra... Son attitude est aux antipodes de celle de son frère Gustave. En Angleterre, il est devenu marchand en appartement, spécialisé dans les estampes de Picasso et surtout les sculptures de Henry Moore dont il fut l'ami. Propriétaire d'une collection privée (Picasso, Gris, Léger, Klee...) il avait l'habitude de la confier chaque année à son départ en vacances à la Tate Gallery et, de guerre lasse, il a fini par la lui léguer, ne conservant que des « petites choses » ainsi qu'une imposante statue de Moore, qu'il voit de sa fenêtre, dans son jardin, mais qui est beaucoup trop lourde à transporter même pour les plus audacieux des cambrioleurs...

Le Prieuré, à Saint-Hilaire. C'est ici, à l'ombre de ces pierres séculaires, que Henry Kahnweiler travaille le mieux. Sa table est jonchée de notes diverses, éparses, variées sur la peinture, qui toutes lui rappellent la tâche à laquelle il se dérobe depuis des années : ses Mémoires.

C'est devenu une obsession, ce manuscrit qui ne vient pas. Ses livres, il les a toujours écrits en période de guerre, les circonstances l'ayant éloigné par deux fois de sa galerie. Faudrait-il une troisième guerre mondiale pour qu'il rédige enfin ce texte tant

attendu? Rien à faire. Mais c'est plus compliqué
qu'un simple blocage d'écrivain. Ce n'est pourtant
pas faute d'y avoir été incité. Régulièrement, ses amis
et ses relations le questionnent à ce sujet. Il répond
toujours évasivement en souriant. Il noie le poisson,
en se demandant s'il ne devrait pas se tourner plutôt
vers le 7ᵉ art, le cinéaste Raoul Lévy, familier de la
galerie, lui ayant dit qu'il aurait fait un formidable
président d'Assises dans *La Vérité* de Henri-Georges
Clouzot[4]...

A plusieurs reprises, les éditeurs lui ont fait des
propositions officielles. En 1958, après s'être longuement entretenu avec lui à Londres au cours d'une
soirée chez Lord Amulree, l'Anglais George Weidenfeld le relance par lettre pour l'encourager.

« Si jamais je les écrivais, je vous préviendrais
aussitôt! » lui répond Kahnweiler sans trop y
croire[5].

En 1975, c'est Paul Flamand, le directeur du Seuil
qui le connaît bien, et Jean Lacouture, qui vient de
lancer la collection « Traversée du siècle » qui veulent
lui faire raconter sa vie, au besoin devant un magnétophone[6]. Mais à quatre-vingt-onze ans, il se juge trop
fatigué et trop vieux pour se livrer à ce genre d'exercice[7].

Depuis la publication de son *Gris* en 1946, il songe
à écrire trois livres en même temps, pour mieux n'en
écrire aucun : l'un sur le commerce des tableaux, un
autre sur Picasso et des Mémoires enfin. Il en a plus
ou moins rassemblé les matériaux, mais s'est toujours
contenté de rédiger des articles ou de courts essais[8].
C'est aussi que le genre autobiographique lui fait
peur. A ses yeux, il présente deux dangers majeurs :
le mensonge et l'exhibitionnisme. Dans son livre sur
Gris déjà, s'il consentait à reproduire des lettres
personnelles, il remplaçait les noms par X ou Y, bien

que les appréciations portées à l'égard de ses contemporains n'aient rien de déshonorant pour eux. De véritables mémoires francs, directs, complets, seraient prodigieusement intéressants mais le fâcheraient avec ses amis. Et comment écrire sur Léger qui parle d'abondance et oblige à faire le tri ? Comment écrire sur Braque qui ne parle pas et dont il faut forcer l'accès ? Comment écrire sur Picasso qui parle mais refuse qu'on note en sa présence ? Comment écrire sur le Bateau-Lavoir sans verser dans les clichés pittoresques, les poncifs misérabilistes, les lieux communs folkloriques ? Se souvenir une plume à la main est un exercice difficile et douloureux. Kahnweiler en prend conscience à ses dépens quand Maurice Saillet lui demande en 1961 un article sur Reverdy et le cubisme pour un numéro spécial du *Mercure de France*. Il accepte avec enthousiasme mais cela lui demande beaucoup plus de peine et de travail qu'il ne l'imaginait. C'est qu'il n'aime pas les à-peu-près et s'emploie à toujours tout vérifier. Il a dû bondir ou plutôt éclater de rire s'il a eu entre les mains les Mémoires de son confrère Martin Fabiani, parus en 1976. Il lui consacre quelques lignes, notamment celles-ci : « D.H. Kahnweiler, marchand et collectionneur, a laissé un nom dans l'histoire de l'art... Son fils marche sur ses traces[9]. » Lui qui n'a jamais eu d'enfant...

A vrai dire, Kahnweiler a entrepris la rédaction de ses Mémoires mais il n'est pas allé très loin. Ce sont des « pages perdues », une sorte de Journal, en partie manuscrites, en partie tapées à la machine. Il y est surtout question de Picasso. En rédigeant son testament, le 20 novembre 1967, Kahnweiler prit soin de préciser qu'il léguait ses objets d'art, tableaux et gravures, livres et documents à Louise Leiris, et qu'une seule personne, à la discrétion de laquelle il le laissait, aurait le droit de lire son manuscrit : Michel Leiris.

Faut-il regretter les Mémoires de Kahnweiler ? Paradoxalement, peut-être pas. Car cet homme de contact, qui était volontiers lyrique quand il parlait, était meilleur conférencier qu'écrivain. Il ne se faisait d'ailleurs pas prier pour prendre la parole en public, et même en privé. C'était un conteur qui pouvait restituer la geste héroïque des cubistes avec une inépuisable capacité d'étonnement. Cet homme était totalement rétif à l'introspection, fût-ce dans un cercle restreint ou même à titre personnel. Question de pudeur et d'éducation.

« Art historian. Art dealer. »

C'est ce que Kahnweiler écrit à la rubrique « profession » à chaque fois qu'il reçoit le questionnaire du *Dictionnary of international Biography*, de Cambridge. Mais en français, il aurait un peu plus de mal à se présenter comme « marchand de tableaux ». Dans le milieu de l'art, on n'aime pas trop cette expression. Cela fait négociant, dans l'acception la plus orientale du terme. Il est intéressant de noter qu'à sa mort il était écrit sur le passeport d'Aimé Maeght « profession : éditeur ». L'examen des passeports successifs de Louis Carré au cours de sa longue carrière révèle que les premières données ne changent pas – 1,65 m, yeux bleus, cheveux gris – contrairement à la profession qui semble évoluer sans cesse : antiquaire... négociant en objets d'art... directeur de galerie d'art... expert près des douanes françaises... éditeur d'art, enfin qui paraît vraiment plus noble, moins vulgaire que « marchand de tableaux », qui sonne aussi mal que « marchand de bestiaux ». Quant à Kahnweiler, si l'on en croit sa feuille d'impôt, il était avant-guerre « gérant » d'une galerie et après-guerre « directeur technique de la galerie

Louise Leiris ». Mais le terme de « marchand » ne lui fait pas peur.

S'il n'a pas écrit, il a parlé. En 1960, il se décide enfin à donner ses Mémoires. Non pas à les écrire mais à les parler. L'idée est de Francis Crémieux, journaliste chevronné de la radio qui deviendra une des « voix » historiques de France-Culture. Il est l'accoucheur, l'expert en maieutique, qui va essayer de pousser ce monsieur de soixante-seize ans dans ses retranchements. Les enregistrements sont, de l'aveu même de Kahnweiler, réalisés de façon artisanale, sans plan prévu, ni fil conducteur préparé à l'avance, avec des moyens de fortune, soit chez lui, quai des Grands-Augustins, soit dans sa maison de Saint-Hilaire, soit dans son bureau à la galerie[10]. Il les considère comme une sorte d'autobiographie, une ébauche de Mémoires futurs car il ne renonce pas pour autant à les écrire. Simplement, en se racontant au micro il prend date, certain de laisser au moins une trace de sa vie[11].

Ces entretiens, divisés en huit volets, sont diffusés sur la chaîne France III de la RTF aux mois de mai et juin. La série remporte un vif succès auprès des auditeurs, Kahnweiler étant un excellent conteur. Mais dorénavant, par l'entremise de la radio, c'est un personnage public. Il s'est pris au jeu et l'initiative de Francis Crémieux est salutaire en ce sens qu'elle autorise un déblocage : Kahnweiler, qui a toujours défendu l'élitisme en art, prend goût à toucher des auditoires nationaux, bien plus nombreux que les salles de conférences pourtant pleines à craquer dans lesquelles il a jusqu'à présent porté la Bonne Nouvelle du cubisme.

Dès l'année suivante, ses entretiens avec Francis Crémieux trouvent un prolongement naturel dans le livre. Avec Raymond Queneau et Dionys Mascolo, qui en ont la charge chez Gallimard, il se passionne pour leur édition. Un temps, ils envisagent même d'en faire un livre d'art total à la manière de son *Gris*, c'est-à-dire un ouvrage dans lequel le texte serait aussi important que les reproductions. Mais ils y renoncent d'un commun accord; cela en retarderait la sortie et Kahnweiler a hâte de le voir en librairie. Avec Michel Leiris, qui dans ce domaine a plus d'expérience que lui, il cherche un titre et trouve « Peintures d'un demi-siècle » puis « Mémoires d'un marchand de tableaux 1907-1960 »[12]. Ce sera finalement *Mes galeries et mes peintres*. Plusieurs fois réédités, ces entretiens quelque peu récrits et condensés paraissent également en Angleterre, aux Etats-Unis, en Allemagne, au Japon, en Tchécoslovaquie, en Pologne, en Suède et en Finlande.

C'est à la même époque que Kahnweiler est le principal témoin d'une remarquable série radiophonique en dix volets, « Le cubisme et son temps », de Paule Chavasse, également diffusée sur France III, entre octobre 1961 et janvier 1962.

« Puissiez-vous dire vrai! » C'étaient les derniers mots du livre d'entretiens avec Crémieux. Celui-ci exprimait le vœu de faire à nouveau le point dans dix ans. En 1971, le journaliste n'oubliera pas la promesse et reviendra avec micros et magnétophone, interroger cette fois un homme de quatre-vingt-sept ans, fatigué, à moitié sourd, la voix chevrotante, la pensée quelque peu répétitive. Kahnweiler y reprend à nouveau ses assauts contre la critique, l'abstraction, l'Etat, New York capitale de l'art, la spéculation, la politique d'achat des musées et conclut sur la nette domination de Picasso dans son siècle. Mais si la foi est intacte, on sent que l'enthousiasme et la capacité de persuasion n'y sont plus. Kahnweiler est las de tout.

Entre ses deux rendez-vous radiophoniques avec Francis Crémieux, il aura accordé un important

entretien à Pierre Cabanne, il aura reçu chez lui, pour
le magazine *Vogue*, le critique John Russell – qui voit
en lui, de par sa simplicité et son détachement, un
anti-Duveen – et le photographe anglais Lord Snow-
don qui a tout le loisir de le faire poser, ce qui est
assez exceptionnel[13].

Et puis il y aura la télévision. Quelques mois avant
les entretiens radiophoniques, Jean-Marie Drot lui
consacre une émission intitulée « Souvenir, que me
veux-tu ? » dans sa série sur *L'Art et les Hommes*. Elle
est diffusée le 14 février 1960, sur la seule et unique
chaîne, après le grand film du dimanche soir (*Jeanne*
d'Henri Duvernois) et avant le Journal télévisé. Kahnweiler y fait de l'effet si l'on en juge par la critique,
unanime à louer ses qualités de découvreur.

Il faut dire que Drot ne se contente pas de l'interroger sur sa vie et ses peintres. Il le met en scène à la
manière d'un comédien. Et c'est véritablement en
comédien que ce monsieur nous raconte son aventure, sérieux, bedonnant, chauve, le sourcil droit en
accent circonflexe, qui marche à pas mesurés dans la
neige de Saint-Hilaire, la voix posée et douce, l'élégance sobre et confortable, toute de tweed et de
cashmere. Un sourire éclaire son visage quand il parle
de Manolo le picaresque, son débit se trouble et faiblit
quand il évoque la tendresse de Gris. Puis, le regard
perdu dans les flammes, il reste songeur devant la
cheminée, retournant les braises d'un geste distrait.
Le réalisateur, qui sait parfaitement l'entreprendre,
réussit même à le faire retourner au Bateau-Lavoir
pour la première fois et malgré l'émotion, il raconte
encore et encore l'allégresse pathétique de Max Jacob
et la misère des ateliers, assis sur un banc de la place
Ravignan. On l'écouterait pendant des heures, ce
héraut de l'art moderne que la petite lucarne consacre comme un héros issu d'une nouvelle race d'aven-
turiers à cent lieues des Paul-Emile Victor et Jacques-

Yves Cousteau. La comparaison n'est pas gratuite car après ces émissions c'est vraiment le découvreur qu'on fête en lui.

Conscient de son succès, il en décèle vite les limites. Attention : danger! En découvrant les fantastiques possibilités de la télévision, il en relève aussi les abus, du moins dans la perspective qui le concerne, celle de la promotion de l'art. La différence entre ses conférences et ses apparitions à la télévision, auxquelles il décide vite de mettre un frein, c'est que dans le premier cas l'auditoire change et le texte reste le même, alors que dans le second on essaie toujours de modifier le texte mais le public, lui, ne change pas. Car de plus en plus de critiques lui reprochent de se répéter. Forcément, ils connaissent tout cela par cœur.

« Je ne peux tout de même pas m'inventer de nouveaux souvenirs! » rétorque-t-il [14].

Les gens de télévision qui l'interrogent, il les met en garde contre deux risques majeurs : celui de lasser le public en abusant de ce type d'émission et surtout celui de passer à côté de leur immense responsabilité. Car à l'instar des vrais marchands de tableaux, il estime que les producteurs d'émissions sur l'Art doivent impitoyablement faire le tri de l'actualité artistique. Tout ne doit pas être montré. Si cette règle n'est pas observée, l'accoutumance et l'éducation de l'œil aux formes nouvelles de l'art par la télévision auront des conséquences néfastes.

Il s'exprime comme un sage qui ne doute pas.

Quel que soit le sujet, dès lors que l'art est concerné, il ne donne plus d'avis modérés. Après quelques décennies d'expérience et de pratique professionnelles, la nuance n'est plus de mise. Il prétend que si à soixante-quinze ans révolus on ne sait toujours pas où l'on va, c'est qu'on a raté sa vie. Si on le sait, on ne balance plus entre différentes attitudes. Foin des hésitations, louvoiements et tâtonnements de jeune homme! S'il avait pu, dès l'âge de vingt-trois ans, il aurait tranché dans le vif. Il n'en avait pas les moyens intellectuels et dut ronger son frein. Vingt ans plus tard, il n'en avait pas les moyens financiers.

A ses débuts comme à mi-vie, il s'était résolu à composer avec le monde pour faire passer ses vérités profondes. Mais depuis qu'il est un marchand consacré, il a enfin les moyens de ses ambitions. Il peut s'offrir le luxe suprême d'être lui-même, en parfaite identité avec sa conscience, en totale conformité avec ses valeurs.

Ce sage ne doute pas. C'est l'orgueil fait homme.

Ses erreurs? Pas d'erreurs. Quelques regrets tout au plus, esquissés du bout des lèvres. Il aurait aimé avoir Yves Tanguy, mais celui-ci a préféré rester fidèle aux surréalistes. Il a eu Klee et l'a admiré, même s'il l'a jugé parfois surévalué. Mais après-guerre, il ne s'y est guère attaché car il ne l'avait pas, lui, découvert. Il n'était pas de « ses » peintres. Il en est de même pour Miro. Pendant les longues années de l'entre-deux-guerres, il s'est montré très sévère à son endroit, en dépit de l'enthousiasme de ses amis André Masson et Michel Leiris. Peu après la Libération, quand Miro a exposé chez Maeght, à son retour des Etats-Unis, Kahnweiler a écrit : « L'absence de Joan Miro a privé d'un de ses solistes, de 1941 à 1948, l'orchestre qu'est l'école de Paris. L'on me demandera quel est son instrument. C'est la clarinette, il me semble[15]. » Il n'empêche. Jamais il n'achètera de Miro pour sa propre collection et ne fera pas l'effort d'amener dans le giron de la galerie cet artiste qu'il n'a pas su découvrir alors qu'il le pouvait.

« Ça ne s'est pas trouvé, je ne sais même pas pourquoi », dira-t-il en guise d'explication, se refusant de toute manière à le considérer comme un abstrait[16]. Pour ses quatre-vingts ans, l'auteur de *La Ferme* ne lui en offrira pas moins une aquarelle de 1964, ainsi dédicacée au stylo bille : « Pour Daniel-Henry Kahnweiler, en hommage au rayonnement de ses activités. Heureux anniversaire. »

Il s'est intéressé à la peinture d'hommes comme Ben Nicholson ou Max Beckmann, sans plus, mais a récusé formellement celle de Francis Bacon, Ernst et Magritte. Il lui est également arrivé de louer Tal Coat comme étant de ces artistes qui participaient du même esprit que Masson quand il redécouvrait la lumière[17]. Mais le compliment est resté sans suite. Quant aux sculpteurs, il n'a rien fait pour avoir Lipchitz quand celui-ci y était favorable, il a refusé Henry Moore à son frère Gustave Kahnweiler qui le représentait et surtout, il est passé à côté de Giacometti. Par orgueil, une fois de plus.

Les circonstances les avaient faits se rencontrer entre les deux guerres mais le hasard leur avait évité de se revoir. Bien après, quand l'artiste se fâchera avec Maeght et qu'il sera à nouveau libre, une forte pression s'organisera à la galerie pour le reprendre. Louise Leiris, plus que tout autre, y est très favorable. Conscient du « complot » qui s'organise autour de lui, Kahnweiler ne dit pas non, mais il ne dit pas totalement oui alors que Giacometti est tout à fait enthousiaste. Le marchand hésite des semaines durant. Il est consentant mais cela ne suffit pas[18]. Ce qui l'empêche de donner son accord ferme et définitif, c'est encore et toujours cette défiance exprimée à l'endroit d'un artiste dont il ne fut pas le marchand « historique ». Il faut aussi tenir compte de ce que, dans son esthétique, la sculpture en ronde-bosse est « la » seule vraie sculpture. Cette conception fait de lui un homme beaucoup plus à l'aise dans l'univers de Laurens et Manolo que dans celui de Giacometti, plein de personnages longilignes tout en arêtes exprimant une humanité brûlée dans l'âme. Un autre élément joue également qui explique ses appréhensions : le souvenir des terribles méventes de sculptures dans les quarante premières années de son activité et l'idée qu'une galerie comme la sienne peut soutenir une dizaine de peintres mais un seul sculpteur, deux au maximum, Laurens et Manolo en l'occurrence.

Au début de 1965, Kahnweiler marque tout de même sa bonne volonté en écrivant une lettre à Alberto Giacometti. Tout le monde ici, lui dit-il en substance, veut que 1965 soit l'année de votre entrée à la galerie, moi autant que les autres. Il explique que jusqu'à présent, il s'y était toujours refusé par amitié pour Louis Clayeux, l'homme qui amena véritablement le sculpteur à la galerie Maeght après avoir échoué dans la même tentative avec Louis Carré. Mais désormais, c'est de l'histoire ancienne. Et il lui propose de lui en reparler tantôt [19]... Un an plus tard exactement, on apprenait la mort de Giacometti et on pouvait lire sous la plume de Kahnweiler dans *Les Lettres Françaises* : « [*cela*] m'émeut et m'attriste profondément. J'aimais l'homme et j'admirais le sculpteur. Les circonstances m'ont empêché d'être à ses côtés comme marchand. Je l'ai toujours déploré [20] ».

On ne se refait pas. De même, qu'il s'agisse d'un peintre de la dimension de Derain ou d'autres de moindre envergure comme Borès ou Togorès, jamais il n'admettra s'être trompé, se déchargeant entièrement de ses « erreurs » de jugement sur le dos des artistes eux-mêmes, coupables d'avoir évolué dans un sens qu'il déplore mais qu'il ne pouvait décemment prévoir.

Et les autres ? Ceux qui depuis l'après-guerre sont « ses » peintres aux côtés des monstres sacrés tels que Picasso, Gris, Léger, Masson ?... André Beaudin ? Un grand petit maître, d'une pureté et d'un classicisme qui en font un digne successeur de Gris. Elie Lascaux? Lors d'une récente (1971) exposition de ses œuvres au Japon, tout a été vendu alors qu'ils ne le connaissaient pas! Ce n'est certes pas un grand peintre, mais un peintre important. Eugène de Kermadec? C'est un mystère que les amateurs ne se rendent pas compte qu'il s'agit d'un grand peintre. Presque personne ne le connaît, hormis quelques fidèles. Il n'est pas reconnu, il n'a pas encore rencontré de grand succès. Mais cela viendra, de même que pour Suzanne Roger, Yves Rouvre recommandé ainsi que Hadengue par André Masson. Sébastien Hadengue? La jeunesse, pour Kahnweiler. Son art n'est jamais photographique. Dans ses tableaux on trouve les reflets des événements de Mai 68. Le peintre avait vu les barricades et les émeutes mais certaines de ses toiles, antérieures à mai, préfiguraient les inquiétudes, les enthousiasmes et les espoirs de cette génération[21].

Qu'il s'agisse de tel ou tel peintre méconnu de sa galerie, le vieux Kahnweiler est persuadé qu'un jour ou l'autre on leur rentra justice. Ils seront reconnus pour ce qu'ils sont. La vérité est en marche et rien ne peut l'arrêter. Soit. Mais elle prend son temps...

Convaincu que 90 % des peintres « dont on parle » à la fin de sa vie seront complètement oubliés dans un siècle et que, même, nombre de leurs tableaux auront disparu tandis qu'on continuera à admirer ceux de Rembrandt et à parler de lui, Kahnweiler estime que l'art moderne depuis Cézanne est condamné à demeurer incompris aussi longtemps qu'on ne lui reconnaîtra pas son caractère d'écriture. On a le sentiment qu'en écrivant en août 1969, dans le recueillement de Saint-Hilaire, les dernières lignes de sa postface à l'édition américaine des *Entretiens* avec Francis Crémieux, il signe une manière de testament :

« Je suis trop âgé pour assister à l'épanouissement
de cette peinture que je prévois. J'ai eu le bonheur de
voir le triomphe de mes amis. Ce dont je suis certain,
c'est que l'art plastique ne sombrera pas dans les jeux
puérils, mais qu'il restera pour les hommes ce qu'il y
a de plus précieux. Créateur de leur monde extérieur,
il leur donnera toujours, en outre, cette joie suprême
de communier avec les grands artistes, de partager
leurs émotions. C'est cela qu'on appelle la jouissance
esthétique. »

Le vieux sage veut en tout domaine ignorer le
doute. Il a passé l'âge.

Le plus grand peintre ? Picasso. Le plus grand
écrivain allemand ? Carl Einstein. Le plus grand poète
français ? Michel Leiris. Le plus grand novateur musical de son temps ? Arnold Schönberg. Parfois, il fait
des ex aequo. Le plus grand homme de théâtre de son
temps ? Brecht et George Bernard Shaw. Le plus
grand marchand de tableaux ? Durand-Ruel et Vollard.

Il aura bientôt un siècle, mais il n'a pas changé.

Politiquement, sa sensibilité d'homme de gauche
est restée intacte. Il est toujours très « Front populaire ». C'est plus affaire de tempérament que d'engagement militant et précis en faveur de tel ou tel
programme.

En 1958, après le retour du général de Gaulle aux
affaires, il dit « non » au référendum[22]. Il voit en lui
un dictateur. Homme de gauche, il n'est pas mendé-
siste pour autant. Quelques années auparavant, sous
la IVᵉ République, alors que Pierre Mendès France
dégageait la France de l'imbroglio nord-africain,
après que la France eut renoncé à l'Indochine, le
marchand allemand Michael Hertz eut une conversation politique avec Kahnweiler qui lui laissa un fort
souvenir :

« J'avais déclaré à Kahnweiler que, vu le malheur qui se passait en Algérie, c'est Mendès France qui au fond disposait de l'autorité morale de retirer la dernière position de force française en Afrique du Nord. Mon ami me regarda avec horreur, leva ses mains – un geste typique quand il voulait donner de la rigueur à ses paroles – et me demanda sévèrement si je voulais la mort de Mendès France. Tout à fait perplexe, j'appris par Kahnweiler qu'un juif devait compter être assassiné un jour s'il abandonnait deux territoires typiquement français. Je lui demandai naïvement si l'antisémitisme existait encore en France. Il répondit sans sourciller : tant qu'il y aura des juifs, il y aura des antisémites, la France ne fait pas exception[23]. »

Mais quand de Gaulle accordera l'indépendance à l'Algérie, Kahnweiler louera « le grand homme » qui est en lui. Et au début des années 70, quand l'intelligentsia prendra la guerre américaine du Vietnam dans le collimateur, Kahnweiler en sera, tout en prenant garde de toujours rappeler : « En moins de trente ans, les Américains ont à deux reprises libéré la France des Allemands[24]. »

A gauche, mais libre, totalement indépendant. En 1974 il soutient la campagne de canditature de François Mitterrand aux élections présidentielles. Entretemps, en raison d'un désaccord politique, il aura résilié son abonnement à *La Révolution prolétarienne*, une revue syndicaliste d'extrême gauche, non communiste, fondée en 1925 par Pierre Monatte, et il aura surtout donné sa signature à un nombre considérable de pétitions, une activité dont Michel Leiris semble avoir été le champion.

Kahnweiler signe pour toutes les causes qui le méritent : pour condamner l'assassinat de militants et personnalités de l'Union syndicale des Travailleurs Algériens (octobre 1957), pour la modification des structures de l'ORTF (août 1968), pour le renouveau du socialisme à visage humain en Tchécoslovaquie (octobre 1968), pour la tenue des Etats généraux pour la paix au Vietnam (1967), pour exiger la libération immédiate des intellectuels et démocrates grecs emprisonnés après l'assassinat d'un des leurs en prison (1967), pour demander au gouvernement espagnol qu'aucune décision irrévocable n'intervienne dans le procès de Burgos (1970), pour que le gouverneur Rockefeller agisse en faveur d'Angela Davis, philosophe marxiste noire américaine qui risque la peine de mort devant les tribunaux californiens (1971), pour une réforme de l'ORTF apte à mettre fin à « la TV de l'insignifiance et la médiocrité des programmes » (1972)[25]...

On retrouve régulièrement sa signature au bas de ces manifestes et pétitions aux côtés de celles de Michel Leiris bien sûr, et de Jean-Paul Sartre, Vladimir Jankélévitch, Etiemble, Jean Daniel, Aragon, Edmonde Charles-Roux, Alfred Kastler, etc. Vers la fin de sa vie, il se rapproche également de ses origines, évolution notable chez nombre d'israélites assimilés pendant le plus clair de leur existence. Au lendemain de la guerre d'octobre en 1973, il signe un appel pour la coopération entre Israël et les pays arabes, exprimant une conception tiers-mondiste de la solution de la crise, reconnaissant l'existence des droits nationaux des Israéliens et des Palestiniens et demandant l'application de la résolution de l'ONU de novembre 1967[26].

Il n'en conserve pas moins son franc-parler et son esprit critique à l'endroit du mouvement sioniste, résiliant son abonnement à son organe, *L'Arche*, en 1959 en raison d'un « complet désaccord avec la ligne politique »[27]. Mais il devient surtout un fidèle donateur de nombreux comités de bienfaisance israélites et d'institutions charitables juives en quête de fonds et le restera jusqu'à la fin de sa vie, même s'il se montre très critique vis-à-vis de l' « agressivité » et du « bellicisme » israéliens à partir de 1967.

Mais le plus étonnant pour cet homme de gauche, c'est qu'il reste un des rares dans son milieu à n'avoir jamais été véritablement un compagnon de route du Parti communiste. L'air du temps, ses convictions, au moins jusqu'en 1956 – date du rapport Khrouchtchev et de la révolte hongroise – et son entourage immédiat auraient pu l'y incliner.

Michel Leiris est l'archétype du compagnon de route, même s'il a toujours su conserver son esprit critique, ses distances et sa liberté de langage à l'endroit du PC. Picasso en est non seulement adhérent mais héros; si d'autres le sont, lui n'en est pas dupe, restant totalement étranger, par toutes ses fibres, à l'esprit de parti : chez lui à « La Californie » la villa qu'il habita dans les hauts de Cannes durant les années 1955-1958, au-dessus du téléphone, il y a une liste de numéros personnels et en face de celui de Maurice Thorez, les visiteurs indiscrets pouvaient lire « el Caudillo »... Léger est également membre du Parti et surtout époux de Nadia, née Khodossievitch très russe et stalinienne. Il est venu au Parti moins par idéologie que pour des raisons morales et artistiques : goût de la foule, de la masse, du peuple, de l'univers urbain, du monde du travail. « Vous ferez votre pâtisserie comme vous l'entendez et moi ma peinture comme je l'entends », écrit-il à Jacques Duclos dans sa lettre d'adhésion. Il n'en reste pas moins qu'à sa mort, sur le faire-part de deuil, outre la qualité d' « officier de la Légion d'honneur » dont il ne faisait jamais état, on constate que le Parti et le Mouvement de la Paix viennent après « la famille » mais avant « les amis »... Aurait-il aimé cela? Enfin, autre personnage clé du premier cercle de Kahnweiler à partir de la fin des années 50, Maurice Jardot, homme de gauche également, mais aux antipodes des autres puisqu'il est, pendant un quart de siècle, un sympathisant trotskiste.

Compagnon de route, Kahnweiler? Cela aurait fort bien pu être le cas. Picasso lui pose souvent la question de but en blanc :

« Alors, êtes-vous décidé à vous inscrire au Parti? Ça me plairait, vous savez? »

Un jour, Kahnweiler se décide à répondre autrement que par des hochements de tête ou des mouvements alternatifs du sourcil.

« Non, cher ami, je ne crois pas que j'm'inscrive. Depuis la mort de Staline et la découverte de tous ses crimes...

– Je ne vois pas où vous voulez en venir?! l'interrompt Picasso. C'est là, pour vous, une bonne porte de sortie! Vous allez prétendre que vous êtes dégoûté de Staline et vous en tirer comme ça...

– Mais pas du tout. Je viens de saisir quelque chose que je n'avais pas compris auparavant. Staline était un pessimiste.

– Où voulez-vous en venir?

– C'était un pessimiste, voilà tout », reprend Kahnweiler avant de se lancer dans une démonstration bien à lui. « J'imagine qu'il le sera devenu durant ses années de séminaire en étudiant la théologie. Il se sera laissé séduire par une sorte de dualisme manichéen. Il a dû se dire que le mal était si enraciné dans la nature humaine qu'on ne pouvait l'extirper qu'en éliminant la vie elle-même. Après avoir examiné soigneusement le problème, j'ai trouvé que c'était trop contradictoire; d'une part le marxisme prône les innombrables possibilités du progrès humain, en d'autres termes, c'est une doctrine optimiste; d'autre part Staline nous démontre combien il jugeait cette théorie erronée. Il devait savoir mieux que personne si l'optimisme était ou non sa devise. Sa réponse a été catégorique, il a supprimé tous les humains qu'il pouvait atteindre, estimant que c'était le seul moyen de régler la question. Dans ces conditions, comment pouvez-vous supposer qu'un homme intelligent s'inscrive au Parti[28]? »

« Sophismes typiquement bourgeois », grommelle Picasso. Généralement, quand la conversation prend ce tour, elle dévie rapidement de la politique à l'art, un domaine dans lequel le peintre exerce moins facilement sa mauvaise foi. Il peut difficilement contredire totalement Kahnweiler quand celui-ci critique l'art de Parti, le nouveau réalisme, la peinture à la portée de tous ou les tableaux de Fougeron, peintre officiel.

« Vous ne tiendriez pas à ce que des peintres comme Fougeron aient des contrats à la galerie, mais c'est probablement ce que je devrais faire si je devenais communiste[29]. »

Il est vrai qu'en 1951, quand le PC cherche à louer des cimaises pour y exposer *Le Pays des mines*, une série de toiles et de dessins entreprise par Fougeron à la demande des mineurs du Nord-Pas-de-Calais, c'est à la galerie Bernheim Jeune qu'il échoue[30]. Kahnweiler ne veut pas soumettre ses conceptions esthétiques à un dogme politique, mais il n'en est pas « hostile » pour autant. Quand en février-mars 1968, une délégation du Comité central composé de Waldeck-Rochet, Roland Leroy, Aragon se rend rue de Monceau pour assister à une exposition de 82 dessins récents de Picasso, il leur fait faire le tour du propriétaire et les honneurs de la galerie[31]. L'affaire du fameux portrait de Staline est loin, mais pas oubliée. A ses yeux, elle résume les contradictions et les ambiguïtés de l'engagement politique d'un homme de l'art. Après la mort du petit père des peuples, Picasso avait fait pour la couverture des *Lettres Françaises*, un portrait pas vraiment orthodoxe. Avec ses moustaches de joli cœur, il n'était pas très impressionnant. On ne peut pas dire qu'il inspirait la crainte, ni l'admiration. Mais c'était le Staline de Picasso. Il n'en provoqua pas moins un hourvari du côté de la direction du Parti. Abasourdi, le peintre confia sa déception à Pierre Daix :

« J'avais apporté mon bouquet de fleurs à l'enterrement. Il n'a pas plu. Ça arrive, mais d'ordinaire, on n'engueule pas les gens parce que les fleurs ne plaisent pas[32]. »

L'Est, ses méthodes et son idéologie, ses us et coutumes, sa politique artistique surtout, Kahnweiler les connaît. Il les observe depuis longtemps et singulièrement depuis la Libération, ses tribulations l'ayant amené à donner des conférences à maintes reprises à Prague, Budapest, Varsovie, Berlin... Il a regardé et beaucoup écouté. La leçon qu'il en retire se résume en quelques mots : le peintre est plus heureux à l'Est dans la mesure où il jouit de la sécurité matérielle et économique, puisqu'il ne dépend ni des caprices du marché ou des amateurs, ni des revers du marchand mais des commandes de l'Etat; malheureusement, cet atout est rendu caduc par le fait que son individualité est écrasée, qu'il doit peindre dans la ligne et que par définition, l'Etat ne peut pas avoir de goût.

Quant à savoir ce qu'il pense exactement des régimes qui génèrent une telle pratique de l'art, il s'est trop rarement exprimé sur la question pour qu'on en sache plus, même si sa critique du communisme comme système ne fait aucun doute. On peut relever tout au plus qu'en 1957, il s'échappe du vernissage d'une exposition Léger à Dortmund pour se rendre à Berlin-Est, passionné et très excité à l'idée d'aller y inaugurer une exposition Picasso. Curieux d'y observer l'attitude des autorités, il n'a pas oublié que Wilhelm Pieck, le président de la RDA, est le seul chef d'Etat à avoir adressé un télégramme de félicita-

tions à Picasso pour son soixante-quinzième anniversaire[33]... Il convient de rappeler également, dans un
autre contexte, que l'entrée des troupes du Pacte de
Varsovie en Tchécoslovaquie en août 1968 et les
propos réjouis de Nadia Léger se félicitant de l'arrivée
à Prague « des petits tanks » le révoltèrent.

En fait, il faut juger l'attitude de Kahnweiler vis-
à-vis du communisme à l'aune d'un voyage essentiellement, celui qu'il effectua en 1963 à Moscou pour
une exposition Léger. C'est là qu'il a vraiment pris la
mesure d'un système, d'un régime, d'un mode de vie,
auxquels il n'a jamais donné son adhésion, fût-elle
lointaine, même si on l'a souvent retrouvé dans les
marges du mouvement communiste, à la périphérie
de ses organisations satellites.

Jusqu'à cette date, il avait fixé son opinion sur la
question dans un article de 1949 paru à Marseille
dans la revue *Les Cahiers du Sud* sous le titre :
« Rhétorique et style dans l'art plastique d'aujourd'hui. » Il y reprochait à la révolution russe
d'avoir commis la même erreur que la révolution
française en perpétuant le style du régime renversé. A
ses yeux, l'Union soviétique défend l'art tsariste « qui
n'est que de l'art allemand abâtardi » et étouffe, sous
l'étiquette passe-partout de « formaliste », tout art
soviétique nouveau. Il n'en reste pas moins, d'après
lui, que seul un pays comme l'Union soviétique
pourrait envisager de donner naissance à un art de
masse, diffusant un message esthétique qui s'adresse-
rait à tous et qui serait donc susceptible d'engendrer
un style.

Au début des années 50, on en est encore loin. Mais
quand il se rend sur le terrain, une dizaine d'années
plus tard, les réalités auxquelles il s'affronte lui enlè-
vent tout espoir. Il en revient même déprimé...

C'est la première fois qu'il se rend en Union
soviétique. Avec Maurice Jardot qui l'accompagne, il

a choisi de prêter un grand nombre d'œuvres de Léger. L'exposition s'annonce exceptionnelle. Avec Mme Antanova, conservateur du musée Pouchkine à Moscou, il la visite à plusieurs reprises avant l'ouverture. A Léningrad, on lui montre la salle du musée de l'Ermitage où elle se tiendra avant de tourner à Kiev, Minsk, Tiflis. Ce sera un événement. Seulement voilà, il tarde à se manifester. Tous les jours, des inspecteurs préposés au décrochage plus qu'à l'accrochage viennent enlever tel tableau pour le remplacer par tel autre jugé plus conforme à la ligne du comité central. Kahnweiler est abasourdi par ce manège. Le retard pris par les organisateurs lui laisse le loisir de visiter les musées ou de déjeuner chez Lili Brik, la veuve du poète Maiakovski, qui lui fait le récit des arrestations et des déportations[34]. Il n'est pas surpris mais n'en est pas moins atterré. Il se réconforte en écoutant Maurice Jardot, retour d'une visite dans les ateliers, raconter la double vie de ces peintres, académiques le jour quand ils travaillent pour l'Etat, libres le soir quand ils peignent à leur guise chez eux, mais clandestinement.

Il attend. Toujours pas d'exposition. Pourtant, la préface du catalogue est signée par Maurice Thorez. Rien n'y fait. Il faut attendre, paraît-il. Pourquoi? Nul ne le sait. Il ne parvient pas à obtenir le moindre début d'explication.

Une situation kafkaïenne. Cette expression si galvaudée prend à ses yeux tout son sens dans ces moments-là. Alors il tâche de se renseigner plus avant. Fernand Léger a tout pour plaire aux Russes : non seulement il est membre du PCF mais le monde du travail est son « sujet » principal et son univers pourrait fort bien correspondre aux canons du réalisme socialiste, même si avant la guerre, le même homme décorait les murs de l'appartement de Nelson Rockefeller Jr à New York. De plus, c'est sa propre femme, Nadia, elle-même russe et peintre, qui depuis un an a monté toute l'exposition. Enfin, le public russe averti est tout à fait prêt à apprécier Léger : les Matisse de l'Ermitage – « les plus beaux du monde » selon Kahnweiler –, les Braque et les Picasso des anciennes collections Chtchoukine et Morozoff ont bien préparé le terrain.

Alors ? En attendant d'obtenir des réponses à ses questions, Kahnweiler traîne plus que de coutume dans les musées de ce pays sans galeries. Il est très impressionné par l'état remarquable des tableaux. Leur restauration lui paraît excellente : on les nettoie mais pas trop, comme certains ont tendance à le faire, en Angleterre surtout où un Rubens a été abîmé par excès de « propreté ». Il est également frappé par la fréquentation, très dense, des expositions; par l'existence d'une nomenklatura d'écrivains officiels qui jouissent d'importants tirages et peuvent acheter des tableaux. Mais ce sont les déclarations « autorisées » qui le laissent pantois. Il en a déjà un avant-goût en bavardant avec le jeune guide francophile que l'Intourist lui a délégué. Il a le plus grand mal à lui faire comprendre que vouloir un art pour le peuple revient à fabriquer un art pour le peuple seulement et donc à le mépriser, alors que tout le monde – ou presque – peut faire partie de l'élite. Ce qu'il entend sur Léger dans la bouche des conférenciers académiques, et que la *Literatournaya Gazeta* reproduit peu après, le laisse songeur quant au chemin qui reste à parcourir. Ils se contorsionnent avec plus ou moins d'habileté pour essayer d'expliquer que Léger a été pratiquement obligé de peindre suivant un modèle imposé par la société capitaliste mais qu'à la fin de sa vie il s'est rapproché du réalisme socialiste et que s'il avait vécu plus longtemps, il l'aurait tout à fait intégré à son esthétique. Etonnant... Tout est possible, se dit-il, tout peut arriver dans un pays qui présente

Kandinsky comme un expressionniste allemand. Kafka n'est vraiment pas loin.

Toujours pas d'exposition. Désormais, on dit en haut lieu qu'un ordre est venu tout annuler. Inopinément. Il apprend finalement que Khrouchtchev s'est répandu en propos peu amènes à l'endroit de l'art moderne en général et de la peinture occidentale en particulier. Il se serait moqué, il aurait insulté... Kahnweiler obtient six versions différentes des propos attribués au tout-puissant Président-Secrétaire dont le règne touche à sa fin.

Quinze jours, c'est assez! La valse hésitation n'a que trop duré. Kahnweiler qui, à tout prendre, préfère relire *Le Procès* à Paris, quitte l'Union soviétique avec Maurice Jardot le 6 janvier 1963. Cinq jours plus tard, l'exposition Léger est inaugurée. Mais elle ne partira pas en tournée dans le pays comme prévu, la violence des déclarations de Khrouchtchev ayant quelque peu refroidi l'enthousiasme des organisateurs. Au moins, cette aventure lui aura permis de connaître la mère patrie du communisme de l'intérieur. Quand on l'interroge à Paris, il fait un geste vague, que d'aucuns interprètent comme l'expression d'une certaine déception. Le *Frankfurter Rundschau* publie un long entretien que Kahnweiler accorde à Werner Spies, auquel il livre ses impressions de voyage. Mais s'il est très critique, il se refuse à forcer la note. Il n'est pas question de comparer, en l'occurrence, l'Allemagne nazie et l'Union soviétique de Khrouchtchev. Certes, ce dernier n'admet pas que la peinture soit l'affaire de chacun et non de l'Etat et il ne renonce pas à dicter leur conduite aux directeurs de musées malgré son mépris pour l'art moderne. Mais au moins, on peut à peu près peindre ce qu'on veut, même si on ne peut librement exposer. Et puis les autorités n'ont jamais brûlé des tableaux « dégénérés » sur la place Rouge! Le correspondant anglais

Sam White, à qui Kahnweiler livre ces sentiments pour éviter des amalgames trop hâtifs, assure l'avoir quitté à la fin de l'entretien en lui souhaitant « une bonne journée et une peine de dix ans de travaux forcés de marchand de tableaux en URSS »[35].

Dans ses multiples critiques adressées au régime soviétique, il en est une que Kahnweiler resserre régulièrement depuis longtemps avec une semblable véhémence aux régimes de pays capitalistes : le rôle néfaste de l'Etat. Sur ce plan-là, il n'a pas changé et rien ni personne ne lui fera modifier son attitude.

Sa pensée, il l'a fixée une fois pour toutes en... 1916, dans un texte en allemand qui est longtemps resté inédit : « Pour ce qui est de l'enrichissement des collections publiques par l'achat d'œuvres d'art anciennes, un achat de cette sorte ne saurait jamais représenter une véritable erreur... On ne devrait pas mettre à la disposition de l'Etat de l'argent lui permettant d'aider les artistes vivants, car cet argent ne parvient jamais à la bonne adresse, il est gaspillé en faveur des gens qui n'en sont pas dignes, qu'il faudrait au contraire décourager car il y a trop d'artistes plasticiens. »

Si on le lit bien, l'Etat ne serait fondé à intervenir qu'après un véritable bouleversement qui révolutionnerait les écoles et susciterait une adhésion collective à un grand style.

On comprend qu'il ne soit pas écouté. Mais il est pourtant souvent questionné par les conservateurs de musées, dans leurs réunions internationales auxquelles il est convié. A chaque fois, il leur répète la même antienne :

« Je vous en supplie, n'achetez pas d'œuvres de jeunes peintres! C'est trop tôt. Le recul et le jugement sont nécessaires. Un musée ne devrait pas avoir le droit d'acheter un tableau d'un peintre de moins de soixante-dix ans. Il y a assez d'institutions pour ça : des galeries, des fondations... Vous, les conservateurs, vous ne devriez exposer dans vos musées que des tableaux incontestables pour l'édification des jeunes générations. A la rigueur, vous pouvez montrer provisoirement des jeunes à une exposition au Grand Palais. Mais réservez les musées aux chefs-d'œuvre consacrés. Surtout pas de peinture moderne américaine[36]! »...

Il est entendu, pas vraiment écouté si l'on en juge par la politique des achats dans nombre de musées occidentaux.

La solution? Le refus, le rejet, l'exclusion. Il faut apprendre à dire non, surtout à une époque où la société de consensus est présentée comme la panacée universelle. Dans l'esprit de Kahnweiler, tout ceci est très cohérent et procède de la même logique : de même qu'il préférait les critiques d'art très polémistes et engagés du début du siècle, il aime les conservateurs de musées et les commissaires d'expositions qui savent sélectionner impitoyablement. Le refus, au risque d'une réputation d'intransigeance et d'obscurantisme. Tant pis. Assumons, dit-il, ce qu'il a toujours fait en toutes choses. Quand on dit de lui qu'il rechigne à prêter ses tableaux pour des expositions, il confirme et se défend : c'est vrai, il n'aime pas trop prêter car certaines toiles historiques telle la *Nature morte à la grappe de raisin* de Braque, très demandée, ne doit pas être remuée, les couleurs y étant mélangées à du sable. De plus, il entend lutter contre un phénomène qu'il juge abusif : la prolifération des expositions, conçues la plupart du temps à partir de ce qu'il y a de mieux dans chaque catalogue. Non seulement cela dénude les murs, mais surtout une telle activité mobilise 80 % de l'énergie des employés de la galerie.

Une des solutions au problème posé par le rôle de

l'Etat serait peut-être dans l'extension à la France d'une fiscalité telle qu'on la pratique aux Etats-Unis. Le donateur privé, qui lègue ses tableaux aux musées nationaux, pourrait déduire de ses revenus annuels, non pas le prix de l'œuvre payée par lui mais la valeur évaluée par les experts. Cela enrichirait le patrimoine national, l'Etat se consacrerait exclusivement, comme de juste, à l'achat d'œuvres reconnues, et le manque à gagner enregistré par l'administration des Impôts serait peu ou prou compensé par l'afflux de visiteurs étrangers dans les musées[37].

Si de telles dispositions avaient été adoptées depuis aussi longtemps qu'aux Etats-Unis, on n'aurait peut-être pas dû attendre 1950 pour que l'Etat français acquière sa première œuvre de Picasso... En 1956, après que Léo Hamon, sénateur de la Seine, a prononcé un discours sur l'état des Beaux-Arts devant le Conseil de la République, Kahnweiler lui écrit dans ce sens, afin que la IVe République se tienne mieux que cette IIIe, qui avait laissé partir à l'étranger les grands Seurat de la collection Fénéon, à une époque où le génie de ce peintre n'était plus contesté. Il l'invite à méditer sur un phénomène :

« Il faut toujours se souvenir que c'est l'initiative privée qui a rassemblé aux Etats-Unis, en Scandinavie et ailleurs les chefs-d'œuvre français qui s'y trouvent[38]. »

Autrement dit, en France aussi l'initiative privée devrait enrichir les musées d'art moderne. Il rappelle que l'Etat possède, sans en avoir jamais acheté un, la plus belle collection de Manet, uniquement grâce aux legs et donations. Il n'y a rien à attendre de l'Etat, surtout pas son mécénat.

De toute façon, quelle qu'en soit l'origine, le mécénat lui paraît un procédé détestable. Il n'y croit absolument pas, pour des raisons historiques. Les mécènes de l'autre siècle en étaient vraiment car

quand ils achetaient des croûtes au Salon des Artistes
Français, ils les payaient cher, de bonne foi, sans
ostentation. Ces gens-là étaient d'une race qui a
disparu du marché. Aujourd'hui, les amateurs sont
plus passionnés, moins riches et s'ils aiment sincèrement la peinture qu'ils achètent, ils aiment aussi
l'idée que leurs tableaux ont une importante valeur
vénale. Ils n'ont pas plus envie de jeter leur argent
par les fenêtres que de l'immobiliser sur le marché
des emprunts d'Etat[39].

On le voit, Henry Kahnweiler n'hésite pas à s'insur-
ger à contre-courant de toutes les tendances, qu'il
s'agisse de l'art contemporain, de l'aide à la jeune
peinture, du mécénat... Il est volontiers iconoclaste,
le Zarathoustra de la rue de Monceau. C'est aussi ce
qui fait son charme, donc sa réputation de bougon de
l'art. S'il n'était pas Kahnweiler, on le dirait anachro-
nique, en retard d'une ou deux époques. Mais son
passé, son assurance, son rayonnement intellectuel
forcent le respect. Ce n'est pas un hasard si régulièrement, quand l'Ecole des Beaux-Arts est agitée de
remous en raison de divergences avec le ministre de
tutelle, la même rumeur revient inévitablement : « Il
faut fermer l'Ecole ou lui donner Kahnweiler pour
directeur[40] ! »

Rien ne dit qu'il refuserait, tant il entretient des
rapports contradictoires et inattendus avec les honneurs. Il y est naturellement sensible, même s'il n'en
est pas dupe. Mais il semble s'être construit dans son
univers une échelle de valeurs en fonction de laquelle
certains honneurs sont acceptables et d'autres pas.
En septembre 1963, il assiste aux obsèques de Braque
dans la cour du Louvre et, en en faisant le récit à
Picasso, il se dit très choqué par le cérémonial. Près
d'une haie de gardes républicains au garde-à-vous,
trois généraux et un colonel sabre au clair passent les

troupes en revue avant qu'elles ne défilent devant le catafalque. C'est entendu, le gouvernement rend ainsi hommage aux grands hommes. Mais enfin c'est un peintre qu'on enterre! Qu'est-ce que ce décorum pompeux et guindé a de commun avec la peinture en général et la vie et l'œuvre du défunt en particulier! Pendant tout ce rituel, Kahnweiler explose intérieurement [41].

Plus significative encore est son attitude devant les décorations, titres et dignités. Il a accepté avec plaisir un prix décerné par l'Académie française. De même, il était très touché d'être nommé professeur par le gouvernement du Bade-Wurtenberg et docteur *honoris causa* de l'université de Kaiserslautern (Rhénanie-Palatinat). En 1959, André Malraux, qui est depuis un an ministre d'Etat chargé des affaires culturelles, veut faire une surprise à son premier éditeur pour son anniversaire : une promotion dans l'ordre de la Légion d'honneur! Il le connaît mal. Kahnweiler refuse même de remplir le questionnaire. Pour des raisons morales il ne peut accepter un pareil cadeau. Pas à soixante-quinze ans, quand on a eu sa vie. Accepter cet honneur, ce serait le renier. Kahnweiler avait suffisamment critiqué Léger quand celui-ci, le premier des peintres de la rue Vignon, l'avait acceptée. Dans une lettre à l'ami plus qu'au ministre, le marchand s'en explique : « Mon passé entier se dresse contre cette possibilité. Vous connaissez ma vie : elle a été celle d'un franc-tireur. Je n'ai pas cessé de penser avec Nietzsche que l'Etat est '' le pire des monstres '' [42]. »

Tout en étant navré de le désobliger ainsi, il lui demande donc de bien vouloir renoncer à son cadeau d'anniversaire. Pour un homme que l'on dit très orgueilleux et sensible aux honneurs, Kahnweiler n'a pas fini de nous surprendre.

Il ne changera pas.

Editeur, il ne publie que ce qui lui plaît, ce qui est digne de paraître. Mais il se plaint de la pénurie d'auteurs. Entre la fin de la guerre et 1968, date de parution de son dernier ouvrage, il édite moins de quinze livres, toujours selon le même principe adopté du temps de la rue Vignon : *Le verre d'eau*, un recueil de notes de Francis Ponge illustré par des lithographies de Kermadec, *Le Calligraphe* de Georges Limbour illustré par Beaudin et, du même, *La chasse au mérou* avec des lithographies de Rouvre, les *Texticules* de Raymond Queneau avec des lithographies de Hadengue, des poèmes de Picasso, naturellement illustrés par ses propres lithographies, *balzacs en bas de casse et picassos sans majuscule* de Michel Leiris avec des lithographies de Picasso et surtout plusieurs ouvrages d'André Masson – *Carnet de croquis, Sur le vif, Toro, Voyage à Venise, Féminaire, Trophées érotiques, Jeux amoureux* – illustrés par ses propres lithographies et eaux-fortes.

Il y met la même exigence et le même soin que pour monter ses expositions à la galerie. De la Libération à sa mort, en trente-cinq ans, il en organise un peu plus de soixante, soit en moyenne deux par an, avec des « pointes » exceptionnelles comme en 1957, année d'inauguration de la galerie rue de Monceau, où il y en aura cinq, et en 1960, l'année de ses fameux entretiens radiophoniques, qui en verra quatre.

Elles font régulièrement l'événement, parce que c'est Kahnweiler et parce que c'est la galerie de Louise Leiris. Une double caution de qualité. Les plus marquantes sont celles des œuvres rapportées d'Amérique par Masson (1945), les œuvres de Provence de Picasso (1948), les structures polychromes et les lithographies de Léger (1951), les cinquante œuvres récentes de Picasso (1957), les vingt-deux peintures de l'atelier de Gris dans les deux dernières années de sa vie (1957), les 89 dessins et gouaches de Léger exécutés en 1900-1955 (1958), les sculptures en pierre de Laurens (1958), la suite des lithographies de Léger pour *La Ville*, et les 58 œuvres des *Ménines* de Picasso (1959), les peintures et dessins du *Déjeuner sur l'herbe* de Picasso (1962), les nombreux et récents dessins en noir et en couleurs de Picasso (1971-1972). Les catalogues qui accompagnent ces expositions sont généralement signés de Kahnweiler (Gris), Maurice Jardot (Léger), Michel Leiris (Picasso), mais la galerie fait également appel à ses amis poètes et écrivains pour d'autres préfaces : Paul Eluard, Georges Bataille, André Frénaud, Georges Limbour, Raymond Queneau, Douglas Cooper, Jean Tardieu, Francis Ponge ou même l'historien du Moyen Age Georges Duby, très lié à Masson.

L'aura de Kahnweiler et le prestige de la galerie sont tels que d'aucuns les considèrent comme des institutions. Comme s'il était le propriétaire d'une sorte de Fondation à l'américaine, alors qu'il reste avant tout un marchand de tableaux et la galerie une maison de commerce. En 1961, elle s'est constituée en SARL. Son capital social, qui est de deux millions de francs, est constitué pour une faible partie d'apports en numéraire et pour une majeure partie d'apports en nature. Dix ans plus tard, les parts se répartissent principalement ainsi entre les quatre associés : Louise Leiris (32 725) Michel Leiris (5 785) Henry Kahnweiler (1 090) et Maurice Jardot (400). C'est une maison qui se situe alors parmi les mille premiers exportateurs français, à la 444e place, entre Larousse et Bréguet-Aviation[43].

Kahnweiler en est toujours l'âme mais le grand âge le rend un peu moins actif. Il vient tous les jours mais reste moins longtemps. Le cérémonial est inchangé :

la matinée est consacrée au courrier. Puis il reçoit des visiteurs, les amis et fidèles de longue date dans son bureau, et les clients récents ou occasionnels dans une petite pièce réservée à cet effet, au mobilier très sobre, et dans laquelle il montre les tableaux. Les ventes, il n'y va jamais, préférant y déléguer Maurice Jardot ou Louise Leiris. La dernière à laquelle il se souvient avoir participé était, il est vrai, assez exceptionnelle puisqu'il s'agissait de la dispersion de la collection d'André Lefèvre en 1964. Tout s'y est très bien vendu. Les Masson et les Miro étaient bon marché. Mais Kahnweiler a très peu acheté, une gouache de Picasso notamment. Il y avait bien un Gris qui lui plaisait, mais à la dernière minute il fut retiré des enchères, car un second testament du défunt le léguait à des amis avec un certain nombre d'autres toiles. Tant pis[44].

Les rares manifestations parisiennes qui l'excitent encore, ce ne sont certainement pas les vernissages qu'il a toujours eus en horreur, ni les réunions de Drouot qui lui rappellent encore le séquestre, ni les rencontres avec ses pairs car l'esprit de corporation lui a toujours été étranger. Ce sont plutôt les concerts, les conférences, les expositions rue de Monceau, dans cette galerie où il a sa véritable famille à laquelle se joindra Bernard Lirman, ou encore cette soutenance de thèse, en mai 1967 à l'amphithéâtre Turgot de la Sorbonne, sur le marché de la peinture en France. Une étude neuve et nécessaire pour un sujet déjà vieux qui s'inscrit dans un domaine de recherche encore vierge. Kahnweiler est d'autant plus intéressé qu'il a reçu et aidé l'auteur, Raymonde Moulin, comme il l'avait fait quelques années auparavant avec Philippe Vergnaud, quand celui-ci préparait une thèse de droit sur les contrats entre peintres et marchands. Raymonde Moulin doit affronter un jury d'esthéticiens et d'historiens d'art présidé par Raymond Aron, quatre heures durant. Aron lui reproche de ne pas préciser la notion de marché, André Chastel aimerait qu'elle en dise plus sur la notion de bourgeois... Les orateurs laissent le mot de la fin à un envoyé spécial de la faculté de droit, un spécialiste en économie politique qu'ils ont appelé à la rescousse. Son avis est capital. Il est particulièrement écouté :

« ... Abusif à la page 453, ce glissement du monopole à l'oligopole; gênante p. 75 cette équivoque entre récession et stabilisation. Par contre, quelle belle contribution, à l'étude, dans un secteur peu exploré, de la formation des prix. Mieux, en lisant tels portraits de marchands on peut penser à ceux que Werner Sombart nous a laissés des entrepreneurs. Esthéticiens, vous pouvez donner le feu vert; l'économie, tout compte fait et refait, n'a rien à redire[45]. »

Mention très honorable. Ouf... Merci professeur Raymond Barre !

Kahnweiler apprécie beaucoup, lui aussi, cette thèse. Elle est d'autant plus opportune que depuis quelques années, il n'est question que de crise du marché de l'art. Fidèle à son habitude en pareil cas, il dédramatise. Il lance d'abord quelques petites phrases, cyniques et schématiques, destinées à laisser les aboyeurs sans voix : ce n'est pas la peinture qui a augmenté mais le nombre des spéculateurs... Je ne connais que deux sortes de tableaux : ceux qui se vendent et ceux qui ne se vendent pas... Aujourd'hui, les artistes ne jettent plus rien : ils signent tout ce qu'ils ont chez eux et ils vendent... Il y a des gloires incompréhensibles... Il y a beaucoup de peintres comme toujours, mais il y en a peu de grands comme d'habitude... Les amateurs d'aujourd'hui jugent un tableau sur ses signes extérieurs de richesse... Le nouveau n'est pas toujours intéressant...

Tout autour de lui, il ne cesse d'entendre que le danger est américain, que depuis que les Etats-Unis ont sécrété leur propre peinture, l'école de New York veut rivaliser sur le marché avec l'école de Paris, que les galeries pullulent de l'autre côté de l'Atlantique, que la fiscalité y est très favorable aux collectionneurs, qu'il y a de plus en plus de contacts directs entre des marchands américains et des artistes européens, que des galeries new-yorkaises ouvrent des succursales sur le vieux continent, à moins qu'elles ne s'infiltrent dans le capital des galeries parisiennes... Bref, le client traditionnel est devenu son propre fournisseur.

Kahnweiler ne veut rien entendre. De toute façon, sur tous les Rauschenberg, Jasper Johns et autres De Kooning, sa religion est faite depuis longtemps. Quand on l'entend dire : « Je ne crois pas qu'ils soient les plus grands peintres de leur temps », il faut tenir compte de son sens aigu de la litote assassine. Quant aux prix pratiqués, ce qui le navre le plus c'est de lire, dans les nouvelles et nombreuses feuilles spécialisées sur le marché de l'art américain, qu'il faut s'attendre, dans les années 60, à des hausses importantes sur les Masson notamment, en raison de l'influence avérée de ce peintre sur Jackson Pollock*!

Son opinion sur ladite crise, Kahnweiler la donne plus complètement en 1965 à Gilles Lapouge qui enquête sur le sujet pour *Le Figaro Littéraire* :

« ... oui, on me dit que depuis quatre ou cinq ans les affaires ne vont pas très fort. Mais je vous assure que je n'ai pas ressenti le moindre ralentissement. Quand on parle de crise de la peinture, je songe à celle de 1929... A côté, la crise d'aujourd'hui n'existe même pas!... La période de crise, n'était-ce pas plutôt avant 1960, quand la peinture est devenue spécula-

---

* *Danse devant un temple*, une superbe huile de Masson de 50 × 61, a été achetée 17 000 livres (170 000 francs) par la galerie Louise Leiris le 1er juillet 1987 chez Sotheby's, Londres.

tive? Aujourd'hui on me dit qu'il y a quatre cents galeries à Paris. Je sais bien qu'un certain nombre se contentent de louer leurs murs aux peintres, mais il n'en reste pas moins que quatre cents galeries c'est un nombre excessif. On me dit aussi qu'il y a vingt mille peintres à Paris. Qu'est-ce que ça veut dire? Chaque génération produit quatre ou cinq génies, pas davantage. Aujourd'hui, on vous invente un génie par semaine et l'on s'étonne qu'il y ait des ratés. Un génie c'est long à s'accomplir. Les peintres d'hier étaient moins pressés. Ce n'est pas à vingt-deux ans qu'ils rencontraient leur génie et ce n'est pas à trente ans qu'ils faisaient fortune[46]. »

Pour illustrer son propos, Kahnweiler donne l'exemple de Masson, célèbre depuis peu, très exactement depuis qu'il a peint en 1965 le plafond de l'Odéon. Mais il lui a fallu le temps puisque cette consécration n'est venue qu'à l'âge de soixante-neuf ans. Encore faut-il préciser que, jusqu'à sa mort en 1987, Masson incarnera l'archétype du grand artiste auquel les « spécialistes » accordent régulièrement, tous les cinq ans et de manière « imminente », une montée spectaculaire de la cote.

En fait, à chaque fois qu'il entend parler de crise, Kahnweiler réagit en vieux sage et tente de désamorcer les discours les plus pessimistes. C'est qu'il est un des rares, parmi les acteurs du marché de l'art parisien, à toujours tout replacer dans une perspective historique. Il se refuse à considérer comme un signe de crise le fait que sa galerie, pour ne citer qu'elle, réalise 85 % de son chiffre d'affaires à l'exportation, en direction des Etats-Unis principalement, de la Suède, de l'Allemagne.

Lui qui s'est toujours voulu un isolé et un marginal dans sa profession, il fréquente peu ses pairs, en dehors des rituels déjeuners du conseil d'administration du Comité des galeries d'art. Il reste ferme sur ses vieux principes : pour vendre des tableaux bon marché, il faut d'abord les acheter à bas prix au peintre, etc. Il n'est plus de son temps, Kahnweiler, à une époque où nombre de ses collègues sont d'avis que les grands marchands font les grands peintres, et non l'inverse comme il l'a, lui, toujours soutenu.

Comment assister à son enterrement quand on a été un personnage historique ? C'est le rêve de tous. Kahnweiler en a trouvé le moyen, en s'inspirant de l'exemple de Picasso. Il fête son anniversaire. Pour ses quatre-vingts ans, en 1964, il lui suffit de lire les nombreux articles qui lui sont consacrés et les lettres qu'il reçoit de toute part, d'assister aux manifestations organisées en son honneur pour apprécier les fleurs et les couronnes : « une existence exemplaire »... « l'alchimiste du cubisme »... « le grand marchand de ce siècle »... « le sourcier, l'inventeur, le pionnier de l'art moderne »... « l'histoire de l'art lui a donné raison »...

Il est comblé. Mais fatigué, las, déprimé.

Il souffre vraiment de la vieillesse, même si, à quatre-vingts ans, il a fait pour la première fois un grand voyage au Japon. Il lui faut maigrir car ses genoux ne supportent plus son poids. En 1978, il a quatre-vingt-quatorze ans. C'est trop, beaucoup trop ne cesse-t-il de répéter. Mon temps est révolu, je me sens très vieux, on ne devrait pas arriver à cet âge-là, dit-il encore, lui qui espérait mourir avant Picasso.

« J'ai l'impression que peu de choses en valent la peine. Peut-être, je me le fais croire », confie-t-il à un ami[47].

Quatre jours par semaine, deux heures par jour, il vient à la galerie en fauteuil roulant. Les enveloppes qu'il reçoit sont de plus en plus souvent encadrées de noir. Finis les voyages et même les cures de santé en Suisse. Quant à la musique, il est désormais bien trop sourd pour l'apprécier. En 1967 déjà, après les dernières représentations du Festival de Bayreuth auquel il assistait chaque année rituellement, il écrivait à un ami : « J'y prends grand plaisir mais tout de même la vieillesse éteint un peu les facultés d'extase[48]. » Depuis, il ne pleurait plus en écoutant *Les Maîtres Chanteurs*, tel un mélancolique résigné à son exclusion de la société. Il ne pouvait même plus écouter de disque sans un appareil acoustique qui gâchait tout.

La monotonie de sa vie l'abasourdit. Intellectuellement intact, il ne peut se résoudre à se poser la même question du matin au soir :

« Y a-t-il une vie après la mort ? »

Souvent, il interpelle par ces mots ses visiteurs quels qu'ils soient avant de parler affaires ou peinture. Privé de tout ou presque, isolé par sa surdité, il se rabat plus que jamais sur la lecture. Comme au début de la Seconde Guerre. Il a toujours été un grand lecteur. Quand Raymond Queneau demanda à deux cents personnalités de donner les cent titres de leur « bibliothèque idéale » pour une enquête à paraître chez Gallimard, Cocteau obtint le record du dépassement avec 352 titres cités et Kahnweiler le suivait de près avec 179[49]...

Il découvre avec le même enthousiasme qu'avant. Simplement il ne peut plus l'exprimer comme avant.

Il ne doute pas. Sa peinture a triomphé et triomphera. Le temps fera son œuvre. Peu lui importe que certains le disent limité par ses propres découvertes, le jugent pertinent uniquement dans les limites qu'il s'est lui-même données ou qu'ils lui reprochent de chercher un accomplissement dans la peinture. Il reste convaincu que le cubisme a mis fin à tout art imitatif et que la peinture ne doit pas être reléguée à un rôle d'ornementation. Sa fonction, encore et toujours, est de rendre compte du monde visible et de recréer le monde extérieur. Fragile par son apparence, Kahnweiler reste un roc par la force de ses convictions intérieures. Il suffit qu'on les mette en doute pour qu'aussitôt il darde un œil mauvais sur l'impudent avant de reprendre le sourire, de parler comme un chapitre des *Confessions esthétiques*, ou de raconter comme si c'était la première fois les soirées du Bateau-Lavoir autour du poêle défectueux de Picasso.

Il a réussi, à n'en pas douter. Comment? Très simplement. Il est arrivé à Paris, il a ouvert une galerie, découvert de futurs grands peintres, a accroché leurs tableaux, et les amateurs les ont achetés... Tout simplement? En effet, et dans l'allégresse et l'enthousiasme. Désarmant Kahnweiler. Il pousse jusque-là son horreur de l'introspection. Ce n'est pas de lui qu'on apprendra comment, pendant les quelques années qu'a duré la crise de 1929, il a pu survivre avec sa famille, ses peintres, sans que quiconque n'entre dans la galerie pendant des semaines. Quand on lui demande quelles leçons il tire de son expérience, il répond d'un mot :

« Aucune[50]. »

Il estime que ce qui lui est arrivé est trop personnel pour qu'on puisse en tirer une quelconque leçon à l'usage universel des jeunes générations. Son itinéraire, c'est une aventure atypique malgré tous les recoupements qu'elle autorise avec celle de ses confrères européens. Même dans les années 70, il incarne une race de marchands qui font figure de dinosaures dans le marché de l'art. De ces hommes qui s'intéressent plus à l'art qu'au marché et qui sont capables de parler des deux avec la même compétence et le même enthousiasme.

Somme toute, il n'a pas connu de grands conflits intérieurs, ayant toujours fait ce qu'il a voulu. Il n'a

jamais envisagé d'être un peintre. Il a bien exécuté
quelques aquarelles et des collages « pour voir comment ça se faisait » mais n'a jamais nourri la moindre
illusion à ce sujet.

Paris 1979, dans les premiers jours de janvier. A
déjeuner, Henry Kahnweiler rompt le silence et,
désignant la bouteille de vin blanc du Rhin, dit :
    « C'est un cadeau du docteur Schneider... »
    Ce serait à peine croyable que la doctoresse qui l'a
soigné en Suisse lui ait offert de l'alcool. Michel Leiris
comprend alors que son beau-frère, qui était intellectuellement intact, commence à « dérailler ». Le lendemain, Kahnweiler veut absolument manger une
glace. Il a le même réflexe que sa femme Lucie, au
moment de son agonie, plus de trente ans avant, dans
la même pièce. Il exprime le désir de regarder les
*Noces de Figaro* à la télévision. Puis il s'allonge sur
son lit dans sa chambre.
    Son univers. A droite, le portrait de Lucie par
Derain. A gauche son propre portrait par Beaudin, à
côté d'un Masson tout de gouache et de sable.
Derrière lui, de chaque côté du lit, des portraits
d'Henry et Lucie Kahnweiler, au crayon par Gris. En
face, au-dessus de l'armoire, une huile de Léger. Sur
la coiffeuse à l'ancienne, à droite, entre un Masson et
un portrait de Kahnweiler au crayon par Picasso, un
miroir amovible : du même coup d'œil, Kahnweiler
peut se voir dans la glace et à travers Picasso. Enfin,
de son lit, il aperçoit, par les deux grandes fenêtres,
les péniches et le cours de la Seine. Mais cela, il n'y
est pour rien.
    Dans ses mains, il tient un livre de Cosima Wagner,
le troisième tome de son *Journal* relatif aux
années 1878-1883. Puisqu'il ne peut plus écouter la
musique de son mari, il se venge en la lisant ! Mais il
est stupéfait, abasourdi, épouvanté par la violence de

son antisémitisme. Bien sûr, il savait. Mais tout de même... Il a encore en lui suffisamment d'énergie pour se révolter, même si les gestes ne suivent plus.

Le 11, en fin d'après-midi :

« Où est Michel? »

Le domestique va chercher Michel Leiris dans le salon. Ils s'assoient dans la chambre et bavardent. Puis Kahnweiler se lève, s'allonge sur son lit et ferme les yeux.

C'est fini. Nul ne veut le dire au fils des domestiques, qui, chaque jour, lui amène sa lecture de détente. Aussi ce jour-là, comme la veille à la même heure, l'enfant dépose-t-il *Le Monde* entre les mains de cet homme très vieux et très fatigué.

Une trentaine de personnes, ni discours, ni prières. Les obsèques ont lieu dans une sorte d'intimité. On n'a pas répandu la nouvelle. Un ami de New York, le marchand Saidenberg, saute dans un avion dès qu'il l'apprend mais il arrive trop tard. A la galerie, dans la pièce qu'il partageait avec Louise Leiris, nul n'occupera son bureau. C'est sacré. Le fauteuil reste vide, le grand tableau de Picasso est toujours derrière lui et à gauche son propre portrait du même. Sur sa table de travail, le calendrier quotidien est resté ouvert à une page de janvier 1979.

Quelques mois avant sa mort, au Salon des Indépendants, la salle aux cinquante tableaux cubistes portait le nom de « Salle Kahnweiler ». Soixante-dix ans auparavant, on y exposait deux toiles de Braque « appartenant à M. Rahnweiler » (sic). Entre-temps, il s'est fait connaître.

Il a montré qu'il pouvait écrire et compter, vendre et réfléchir, voir et donner à voir. De lui, comme de nul autre, on peut dire désormais : il était l'homme de l'art.

*Abréviations des notes*

**DHK** *:* Daniel-Henry Kahnweiler
*archives GLL :* archives de la galerie Louise Leiris
*s.d. :* sans date

# NOTES ET SOURCES

## 1. L'ITINÉRAIRE DE MANNHEIM À STUTTGART
### 1884-1902

1. Lettre de DHK à Louis Kahnweiler, un homonyme de Chicago, le 19 juin 1964, archives GLL.

2. Témoignage de Gustave Kahnweiler à l'auteur, Londres 1986.

3. DHK, *Mes galeries et mes peintres. Entretiens avec Francis Crémieux*, p. 27, Gallimard 1961.

4. *Idem*, pp. 23, 24.

5. Herbert Franck, « Kahnweiler unverkaüfliche Bilder », in *Schöner Wohnen*, 3 mars 1961.

6. DHK-Crémieux, *op. cit.*, p. 24.

7. *Idem.*

8. *Idem*, p. 25.

9. Pierre Cabanne, « Entretien avec DHK » in *Lectures pour tous*, novembre 1969.

10. Réponse de DHK à l'Almanach Flinker, 1961.

11. Lettre de DHK à René Leibowitz, le 20 février 1942, archives GLL.

12. Témoignage Gustave Kahnweiler, cit.

13. DHK, « Ein Selbstportrait », in *Das Selbstportrait. Große Künstler und Denker unserer Zeit erzahlen von ihrem Leben und ihrem Werk*, Christian Wegner Verlag, Hambourg 1967.

– DHK-Crémieux, p. 28.

14. DHK, « Les grands collectionneurs suisses au début du siècle », *Bulletin Skira* n° 5, Genève 1967.

15. Témoignages de Gustave Kahnweiler, Michel Leiris, Maurice Jardot, à l'auteur. Nombreux témoignages écrits (correspondances) archives GLL.

16. Almanach Flinker, *op. cit.*

## 2. PARIS-LONDRES ET RETOUR
### 1902-1906

1. Paule Chavasse « Le cubisme et son temps », série de dix émissions sur France III 1961-1962, archives INA.
2. DHK-Crémieux, p. 33.
3. *Idem*, p. 30.
4. Témoignage Michel Leiris, cit.
5. Chavasse, cit.
   – DHK-Crémieux, *op. cit.*, p. 35.
6. Chavasse, cit.
7. *Idem*.
8. *Idem*.
9. *Idem*.
10. DHK-Crémieux, *op. cit.*, p. 31.
11. DHK, *Ein Selbstportrait, op. cit.*
12. Henri Perruchot, « Scandale au Luxembourg », in *L'Œil*, n° 9, septembre 1955.

Jeanne Laurent *Arts et pouvoirs*, Université de Saint-Etienne, CIEREC 1983.

John Rewald, *Histoire de l'impressionnisme*, Albin Michel 1955.

13. Werner Spies, « Vendre des tableaux-donner à lire », in *DHK marchand, éditeur et écrivain*, Centre Pompidou 1984.
14. Chavasse, cit.
15. Chavasse, cit.; DHK-Crémieux, *op. cit.*; DHK, *Ein Selbstportrait, op. cit.*; Cabanne, *Lectures...*, art. cit.
16. DHK, *Confessions esthétiques*, p. 20, Gallimard 1963.
17. Fernand Léger, *Fonctions de la peinture*, p. 28, Denoël 1965.
18. Chavasse, cit.
19. Léger, *op. cit.*, p. 29.
20. DHK, *Salut aux Indépendants*, in « 69ᵉ Salon des Indépendants 1906-1909 le carré des anciens », Grand Palais 1968.
21. *Idem*.
22. DHK, *Ein Selbstportrait, op. cit.*
23. André Level, *Souvenirs d'un collectionneur*, p. 17, Alain Mazo 1959. Guy Habasque, « Quand on vendait la peau de l'ours », in *L'Œil* n° 15, mars 1956.
24. DHK-Crémieux, p. 45.
25. Chavasse, cit.; Cabanne, *Lectures...*, art. cit.
26. Friedrich Ahlers-Hestermann, *Kunst und Künstler*, 1916.
27. Déclaration de DHK, in « Seize écrivains dénifissent le bilinguisme », in *Le Figaro littéraire*, 29 juillet 1961.
28. Témoignage Gustave Kahnweiler, cit.

29. DHK, *Gris, sa vie, son œuvre, ses écrits*, p. 95, Gallimard 1946.

30. Chavasse, cit.

31. *Gil Blas*, le 17 octobre 1905.

32. DHK-Crémieux, p. 37.

33. Témoignage Gustave Kahnweiler, cit.

34. Dialogue établi à partir de DHK-Crémieux *op. cit.*, Chavasse, cit.; Cabanne, *Lectures...*, *art. cit.*

35. *Idem;* interview de DHK in *Mon programme radio-télé*, 13 février 1960.

36. DHK-Crémieux, *op. cit.*, p. 41.

37. DHK-Crémieux, *op. cit.*, p. 137.

38. Lettre d'Eugène Reignier à DHK, non datée mais probablement de décembre 1906, archives GLL.

39. Lettre d'Eugène Reignier, le 30 janvier 1960, archives GLL.

### 3. GALERIE KAHNWEILER
#### 1907

1. Archives GLL.

2. DHK-Crémieux, *op. cit.*, p. 42.

3. Florent Fels, *Voilà*, p. 23 Paris 1957.

4. Entretien de DHK avec Hubert Juin in *Les lettres françaises* 22-28 juin 1961.

5. Maurice Jardot, « DHK ou la morale d'un métier » in *DHK, marchand, éditeur et écrivain*, Centre Pompidou 1984.

6. Entretien de DHK avec Hughes Delesalle, disque 33 tours N° 56 de la collection « Hommes d'aujourd'hui », Alliance Française.

7. Entretien (1958) de DHK avec Raymonde Moulin pour *Le marché de la peinture en France*, p. 100, Minuit 1967.

8. Entretien de DHK avec Hélène Parmelin in *L'Humanité* (1954).

9. Article de Henri-Pierre Roché in *Le courrier graphique*, juillet 1954.

10. DHK, *Ein Selbstportrait, op. cit.*; DHK-Cremieux, *op. cit.* p. 49; Cabanne, *Lectures...*, art. cit.

11. DHK, *Ein Selbstportrait, op. cit.*

12. André Derain *Lettres à Vlaminck*, p. 192, Flammarion 1955.

13. DHK, *Ein Selbstportrait*.

14. *Idem;* Chavasse, cit.

15. DHK, *Gris, op. cit.*, pp. 65-66.

16. Chavasse, cit.
Jean-Jacques Lévêque, « Les témoins », France-Culture, 28 janvier 1971, archives INA.

17. Derain, *op. cit.*, p. 192; DHK-Crémieux p. 50.

18. Entretien de DHK avec Georges Bernier, « Du temps que les cubistes étaient jeunes », in *L'Œil* n° 1, 15 janvier 1955.

19. DHK, préface à Gertrude Stein, *Painted lace and other pieces*, New Heaven 1955.

Emission consacrée à Matisse, France-Culture, le 23 juin 1970, archives INA.

20. Maurice de Vlaminck, *Portraits avant décès*, Flammarion 1943.

21. Malcolm Gee, *Dealers, critics and collectors of modern painting : aspects of the parisian art market 1910-1930*, Phd Institut Courtauld, Université de Londres 1977.

22. Théda Shapiro, *Painters and politics. The european avant-garde and society 1900-1925*, Elsevier New York 1976.

– David Cottington, *Cubism and the politic of culture in France 1905-1914*, Phd, Institut Courtauld, Université de Londres 1985.

23. Cottington, *op. cit.*, p. 181.

24. René Julian, « Un peintre et son marchand à Rome vers la fin du XVIᵉ siècle », *in Pour* DHK, sous la direction de Werner Spies, Stuttgart, Gerd Hatje 1965.

25. Krisztof Pomian, *Collectionneurs, amateurs et curieux. Paris-Venise XVIᵉ-XVIIIᵉ siècle* Gallimard 1987.

26. Nicholas Green, « Dealing in temperaments : economic transformation of the artistic field in France during the second half of the nineteenth century », in *Art History*, Vol. 10, n° 1, March 1987.

27. Albert Boime « Les magnats américains à la conquête de l'art français », in *L'Histoire* n° 44, avril 1982.

28. Henri Perruchot, « Le père Tanguy », in *L'Œil* n° 6, 15 juin 1955.

29. DHK in *L'Arche* n° 55, août-septembre 1961.

30. Interview de Francis Jourdain in *L'Œil* n° 21 septembre 1956.

31. Boime, *art. cit.*

32. S.N. Behrman, *Duveen*, Londres, Hamish Hamilton 1952.

– Raymonde Moulin, *op. cit.* p. 205.

33. Ambroise Vollard, *Souvenirs d'un marchand de tableaux*, Albin Michel 1937. *En écoutant Cézanne, Degas, Renoir...*, Grasset 1938. Fels *op. cit.* p. 145.

34. Apollinaire in *Je dis tout*, 26 octobre 1907.

35. DHK, *L'Arche*, art. cit.

36. Pascal Pia, « Ambroise Vollard, marchand et éditeur » in *L'Œil* n° 3, mars 1955.

37. Camille Pissarro, *Lettres à son fils Lucien*, Albin Michel 1950.

38. Cabanne, *Lectures...* art. cit.

39. DHK, « Der Anfang des modernen Kunsthandels » in E. Forsthoff-R. Horstel, *Standorte in Zeitsrom*, Athenaum Verlag, Frankfurt 1974.

40. Jardot, art. cit.

41. Archives GLL.

42. Raymonde Moulin, *op. cit.* p. 114.

43. Lettre de DHK à Lascaux, le 10 juin 1931, archives GLL.

44. Lettre de DHK au photographe Sully, le 4 juillet 1923, archives GLL.

45. DHK, *Les grandes collections... op. cit.*

46. Spies, art. cit.

47. Francis Berthier, préface au *Catalogue de la donation Jean et Geneviève Masurel*, Musée d'art moderne de Villeneuve d'Ascq. Tourcoing 1984.

48. Jean Grenier, « Un collectionneur pionnier », in *L'Œil* n° 15, mars 1956.

49. Lettre de Roger Dutilleul le 8 juillet 1947 citée par Francis Berthier, *La collection Roger Dutilleul*, Sorbonne 1977. L'essentiel de ces pages consacrées à Roger Dutilleul vient de cette thèse et des entretiens accordés par l'auteur, petit-neveu de Roger Dutilleul.

50. Grenier, art. cit.

51. Témoignage de Jean Masurel, neveu de Roger Dutilleul, à l'auteur.

52. Liliane Meffre, « DHK et Carl Einstein : les affinités électives », in *DHK, marchand, éditeur, écrivain*, Centre Pompidou 1984.

Jean Laude, « L'esthétique de Carl Einstein », in *Médiations* 1961.

DHK, *Gris, op. cit*, pp. 183 et 218.

53. Lettre de DHK à Raymond Queneau, le 6 mai 1971, archives GLL.

54. Gabrielle Linnebach « Wilhelm Uhde, le dernier romantique », in *L'Œil* n° 285, avril 1979.

55. DHK, *Ein Selbstportrait, op. cit.*

56. Liliane Meffre « DHK et Wilhelm Uhde : le marchand et l'amateur », in *DHK, marchand, éditeur, écrivain*, Centre Pompidou 1984.

57. DHK-Crémieux, *op. cit.*, p. 53 et sq.; Cabanne, Lectures... art. cit.; Chavasse, cit.

58. DHK-Crémieux *op. cit;* DHK, *Ein Selbstportrait op. cit.*

59. Jeanine Warnod, *Le Bateau-Lavoir*, p. 13 Mayer 1986.

60. Témoignage de Pierre Mac Orlan in Chavasse, cit.

61. Chavasse, cit.

62. Cabanne, *Lectures...* art. cit.

63. Daniel Henry, *Der Kubismus*, Die Weissen Blätter, Zurich 1916, p. 212 cité par Spies, art. cit.

64. DHK, *Gris*, p. 102.

65. *Idem;* DHK, *Confessions esthétiques, op. cit.*, pp. 22, 23.

66. *Idem.*

67. DHK, *Picasso et le cubisme*, Préface à une exposition, Musée de Lyon 1953.

68. DHK-Crémieux, *op. cit.*, p. 55.

69. *Idem.*

70. Wilhelm Uhde, *Von Bismarck bis Picasso*, Verlag Oprecht Zurich 1938.

71. DHK-Crémieux, *op. cit.*, p. 89.

72. DHK, *Confessions esthétiques, op. cit.* pp. 184-185.

73. Chavasse cit.

74. Pierre Cabanne, *Le siècle de Picasso*, pp. 245, 246, Denoël, 1975 (col. Médiations).

75. Chavasse cit.

## 4. LES ANNÉES HÉROÏQUES

### 1907-1914

1. Dunoyer de Segonzac « Souvenirs sur André Derain » in *Le Figaro littéraire*, 18 septembre 1954.

2. Cabanne, *Lectures...* art. cit.

3. Raymonde Moulin, *op. cit.*, p. 112.

4. Lettre de DHK à Togorès, le 23 décembre 1925, archives GLL.

5. Cabanne, *Lectures...* art. cit.; DHK-Crémieux, *op. cit.* p. 100.

6. Linnebach, art. cit.

7. Vlaminck, *op. cit.*, p. 33.

8. *Paris-Journal* 1911.

9. *Idem.*

10. Lettre de Vlaminck à DHK, le 18 décembre 1919, archives GLL.

11. Article d'Apollinaire in *Je dis tout*, 26 octobre 1907.

12. Gustave Coquiot « Maurice de Vlaminck » in *Peintres d'aujourd'hui*, 1914.

13. Portrait de Braque par La Palette (André Salmon) in *Paris-Journal*, le 13 octobre 1911.

14. Chavasse cit.

15. Dora Vallier, *L'intérieur de l'art*, p. 42, Seuil, 1982.

16. Chavasse, cit.

17. J.K. Huysmans, *L'art moderne*, pp. 252, 253, 10/18 1975.

18. Lettre de DHK à Borès, le 29 novembre 1939, archives GLL.

19. *Montjoie*, 4-6 avril 1914, cit. par Gee *op. cit.*

20. Vollard, *Souvenirs... op. cit.*, p. 68.

21. *Gil Blas*, 17 octobre 1905.

22. Article du *Charivari* cit. par Rewald, *op. cit.*, pp. 204, 207.

23. DHK, *Gris, op. cit.*, p. 210.

24. Chavasse cit.

25. Jean Cassou, *Une vie pour la liberté*, p. 227, Robert Laffont, 1981.

26. Lettre de Max Jacob à DHK, avril 1913, in *Correspondance de Max Jacob*, Editions de Paris, 1953.

27. DHK-Crémieux, *op. cit.*, p. 66.

28. Journal d'Otto Freundlich in *Prisme des arts*, janvier 1957.

29. Camille Mauclair, *Les métèques contre l'art français*, p. 121, Editions de la Nouvelle Revue critique, 1930.

30. Adolphe Basler, *La peinture... religion nouvelle*, Librairie de France, 1926.

31. *Le Figaro*, 3 octobre 1911.
*Gil Blas*, 22 septembre 1911.

32. Brassaï, *Conversations avec Picasso*, p. 34, Gallimard, 1964.

33. DHK, *Gris, op. cit.* p. 109.
Témoignage d'André Salmon à Chavasse, cit.

34. Chavasse, cit.

35. Lettres de DHK à Togorès, le 10 mai 1924 et le 12 novembre 1928, archives GLL.

36. Lettre de Max Jacob à DHK, le 21 septembre 1912, in *Correspondance Jacob*, cit. p. 73.

37. *Correspondance Jacob, op. cit.*, pp. 37-39.

38. *Idem* p. 40.

39. François Chapon, « Livres de Kahnweiler » in *DHK, marchand, éditeur écrivain, op. cit.*

40. Chavasse, cit.

41. Chapon, art. cit.

42. Cabanne, *Lectures...* art. cit.

43. Cabanne, *Le siècle de Picasso, op. cit.*

44. Note manuscrite de DHK, 1952, archives GLL.

45. DHK-Crémieux pp. 135, 136.

46. *Idem.*

47. Beverly Whitney Kean, *All the empty palaces. The merchant patrons of modern art in pre-revolutionnary Russia*. Barrie and Jenkins, Londres 1983.

48. *Idem* pp. 125 et sq.

49. Article de Serge Fauchereau in *Beaux-Arts Magazine*, novembre 1981.

50. Henri Matisse, *Ecrits et propos sur l'art*, pp. 118, 119, Hermann 1972.

51. *Idem.*

52. Whitney Kean, p. 164, *op. cit.*

53. Matisse, *op. cit.*, p. 119.

54. DHK, Der Anfang..., *op. cit.*

55. Archives GLL.

56. Lettre de DHK à Picasso, le 20 octobre 1964, archives GLL.

57. DHK, *Souvenir du Dr Vincenz Kramar*, préface au catalogue d'une exposition, Prague 1964.

58. Article de Adolf Hoffmeister in « Catalogue de l'exposition Paris-Prague », MNAM 1966.

59. Marc Dachy, Catalogue de l'exposition Gertrude Stein au Clos Poncet, Culoz, 1987.

Numéro spécial Gertrude Stein, *Europe*, août 1985.

Entretiens de Joseph Barry et Edward Burns avec l'auteur.

60. Linda Simon, *Alice B. Toklas*, p. 96, Seghers 1984.

61. Interview de DHK in « Bonjour, Monsieur Léger », in *L'art et la vie*, diffusé sur France I, le 2 septembre 1954, archives INA.

DHK-Crémieux, *op. cit.*, p. 68.

62. Chavasse, cit.

63. DHK, *Préface à l'exposition Manolo*, Chalette Gallery, New York 1957.

64. Chavasse cit.

DHK-Crémieux, *op. cit.*, p. 70.

65. DHK, *Gris, op. cit.*, p. 21.

66. DHK, *Confessions esthétiques, op. cit.* p. 122.

67. Vallier, *op. cit.*, p. 84.

68. *Livre et image*, le 4 juillet 1910.

69. Apollinaire, *A Henry Kahnweiler*, 28 novembre 1910, archives GLL.

70. Lettre de Max Jacob à DHK, le 10 octobre 1922, in *Correspondance Jacob, op. cit.*, p. 127.

71. Lettre de Derain à DHK, s.d. (1910) archives GLL.

72. Lettre de Max Jacob à DHK s.d. (1910) in *Correspondance Jacob, op. cit.*, pp. 40, 41.

73. *Idem*, p. 54.

74. Interview de DHK pour le 10e anniversaire de Max Jacob, diffusée le 8 mars 1954 sur France I, archives INA.

75. Chavasse, cit.

76. Yves Kobry, « Arcimboldo, l'illusionniste », in *Beaux-Arts Magazine* n° 44, mars 1987.

77. Pierre Daix *Picasso créateur. La vie intime et l'œuvre*, p. 111, Seuil 1987.

Michael Baxendall, *Patterns of intention. On the historical explanation of pictures*, pp. 41 à 72, Yale University Press London 1985.

78. Lettre de DHK à Picasso, le 20 novembre 1962, archives GLL.

79. Roland Penrose, « Picasso's portrait of Kahnweiler », in *The Burlington Magazine*, number 852, March 1974.

80. Lettre de DHK à Van Hecke, le 12 mars 1924, archives GLL.

81. DHK, *Gris*, p. 205, *op. cit.*

82. René Brimo, *L'évolution du goût aux Etats-Unis d'après l'histoire des collections*, Editions James Fortune, Paris 1938.

83. *Idem*.

84. Chavasse, cit.

85. DHK, *Gris, op. cit.*, p. 213.

86. Vallier, *op. cit.*, p. 34.

87. Lettre de Braque à DHK, s.d. (probablement été 1911) archives GLL.

88. Lettre de Picasso à DHK, le 17 août 1911, archives GLL.

89. *L'Intransigeant*, 10 octobre 1911.

90. *Le petit phare* (Nantes), 9 octobre 1911.

91. *The Sunday Times*, 1<sup>er</sup> octobre 1911.

92. Lettre de Max Jacob à DHK s.d. (1912) in *Correspondance Jacob, op. cit.*, pp. 80 à 85.

93. *Gil Blas*, 9 février 1912.

94. *Gil Blas*, 19 mars 1912.

95. Article de James Burckley in *L'assiette au beurre*, 17 février 1912.

96. DHK, *Gris, op. cit.*, p. 214.

97. *L'Intransigeant*, 6 janvier 1912.

98. Jacques de Gachons « La peinture d'après-demain (?) » in *Je sais tout*, 15 avril 1912.

99. DHK, « Le véritable béarnais », in *Les temps modernes*, mars 1950, repris in *Confessions esthétiques, op. cit.*

100. Témoignage d'André Masson à l'auteur.

Interview d'André Masson « Le surréalisme et après » in *L'Œil* n° 5, 15 mai 1955.

101. Paul Klee, *Journal*, Grasset 1959.

102. Archives GLL.

103. Fernande Olivier, *Picasso et ses amis*, Stock 1933.

104. Archives GLL.

105. Lettres de DHK à Picasso, le 6 juin et 12 juillet 1912, archives GLL.

106. Lettres de Picasso à DHK, les 12 et 17 juin 1912, archives GLL.

107. Lettre de Picasso à DHK, le 15 août 1912, archives GLL.

108. Lettre de Braque à DHK, s.d. (probablement été 1912) archives GLL.

109. Correspondance Braque-DHK, archives GLL.

110. *Idem* s.d. probablement été 1912.

111. *Idem.*

112. *DHK marchand, éditeur, écrivain, op. cit.*, p. 111.

113. Vallier, pp. 39, 40.

114. *L'Intransigeant*, 1<sup>er</sup> et 3 octobre 1912.

115. *Gil Blas*, 21 octobre 1912.

116. DHK, *Gris, op. cit.*, p. 105.

117. DHK, *Confessions esthétiques, op. cit.*, p. 35.

118. *Dictionnaire de l'art et des artistes*, sous la direction de Robert Maillard, p. 529, Fernand Hazan, 1982.

119. Chavasse, cit.

120. DHK, *Confessions esthétiques, op. cit.,* p. 35.

121. *Idem,* p. 19.

122. DHK, *Ein Selbstportrait, op. cit.*

123. DHK, *Gris, op. cit.,* p. 109.

124. Lettre de Cézanne à Emile Bernard, 1904 citée par Chavasse, cit.

125. Chavasse, cit.

126. René Gimpel, *Journal d'un collectionneur marchand de tableaux,* p. 84, Calmann-Lévy, 1963.

127. Vallier, *op. cit.,* p. 43.
*Amis de l'art,* n° 6, 1949.

128. *Excelsior,* 2 octobre 1911.

129. *Bulletin de la section d'or,* 9 octobre 1912.

130. Michaël Baxendall, *L'Œil du Quattrocento,* Gallimard, 1985.

131. *Idem.*

132. Vincent Van Gogh, *Lettres à Théo,* p. 271, cit. par Moulin.

133. Jean Ajalbert, enquête dans *L'Humanité,* 1905.

134. Vollard, *op. cit.*

135. Lettre de DHK à Philippe Vergnaud, le 9 décembre 1958, archives GLL.

136. DHK-Crémieux, *op. cit.,* p. 112.

137. Lettre de DHK à Manolo, le 9 juillet 1923, archives GLL.

138. Philippe Vergnaud, *Les contrats conclus entre peintres et marchands de tableaux,* p. 83, Rousseau, Bordeaux 1958.

139. Lettres-contrats DHK-Picasso, Derain, Braque, le 18 décembre 1912, archives GLL.

140. Lettre de Gris à DHK, le 20 février 1913, archives GLL.

141. Raymond Bachollet, « A la découverte de Juan Gris, dessinateur de presse », in *Hommage à Juan Gris,* Grand Orient de France, juin 1987.

142. DHK, *Gris, op. cit.*

143. *Idem.*

144. DHK, *Gris, op. cit.*

145. Chavasse, cit.

146. *Idem.*

147. Wilhelm Uhde, *Picasso et la tradition française,* p. 83. Les 4 chemins, 1928.

148. DHK-Hughes Delesalle, *op. cit.*

149. Lettre de Vlaminck à DHK, le 2 mars 1934, archives GLL.

150. Lettre de Nadia Léger à DHK, le 9 décembre 1958, archives GLL.

151. *Idem.*

152. Henri-Pierre Roché « Adieu brave petite collection » in *L'Œil* n° 51, mars 1959.

153. Roché in *Le courrier graphique,* art. cit.

154. Cabanne, *Lectures...* art. cit.

– DHK-Crémieux, *op. cit.*

155. Lettre de Picasso à DHK, le 11 avril 1913, archives GLL.

156. Lettre de Gris à DHK, le 29 septembre 1913 et en octobre 1913 (s.d.), archives GLL.

157. Lettre de Braque à DHK, été 1913, archives GLL.

158. *Gil Blas*, (supplément) 15 novembre 1913.

159. Lettre de DHK à Douglas Cooper le 15 mars 1937, archives GLL.

160. Lettre de DHK à Halvorsen, le 7 avril 1922, archives GLL.

161. Lettre DHK-Cooper, cit.

162. Christian Zervos « Entretien avec Alfred Flechtheim » in *Feuilles volantes*, supplément à *Cahiers d'art*, n° 10, 1927.

163. *Idem.*

164. *Idem.*

165. Cabanne, *Le siècle de Picasso*, op. cit. II.

166. Lettre de DHK à Raymond Queneau, le 26 février 1960, archives GLL.

167. DHK, *Gris*, op. cit., p. 176.

168. Vallier, op. cit.

169. Apollinaire, *Les peintres cubistes*, p. 75. Berg International, 1986.

170. *L'Intransigeant*, 18 et 22 mars 1913.

171. Klee, *op. cit.*, p. 235.

172. Chavasse, cit.

Levêque, cit.

173. Lettre d'Apollinaire à DHK s.d. (printemps 1913), archives GLL.

174. Lettre de DHK à Apollinaire les 27 mars et 3 avril 1913, archives GLL.

175. Lettre de DHK à Picasso, le 4 mars 1913, archives GLL.

176. Pierre Daix, *Journal du cubisme*, p. 115, Skira, Lausanne, 1982.

177. Lettre de DHK à Gris, 19 février 1914, archives GLL.

178. Shapiro, *op. cit.*, p. 75.

179. Lettre de DHK à Léo Stein, le 10 février 1914, archives GLL. Lettre de DHK à Ivan Morozoff, le 9 février 1914, archives GLL.

180. Lettres de DHK à Serguei Chtchoukine les 3, 9, 12 et 18 février 1914, archives GLL.

181. Archives GLL.

182. Daniel Henry, « Werkstatten », *Die Freude*, Ohwilanken, Vol. 1, 1920.

183. *Gil Blas*, 3 mars 1914.

184. Lettres de DHK à Chtchoukine et Morozoff, le 20 février 1914, archives GLL.

185. *Journal des débats*, 3 mars 1914.

*Paris-Midi*, 1er mars 1914.

186. *Gil Blas*, 3 mars 1914.

187. Guy Habasque, « Quand on vendait la peau de l'ours » in *L'Œil* n° 15, mars 1956.

188. *L'homme libre*, 3 mars 1914.

189. Delcour, « Avant l'invasion » in *Paris-Midi*, 3 mars 1914.

190. Dr Artault in *La revue sans titre*, cité par Apollinaire in *Paris-Journal*, 15 mai 1914.

191. *L'Intransigeant*, 12 juin 1914.

192. Joseph Kessel, *Kisling*, Editions Jean Kisling, Turin 1971.

193. Gertrude Stein, *Autobiographie d'Alice B. Toklas*, Gallimard, 1934.

194. Chavasse, cit.

195. Lettre de Derain à DHK, le 12 juillet 1914, archives GLL.

196. DHK, *Ein Selbstportrait, op. cit.*

197. Lettre de DHK à Derain, le 6 septembre 1919, archives GLL.

198. DHK-Crémieux, *op. cit.*, p. 68.
Chavasse, cit.
DHK, *Ein Selbstportrait, op. cit.*

199. Chavasse, cit.

200. Lettre de Gris à DHK le 1er août 1914, archives GLL.

201. DHK-Crémieux, *op. cit.*, p. 75.

## ENTRACTE : L'EXIL
### 1915-1920

1. Lettre de DHK à Manolo, le 25 septembre 1919, archives GLL.

2. DHK, *Les grands collectionneurs...*, op. cit.

3. Chavasse, cit.

4. Yves Collart, *Le Parti socialiste suisse et l'Internationale 1914-1915*, p. 208, Genève 1969.

5. Frances Trezevant, *Un collectionneur suisse au xxᵉ siècle : Hermann Rupf*, Mémoire de licence, université de Lausanne, 1975.

6. Lettre de Max Jacob à DHK, le 22 septembre 1914, in *Correspondance Max Jacob, op. cit.*, p. 97.

7. Lettre de Max Jacob à Maurice Raynal, le 23 septembre 1914, in *Correspondance Jacob, op. cit.*, p. 99.

8. Lettre de Gris à Maurice Raynal, le 15 février 1915, et le 4 octobre 1916, archives GLL.

9. Maximilien Gauthier, Derain, in *Larousse mensuel*, novembre 1954.

10. Vallier, *op. cit.*, p. 62.

11. *Idem*.

12. Chavasse, cit.

13. Oskar Kokoschka, *Ma vie*, PUF, 1986.

14. Registres, rapports de police du canton de Berne et lettres d'avocat, les 28 janvier et 15 février 1915. Attestation de Hermann Rupf, le 22 février 1915. Stadtarchiv, Bern, BB4.1.952.

15. Les inédits d'Apollinaire, *Revue de Paris*, janvier 1947.

16. Lettre de Gris à DHK, le 26 mars 1915, archives GLL.
DHK, *Gris, op. cit.*
Douglas Cooper, ed. et trad., *Letters of Juan Gris 1913-1927*, Londres 1956.

17. *Idem.*

18. Cabanne, *Lectures...* art. cit.

19. Christian Derouet, « De la voix et de la plume. Les émois cubistes d'un marchand de tableaux », in *Europe* n° 638, juin 1982.

20. Chavasse, cit.

21. Lettre de Gris à DHK, le 19 avril 1915, archives GLL.
DHK, *Gris, op. cit.*
Cooper, *op. cit.*

22. Gimpel, *op. cit.* p. 23.

23. Séance du 6 juillet 1915, document conservé à la Bibliothèque nationale.

24. Alfred Erich Senn, *The russian revolution in Switzerland 1914-1917*, p. 14. The University of Wisconsin Press Wisconsin, 1971.

25. *Idem* p. 31.

26. John Willett, *The new sobriety. Art and politics in the Weimar period 1917-1933*, pp. 26, 27. Thames and Hudson, Londres, 1978.

27. Témoignage Tzara in Chavasse, cit.

28. Lettre de DHK à Gris, le 22 août 1919, archives GLL.

29. Chavasse, cit.
DHK-Crémieux, *op. cit.*, p. 78.

30. Publié pour la première fois en français in *Confessions esthétiques, op. cit.*

31. Lettre de DHK à René Leibowitz, le 20 février 1942, archives GLL.

32. A Riegl, *Spätrömische Kunstindustrie*, 1906.

33. W. Worringer, *Abstraktion und Einfuhlung. Ein Beitrag zur Stilpsychologie.* Munich, 1908.
Germain Bazin, *Histoire de l'histoire de l'art*, pp. 154 à 173, Albin Michel, 1986.

34. DHK, *Confessions esthétiques, op. cit.*, p. 1.

35. *Le Journal*, 20 octobre 1912.
Edward Fry, *Le cubisme*, La Connaissance, Bruxelles, 1966.
John Golding, *Le cubisme*, Julliard, 1962.

36. Yves-Alain Bois « Kahnweiler's Lesson », in *Representations* 18 Spring 1987, University of California Press.

37. Lettre de DHK à René Leibowitz, le 20 février 1942, archives GLL.

38. Maurice Raynal *Les créateurs du cubisme*, catalogue n° 13 de l'exposition de Beaux-arts, mars 1935.

39. DHK, *Maurice de Vlaminck*, Leipzig, Klinkhard et Biermann, 1920.

40. Lettre de DHK à Masson, le 13 novembre 1939, archives GLL.

41. DHK, *Confessions esthétiques*, *op. cit.*, p. 149.

42. Chavasse, cit.

43. DHK, *Confessions esthétiques*, p. 59, 60.

44. Lettre de DHK à Masson, le 19 septembre 1957, archives GLL.

45. Baxendall, *L'Œil du Quattrocento, op. cit.*

46. Stefan Zweig, *Journaux 1912-1940*, p. 172, Belfond 1986.

47. Lettre de DHK à Tristan Tzara les 13 février et 29 août 1917, Bibliothèque littéraire Jacques Doucet.

48. Chavasse, cit.

49. Félix Fénéon, *Œuvres plus que complètes*, Textes réunis et présentés par J.U. Halperin, Droz Genève 1970.

50. Philippe Vatin, « La Vie Artistique en 1917 », in *Images de 1917*, Musée d'histoire contemporaine, catalogue BDIC 1987.

51. Roland Ruffieux, *La Suisse de l'entre-deux-guerres*, Payot, Lausanne 1974.

52. Lettres de DHK à Tristan Tzara, les 30 novembre et 20 décembre 1918, Bibliothèque littéraire Jacques Doucet.

53. Lettre de DHK à Manolo, le 25 septembre 1919, archives GLL.

54. Lettre de DHK à Tristan Tzara, le 30 novembre 1918, Bibliothèque littéraire Jacques Doucet.

55. Pierre Reverdy, *Note éternelle du présent*, p. 78, Flammarion 1973.

56. Gérard-Georges Lemaire, « Carlo Carra, un futuriste repenti », in *Beaux Arts magazine*, n° 46, mai 1987.

57. Meffre, art. cit.

58. Lettre de DHK à Braque, le 19 septembre 1919, archives GLL.

59. Lettre de DHK à Vlaminck, le 23 décembre 1919, archives GLL.

60. Lettre de Braque à DHK, le 17 septembre 1919, archives GLL.

61. Lettre de DHK à Manolo, le 11 décembre 1919, archives GLL.

62. Lettre de Gris à DHK, le 25 août 1919, archives GLL.

63. Lettre de DHK à Gris, fin août 1919, archives GLL.

64. Lettre de Gris à DHK, le 3 septembre 1919, archives GLL.

65. Lettres de DHK à Gris, les 17 septembre et 1er octobre 1919, archives GLL.

66. Lettre de DHK à Gris, le 8 décembre 1919, archives GLL.

67. Lettre de DHK à Braque, le 2 septembre 1919, archives GLL.

68. *Idem*, le 19 septembre 1919.

69. *Idem.*
70. Lettre de Braque à DHK, le 8 octobre 1919, archives GLL.
71. Lettre de DHK à Braque, le 14 octobre 1919, archives GLL.
72. Lettre de DHK à Braque, le 11 novembre 1919, archives GLL.
73. Lettre de DHK à Braque, le 15 décembre 1919, archives GLL.
74. Lettre de DHK à Derain, le 6 septembre 1919, archives GLL.
75. Lettre de Derain à DHK, le 6 septembre 1919, archives GLL.
76. Lettre de DHK à Derain, le 16 décembre 1919, archives GLL.
77. Lettre de Derain à DHK, le 17 décembre 1919, archives GLL.
78. Lettres de DHK à Vlaminck, les 9 et 11 septembre 1919, archives GLL.
79. Lettres de DHK à Manolo, les 11 et 25 septembre 1919, archives GLL.
Lettre de Manolo à DHK, le 6 octobre 1919, archives GLL.
80. Lettre de DHK à Manolo, le 11 décembre 1919, archives GLL.
81. Lettre de Léger à DHK, automne 1919, archives GLL.
82. Lettre de DHK à Braque, le 11 novembre 1919, archives GLL.
83. Chavasse, cit.
84. Interview de DHK à un quotidien parisien non identifié, le 13 novembre 1966, archives GLL.
85. Lettre de DHK à Derain, le 4 décembre 1919, archives GLL.
86. Lettre de DHK à Léger, le 13 octobre 1919, archives GLL.
Lettres de DHK à Derain, les 16 et 26 décembre 1919, archives GLL.
Lettre de DHK à Vlaminck, le 16 décembre 1919, archives GLL.
87. Lettre de Léger à DHK, le 9 octobre 1919, archives GLL.
88. DHK, *Confessions esthétiques, op. cit.,* p. 63.
89. *Idem,* p. 211.
90. *Aux Ecoutes,* le 2 janvier 1953.
91. DHK, *Confessions esthétiques, op. cit.,* pp. 52 et sq.
92. *Idem,* p. 83.
93. *Idem,* pp. 81 et sq.
DHK-Crémieux, *op. cit.*
Chavasse, cit.
94. Chavasse, cit.

## 5. OUBLIER DROUOT
### 1920-1923

1. Cabanne, *Lectures...,* art. cit.
2. Notes manuscrites de DHK, février 1920, archives GLL.
3. Lettre de Van Dongen à DHK, le 8 avril 1920, archives GLL.
4. Lettres de Manolo à DHK, les 7 et 16 mai 1920, archives GLL.

Lettre de DHK à Manolo, le 2 mai 1920, archives GLL.

5. Lettre de DHK à Picasso, le 10 février 1920, archives GLL.

6. DHK, *Gris, op. cit.*, p. 37.

7. Notes manuscrites de DHK, février 1920, archives GLL.

8. Lettre de DHK à Gris, le 17 février 1920, archives GLL.

9. Contrat Braque, 11 mai 1920, archives GLL.

10. Lettre de Braque à DHK, le 30 juin 1920, archives GLL.

11. Lettre de Max Jacob à DHK, juin 1921, in *Correspondance Jacob, op. cit.*, p. 17.

12. Léon Degand, « DHK et la galerie Louise Leiris », in *Aujourd'hui*, n° 13, juin 1957.

13. Lettre de Florent Fels à DHK, le 7 septembre 1920, archives GLL.

14. Lettre de J. Gunzburg à DHK, le 2 avril 1920, archives GLL.

15. Lettre de DHK au contrôleur des contributions directes de la Madeleine, le 25 janvier 1921, archives GLL.

16. Lettre de DHK à Stephan Bourgeois, le 21 octobre 1920, archives GLL.

17. Lettres de la galerie Sigge Björks à DHK, les 16 juin, 19 août et 6 septembre 1920, archives GLL.

18. Cité par Gee, *op. cit.*, p. 81.

19. « Les Souvenirs de Lunia Czechowska », in Ámbrogio Ceroni, *Amédéo Modigliani*, Milan 1958.

20. Lettres de DHK à Zborowski, les 18 janvier et 5 février 1921, archives GLL.

21. Amédée Ozenfant, *Mémoires 1886-1962*, Seghers 1968.

22. Roland Penrose, *Picasso*, Flammarion 1982.

23. Derouet, art. cit.

Christian Derouet, « Quand le cubisme était un bien allemand », in *Catalogue Paris-Berlin 1900-1933*, Centre Pompidou 1978.

24. Derouet, art. cit., in *Europe*.

25. Gee, *op. cit.*, p. 47.

26-29. DHK, *Gris, op. cit.*, p. 34.

30. Gee, *op. cit.*, pp. 45, 48.

31. *Idem*, p. 45.

32. Lettre de Severini à Léonce Rosenberg, septembre 1920, in Gino Severini, *Dal cubismo al classicismo*, p. 143, Marchi et Bertolli, Florence 1972.

33. Lettre de DHK à Gris, le 23 décembre 1920, archives GLL.

34. Lettres de Léger à DHK, les 9 novembre et 30 octobre 1920, archives GLL.

35. Lettre de Kundig à DHK, le 20 novembre 1920, archives GLL.

36. Facture, décembre 1920, archives GLL.

37. Lettre de Jacques Doucet à DHK, le 29 décembre 1920, archives GLL.

Lettre de DHK à Jacques Doucet, le 31 décembre 1920, archives GLL.

38. Lettre de DHK à Signac, le 12 novembre 1920, archives GLL.

39. Lettre de DHK à Kundig, le 12 novembre 1920, archives GLL.

40. Lettre de DHK à Braque, le 14 janvier 1921, archives GLL.

41. Lettre de DHK à Derain, le 10 mai 1921, archives GLL.

42. Miro, *Selected writings and interviews*, ed. Margit Rowell, Thames and Hudson, Londres 1987.

43. Lettre de DHK à Fernande Olivier, le 27 mai 1921, archives GLL.

Lettres de Fernande Olivier à DHK, les 9 et 11 juillet 1921, archives GLL.

44. *L'Intransigeant*, 31 mai 1921.

45. Meffre, art. cit.

46. Laurent, *op. cit.*, p. 121.

47. Meffre, art. cit.

48. Derouet, *Europe*, art. cit.

49. Lettre de Gris à DHK, le 18 mai 1921, archives GLL.

50. Laurent, *op. cit.*, p. 119.

Ozenfant, *op. cit.*, p. 119.

*Echo de Paris*, 13 juin 1921.

Gertrude Stein, *op. cit.*, p. 118.

Georges Auric, *Quand j'étais là*, p. 195, Grasset 1979, archives GLL.

51. Cabanne, *Lectures...*, art. cit.

52. *L'art vivant*, 1er octobre 1928.

53. Témoignage Tzara, in Chavasse, cit.

54. Ozenfant, *op. cit.*, p. 119.

55. Laurent, *op. cit.*, pp. 118-121.

56. Lettre de DHK à Manolo, le 25 juin 1921, archives GLL.

57. Témoignage DHK, in Gee, *op. cit.*, p. 35.

Wilhelm Uhde *Von Bismarck bis Picasso*, pp. 171 à 229, Verlag Oprecht, Zurich 1938.

58. *Gazette de l'Hôtel Drouot*, 19 mars 1921.

*L'Echo de Paris*, 13 juin 1921.

*Comoedia*, 21 novembre 1921.

60. Lettre de DHK à Gris, le 15 novembre 1921, archives GLL.

61. Pinturicchio (Louis Vauxcelles), in *Le carnet de la semaine*, 13 novembre 1921.

62. *Idem*, 4 février 1921.

63. *Comoedia*, 21 novembre 1921.

64. Lettres de DHK à Derain, les 22 novembre et 3 décembre 1921, archives GLL.

65. Lettre de DHK à Braque, le 22 novembre 1921, archives GLL.

66. Pinturicchio (Louis Vauxcelles), in *Le Carnet de la semaine*, 27 novembre 1921.

67. *L'Œuvre*, 17 novembre 1921.
*Le Journal*, 18 novembre 1921.
*Bulletin de l'art ancien et moderne*, 25 novembre 1921.
68. Lettre de Léonce Rosenberg à DHK, le 10 octobre 1921, archives GLL.
69. Lettre de DHK à Léonce Rosenberg, le 11 octobre 1921, archives GLL.
70. Lettre de Léonse Rosenberg à DHK, le 27 octobre 1921, archives GLL.
71. Lettre de DHK à Léonce Rosenberg, le 28 octobre 1921, archives GLL.
72. Lettre de DHK à Derain, le 27 octobre 1921, archives GLL.
73. Lettre de DHK à Braque, le 4 octobre 1921, archives GLL.
74. Lettre de Léonce Rosenberg à Alfred Flechtheim, le 3 novembre 1921, archives GLL.
75. Lettre de DHK à Léonce Rosenberg, le 29 décembre 1921, archives GLL.
Lettre de DHK à Gris, le 25 novembre 1921, archives GLL.
Lettre de DHK à Derain, le 3 décembre 1921, archives GLL.
76. Lettre de DHK à Gris, le 3 décembre 1921, archives GLL.
77. Lettre de Laurens à DHK, décembre 1921, archives GLL.
Lettre de DHK à Laurens, le 3 janvier 1922, archives GLL.
78. Lettre de DHK à Derain, le 31 décembre 1921, archives GLL.
79. Lettre de J. Brummer à DHK, le 28 décembre 1921, archives GLL.
Lettre de DHK à J. Brummer, le 6 janvier 1922, archives GLL.
80. Correspondance croisée DHK-Halvorsen, octobre et novembre 1921, archives GLL.
81. Archives GLL.
82. Lettres de Léonce Rosenberg à DHK, les 15 avril et 1ᵉʳ mai 1922, archives GLL.
83. Lettre de Léonce Rosenberg à DHK, le 12 janvier 1922, archives GLL.
84. Lettre de Léonce Rosenberg à DHK, le 10 avril 1922, archives GLL.
85. Lettre de Léonce Rosenberg à DHK, le 27 avril 1922, archives GLL.
86. Lettre de DHK à Léonce Rosenberg le 8 février 1922, archives GLL.
87. Lettres de DHK à Léonce Rosenberg, les 11 et 13 janvier, et le 29 avril 1922, archives GLL.
88. *La gazette de l'Hôtel Drouot*, 1ᵉʳ octobre 1921.
89. *Carnet de la semaine*, 20 novembre 1921.
90. « Une sombre histoire », in *Carnet de la semaine*, 5 mars 1922.
91. Pierre Daix, *Aragon, une vie à changer*, p. 224, Seuil 1975.

92. Lettre de DHK à Derain, le 21 septembre 1922, archives GLL.

93. Marie Laure, *Journal d'un peintre*, Cahiers des saisons, été 1964.

94. Alfred Richet, « Propos épars à l'occasion de l'exposition Collection André Lefèvre », in *Pour DHK, op. cit.*

95. *Petit Larousse de la peinture*, sous la direction de Michel Laclotte, p. 1144, 1979.

96. Lettre de Léonce Rosenberg à DHK, le 19 septembre 1922, archives GLL.

97. Lettre de Brummer à DHK, le 4 mars 1922, archives GLL.

98. Lettre de John Wanamaker à DHK, le 13 mars 1922, archives GLL.

99. Relevé de comptes du 30 juin 1922, archives GLL.

100. Lettre de DHK à Samuel Katznelson, le 19 juin 1922, archives GLL.

101. Lettres de Guta Olson à DHK, les 13 mai, 23 août et 26 septembre 1922, archives GLL.

102. Lettre de Jacques de Gunzburg à DHK, le 22 janvier 1923, archives GLL.

103. Lettre de DHK à Robert Delaunay, le 15 avril 1922, archives GLL.

104. Lettre de DHK à Jacques Doucet, le 23 janvier 1922, archives GLL.

105. Lettres de DHK à Edmond Jaloux, les 30 et 31 janvier 1922, archives GLL.

106. Lettre de DHK à M. Vautheret, le 30 juin 1922, archives GLL.

107. Lettre de DHK à Derain, le 21 septembre 1922, archives GLL.

108. Lettre de DHK à Togorès, le 29 novembre 1922, archives GLL.

109. Lettres de DHK à Manolo les 30 mai, 27 juin et 24 novembre 1922, archives GLL.

Lettres de Manolo à DHK, les 24 et 28 novembre 1922, archives GLL.

110. Lettre de Vlaminck à DHK, s.d. (probablement vers 1923), archives GLL.

111. DHK, « Fernand Léger », in *Europe*, septembre 1971.

112. Lettre de DHK à Manolo, le 29 mars 1923, archives GLL. Lettre de Vauxcelles à DHK, le 22 mars 1923, archives GLL.

113. Lettre de DHK à Manolo, le 3 janvier 1923, archives GLL.

114. Lettre de DHK à Manolo, le 9 juillet 1923, archives GLL.

115. Lettre de DHK à Manolo, le 16 juillet 1923, archives GLL.

116. Robert Desnos, *Ecrits sur les peintres*, Flammarion 1984.

117. Meffre, art. cit.

118. Raymond Cogniat, « Art et commerce », in *Beaux-Arts*, n° 42, 20 octobre 1933.

*Bulletin de l'Effort moderne*, n° 1, pp. 13-16, 1924.

*Bulletin de l'Effort moderne*, n° 35, p. 16, 1927.

119. Lettre de DHK à Georges Aubry, le 9 mai 1923, archives GLL.

## 6. LES DIMANCHES DE BOULOGNE
### 1923-1927

1. Armand Salacrou, *Dans la salle des pas perdus I*, p. 131, Gallimard 1974.
2. *Idem*, p. 129.
3. Lettre de DHK à Louis Dubos, le 10 février 1926, archives GLL.
4. Sources privées.
5. Salacrou, *op. cit.*, p. 128.
6. Chavasse, cit.
7. Lettre de DHK à René Leibowitz, le 10 mars 1950, archives GLL.
8. Chavasse, cit.
9. DHK, *Gris, op. cit.*, p. 214.
10. Lettre de DHK à Togorès, le 12 février 1923, archives GLL.
11. Lettre de DHK à Togorès, le 2 juillet 1924, archives GLL.
12. DHK, *Gris, op. cit.*, p. 155.
13. *Idem*, p. 152.
14. Lettre de DHK à Lascaux, le 1er juin 1923, archives GLL.
15. Lettre de Gris à DHK, le 9 décembre 1923, archives GLL.
16. (Anonyme) *Couvrir le grain*, Albertville 1926.
17. Notamment Jean Lacouture, *Malraux une vie dans le siècle*, p. 25. Points Seuil 1973 et Pierre Lescure *Album Malraux*, La Pléiade 1986.
18. Lettre de DHK à Malraux, le 30 mars 1923, archives GLL.
Note-lettre de DHK, le 1er février 1924, archives GLL.
Lettre de DHK à André Simon, le 30 mars 1923, archives GLL.
19. Lettre de Max Jacob à DHK, le 12 octobre 1923, in *Correspondance Jacob, op. cit.*
20. Lacouture, *op. cit.*, p. 57.
21. Salacrou, *op. cit.*, p. 133.
22. Lettre d'Antonin Artaud à DHK s.d. (juillet 1922), archives GLL.
23. Lettre de DHK à Masson, le 17 septembre 1925, archives GLL.
24. Salacrou, *op. cit.*, p. 130.
25. Lettre de DHK à Lugné-Poe, le 29 janvier 1925, archives GLL.
26. Lettre de DHK à Bois, le 9 octobre 1928, archives GLL.
27. Fels, *op. cit.*, p. 78.
28. Man Ray, *Autoportrait*, p. 108, Seghers 1987.
29. Lettre de Brummer à DHK, le 27 décembre 1923, archives GLL.
30. Chavasse, cit.
31. Témoignage Claude Laurens, in Chavasse cit.

32. DHK, préface à Stein cit.

33. Chavasse, cit.

34. Lettre de DHK à Mollet, le 11 octobre 1923, archives GLL. *Les mémoires du baron Mollet*, Gallimard 1963.

35. Baudelaire, *Pour Delacroix*, p. 771, Complexe Bruxelles 1987.

36. Emmanuel Bréon, « Juan Gris à Boulogne-Billancourt », in *Hommage à Juan Gris, op. cit.*

37. Lettre de DHK à Breton, le 22 octobre 1924, archivers GLL.

38. Lettre de DHK à Masson, le 5 mai 1928, archives GLL.

39. Chavasse, cit.

40. Crémieux, *op. cit.*, p. 161.

41. Georges Charbonnier, *Entretiens avec André Masson*, p. 26, Julliard 1958.

42. *Idem*, p. 39.

43. Charbonnier, *op, cit.*, p. 68.

44. *Idem.*

45. Témoignage de Michel Leiris à l'auteur.

46. Michel Leiris, *L'âge d'homme*, Gallimard 1939. Madeleine Chapsal, « Entretien avec Pierre Loeb », in *L'Express*, du 9 avril 1964.

47. Michel Surya, *Georges Bataille, La mort à l'œuvre*, p. 82, Séguier 1987.

48. Lettre de Max Jacob à DHK, le 30 janvier 1922, in *Correspondance Jacob, op. cit.*, p. 79.

49. Lettre de Max Jacob à DHK, le 2 septembre 1921, in *Correspondance Jacob, op. cit.*, p. 35.

50. Salacrou I, p. 124.

51. *Idem*, p. 139.

52. Lettre de DHK à Vlaminck, le 2 décembre 1925, archives GLL.

53. Lettres de DHK à Forest, de février à avril 1923, archives GLL.

54. DHK-Delessale, cit.

55. Témoignage de Maurice Jardot à l'auteur.

56. Lettre de DHK à Chtchoukine, 9 juin 1923, archives GLL.

57. Facture, juin 1923, archives GLL. DHK, *préface Kramar*, cit.

58. Lettre de DHK à H.P. Roché, le 17 octobre 1923, archives GLL.

59. Octobre 1924, archives GLL.

60. Lettre de DHK à Gourgaud, le 12 avril 1926, archives GLL.

61. Lettre de DHK à Noailles, le 20 janvier 1926, archives GLL.

62. Salacrou, *op. cit.*, pp. 135, 136.

63. Lettre de DHK à Robert Brussel, le 14 novembre 1925, archives GLL.

64. Lettre de DHK à Baum, le 2 avril 1925, archives GLL.

65. Lettre de Paul Rosenberg à DHK, le 12 juin 1926, archives GLL.

66. Lettre de DHK à Vauxcelles, le 11 décembre 1923, archives GLL.

67. Lettre de DHK à Kélékian, le 2 novembre 1923, archives GLL.
68. Lettre de DHK à Plandiura, le 27 janvier 1926, archives GLL.
69. Lettre de DHK à Van Dongen, le 30 octobre 1926, archives GLL.
70. Lettre de Gunzburg à DHK, le 2 février 1925, archives GLL.
71. Lettre de la banque Franco-japonaise à DHK, le 21 avril 1926, archives GLL.
72. Lettre d'Eugène Crémieux à DHK, le 23 mai 1924, archives GLL.
73. Salacrou, *op, cit.*, p. 129
74. Lettre de DHK à Jouhandeau, le 27 février 1926, archives GLL.
75. Lettre de DHK à Carl Einstein, le 13 juin 1924, archives GLL.
76. Lettre de DHK à Léonce Rosenberg, le 28 mars 1922, archives GLL.
77. DHK, « Eugène de Kermadec », in *Biblio*, nº 93, 1957.
78. Lettre de DHK à Togorès, le 14 septembre 1926, archives GLL.
79. Lettre de DHK à Togorès, le 1er février 1926, archives GLL.
80. Lettre de DHK à Togorès, le 27 janvier 1926, archives GLL.
81. Témoignage de Louise et Michel Leiris à l'auteur.
82. Derain, *op. cit.*
83. Lettre de Derain à DHK, le 28 février 1924, archives GLL.
84. Christian Derouet, « Le premier accrochage de " La lecture " par Fernand Léger », in *Cahiers du Musée national d'art moderne*, 17-18, 1986.
85. DHK-Crémieux, *op. cit.*, p. 110.
86. Lettre de Raoul La Roche à DHK, le 25 juillet 1923, archives GLL.
87. DHK, *Gris*, *op. cit.*, p. 53.
88. Lettres de DHK à Gris, les 5, 14 et 27 décembre 1923, archives GLL.
89. Lettre de Vlaminck à DHK s.d. (1927), archives GLL.
90. Lettre de DHK à Jouhandeau, le 19 mars 1927, archives GLL.
91. E. Tériade, « Nos enquêtes : entretien avec Henry Kahnweiler », in *Feuilles volantes*, supplément à *Cahiers d'art*, nº 2, février 1927.
92. Lettre de DHK à Georges Limbour, le 29 avril 1926, archives GLL.
93. Télégramme de Gris à DHK, le 22 janvier 1927 et correspondance Gris-DHK en janvier 1927, archives GLL.
94. DHK, *Gris*, *op. cit.*, pp. 60, 61.
95. *Idem*, p. 45.
96. Stein, *op. cit.*
97. Cabanne, *Le siècle de Picasso*, *op. cit.*, II, p. 212.

98. Stein, *op. cit.*, p. 27 (collection L'imaginaire).

99. *Hommage à Juan Gris pour le centenaire de naissance*, Grand Orient de France, 1987.

100. Golding, *op. cit.*, p. 117.

101. DHK, *Gris, op. cit.*, pp. 53 et 189.

DHK, *Confessions esthétiques, op. cit.*, chapitre V.

## 7. SURVIVRE A LA CRISE

### 1928-1935

1. Bernard Droz et Anthony Rowley, *Histoire générale du XXᵉ siècle* I, pp. 117 et sq. Points Seuil 1986.

2. Durand-Robert, « Le marché de la peinture cubiste. Evolution de la cote depuis 1907 », in *Perspectives*, 6 janvier 1962.

3. Lettre de DHK à Michel Leiris, le 19 mars 1932, archives GLL.

4. *Idem.*

5. Lettres de DHK à Michel Leiris, le 26 juin et le 11 décembre 1931, le 19 mai 1932, archives GLL.

6. Lettre de DHK à Michel Leiris, le 19 mars 1932, archives GLL.

7. Lettre de Michel Leiris à DHK, le 2 juin 1931, archives GLL.

8. Lettre de Michel Leiris à DHK, le 18 février 1932, archives GLL.

9. Lettre de DHK à Salacrou, le 15 janvier 1929, archives GLL.

10. *Cahiers d'art*, nº 10, 1928.

11. Lettre de DHK à une personne non identifiée, le 26 janvier 1927, archives GLL.

12. Lettre de DHK à A. Bellier, le 2 juillet 1932, archives GLL.

13. Lettre de DHK à Pierre Matisse, le 16 juin 1931, archives GLL.

14. Lettre de DHK à Togorès, le 11 juillet 1925, archives GLL.

15. Moulin, *op. cit.*, p. 40.

16. DHK-Crémieux, *op. cit.*, p. 214.

17. Lettre de DHK à la duchesse de Clermont-Tonnerre, les 1ᵉʳ et 3 février 1930, archives GLL.

18. Lettre de DHK à la princesse de Bassiano, le 29 juillet 1932, archives GLL.

19. Georges Charensol, *D'une rive à l'autre*, p. 109, Mercure de France 1973.

20. Lettre d'Alphonse Kann à DHK, le 1ᵉʳ juin 1937, archives GLL.

21. Lettre de Noailles à DHK, le 8 juin 1928, archives GLL.

22. Lettre de DHK à « mon cher vieux » (probablement André Simon), le 14 janvier 1930, archives GLL.

23. Lettre de DHK à la banque franco-japonaise, le 22 décembre 1930, archives GLL.

24. Lettre de DHK à « mon cher vieux » (probablement André Simon), le 30 janvier 1931, archives GLL.

25. Lettre de DHK à la banque franco-japonaise, le 16 juin 1931, archives GLL.

26. Témoignage Gustave Kahnweiler, cit.

27. Juillet-août 1932, archives GLL.

28. Correspondance croisée DHK-Neumann, in *Dossier Londres 1931-1933*, archives GLL.

29. Lettre de DHK à Suzanne Roger, le 27 juin 1932, archives GLL. Lettre de DHK à Kermadec, le 21 avril 1936, archives GLL.

30. Lettre de Manolo à DHK, le 10 octobre 1928, archives GLL. Lettres de DHK à Manolo, le 13 décembre 1928, 10 décembre 1930, 16 mars 1932, 27 juin 1932 et 22 février 1933, archives GLL.

31. Lettre de DHK à Manolo, le 16 mars 1932, archives GLL.

32. Lettre de DHK à Togorès, le 31 octobre 1931, archives GLL.

33. Lettre de DHK à Togorès, les 16 et 30 novembre 1931, archives GLL. Lettre de Togorès à DHK, le 23 novembre 1931, archives GLL.

34. Lettre de DHK à la princesse de Bassiano, le 17 juillet 1929, archives GLL.

35. Lettres de DHK à Masson, les 9 juillet, 8 et 10 décembre 1930, 27 juillet 1933, archives GLL. Lettre de Masson à DHK, le 5 juin 1930, archives GLL. Lettre de DHK à Michel Leiris, le 5 novembre 1932, archives GLL. Lettre de DHK à Georges Wildenstein, le 27 juillet 1933, archives GLL.

36. Derouet, L'accrochage..., *art. cit.*

37. Cogniat, *art. cit.*

38. Lettre de DHK à Picasso, le 18 janvier 1929, archives GLL.

39. Lettre de DHK à Michel Leiris, le 19 mars 1932, archives GLL.

40. DHK, préface à Werner Hoffmann, *Henri Laurens sculptures*, Teufen 1970.

41. Lettre de DHK à Manolo, le 1er décembre 1924, archives GLL.

42. Lettre de DHK à Masson, le 24 mai 1929, archives GLL.

43. Lettre de DHK à Kann, le 28 février 1929, archives GLL.

44. Lettre de DHK à Klee, le 13 juin 1934, archives GLL.

45. Lettre de DHK à Michel Leiris s.d., archives GLL.

46. Lettre de DHK à Michel Leiris, le 26 juin 1931, archives GLL. Lettre de DHK à Fernande Olivier, le 21 décembre 1933, archives GLL.

47. Lettre de DHK à Michel Leiris s.d. (vers 1929), archives GLL.

48. Lettre de DHK à Malraux, le 3 octobre 1928, archives GLL.

49. Lettre de DHK à Hemingway, le 24 juillet 1930, archives GLL.

50. Lettre de DHK à Michel Leiris, le 11 décembre 1931, archives GLL. Lettre de DHK à Masson, le 5 mai 1928, archives GLL.

51. Gee, *op. cit.*

52. Léonce Rosenberg, « Cubisme et empirisme », in *Bulletin de l'Effort moderne*, nᵒˢ 29, 30 et sq.

53. *Bulletin de l'Effort moderne*, nᵒ 34, p. 15, 1927.

54. Moulin, *op. cit.*, p. 117.

55. Charensol, *op. cit.*, p. 103.

56. *Arts à Paris*, novembre 1933 cité par Jean-François Revel « Paul Guillaume par lui-même », in *L'Œil*, nᵒ 135, mars 1966.

57. Emmanuel Mounier cité par Laurence Bertrand-Dorléac, *Histoire de l'art, Paris 1940-1944, Ordre national, traditions et modernités*, p. 177, Publications de la Sorbonne 1986.

58. Chapsal, *art. cit.*

59. Uhde, Picasso..., *op. cit.*, p. 81.

60. *L'ami du peuple*, 18 septembre 1932, cité par Ralph Schor *L'opinion française et les étrangers 1919-1939*, pp. 356, 357, Publications de la Sorbonne 1985.

61. Témoignage Gustave Kahnweiler cit.

62. *Idem.*

63. Kokoshka, *op. cit.*

64. Robert Musil, *Lettres*, Seuil 1987.

65. *Idem.*

66. Adolf Hitler, *Mein Kampf*, pp. 254, 257, Nouvelles Editions latines s.d.

67. *Idem*, p. 257.

68. Jimmy Ernst, *L'Ecart absolu*, p. 102, Balland 1986.

69. Lettres de DHK à Malraux, les 1ᵉʳ et 11 octobre 1933, archives GLL.

70. Lettre de DHK à Lascaux, le 13 juillet 1934, archives GLL.

71. Lettre de DHK à Georges Wildenstein, le 29 novembre 1935, archives GLL.

72. Réponse de DHK à l'enquête de *Numéro*, Florence octobre 1952. DHK, « Paul Klee, curieux homme » *préface au catalogue d'une exposition* au musée Cantini, Marseille 1967.

DHK, *Confessions esthétiques*, *op. cit.*, p. 196.

Will Grohman, *Paul Klee*, Flinker 1954.

Correspondance croisée DHK-Klee, 1934-1940, archives GLL.

73. Lettre de DHK à Artaud, le 30 mars 1933, archives GLL.

74. Lettre de DHK à Masson, le 2 juillet 1934, archives GLL.

75. Lettre de Léo Swane à DHK, le 15 novembre 1934, archives GLL.

Lettre de DHK à Léo Swane, le 17 novembre 1934, archives GLL.

Lettre de DHK à Braque, le 7 décembre 1934, archives GLL.

76. Lettre de DHK à Pierre Matisse, le 13 décembre 1935, archives GLL.

77. Lettre de DHK à Pierre Matisse, le 6 novembre 1934, archives GLL.

78. Lettre de DHK à Pierre Matisse, le 7 mai 1934, archives GLL.
79. Lettre de DHK à G.L. Roux, le 21 décembre 1933, archives GLL.
80. Lettre de DHK à Masson, le 9 mai 1935, archives GLL.
81. Musil, *op. cit.*, p. 215.
82. Lettre de DHK à Salacrou, le 9 mai 1935, archives GLL.
83. Lettre de DHK à Miro, le 16 avril 1935, archives GLL.
84. Lettre de DHK à Salacrou, le 9 mai 1935, archives GLL.
85. Lettre de DHK à G.L. Roux, le 17 décembre 1932, archives GLL.
86. Lettre de DHK à Togorès, le 15 juin 1929, archives GLL.
87. *Idem.*
88. Lettre de DHK à Douglas Cooper, le 6 novembre 1934, archives GLL.
89. Lettre de DHK à Pierre Matisse, le 24 juin 1935, archives GLL.
90. Lettre de Herbert Read, le 18 juin 1934, archives GLL.
91. Lettres de DHK à D. Cooper, les 1er octobre 1934, 23 février et 6 mars 1935, archives GLL.
92. Lettre de DHK à Malraux, le 9 juin 1933, archives GLL.
93. Lettre de DHK à Masson, le 5 juillet 1935, archives GLL.
94. Lettre de DHK à Malraux, le 9 juillet 1935, archives GLL.
95. Lettre de DHK à Malraux, le 24 mars 1933, archives GLL.
96. Lettre de Malraux à DHK, le 22 mars 1932, archives GLL.
Lettre de DHK à Malraux, le 24 mars 1932, archives GLL.
97. Lettre de DHK à Lascaux, le 12 septembre 1935, archives GLL.
98. *Le Point*, n° 42, octobre 1952.
99. *Idem.*
100. Lettre de Vlaminck à DHK, le 2 mars 1934, archives GLL.
101. Lettre de DHK à Vlaminck, le 8 mars 1934, archives GLL.
102. Lettre de Vlaminck à DHK, le 8 mars 1934, archives GLL.
103. Lettre de DHK à Vlaminck, le 9 mars 1934, archives GLL.
104. Lettre de DHK à Masson, le 20 avril 1935, archives GLL.
105. Lettre de DHK à Masson, le 9 mai 1935, archives GLL.

## 8. ADVIENNE QUE POURRA

### 1936-1940

1. Lettre de DHK à Masson, le 22 janvier 1936, archives GLL.
2. Lettre de Kann à DHK, le 16 avril 1936, archives GLL.
3. Lettre de DHK à Masson, le 7 mai 1936, archives GLL.
4. Lettre de DHK à Kann, le 4 janvier 1936, archives GLL.
Lettre de DHK à Georges Salle, le 6 janvier 1935, archives GLL.
5. Lettre de DHK à Malraux, le 16 mai et le 11 juin 1936, archives GLL.
Lettres de Malraux et DHK, les 4 et 6 juin 1936, archives GLL.

6. Lettre de DHK à D. Cooper, le 30 septembre 1936, archives GLL.

7. Lettre de DHK à Cooper, le 19 mai 1936, archive GLL.

8. Lettre de DHK à Cooper, le 1er avril 1936, archives GLL.

9. Lettre de Cooper à DHK, le 2 avril 1936, archives GLL.

10. Lettre de DHK à Cooper, le 3 avril 1936, archives GLL.

11. Lettre de Cooper à DHK, le 5 avril 1936, archives GLL.

12. Lettre de DHK à Cooper, le 7 avril 1936, archives GLL.

13. Lettre de DHK à Picasso, le 3 mai 1936, archives GLL.

14. Lettre de DHK à Masson, le 3 juin 1936, archives GLL.

15. Lettre de DHK à Masson, le 11 juin 1936, archives GLL.

16. Lettre de Miro à DHK, le 13 juillet 1936, archives GLL.

17. Lettre de DHK à Masson, le 11 septembre 1936, archives GLL.

18. Lettre de DHK à Masson, le 14 décembre 1936, archives GLL.

19. Lettre de Masson à DHK, le 14 juin 1936, archives GLL.

20. Lettre de DHK à Masson, le 7 juin 1936, archives GLL.

21. Le 10 décembre 1936, in *Le Point*, art. cit.

22. Lettre de DHK à Lascaux, le 18 septembre 1937, archives GLL.

23. Lettre de DHK à Masson, le 24 février 1937, archives GLL.

24. Lettre de DHK à Mme Klee, le 9 mars 1940, archives GLL.

25. Témoignage Michel Leiris, cit.

26. Lettre de DHK à Borès, les 31 juillet et 29 novembre 1939, archives GLL.

27. Lettre de DHK à Oppenheimer, Nathan, Vandyck and Mackay, le 30 septembre 1937, archives GLL.

28. Lettre de DHK à Cooper, le 13 février 1937, archives GLL.

29. Lettre de DHK à Cooper, le 23 novembre 1937, archives GLL.

30. Lettre de DHK à Tzara, le 5 mars 1937, archives GLL.

31. Pierre Broué.

32. Lettre de DHK à Cooper, le 13 février 1937, archives GLL.

33. Léger, *op. cit.*, p. 124.

34. Vallier, *op. cit.*, p. 81.

35. DHK, *Confessions esthétiques*, pp. 132, 133.

36. *Idem.*

37. Témoignage de Paul Belmondo, in *Bertrand-Dorléac, op. cit.*, p. 332.

38. Ernst, *op. cit.*, pp. 127, 128.

39. Lettre de DHK à Louis Carré, le 27 janvier 1938, Archives nationales 389 AP 33.

40. Marie-Hélène Delpeuch, *préface à l'inventaire* du fonds Carré; Irmelin Lebeer, *Entretien avec Louis Carré*, 24 juillet 1967, Archives nationales 389 AP 1.

41. Lettre de DHK à Berger, le 7 janvier 1938, archives GLL.

42. Lettre de DHK à Pierre Matisse, le 2 avril 1938, archives GLL.

43. Lettre de Carl Einstein à DHK, le 6 janvier 1938, archives GLL.

44. Lettre de DHK à Borès, le 31 août 1938, archives GLL.

45. Lettre de DHK à Lascaux, le 27 septembre 1938, archives GLL.

46. Lettre de DHK à Masson, le 7 avril et le 29 décembre 1938, archives GLL.

47. Lettre de DHK à Borès, le 31 juillet 1939, archives GLL.

48. Lettre de Théodore Fischer à DHK, le 1er juin 1939, archives GLL.

49. Ernst, *op. cit.*, pp. 127, 128.

50. DHK, *Klee*, Braun 1950.

DHK, *Klee curieux homme, op. cit.*

51. DHK *Gris, op. cit.*, p. 151.

52. Colin Simpson, *The partnership. The secret association of Bernard Berenson and Joseph Duveen*, The Bodley Head, Londres 1987.

53. Martin Fabiani, *Quand j'étais marchand de tableaux*, p. 83, Julliard 1976.

54. Lettre de DHK à Gustave Kahnweiler, le 15 septembre 1939, archives GLL.

55. Lettre de DHK à Lascaux, le 31 août et le 15 septembre 1939, archives GLL.

Lettre de DHK à sa sœur Gustie, le 22 septembre 1939, archives GLL.

Lettre de DHK à Gustave Kahnweiler le 15 septembre 1939, archives GLL.

56. Lettre de DHK à Kermadec, le 27 décembre 1939, archives GLL.

57. Lettre de Rupf, le 22 octobre 1939, archives GLL.

58. Salacrou, *op. cit.*, p. 44.

Lettre de DHK à Kermadec, le 2 octobre 1939, archives GLL.

59. Lettre de DHK à sa sœur, le 29 avril 1940, archives GLL.

60. Lettre de DHK à Rupf, le 21 décembre 1939, archives GLL.

61. Lettre de DHK à une personne non identifiée, le 1er décembre 1939, archives GLL.

62. Man Ray, *op. cit.*, p. 208.

63. DHK, préface à Stein, *cit.*

64. Lettre de DHK à Masson, le 15 novembre 1939, archives GLL.

65. Lettre de DHK à Kermadec, le 31 octobre 1939, archives GLL.

66. Lettre de DHK à Borès, le 6 septembre 1939, archives GLL.

67. Lettres de DHK à Borès et à Kermadec, le 27 décembre 1939, archives GLL.

68. Lettre de DHK à Masson, le 18 août 1939, archives GLL.

69. Lettre de DHK à Masson, le 27 novembre 1939, archives GLL.

70. Lettre de DHK à sa sœur, le 23 janvier 1940, archives GLL.

71. Lettre de DHK à Queneau, le 9 janvier 1940, archives GLL.

72. Lettre de DHK à sa sœur, le 10 novembre 1939, archives GLL.

73. Lettre de DHK à une personne non identifiée, le 19 février 1940, archives GLL.

74. Correspondance croisée DHK-Olson de janvier à mars 1940, archives GLL.

75. Lettre de DHK à sa sœur, le 29 avril 1940, archives GLL.

76. Lettre de Rupf à DHK, le 25 mars 1940, archives GLL.
Lettre de DHK à Rupf, le 22 avril 1940, archives GLL.

77. Peggy Guggenheim, *Ma vie et mes folies*, pp. 179, 180, Plon 1987.

78. Lettre de DHK à Picasso, le 5 juin 1940, archives GLL.

79. Bertrand-Dorléac, *op. cit.*, p. 163.

80. Lettre de DHK à Marie Cuttoli, le 27 février 1940, archives GLL.

81. Témoignage de Charles Lapicque à l'auteur.

82. Archives nationales F 21 3972, Dossier 1b.

83. *Idem.*

84. Lettre de DHK à Braque, le 10 mai 1940, archives GLL.

85. *Idem.*

86. Lettre de DHK à une personne non identifiée, le 8 juin 1940, archives GLL.

87. Lettre de Masson à DHK s.d. (juin 1940), archives GLL.

88. Lettre de DHK à Marcel Moré, le 17 juin 1940, archives Patrick-Gilles Persin.

## ENTRACTE : L'EXIL INTÉRIEUR

### 1940-1944

1. Lettre de DHK à René Leibowitz, le 8 août 1940, archives GLL.

2. Témoignage de Georges-Emmanuel Clancier à l'auteur G.E. Clancier, « Queneau » in *L'Herne*, n° 29, 1976.

3. *Idem.*

4. *Auvergne-magazine* (Limoges), mars 1973 (article sur Saint-Léonard pendant l'Occupation).

5. Témoignage Clancier, cit.

6. Lettre de DHK à Marcel Moré, le 9 juillet 1940, archives P.G. Persin.

7. Lettre de DHK à Marcel Moré, le 20 juillet 1940, archives P.G. Persin.

8. Lettre d'Antonin Artaud à DHK, le 14 décembre 1940, in *Pour DHK, cit.*

9. Laurence Bertrand-Dorléac, *op. cit.*, pp. 86, 87, 104.

10. *Idem.*

11. Lettre de DHK à Max Jacob, le 27 novembre 1936, in *DHK, marchand, écrivain, éditeur, op. cit.*, p. 150.

12. Rose Valland, *Le front de l'art. Défense des collections françaises 1939-1945*, p. 235, Plon 1961.

13. *Idem.*

14. *Idem*, p. 55.

15. Témoignage d'Arno Brecker in *Bertrand-Dorléac, op. cit.*, pp. 422, 423.

16. *Les chefs-d'œuvre des collections privées françaises retrouvées en Allemagne*, Orangerie des Tuileries, juin-août 1946, Ministère de l'Education nationale.

17. Françoise Magny, « Soult, le voleur de tableaux », in *Beaux-Arts Magazine*, n° 47, juin 1987.

18. *L'art français* (clandestin), n° 5, mars 1944, cit. par Bertrand-Dorléac, *op. cit.*, p. 104.

19. Archives nationales AJ 40 610, « Dossier Wildenstein ».

20. Fabiani, *op. cit.*, pp. 22, 137.

21. Lettre de Louis Carré à André Weil, 1940, Archives nationales 389 AP 35.

22. Entretien Louis Carré-Irmlin Lebeer, cit.

23. « Verzeichnis der erfassten judischen Kunstammlungen », Centre de documentation juive contemporaine, XIII-45.

24. Lettre de Louis Carré à Léonce Rosenberg, le 26 février 1941, Archives nationales 389 AP 33.

25. Pierre Loeb, *Voyages à travers la peinture*, Bordas, 1945.

26. Témoignage Louise Leiris, cit.

27. Archives du Registre de commerce.

28. Duret-Robert, *op. cit.*

29. Bertrand-Dorléac, *op. cit.*

30. Facture, 10 avril 1941, archives GLL.

31. Bertrand-Dorléac, *op. cit.*, p. 340.

32. Mary-Margaret Goggin, *Picasso and his art during the german occupation 1940-1944*, Thèse, Stanford University, août 1985.

33. Lettre de DHK à Walter Pach, le 19 juillet 1947, archives GLL.

34. Liste du 24 août 1942, cit. par Goggin, p. 23.

35. Henri Colas éditeur, Paris, 1940.

36. *Idem.*

37. *Comoedia*, 23 mai 1942.

38. Lettre de DHK à Marcel Moré, le 11 janvier 1943, archives P.G. Persin.

39. Lettre de DHK à Marcel Moré s.d. 1942, archives P.G. Persin.

40. Lettre de DHK à René Leibowitz, le 10 octobre 1940, archives GLL.

41. Lettres de DHK à René Leibowitz, le 13 février, 7 et 19 août 1941, le 5 novembre 1940, archives GLL.

42. Ernst Jünger, *Second Journal parisien III*, p. 171, Christian Bourgois, 1980.

43. Témoignage de Daniel Cordier à l'auteur. M. Cordier a été secrétaire de Jean Moulin dans la résistance puis, après la guerre, collectionneur et marchand de tableaux.

44. DHK-Crémieux, *op. cit.*, p. 179.

45. Témoignage Michel Leiris, cit.

46. *Idem.*

47. *Idem.*

48. *Idem.*

DHK, *Ein selbstportrait...*, *op. cit.*

DHK-Crémieux, *op. cit.*, pp. 180, 181.

Témoignage de Jeannette Druy à l'auteur.

49. Camille Mauclair, *La crise de l'art moderne*, CEA, 1944.

50. Rose Valland, *op. cit.*, pp. 183-186.

51. Man Ray, *op. cit.*, p. 312.

52. Bertrand-Dorléac, *op. cit.*

53. Entretien de DHK avec Hélène Parmelin, in *L'Humanité*, cit.

54. *Le Point* (Souillac), art. cit.

55. Lettre de DHK à Masson, le 2 décembre 1944, archives GLL.

56. Témoignage de Bernard Dorival, in Bertrand-Dorléac, *op. cit.*, p. 314.

57. Note de l'inspecteur central des contributions directes, le 17 février 1949, Archives nationales 389 AP 29.

58. Goggin, *op. cit.*

59. Procès-verbal d'interrogatoire, Document XIII, 43, Centre de documentation juive contemporaine.

60. *Les Lettres Françaises*, du 23 mars 1945, cité par Bertrand-Dorléac, *op. cit.*, 202.

61. André Combes et alli., *Nazisme et antinazisme dans la littérature et l'art allemands 1920-1945*, p. 117, Publications universitaires de Lille 1986.

62. Lettre de DHK à Curt Valentin, le 2 décembre 1944, archives GLL.

63. Lettre de DHK à Thannhauser, le 12 septembre 1945, archives GLL.

64. Lettre de DHK à Masson, le 2 décembre 1944 et le 31 mars 1945, archives GLL.

## 9. LE MAÎTRE RECONNU

### 1945-1979

1. Michael Hertz, *Erinnerung an D.H. Kahnweiler*, Verlabt 1980, Bremen 1987.

2. *Paroles Françaises*, 31 août 1946; *Combat*, 16 août 1946; *Sachez tout*, 31 août 1946.

3. Vallier, *op. cit.*, p. 15.

4. *L'Œil*, n° 1, 15 janvier 1955.

5. *Carrefour*, 14 novembre 1951.

6. *Revue d'esthétique*, T.5, Fascicule 1, janvier-mars 1952.

7. Lettre de Maeght à DHK, le 14 mai 1946, lettre de DHK à Maeght, le 4 juin 1946, archives GLL.

8. « L'énigme Ipoustéguy », in *Le Nouvel Observateur*, 15 juin 1981.

9. Michael Hertz, *op. cit.*

10. *Idem.*

11. Pomian, *op. cit.*, p. 184.

12. Lettre de Berggruen à DHK, le 8 janvier 1959, archives GLL.

13. Note de DHK, le 16 mai 1962, archives GLL.

14. Note de DHK, octobre 1958, archives GLL.

15. Lettre de DHK à Bellier, le 2 juillet 1949, archives GLL.

16. Témoignage Gustave Kahnweiler, *cit.*

17. Lettre de DHK à Picasso, le 27 juin 1963, archives GLL.

18. Nora Coste, « Les faux tableaux », in *Spectacles du monde*, avril 1979.

19. *France Soir*, 27 octobre 1967.

20. Lettre de DHK à Picasso, le 28 août 1963, archives GLL.

21. Lettre de DHK à Julien Cain, le 5 juillet 1949, archives GLL.

22. Pierre Schneider, « Toujours le scandale des faux », in *L'Express*, 3-9 juillet 1967.

23. *Libération*, 7 juillet 1954.
*France Soir*, 8 juillet 1954.
*Le patriote de Nice et du Sud-Est*, 8 juillet 1954.

24. Lettre de John Rewald à DHK, le 1er juin 1946, archives GLL.
Lettre de DHK à J. Rewald, le 3 juillet 1946, archives GLL.

25. Lettre de DHK à Gaston Gallimard, le 23 mai 1924, archives GLL.

26. Archives GLL.

27. Lettre de Jacques Lipchitz à DHK, le 27 mai 1947, archives GLL.

28. Yves-Alain Bois, *art. cit.*

29. Michael Hertz, *op. cit.*

30. *Idem.*

31. Lettre de DHK à Masson, le 16 avril 1947, archives GLL.

32. DHK, *Der Anfang...*, *op. cit.*

33. *The Washington reporter*, 13 avril 1949.
*The New York Times*, 10 janvier 1949.

34. Michael Hertz, *op. cit.*

35. Lettre de DHK à Frantisek Dolezal, le 2 septembre 1964, archives GLL.

36. Lettre de Maurice Jardot à DHK, le 13 juillet 1947, archives GLL.

Lettre de DHK à Maurice Jardot, le 18 juillet 1947, archives GLL. Témoignage de Maurice Jardot à l'auteur.

37. Lettre de DHK à J.K. Thannhauser (New York), le 12 septembre 1945, archives GLL.

38. Lettre de DHK à Mourlot, le 15 février 1947, archives GLL.

39. Michael Hertz, *op. cit.*

40. *Idem.*

41. Témoignage de Maurice Jardot à l'auteur.

42. Lettre de DHK à Picasso, le 15 mai 1956, archives GLL.

43. Lettre de DHK à Picasso, le 21 septembre 1956, archives GLL.

44. Alexander Watt, « Daniel-Henry Kahnweiler », in *The Studio*, july 1958, Londres, New York.

45. Lettre de DHK à Masson, le 12 août 1947, archives GLL.

46. DHK, in *L'Œil*, n° 1 art. cit.

47. DHK, Préface au livre de Werner Hoffmann sur *Henri Laurens*, Hatje, 1970.

48. Lettre de DHK à Picasso, le 8 septembre 1954, archives GLL.

49. Lettre de DHK à Rouvre, le 8 septembre 1955, archives GLL.

50. Maurice Jardot, in *Pour DHK, op. cit.*

51. DHK, in *Dernières nouvelles d'Alsace* (Colmar), 1966.

52. Lettre de DHK au père Couturier s.d., archives GLL.

53. Lettre de Nadia Léger à DHK, le 22 décembre 1973, archives GLL.

54. DHK, « Fernand Léger », in *Europe*, septembre 1971.

## 10. KAHNWEILER ET PICASSO
### 1945-1979

1. Lettre de DHK à Picasso, le 15 avril 1970, archives GLL.

2. Isabelle Monod-Fontaine, article Picasso, in *Catalogue de la donation Louise et Michel Leiris*, Centre Pompidou, 1984.

3. Cabanne, *Le siècle de Picasso*, IV, p. 65, *op. cit.*

4. DHK, préface au catalogue de l'exposition *Pour les 80 ans de Picasso*, Los Angeles UCLA Art galleries, octobre-novembre 1961.

5. DHK-Delesalle, *op. cit.*

6. DHK, *Picasso. Céramique*, Fackeltrager Verlag, Hanovre 1957.

7. DHK-Delesalle, *op. cit.*

8. DHK, « Pour le bonheur des hommes », in *Les Lettres Françaises*, 21-27 octobre 1965.

DHK-Crémieux, entretiens de 1971, archives INA.

9. DHK, « Le sujet chez Picasso », in *Verve*, vol. 25-26, 1951, repris in *Confessions esthétiques, op. cit.*

10. Pierre Cabanne, *op. cit.*, III, p. 284.

11. Françoise Gilot et Carlton Lake, *Vivre avec Picasso*, Calmann-Lévy, 1965, pp. 298, 361, 362 de l'édition de poche.

12. *Idem.*

13. Interview de DHK à un quotidien parisien non identitfié le 13 novembre 1966.

14. Marie-Andrée de Sardi, « Kahnweiler, le marchand des cubistes », in *Jardin des arts*, n° 96, novembre 1962.

15. Gilot, *op. cit.*, p. 74.

16. *Idem*, pp. 221, 222.

17. Lettre de DHK à Curt Valentin, le 25 janvier 1947, archives GLL.

18. Lettre de Curt Valentin à DHK, le 30 janvier 1947, archives GLL.

19. Lettre de DHK à Curt Valentin, le 11 février 1947, archives GLL.

20. Lettre de DHK à Picasso, le 19 décembre 1963, archives GLL.

21. DHK-Delesalle, *op. cit.*

22. Témoignage Maurice Jardot, cit.

23. Paul Waldo Schwartz, in *The New York Times*, le 26 juin 1964.

24. Lettre de DHK à Picasso, le 29 décembre 1964, archives GLL.

25. Lettre de DHK à Picasso, le 18 mai 1965, archives GLL.

26. Lettre de DHK à Picasso, le 21 mars 1967, archives GLL.

27. Lettre de DHK à Picasso, le 11 octobre 1958, archives GLL.

28. Lettre de DHK à Picasso, le 4 novembre 1966, archives GLL.

29. Lettre de DHK à Picasso, le 19 mars 1958, archives GLL.

30. Lettre de DHK à Picasso, le 6 juillet 1960, archives GLL.

31. Lettre de DHK à Picasso, le 4 mars 1959, archives GLL.

32. Lettre de DHK à Picasso, le 25 mai 1972, archives GLL.

33. Gérald Mac Knight, *Bitter legacy. Picasso's disputed millions*, p. 43, Bantam Press, Londres, 1987.

34. *Idem.*
Mary Blume, « Alive and well : the woman Picasso sought to annihilate », in *The International Herald Tribune*, 5 octobre 1987.

35. DHK, *Gris, op. cit.*, p. 124.

36. Lettre de DHK à Picasso, le 30 novembre 1949, archives GLL.

37. DHK-Sardi, art. cit.

38. Lettre de DHK à Douglas Cooper, le 5 mai 1939, archives GLL.

39. DHK-Crémieux, *op. cit.*, pp. 122, 123.

40. Maurice Sachs, *Au temps du Bœuf sur le toit*, pp. 70, 71, Grasset, 1987.

41. Lettre de DHK à Picasso, le 2 décembre 1960, archives GLL.

42. Lettre de DHK à Olson, le 5 mars 1947, archives GLL.

43. Lettre de DHK à Curt Valentin, le 11 février et 5 mars 1947, archives GLL.

44. Lettre de DHK à Léo Hamon, le 8 novembre 1956, archives GLL.

45. Note du 27 décembre 1937, archives GLL.

46. Lettre de DHK à Picasso, le 4 mars 1965, archives GLL.

47. Conversations du 22 juin 1946, in *Le Point* (Souillac), 1952.

48. Notes de janvier 1955, in *Aujourd'hui, art et architecture*, septembre 1955.

49. Lettre de DHK à Margo Barr, le 12 juin 1973, archives GLL.

50. *L'Humanité-Dimanche*, 17 janvier 1979.

## 11. SUS À L'ABSTRACTION
### 1945-1979

1. DHK-Delesalle, *op. cit.*

2. DHK-Crémieux, 1971, archives INA.

3. DHK-Delesalle, *op. cit.*

4. Gilles Lapouge, « Les marchands devant la crise », in *Le Figaro littéraire*, du 16 décembre 1965.

5. « Aimé Maeght renouvelle ses cadres », in *L'Express*, 11-17 juillet 1966.

6. Lettre de DHK à M. Graindorge (Liège), le 5 novembre 1946, archives GLL.

7. DHK-Crémieux, *op. cit.*, p. 89.

8. Lettre de DHK à Picasso, le 9 septembre 1966, archives GLL.

9. DHK-Bernier, in *L'Œil*, art. cit.

10. Nigel Gosling, « DHK in interview », in *Art and Artists*, n° 64, juillet 1971.

DHK-Cabanne, *Lectures...* art. cit.

11. DHK, *Gris, op. cit.*, p. 167.

12. DHK-Cabanne, art. cit.

13. DHK, *Gris, op. cit.*, p. 212.

14. DHK-Bernier, art. cit.

15. DHK-Crémieux, *op.cit.*, p. 202.

DHK-Crémieux entretiens de 1971, archives INA.

16. DHK, postface à l'édition américaine de ses entretiens avec Francis Crémieux, 1969.

17. *Idem.*

18. « A bâtons rompus avec DHK » en marge de l'exposition Léger, in *Dernières nouvelles d'Alsace*, 23 juillet 1966.

19. Chavasse, cit.

20. Almanach Flinker, *op. cit.*

21. Lettre de DHK à Meyer Shapiro, le 19 juillet 1962, archives GLL.

22. DHK-Crémieux, *op. cit.*, pp. 45, 203.

23. DHK, « L'art crée le monde », in *Galerie des Arts*, février 1968.

24. DHK, Gris, *op. cit.*, p. 117.

25. DHK-Cabanne, art. cit.

26. Lettre de DHK à Fernand Graindorge (Liège), le 5 novembre 1946, archives GLL.

27. DHK, *Gris, op. cit.*, p. 166.

28. *Idem*, p. 168.

29. Interview de DHK, in Enquête de Georges Boudaille et Guy Weelen sur un musée d'art moderne, in *Les Lettres Françaises*, 7-13 avril 1966.

## 12. UN SAGE QUI NE DOUTE PAS
### 1945-1979

1. John Richardson, « Au château des cubistes », in *L'Œil*, n° 4, 15 avril 1955.

2. Georges Limbour, « Les grandes collections : DHK », in *Plaisir de France*, juillet 1969.

3. *Idem*.

4. *Arts*, 16 mars 1960.

5. Lettre de George Weidenfeld à DHK, le 18 février 1958, archives GLL.
Lettre de DHK à George Weidenfeld, le 27 février 1958, archives GLL.

6. Lettre de Jean Lacouture à DHK, le 22 mai 1975, archives GLL.

7. Lettre de DHK à Jean Lacouture, le 23 mai 1975, archives GLL.

8. Réponse de DHK à l'almanach Flinker, *op.cit.*

9. Fabiani, *op. cit.*, p. 171.

10. DHK postface à l'édition américaine des Entretiens, *op. cit.*

11. Lettre de DHK à Raymond Queneau, le 6 décembre 1960, archives GLL.

12. Lettre de DHK à J.P. Rosier (Gallimard), le 10 mai 1961, archives GLL.

13. « The man who invented modern art dealing », in *Vogue*, 15 septembre 1965.

14. DHK, « La TV ne distingue qu'entre la bonne et la mauvaise peinture », 1964 (in périodique non identifié).

15. DHK, in « Derrière le miroir », *Maeght*, n°s 14-15 novembre-décembre 1948.

16. DHK-Cabanne, art. cit.

17. DHK-Bernier, art. cit.

18. Témoignage de Louise Leiris à l'auteur.

19. Lettre de DHK à Giacometti, le 29 janvier 1965, archives GLL.

20. *Les Lettres Françaises*, 20-26 janvier 1966.

21. DHK, postface à l'édition américaine des Entretiens avec Crémieux, *op. cit.*
DHK-Crémieux, entretiens de 1971, archives INA.

22. Lettre de Claude Bourdet à DHK, le 1er octobre 1958, archives GLL.

23. Michael Hertz, *op. cit.*

24. *Idem.*

25. *Nouvelle gauche*, 9-22 novembre 1957. *Le Monde*, 26 août 1968. *Le Monde*, 24 octobre 1968. *L'Humanité-Dimanche*, 2 avril 1967. *L'Aurore*, 8 mai 1967. *L'Humanité*, 17 décembre 1970. *Les lettres françaises*, 6 janvier 1971. *Le Monde*, 14 juin 1972.

26. *Le Monde*, 3 novembre 1973.

27. Lettre de DHK à *L'Arche*, le 22 janvier 1959, archives GLL.

28. Françoise Gilot, *op. cit.*, pp. 363-364.

29. *Idem.*

30. *Jeanine Verdès-Leroux, Au service du Parti*, p. 300, Fayard-Minuit, 1983.

31. *L'Humanité*, mars 1968.

32. Pierre Daix, *La vie de peintre de Pablo Picasso*, Seuil, 1977. *Picasso créateur*, Seuil 1987.

33. Lettre de DHK à Picasso, le 8 octobre 1957, archives GLL.

34. Témoignage de Maurice Jardot à l'auteur.

35. « Sam White's Paris newsletter », in *Evening standard*, le 26 avril 1963.
Werner Spies, « Im gesprach mit Kahnweiler », in *Frankfurter Rundschau*, le 6 avril 1963, publié en français sous le titre « En URSS avec l'exposition Léger », in *Preuves*, n° 51, septembre 1963.
Lettre de DHK à Picasso, le 11 janvier 1963, archives GLL.
Michael Hertz, *op. cit.*

36. DHK-Crémieux, entretiens de 1971, archives INA.
DHK, « La TV ne distingue... », art. cit.

37. DHK-Crémieux, *op. cit.*, p. 94.

38. Lettre de DHK à Léo Hamon, le 19 septembre et le 10 octobre 1956, archives GLL.

39. DHK, in *L'Arche*, août-septembre 1961.

40. *Aux Ecoutes*, le 15 juillet 1960.

41. Lettre de DHK à Picasso, le 5 septembre 1963, archives GLL.

42. Lettre de DHK à Malraux, le 1 juin 1959, archives GLL.

43. *Le moniteur du commerce international*, juillet 1970.

44. Lettre de DHK à Picasso, le 2 décembre 1964, archives GLL.

45. M. Conil-Lacoste, « La jungle des arts en Sorbonne », in *Le Monde*, du 12 mai 1967.

46. Gilles Lapouge, « Les marchands devant la crise », in *Le Figaro littéraire*, 16 décembre 1965.

47. Lettre de DHK à Marcel Moré, le 13 août 1967, archives P.G. Persin.

48. *Idem.*

49. *Carrefour*, 8 février 1956.

50. DHK-Cabanne, art. cit.

# BIBLIOGRAPHIE

Les monographies, préfaces, articles de périodiques et entretiens de D.H. Kahnweiler sont bien trop nombreux pour être tous cités. On en trouvera la liste exhaustive établie par Claude Laugier in *Daniel-Henry Kahnweiler marchand, éditeur, écrivain* Centre Georges-Pompidou 1984. nous avons néanmoins recouru à plusieurs reprises à certains de ses écrits, en particulier :

*Maurice de Vlaminck*, Klinkhardt et Biermann, Leipzig 1920.
*André Derain*, idem.
*Juan Gris*, idem 1929.
*Juan Gris, sa vie, son œuvre, ses écrits*, Gallimard 1946.
*Les sculptures de Picasso*, éditions du Chêne 1949.
*Les années héroïques du cubisme*, Braum 1950.
*Klee*, idem.
*Mes galeries et mes peintures. Entretiens avec Francis Crémieux*, Gallimard 1961 (édition 1982 collection « Idées »).
*Confessions esthétiques*, Gallimard 1963.
*Ein Selbstportrait* in « Das Selbstportrait. Große Künstler und Denker unserer Zeit erzahlen von ihrem Leben und ihrem Werk. » Christian Wegner Verlag, Hamburg 1967.
*Der Anfang des modernen Kunsthendels* in E. Forsthoff et R. Horstel « Standorte im Zeitsrom » Athenaum Verlag, Frankfurt 1974.

## LIVRES

Abastado, Claude, *Introduction au surréalisme*, Bordas 1986.
Ajalbert, Jean, *Une enquête sur les droits de l'artiste*, Stock 1905.

Apollinaire, Guillaume, *Chroniques d'art 1902-1918*, Gallimard 1960.
- *Les peintres cubistes*, Berg 1986.
Auric, Georges, *Quand j'étais là*, Grasset 1979.
Barr, Alfred H. *Cubism and abstract art*, New York 1936.
Basler, Adolphe, *La peinture, religion nouvelle*, Librairie de France 1926.
Bauquier, Georges, *Fernand Léger – Vivre dans le vrai*, Maeght, 1987.
Baxandall, Michael, *Patterns of intention. On the historical explanation of pictures*, *Yales University Press*, New Heaven and London 1985.
- *L'œil du quattrocento*, Gallimard 1985.
Bazin, Germain, *Histoire de l'histoire de l'art de Vasari à nos jours*, Albin Michel 1986.
Behrman, N.S., *Duveen, La chasse aux chefs-d'œuvre*, Hachette 1953.
Bernier, Georges, *L'art et l'argent. Le marché de l'art au XXe siècle*, Robert Laffont 1977.
Bertrand-Dorléac, Laurence, *Histoire de l'art. Paris 1940-1944. Ordre national, traditions et modernités.* Publications de la Sorbonne 1986.
Blot, E., *Histoire d'une collection de tableaux modernes*, Paris 1934.
Blunt, Anthony, *Souvenirs*, Christian Bourgois 1985.
Brassaï, *Conversations avec Picasso*, Gallimard 1964.
Brimo, René, *L'évolution du goût aux Etats-Unis d'après l'histoire des collections*, Editions James Fortune 1938.
Cabanne, Pierre, *Le roman des grands collectionneurs*, 1963.
- *L'avant-garde au XXᵉ siècle* (avec Pierre Restany) 1969.
- *Le siècle de Picasso*, Denoël 1975 (coll. Médiations).
- *Le cubisme*, PUF 1982.
- *L'épopée du cubisme*, La Table Ronde 1963.
Cassou, Jean (sous la direction de) *Le pillage par les Allemands des œuvres d'art et des bibliothèques appartenant à de juifs en France*, Ed. du Centre 1947.
- *Une vie pour la liberté*, Robert Laffont 1981.
Ceroni, Ambrogio, *Amédéo Modigliani*, Edizione del Milione, Milan 1958.
Chapon, François, *Mystère et splendeurs de Jacques Doucet 1853-1929*, J.-C. Lattès 1984.
- *Le peintre et le livre*, Flammarion 1987.
Charbonnier, Georges, *Entretiens avec André Masson*, Julliard 1958.
Combes, André et alli., *Nazisme et antinazisme dans la*

*littérature et l'art allemands 1920-1945*, Presses Universitaires de Lille 1986.

Cooper, Douglas, *The cubist epoch*, Phaidon Oxford 1970.

Coppet, Laure de, et Jones, Alan, *The art dealers*, Clarkson Potter 1984.

*Couvrir le grain* (anonyme), Albertville 1926.

Crespelle, Jean-Paul, *La vie quotidienne à Montmartre au temps de Picasso 1900-1910*, Hachette 1978.

Daix, Pierre, *Journal du cubisme*, Skira Lausanne 1982.

— *La vie de peintre de Pablo Picasso*, Seuil 1977.

— *Picasso créateur. La vie intime et l'œuvre*, Seuil 1987.

— *L'ordre et l'aventure. Peinture, modernité et répression totalitaire*, Arthaud 1984.

Decaudin, Michel, *Apollinaire*, Séguier 1986.

Delevoy, Robert, *Léger*, Skira Genève 1962.

Derain, André, *Lettres à Vlaminck*, Flammarion 1955.

Desnos, Robert, *Ecrits sur les peintres*, Flammarion 1984.

Diehl, Gaston, *La peinture moderne dans le monde*, Flammarion.

Dorival, Bernard, *Les étapes de la peinture française contemporaine*, Gallimard 1944.

Einstein, Carl, *Die Kunst des 20. Jahrhunderts*, Propylaen Berlin 1931.

Ernst, Jimmy, *L'écart absolu*, Balland 1986.

Fabiani, Martin, *Quand j'étais marchand de tableaux*, Julliard 1976.

Fage, André, *Le collectionneur de peintures modernes. Comment acheter, comment vendre*. Les Editions pittoresques 1930.

Fauchereau Serge, *Braque*, Albin Michel 1987.

Fels, Florent, *Voilà*, 1957.

Fénéon, Félix, *Œuvres plus que complètes. Textes réunis et présentés par J.U. Halperin*, Droz, Genève 1970.

— *Au-delà de l'impressionnisme*, Hermann 1966.

Francastel, Pierre, *Nouveau dessin, nouvelle peinture. L'école de Paris*, Librairie de Médicis 1946.

Fry, Edward, *Le cubisme*, La Connaissance Bruxelles 1966.

Gagliardi, Jacques, *Les trains de Monet ne conduisent qu'en banlieue*, PUF 1987.

Gimpel, René, *Journal d'un collectionneur-marchand de tableaux*, Calmann-Lévy 1963.

Gilot, Françoise et Lake, Carlton, *Vivre avec Picasso*, Calmann-Lévy 1965 (Livre de Poche).

Glimcher, Arnold et Glimcher, Marc, *Je suis le cahier. The sketchbooks of Picasso*, Royal Academy of Arts Londres 1986 (en français chez Grasset).

Golding, John, *Le cubisme*, Julliard 1962.

– *Cubism a history and an analysis 1907-1914*, Londres 1968.

Gray, Camilla, *L'avant-garde russe dans l'art moderne 1863-1922*, Lausanne 1971.

Green, Christopher, *Cubism and its enemies, Modern mouvement and reaction in french art, 1916-1928*, Yale, Londres 1987.

Grohmann, Will, *Paul Klee*, Flinker Paris 1954.

Guggenheim, Peggy, *Ma vie et mes folies*, Plon 1987.

Guyot, Adelin et Restellini, Patrick, *L'art nazi*, Complexe Bruxelles 1983.

Haskell, Francis, *La norme et le caprice. Redécouvertes en art*, Flammarion 1986.

Hemming Fry, John, *Art décadent sous le règne de la démocratie et du communisme*, Henri Colas éd. Paris 1940.

Hertz, Michael, *Erinnerung an D.H. Kahnweiler*, Bremen 1987.

Hitler, Adolf, *Mein Kampf*, Sorlot Paris. s.d.

Huysmans, J.K., *L'art moderne*, 10/18 1975.

Jacob, Max, *Correspondance générale*, Editions de Paris 1953.

Jardot, Maurice, *Fernand Léger*, Hazan 1956.

– *Les maîtres de la peinture française contemporaine* (avec Kurt Martin), Baden-Baden 1948, Woldemar Klein.

Jourdain, Francis, *Sans remords ni rancune*, 1953.

Klee, Paul, *Journal*, Grasset 1959.

Laclotte, Michel (sous la direction de), *Dictionnaire de la peinture*, Larousse 1980.

Laurent, Jeanne, *Arts et pouvoirs*, Université de Saint-Etienne, CIEREC 1983.

Léger, Fernand, *Fonctions de la peinture*, Denoël-Médiations 1965.

Leiris, Michel, *L'Afrique fantôme*, Gallimard 1934.

– *L'âge d'homme*, Gallimard 1939.

– *Au verso des images*, Fata Morgana 1980.

Level, André, *Souvenirs d'un collectionneur*, éd. Alain Mazo 1959.

Lévy, Pierre, *Des artistes et un collectionneur*, Flammarion 1976.

Loeb, Pierre, *Voyages à travers la peinture*, Bordas 1945.

Mac Knight, Gerald, *Bitter legacy. Picasso's disputed millions*, Bantam Press Londres 1987.

Maillard, Robert (sous la direction de), *Dictionnaire de l'art et des artistes*, Hazan 1982.
– *Picasso* (avec Franck Elgar), Hazan 1955.
Matisse, Henri, *Ecrits et propos sur l'art*, Hermann 1972.
Mauclair, Camille, *La farce de l'art vivant*, 1929.
– *La crise de l'art moderne*, 1944.
Mellow, James R., *Charmed circle. Gertrude Stein and Cie*, Phaidon Londres 1974.
Metzinger, Jean, *Le cubisme était né*, Présence, Chambéry 1972.
– *Du cubisme* (avec Albert Gleizes), Figuières 1912.
Mirbeau, Octave, *Des artistes*, 10/18 1986.
Miro, Joan, *Selected writings and interviews*, éd. Margit Rowell, Thames and Hudson Londres 1987.
*Les Mémoires du baron Mollet*, Gallimard 1963.
Monneret, Sophie, *L'impressionnisme et son époque*, Bouquins, Laffont 1987.
Moulin, Raymonde, *Le marché de la peinture en France*, Minuit 1967.
Olivier, Fernande, *Picasso et ses amis*, Stock 1933.
Ozenfant, Amédée, *Mémoires 1886-1962*, 1968.
Palmier, Jean-Michel, *Weimar en exil*, Payot 1987.
Penrose, Roland, *Picasso*, Flammarion 1982.
Pignon, Edouard, *La quête de la réalité*, Denoël-Médiations 1966.
Pissarro, Camille, *Lettres à son fils Lucien*, Albin Michel 1950.
Pomian, Krzysztof, *Collectionneurs, amateurs et curieux. Paris, Venise XVI$^e$-XVIII$^e$ siècle*, Gallimard 1987.
Pradel, Jean-Louis (sous la direction de), *La peinture française*, Le Robert 1983.
Raphael, Max, *Von Monet zu Picasso*, Delphin Verlag, Munich 1913.
Ray, Man, *Autoportrait*, Robert Laffont 1964.
Read, Herbert, *Le sens de l'art*, Sylvie Messinger 1987.
Reitlinger, Gerard, *The economics of taste*, Barrie and Rockliff Londres 1961.
Reverdy, Pierre, *Note éternelle du présent*, Flammarion 1973.
Rewald, John, *Histoire de l'impressionnisme*, Albin Michel 1955.
Rheims, Maurice, *Les collectionneurs*, Ramsay 1981.
Rosenberg, Léonce, *Le cubisme et la tradition*, 1920.
– *Cubisme et empirisme*, 1921.
Rosenblum, Robert, *Cubism and Twentieth Century Art*, New York 1976.

718 *Bibliographie*

Sachs, Maurice, *Au temps du bœuf sur le toit*, Grasset 1987.

Salacrou, Armand, *Dans la salle des pas perdus*, I et II, Gallimard 1974 et 1976.

Salmon, André, *Souvenirs sans fin* I, II, III, Gallimard 1955, 1956, 1961.

Secrest, Meryle, *Being Bernard Berenson*, Weidenfeld and Nicolson, Londres 1979.

Severini, Gino, *Dal cubismo al classicismo*, Marchi et Bertolli, Florence 1972.

Shapiro, Theda, *Painters and politics. The european avant-garde and society 1900-1925*, Elsevier New York 1976.

Simon, Linda, *Alice B. Toklas* Seghers 1984.

Simpson, Colin, *The partnership. The secret association of Bernard Berenson and Joseph Duveen*, The Bodley Head, Londres 1987.

Stein, Gertrude, *Autobiographie d'Alice B. Toklas*, Gallimard 1934.

Surya, Michel, *Georges Bataille, La mort de l'œuvre*, Séguier 1987.

Tollet, Tony, *De l'influence de la corporation judéo-allemande des marchands de tableaux de Paris sur l'art français*, Communication à l'Académie des sciences et belles-lettres et Arts de Lyon, le 6 juillet 1915. Bibliothèque Nationale.

Uhde, Wilhelm, *Picasso et la tradition française*, Les 4 chemins 1928.

– *Von Bismark bis Picasso*, Uprecht, Zurich 1938.

Vaisse, Pierre, *La III$^e$ République et les peintres*, 1980.

Valland, Rose, *Le front de l'art*, Plon 1967.

Vallentin, Antonina, *Pablo Picasso*, Albin Michel 1957.

Vallier, Dora, *L'Intérieur de l'art*, Seuil 1982.

Van Gogh, Vincent, *Lettres à son frère Théo*, Gallimard 1956.

Vergnaud, Philippe, *Les contrats conclus entre peintres et marchands de tableaux*, Rousseau, Bordeaux 1958.

Vlaminck, Maurice de, *Portraits avant décès*, Flammarion 1943.

Vollard, Ambroise, *Souvenirs d'un marchand de tableaux*, Albin Michel 1937.

– *En écoutant Cézanne, Degas, Renoir*, Grasset 1938.

Warmod, Jeanine, *Le Bateau-Lavoir*, Mayer 1986.

Weill, Berthe, *Pan dans l'œil! ou 30 ans dans les coulisses de la peinture contemporaine*, 1930.

Westheim, Paul éd., *Kunstlerbekenntnisse*, Propylaen Berlin 1925.

Whitney Kean, Beverly, *All the empty palaces. The merchant patrons of modern art in pré-revolutionnary Russia*, Barrie and Jenkins, Londres 1983.

Will-Levaillant, Françoise, Masson, André, *Le rebelle du surréalisme*, Hermann 1976.

Willett, John, *The new sobriety. Art and politics in the Weimar period 1917-1933*, Thames and Hudson, Londres 1978.

Zilczer, Judith, *The noble buyer : John Quinn patron of the avant-garde*, Smithsonian Institution Press, Washington 1978.

## ARTICLES

Breerette, Geneviève, « Le marchand pêcheur d'hommes », in *Le Monde*, 22 novembre 1984.

Boime, Albert, « Les magnats américains à la conquête de l'art français », in *L'Histoire*, n° 44, avril 1982.

Bois, Yves-Alain, « Kahnweiler's lesson », in *Representations 18*, spring 1987, University of California press.

Bouillon, Jean-Paul, « L'énigme cubiste », in *Beaux-Arts magazine*, n° 2, mai 1983.

Cabanne, Pierre, « DHK le marchand de Picasso. Interview », in *Lectures pour tous*, n° 190, novembre 1969.

– « DHK le divin marchand », in *Le Matin*, 24 novembre 1984.

Charensol, Georges, « Chez Fernand Léger », in *Paris-Journal*, décembre 1924.

Castro, Carmen, « DHK el marchante de Picasso en Madrid », in *Vida mundial*, 18 février 1961.

Chapsal, Madeleine, « Entretien avec Pierre Loeb », in *L'Express*, 9 avril 1964.

Chevalier, Denys, « Les animateurs », in *XXᵉ siècle. Cahiers d'art*, n° 17, 1961.

Clancier, Georges-Emmanuel, article in *Auvergne-magazine*, Limoges, mars 1973.

– article in *L'Herne* « Queneau », n° 29, 1976.

Cogniat, Raymond, « Art et commerce », in *Beaux-Arts*, n° 42, 20 octobre 1933.

– « DHK et les débuts du cubisme », in *Beaux-Arts*, 11 août 1933.

– « Une visite à l'atelier de Léger », in *Beaux-Arts*, 21 avril 1933.

Cooper, Douglas, « Fernand Léger », in *L'Œil*, n° 204, décembre 1971.

Courthion, Pierre, « Le passe-temps de Crésus. Le marché

international des œuvres d'art », in *Preuves*, décembre 1956.

Daix, Pierre, « DHK et les débuts du cubisme », in *Beaux-Arts magazine*, n° 19, décembre 1984.

– « L'aventurier du cubisme », in *Le Nouvel Observateur*, 22 janvier 1979.

– « DHK un marchand pas comme les autres », in *Le Quotidien de Paris*, 21 novembre 1984.

Degand, Léon, « DHK et la galerie Louise Leiris », in *Aujourd'hui*, juin 1957.

Derouet, Christian, « Quand le cubisme était un bien allemand », in *Paris-Berlin 1900-1933*, Centre Pompidou, 1978.

– « De la voix et de la plume. Les émois cubistes d'un marchand de tableaux », in *Europe*, n° 638, juin 1982.

– « Le premier accrochage de La lecture, par Fernand Léger », in *Cahiers du Musée national d'art moderne 17-18*, 1986.

Dorival, Bernard, « La donation d'André Lefèvre au MNAM », in *Revue du Louvre et des musées de France*, n° 1, 1964.

– « Le legs Gourgaud », in *Revue du Louvre et des musées de France*, n° 2, 1967.

Duret-Robert, F., « Le marché de la peinture cubiste. Evolution de la cote depuis 1907 », in *Perspectives*, 6 janvier 1962.

Einstein, Carl, « La sculpture nègre », in *Médiations*, n° 3, 1961.

Fauchereau, Serge, « Matisse dans les collections russes », in *Beaux-Arts Magazine*, novembre 1981.

Frank, Herbert, « DHK unver-kaufliche Bilder », in *Schöner Wohnen*, 3 mars 1961.

Göpel, Ehrard, in *Frankfurter Allgemeine*, 23 juillet 1964.

Gosling, Nigel, « DHK in interview », in *Art and artists*, n° 64, Londres, juillet 1971.

Green, Nicholas, « Dealing in temperaments : economic transformation of the artistic field in France during the second half of the nineteenth century », in *Art History*, vol. 10, n° 1, march 1987.

Grenier, Jean, « Un collectionneur pionnier », in *L'Œil*, n° 15, mars 1956.

Guicheteau, M., « Essai sur l'esthétique spontanée du marchand de tableaux », in *Revue d'esthétique*, tome V, fasc. 1.

Habasque, Guy, « Quand on vendait la peau de l'ours », in *L'Œil*, n° 15, mars 1956.

Hahn, Otto, « Comment on fabrique la cote des peintres », in *Investir*, 9 novembre 1985.

– « Le marchand sans galerie », in *L'Express*, 23 novembre 1984.

Jourdain, Francis, interview in *L'Œil*, n° 21, septembre 1956.

Lapouge, Gilles, « Les marchands devant la crise », in *Le Figaro littéraire*, 16 décembre 1965.

Laude, Jean, « L'esthétique de Carl Einstein », in *Médiations*, n° 3, 1961.

Lemaire, Gérard-Georges, « Carlo Carra un futuriste repenti », in *Beaux-Arts Magazine*, n° 46, mai 1987.

Lévêque, Jean-Jacques, « DHK l'art pour une élite ? », in *Les Nouvelles littéraires*, 18 janvier 1979.

Limbour Georges, « Les grands collectionneurs : DHK », *in Plaisir de France*, juillet 1969.

Linnebach, Gabrielle, « W. Uhde, le dernier romantique », in *L'Œil*, n° 285, avril 1979.

Masson, André, « Le surréalisme et après », in *L'Œil*, n° 5, 15 mai 1955.

Michel, Jacques, « DHK le marchand des cubistes », in *Le Monde*, 13 janvier 1979.

Parmelin, Hélène, entretien avec DHK, in *L'Humanité*, 4 juillet 1954.

Penrose, Roland, « Picasso's portrait of Kahnweiler », in *The Burlington magazine*, n° 852, mars 1974.

Perruchot, Henri, « Scandale au Luxembourg », in *L'Œil*, n° 9, septembre 1955.

– « Le père Tanguy », in *L'Œil*, n° 6, juin 1955.

Pia, Pascal, « A. Vollard marchand et éditeur », in *L'Œil*, n° 3, mars 1955.

Read, Herbert, « Le dilemme du critique », in *L'Œil*, n° 72, décembre 1960.

Revel, Jean-François, « Paul Guillaume par lui-même », in *L'Œil*, n° 135, mars 1966.

Richardson, John, « Au château des cubistes », in *L'Œil*, n° 4, 15 avril 1955.

Roché, Henri-Pierre, article in *Le Courrier graphique*, juillet 1954.

– « Adieu, brave petite collection », in *L'Œil*, n° 51, mars 1959.

Russel, John, « The man who invented modern art dealing », in *Vogue*, 15 septembre 1965.

Sachko, Macleod, Dianne, « Art collecting and victorian

middle class taste », in *Art History*, vol. 10, n° 3, septembre 1987.

Segonzac, Dunoyer de « Souvenirs sur André Derain », in *Le Figaro littéraire*, 18 septembre 1954.

Spies, Werner, « En URSS avec l'exposition Léger. Entretien avec DHK », in *Preuves*, n° 151, septembre 1963.

– Article pour les 80 ans de DHK in *Neue Zurcher Zeitung*, 25 juin 1964.

Steiner, Wendy, « Ressemblance exacte à : les portraits littéraires de Gertrude Stein », in *Europe*, août 1985.

Tériade, « Entretien avec DHK », in *Cahiers d'art*, n° 2, 1927.

Watt, Alexander, « Art dealers of Paris : DHK », in *The studio*, Londres, vol. 156, n° 784, juillet 1958.

Zervos Christian, « Entretien avec Alfred Flechtheim », in *Cahiers d'art*, n° 10, 1927.

## CATALOGUES

Cooper, Douglas et Tinterow, Gary, *The essential cubism 1907-1920*, The Tate Gallery, Londres 1983.

Monod-Fontaine, Isabelle, *DHK marchand, éditeur, écrivain* (avec Claude Laugier et Sylvie Warnier), Centre Pompidou, 1984.

– *Donation Louise et Michel Leiris, collection Kahnweiler-Leiris* (avec Agnès Angliviel de La Baumelle, Claude Laugier, Sylvie Warnier et Nadine Pouillon), Centre Pompidou, 1984.

Pouillon, Nadine, *Braque* (avec le concours d'Isabelle Monod-Fontaine), Centre Pompidou, 1982.

Laugier Claude et Richet Michèle, *Léger*, Centre Pompidou, 1981.

*L'aventure de Pierre Loeb. La galerie Pierre 1924-1964.* Musée d'art moderne, 1979.

Valentin, Curt (in memory of), *Modern Masterpieces lent by American museums*, New York, octobre 1954.

Vatin, Philippe, « La vie artistique en 1917 », in *Images de 1917*, Musée d'histoire contemporaine BDIC-Nanterre, 1987.

Wilson, Sarah, « Fernand Léger, art and politics 1935-1955 » in *Léger : The later years*, Whitechapel Art Gallery, Londres 1987.

## ENREGISTREMENTS AUDIOVISUELS

Desalle, Hugues, *DHK nous confie*, disque 33 tours, Alliance Française, 1967.

Chavasse, Paule, *Le cubisme et son temps*, série de dix émissions, France III, 1961-1962, INA.

Crémieux, Francis, *Entretiens avec DHK*, 1961, France III, idem 1971, France-Culture, INA.

Lévêque, Jean-Jacques, *Les témoins*, France-Culture, 1971, INA.

Drot, Jean-Marie, « Souvenir que me veux-tu? », in *L'art et les hommes*, ORTF, 1960, INA.

Kraster, Victor, *Naissance du cubisme*, avril 1948, France I, INA.

## THÈSES

Berthier, Francis, *La collection Roger Dutilleul*. Sorbonne, 1977.

Cottington, David, *Cubism and the politics of culture in France 1905-1914*, Institut Courtauld, Université de Londres, 1985.

Gee, Malcolm, *Dealers, critics and collectors of modern painting : aspects of the parisian art market 1910-1930*, Institut Courtauld, Université de Londres, 1977.

Goggin, Mary-Margaret, *Picasso and his art during the german occupation 1940-1944*, Stanford University, 1985.

Trezevant, France, *Un collectionneur suisse au xxᵉ siècle : Hermann Rupf*, Université de Lausanne, 1975.

## LIEUX DE RECHERCHE

*Paris*

Galerie Louise Leiris. Archives de la galerie et archives personnelles de 1907 à 1979. Dossier de presse. Bibliothèque.

Musée Picasso.

Centre de documentation du Musée national d'art moderne.

Bibliothèque littéraire Jacques Doucet.

Bibliothèque d'art et d'archéologie Jacques Doucet.

Bibliothèque nationale.

Archives nationales. Fonds Louis Carré.

Centre de documentation juive contemporaine (aryanisation 1940-1944).
Institut National de l'Audiovisuel.
Archives de Patrick-Gilles Persin. Fonds Marcel Moré.

### Londres

Institut Courtauld.
Institut Warburg.

### Berne

Archives d'Etat.
Archives municipales.
Archives fédérales.

# REMERCIEMENTS

Ce livre doit beaucoup à de précieux concours. Qu'il me soit permis tout d'abord de rendre hommage à Louise Leiris, Michel Leiris et Maurice Jardot. Sans leur disponibilité, leur ouverture d'esprit et leur soutien, cet ouvrage n'aurait été qu'une compilation, moins neuve et moins substantielle. En me confiant leurs témoignages, en m'ouvrant les archives de la galerie et en me laissant m'y immerger en toute liberté, ils m'ont permis d'éprouver un sentiment rare pour un biographe : l'impression de toucher parfois la vérité profonde d'un homme d'exception.

A leurs côtés, Bernard Lirman, Quentin Laurens, Jeannette Druy et Jeanne Chenuet ont été mis à contribution en permanence : ils savent ce que ce livre leur doit.

Il serait plus imparfait encore sans l'esprit critique et la complicité de Pierre Boncenne et Stéphane Khémis – et sans la rigueur et l'exigence de Robert Maillard.

Sans l'appui quotidien de ma meilleure amie (Angela) et la compréhension de mes camarades de jeux (Meryl et Kate) j'aurais eu plus de mal encore à mener cette difficile entreprise à son terme.

Enfin, je tiens à exprimer ma vive gratitude à : Mesdames ou mesdemoiselles,

Paule Chavasse, Sarah Halperyn, Frances Honegger-Trevezant, Marianne Howald, Sigrid Kupferman, Denise Laurens, Marie-Anne Lescourret, Jeanine Pezet, S. Schneidermann, Myriam Sicouri-Roos, Andrea Von Stumm.

Messieurs,
Joseph Barry, Francis Berthier, Adam Biro, Daniel Bour-

geois, Edward Burns, François Chapon, Georges-Emmanuel Clancier, Daniel Cordier, Marc Dachy, Pierre Daix, Oscar Ghez, Peter Hurni, Vidar Jacobsen, Gustave Kahnweiler, Sullivan Kaufman, Sandor Kuthy, Charles Lapicque, Claude Laurens. André Masson, Jean Masurel, Georges Nisenbaum, Patrick-Gilles Persin, Alfred Richet.

# INDEX
## DES PRINCIPAUX NOMS CITÉS

# Index des principaux noms cités

# Index des principaux noms cités

# Index des principaux noms cités

# DU MÊME AUTEUR

*Chez d'autres éditeurs*

DE NOS ENVOYÉS SPÉCIAUX (avec Ph. Dampenon),
*J.-C. Simoen*, 1977.

LOURDES HISTOIRES D'EAU, *Alain Moreau*, 1980.

LES NOUVEAUX CONVERTIS, *Albin Michel*, 1982.

MONSIEUR DASSAULT, *Balland*, 1983.

GASTON GALLIMARD. *Un demi-siècle d'édition française, Balland*, 1984; Points/Seuil, 1985.

L'ÉPURATION DES INTELLECTUELS, *Complexe*,
Bruxelles, 1985.

UNE ÉMINENCE GRISE : JEAN JARDIN, *Balland*,
1986: Folio, *n° 1921*, 1988.

*Impression Brodard et Taupin
à La Flèche (Sarthe),
le 13 janvier 1989.
Dépôt légal : janvier 1989.
Numéro d'imprimeur : 1306A-5.*

ISBN 2-07-038106-4 / Imprimé en France.
(Précédemment publié aux Éditions Balland
2-7158-0677-9).

45514